རྒྱ། ཕྱལ།། ཀ་ཆོ་བ་རྡེག།

ཕུན་ཚོགས་བཀྲ་ཤིས་ཀྱི་རྩོམ་རིག་གསར་རྩོམ་སྐོར་ལ་དཔྱད་པ།

ལྷུག་བཞུར་ཉི་མ་དངོས་གྲུབ་ཀྱིས་བརྩམས།

XZCB བོད་ལྗོངས་མི་དམངས་དཔེ་སྐྲུན་ཁང་།

2022年西藏自治区文艺创作扶持项目

图书在版编目（CIP）数据

平措扎西的文学创作之路：藏文 / 尼玛欧珠著. -- 拉萨：西藏人民出版社, 2023.10

ISBN 978-7-223-07514-5

Ⅰ. ①平… Ⅱ. ①尼… Ⅲ. ①中国文学—当代文学—文学创作研究—藏语 Ⅳ. ①I206.7

中国国家版本馆CIP数据核字(2023)第165297号

平措扎西的文学创作之路

作　　者	尼玛欧珠
责任编辑	卓玛措
封面设计	尼玛欧珠
责任印制	廖青
出版发行	西藏人民出版社（拉萨市林廓北路20号）
印　　刷	西藏福利印刷厂
开　　本	787×960　1/16
印　　张	14
字　　数	140千
版　　次	2023年11月第1版
印　　次	2023年11月第1次印刷
印　　数	01－1,000
书　　号	ISBN 978-7-223-07514-5
定　　价	38.00元

འགོ་བརྗོད་ཤེལ་དཀར་ཕྲེང་བ།

དང་པོ།

ལོ་རྒྱས་ན་ཚོད་རིང་དུ་སོང་གྱུར་ཀྱང་། །
རྩོམ་མང་སྨྱུག་རྩེར་འདྲེན་ལ་མི་ངལ་ཞིང་། །
རྩོམ་གསར་དུ་མས་ཡིད་དབང་འཕྲོག་པའི་ཚེ། །
བགྲེས་སོང་སྨྱུག་ཐོགས་འདི་ལ་མོས་ཤིང་གུས། །

ཞེས་ཚིགས་སུ་བཅད་པའི་ཚིག་གིས་མདུན་བསུས་ཏེ་འདིར་གླེང་བར་བྱ་བ་ལ། མཁས་དབང་དགེ་འདུན་ཆོས་འཕེལ་མཆོག་གི་ཞལ་ནས། འཇིག་རྟེན་དུ་སྐྱེས་པའི་མི་ཐམས་ཅད་ལ་རང་ལ་བབས་འོས་ཀྱི་ལས་ཀ་རེ་རེ་སྟོན་ལས་ཀྱིས་བྱིན་པ་བཞིན་ཡོད་པ་ལས། ཐུན་གྱི་ལས་བསྐོས་ནི་འདི་ག་རང་འདུག་པས། རྒྱལ་ཁམས་ཉུལ་ནས་མི་ཚེ་ཐོས་པ་ལ་བསྐྱལ་བ་ཞིག་ལགས། དེའི་འབྲས་བུ་ཡང་གླིགས་བམ་ཞིག་ཏུ་བསྐྱལ་བ་ཞིག་ལགས། ཞེས་གསུངས་ཡོད་པ་ལྟར། རང་རེའི་རྩོམ་པ་པོ་ཕུན་ཚོགས་བཀྲ་ཤིས་ལགས་ནི་མི་ཚེ་གསར་རྩོམ་ལ་སྐྱེལ་བ་ཞིག་རེད་ཅེས་བརྗོད་ཀྱང་འགལ་བ་མེད་ལ། རྩོམ་ལུས་སྣ་མང་ལ་སྦྱོང་བ་ཐོན་ཡོད་མཁན་ཞིག་རེད་ཅེས་བསྔགས་ཀྱང་ཤིན་ཏུ་འཚམས་སོ།། མི་ཚེ་གསར་རྩོམ་ལ་སྐྱེལ་བ་ཞིག་རེད་ཟེར་དོན་ཁོང་ནི་དུས་རབས་གོང་མའི་ལོ་རབས་བརྒྱད་ཅུའི་དུས་མཇུག་ནས་བཟུང་ད་ལྟའི་བར་བགྲང་བྱ་བཞི་བཅུ་ལ་ཉེ་བའི་རིང་ཟམ་མ་ཆད་པར་རྩོམ་རིག་གསར་རྩོམ་གྱི་བགྱི་བ་ལྷོད་མ་སྦྱོང་བ་དང་། རྩོམ་ལུས་སྣ་མང་ལ་སྦྱོང་བ་ཐོན་ཡོད་མཁན་ཞིག་རེད་ཟེར་དོན་ནི་ཁོང་གིས་གཞུང་ལས་ཀྱི་ཞོར་དུ་བརྩམས་སྙུང་དང་། འཁྲབ་གཞུང་སྣ་ཚོགས། ལྷུག་རྩོམ་དང་མི་སྣའི་ལོ་རྒྱུས་སོགས་རྩོམ་ལུས་སྣ་མང་གསར་དུ་བརྩམས་ཡོད་པ་མ་ཟད། རང་

རེའི་ད་རབས་རྩོམ་རིག་ལོ་རྒྱུས་ཐོག་ཏུ་དཔེ་མཚོན་གྱི་བརྩམས་ཆོས་མང་པོ་ཞིག་ཀྱང་རྗེས་རབས་པ་དག་གི་མིག་དཔེར་བཞེངས་ཡོད་པ་སྟེ། 《གངས་ལྗོངས་རིག་རྩལ་གྱི་བདག་ཉིད། ཐུབ་བསྟན་གྱི་མི་ཚེའི་ལམ་བུ》ཞེས་པ་ནི་སྐད་གྲགས་ཅན་གྱི་འཁྲབ་སྟོན་སྒྱུ་རྩལ་པ་ཐུབ་བསྟན་ལགས་ཀྱི་ཀུག་ཀྱོག་གི་མི་ཚེ་རྩིལ་པོའི་ལོ་རྒྱུས་མཚོན་པའི་མེ་ལོང་ལྟ་བུ་ཞིག་ཡིན་པ་མ་ཟད། བོད་ཞི་བའི་བཅིངས་བཀྲོལ་ཚུན་རང་རེའི་དམངས་ཁྲོད་སྒྱུ་རྩལ་སྒྲོག་རྩར་བཟུང་བའི་རྨང་གཞིའི་ཐོག་སྒྱུ་རྩལ་གསར་པ་ནང་འདྲེན་དང་གསར་གཏོད། འཕེལ་རྒྱས་སུ་འགྲོ་བའི་སྐྱ་ཐིག་མཚོན་པའི་རི་མོའི་བང་མཛོད་ལྟ་བུ་ཞིག་ཀྱང་ཡིན་པས་དགའ་སྤྱོབས་སྐྱེས་འོས། སྔོས་སུ་ལྷུག་རྩོམ་གྱི་ལམ་ནས་ཐེར་བར་སྤེལ་བའི《བོད་ཡུལ་གྱི་གནའ་གཏམ》ཞེས་པ་དང་། 《ཇོ་མོ་གླང་མའི་འདབས་རོལ་དུ། ཤུལ་འཚོལ》ཞེས་པ་གཉིས་ལས་རང་གི་ཉམས་མྱོང་དང་སྔོན་གྱི་ངག་རྒྱུན་ཟུང་དུ་འབྲེལ་ནས་དོན་སྙིང་གིས་ཕྱུག་པའི་རིག་གནས་ཀྱི་དྲན་པ་མང་པོ་རྩད་འཚོལ་དང་སྔོག་བཤེར། གསལ་སྟོན་བགྱིས་པའི་ཤུགས་སུ་རྩོམ་པ་པོའི་མ་བཅོས་ངང་གིས་བརྗོལ་བའི་དད་གུས་དང་ཡིད་གདུང་། སྨོན་འདུན་སོགས་དཀྱུས་གཅིག་ཏུ་མཚོན་པར་བྱས་ཡོད་པ་ནི་ཁོང་གི“ངས་ལོ་རྒྱུས་ཀྱི་རྗེས་ཤུལ་དེད་ནས་གོམ་པ་རེ་རེ་བཞིན་དེའི་གཏིང་སྟུག་ལ་འཚོལ་ཞིབ་བྱེད་དུས་དེའི་ཟབ་ཡངས་ལ་ཧང་སངས་ནས་འཐམས་པར་འདོད་པའི་བརྩེ་བ་འཕྱུར་བྱུང་”ཞེས་པ་ལས་ཀྱང་གོ་ཐུབ། གོང་དུ་སྨྲས་མ་ཐག་པའི་བརྩམས་ཆོས་གསུམ་ཀ་ནི་དངོས་གཞི་དང་ཞིབ་འཇུག་སློབ་མའི་སློབ་ཁྲིད་ཀྱི་གསེབ་ཏུ་དུས་རྒྱུན་སྐལ་ལྡན་སློབ་བུའི་ཚོགས་ལ་ངོ་སྤྲོད་འོས་སྦྱོར་མི་ཞུ་ཐབས་མེད་ཀྱི་ད་རབས་ལེགས་རྩོམ་གྱི་གྲལ་འགོར་བསྡུགས་པ་རང་གི་ལུགས་སྲོལ་དུ་ཆགས་ཡོད།

གཉིས་པ།

ཇི་སྐད་དུ། ཡོན་ཏན་ལྡན་པ་མི་བཀུར་བའི།། ཡུལ་དེར་མཁས་པ་སུ་ཞིག་སྡོད།། ཅེས་གསུངས་པ་བཞིན། རྩོམ་པའི་ཡོན་ཏན་གྱི་ནོར་དང་ལྡན་པའི་སྐྱེས་བུ་འདི་འདྲའི་སྐུ་ཡོན་

དང་མཛད་བཟང་ལ་རྗེས་སུ་ཡི་རང་དང་བཅས་བསྟུགས་བརྗོད་ཀྱི་མེ་ཏོག་གཏོར་བའི་ལས་ལ་སྤྲོ་བ་ནི་བློ་ལྡན་མིག་རྒྱང་ཅན་གྱི་སྤྱོད་ཚུལ་འབབ་ཞིག་གོ། ལོ་འགའི་སྔོན་རོལ་དུ་ལྷ་ས་སློབ་འབྲིང་གི་བོད་ཡིག་དགེ་རྒན་ཉི་མ་དངོས་གྲུབ་ཀྱིས་རྩོམ་པ་པོ་ཕུན་ཚོགས་བཀྲ་ཤིས་ཀྱི་རྩོམ་རིག་གསར་རྩོམ་གྱི་དགེ་མཚན་དང་ཆེ་བ་མཐོང་ཞིང་། དེ་ཉིད་ལ་ལུང་དང་རིགས་པ། དཔེ་དང་གོ་བའི་ཐོག་ནས་དཔྱད་པ་གནད་ཁེལ། དམིགས་ལུགས་དོན་ལྡན། དཔྱད་གཞི་འོས་འཚམས་བཅས་ཀྱི་ཐོག་ནས་རང་ལུགས་ལེགས་པར་བསྒྲུབས་འདུག་པ་ནི་དགའ་སྤྲོབས་སྐྱེས་པའི་གནས་སུ་འགྱུམས། དེ་ནི་དོན་ལ་གཞོན་སྐྱེས་བློ་ལྡན་འདིའི་༢༠༡༨ལོའི་ཤེས་རམས་ཞིབ་འཇུག་སློབ་མའི་སློབ་ཐོན་དཔྱད་འབྲས་ཡིན་ལ། སྐབས་དེར་མཁས་མང་ཚོགས་པའི་དབུས་སུ་དམ་བཅའ་ལེགས་པོར་ཕུལ་བ་ནི་ཕུལ་བྱུང་དཔྱད་རྩོམ་གྱི་ཚོ་ལོ་རིག་པའི་མཛེས་རྒྱན་དུ་བསྟུལ་སྒྱོང་ཡོད། འདི་ལས་ཞིབ་འཇུག་སློབ་མ་འདིས་ལོ་ངོ་གསུམ་རིང་རྩོམ་རིག་ཆེད་ལས་ལ་ཞིབ་ཏུ་སྦྱངས་ཤིང་དཔྱད་པའི་འབྲས་བུ་ལ་ཀུན་གྱིས་གདེང་འཛོག་དང་ཁས་ལེན་ཐོབ་པའི་མཚོན་རྟགས་གལ་ཆེན་ཞིག་ཡིན་པ་མ་ཟད། རྩོམ་པ་པོ་ཕུན་ཚོགས་བཀྲ་ཤིས་ལགས་ཀྱི་རྩོམ་རིག་གསར་རྩོམ་ལ་སྤྱི་ཡོངས་ནས་ཞིབ་འཇུག་དང་གདེང་འཛོག་བྱས་པའི་རིག་གཞུང་གི་གྲུབ་འབྲས་གསར་བ་ཞིག་ཏུ་ངོས་བཟུང་ཡང་མི་འགྲིག་པ་མེད།

དགའ་འོས་པ་ཞིག་ལ། གཞོན་སྐྱེས་ཉི་མ་དངོས་གྲུབ་ཀྱི་ངག་ལས་རང་གི་ལོ་མང་དཀའ་ལས་བརྒྱབ་པའི་འབྲས་བུ་སྟེ། 《སྒྱུ་རྩལ་དང་འཚོལ་སྙེག — ཕུན་ཚོགས་བཀྲ་ཤིས་ཀྱི་རྩོམ་རིག་གསར་རྩོམ་སྐོར་ལ་དཔྱད་པ་》ཞེས་པའི་རྩོམ་དཔྱད་ཀྱི་དེབ་འདིའི་སྔ་རྩོམ་ལེགས་བཅོས་དང་ཆད་པ་ཁ་བསྐངས་ཏེ་མིག་སྔར་པར་སྐྲུན་གྱི་བྱ་བ་ལ་ཉེ་བར་གཏུག་ཡོད་པའི་གཏམ་བཟང་ཐོས། གཞུང་འདིའི་ལེའུ་དང་པོའི་ནང་དུ་རྩོམ་པ་པོ་ཁོང་གི་གསར་རྩོམ་འཕེལ་འགྱུར་གྱི་དུས་རིམ་ལ་ཐོག་མའི་དུས་རིམ་དང་འཚོལ་སྙེག་གི་དུས་རིམ། མིག་སྔའི་དུས་རིམ་བཅས་རིམ་པ་གསུམ་དུ་ཕྱེས་ཤིང་དེ་དག་གི་རྒྱུ་རྐྱེན་ལ་འཚོལ་ཞིབ་བྱས་ཡོད། དེ་ཡང་ཡིན་ཏེ་རྩོམ་པ་པོ་ཞིག་གི་མི་ཚེའི་བརྒྱུད་རིམ་ལས་གསར་རྩོམ་གྱི་འགྱུར་མཚམས་གསལ་པོ་ངོས་

འཛིན་པ་དང་ཁྱད་ཆོས་སྤྱི་སྡོམ་གནང་རྒྱུ་དེ་གལ་ཆེ་ལ། སྨོས་སུ་དེ་དག་གི་རྒྱུ་རྐྱེན་ངོ་མ་འཚོལ་ཞིབ་བྱ་རྒྱུ་དེའང་ལས་སླ་མོ་ཞིག་ག་ལ་ཡིན་ཏེ་མིན་ནོ།། ལེའུ་གཉིས་པའི་ནང་དུ་རྩོམ་པ་པོ་ཁོང་གི་བརྩམས་སྒྲུང་དང་། འཕྲབ་གཞུང་། ལྷུག་རྩོམ། མི་སྣའི་ལོ་རྒྱུས་བརྩམས་ཆོས་བཅས་ཀྱི་བསམ་བློའི་ནང་དོན་ལ་དབྱེ་ཞིབ་དང་སྒྱུ་རྩལ་ཁྱད་ཆོས་སྟོག་འདོན་བྱས་ཡོད་ཅིང་། དེ་ནི་དཔྱད་རྩོམ་འདིའི་གཙོ་གནད་དང་དཀའ་གནད་དུའང་གྱུར་ཡོད་པས་རྩོམ་ལུས་མ་འདྲ་བ་མང་པོའི་རྩོམ་ཆོས་དབྱེ་ཞིབ་ཀྱི་ཟུར་ལྟའི་རིན་ཐང་ཆེའོ།། ལེའུ་གསུམ་པའི་ནང་དུ་ཁོང་གི་རྩོམ་རིག་གི་རིན་ཐང་ལ་མཐའ་སྡོམ་བྱས་པ་དང་སྦྲགས། ཁོང་གི་བརྩམས་ཆོས་ཀྱི་སྐད་ཆ་དང་རིག་གནས་ལྷུག་རྩོམ་གྱི་ནང་དོན་ཟབ་ཚད་སྐོར་ལ་ལུགས་མཐུན་དོན་ལྡན་གནད་འཕིགས་བཅས་ཀྱི་སྒོ་ནས་བསམ་གཞིག་དང་ལེགས་བཅོས་ཀྱི་བསམ་འཆར་ལྷུག་པར་བརྗོད་ཡོད་དོ།། གཞན་ཡང་། ཁོང་གི་ཉེ་རྩོམ་གྲགས་ཅན《སྲུལ་འཚོལ》ཞེས་པའི་བརྩམས་ཆོས་ནི་རིག་གནས་ལྷུག་རྩོམ་གྱི་བློ་བཙུད་འཛོམས་པའི་གསར་རྩོམ་གྱི་མ་དཔེ་གསར་བ་ཞིག་ཏུ་གྱུར་ཡོད་པ་གཞིར་བྱས་ནས་དེའི་ནང་དོན་དང་། རྣམ་པ། རིན་ཐང་བཅས་ལ་དཔྱད་པ་གསར་བ་བཏང་ཡོད་པ་མ་ཟད། རྩོམ་པ་པོ་ཁོང་གི་རྩོམ་རིག་གསར་རྩོམ་དང་འབྲེལ་བའི་ལོ་ཚིགས་དང་། ཁོང་ལ་བཅར་འདྲི་བྱས་པའི་ཟིན་བྲིས་གཉིས་ཀྱང་ཟུར་བཀོད་ཀྱི་ཚུལ་དུ་བྱུང་བས། འདི་ནི་རྗེས་མ་རྗེས་མར་མི་སྐྱེར་ལ་ཞིབ་འཇུག་བགྱི་བའི་རྩོམ་རིག་གི་རྒྱུ་ཆ་གསོན་པོ་མེད་དུ་མི་རུང་བ་ཞིག་ཏུ་འགྱུར་ཐུབ་པར་གདོན་མི་ཟའོ།།

མཇུག་ཏུ་འདིར་སྨྲས་པ།

ཕུན་ཚོགས་བཀྲ་ཤིས་མཆོག་གི་གསར་རྩོམ་ལས། །
སྒྱུ་རྩལ་འཚོལ་སྙིག་དཔྱད་གཞིར་བཟུང་ནས་ནི། །
ལུང་རིགས་དཔེ་ཡི་སྒོ་ནས་ལེགས་དཔྱད་པའི། །
བློ་ལྡན་བུ་འདིའི་དཔྱད་འབྲས་བསྔགས་བྱའི་ཡུལ། །

དངོས་གཞི་སློབ་མའི་སྐབས་ནས་འགྲོགས་ཏེ་འོང་། །
ཞིབ་འཇུག་སྐབས་སུ་བསྐྱང་བྱའི་སློབ་བུར་བསྐོས། །
ཐབས་དང་བརྩོན་པས་སློབ་མ་སྐྱོང་མཁས་པའི། །
ལྷུག་བཞུར་རྩོམ་ལ་རྒྱུན་ཆད་མེད་པར་སྨོན། །

ཞེས་བོད་ལྗོངས་སློབ་ཆེན་གྱི་རྩོམ་རིག་དགེ་རྒན་གྱི་མིང་ཙམ་འཛིན་པ་བྱ་མདོ་དོན་གྲུབ་ཚེ་རིང་འབོད་པས་དྲི་མེད་སྨོན་ཚིག་དང་བཅས༢༠༢༣ལོའི་ཟླ༦ཚེས༢༠ཉིན་སྐྱིད་ཤོད་གདོང་དཀར་ཤེལ་དཀར་བྲག་གི་འདབས་ཞོལ་དུ་མཇུག་རྫོགས་པར་སྦྱར་བ་ཀུན་ཏུ་དགེའོ། །

དཀར་ཆག

གླེང་གཞི།

དུས་རབས་སྔ་མའི་ལོ་རབས་བརྒྱད་ཅུ་ནི། བོད་ཀྱི་དེང་རབས་རྩོམ་རིག[1]གི་དཔྱིད་དཔལ་རྣམ་པར་རྒོད་ཅིང་འབྲུག་ཆ་ཤིན་ཏུ་ཆེ་བའི་དུས་མཚམས་ཤིག་ཡིན་ཞིང་། དུས་མཚམས་དེའི་ཁྲོད《བོད་ཀྱི་རྩོམ་རིག་སྒྱུ་རྩལ》དང《སྦྲང་ཆར》《སྦྲང་ཆར》《ལྷ་ཟེར》སོགས་རྩོམ་རིག་དུས་དེབ་དུ་མ་ཞིག་སྔ་རྗེས་སུ་གསར་བཏོན་འགྲེམས་སྤེལ་བྱས་ཡོད་ལ། དུས་མཚུངས་སུ་བོད་ཀྱི་དེང་རབས་རྩོམ་རིག་གི་རྩོམ་པ་པོའི་དཔུང་ཁག་གཅིག་ཀྱང་རིམ་བཞིན་འཚར་ལོངས་བྱུང་ཡོད། ཕུན་ཚོགས་བཀྲ་ཤིས་ལགས་ཀྱང་དཔུང་ཁག་དེའི་ཁྲོད་ནས་གསར་རྩོམ་གྱི་གྲུབ་འབྲས་གཟེངས་སུ་ཐོན་པའི་རྩོམ་པ་པོའི་གྲས་ཤིག་ཡིན། ཁོང་ནི་དུས་རབས་གོང་མའི་ལོ་རབས་བརྒྱད་ཅུའི་དཀྱིལ་ཙམ་ནས་རྩོམ་རིག་གསར་རྩོམ་གྱི་བྱ་བར་ཞུགས་པ་ནས་ད་ལྟའི་བར་མི་ལོ་བཞི་བཅུ་ལ་ཉེ་བའི་དུས་ཡུན་འདས་ཟིན། ལོ་རྗེ་དེ་དག

---

[1] བོད་ཀྱི་དེང་རབས་རྩོམ་རིག་གི་དུས་མཚམས་དབྱེ་ཚུལ་ཐད་འགའ་ཞིག་གིས་ཕྱི་ལོ་༡༩༤༩ལོ་ནས་ད་ལྟའི་བར་དུ་འདོད་མཁན་ཡོད་ལ། ཕྱི་ལོ་༡༩༥༧ལོ་དང་ཕྱི་ལོ་༡༩༥༨ལོ། དེ་བཞིན་ཕྱི་ལོ་༡༩༨༠ལོར་གཏུགས་པ་སོགས་ད་དུང་རྩོད་མེད་གཅིག་མཐུན་གྱི་ལྟ་བ་ཞིག་གྲུབ་མེད་ཅིང་། གཅིག་ཕྱུར་གྱི་ལྟ་བ་ཞིག་མ་གྲུབ་པའི་རྒྱུ་མཚན་སྣ་ཚོགས་མཆིས་པ་དེར་བོད་ལྗོངས་སློབ་ཆེན་གྱི་དགེ་བའི་བཤེས་གཉེན་ལྷག་པ་ཆོས་འཕེལ་མཆོག་གིས"རྩོམ་རིག་ལོ་རྒྱུས་འབྲི་བའི་སྲོལ་བྱུང་བ་ནས་བཟུང་། དུས་ཀྱི་དབྱེ་མཚམས་འབྱེད་ལུགས་ཐད་རང་རང་གི་རྩ་དོན་དང་། ཚད་བཟུང་ས་མི་འདྲ་བ་འགའ་ཞིག་བྱུང་ཡོད། དུས་ཀྱི་དབྱེ་མཚམས་འབྱེད་ལུགས་དེ་རྣམས་ལས་གཙོ་བོ་ཁག་གསུམ་ཡིན་པར་འདོད་དེ། དེ་ནི་ལོ་རྒྱུས་ཀྱི་འཕེལ་རིམ་ལ་གཞིགས་ནས་འབྱེད་པ། ཆབ་སྲིད་ཀྱི་འཕོ་འགྱུར་ལ་གཞིགས་ནས་འབྱེད་པ། རིག་གནས་ཀྱི་འཕེལ་རྒྱས་ལ་གཞིགས་ནས་འབྱེད་པ་བཅས་ཡིན།"ཞེས་གསུངས་པ་ལྟར་དུ་འབྱེད་ལུགས་ཀྱི་རྩ་དོན་དང་ཚད་གཞི་འཛིན་ས་མ་གཅིག་པས། དུས་མཚམས་དབྱེ་ཚུལ་ཡང་མི་གཅིག འདིར་རང་ལུགས་སུ་ཕྱི་ལོ་༡༩༥༧ནས་ཕྱི་༡༩༨༠ལོ་བར་འདོད་པ་ཡིན།

ནང་ཁོང་གི་གསར་རྩོམ་གྱི་རྩོམ་ལུས་ཆ་ནས་བརྩམས་སྒྲུང་དང་འཁྲབ་གཞུང་། ལྷུག་རྩོམ་དང་རྟོགས་བརྗོད་བཅས་ཡོད་ལ། ཡིག་རིགས་ཀྱི་ཆ་ནས་བོད་རྒྱ་ཡིག་རིགས་གཉིས་ཀྱི་ཐོག་ནས་གསར་རྩོམ་དང་འཚོལ་ཞིབ་བྱེད་ཀྱིན་ཡོད་པས། མིག་སྔར་བོད་ཀྱི་རྩོམ་པ་པོའི་ཁྲོད་དུ་དེ་འདྲའི་ཁྱད་ཡོན་དང་འཛིན་ནུས་ལྡན་པ་དེ་ཙམ་མང་པོ་ཞིག་མེད་པར་སྣང་། ཁོང་གི་རྩོམ་གྱི་བརྗོད་བྱའི་ནང་དོན་དང་སྒྱུ་རྩལ་གྱི་མཚོན་ཐབས། དེ་བཞིན་སྐད་ཆའི་སྦྱོར་བ་སྤེལ་སྟངས། ནང་དོན་གྱི་ཁྱབ་རྒྱ་སོགས་མདོར་ན་རྩོམ་གྱི་སྤུས་ཚད་དང་གྲངས་ཚད། གང་གི་ཆ་ནས་བོད་ཀྱི་དེང་རབས་རྩོམ་པ་པོའི་ཁྲོད་དུ་གནས་བབ་ངེས་ཅན་ཞིག་བཟུང་ཡོད་ལ། བོད་ཀྱི་དེང་རབས་རྩོམ་རིག་འཕེལ་རྒྱས་གཏོང་བར་ཁ་ཡོད་ལག་ཡོད་ཀྱི་གྲུབ་འབྲས་དང་ལེགས་སྐྱེས་ངེས་ཅན་ཞིག་ཀྱང་ཕུལ་ཡོད།

དེ་ཡང་དེབ་འདིའི་ནང་དུ་དོན་གནད་ཆེ་བ་ཁག་གསུམ་གྱི་ཐོག་ནས་དཔྱད་གླེང་བྱས་ཡོད་དེ། ལེའུ་དང་པོའི་ནང་དུ་གཙོ་ཆེར་བརྩམས་ཆོས་ཀྱི་རྩོམ་ལུས་དང་སྒྱུ་རྩལ་གྱི་མཚོན་ཐབས། གསར་རྩོམ་གྱི་ཡིག་རིགས་མི་འདྲ་བ་བཅས་ཀྱི་སྟེང་ནས། ཕུན་ཚོགས་བཀྲ་ཤིས་ཀྱི་མི་ལོ་བཞི་བཅུ་ལ་ཉེ་བའི་གསར་རྩོམ་གྱི་དུས་ཡུན་སྤྱི་དེར། བྱེ་བྲག་འཕེལ་འགྱུར་གྱི་དུས་རིམ་གསུམ་དུ་ཕྱེས་ནས་དཔྱད་གླེང་བྱས་ཡོད་ལ། མུ་མཐུད་ནས་གསར་རྩོམ་འཕེལ་འགྱུར་གྱི་རྒྱུ་རྐྱེན་འཚོལ་ཞིབ་བྱེད་པར་གཙོ་ཆེར་ནང་རྐྱེན་དང་ཕྱི་རྐྱེན་གཉིས་བཤད་ཡོད། ལེའུ་གཉིས་པར་ཕུན་ཚོགས་བཀྲ་ཤིས་ཀྱི་མིག་སྔའི་བར་དུ་དཔེ་སྐྲུན་ཟིན་པའི་བརྩམས་ཆོས་སྤྱིར་ཕྱོགས་ཡོངས་ནས་ཙུང་ཞིབ་ཚགས་པའི་སྒོ་ནས་དཔྱད་གླེང་བྱས་ཡོད་དེ། རྩོམ་ལུས་ཆ་ནས་བརྩམས་སྒྲུང་། ལྷུག་རྩོམ། འཁྲབ་གཞུང་། མི་སྣའི་རྟོགས་བརྗོད་རྩོམ་རིག་བཅས་གཞིར་བཟུང་ནས་རྩོམ་ལུས་རེ་རེར་ས་བཅད་རེ་རེའི་ཚུལ་དུ་བཞག་ནས་དཔྱད་གླེང་བྱས་ཡོད། བརྩམས་སྒྲུང་ཐད་གཙོ་ཆེར་བསམ་བློའི་ནང་དོན་དང་མི་སྣ་གཉིས་ལ་དབྱེ་ཞིབ་བྱས་ཡོད་ཅིང་། འཁྲབ་གཞུང་སྐོར་ལ་གཏམ་བརྗོད་ཟློས་གར་ཐུང་གྲས་དང་དགོད་བྲོའི་གཏམ་གླེང་གཉིས་ཀྱི་ཁྱད་པར་དང་འབྱུང་ཁུངས་མདོར་བསྡུས་ཤིག་གླེང་ནས། རིམ་བཞིན་ཕུན་

ཚོགས་བརྒྱ་ཤེས་ཀྱི་འཕྲུལ་གཞུང་གི་ནང་དོན་དང་སྐད་ཆའི་ཁྱད་ཆོས། གསར་གཏོད་ཀྱི་རིན་ཐང་བཅས་གཙོ་ཆེར་གླེང་ཡོད།

ལྷག་རྩོམ་གྱི་སྐོར་ལ་ཁོང་གི་བརྩམས་ཆོས་《བོད་ཡུལ་གྱི་གནའ་གཏམ་》ཞེས་པ་ས་བཅད་གཅིག་ཏུ་བཞག་ནས་དེའི་བརྗོད་བྱའི་ནང་དོན་དང་རྗོད་བྱེད་ཚིག་སྦྱོར། སྒྱུ་རྩལ་གྱི་མཚོན་ཐབས་བཅས་ལ་དཔྱད་གླེང་བྱས་ཡོད། མི་སྣའི་རྟོགས་བརྗོད་རྩོམ་རིག《གངས་ལྗོངས་རིག་རྩལ་གྱི་བདག་ཉིད། ཐུབ་བསྟན་གྱི་མི་ཚེའི་ལམ་བུ་》འཆད་པར་ཐོག་མར་བརྩམས་ཆོས་ཀྱི་ནང་དོན་ངོ་སྤྲོད་མདོར་བསྡུས་ཤིག་དང་སྦྲགས་དེའི་སྒྱུ་རྩལ་གྱི་ཁྱད་ཆོས་གླེང་བར་རྟོགས་བརྗོད་རྩོམ་རིག་གི་དངོས་ཡོད་རང་བཞིན་དང་རྩོམ་རིག་རང་བཞིན་གཉིས་གཙོས་སུ་འཛིན་ཡོད་ཚུལ་གླེང་ནས། མཐའ་མར་བརྩམས་ཆོས་འདིའི་ཐུན་མིན་གྱི་རིན་ཐང་འགའ་ཞིག་གླེང་ཡོད།

འདིར་ཆེད་དུ་གསལ་འགྲེལ་ཞུ་དགོས་པ་ཞིག་ལ། དེབ་ཆུང་འདི་ཉིད་ཀྱི་ཐོག་མའི་མ་ཟིན་ནི་ཁོ་བོའི་སྤྱི་ལོ་༢༠༡༨ལོར་བོད་ལྗོངས་སློབ་ཆེན་རིག་གཞུང་སློབ་གླིང་དུ་ཤེས་རམས་ཞིབ་འཇུག་སློབ་གནས་ཞུ་བའི་དམ་བཅའི་དཔྱད་རྩོམ་ཡིན་ཞིང་། དེ་དུས་ཁོང་གི་རིག་གནས་ལྷུག་རྩོམ《ཇོ་མོ་གླང་མའི་འདབས་རོལ་དུ། ཤུལ་འཚོལ་》ཞེས་པ་ཡོངས་སུ་གསར་རྩོམ་དང་དཔེ་སྐྲུན་གནང་མེད་པས། དཔྱད་རྩོམ་དེའི་ནང་བརྩམས་ཆོས་དེའི་ནང་དོན་འཁོད་མེད། ཁོ་བོ་ཤེས་རམས་ཞིབ་འཇུག་སློབ་མ་སློབ་མཐར་ཕྱིན་ནས་ལོ་གསུམ་གྱི་རྗེས་ཏེ་སྤྱི་ལོ་༢༠༡༩ལོ་མཇུག་ཏུ《ཇོ་མོ་གླང་མའི་འདབས་རོལ་དུ། ཤུལ་འཚོལ་》ཞེས་པའི་བརྩམས་ཆོས་དེ་བོད་ལྗོངས་བོད་ཡིག་དཔེ་རྙིང་དཔེ་སྐྲུན་ཁང་གིས་དངོས་སུ་དཔེ་སྐྲུན་འགྲེམས་སྤེལ་གནང་། དེས་ན་ཆེད་དུ་རྩོམ་མཁན་ཕུན་ཚོགས་བཀྲ་ཤིས་ཀྱི་རྩོམ་རིག་གསར་རྩོམ་ལ་ཞིབ་འཇུག་བྱེད་ཁུལ་གྱི་ལས་ལ་གཞོལ་བའི་ཁོ་བོར་མཚོན་ན། ཁོང་གི་རྩོམ་རིག་གསར་རྩོམ་གྱི་འཕེལ་འགྱུར་དང་བརྩམས་ཆོས་ཀྱི་ཁྱད་ཡོན་བཅས་པར་ཕྱོགས་ཡོངས་ནས་ཙུང་འཐུས་སྒོ་ཚང་བའི་དཔྱད་པ་ཞིག་བྱ་ཕྱིར། 《ཇོ་མོ་གླང་མའི་འདབས་རོལ་དུ། ཤུལ་འཚོལ་》ཞེས་པའི་

བརྩམས་ཆོས་དེའི་སྐོར་ལ་དཔྱད་གླེང་མདོར་བསྡུས་ཤིག་ཀྱང་ཁ་གསབ་བྱས་ནས། ལེའུ་གཉིས་པ་བརྩམས་ཆོས་དབྱེ་ཞིབ་ཀྱི་ནང་དོན་ལས་ལྷུག་རྩོམ་གྱི་ཁོངས་སུ་ས་བཅད་གཅིག་བསྐྱར་དུ་བསྣན་ཡོད། མ་གཞི་བརྩམས་ཆོས་དེའི་སྐོར་གྱི་ནང་དོན་ཁ་སྐོན་བྱས་པ་དེས་གང་ལ་དཔྱད་པར་བྱ་བའི་དོན་དེ། འཕྲུས་སྐྱོ་ཇེ་ཚང་དང་ཕུན་སུམ་ཇེ་ཚོགས་སུ་སོང་བའི་དགེ་མཚན་ཞིག་མཆིས་ཀྱང་། དེ་དང་སྦྲགས་ནང་དོན་འགའ་ཞིག་གི་གོ་ལེན་ཁྱབ་ཁོངས་དེ་ཙུང་ཀུ་ཇེ་དོག་ཏུ་སོང་བའི་སྐྱོན་ཞིག་ཀྱང་ཐོན་ཡོད་པར་སྙམ། དཔེར་ན་ལེའུ་གསུམ་པའི་སྐབས་སུ་ཁོང་གི་རིག་གནས་ལྷུག་རྩོམ་གྱི་ཞན་ཆའམ་མི་འདང་བའི་ཆ་ཙུང་ཟད་གླེང་བ་དེ་ཡང་དོན་དུ《བོད་ཡུལ་གྱི་གནའ་གཏམ》ཞེས་པ་གཞིར་བཞག་ནས་དེར་རང་གི་ལྟ་ཚུལ་རེ་གླེང་བར་གོ་དགོས་པ་ལས། ཁོང་གི་རིག་གནས་ལྷུག་རྩོམ《ཇོ་མོ་གླང་མའི་འདབས་རོལ་དུ། ཤུལ་འཚོལ》ཞེས་པར་གོ་མི་རིགས་སོ། །

ལེའུ་གསུམ་པར་ཕུན་ཚོགས་བཀྲ་ཤིས་དང་ཁོང་གི་རྩོམ་རིག་གསར་རྩོམ་ཐད་ཀྱི་མཐའ་བསྒོམས་ཤིག་དང་དེ་ལས་བྱུང་བའི་བསམ་གཞིག་སྟེ། ཐོག་མར་གཅིག་ནས་རྩོམ་མཁན་གང་ཉིད་ཀྱི་འཁོར་ཆེ་ལ་ སྤུས་དག་པའི་བརྩམས་འབྲས་དང་། གཉིས་ནས་བོད་ཀྱི་དགོད་གཏམ་དང་གཏམ་བརྗོད་ བློས་གར་ཐུང་གྲས་ཀྱི་འཕྲུལ་གཞུང་གསར་རྩོམ་ཐད་དཔེ་མཚོན་རང་བཞིན་གྱི་ནུས་པ་ཐོན་པ། གསུམ་ནས་བོད་ཀྱི་སྒྱུ་རྩལ་ལྷུག་རྩོམ་དེ་རིམ་བཞིན་རིག་གནས་ལྷུག་རྩོམ་གྱི་རྣམ་པའི་ཕྱོགས་སུ་སྐྱུལ་འདེད་གཏོང་བར་དགེ་མཚན་ཐོན་ཡོད་པ་དང་བཅས་ཕྱོགས་གསུམ་གྱི་ཆ་ནས་བོད་ཀྱི་དེང་རབས་རྩོམ་རིག་ལ་ལེགས་སྐྱེས་ངེས་ཅན་ཞིག་ཕུལ་ཡོད་ཚུལ་དཔྱད་གླེང་བྱས་ཡོད།

མདོར་ན། དཔྱད་རྩོམ་འདིར་རྩོམ་མཁན་ཕུན་ཚོགས་བཀྲ་ཤིས་དང་ཁོང་གི་རྩོམ་རིག་གསར་རྩོམ་གྱི་གྲུབ་འབྲས་དང་སྐྱོན་ཡོན་བཅས་བོད་ཀྱི་དེང་རབས་རྩོམ་རིག་རྩིལ་བའི་ཁྱབ་ཁོངས་ཁྲོད་དུ་བཞག་ནས། བརྩམས་ཆོས་ཀྱི་བསམ་བློའི་ནང་དོན་དང་སྒྱུ་རྩལ་ཁྱད་ཆོས། མཛེས་དཔྱོད་ཀྱི་རིན་ཐང་སོགས་ཕྱོགས་ཡོངས་ལ་དོན་དངོས་དང་མཐུན་པའི་སྒོ་

ནས་རང་གི་ནུས་ཚད་ཀྱིས་སྔོག་འདོན་དང་འཚོལ་ཞིབ། ཞིབ་འཇུག་དཔྱད་གླེང་བཅས་བྱས་ཡོད་ཅིང་། དུས་མཚུངས་སུ་བོད་ཀྱི་དེང་རབས་རྩོམ་རིག་གསར་རྩོམ་ཁྲོད། གང་མགྱོགས་བོད་སྐད་འགྱུར་གཞུང་གི་རྩོམ་པ་པོ་གསོ་སྐྱོང་བྱེད་དགོས་པ་གལ་ཆེ་ཚུལ་དང་ཁ་ཚ་དགོས་གཏུགས་ཀྱི་རང་བཞིན་སོགས་བརྗོད་ནས་མཇུག་བསྡུས་ཡོད།

དང་པོ། ཞིབ་འཇུག་གི་དམིགས་ཡུལ་དང་དོན་སྙིང་།

གཅིག ཞིབ་འཇུག་གི་དམིགས་ཡུལ།

ཕུན་ཚོགས་བཀྲ་ཤིས་ལགས་ཀྱིས་མི་ལོ་བཞི་བཅུ་ལ་ཉེ་བའི་རྩོམ་རིག་གསར་རྩོམ་གྱི་དུས་ཡུན་ཁྲོད་ནམ་ཡང་གསར་གཏོད་དང་འཚོལ་སྙེག་གི་འདུན་པ་མ་ལྷོད་པར་དུས་རབས་ཀྱི་ཁྱད་ཆོས་དམ་དུ་བཟུང་ནས་རྩོམ་རིག་གསར་རྩོམ་ཐད་སྤྲོ་རྗེས་སུ། བརྩམས་སྒྲུང་བདམས་བཏུས་《སྲིད་ཆོས་དང་མོའི་ཕྲུ་གུ་ལྔའི་ཕ་རྣམས་》[1]འགྱུར་གཞུང་བདམས་བཏུས་《བཞད་གད་འཛུམ་ཤོར་དོན་ལྡན་》[2]《འགྱུར་གཞུང་བཞད་གད་ཏ་ཏ་ཏ་》[3]ལྷུག་རྩོམ་ཕྱོགས་བསྒྲིགས་《བོད་ཡུལ་གྱི་གནའ་གཏམ་》[4]མི་སྣའི་རྟོགས་བརྗོད་《གངས་ལྗོངས་རིག་རྩལ་གྱི་

---

① སྤྱི་ལོ་༡༩༩༧ལོར་བོད་ལྗོངས་མི་དམངས་དཔེ་སྐྲུན་ཁང་གིས་དཔར་དུ་བསྐྲུན། བརྩམས་ཆོས་འདི་ད་ལྟའི་བར་དུ་ཁྲིན་དཔར་ཐེངས་ལྔ་དཔར་ཐེན་ཅིང་། པར་གཞི་མི་གཅིག་པའི་དེབ་མིང་གི་དག་ཆར་ཁྱད་པར་ཙུང་ཟད་མཆིས་ཏེ། དཔེར་ན་༢༠༠༨ལོར་པར་ཐེངས་གསུམ་པ་དཔར་བར་《སྲིད་ཆོས་དང་མོའི་ཕྲུ་གུ་ལྔའི་ཕ་རྣམས་》ཞེས་བྲིས་འདུག་ལ་༢༠༡༡ལོར་ཐེངས་ལྔ་པ་དཔར་བར་《སྲི་གཅོད་དང་མོའི་ཕྲུ་གུ་ལྔའི་ཕ་རྣམས་》ཞེས་བྲིས་འདུག བརྩམས་སྒྲུང་དེ་འབྲེལ་གྱི་དཔྱད་བརྗོད་ཁག་ཏུ《སྲིད་ཆོས་དང་མོའི་ཕྲུ་གུ་ལྔའི་ཕ་རྣམས་》ཞེས་བྲིས་པ་མང་ལ། མ་རྩོམ་གྱི་ཁ་བྱང་དུ་ཡང《སྲིད་ཆོས་དང་མོའི་ཕྲུ་གུ་ལྔའི་ཕ་རྣམས་》རང་དུ་བྲིས་འདུག་པས་འདིར་གཅིག་གྱུར་དུ《སྲིད་ཆོས་དང་མོའི་ཕྲུ་གུ་ལྔའི་ཕ་རྣམས་》ཞེས་བྲིས་ན་རྩོམ་པ་པོའི་དགོངས་གཞི་དང་མཐུན་པ་ཞིག་ཏུ་མཐོང་ངོ་།

② སྤྱི་ལོ་༡༩༩༩ལོར་བོད་ལྗོངས་མི་དམངས་དཔེ་སྐྲུན་ཁང་གིས་དཔར་དུ་བསྐྲུན།

③ སྤྱི་ལོ་༢༠༠༨ལོར་བོད་ལྗོངས་མི་དམངས་དཔེ་སྐྲུན་ཁང་གིས་དཔར་དུ་བསྐྲུན།

④ སྤྱི་ལོ་༢༠༡༠ལོར་བོད་ལྗོངས་བོད་ཡིག་དཔེ་རྙིང་དཔེ་སྐྲུན་ཁང་གིས་དཔར་དུ་བསྐྲུན།

བདག་ཉིད། ཐུབ་བསྟན་གྱི་མི་ཚེའི་ལམ་བུ་》[1]བཅས་རིམ་པ་བཞིན་དཔེ་སྐྲུན་བྱས་པ་མ་ཟད། སྤྱི་ལོ་༢༠༡༨ལོར《རྫོ་མོ་གླིང་མའི་འདབས་རོལ་དུ། ཤུལ་འཚོལ་》[2]ཞེས་པ་དཔེ་སྐྲུན་གནང་ཡོད། "ཕུན་ཚོགས་བཀྲ་ཤིས་ལགས་ནི་ང་ཚོ་རྩོམ་པ་པོའི་ཁྲོད་ནས་བརྗོད་ན་སྐལ་བ་ཅུང་ཟད་བཟང་བའི་གྲས་ཤིག་རེད། རྒྱུ་མཚན་ནི་ཁོང་བོད་བུར་ལབ་དོང་རྙེད་པ་ལྟར་གྱི་རྩོམ་པ་པོ་དང་མི་འདྲ་ལ། ལག་རྩུམ་དཔའ་བོའི་རྩོམ་པ་པོ་དང་ཡང་མི་འདྲ་བར། ཁོང་གིས་དུས་རབས་ཀྱི་འཕར་རྩ་དམ་པོར་འཛིན་ཐུབ་པ་མ་ཟད། ད་དུང་སྐད་ཡིག་གི་མཚོན་ཆ་སྣ་གཉིས་ལ་བརྟེན་ནས་འཐབ་རྩོད་བྱེད་ཐུབ་པས་ཀྱང་ཡིན་"[3]ཞེས་གསུངས་པ་ལྟར་དུ། ཁོང་གིས་རྩོམ་ལུས་མི་འདྲ་བ་སྣ་ཚོགས་ཀྱི་ལམ་ནས་གསར་རྩོམ་དང་འཚོལ་སྒྲིག་བྱེད་བཞིན་པ་མ་ཟད། ཡིག་རིགས་ཆ་ནས་ཀྱང་བོད་རྒྱ་ཡིག་རིགས་གཉིས་[4]ཀྱི་ལམ་ནས་གསར་རྩོམ་གནང་གིན་ཡོད་ལ་དེའི་ཐད་གྲུབ་འབྲས་ཀྱང་མི་དམན་པ་བླངས་ཡོད།

མ་གཞི་ཕུན་ཚོགས་བཀྲ་ཤིས་ལགས་ཀྱི་རྩོམ་རིག་གསར་རྩོམ་སྐོར་ལ་དཔྱད་པ་གནང་བ་ཐར་ཐོར་རེ་ཡོད་ཀྱང་ཁོང་གི་མི་ལོ་བཞི་བཅུ་ལ་ཉེ་བའི་རྩོམ་རིག་གསར་རྩོམ་གྱི་ཉམས་མྱོང་དང་གྲུབ་འབྲས། བརྩམས་ཆོས་སོགས་ལ་ཕྱོགས་ཡོངས་ནས་དཔྱད་པ་བྱས་པ་ཞིག་ད་བར་མཐོང་ཆོས་སུ་མི་སྣང་བས། ཁོང་གི་གསར་རྩོམ་གྱི་འཕེལ་འགྱུར་གྱི་དུས་རིམ་དབྱེ་འབྱེད་དང་། རྩོམ་ལུས་མི་གཅིག་པའི་བརྩམས་ཆོས་ཡོངས་ལ་ཕྱོགས་ཡོངས་ནས་ཅུང་འཕྱུས་སྒོ་ཚང་བའི་དཔྱད་པ་ཞིག་ཐུབ་ན་སྙམ་པའི་འདུན་པ། དེ་བཞིན་ཁོང་གི་རྩོམ་རིག་གསར་

① སྤྱི་ལོ་༢༠༡༡ལོར་བོད་ལྗོངས་བོད་ཡིག་དཔེ་རྙིང་དཔེ་སྐྲུན་ཁང་གིས་དཔར་དུ་བསྐྲུན།

② སྤྱི་ལོ་༢༠༡༨ལོར་བོད་ལྗོངས་བོད་ཡིག་དཔེ་རྙིང་དཔེ་སྐྲུན་ཁང་གིས་དཔར་དུ་བསྐྲུན།

③ མཚོ་སྔོན་བོད་ཡིག་གསར་འགྱུར་ཁང་གིས་བསྒྲིགས། 《ནགས་གླིང་ཁྲ་བྱུག་འདུག་གནས་》 མི་རིགས་དཔེ་སྐྲུན་ཁང་། ༢༠༠༩ལོ། ཤ ༡༨༩

④ 《བོད་ཡུལ་གྱི་གནའ་གཏམ་》དང་《རྫོ་མོ་གླིང་མའི་འདབས་རོལ་དུ། ཤུལ་འཚོལ་》ཞེས་པའི་བརྩམས་ཆོས་གཉིས་རིམ་པ་བཞིན་སྤྱི་ལོ་༢༠༡༠ལོ་དང་སྤྱི་ལོ་༢༠༡༨ལོར་སྔ་ཕྱིར་བོད་ལྗོངས་བོད་ཡིག་དཔེ་རྙིང་དཔེ་སྐྲུན་ཁང་ནས་བོད་རྒྱ་ཡིག་རིགས་གཉིས་ཀྱི་ལམ་ནས་པར་བསྐྲུན་བྱས་ཡོད།

རྩོམ་གྱི་ཐབས་ལམ་དང་བརྩམས་ཆོས་ཀྱི་ཁྱད་ཡོན་དང་རིན་ཐང་སོགས་ལ་དབྱེ་ཞིབ་དང་སྤྱོག་འདོན་བྱས་པ་བརྒྱུད། ཁོང་གིས་བོད་ཀྱི་དེང་རབས་རྩོམ་རིག་འཕེལ་རྒྱས་གཏོང་བར་ཞུགས་སྐྱེས་ཅི་འདྲ་ཞིག་ཕུལ་ཡོད་པ་དང་། བོད་ཀྱི་དེང་རབས་རྩོམ་པ་པོའི་ཁྲོད་དུ་གནས་བབ་གང་འདྲ་ཞིག་བཟུང་ཡོད་མེད་ཐད་ངོས་འཛིན་ཡང་དག་ཅིག་ཡོང་བའི་རེ་བ་བཅས་ནི་ཞིབ་འཇུག་གི་དམིགས་ཡུལ་ལོ། །

གཉིས། ཞིབ་འཇུག་གི་དོན་སྙིང་།

རྩོམ་པ་པོ་ཕུན་ཚོགས་བཀྲ་ཤིས་ལགས་ཀྱི་གསར་རྩོམ་གྱི་ཉམས་མྱོང་དང་གྲུབ་འབྲས་ལ་ཕྱོགས་བསྡོམས་དང་གདེང་འཇོག་བྱས་པ་བརྒྱུད། དེས་བོད་ཀྱི་དེང་རབས་རྩོམ་རིག་གི་འཕེལ་ཕྱོགས་དང་གྲུབ་འབྲས་སོགས་ལ་རྒྱུས་ལོན་དང་ཤེས་རྟོགས་གང་འཚམས་ཤིག་ཐུབ་ལ། མ་འོངས་བོད་ཀྱི་རྩོམ་རིག་འཕེལ་རྒྱས་གཏོང་ཕྱོགས་ཐད་ཀྱི་ཐབས་ལམ་གསར་པ་འཚོལ་ཞིབ་བྱ་རྒྱུ་དང་། ལྷག་པར་དུ་ཕུན་ཚོགས་བཀྲ་ཤིས་ཀྱི་འབྲུབ་གཞུང་གསར་རྩོམ་གྱི་ཁྱད་ཡོན་ལ་དཔྱད་པ་བྱས་པ་བརྒྱུད། བོད་ཀྱི་འབྲུབ་གཞུང་རྩོམ་རིག་གི་གཞུང་ལུགས་འཛུགས་སྐྲུན་དང་རྩོམ་པ་པོ་སྐྱེད་སྲིང་བྱེད་དགོས་པའི་གལ་ཆེའི་རང་བཞིན་དེ། ཀུན་གྱིས་ངེས་པར་དོ་སྣང་བྱེད་དགོས་པའི་གནད་དོན་ཞིག་ཏུ་མཐོང་བར་མཚུངས་མོས་རེ་སྟོན་གྱི་དཔེ་ཊུ་མ་སོང་ཡང་། དྲན་སྐུལ་གསལ་འདེབས་ཀྱི་ནུས་པ་ཙམ་ཞིག་ཐོན་པའི་རེ་བ་བཅངས་བ་ནི་རྩོམ་འདིའི་དོན་སྙིང་གི་གྲས་སུ་རང་གིས་འདོད། ད་དུང་ཁོང་གི་རིག་གནས་ལྷུག་རྩོམ་གྱི་ནང་དོན་དང་རྣམ་པ། རིན་ཐང་སོགས་ལ་དབྱེ་ཞིབ་བྱས་པ་བརྒྱུད་བོད་ཀྱི་རིག་གནས་ལྷུག་རྩོམ་གྱི་མ་འོངས་འཕེལ་ཕྱོགས་དང་། གསར་རྩོམ་གྱི་ཐབས་ལམ་ལ་འཚོལ་ཞིབ་བྱེད་པའི་རིན་ཐང་ཙུང་ཟད་ཅིག་ཀྱང་མཆིས་པར་སེམས་སོ། །

གཉིས་པ། ཞིབ་འཇུག་གི་ཐབས་ལམ།

ཞིབ་འཇུག་གི་ཐབས་ལམ་ཐད་ལེའུ་དང་པོའི་སྐབས་སུ་གཙོ་ཆེར་བཅར་འདྲི་རྟོག

ཞིབ་ཀྱི་ཐབས་ལ་བརྟེན་ནས་གསར་རྩོམ་གྱི་འཕེལ་འགྱུར་འགྲོ་བའི་རྒྱུ་རྐྱེན་འཚོལ་ཞིབ་བྱ་ཕྱིར་རྩོམ་མཁན་ཉིད་ཀྱི་འཚར་ལོངས་ཀྱི་ཁོར་ཡུག་དང་སློབ་གཉེར་གྱི་བརྒྱུད་རིམ། ལས་གནས་འགྱུར་ལྡོག་སོགས་མདོར་ན་མི་ཚེའི་སྤྱོད་བརྒྱུད་དང་གསར་རྩོམ་གྱི་འཕེལ་འགྱུར་གཉིས་ཕན་ཚུན་ཟུང་འབྲེལ་དང་གཤིབ་བསྡུར་བྱས་ནས་གསར་རྩོམ་གྱི་དུས་རིམ་དབྱེ་འབྱེད་དང་དེའི་རྒྱུ་རྐྱེན་ལ་འཚོལ་ཞིབ་བྱས་ཡོད།

ལེའུ་གཉིས་པའི་ནང་དུ་གཙོ་ཆེར་ཡིག་ཚགས་སྡོག་བཤེར་དང་རིགས་དབྱེ་གཤིབ་བསྡུར་གྱི་ཐབས། དེ་བཞིན་བརྩམས་ཆོས་ལྟ་ཀློག་དང་སྤྱོད་དཔྱད་ཀྱི་ཐབས་ཤེས་སྤྱད་ནས་རྩོམ་ལུས་མི་གཅིག་པའི་བརྩམས་ཆོས་སྤྱིར་རང་དོན་གྱི་དོན་འཛིན་དང་རྩོམ་རིག་གཞུང་ལུགས་ཀྱི་ཤེས་བྱ་ཟུང་དུ་འབྲེལ་ནས་དཔྱད་འཚོལ་བྱས་ཡོད།

ལེའུ་གསུམ་པའི་ནང་གཙོ་ཆེར་ཕྱོགས་བསྡུས་དབྱེ་ཞིབ་དང་། རིགས་དབྱེ་གཤིབ་བསྡུར་གྱི་ཐབས་གཙོ་བོར་བཟུང་ནས། རྩོམ་མཁན་གང་ཉིད་ཀྱི་རྩོམ་རིག་གསར་རྩོམ་གྱི་ཉམས་སྒྱོང་དང་གྲུབ་འབྲས་ལ་ཕྱོགས་ཡོངས་ནས་ཕྱོགས་བསྡོམས་གདིང་འཇོག་བྱས་ཡོད།

གསུམ་པ། ཞིབ་འཇུག་གི་གནས་བབ།

དེ་ཡང་ཞིབ་འཇུག་གི་དགོས་སྙིང་སྐབས་སུ་བསྟན་པ་བཞིན་ཕུན་ཚོགས་བཀྲ་ཤིས་ལགས་ནི་བོད་རྒྱ་ཡིག་རིགས་གཉིས་ཀྱི་ལམ་ནས་རྩོམ་རིག་གསར་རྩོམ་གྱི་བྱ་བར་གཞོལ་མཁན་ཞིག་ཡིན་པས། ཞིབ་འཇུག་གི་གནས་བབ་བསྟན་པར་ཡང་བོད་རྒྱ་ཡིག་རིགས་གཉིས་སུ་ཕྱེ་ནས་ལམ་ཙམ་བསྟན་པར་བྱེད་དོ། །

གཅིག བོད་ཡིག་གི་ཞིབ་འཇུག་གི་གནས་བབ།

ཕུན་ཚོགས་བཀྲ་ཤིས་ཀྱི་རྩོམ་རིག་གསར་རྩོམ་སྐོར་ལ་བོད་ཡིག་གི་ལམ་ནས་དཔྱད་པ་བྱས་པ་ལྟོས་བཅས་ཀྱིས་རྒྱ་ཡིག་དང་བསྡུར་ཚེ་དེ་ཙམ་མང་པོ་མེད་ལ། དེ་བཞིན་དུ་ཁོང་དང་ཧ་ལམ་དུས་མཉམ་པའི་བོད་ཀྱི་དེང་རབས་རྩོམ་མཁན་གྲགས་ཆེ་བ་ཚེ་རིང་དོན་

གྲུབ། བཀྲ་ཤིས་དཔལ་ལྡན་སོགས་དང་བསྡུར་ན་འང་ལྟོས་བཅས་ཀྱིས་ཁོང་གི་རྩོམ་རིག་གསར་རྩོམ་དང་བརྩམས་ཆོས་སྐོར་གྱི་དཔྱད་འབྲས་ཅུང་ཉུང་བར་སྣང་། སྔོས་སུ་ཁོང་གི་འཕྲབ་གཞུང་གསར་རྩོམ་ཐད་དཔྱད་པ་བྱས་པ་ནི་དེ་བས་ཉུང་།

ཕུན་ཚོགས་བཀྲ་ཤིས་ཀྱི་བརྩམས་སྒྲུང་སྐོར་ལ་དཔྱད་པ་བྱས་པ་སྔ་ཤོས་ནི་ཕལ་ཆེར་སྤྱི་ལོ་༡༩༩༧ལོར་སྐལ་བཟང་གཡུང་དྲུང་ལགས་ཀྱིས《དུས་རབས་ཀྱིས་བསྐྱུར་བའི་སྒོ་རས་ཤིག —— ཕུན་ཚོགས་བཀྲ་ཤིས་ཀྱི་བརྩམས་སྒྲུང་སྐོར་ལ་རགས་ཙམ་དཔྱད་པ་》[1]ཞེས་པའི་དཔྱད་རྩོམ་ཞིག་སྤེལ་གནང་འདུག དེ་ནས་སྤྱི་ལོ་༡༩༩༨ལོར་ནོར་བུ་བསམ་འཕེལ་ལགས་ཀྱིས《འཚོལ་སྙིག་གི་ལམ་དུ་བཞུད་པའི་བརྩམས་སྒྲུང་གི་མེ་ཏོག —— ཕུན་ཚོགས་བཀྲ་ཤིས་ཀྱི་བརྩམས་སྒྲུང་ལ་རགས་ཙམ་དཔྱད་པ་》[2]ཞེས་པའི་དཔྱད་རྩོམ་སྤེལ་འདུག སྤྱི་ལོ་༢༠༠༧ལོར་མཚོ་སྔོན་བོད་ཡིག་གསར་འགྱུར་ཁང་གིས་བསྒྲིགས་ཤིང་མི་རིགས་དཔེ་སྐྲུན་ཁང་གིས་པར་བསྐྲུན་བྱས་པའི《ནགས་ཀློང་ཁྲ་བྱུག་འདུག་གནས་》ཞེས་པའི་ནང་དུ་བཀྲ་ཤིས་དཔལ་ལྡན་གྱིས《ཕུན་ཚོགས་བཀྲ་ཤིས་ལགས་ཀྱི་བག་ཆགས་》ཞེས་པའི་རྩོམ་ཡིག་ཏུ་ཁོང་གི་བརྩམས་སྒྲུང《སྒོ་རས་སྤུ་རའི་སྐྱོ་གླུ་ལྷང་ལྷང་》དང《སྲིད་ཆོས་དང་མོའི་ཕྲུ་གུ་ལྡེའི་པ་རྣམས་》ཀྱི་སྐོར་དང་། དེ་བཞིན་ཁོང་གི་འཕྲབ་གཞུང་གསར་རྩོམ་ལ་མངའ་བའི་ཁྱད་ཆོས་སོགས་མདོར་བསྡུས་ཤིག་གླེང་འདུག ད་དུང་དེབ་དེའི་ནང་དུ་ཉི་མ་དོན་གྲུབ་ཀྱིས《ཕུན་ཚོགས་བཀྲ་ཤིས་ཀྱི་འཕྲབ་གཞུང་སྐོར་གྱི་གཏམ་གླེང་》ཞེས་པར་ཕུན་ཚོགས་བཀྲ་ཤིས་ལགས་ཀྱི་འཕྲབ་གཞུང་གི་རྣམ་པ་དང་ནང་དོན་ཆ་ནས་རིགས་དབྱེ་ཕྱོགས་བསྡོམས་དང་གདེང་འཇོག་བྱས་འདུག

① སྤྱི་ལོ་༡༩༩༧ལོའི《བོད་ཀྱི་རྩོམ་རིག་སྒྱུ་རྩལ》དེབ་གསུམ་པ།

② སྤྱི་ལོ་༡༩༩༨ལོའི《བོད་ཀྱི་རྩོམ་རིག་སྒྱུ་རྩལ》དེབ་དྲུག་པ།

གཉིས། རྒྱ་ཡིག་གི་ཞིབ་འཇུག་གི་གནས་བབ།

རྩོམ་མཁན་ཕུན་ཚོགས་བཀྲ་ཤིས་ལགས་ནི་བོད་རྒྱ་ཡིག་རིགས་གཉིས་ཀྱི་ལམ་ནས་རྩོམ་རིག་གསར་རྩོམ་གནང་མཁན་ཞིག་ཡིན་པ་དེས་ཁོང་ཉིད་བོད་ཀྱི་དེང་རབས་རྩོམ་པ་པོའི་དཔུང་ཁག་ཁྲོད་དུ་དམིགས་བསལ་གྱི་གནས་བབ་དང་འཛིན་ནུས་ལྡན་པ་ཞིག་ཏུ་གྱུར་ཡོད། དེ་ཡང་ཁོང་གིས་སྔ་རྗེས་སུ་བོད་རྒྱ་ཡིག་རིགས་གཉིས་ཀྱི་ལམ་ནས་རིག་གནས་ལྷུག་རྩོམ་ཕྱོགས་བསྒྲིགས་གཉིས་དཔེ་སྐྲུན་འགྲེམས་སྤེལ་བྱས་ཡོད་དེ། རྒྱ་ཡིག་གི་དཔར་མ་《 世俗西藏 》[1]དང་《 寻迹 —— 在珠穆朗玛峰脚下 》[2]ཞེས་པའི་བརྩམས་ཆོས་འདི་གཉིས་དཔེ་སྐྲུན་འགྲེམས་སྤེལ་བྱས་པ་དེས་ཁོང་གི་རྩོམ་རིག་བརྩམས་ཆོས་ལ་བོད་རྒྱ་ཡིག་རིགས་གཉིས་ཀྱི་ལམ་ནས་ལྟ་ཀློག་དང་དཔྱད་བརྗོད་བྱེད་ཚག་པས། ཀློག་པ་པོའི་ཁྱབ་ཁོངས་དེ་བས་རྒྱ་ཆེ་རུ་སོང་ཡོད། དེས་ན་ཁོང་གི་རྩོམ་རིག་གསར་རྩོམ་གྱི་བྱ་འགུལ་ལ་དོ་སྣང་བྱེད་མཁན་དང་བརྩམས་ཆོས་ལ་དཔྱད་བརྗོད་སྤེལ་མཁན་ཡང་བོད་རིགས་ཙམ་མ་ཟད་རྒྱ་རིགས་ཀྱང་མང་པོ་ཐོན་འདུག

རིག་གནས་ལྷུག་རྩོམ་དེ་གཉིས་སྐོར་ལ་དཔྱད་གླེང་ཚོགས་འདུ་[3]སྐོང་འཚོགས་བྱས་ཤིང་། དུས་དེབ་དང་ཚགས་པར། དྲ་ཚིགས་སོགས་སུ་དཔྱད་བརྗོད་སྤེལ་མཁན་གཅིག་རྗེས་གཉིས་མཐུད་དང་མང་པོ་ཞིག་བྱུང་འདུག་པས། འདིར་ཚབ་མཚོན་རང་བཞིན་ལྡན་པ་འགའ་ཞིག་དྲངས་ཆོ། ཐོག་མར་བརྩམས་ཆོས《 世俗西藏 》ཞེས་པར་བོད་ལྗོངས་རིག་རྩལ་

---

① སྤྱི་ལོ་༢༠༠༥ལོར་རྩོམ་པ་པོའི་དཔེ་སྐྲུན་ཁང་གིས་དཔར་དུ་བསྐྲུན།

② སྤྱི་ལོ་༢༠༡༨ལོར་བོད་ལྗོངས་བོད་ཡིག་དཔེ་རྙིང་དཔེ་སྐྲུན་ཁང་གིས་དཔར་དུ་བསྐྲུན།

③ སྤྱི་ལོ་༢༠༠༥ལོའི་ཟླ་༡༢པའི་ཚེས་༦ཉིན་བོད་ལྗོངས་རྩོམ་པ་པོའི་མཐུན་ཚོགས་ཀྱིས་གཙོ་གཉེར་བྱས་པའི་ཕུན་ཚོགས་བཀྲ་ཤིས་ཀྱི་རིག་གནས་ལྷུག་རྩོམ《བོད་ཡུལ་གྱི་གནའ་གཏམ》ཞེས་པའི་དཔྱད་གླེང་ཚོགས་འདུ་དེ་ལྷ་སར་སྐོང་འཚོགས་བྱས། སྤྱི་ལོ་༢༠༡༨ལོའི་ཟླ་༡༡པའི་ཚེས་༢༠ཉིན་བོད་ལྗོངས་རྩོམ་པ་པོའི་མཐུན་ཚོགས་ཀྱིས་གཙོ་གཉེར་བྱས་པའི་ཕུན་ཚོགས་བཀྲ་ཤིས་ཀྱི་རིག་གནས་ལྷུག་རྩོམ《ཤུལ་འཚོལ》ཞེས་པའི་དཔྱད་གླེང་ཚོགས་འདུ་དེ་ལྷ་སར་སྐོང་འཚོགས་བྱས།

ལྷག་ཚོགས་ཀྱི་མཁས་གྲུབ་ཆོས་འཕེལ་གྱིས་བརྩམས་པའི་《西藏文化的真实读本——<世俗西藏>读后感》[①]ཞེས་པ་དང་། བོད་ལྗོངས་སློབ་ཆེན་རིག་གཞུང་སློབ་གླིང་གི་དགེ་རྒན་ཕུར་བུ་མཚམས་གཅོད་ཀྱིས《试论<世俗西藏>叙述的情趣美》[②]ཞེས་བརྩམས་འདུག་ལ། ད་དུང་ཁོང་གིས་ཕུན་ཚོགས་བཀྲ་ཤིས་ལ་རྩོམ་རིག་གསར་རྩོམ་སྐོར་དང་འབྲེལ་བའི་བཅར་འདྲི་བྱས་པའི་ཟིན་བྲིས《一手抓住两个世界》[③]ཞེས་པར་ཕུན་ཚོགས་བཀྲ་ཤིས་ཀྱི་རྩོམ་རིག་གསར་རྩོམ་གྱི་ལམ་ལ་འཇུག་པའི་བརྒྱུད་རིམ་དང་། མི་ཚེའི་སྤྱོད་བརྒྱུད། གསར་རྩོམ་འཕེལ་འགྱུར་སོགས་ཀྱི་སྐོར་བཀོད་འདུག དེ་བཞིན་བོད་ལྗོངས་སློབ་ཆེན་རིག་གཞུང་སློབ་གླིང་གི་དགེ་རྒན་ཆེན་མོ་བ་བདེ་ལྷུན་ཚེ་རིང་གཡང་འཛོམས་ལགས་ཀྱིས་བརྩམས་པའི་《评<世俗西藏>文化叙事的独特性》[④]ཞེས་པ་ཞིག་ཀྱང་འདུག་པར་བརྩམས་ཆོས་དེའི་བརྗོད་བྱའི་ནང་དོན་དང་སྒྱུ་རྩལ་གྱི་མཚོན་ཐབས་ཆ་ནས་དཔྱད་གླིང་མདོར་བསྡུས་ཤིག་གནང་འདུག

《ཤུལ་འཚོལ་》ལམ་རྒྱ་ཡིག་གི་དཔར་མ་《寻迹——在珠穆朗玛峰脚下》ཞེས་པའི་སྐོར་ལའང་དཔྱད་བརྗོད་སྤེལ་མཁན་མང་དག་ཅིག་ཐོན་ཡོད་པ་ལས་དཔེ་མཚོན་རེ་གཉིས་བཀོད་ཆེ། བོད་ལྗོངས་རྩོམ་པ་པོའི་མཐུན་ཚོགས་ཀྱི་རྒྱུན་ལས་ཀྲུའུ་ཞི་གཞོན་པ་ཚེ་རིང་ནོར་བུ་ལགས་ཀྱིས《拂拭尘封岁月之人》[⑤]ཞེས་པའི་དཔྱད་བརྗོད་སྤེལ་ནས་བརྩམས་ཆོས་དེའི་བརྗོད་བྱའི་ནང་དོན་གྱི་ཆ་ནས་བོད་ཀྱི་རིག་གནས་ལྷུག་རྩོམ་གྱི་མཐོ་ཚད་གསར་པ་ཞིག་ཏུ་སླེབས་ཚུལ་དང་། མ་འོངས་བོད་ཀྱི་རིག་གནས་ལྷུག་རྩོམ་འཕེལ་རྒྱས་གཏོང་བའི་ཁ་ཕྱོགས་དང་ཐབས་ལམ་གསར་པ་ཞིག་བསྟན་ཡོད་ཚུལ་བརྗོད་འདུག དེ་

① 《中国西藏》，2006 年第 6 期，92-93 页。

② 《西藏文学》，2010 年第 2 期，107-111 页。

③ 2018 年 7 月 3 日，西藏日报。

④ 《西藏文学》，2006 年第 2 期。

⑤ 2019 年 12 月 10 日，西藏日报，副刊 · 文艺。

བཞིན་རྒྱའི་རྩོམ་པ་པོ་ཅེའི་ཡན་（子嫣）གྱིས་《平措扎西的文化散文〈寻迹〉：乡愁继世长》[1]ཞེས་པ་བརྩམས་འདུག བོད་ལྗོངས་ཉིན་རེའི་ཚགས་པར་ཁང་གི་གསར་འགོད་པ་ཀའོ་གཡུས་ཇེ་（高玉洁）ཡིས་《一颗洁白的心—读平措扎西〈寻迹—珠穆朗玛峰脚下〉一书有感》[2]ཞེས་པ་བརྩམས་འདུག་ལ། བོད་ལྗོངས་སློབ་ཆེན་རིག་གཞུང་སློབ་གླིང་གི་དགེ་རྒན་ཕུར་བུ་མཚམས་གཙོད་ཀྱིས་《寻找民族文化之根》[3]ཞེས་པའི་དཔྱད་རྩོམ་ཞིག་ཏུ་ཕུན་ཚོགས་བཀྲ་ཤིས་ཀྱི་རིག་གནས་ལྷུག་རྩོམ་《ཤུལ་འཚོལ་》ཞེས་པར་རིག་གནས་དང་རྩོམ་རིག རིན་ཐང་དང་མཛེས་སྐྱིད། རིག་གནས་ཀྱི་འབྱུང་རྩ་དང་མི་རིགས་ཀྱི་སྙིང་སྟོབས་བཅས་དོན་གནད་ཆེ་བ་གསུམ་གྱི་ཐོག་ནས་ཁོང་གི་བརྩམས་ཆོས་དེར་ཚད་མཐོའི་གདེང་འཇོག་བྱས་འདུག་གོ །མདོར་ན་ཕུན་ཚོགས་བཀྲ་ཤིས་ཀྱི་རིག་གནས་ལྷུག་རྩོམ་སྐོར་ལ་རྒྱ་ཡིག་ཐོག་ནས་དཔྱད་བརྗོད་སྤེལ་མཁན་ཧ་ཅང་མང་པོ་འདུག་ཀྱང་འདིར་དཔེ་མཚོན་རང་བཞིན་དུ་ཕྱུར་བ་འདི་ཙམ་བཀོད་ནས་འཐུས་པ་བྱེད་དོ། །

① 2020年1月7日，文艺报。

② 2020年3月11日，藏人文化网。

③ 《西藏文学》，2020年第4期，81-84页。

ལེའུ་དང་པོ། གསར་རྩོམ་འཕེལ་འགྱུར་གྱི་དུས་རིམ་དང་དེའི་རྒྱུ་རྐྱེན་འཚོལ་ཞིབ།

གསར་རྩོམ་འཕེལ་འགྱུར་གྱི་དུས་རིམ་ཞེས་པ་ནི། རང་གི་རྫོངས་ཚོད་ལྟར་ན་གསར་རྩོམ་ལག་ལེན་གྱི་དུས་ཡུན་ངེས་ཅན་ལྡན་པའི་རྩོམ་མཁན་དག་གི་གསར་རྩོམ་གྱི་དུས་སྐབས་སོ་སོའི་ནང་། གཅིག་ནས་རྩོམ་མཁན་སོ་སོའི་ན་ཚོད་ཀྱི་བབ་དང་། གཉིས་ནས་ཤེས་ཡོན་གྱི་བྱང་ཚད་མཐོར་འདེགས་སུ་འགྲོ་བ་དང་སྦྲགས། མི་ཚེའི་མྱོང་གོམས་ཇེ་ཟབ་ཇེ་ཡངས་སུ་གྱུར་ནས། རང་གི་རྩོམ་རིག་གསར་རྩོམ་གྱི་བརྗོད་བྱའི་ནང་དོན་དང་སྒྱུ་རྩལ་གྱི་མཚོན་ཐབས། དེ་བཞིན་རྩོམ་གྱི་ལུས་དང་ཡིག་རིགས། སྐད་ཆའི་སྦྱོར་བ་སྤྱེལ་སྟངས་སོགས་ལ་ཚུང་མངོན་གསལ་དོད་པོའི་འགྱུར་ལྡོག་འགྲོ་བའི་གསར་རྩོམ་གྱི་དཀྱིལ་མཚམས་ཤིག་གམ་དུས་སྐབས་ཤིག་གི་གསར་རྩོམ་ལ་ངོས་འཛིན་ཆོག་པར་སེམས།

གསར་རྩོམ་གྱི་ལག་ལེན་ནམ་ཉམས་མྱོང་ངེས་ཅན་ལྡན་པའི་རྩོམ་མཁན་ཞིག་ལ་ཆ་མཚོན་ན། གོང་དུ་བརྗོད་པ་ལྟར་དུས་སྐབས་སོ་སོའི་ནང་གསར་རྩོམ་གྱི་ནང་དོན་དང་རྣམ་པ། བསམ་བློ། སྒྱུ་རྩལ་སོགས་ལ་ཚུང་མངོན་གསལ་དོད་པོའི་འཕེལ་འགྱུར་ཞིག་ངེས་པར་ལྡན་ཡོད། གལ་ཏེ་རྩོམ་མཁན་སུ་འདྲ་ཞིག་གི་གསར་རྩོམ་ཁྲོད་དུ་འདི་འདྲའི་འགྱུར་ལྡོག་ཅིག་མི་མངོན་ཚེ། དེ་ནི་དུས་རབས་ཀྱི་རྗེས་སྙེགས་མི་ཐུབ་ཅིང་རང་གི་གསར་རྩོམ་ལ་ཡར་རྒྱས་དང་ཐོད་བརྒྱལ་ཆེར་མེད་པའི་རྟགས་སུ་འཁྱུམས། འོན་ཏེ་འདིར་གླེང་བར་བྱ་བའི་རྩོམ་མཁན་ཕུན་ཚོགས་བཀྲ་ཤིས་ཀྱི་གསར་རྩོམ་གྱི་བརྒྱུད་རིམ་དང་། ཕྱལ་དུ་བྱུང་

བའི་བརྩམས་འབྲས་འདི་དག་ལ་ལྟ་ཀློག་དང་དབྱེ་ཞིབ་རེ་བྱས་ཚེ། རྩོམ་གྱི་བརྗོད་བྱའི་ནང་དོན་དང་སྒྱུ་རྩལ་གྱི་མཚོན་ཐབས་ཡིན་ནའང་འདྲ། རྩོམ་གྱི་ལུས་དང་ཡིག་རིགས་ཆ་ནས་བལྟས་ཀྱང་རུང་། གང་ལྟར་ཡང་གསར་རྩོམ་གྱི་འཕེལ་འགྱུར་དུས་རིམ་ཅུང་མངོན་གསལ་དོད་པོ་ཞིག་ཏུ་སྣང་བས། འདིར་གསར་རྩོམ་འཕེལ་འགྱུར་གྱི་དུས་རིམ་གསུམ་དུ་ཕྱེས་ནས། དུས་རིམ་སོ་སོའི་ཁྱད་ཡོན་དང་ཚབ་མཚོན་རང་བཞིན་དུ་གྱུར་བའི་བརྩམས་ཆོས་ལ་དབྱེ་ཞིབ་རེ་བྱེད་དོ། །

ས་བཅད་དང་པོ། གསར་རྩོམ་འཕེལ་འགྱུར་གྱི་དུས་རིམ་དབྱེ་ཚུལ།

དང་པོ། གསར་རྩོམ་གྱི་སྔ་གོན་དང་ཐོག་མའི་དུས་རིམ། (༡༩༥༧ – ༡༩༩༨)

གཅིག ། རྩོམ་གྱི་བྱ་བར་ཞུགས་སྐབས་སྤྱི་ཚོགས་ཀྱི་རྒྱབ་ལྗོངས་དང་རྩོམ་རིག་གི་གནས་སྟངས་ངོ་སྤྲོད་མདོར་བསྡུས།

འདིར་རྩོམ་མཁན་ཁོང་གི་རྩོམ་རིག་གསར་རྩོམ་གྱི་དུས་རིམ་དངོས་སུ་མ་བཤད་གོང་དུ། དུས་སྐབས་དེའི་ལོ་རྒྱུས་རྒྱབ་ལྗོངས་སམ་སྤྱི་ཚོགས་ཀྱི་གནས་བབ་མདོར་བསྡུས་ཤིག་དང་། དུས་སྐབས་དེའི་བོད་ཀྱི་རྩོམ་རིག་གི་སྤྱིའི་གནས་སྟངས་རགས་ཙམ་ཞིག་ངོ་སྤྲོད་བྱེད་པར་དགོས་པ་ཡོད་དེ། གནའ་དེང་ཕྱི་ནང་གང་གི་རྩོམ་མཁན་སུ་འདྲ་ཞིག་དང་བརྩམས་ཆོས་གང་འདྲ་ཞིག་ལ་དཔྱད་གླེང་བྱེད་སྐབས། ངེས་པར་དུ་སྟོན་ལ་རྩོམ་པ་པོ་དེའི་འཚར་ལོངས་ཀྱི་ཁོར་ཡུག་དང་། སྤྱི་ཚོགས་ཀྱི་རྒྱབ་ལྗོངས། རྩོམ་རིག་གནས་བབ་གང་འདྲ་ཞིག་ཡོད་པ་དེའི་ནང་དུ་བཞག་ནས་སྐྱོན་ཡོན་གླེང་ཆོ། གཞི་ནས་བརྩམས་ཆོས་དེ་ལ་གོ་བ་གཏིང་ཟབ་ལོན་ཐུབ་ལ། དགེ་སྐྱོན་རྟོགས་པར་ཡང་ནུས་པ་ཆེན་པོ་ལྡན་ངེས་ཡིན། “དེར་བརྟེན་གལ་སྲིད་ང་ཚོས་ཕུན་ཚོགས་བཀྲ་ཤིས་ཀྱི་གསར་རྩོམ་བྱ་བ་དེ་རྩོམ་

རིག་རྒྱབ་ལྗོངས་འདི་འདྲ་ཞིག་གི་ནང་དུ་བཙུག་སྟེ། བལྟས་ཤིང་དཔྱད་པ་ཡིན་ན་གང་དེའི་འགྱུར་བ་དང་། འགྱུར་བ་དེ་ལས་བྱུང་བའི་བརྩམས་འབྲས་རྣམས་ལའང་གོ་བ་ལེན་བདེ་པོ་ཡོང་རྒྱུ་རེད་”[①]ཅེས་པ་ལྟར་རོ། །

དུས་རབས་གོང་མའི་ལོ་རབས་ལྔ་བཅུ་ནི་བོད་ཀྱི་ལོ་རྒྱུས་ཐོག་པོའི་ཁྲིད་གལ་ཆེའི་དུས་སྐབས་ཤིག་ཡིན་ལ། ལོ་ངོ་བརྒྱ་ཕྲག་དུ་མའི་ལོ་རྒྱུས་ལྡན་པའི་བོད་ཀྱི་སྤྱི་ཚོགས་ཀྱི་ངོ་བོར་འགྱུར་ལྡོག་འགྲོ་འགོ་ཚུགས་པས། ལོ་རྒྱུས་ཀྱི་གལ་ཆེའི་དཀྱིགས་མཚམས་ཤིག་ཀྱང་ཡིན། དེ་ཡང་སྤྱི་ལོ་༡༩༥༡ལོར་བོད་ལ་ཞི་བའི་བཅིངས་འགྲོལ་བཏང་ནས། ལོ་ངོ་བརྒྱ་ཕྲག་གི་བོད་ཀྱི་བཀས་བཀོད་རྒྱུད་འཛིན་ཞིང་བྲན་ལམ་ལུགས་ཀྱི་སྤྱི་ཚོགས་དེ་ཡོངས་སུ་མཇུག་སྒྲིལ་ཏེ། བོད་འདི་ཉིད་སྤྱི་ཚོགས་རིང་ལུགས་ཀྱི་སྤྱི་ཚོགས་ལམ་དུར་བསྐྱོད་འགོ་ཚུགས་པའི་ལོ་རྒྱུས་ཀྱི་ལེའུ་གསར་པ་ཞིག་ཡིན་ལ། དུས་སྐབས་དེའི་ནང་དུ་བོད་ཀྱི་དཔལ་འབྱོར་དང་ཆབ་སྲིད། རིག་གནས། སློབ་གསོ་སོགས་ལ་འཕེལ་རྒྱས་ཤུགས་ཆེན་བྱུང་ཡོད་ཅིང་། བོད་མིའི་འཚོ་བའི་ཆུ་ཚད་ཀྱང་ཇེ་མཐོར་སོང་ནས། སྤྱི་ཚོགས་ཐོག་པོར་ཡར་རྒྱས་གོང་འཕེལ་གྱི་རྣམ་པ་བཟང་པོ་ཞིག་མངོན་བཞིན། དུས་ཚོད་ཀྱི་འཁོར་ལོའང་སྤྱི་ལོ་༡༩༨༨ལོར་སླེབས་ཟིན། དེ་ནས་བརྩིས་པའི་མི་ལོ་འཁོར་མོ་བཅུ་ཡི་དུས་ཡུན་དེ་ནི་རྒྱལ་ནང་དང་བོད་ལྗོངས། མདོར་ན་གྲུང་གོའི་མངའ་ཁོངས་སུ་འདུས་པའི་ཡུལ་གྲུ་ཀུན། འགྱུར་མེད་གྲལ་རིམ་གྱི་“རིག་གནས་གསར་བརྗེ”ཆེན་པོ་ཟེར་བའི་ལོ་རྒྱུས་རང་བཞིན་གྱི་ཆག་སྒོའི་རྡུལ་གྱིས་ཡོངས་སུ་བསྒྲིབས། ལོ་ངོ་སྟོང་གི་དུས་ཡུན་ནང་མཐོ་ཞིང་བརྗིད་པའི་གངས་རིའི་ཕང་བ་རྡ་ལྡིང་འཇགས་སེར་གནས་པའི་མཐོ་སྒང་བོད་ཡུལ་ལའང་“རིག་གནས་གསར་བརྗེའི”བདུད་རླུང་འཚུབ་སྟེ་གངས་རིའི་ངོ་གདོང་ཡོངས་སུ་སྨུགས་ཤིང་བསྒྲིབས།

དུས་སྐབས་དེའི་ནང་དུ་མགོ་ནག་བོད་པ་ཚོའང་“རིག་གནས་གསར་བརྗེའི”དུག

① སྤྱི་ལོ༡༩༩༢ལོའི《བོད་ཀྱི་རྩོམ་རིག་སྒྱུ་རྩལ》དེབ་དྲུག་པ། ཤ༢༡

ཆུས་སྨྲོ་བ་ལྟར་རང་གི་ཕ་མེས་ཡང་མེས་ཚོས་ལོ་ངོ་སྟོང་གི་གོང་ནས། དཀའ་བ་མཐའ་དག་གདོང་གིས་བསུས་ནས། བློ་གྲོས་ཀྱི་རྩལ་དང་རྟུལ་ཕྱུའི་ཐེགས་པ་རེ་རེས་བསྐྲུན་པའི་རིན་ཐང་གི་རིག་དངོས་མང་པོ། “ལས་ལ་བརྩོན་ཞིང་དཔའ་ངར་ལྡན་པའི”བོད་མི་ཁག་གཅིག་གིས་ཐལ་བའི་རྟུལ་དུ་བརླགས་ཤིང་། རིག་པའི་གནས་ལ་མཁས་པའི་སྐྱེས་ཆེན་དམ་པ་མང་པོའི་ངོ་གདོང་ལ་དྲེག་ནག་གི་རི་མོ་བྲིས་ཤིང་མགོ་ལ་ཤོག་བུའི་ཞྭ་མོ་གཡོགས་ནས། “དག་སེལ་དང་ངོས་ལེན”ཞུ་རུ་བཙུག་པ་སོགས་མདོར་ན། འགྲོ་བ་མིའི་རིགས་ཀྱི་ལོ་རྒྱུས་ཐོག་བསུབ་ཏུ་མེད་པའི་སྨྲོ་ཧམ་གྱི་ལས་འགུལ་མང་དུ་སྤེལ། དེ་ཡང་བོད་མིའི་དམངས་གཞས་ནང་དུ་འཁོད་པ་དང་འདྲ་བར། “ཤར་ཕྱོགས་སྤྲིན་པ་ནག་པོ། །བརྒྱབ་པའི་ལྷན་པ་མ་རེད། །ཉི་མ་སྤྲིན་པའི་འོག་ནས། །དྭངས་བའི་དུས་ཤིག་ཤར་ཡོང་། །”ཞེས་པ་ལྟར་རྒྱ་ཆེའི་ངལ་རྩོལ་མི་དམངས་ཀྱིས་སེམས་གཏིང་ནས་རེ་ཞིང་སྒུག་པའི་དུས་ཀྱི་ཉི་མ་དེ་རིམ་བཞིན་མེས་རྒྱལ་གྱི་ས་གཞི་ཡོངས་ལ་ཤར། དེ་ཡང་ཕྱི་ལོ་༡༩༧༦ལོར་སློབས་པ་དང་བསྟུན་ནས་མི་རྣམས་ཀྱིས“རིག་གནས་གསར་བརྗེའི”ཉེས་སྐྱོན་གཞི་ནས་རྩོགས་ཏེ། མི་བཞི་ཤོག་ཁག་རྩ་གཏོར་བཏང་ནས། “རིག་གནས་གསར་བརྗེ”ཟེར་བའི་དུས་ངན་དེ་མཇུག་རྫོགས། ཕྱི་ལོ་༡༩༧༨ལོར་སྐབས་བཅུ་གཅིག་པའི་ཀྲུང་ཡུ་ཚང་འཛོམས་གྲོས་ཚོགས་ཐེངས་གསུམ་པ་འཚོགས་རྗེས། བསམ་བློར་བཅིངས་འགྲོལ་དང་ཕྱི་ཕྱོགས་ལ་སྒོ་འབྱེད་ཀྱི་སྲིད་ཇུས་ལག་བསྟར་བྱས་ཤིང་། མི་རིགས་རང་སྐྱོང་ས་ཁུལ་གྱི་རིག་གནས་བསྐྱར་གསོ་དང“རིག་གནས་གསར་བརྗེའི”ནང་དུ་རྟུང་རྡེག་ཕོག་པའི་མཁས་པ་ཚོར་དག་སེལ་བྱས་པ་སོགས་སྐྱི་ཚོགས་ཁྲིན་ཡོངས་ལ་སྲིད་ཇུས་ཀྱི་རྣམ་པ་དེ་ཇེ་ལེགས་སུ་སོང་ནས། མི་རྣམས་ཀྱིས་འདས་པའི་ལོ་རྒྱུས་ཀྱི་སྐྱོ་གར་ལ་སེམས་གཏིང་ནས་ཁོང་ཁྲོ་དང་སྨུན་འབྱིན་བྱེད་ཅིང་། འཚོ་བ་གསར་པར་ཡིད་ཆེས་དང་མ་འོངས་ལ་རེ་བས་ཁེངས་པའི་ཉམས་བཟང་ཞིག་གངས་ལྗོངས་ས་མཐོའི་ཡུལ་གྲུ་ཀུན་ལ་ཁྱབ།

དུས་སྐབས་དེ་འདྲའི་ཁྲོད་དུ་བོད་མིའི་ནང་སེམས་ཀྱི་དགའ་བ་དེ་ཕྱིར་མངོན་ཆེད་ཀྱི་ལག་ཆའམ་བརྒྱུད་ལམ་ལེགས་ཤོས་ཤིག་ནི་རྩོམ་རིག་ཡིན་པས། དུས་རབས་གོང་མའི་ལོ་

རབས་བདུན་ཅུའི་དུས་མཇུག་ནས་འགོ་བཙམས་ཏེ་བོད་ཀྱི་རྩོམ་རིག་བྱ་གཞག་ཐད་སྔར་མེད་ཀྱི་གསོན་ཤུགས་ཤིག་དང་། ཡོ་ལང་གིས་རྩོམ་རིག་གསར་རྩོམ་ལ་སྤྲོ་བ་བརྟས་པའི་ན་གཞོན་རྩོམ་མཁན་མང་པོ་ཚར་རྗེས་ཀྱི་ཤ་མོ་བརྗོལ་བ་བཞིན་དུ་གཅིག་རྗེས་གཉིས་མཐུད་དང་ཐོན་པ་དང་སྨྲགས་ཤུལ་དུ་བྱུང་བའི་བཙམས་ཆོས་འཁོར་ཆེན་ཞིག་ཀྱང་དུས་སྐབས་དེའི་ནང་དུ་བྱུང་། བོད་ཀྱི་རྩོམ་རིག་བྱ་གཞག་དབྱར་གྱི་མཚོ་མོ་རྒྱས་པ་ཇི་བཞིན་གོང་དུ་འཕེལ་བའི་ཁྲོད་དུ། འདིར་གླེང་བར་བྱ་བའི་རྩོམ་མཁན་ཉིད་ཀྱང་ཏག་ཏག་ལང་ཚོ་དར་ལ་བབ་ཅིང་བློ་གྲོས་ཀྱི་རྩལ་ལག་རྗོགས་པའི་གཞོན་ནུའི་དུས་སུ་འཁེལ་ཡོད་པས། ཁོང་གིས་ཀྱང་དུས་སྐབས་བཟང་པོས་བསྐྲུན་པའི་གོ་སྐབས་དམ་དུ་བཟུང་ནས། རྩོམ་རིག་གསར་རྩོམ་གྱི་ལམ་དུ་ཞུགས་ནས་ད་ལྟའི་བར་དུ་མི་ལོ་བཞི་བཅུ་ལ་ཉེ་བ་འདས་ཟིན་ནོ། །

གཉིས། རྩོམ་རིག་གི་བསླུ་བྲིད་དང་གསར་རྩོམ་གྱི་སྔ་གོན།

དེང་གི་དུས་སུ་ཕུན་ཚོགས་བཀྲ་ཤིས་ཞེས་འབོད་ཆེ། བོད་ཀྱི་རིག་གནས་པའི་སྤེ་དང་ཡང་སྔོས་བོད་ཀྱི་རྩོམ་རིག་བྱ་གཞག་ལ་དོ་སྣང་བྱེད་མཁན་དང་གློག་པ་པོའི་ཁྲོད་དུ་མིང་དེ་ནི་རྒྱུས་མངའ་ཤིན་ཏུ་ཆེ་བའམ། སེམས་ལ་བག་ཆགས་ཟབ་པའི་ཤུལ་བྱུང་གི་རྩོམ་མཁན་ཞིག་ཡིན་པར་ངེས་ཤེས་ཟབ་པོ་འཇོངས་ནུས། དེའི་རྒྱུ་མཚན་ནི་གཞན་ཅི་ཡང་མ་ཡིན་ཏེ། ཁོང་གིས་མི་ལོ་བཞི་བཅུ་ལ་ཉེ་བའི་རྩོམ་རིག་གསར་རྩོམ་གྱི་བྱ་གཞག་ཁྲོད་དུ། བོད་ཀྱི་དུས་སྐབས་གསར་པའི་རྩོམ་རིག་ལ་ཡིག་གྲངས་ཁྲི་ཉིས་བརྒྱ་ལྔ་བཅུ་ལྷག་གི་གསར་རྩོམ་གྱི་ལེགས་སྐྱེས་ཀྱི་ནོམ་པ་ཕུལ་ཡོད་ཅིང་། དེ་དག་ནི་རྒྱ་ཁྱབ་གློག་པ་པོའི་མིག་ཡིད་རྣ་བའི་དགའ་སྟོན་ནམ་སེམས་ཀྱི་ཟས་དང་བློ་ཡི་བཅུད་དུ་གྱུར་ནས། སེམས་ལ་བསྒྱུབ་ཏུ་མེད་པའི་བག་ཆགས་ཟབ་མོ་བཞག་ཡོད་པའི་ཕྱིར། དེ་ཡང་འཇིག་རྟེན་གྱི་བྱ་དངོས་ཡོད་ཚད་རྒྱུ་རྐྱེན་རྟེན་འབྲེལ་འཛོམས་ནས་གྲུབ་པ་ཤ་སྟག་ལས། རྒྱུ་མེད་རྐྱེན་མེད་དུ་བྱུང་བ་ཞིག་གཏན་ནས་མེད་པ་ལྟར། ཕུན་ཚོགས་བཀྲ་ཤིས་ཀྱང་ད་ལྟ་ཀུན་གྱིས་དོ་སྣང་དང་ཡིད་སྨོན་དང་གུས་བྱ་ཡུལ་གྱི་མིང་གྲགས་ཆེ་བའི་རྩོམ་མཁན་ཞིག་ཏུ་གྱུར་པ་ལའང་། དེ་མཐུན་གྱི

རྒྱ་རྐྱེན་འཛོམས་ནས་བྱུང་བ་ཞིག་ལས། ཁོང་ཉིད་སློ་བུར་ཐོག་རྒྱག་ཏུ་ལྷ་ཡི་ལུང་བསྟན་དང་བླ་མའི་བྱིན་རླབས་ཐོབ་ནས་རྩོམ་པ་པོ་ཞིག་ཏུ་གྱུར་བ་ནི་ག་ལ་ཡིན། ཁོང་གིས་རང་གི་གསར་རྩོམ་ལས་འགྲོས་ཏེ་རང་ཉིད་སློབ་གྲྭའི་དུས་ཀྱི་འཚོ་བར་ཕྱིར་དྲན་བྱས་པའི་རྩོམ་ཡིག་ཅིག་ཏུ། "གནའ་རབས་ཀྱི་མིས་སྲོས་ཀྱི་མེ་ཁྲར་བརྟེན་ནས་དཔེ་ཆ་སྐྱོར་བ་དང་། གངས་ཀྱི་འོད་མདངས་འོག་ཏུ་དཔེ་ཆ་ཀློག་པ་བཅས་ཀྱི་སྙིང་སྟོབས་རྣམས་ཐོས་དུས། ང་རང་བྱིས་པའི་དུས་སུ་དེ་དང་འདྲ་བར་དཔེ་ཆ་བཀླགས་པའི་འཚོ་བ་རྣམས་ཡིད་དོར་ཤར་ཡོང་གི་འདུག ང་ཡིས་གནའ་མིའི་སྙིང་སྟོབས་དེ་འདྲའི་རྗེས་སུ་སླེབ་པ་མ་ཡིན་ན་ཡང་། དེ་དུས་ངའི་དཔེ་དེབ་ལྟ་བའི་བྱེད་སྟངས་ནི་འཚོ་བའི་དཀའ་ངལ་ལས་བྱུང་བ་ཡིན། དེ་དུས་ས་ཁུལ་གྱི་རྫས་སྤྲོད་ཁང་ནས་ང་ཚོར་བཙོངས་པའི་བཞུ་རྫས་ནི་ཟླ་རེར་ཁྲིམ་ཚང་རེ་ལ་ཡང་ལྷ་རྐང་དྲུག་གམ་ཡང་ན་ས་སྨུམ་སྲང་བརྒྱད་ཙམ་ཞིག་རང་རེད། ཕྲུ་གུའི་དུས་སུ་མཚན་གུང་ལ་དཔེ་དེབ་ལྟ་རྒྱུ་དེ་ནི་སྒྲོ་སྣང་ཆེ་ཤོས་ལ་བརྩི་ཞིང་། ངས་བཞུ་མར་འོག་ཏུ་དཔེ་དེབ་ལ་བལྟས་ནས་ཕྱི་ཐོར་སྟོད་དུས"①ཞེས་འཁོད་པ་ལྟར། ཕུན་ཚོགས་བཀྲ་ཤིས་ལགས་ད་ལྟ་ཕུལ་དུ་བྱུང་བའི་རྩོམ་མཁན་ཞིག་ཏུ་གྱུར་བའི་མཐུན་རྐྱེན་གྱི་གྲས་སུ། ཁོ་རང་ཆུང་བྱིས་པའི་དུས་ནས་དཔེ་དེབ་ལྟ་ཀློག་བྱེད་རྒྱུར་ཧ་ཅང་དགའ་བའི་འཚོ་བའི་གོམས་གཤིས་བཟང་པོ་དེ་གཅིག་རེད་འདུག ཡི་གེ་ཤེས་མཁན་ཞིག་ཡིན་ཚེ་དཔེ་ཀློག་བྱ་རྒྱུ་ནི་ཤིན་ཏུ་གལ་འགངས་ཆེ་ལ་དོན་སྙིང་ཆེ་བའི་བྱ་བ་ཞིག་རེད། གང་ལགས་ཤེ་ན་དཔེ་དེབ་ལྟ་ཀློག་བྱས་ན། གཅིག་ནས་ཤེས་བྱ་སྣ་ཚོགས་རྟོགས་ཐུབ་པ་མ་ཟད། གཉིས་ནས་བློ་གྲོས་འཕེལ་ཅིང་རང་གིས་མི་ཚེ་དང་འཇིག་རྟེན་ལ་འཛིན་པའི་རིན་ཐང་གི་ལྟ་བ་དེ་ཇེ་དྲང་ཇེ་ལེགས་སུ་འགྲོ་བར་ཕན་པ་ཤིན་ཏུ་ཆེན་པོ་ཡོད་ལ། དཔེ་ཀློག་ནི་ཡར་ཐོན་གྱི་བསམ་བློའི་འབྱུང་ཁུངས་ཀྱང་རེད། སྔོས་སུ་རྩོམ་

① མཚོ་སྔོན་བོད་ཡིག་གསར་འགྱུར་ཁང་གིས་བསྒྲིགས། «ནགས་ཀློང་ཁུ་བྱུག་འདུག་གནས་» མི་རིགས་དཔེ་སྐྲུན་ཁང་། ༢༠༠༨ལོ། ཤ ༡༨༠

མཁན་ཞིག་ལ་ངེས་པར་ལྡན་དགོས་པའི་རྩ་བའི་ཆ་རྐྱེན་ནི། གཅིག་ནས་འཚོ་བའི་སྦྱོང་གོམས་ཕུན་སུམ་ཚོགས་ཤིང་འཆར་སྒོ་ཡངས་ལ་དྲན་པ་སྐྱེན་པ་ཞིག་དང་། གཉིས་ནས་ཡང་དག་པའི་འཇིག་རྟེན་གྱི་ལྟ་བ་དང་རིན་ཐང་གི་ལྟ་བ་ཞིག་དགོས་ལ། གསུམ་ནས་གསོན་ཉམས་ལྡན་པའི་སྐད་ཆའི་སྒྱུ་རྩལ་ལམ་ཚིག་གི་སྦྱོར་བ་སྤྲེལ་སྟངས་ཤིག་ངེས་པར་ལྡན་དགོས། ཆ་རྐྱེན་དེ་དག་ཀུང་ཁྱབ་ཁོངས་ངེས་ཅན་ཞིག་ནས་འཆད་ན་དཔེ་ཀློག་ལ་བརྟེན་དགོས་པ་ཞིག་ཡིན། རྩོམ་པ་པོ་ཞིག་ལ་དཔེ་ཀློག་གི་གོམས་གཤིས་བཟང་པོ་ཞིག་མ་མཆིས་ན། དེ་ནི་གཞོག་པ་ཡ་གཅིག་ལས་མེད་པའི་བྱ་ཞིག་དང་གཉིས་སུ་མེད་པས། ནམ་ཡང་རྩོམ་རིག་གི་ནམ་འཕང་ཆོད་མི་ཐུབ། དཔེ་ཀློག་ལ་བརྟེན་ནས་གཞན་གྱི་བསམ་བློ་རྟོགས་ཐུབ་པ་དང་། གསར་རྩོམ་ལ་བརྟེན་ནས་རང་གི་བསམ་བློ་གཞན་ལ་བརྒྱུད་སྤྲོད་བྱེད་པ་ཞིག་ཡིན་པས། གསར་རྩོམ་དང་དཔེ་ཀློག་གཉིས་ནི་ནམ་ཡང་བྲལ་དུ་མེད་པའི་འབྲེལ་བ་ཞིག་ཏུ་གྲུབ་ཡོད། དེས་ན་ཕུན་ཚོགས་བཀྲ་ཤིས་ཀུང་བྱིས་དུས་ཀྱི་དཔེ་ཀློག་གོམས་གཤིས་དེས་ཕྱིས་སུ་ཁོང་རང་ཕུལ་དུ་བྱུང་བའི་རྩོམ་མཁན་ཞིག་ཏུ་གྱུར་བ་དང་ཁ་བྲལ་དུ་མེད་པ་ཞིག་རེད།

ཁོང་རང་སློབ་ཆུང་དུས་ནས་རྩོམ་རིག་གིས་བསླུ་བྲིད་བྱས་ཟིན་པའི་རྟགས་སུ"དེ་དུས་ངའི་རེ་བ་ལ་ས་སྨུམ་མང་ཙམ་ཞིག་གམ་ཡང་ན་ཡང་ལྷ་མང་ཙམ་ཞིག་བྱུང་ན་ཅི་མ་རུང་སྙམ་གྱི་ཡོད། དེ་བཞིན་དུ་ངས་ཉིན་མཚན་ལྟོས་མེད་དུ་སྒྲུང་དེབ་བལྟས་ནས《གའོ་ཡུལ་པའོ》དང《ལྗོ་རྒྱ་མཚོའི་རླབས》《འོད་ཟེར་ཆེམ་ཆེམ་གྱི་སྐར་དམར》སོགས་སྒྲུང་དེབ་རྣམས་ནང་དོན་ཕྱེད་ཤེས་ཕྱེད་མི་ཤེས་ངང་བཀླགས་པ་ཡིན"[1]ཞེས་པ་དང་དེ་བཞིན་དུ། "དེ་ནས་ང་རང་དམའ་རིམ་སློབ་འབྲིང་དུ་སླེབས་པས་ང་རང་གི་རྒྱ་ཡིག་ཚུ་ཚད་དེ་ཐར་ལས་ཡག་ཏུ་ཕྱིན་པ་དང་ལོ་ཆུང་གིས་ལྟ་ཀློག་བྱེད་ཆེད་ཀྱི《ཚུ་ངོགས་གཏམ་རྒྱུད》ཀློག་བདེ་

[1] མཚོ་སྔོན་བོད་ཡིག་གསར་འགྱུར་ཁང་གིས་བསྒྲིགས། 《ནགས་གློང་ཁུ་བྱུག་འདུག་གནས་》མི་རིགས་དཔེ་སྐྲུན་ཁང་། ༢༠༠༨ལོ། ཤ ༡༩༠

བའི་དེབ་ཅིག་དོན་སོང་བ་ལས་ངས་བརྒྱ་ཆ་བདུན་ཅུ་ཙམ་གོ་བ་ལོན་གྱི་འདུག"[1]ཅེས་པ་ལས་ཁོང་རང་ཆུང་དུའི་དུས་ནས་རྩོམ་རིག་གི་ངོ་མཚར་རྨད་དུ་བྱུང་བའི་དགེ་མཚན་གྱིས་ཡིད་དབང་འཕྲོག་ཐེན་པའམ། ཆུང་དུས་ནས་རྩོམ་རིག་གིས་བཞག་པའི་བག་ཆགས་ཅུང་ཆེ་ཙམ་ཡོད་ཅིང་། དེར་རྩོམ་མཁན་ཉིད་ནས་ཀྱང་"གོང་གསལ་ཆུང་དུས་ཀྱི་གནས་ཚུལ་དེ་ཚོ་ནི་རྩོམ་རིག་གིས་ང་ལ་བྱུང་བའི་བག་ཆགས་ཀྱི་ཐོག་མ་སྟེ། དེ་དུས་ནས་བཟུང་ངས་རྩོམ་རིག་ལ་ཧ་ཅང་གིས་དགའ་ཞེན་བྱེད་ཅིང་། སྐད་ཀྱི་ཚེ་ཡུན་ནང་དུའང་རྩོམ་རིག་ཀློག་རྒྱུར་ཧ་ཅང་དགའ་བ་དེ་ཆུང་དུས་ནས་བཟུང་བག་ཆགས་ཟབ་མོ་བྱུང་བ་ལས་ཆགས་པ་ཞིག་རེད་"[2]ཅེས་འཁོད་པ་ལྟར་དེ་ཚོ་ནི་ཁོང་ལ་མཚོན་ན་རྩོམ་རིག་གི་ཐོག་མའི་བག་ཆགས་རེད་འདུག་ལ། རྩོམ་རིག་གི་བསླུ་བྲིད་ཅིག་ཀྱང་ཅིས་མ་ཡིན།

དེ་བཞིན་དུ་སྤྱི་ལོ་༡༨༨༧ལོའི་《བོད་ཀྱི་རྩོམ་རིག་སྒྱུ་རྩལ》དུས་དེབ་གཉིས་པ་ནི་དུས་དེབ་དེ་ཉིད་གཉེར་ནས་སྤྱིའི་དེབ་གྲངས་བརྒྱ་ཐམ་པར་སླེབས་པ་ཡིན་པས།དེའི་ཐོག་རྩོམ་མཁན་ཉིད་ནས་<བོད་ཀྱི་རྩོམ་རིག་སྒྱུ་རྩལ> — གཅིས་པར་འོས་པའི་ལྷུམ་ར་ཞེས་པའི་རྩོམ་ཡིག་ཅིག་སྤེལ་འདུག་ཅིང་དེའི་ནང་དུའང་"བདག་ཚོའི་འཛིན་གྲྭའི་བོད་ཡིག་སྤྲུང་འབྲས་ཡག་པའི་སློབ་ཕྲུག་ཅིག་གིས་ཚོགས་བཅད་ཤོ་ལོ་ཀ་ཁ་ཤས་ཤིག་བྲིས་ནས་རྩོམ་སྒྲིག་ཁང་ལ་བསྐུར། མི་རིང་བར་ཚོགས་བཅད་དེ་《བོད་ཀྱི་རྩོམ་རིག་སྒྱུ་རྩལ》ཐོག་ཏུ་འཁོད་སོང་། བདག་གིས་རང་ཉིད་ཀྱི་རྩོམ་ཡིག་ཅིག་ཀྱང་ནམ་ཞིག《བོད་ཀྱི་རྩོམ་རིག་སྒྱུ་རྩལ》སྟེང་དུ་འགོད་ཐུབ་པ་བྱ་རྒྱུ་དེ་སྐབས་དེའི་རེ་བ་ཆེ་ཤོས་ཤིག་ཡིན"ཞེས་འཁོད་འདུག་ལ། "བདག་གིས་རང་ཉིད་ཀྱིས་ཇོ་ལ་ཨི་ཁྲུང་འབིགས་པའི་སྙིང་སྟོབས་དེ་སོ་སོའི་

[1] མཚོ་སྔོན་བོད་ཡིག་གསར་འགྱུར་ཁང་གིས་བསྒྲིགས། 《ནགས་ཀློང་ཁྱུ་བྱུག་འདུག་གནས》 མི་རིགས་དཔེ་སྐྲུན་ཁང་། ༢༠༠༨ལོ། ཤ ༡༨༠

[2] མཚོ་སྔོན་བོད་ཡིག་གསར་འགྱུར་ཁང་གིས་བསྒྲིགས། 《ནགས་ཀློང་ཁྱུ་བྱུག་འདུག་གནས》 མི་རིགས་དཔེ་སྐྲུན་ཁང་། ༢༠༠༨ལོ། ཤ ༡༨༠

རྩོམ་འབྲིའི་གནས་ཚད་དུས་དེབ་ཐོག་ཏུ་བཀོད་ཐུབ་པ་ཡོང་རྒྱུའི་འབད་བརྩོན་བྱེད་པར་བཞག དེ་ནས་བདག་གིས་རྒྱ་ཡིག་དང་མང་ཆེ་བ་བོད་ཡིག་གི་རྩོམ་ཁ་གྲངས་མི་ཉུང་བ་ཞིག་བྲིས་ནས་སྤྱོད་བཏར་བྱས་པ་ཡིན། ཚགས་པར་ཐོག་ཏུ་བདག་གི་བརྩམས་སྒྲུང་ཐེངས་ཁ་ཤས་བཀོད་ཐུབ་པ་བྱུང་"①ཞེས་འཁོད་པ་ལྟར་རྩོམ་མཁན་འདི་ཉིད་སློབ་གྲྭ་ཆེ་འབྲིང་ཆུང་གསུམ་གྱི་ནང་ནས། རྩོམ་རིག་གི་བག་ཆགས་ཟབ་ཅིང་། རྩོམ་རིག་ལྟ་ཀློག་དང་འབྲི་སྦྱོང་ལ་དགའ་ཞེན་ཆེན་པོ་ཡོད་པ་རྟོགས་ནུས། བག་ཆགས་སམ་བརྒྱུད་རིམ་དེ་དག་ནི་རྩོམ་པ་པོ་ཁོང་ལ་མཚོན་ན། མ་འོངས་གསར་རྩོམ་གྱི་འགྲུལ་བཞུད་རིང་མོའི་ལམ་ལ་ཆས་པའི་རྩོག་ཆས་སམ་སྔ་གོན་གྱི་དུས་རིམ་ཞིག་ཏུ་མཐོང་ངོ་།།

གསུམ། གསར་རྩོམ་གྱི་ཐོག་མའི་དུས་རིམ་དངོས་བཤད་པ།

འདིར་ཁོ་བོས་རྩོམ་མཁན་ཁོང་གིས་མིག་སྔའི་བར་དུ་བརྩམས་སྤེལ་བྱས་པའི་བརྩམས་ཆོས་རྩིས་པོའི་ནང་དོན་དང་རྣམ་པ། མཚོན་ཐབས་སོགས་ཀྱི་ཆ་ནས་དཔྱད་བསྡུར་བྱས་ཏེ། སྤྱི་ལོ་༡༩༨༧ནས་སྤྱི་ལོ་༡༩༩༦བར་དུ་གསར་རྩོམ་གྱི་ཐོག་མའི་དུས་རིམ་དུ་དབྱེ་འཇོག་བྱས་ཡོད་ཅིང་། དེའི་རྒྱུ་མཚན་ནམ་དགོས་པ་གང་ཡིན་སྐབས་བབ་ཀྱི་ནང་དོན་ཁག་ལས་གསལ་ནུས་པས་འདིར་རེ་ཞིག་གླེང་བར་མི་བྱ། སྤྱི་ལོ་༡༩༩༨ལོའི་བོད་ཀྱི་རྩོམ་རིག་སྒྱུ་རྩལ་དེབ་དྲུག་པའི་ནང་དུའང་རྩོམ་མཁན་འདི་པའི་བརྩམས་སྒྲུང་ལ་དཔྱད་པ་བྱས་པ་ཞིག་ལས་"ཕུན་ཚོགས་བཀྲ་ཤིས་རྩོམ་རིག་གསར་རྩོམ་གྱི་བྱ་བར་ཞུགས་པའི་དུས་ཀྱི་མགོ་མ་ནི་ལོ་རབས་བརྒྱད་ཅུའི་དཀྱིལ་ཙམ་ནས་ཡིན་ཞིང་སྐབས་དེ། 《བོད་ལྗོངས་ཉིན་རེའི་ཚགས་པར་》སོགས་སུ་བརྩམས་སྒྲུང་ཐུང་གྲས་ཁ་ཤས་བརྩམས་སྤེལ་བྱས་པ་ཐོས་མོད་"②ཅེས་འཁོད་པ་ལྟར། ཕུན་ཚོགས་བཀྲ་ཤིས་ཀྱིས་རྩོམ་རིག་གསར་རྩོམ་གྱི་བྱ་བར་ཞུགས་ནས་གཞུང་གཉེར་

① སྤྱི་ལོ་༡༩༩༧ལོའི་《བོད་ཀྱི་རྩོམ་རིག་སྒྱུ་རྩལ་》དེབ་གཉིས་པ། ཤ ༧

② སྤྱི་ལོ་༡༩༩༨ལོའི་《བོད་ཀྱི་རྩོམ་རིག་སྒྱུ་རྩལ་》དེབ་དྲུག་པ། ཤ ༢༧

གྱི་དུས་དེབ་ཐོག་ཏུ་ཁོང་གི་བརྩམས་ཆོས་མ་འཕོད་གོང་དུ། ཁོང་གི་བརྩམས་སྒྲུང་ཐུང་གྲས་ཁག་ཅིག《བོད་ལྗོངས་ཉིན་རེའི་ཚགས་པར་》ཐོག་ཏུ་སྐྱེལ་ཡོད་ཀྱང་གཅིག་ནས་རྩོམ་མཁན་ཉིད་ལ་དངོས་སུ་སྐྱེལ་བའི་ལོ་ཚིགས་གསལ་ཁ་མ་མཆིས་ཤིང་། གཉིས་ནས་དུས་ཀྱི་ཆ་ནས་ཅུང་སྔ་བ་དང་རྩད་འཚོལ་བྱེད་པའི་ཚགས་པར་གྱི་འཕོར་ཚད་མང་བ་སོགས་རྒྱུ་རྐྱེན་སྣ་ཚོགས་པས། ཁོ་བོས་ཀྱང་རང་ནུས་ཅི་ལྕོགས་དང་ཐབས་ལམ་སྣ་ཚོགས་ཀྱིས་རྩད་འཚོལ་བྱས་ཀྱང་ལག་སོན་མ་བྱུང་། མ་གཞི་རྩོམ་མཁན་ཆེ་གེ་མོ་ཞིག་གིས་དུས་ནམ་ཙམ་ལ། ཐོག་མར་དུས་དེབ་ག་གེ་མོར་བརྩམས་ཆོས་ཅི་ཞིག་སྐྱེལ་བ་དེ་ནས་རྩོམ་མཁན་འདི་པའི་གསར་རྩོམ་གྱི་འགོ་ཚུགས་པ་རེད་ཅེས་ཁ་ཚོན་གཏན་ནས་གཅོད་མི་ནུས་ཀྱང་། འདིར་དཔྱད་བྱར་གྱུར་བའི་རྩོམ་མཁན་ཕུན་ཚོགས་བཀྲ་ཤིས་ལ་ཆ་མཚོན་ན། གཞུང་གཉེར་དུས་དེབ་ཐོག་ཏུ་བརྩམས་ཆོས་མ་སྐྱེལ་གོང་ཁོང་དང་ཁོང་གི་གསར་རྩོམ་གྱི་བྱ་བ་དེ་ཉིད་དེ་ཙམ་གྱིས་བོད་ཀྱི་རྒྱ་ཁྱབ་ཀློག་པ་པོའི་ངོ་སྣང་བྱ་ཡུལ་ཞིག་ཏུ་འགྱུར་ཐུབ་མེད། རྩོམ་མཁན་ཕུན་ཚོགས་བཀྲ་ཤིས་ཀྱི་ངོ་ཐད་ནས་བརྗོད་ན། སྤྱི་ལོ་༡༩༨༨ལོ་ནི་ཆེས་དམིགས་བསལ་གྱི་ལོ་ཞིག་ཡིན་ཏེ། ལོ་དེའི《བོད་ཀྱི་རྩོམ་རིག་སྒྱུ་རྩལ》དེབ་ལྔ་པའི་ཐོག་ཁོང་གི་བརྩམས་སྒྲུང་ཐུང་གྲས《བསོད་རྫོར་དང་ཁོ་མོ་ཚོ》ཞེས་པ་སྐྱེལ་བ་དེ་ནི། ཁོང་གིས་གཞུང་གཉེར་དུས་དེབ་ཏུ་བརྩམས་སྐྱེལ་བྱས་པའི་བརྩམས་སྒྲུང་ཐོག་མ་དེ་ཡིན་ཞིང་། དུས་དེ་ནས་བཟུང་ཁོང་གིས་རང་ཉིད་ལ་ཡིད་ཆེས་དང་མ་འོངས་ལ་རེ་བ་སྣུམ་པོ་ཞིག་བཅངས་ནས་གསར་རྩོམ་གྱི་འགྲུལ་བཞུད་རིང་མོའི་ཐོག་ཏུ་དངོས་སུ་གོམ་པ་སྤོ་འགོ་ཚུགས་ལ། དུས་དེ་ནས་བཟུང་ཁོང་གི་གསར་རྩོམ་གྱི་སྨྱུག་ཁ་དེ་བས་ཇེ་བདེ་ཇེ་རྣོར་གྱུར། སྤྱི་ལོ་༡༩༨༧ལོར་རྩོམ་པ་པོ་ཕུན་ཚོགས་བཀྲ་ཤིས་ལགས་བོད་ལྗོངས་སློབ་གྲྭ་ཆེན་མོའི་རྒྱ་ཡིག་ཚན་ཁག（ལུའུ་ཞུན་རྩོམ་རིག་སློབ་གླིང་གི་རྩོམ་པ་པོའི་འཛིན་གྲྭ）ནས་སློབ་མཐར་ཕྱིན་པ་དང་། ཕྱིར་ན་གཞོན་དུས་སྐབས་ཀྱི་ཁོང་ལ་མཚོན་ན་སློབ་གྲྭ་ཆེན་མོའི་འཚོ་བ་ནི་སྤྲོ་སྣང་དང་དོན་སྙིང་ཆེས་ཆེར་ལྡན་ལ་འབྲུགས་ཆ་དོད་ཤོས་ཀྱི་མི་ཚེའི་དུས་མཚམས་ཤིག་ཡིན་པས། རྩོམ་མཁན་ཁོང་གིས་སློབ་མཐར་ཕྱིན་ནས་དུས

ཡུན་རིང་པོ་མ་འགོར་བར། རང་གི་རྒྱུས་མངའ་ཟབ་ལ་གོམས་འདྲིས་ཆེ་བའི་སློབ་ཆེན་གྱི་འཚོ་བ་ལས། གཙོ་བོ་སློབ་ཆེན་དུས་སྐབས་ཀྱི་ན་གཞོན་ཕོ་མོའི་བར་གྱི་བརྩེ་དུང་གི་བརྗོད་གཞི་མཚོན་པའི་བརྩམས་སྒྲུང་《བསོད་ཇོར་དང་ཕོ་མོ་ཚོ》[①]ཞེས་པ་ཐོག་མར་བརྩམས་ཤིང་། དེ་ནས་རིང་ཐུང་མི་གཅིག་པའི་བརྩམས་སྒྲུང་མང་དག་ཅིག་གཅིག་རྗེས་གཉིས་མཐུད་དང་སྤེལ་ཡོད་དེ《གཙང་འགྲམ》དང《ཨ་ཇོ་གྲུང་ཏོག》དེ་བཞིན་དུ《འདས་དོན་གྱི་འཆར་སྣང་》དང《འོར་ཏོག་ཆང་ཁང་གི་སྐྱ་མགྲོན》《བདག་གི་རྩོ་བོ་ལགས》[②]དང《ཡི་གེ་ཐེངས་སུམ་ཅུ་པ》[③]སོགས་བརྩམས་སྤེལ་བྱས་ཡོད། ལྷག་པར་ལོ་རབས་དགུ་བཅུའི་དཀྱིལ་ཙམ་ནས་བརྩམས་སྒྲུང་འབྲིང་གྲས《སྔོ་རས་སྤུ་རའི་སྐྱོ་སྒྲུ་ལྷང་ལྷང་》[④]དང《སྲིད་ཆོས་དང་མོའི་ཕྲུ་གུ་ལྦའི་ཕ་རྣམས》གཉིས་སྤེལ་བ་ནས་བཟུང་། བོད་ཀྱི་རྒྱ་ཁྱབ་ཀློག་པ་པོའི་ཁྲོད་དུ་ཁོང་དང་ཁོང་གི་གསར་རྩོམ་གྱི་བྱ་བ་དེ་ཀུན་གྱིས་དོ་སྣང་བྱ་ཡུལ་ཞིག་ཏུ་གྱུར་ཅིང་། དུས་སྐབས་དེའི་བོད་ཀྱི་རྩོམ་རིག（དུས་སྐབས་གསར་པའི་བརྩམས་སྒྲུང་）འཕེལ་རྒྱས་ལ་ནུས་པ་ངེས་ཅན་ཞིག་ཐོན་ཡོད། དེ་དང་སྦྲགས་བརྩམས་སྒྲུང་གསར་རྩོམ་ཐད་ཤུགས་རྐྱེན་ཡང་མི་དམན་པ་བཞག་ཡོད་པ་ནི། གཅིག་ནས་བོད་ཀྱི་རྩོམ་རིག་བྱ་གཞག་ལ་དོ་སྣང་དང་ཐུགས་ཁུར་གནང་མཁན་ཚོ་དང་ཡང་སྔོས་བོད་རིགས་ཀློག་པ་པོ་རྣམས་ཀྱི་ཡིད་དོར་གསལ་པོར་འཆར་ངེས་རེད། གཉིས་ནས་དུས་རབས་གོང་མའི་ལོ་རབས་དགུ་བཅུའི་དུས་དཀྱིལ་ཙམ་ན། བོད་ཀྱི་རྩོམ་རིག་དཔྱད་གླེང་གི་ཁྱབ་ཁོངས་སུ་ཕུན་ཚོགས་བཀྲ་ཤིས་དང་ཁོང་གི་བརྩམས་ཆོས་ནི་དུས་སྐབས་དེའི་རྩོམ་རིག་དཔྱད་གླེང་བྱ་ཡུལ་གཙོ་བོ་ཞིག་ཏུ་གྱུར་ཡོད་པ་ལས་རྟོགས་ནུས་སོ། །

རྩོམ་མཁན་ཁོང་ལ་བཅར་འདྲི་བྱས་པའི་བརྒྱུད་རིམ་ལས་ཤེས་རྟོགས་བྱུང་བ་ལྟར་ན་

① སྤྱི་ལོ་༡༩༨༨ལོའི《བོད་ཀྱི་རྩོམ་རིག་སྒྱུ་རྩལ》དེབ་ལྔ་པའི་ཐོག་ཏུ་འཀོད།

② སྤྱི་ལོ་༡༩༩༥ལོའི《བོད་ཀྱི་རྩོམ་རིག་སྒྱུ་རྩལ》དེབ་དྲུག་པའི་ཐོག་ཏུ་འཀོད།

③ སྤྱི་ལོ་༡༩༩༦ལོའི《བོད་ཀྱི་རྩོམ་རིག་སྒྱུ་རྩལ》དེབ་བཞི་པའི་ཐོག་ཏུ་འཀོད།

④ སྤྱི་ལོ་༡༩༩༢ལོའི《བོད་ཀྱི་རྩོམ་རིག་སྒྱུ་རྩལ》དེབ་གསུམ་པའི་ཐོག་ཏུ་འཀོད།

ཁོང་གིས་མིག་སྔའི་བར་ཆེས་མཐའ་མཇུག་ཏུ་བརྩམས་གནང་བའི་བརྩམས་སྒྲུང་ནི། སྤྱི་ལོ་༡༩༩༤ལོར་《མི་འགྲུབ་པ་དེ་གྲུབ་ན་ཁོ་རང་བསམས》དེ་ཡིན་པར་གསུངས། སྤྱི་ལོ་༡༩༩༧ལོར་ཁོང་གི་བརྩམས་སྒྲུང་བདམས་བཏུས་《སྲིད་ཆོས་དང་མོའི་ཕྲུ་གུ་ལྔའི་ཕ་རྣམས》ཞེས་པ་དངོས་སུ་པར་བསྐྲུན་བྱས་ཤིང་དེ་བར་དུ་ལོ་ངོ་བཅུའི་ཡས་མས་ཤིག་འདས་ཟིན། མི་ལོ་བཅུའི་ཡས་མས་དེ་ཁོང་གི་རྩོམ་རིག་གསར་རྩོམ་གྱི་དུས་ཡུན་སྤྱི་ལ་ལྟོས་ནས། གསར་རྩོམ་གྱི་ཐོག་མའི་དུས་རིམ་ལ་བཞག་པ་ཡིན་ཏེ། དུས་རིམ་དེའི་ནང་རྩོམ་ལུས་དང་གྲུབ་འབྲས་ཆ་ནས་བལྟས་ན། གཙོ་བོར་བརྩམས་སྒྲུང་གསར་རྩོམ་གྱི་དུས་རིམ་ཞིག་ཏུ་འདོད། མ་གཞི་དུས་རིམ་དེའི་ནང་སྤྱི་ལོ་༡༩༩༡ལོར་བརྩམས་པའི་གཏམ་བརྗོད་ཐློས་གར་ཐུང་གྲས་《སློབ་གྲྭ་ཆེན་མོ་ཐོན་པའི་མག་པ》དང་། 《དེ་དགོད་བྲོ་བ་ཙམ་མ་ཡིན》དེ་བཞིན་སྤྱི་ལོ་༡༩༩༣ལོར་བརྩམས་པའི་《འདི་བསྟན་བཤིག་རང་རེད》དང་། སྤྱི་ལོ་༡༩༩༥ལོར་བརྩམས་པའི་《གཱ་ལྣ་OKནང་གི་གླིང་མོལ》སོགས་པའི་འཁྲབ་གཞུང་འགའ་ཤས་གསར་རྩོམ་གནང་ཡོད་ནའང་གྲུབ་འབྲས་དང་ཤུགས་རྐྱེན་ཆེ་ཆུང་། གསར་རྩོམ་གྱི་འབོར་ཚད་དང་གློག་པ་པོའི་བག་ཆགས་ཟབ་མིན་སོགས་ལ་ལྟོས་ནས་བཤད་ན། བརྩམས་སྒྲུང་ཐད་བླངས་པའི་གྲུབ་འབྲས་དེ་འཁྲབ་གཞུང་ལས་གང་འཚམས་ཀྱིས་བཟང་བ་ཡོད་དེ"ཕུན་ཚོགས་བཀྲ་ཤིས་ནི་རེ་སྐྱེག་ཅན་པའི་གཞོན་སྐྱེས་རྩོམ་པ་པོ་དེ་ཚོའི་གྲས་ཤིག་རེད་ལ་ཁོང་གིས་ལོ་རབས་དགུ་བཅུའི་བོད་ཀྱི་བརྩམས་སྒྲུང་གི་འཕེལ་རྒྱས་ཁྲིད་ཟིན་པའི་གནས་བབ་དང་ཐོན་པའི་ནུས་པ་ནི་བོད་ཡིག་རྩོམ་རིག་གི་ལས་དབང་ལ་དོ་ཁུར་བྱེད་མཁན་ནམ་བོད་ཡིག་བརྩམས་བྱ་ལྟ་ཀློག་ལ་དགའ་བའི་སྐྱེ་བོ་ཀུན་གྱིས་ཡིད་ཁམས་སུ་གསལ་པོར་འཆར་ངེས་རེད་"[1]ཅེས་གསུངས་པ་ལྟར་རོ། །ལྷག་པར་དུ་བརྩམས་སྒྲུང་འབྲིང་གྲས་《སྒོ་རས་སྤྲ་རྣའི་སྐྱོ་གླུ་ལྷང་ལྷང》དང་《སྲིད་ཆོས་དང་མོའི་ཕྲུ་གུ་ལྔའི་ཕ་རྣམས》གཉིས་དུས་སྐབས་དེའི་བོད་ཀྱི་བརྩམས་སྒྲུང་འཕེལ་རྒྱས་

---

① ནོར་བུ་བསམ་འཕེལ། སྤྱི་ལོ་༡༩༩༨ལོའི་《བོད་ཀྱི་རྩོམ་རིག་སྤྱི་རྩལ》དེབ་དྲུག་པ། ཤ ༢༧

ཁྲོད་དུ་འང་གནས་བབ་ངེས་ཅན་ཞིག་བཟུང་ཡོད་ལ་ནུས་པ་ངེས་ཅན་ཞིག་ཐོན་ཡོད་དེ། དེ་འབྲེལ་གྱི་རྩོམ་རིག་དཔྱད་བརྗོད་སྡེལ་མཁན་ཡང་མི་ཉུང་བ་ཞིག་བྱུང་ཡོད། རྒྱུ་མཚན་དེ་དག་གི་རྐྱེན་པས་སྤྱི་ལོ་༡༩༩༨བར་དུ་བོད་ཀྱི་གསར་རྩོམ་གྱི་ཐོག་མའི་དུས་སམ་རྩོམ་ལུས་ཆ་ནས་བརྩམས་སྒྲུང་གསར་རྩོམ་གྱི་དུས་རིམ་དུ་བཞག་གོ །

འདིར་བརྗོད་པའི་ཐོག་མའི་དུས་རིམ་ནི་གཙོ་བོ་གསར་རྩོམ་གྱི་རྩོམ་ལུས་ཆ་ནས་དབྱེ་བ་ཡིན་ཞིང་། སྤྱིར་ཐོག་མའི་དུས་རིམ་དེའི་བྱེ་བྲག་གསར་རྩོམ་གྱི་ཐབས་ལམ་ཆ་ནས་ཀྱང་དུས་རིམ་གཉིས་སུ་དབྱེ་ཆོག་སྟེ། དེ་ཡང་རྩོམ་མཁན་འདི་པས་སྤྱི་ལོ་༡༩༥༥ལོར་བརྩམས་པའི་ཆེས་ཐོག་མའི་བརྩམས་སྒྲུང་《བསོད་ནོར་དང་ཕོ་མོ་ཚོ་》ཞེས་པ་ནས་སྤྱི་ལོ་༡༩༩༢ལོར་བརྩམས་པའི་《སྒོ་རས་སྤ་རྣའི་སྐྱོ་གླུ་ལྷང་ལྷང་》ཞེས་པའི་བར་དུ་དུས་རིམ་དང་པོ། དེའི་རྗེས་སུ་བརྩམས་པའི་《སྲིད་ཆོས་དང་མོའི་ཕྲུ་གུ་ལྔའི་ཕ་རྣམས་》ཀྱིས་གཙོས་པའི་སྤྱི་ལོ་༡༩༩༨ལོར་བརྩམས་པའི་བོད་ཀྱི་ཆེས་མཐའ་མཇུག་གི་བརྩམས་སྒྲུང་《འདས་དོན་གྱི་འཆར་སྣང་》ཞེས་པའི་བར་དུ་དུས་རིམ་གཉིས་པར་འཛོག་དགོས་པར་སེམས།

《སྒོ་རས་སྤ་རྣའི་སྐྱོ་གླུ་ལྷང་ལྷང་》ནི་དུས་རིམ་དེ་གཉིས་ཀྱི་དབྱེ་མཚམས་སམ། ཕུན་ཚོགས་བཀྲ་ཤིས་ཀྱི་བརྩམས་སྒྲུང་གསར་རྩོམ་གྱི་དུས་རིམ་ཧྲིལ་པོའི་དཀྱིགས་མཚམས་ཤིག་ཏུ་སླེབས་ཡོད། དེའི་སྒྲུབ་བྱེད་དམ་རྒྱུ་མཚན་ནི། ང་ཚོས་བོད་ཀྱི་བརྩམས་སྒྲུང་གསར་རྩོམ་གྱི་དུས་རིམ་ཧྲིལ་པོར་འཚོལ་དཔྱད་དང་བརྩམས་ཆོས་ལ་སྒྲོང་རོལ་བྱེད་སྐབས། 《སྒོ་རས་སྤ་རྣའི་སྐྱོ་གླུ་ལྷང་ལྷང་》བར་གྱི་རྩོམ་སྲོལ་ལམ་སྒྱུ་རྩལ་གྱི་མཚོན་ཐབས་གཙོ་བོ་ཞིག་ནི་སྲོལ་རྒྱུན་དངོས་ཡོད་རིང་ལུགས་ཀྱི་ཐབས་ལམ་བཀོལ་ཡོད་པར་སེམས། སྲོལ་རྒྱུན་དངོས་ཡོད་རིང་ལུགས་ཀྱི་རྩ་བའི་ཁྱད་ཆོས་ནི“༡ དོན་དངོས་རིས་སུ་ཐོན་པར་འབྲི་བ། ༢ གཅིག་བསྡུས་ཀྱི་སྒོ་ནས་དཔེ་མཚོན་ཅན་དུ་འགོད་པ། ༣ མཐའ་དཔྱོད་ཐེར་འདོན་བྱེད་པ།”[1]ཞེས་འགོད་

① རྡོ་རྗེ་རིན་ཆེན། 《རྩོམ་རིག་གཞུང་ལུགས་གནད་བསྡུས་》མི་རིགས་དཔེ་སྐྲུན་ཁང་། སྤྱི་ལོ་༡༩༩༥ ཤ ༣༩༧ ཤ ༣༩༨ ཤ ༣༩༥

པ་ལྟར། སྒྲོལ་རྒྱུན་དངོས་ཡོད་རིང་ལུགས་ཀྱིས་སྤྱི་ཚོགས་རང་བཞིན་ནམ་ཁྱབ་ཆེ་བའི་བརྗོད་གཞི་ཞིག་དཔེ་མཚོན་གྱི་གཟུགས་སུ་བཀོད་ནས། དེར་རྩོམ་མཁན་རང་ཉིད་ཀྱི་རྣམ་འགྱུར་རམ་བསྒོད་སྣད། དགག་རྒྱག་སུན་འབྱིན་སོགས་ཀྱི་འདུ་ཤེས་འཕུར་དུ་ཐོན་པ་ཞིག་མངོན་ཡོད་པར་འདོད་ལ། 《སྒོ་རས་སྤྱ་རྣའི་སྐྱོ་གླུ་ལྷང་ལྷང་》བརྗོད་གཞི་དང་མཚོན་ཐབས་ལ་དེ་འདྲའི་ཁྱད་ཆོས་ཤིག་མཐོང་རྒྱུ་ཡོད། དེ་རྗེས་ཀྱི་བརྩམས་སྒྲུང་ཕལ་མོ་ཆེའི་མཚོན་ཐབས་ཆ་ནས་བལྟས་ན། རིམ་བཞིན་སྒྲོལ་རྒྱུན་དངོས་ཡོད་རིང་ལུགས་ཀྱི་རྩོམ་ཐབས་ལས་ཁ་གྱེས་ཏེ། མཚོན་ཐབས་གསར་པ་དངོས་འབྲི་རིང་ལུགས་གསར་མའི་ཕྱོགས་སུ་འཕེལ་འགྱུར་འགྲོ་བའི་རྣམ་པ་ཐོན་འདུག དེའི་འཕྲུས་ཚབ་རང་བཞིན་གྱི་བརྩམས་ཆོས་ནི《སྲིད་ཆོས་དང་མོའི་ཕྲུ་གུ་ལྔའི་ཕ་རྣམས》ཡིན་ཞིང་། དངོས་འབྲི་རིང་ལུགས་གསར་མ་ཞེས་པའི་རྩོམ་ཐབས་ཀྱི་ཁྱད་ཆོས་གཙོ་བོ་ནི། ཀུན་ལ་གོམས་འདྲིས་ཆེ་ཞིང་རྒྱུས་མངའ་ཟབ་པའི་འཚོ་བའི་རང་གཟུགས་ངོ་མའམ་བཅོས་མིན་ཞིག་མཚོན་པར་བྱས་ནས། ཀློག་པ་པོར་བདེན་སྣང་དང་རྒྱུས་མངའ་ཆེ་བའི་སྣང་བ་ཞིག་སྐྱེར་རྒྱུ་དེ་ཡིན་པར་སེམས། ཏག་ཏག《སྲིད་ཆོས་དང་མོའི་ཕྲུ་གུ་ལྔའི་ཕ་རྣམས》ཀྱི་བརྗོད་གཞི་དང་མཚོན་ཐབས་ཆ་ནས་དེ་འདྲའི་ཁྱད་ཆོས་དམ་དུ་བཟུང་ཡོད་དེ་སྲིད་ཆོས་ཀྱི་མི་ཚེའི་སྐྱོ་གར་དེ་རྩོམ་པ་པོས་འཚོ་བའི་གཞི་བཅོལ་ས་གང་ཡང་མེད་པར་རྟོག་བཏགས་བྱས་པ་ཞིག་མ་ཡིན་པར། ཕུན་ཚོགས་བཀྲ་ཤིས་ཀྱིས་དངོས་འབྲི་རིང་ལུགས་གསར་མའི་མཚོན་ཐབས་སྤྱད་དེ་བོད་བྱང་འབྲོག་ས་ཁུལ་གྱི་འཚོ་བའི་ཁྲོད་ཀྱི་ཆ་ཤས་ཤིག་བཅོས་མིན་རྣལ་མའི་ཚུལ་དུ་བྲིས་འདུག རྒྱུ་མཚན་དེ་དག་གི་དབང་དུ་བྱས་ནས། ཕུན་ཚོགས་བཀྲ་ཤིས་ཀྱི་ཐོག་མའི་གསར་རྩོམ་དུས་རིམ་མམ་བརྩམས་སྒྲུང་གསར་རྩོམ་གྱི་དུས་རིམ་ལའང་། གཙོ་ཆེར་མཚོན་ཐབས་ཀྱི་ཆ་ནས་དུས་རིམ་གཉིས་སུ་དབྱེ་ཆོག་པར་འདོད་དོ།།

གཉིས་པ། བར་དུས་ཀྱི་གསར་རྩོམ་དང་འཚོལ་སྙེག་གི་དུས་རིམ། (༡༩༧༨ – ༢༠༠༥)

གོང་དུ་ཐོག་མའི་དུས་རིམ་འཆད་སྐབས་སུ་བསྟན་པ་དང་འདྲ་བར། བར་དུས་ཀྱི་གསར་རྩོམ་དང་འཚོལ་སྙེག་གི་དུས་རིམ་དེའང་ཕུན་ཚོགས་བཀྲ་ཤིས་ཀྱི་གསར་རྩོམ་གྱི་བརྒྱུད་རིམ་ཐིལ་པོར་ལྟོས་པ་དང་གཅིག གཉིས་ནས་རྩོམ་ལུས་ཐད་ཀྱི་འཕེལ་འགྱུར་གཙོ་བོར་བཟུང་ནས། འདི་ལྟར་གསར་རྩོམ་འཕེལ་འགྱུར་གྱི་དུས་རིམ་འབྱེད་པ་ཡིན། དེས་ན་རྩོམ་མཁན་འདི་པའི་བར་དུས་ཀྱི་གསར་རྩོམ་དང་འཚོལ་སྙེག་གི་དུས་རིམ་དེ། དུས་ཀྱི་ཆ་ནས་སྤྱི་ལོ་༡༩༧༨ལོ་ནས་སྤྱི་ལོ་༢༠༠༥བར་དུ་ཡིན་ཞིང་། དུས་ཡུན་ལོ་ངོ་ཉི་ཤུ་ལྷག་གི་ནང་དུ་གསར་རྩོམ་གྱི་རྩོམ་ལུས་ཆ་ནས་བལྟས་ན་གཙོ་བོ་གཉིས་ཏེ། གཅིག་ནི་གཏམ་བརྗོད་བློས་གར་ཐུང་གྲས་དང་དགོད་བྲོའི་གཏམ་རྒྱུད་གི་འཁྲབ་གཞུང་གསར་རྩོམ་དང་། གཞན་ད་དུང་ལྷུག་རྩོམ་གྱི་ལམ་ནས་གསར་རྩོམ་ཡང་གནང་ཡོད། ལུས་མི་གཅིག་པའི་བརྩམས་ཆོས་གཉིས་ཀར་གྲུབ་འབྲས་ཀྱང་མི་དམན་པ་ཞིག་ཐྲངས་ཡོད། ཡང་སྒོས་སུ་འཁྲབ་གཞུང་གི་གསར་རྩོམ་གྱི་ནང་དོན་དང་རྣམ་པ། སྤྱིའི་སྤུས་ཚད་དང་གྲངས་འབོར་སོགས་གང་ས་ཅི་ཐད་ནས། དུས་སྐབས་དེའི་བོད་ཀྱི་འཁྲབ་གཞུང་རྩོམ་རིག་འཕེལ་རྒྱས་ཁྲིད་གནས་བབ་ངེས་ཅན་ཞིག་བཟུང་ཡོད་ལ། ཁོང་རང་མི་སྣེར་གྱི་གསར་རྩོམ་བརྒྱུད་རིམ་ཁྲིད་དུ་སླར་ཡང་ལམ་ཚད་ཀྱི་རྗེ་རིང་ཞིག་གམ་དཀྱིགས་མཚམས་ཤིག་ཏུ་སླེབས་ཡོད་པ་ནི། འདས་པའི་ལོ་ངོ་བཅུ་གྲངས་རིང་གི་བོད་ཀྱི་རྩོམ་རིག་སྤྱི་དང་བྱེ་བྲག་ཕུན་ཚོགས་བཀྲ་ཤིས་ཀྱི་གསར་རྩོམ་གྱི་འབྲས་བུར་དོ་སྣང་དང་དོ་ཁུར་ཡོད་མཁན་གྱི་སྐྱེ་བོ་ཀུན་གྱིས་རྟོགས་པར་ངེས། དེས་ན་བར་དུས་ཀྱི་གསར་རྩོམ་དང་འཚོལ་སྙེག་གི་དུས་རིམ་དེའང་དགོས་པའི་དབང་གིས་ནང་གསེས་གཉིས་སུ་ཕྱེ་ནས་གླེང་བར་བྱ།

གཅིག བརྩམས་སྒྲུང་གསར་རྩོམ་ནས་འཁྲབ་གཞུང་གསར་རྩོམ་གྱི་དུས་རིམ་འཕེལ་འགྱུར་སྐོར། (༡༩༧༨ – ༢༠༠༡)

༡ རྩོམ་ལུས་ཀྱི་འཕེལ་འགྱུར་དུས་རིམ་བསྟན་པ།

ཕུན་ཚོགས་བཀྲ་ཤིས་རྩོམ་རིག་གསར་རྩོམ་གྱི་བྱ་བར་དངོས་སུ་ཞུགས་པའི་དུས་ནི་སྤྱི་ལོ་༡༩༨༧ལོར་བརྩིས་ན་མི་འགྲིག་པ་མེད། རྒྱུ་མཚན་ནི་གོང་དུ་བཤད་པ་ལྟར་ལོ་དེར་ཁོང་གིས་གཞུང་གཉེར་གྱི་དུས་དེབ་ཐོག་ཏུ་བརྩམས་སྒྲུང་ཐོག་མ་སྟེ《བསོད་རྗེར་དང་ཕོ་མོ་ཚོ》ཞེས་པ་སྤེལ་བ་ནས་འགོ་བཙུགས་ཏེ། ཤུས་ཚད་དང་གྲངས་ཚད་གཉིས་ཀྱི་ཆ་ནས་དུས་སྐབས་དེའི་གློག་པ་པོའི་ཁྲོད་དུ་བག་ཆགས་དང་ཤུགས་རྐྱེན་ངེས་ཅན་ལྡན་པའི་བརྩམས་སྒྲུང་འགའ་ཞིག་གཅིག་མཇུག་གཉིས་མཐུད་དང་བརྩམས་གནང་ཡོད་ལ། སྤྱི་ལོ་༡༩༨༥ལོར་བརྩམས་སྤེལ་བྱས་པའི《མི་འགྱུར་བ་དེ་གྱུར་ན་ཕོ་རང་བསམས》ཞེས་པ་དེ་ནི་ཁོང་གི་བརྩམས་སྒྲུང་ཆེས་མཇུག་མ་དེ་ཡིན་པར་གསུངས།① དེས་ན་སྤྱི་ལོ་༡༩༨༥ལོ་ནས་ཁོང་གི་བརྩམས་སྒྲུང་གསར་རྩོམ་གྱི་དུས་རིམ་དང་པོ་ཆ་ཚང་བ་རྫོགས་པར་སེམས།

ཕུན་ཚོགས་བཀྲ་ཤིས་ནི་གསར་གཏོད་དང་འཚོལ་ཞིབ་ཀྱི་སྙིང་སྟོབས་ཆེས་ཆེར་ལྡན་པའི་རྩོམ་པ་པོ་ཞིག་ཡིན་པས། ཁོང་གིས་རང་ཉིད་ཀྱི་གསར་རྩོམ་གྱི་ལམ་བུ་དེ་བས་ཁྱོན་ཡངས་ཤིག་དང་གསོན་ཤུགས་ལྡན་པ་ཞིག་ཡོང་ཕྱིར། གསར་རྩོམ་གྱི་ཐབས་ལམ་དང་རྣམ་པ་གསར་པ་ཞིག་ལ་རེ་སྨྲེག་བྱེད་ཀྱིན་ཡོད། དེ་ཡང་ཕུན་ཚོགས་བཀྲ་ཤིས་ཀྱིས་ཐོག་མར་བརྩམས་སྒྲུང་གསར་རྩོམ་ནས། འཕྲུལ་གཞུང་གསར་རྩོམ་ལ་འཇུག་པའི་དུས་ནི་སྤྱི་ལོ་༡༩༩༡ལོར་ཡིན་ཞིང་། སྐབས་དེ་དུས་སྟེས་དབང་གི་གོ་སྐབས་སམ་མཐུན་རྐྱེན་ཞིག་གིས་སྐུལ་ནས། ཐེངས་དང་པོར་གཏམ་བརྗོད་ཀློས་གར་ཐུང་གྲས་ཀྱི་འཕྲུལ་གཞུང་《སློབ་གྲྭ་ཆེན་མོ་ཐོན་པའི་མག་པ》ཞེས་པ་བརྩམས་ཡོད་ན་འང་འདིར་དུས་རིམ་དབྱེ་སྐབས་སྤྱི་ལོ་༡༩༩༡ལོ་ནས་ཁོང་གི་བར་དུས་ཀྱི་གསར་རྩོམ་དུས་རིམ་ལ་མི་བརྩི་བའི་རྒྱུ་མཚན་གཉིས་ཡོད་དེ། གཅིག་ནས་གསར་རྩོམ་རྩལ་པོའི་བརྒྱུད་རིམ་ལ་ལྟོས་ན། སྤྱི་ལོ་༡༩༩༡ལོ་དང་དེའི་

① སྤྱི་ལོ་༢༠༡༥ལོའི་ཟླ་༥པའི་ཚེས་༡༢ཉིན་རྩོམ་པོར་བཅར་འདྲི་བྱས་པའི་ཟིན་ཐོ།

རྗེས་ཀྱི་ལོ་ཤས་ནང་གསར་རྩོམ་གནང་བའི་འབྲུབ་གཞུང་དེ་དག་གིས་ཡོངས་སུ་ཕུན་ཚོགས་བཀྲ་ཤིས་ཀྱི་བརྩམས་སྒྲུང་གསར་རྩོམ་གྱི་དུས་རིམ་ནས་འབྲུབ་གཞུང་གསར་རྩོམ་གྱི་དུས་རིམ་ཞིག་ལ་འཕེལ་འགྱུར་ཕྱིན་པའི་རྟགས་སུ་མི་གྲུབ། འོན་ཏེ་དུས་རིམ་དེའི་ཁྲོད་དུ་འབྲུབ་གཞུང་གསར་རྩོམ་ལ་འཚོལ་ཞིབ་བྱེད་བཞིན་པ་ནི་བསྙོན་དུ་མེད། གཉིས་ནས་སྤྱི་ལོ་༡༩༩༡ལོ་ནས་སྤྱི་ལོ་༡༩༩༤བར་དུ་གསར་རྩོམ་བྱས་པའི་བརྩམས་སྒྲུང་དང་འབྲུབ་གཞུང་གཉིས་ཀྱི་གྲངས་ཚད་དང་སྤུས་ཚད་གང་ནས་བལྟས་ཀྱང་བརྩམས་སྒྲུང་དེ་བརྗོད་གཞི་ལྷིང་ངེ་ཏིག་ཏིག་ཏུ་སྣང་ལ། དུས་སྐབས་དེའི་ནང་བོད་ཀྱི་རྒྱ་ཆེའི་གློག་པ་པོའི་ཡིད་ཀྱི་སྣང་ངོར་ད་དུང་《སྙོ་རས་སྤྱ་ནའི་སྐྱོ་སྨྲ་ལྷང་ལྷང་》དང་《སྲིད་ཆོས་དང་མོའི་ཕྲུ་གུ་ལྷའི་ཕ་ནམས》ཀྱི་བག་ཆགས་ལས་ཡོངས་སུ་གྲོལ་ཐུབ་མེད་དོ། །དེས་ན་མ་གཞི་ལོ་རབས་དགུ་བཅུའི་ལོ་སྟོད་དུ་ཕུན་ཚོགས་བཀྲ་ཤིས་ཀྱིས་འབྲུབ་གཞུང་གསར་རྩོམ་གྱི་བྱ་བར་ཞུགས་ཡོད་ཀྱང་དངོས་སུ་འདིར་བརྗོད་པའི་བར་དུས་ཀྱི་གསར་རྩོམ་དུ་འདོད་པའི་འབྲུབ་གཞུང་གསར་རྩོམ་གྱི་དུས་རིམ་ནི་སྤྱི་ལོ་༡༩༩༤ལོ་ནས་བརྩི་དགོས་པར་སེམས་སོ།།

དེ་ཡང་སྤྱི་ལོ་༡༩༩༤ལོར་ཕུན་ཚོགས་བཀྲ་ཤིས་ཀྱིས《ལོ་གསུམ་གྱི་རྗེས་ལ་》ཞེས་པའི་གཏམ་བརྗོད་ཟློས་གར་ཐུང་གྲས་ཤིག་བརྩམས་ཡོད་ཅིང་། གཏམ་བརྗོད་ཟློས་གར་དེའི་མིང་གི་འདོགས་སྟངས་ཁོ་ནར་བལྟས་ཀྱང་། དེ་ནི་སྔོན་མའི་གསར་རྩོམ་གྱི་རྒྱུན་མཐུད་རྣམ་པ་ཞིག་ཡིན་པར་རྟོགས་ནུས། གང་ལགས་ཤེ་ན་སྤྱི་ལོ་༡༩༩༣ལོར་གསར་རྩོམ་གནང་བའི་གཏམ་བརྗོད་ཟློས་གར་ཐུང་གྲས《འདི་བསྟན་བཤིག་སློང་བ་མ་རེད་》ཅེས་དུས་སྐབས་དེའི་དོན་དངོས་འཚོ་བའི་ཁྲོད་ཀྱི་སྣང་ཚུལ་ངན་པ་འགའ་ཞིག་ལ་དམིགས་ནས། ཆང་རག་འཐུང་རྒྱུར་ཆོད་འཛིན་མེད་པར། ཉི་མ་གནམ་ལ་ཤར་ཚད་ར་བཟི་ནས་རང་གི་ལས་ཀ་དང་ཁྱིམ་ཚང་སོགས་ལ་འགན་འཁུར་གྱི་སེམས་མེད་པར་ཆང་རག་གིས་ཤེས་པ་ཡོད་ཚད་སྲིད་ནས་ཉིན་མ་གང་འཁྱོལ་གྱིས་མི་ཚེ་འབུད་ཐབས་བྱེད་མཁན་དག་ལ་ཟུར་ཟ་དང་སུན་འབྱིན་བྱས་ཡོད། དེར་རྒྱ་ཆེའི་གཟིགས་མོ་བ་ཚོའི་དགའ་བསུ་ཚད་མེད་ཐོབ་ཡོད་ཅིང་།

གཏམ་བརྗོད་བློས་གར་ཐུང་གྲས་དེའི་ཐོག་མའི་མིང་ཡང་བློས་གར་ནང་གི་མི་སྣའི་མིང་དུ་གྱུར་ཏེ། ཐད་ཀར《ར་བཟི་ལྷག་པ་ལགས》ཞེས་འབོད་ཀྱིན་ཡོད། "མི་ལ་བརྩོན་འགྲུས་ལྡན་གྱུར་ན། མི་གྲུབ་བྱ་བ་གང་ཡང་མེད་ཅེས་པ་ལྟར་ཕུན་ཚོགས་བཀྲ་ཤིས་ཀྱིས་གསར་རྩོམ་བྱས་པའི་བརྩམས་བྱ《ར་བཟི་ལྷག་པ་ལགས》བོད་ཀྱི་ལོ་གསར་དགོང་ཚོགས་ལ་འཁྲབ་སྟོན་བྱས་པས་གྲུབ་འབྲས་ཆེན་པོ་ཐོབ་ཅིང་། ཁོང་གི་གཞས་མ་གཏམ་སྒྱུ་རྩལ་གྱི་གསར་རྩོམ་ལ་ཡིད་ཆེས་དང་སེམས་ཤུགས་ལྡབ་བརྒྱ་སྐྱེས་"①ཞེས་འབོད་པ་ལྟར་དུ། གཏམ་བརྗོད་བློས་གར་དེ་ལེགས་འགྲུབ་བྱུང་ཞིང་དུས་སྐབས་དེའི་ནང་དུ་བག་ཆགས་ཀྱང་མི་ཆུང་བ་ཞིག་བཞག་ཡོད་པས། དེས་དུས་ཕྱིས་ཁོང་ཉིད་འཁྲབ་གཞུང་གསར་རྩོམ་ལ་དེ་བས་ཡིད་ཆེས་དང་སྤོབས་པ་སྐྱེད་ཅིང་གང་དེར་དེ་བས་དགའ་ཞེན་དང་དམིགས་ཡུལ་གསར་པ་ཞིག་བཅངས་ནས《ལོ་གསུམ་གྱི་རྗེས་ལ》ཞེས་པ་གསར་རྩོམ་བྱས།

ཁོང་གི་གཏམ་བརྗོད་བློས་གར་དེ་གཉིས་ལེགས་འགྲུབ་ཡག་པོ་བྱུང་བར་བརྟེན། དེ་གཉིས་ཀྱི་ནང་དོན་རྒྱུན་མཐུད་ནས་སླར་ཡང་སྤྱི་ལོ་༡༩༩༧ལོའི་ལོ་མཇུག་ཏུ《ལྷག་པ་ལགས་ཀྱི་ཁྱིམ་གྱི་རྙོག་གྲ》ཞེས་པ་གསར་རྩོམ་གནང་ཡོད། 《འདི་བསྟན་བཤིག་སློང་བ་མ་རེད》དང《ལོ་གསུམ་གྱི་རྗེས་ལ》《ལྷག་པ་ལགས་ཀྱི་ཁྱིམ་གྱི་རྙོག་གྲ》དེ་གསུམ་ནི་ནང་དོན་ཐད་སྔ་མ་སྔ་མ་རྒྱུ་དང་ཕྱི་མ་ཕྱི་མ་འབྲས་བུར་བྱས་ནས། ནང་དོན་ཐད་རྒྱུ་འབྲས་གཏན་ཚིགས་ཀྱི་འབྲེལ་བ་གྲུབ་པ་ཞིག་ཡིན། དེ་བཞིན་སྤྱི་ལོ་༡༩༩༥ལོར《སློབ་གྲྭའི་སྒོ་འགྲམ་དུ》ཞེས་པ་དང་སྤྱི་ལོ་༡༩༩༨་ལོར《CDཀྱི་རྨི་ལམ》དེ་བཞིན《ལྷག་པ་ལགས་ཕྱིར་བསྐྱོད་པ》སྤྱི་ལོ་༡༩༩༦ལོ་ནས་༡༩༩༩བར་དུ《དམིགས་བསལ་གྱི་གསོལ་ཚོགས》དང《སུས་མ་འགྲིག་པ་རེད་དམ》སོགས་བརྩམས་གནང་ཡོད། སྤྱི་ལོ་༢༠༠༠ནས་༢༠༠༡ལོའི་ལོ་མཇུག་བར་གྱི་དུས་ཚོད་ནི། ཕུན་ཚོགས་བཀྲ་ཤིས་ཀྱིས་འཁྲབ་གཞུང་

① ཕུན་ཚོགས་བཀྲ་ཤིས། 《གངས་ལྗོངས་རིག་རྩལ་གྱི་བདག་ཉིད》བོད་ལྗོངས་ཡིག་རྙིང་དཔེ་སྐྲུན་ཁང་། སྤྱི་ལོ་༢༠༡༡ ཤ ༣༥༨

གསར་རྩོམ་ཐད་སྟོན་གྱི་འབྲས་བཟང་བསྡུ་བའི་དུས་ལ་སླེབས་ཤིང་། དུས་ཡུན་དེའི་ནང་ཁོང་གིས་གཏམ་བརྗོད་ཟློས་གར་ཐུང་གྲས་ལྔ་དང་དགོད་བྲོའི་གཏམ་གླེང་བཞི་བརྩམས་ཡོད་དེ། 《རྒད་མོའི་སེམས་ནང་གི་སྐད་ཆ་》དང་《གནམ་གང་ཉིན་མོའི་སྐྱུང་》《ཉེན་རྟོག་པ་དང་ཁ་ལོ་བ་》《ཡིག་ཚད་བཏང་རྗེས་》དང་《༡༡༠གི་སྙིང་གཏམ་》བཅས་པའི་གཏམ་བརྗོད་ཟློས་གར་ཐུང་གྲས་ལྔ་གསར་རྩོམ་བྱས་ཡོད།

ཁྱད་པར་དུ་ཕུན་ཚོགས་བཀྲ་ཤིས་ཀྱི་བར་དུས་གསར་རྩོམ་དུས་རིམ་དེའི་ནང་ནས། སྤྱི་ལོ་༡༩༨༥ལོ་ནི་དམིགས་བསལ་གྱི་ལོ་ཚིགས་ཤིག་དང་འདིར་ཆེད་དུ་མ་གླེང་ཐབས་མེད་ཀྱི་ལོ་ཞིག་ཏུ་གྱུར་ཡོད་དེ། ལོ་དེ་ནི་ཁོང་གི་འཁྲབ་གཞུང་གསར་རྩོམ་གྱི་དུས་རིམ་ཁྲོད་ཀྱི་དཀྱོགས་མཚམས་ཤིག་གམ། འཁྲབ་གཞུང་གསར་རྩོམ་གྱི་ཐབས་ལམ་གསར་པ་ཞིག་འཚོལ་སྙེག་བྱེད་པའི་དུས་རིམ་ཞིག་ཡིན། སྤྱི་ལོ་༡༩༨༥ལོར་ཁོང་གིས་གཏམ་བརྗོད་ཟློས་གར་ཐུང་གྲས་ཀྱི་གསར་རྩོམ་ནས་དགོད་བྲོའི་གཏམ་གླེང་གི་འཁྲབ་གཞུང་གསར་རྩོམ་གྱི་ཕྱོགས་སུ་གོམ་ཁ་བསྒྱུར་ཏེ། དགོད་བྲོའི་གཏམ་གླེང་གི་འཁྲབ་གཞུང་དང་པོ་《གླུ་ལྷ་OKནང་གི་གླེང་མོལ་》ཞེས་པ་གསར་རྩོམ་བྱས། ཁོང་གིས་འཚོལ་སྙེག་གི་ལམ་ནས་བཞེད་པའི་འཁྲབ་གཞུང་གི་སྒྱུ་རྩལ་རྣམ་པ་གསར་པ་དེར་མུ་མཐུད་གསར་རྩོམ་གྱི་སྨྱུག་ཁ་མ་ལྷོད་པར་ཕྱི་ལོར《བར་སྐོར་ནང་གི་གླེང་མོལ་》ཞེས་པ་གསར་རྩོམ་གནང་ནས། རྒྱ་ཆེའི་གཟིགས་མོ་བ་ཚོའི་དགའ་བསུ་ཆེན་པོ་ཐོབ་ཡོད་ལ་ཁོང་རང་ངོས་ནས་བརྗོད་ན། དགོད་བྲོའི་གཏམ་གླེང་གི་འཁྲབ་གཞུང་གསར་རྩོམ་ཐད་ཆུ་ཚད་ངེས་ཅན་ཞིག་ཏུ་སླེབས་ཡོད། དེའི་རྗེས་སུ་སྤྱི་ལོ་༢༠༠༡ལོའི་བར་གྱི་དུས་ཡུན་ནང་། སྔ་རྗེས་སུ་《བོད་ཀྱི་ཨང་དང་པོ་》དང་《ཡུལ་སྐད་འགྲན་བསྡུར་》《འདི་ཕོ་བྲོ་གའི་ཡོན་ཏན་མ་རེད་》དང་《ལྷ་སའི་སློ་བ་》《ལྷ་སའི་སྡར་སོང་གི་གཏམ་རྒྱུད་》དང་《རིག་དངོས་ཀྱི་རེ་འབོད་》《སྤྱི་སྤྱོད་དངོས་པོའི་གསང་བའི་གཏམ་》སོགས་བརྩམས་ཡོད་ཅིང་། དེ་དག་ཁྲོད་ནས《བར་སྐོར་ནང་གི་གླེང་མོལ་》དང་《རིག་དངོས་ཀྱི་རེ་འབོད་》གཉིས་ནི་མིག་སྔའི་བར་དུ་ཕུན་ཚོགས་བཀྲ་ཤིས་ཀྱི་འཐུས་ཚབ་རང་བཞིན་གྱི་

དགོད་བྲོའི་གཏམ་སྙིང་གི་འཕྲབ་གཞུང་དུ་འདོད།

༢ སྒྱུ་རྩལ་མཚོན་ཐབས་ཀྱི་འཕེལ་འགྱུར་དུས་རིམ་འབྱེད་པ།

རྩོམ་རིག་བརྩམས་ཆོས་ཀྱི་རྩ་བའི་གྲུབ་ཆ་གཉིས་ཏེ། གཅིག་ནི་བརྗོད་བྱའི་ནང་དོན་ནམ་བསམ་བློའི་མཚོན་དོན་དེ་དང་། ཅིག་ཤོས་ནི་རྗོད་བྱེད་ཚིག་སྦྱོར་རམ་སྒྱུ་རྩལ་གྱི་མཚོན་ཐབས་གཉིས་ལས་མ་འདས། དེས་ན་འདིར་བཤད་པའི་རྩོམ་མཁན་འདི་པའི་བར་དུས་ཀྱི་གསར་རྩོམ་ལ་དམིགས་ན། རང་ཉིད་རྩོམ་རིག་དཔྱད་སྒྲོང་བྱེད་པའི་བློ་གྲོས་ཞན་པའི་རྐྱེན་ནམ། ཡང་ན་དོན་དམ་དུ་བརྗོད་བྱའི་ནང་དོན་ཐད་ནས་དེ་འདྲའི་འཕེལ་འགྱུར་གྱི་ཆོས་ཉིད་ལྡན་པའི་དུས་རིམ་མངོན་གསལ་ཅན་ཞིག་དབྱེ་རྒྱུ་མེད་པ་ཡིན་ནམ། གང་ལྟར་བརྗོད་བྱའི་ནང་དོན་གྱི་ཆ་ནས་འགྱུར་ལྡོག་མི་ཉུང་བ་ཞིག་ཡོད་ནའང་། དེ་དག་ལ་ཉུང་མངོན་གསལ་དོད་པོའི་འཕེལ་འགྱུར་གྱི་ཆོས་ཉིད་དམ་ཁྱད་ཆོས་ཤིག་གིས་དུས་རིམ་ཁག་ཏུ་ཕྱེ་བའི་མཚམས་ཐིག་གསལ་པོ་ཞིག་མི་མཐོང་བས། འདིར་སྒྱུ་རྩལ་གྱི་མཚོན་ཐབས་ཐད་ནས་གསར་རྩོམ་འཕེལ་འགྱུར་གྱི་དུས་རིམ་རགས་པ་ཙམ་ཞིག་བརྗོད་པར་བྱ།

(༡) ཐོག་མའི་དུས་ཀྱི་མཚོན་ཐབས།

གཏམ་བརྗོད་ཤློས་གར་ཐུང་གྲས་ཀྱི་སྒྱུ་རྩལ་ཐབས་ལམ་སྟེང་ནས་ཉུང་ཟད་དཔྱད་བསྡུར་བཏང་ན། དེ་ཡང་སྤྱི་ལོ༡༨༨༩ལོའི་སྔོན་དུ་བརྩམས་པའི《དགོད་བྲོ་བ་ཙམ་མ་ཡིན་》ཞེས་པ་དང《སློབ་གྲྭ་ཆེན་མོ་ཐོན་པའི་མག་པ་》སོགས་ཀྱི་སྒྱུ་རྩལ་མཚོན་ཐབས་ཐད། མ་གཞི་སྒྲོ་བཏགས་ཀྱི་རྣམ་པ་ཉུང་ཟད་རེ་ཡོད་ནའང་གཙོ་ཆེར་སྤྱི་ཚོགས་འཚོ་བ་དངོས་དང་བཅར་གང་ཐུབ་བྱས་ནས། མི་སྣའི་སྐད་ཆ་དང་བྱ་བྱེད་བསམ་བློ་སོགས་སྤྱིར་འཚོ་བ་དངོས་ཀྱི་སྣང་ཚུལ་དང་། དོན་དངོས་ཀྱི་གནས་ལུགས་དང་མཐུན་པའི་ཚད་གཞི་ཞིག་གི་བཀོད་འདོམས་འོག་དངོས་འབྲིའི་ཐབས་ལམ་མམ་དངོས་ཡོད་རིང་ལུགས་ཀྱི་མཚོན་ཐབས་ལྟ་བུ་ཞིག་སྤྱད་ནས་བརྩམས་ཆོས་ཀྱི་བདེན་སྣང་རང་བཞིན་དེ་ཚད་མཐོ་པོ་ཞིག་ཏུ་སླེབས་པའི་

ཁྱད་ཆོས་མངོན་པར་གསལ་ཞིང་། དེ་ཡང་དུས་སྐབས་དེའི་སྤྱི་ཚོགས་འཚོ་བའི་ཁྲོད་དུ་ཁྱིམ་བདག་ཁག་ཅིག་ཤེས་རིག་ལ་རྫོངས་ནས། ཡིག་ངོ་མི་ཆོད་ཅིང་དེའི་ཐོག་དུས་རྒྱུན་དུ་ཆང་རག་ཁོ་ན་བཏུང་ནས། བསམ་བློའི་འཁྱེར་སོ་དང་འགན་ཁུར་གྱི་འདུ་ཤེས་ཞན་པའི་རྐྱེན་གྱིས་རང་གི་ཕྲུ་གུའི་སློབ་སྦྱོང་དང་ཀུན་སྤྱོད་སོགས་ལ་ཡང་དག་པའི་སློབ་གསོ་དང་མིག་དཔེ་བཟང་པོ་སྟོན་རྒྱུ་ལྟ་ཅི། དེ་ལས་ཕྱོག་སྟེ་ཕྲུ་གུར་སློབ་གསོ་གཏོང་རྒྱུ་དང་ཤེས་བྱ་ཡོན་ཏན་སློབ་རྒྱུ་སོགས་སློབ་གྲྭ་དང་དགེ་རྒན་པོ་ནའི་འགན་འཁྲི་ལྟ་བུ་ཞིག་ཏུ་བརྩིས་ནས། སློབ་གསོའི་ལས་ཀར་ཁྱིམ་བདག་གི་གཞོགས་འདེགས་མི་བྱེད་པར། གོ་མེད་ཚོར་མེད་དང་མི་ཚེ་ཆང་རག་དང་འགྲོགས་ནས་རང་གི་ཕྲུ་གུའི་མདུན་ལམ་དང་མ་འོངས་པའི་རེ་བ་སོགས་ཡོད་ཚད་ལས་དབང་སྐྱུར་མོ་ཞིག་དང་སྤྲེལ་ནས་དུས་འདའ་བའི་སྤྱི་ཚོགས་ཀྱི་སྣང་ཚུལ་ཞིག་གསོན་ཉམས་དོད་པའི་གཟུགས་བརྙན་དང་། རྣོ་ངར་ལྡན་པའི་སྐད་ཆའི་ལམ་ནས་ཕྱིར་མཚོན་བྱས་ཡོད་ལ། སྤྱི་ཚོགས་འཚོ་བའི་སྣང་ཚུལ་ཞིག་གར་སྟེགས་ཐོག་ཏུ་བཤམས་དུས། གཟིགས་མོ་བ་མང་པོར་དོན་དངོས་འཚོ་བ་དང་ཐག་ཉེ་ལ་བདེན་སྣང་གི་རང་བཞིན་ཤུགས་ཆེར་ལྡན་པའི་མྱོང་བ་ཞིག་ཀྱང་གྲུབ་ཀྱིན་ཡོད།

(༢) བར་སྐབས་ཀྱི་མཚོན་ཐབས།

སྤྱི་ལོ་༡༩༩༣ལོར་བརྩམས་པའི《འདི་བསྟན་བཞིག་སློང་བ་མ་རེད་》ཅེས་པ་ནས་དེའི་རྗེས་ཀྱི་བརྩམས་ཆོས་འགའ་ཞིག་ལ་སྒྲོ་བཏགས་དང་རྟོག་བཟོའི་ཆ་དེ། དེ་བས་ཤུགས་ཇེ་ཆེར་སོང་ཡོད་དེ། དཔེར་ན《ར་བཟི་ལྷག་པ་ལགས་》ལྟ་བུར་ཆ་མཚོན་ན། མ་གཞི་བརྩམས་ཆོས་དེ་གསར་རྩོམ་མ་བྱས་གོང་ནས་འཚོ་བའི་ནང་དེ་འདྲའི་སྣང་ཚུལ་མཐོང་རྒྱུ་ཡོད་ལ། ལྷག་པར་རྩོམ་མཁན་ཉིད་མངའ་རིས་སུ་སྤྱི་ཚོགས་རིང་ལུགས་ཀྱི་སློབ་གསོའི་ལས་དོན་སྤེལ་བར་ཕེབས་དུས། བརྩམས་ཆོས་འདིའི་ནང་དོན་དང་འདྲ་བའི་གནས་ཚུལ་ཞིག་ཐོན་པའི་དགོད་གཏམ་ཞིག་ཀྱང་ཐ་བར་ཐོས་པས། ཕྱིས་སུ་དེ་གསར་རྩོམ་གྱི་ས་བོན་དུ་བྱས་ནས《ར་བཟི་ལྷག་པ་ལགས་》ཞེས་པ་གསར་རྩོམ་གནང་བ་ཞིག་ཡིན་ཡང་། དོན་དངོས་འཚོ་བའི་

ནང་སྨན་པ་ཞིག་མཚན་མོའི་སྟོད་བྱའི་སྐབས་སུ་ཆང་རག་གིས་ཡོངས་སུ་བཟི་སྟེ། ནད་པ་སྣ་རལ་པ་ཞིག་ལ་སྨན་བཅོས་ཀྱི་ཚུལ་དུ་མིག་དང་སྣ་ཁུག་གཉིས་མཉམ་དུ་བཅེམ་པ་དེ་འདྲ་མི་སྲིད་པ་ཞིག་ཡིན་མོད་ཀྱང་། ཚད་ལས་འདས་པའི་སྒྲོ་བཏགས་ཀྱི་རྣམ་པ་དེ་ཏག་ཏག་གཏམ་བརྗོད་བློས་གར་དང་རྩོམ་རིག་སྒྱུ་རྩལ་གྱི་རྣམ་པ་གཞན་དག་དང་མི་འདྲ་བའི་སྒྱུ་རྩལ་གྱི་མཛེས་པ་གཏོད་སྟངས་གཙོ་བོ་ཞིག་ཏུ་གྱུར་ཡོད།

དེ་བཞིན་བརྩམས་ཆོས་འགའ་ཞིག་ལ་འཆར་ཡན་རིང་ལུགས་ཀྱི་མཚོན་ཐབས་ཀྱང་བཀོལ་སྤྱོད་བྱས་ཡོད་དེ། 《ལྷག་པ་ལགས་ཀྱི་ཁྲིམ་གྱི་རྙོག་གྲ་》ཞེས་པའི་ནང་སྨྱུམ་མའི་ཁོག་པའི་ནང་ནས་ཕྲུ་གུས་སྐད་ཆ་ཤོད་པ་དང་དེ་བཞིན《རིག་དངོས་ཀྱི་རེ་འབོད་》ནང་དུ་ལྷ་མི་ཕན་ཚུན་སྐད་ཆ་ཤོད་པ་སོགས་ཀྱི་མཚོན་ཐབས་ནི། དངོས་ཡོད་རིང་ལུགས་ཀྱི་རྩོམ་སྟངས་ལས་བརྒལ་ཏེ་འཆར་ཡན་རིང་ལུགས་ཀྱི་རྩོམ་སྟངས་བཀོལ་ཡོད། དེས་སྐབས་བབ་ཀྱི་དོན་སྟོན་པར་དམིགས་བསལ་གྱི་ནུས་པ་ཐོན་ཡོད་ལ་རྣམ་པའམ་སྒྱུ་རྩལ་གྱི་ཆ་ནས་འཕེལ་འགྱུར་ཆེན་པོ་ཞིག་ཀྱང་མངོན་ཡོད།

གཉིས། འཕྲབ་གཞུང་ནས་ལྷུག་རྩོམ་གསར་རྩོམ་གྱི་འཕེལ་འགྱུར། (༢༠༠༧ – ༢༠༠༨)

འདིར་བརྗོད་པའི་འཕེལ་འགྱུར་ཡང་གོང་དང་འདྲ་བར་དུས་ཡུན་ངེས་ཅན་ཞིག་གི་ནང་དུ་བརྩམས་ཆོས་ཀྱི་རྩོམ་ལུས་དང་གྲངས་ཚད། དེ་བཞིན་གྲུབ་འབྲས་སམ་དེས་བོད་ཀྱི་རྩོམ་རིག་བྱ་གཞག་ལ་ཐེབས་པའི་ཤུགས་རྐྱེན་ཆེ་ཆུང་དང་། སྨྱིག་པ་པོའི་ཁྲིད་དུ་བག་ཆགས་ཟབ་མིན་སོགས་ལ་སྟོས་ནས་འཕེལ་འགྱུར་གྱི་དུས་རིམ་ཞིག་འབྱེད་པ་ལས། ལོ་ཚིགས་གཅིག་དབྱེ་མཚམས་སུ་བྱས་ནས་དེའི་ཟླ་ཕྱི་གང་ཙང་ཞིག་ཚད་དུ་བཟུང་ནས་མཐའ་གཅིག་ཏུ་རྩོམ་ལུས་ཀྱི་འཕེལ་འགྱུར་གླིང་བ་ཞིག་མ་ཡིན་ཏེ། དཔེར་ན་༢༠༠༧ནས་༢༠༠༨བར་དུ་རྩོམ་ལུས་ཀྱི་ཆ་ནས་བལྟས་ན། ལྷུག་རྩོམ་གསར་རྩོམ་གྱི་དུས་རིམ་ཞིག་ཏུ་བཤད་ནའང་། དུས་ཡུན་དེ་དག་ནང་ཁོང་གིས་འཕྲབ་གཞུང་འགའ་ཞིག་ཀྱང་གསར་རྩོམ་བྱས་ཡོད་པ་བཞིན་ནོ། །རྒྱུ་མཚན་ནམ་ཚད་གཞི་འདི་འདྲ་ཞིག་གི་དབང་དུ་བྱས་ཏེ། སྤྱི་ལོ་

༢༠༠༧ནས་རིམ་བཞིན་རྩོམ་མཁན་འདི་པའི་གསར་རྩོམ་གྱི་རྩོམ་ལུས་ཐད། འཁྲབ་གཞུང་གསར་རྩོམ་ནས་རིམ་བཞིན་ལྷུག་རྩོམ་གསར་རྩོམ་ཐད་ལ་འཕེལ་འགྱུར་འགྲོ་འགོ་ཚུགས་པ་ན། རྩོམ་མཁན་འདི་པའི་གསར་རྩོམ་གྱི་བརྒྱུད་རིམ་སྤྱི་དང་བྱེ་བྲག་བར་དུས་སུ་བརྩམས་པའི་བརྩམས་འབྲས་ཁག་ལ་དཔྱེ་ཞིབ་བྱས་ཆེ་རྟོགས་ནུས་པ་ཡིན། དེ་ཡང་དུས་ཡུན་མི་ལོ་བརྒྱད་ལྷག་གི་དུས་ཚོད་ནང་ཁོང་གིས་རྒྱ་བོད་ཡིག་རིགས་གཉིས་ཀྱི་ལམ་ནས་ལྷུག་རྩོམ་དེབ་གཉིས་བརྩམས་ཡོད་དེ། ཏ་ལམ་སྟོང་ལོ་གཉིས་པ་ཤར་ཚུན་ཆད་ནས་སྤྱི་ལོ་༢༠༠༥བར་དུ་རྒྱ་ཡིག་གི་ལམ་ནས་བོད་ཀྱི་རིག་གནས་དང་ཡུལ་གོམས་གཤིས་ལུགས་སོགས་དང་འབྲེལ་བའི་ནང་དོན་ཁག་གཅིག་བརྗོད་གཞིར་བཟུང་ནས། ལྷུག་རྩོམ་གང་མང་ཞིག་གསར་རྩོམ་བྱས་ཡོད་པ་དེ་དག་སྤྱི་ལོ་༢༠༠༥ལོའི་ལོ་མཇུག་ཏུ་བདམས་བཏུས་བྱས་ཏེ་《ཁྲིམ་པ་བའི་བོད་ལྗོངས》ཞེས་པའི་ལྷུག་རྩོམ་ཕྱོགས་བསྒྲིགས་གཅིག་པར་བསྐྲུན་བྱས་ཡོད། དེས་གཅིག་ནས་བོད་ཀྱི་དེང་རབས་རྩོམ་རིག་ཁྲིད་རྣམ་པ་གསར་པ་ཞིག་གི་ངོས་ཐད་ནས་འཕེལ་རྒྱས་ལ་རྗེ་ཐོགས་པའི་གསོན་ཤུགས་གསར་པ་ཞིག་སྦྱིན་ཡོད། 《ཁྲིམ་པ་བའི་བོད་ལྗོངས》ཀྱིས་བོད་ཀྱི་དེང་རབས་ལྷུག་རྩོམ་ཁྲིད་གནས་བབ་ངེས་ཅན་ཞིག་བཟུང་ཡོད་ལ། བརྩམས་ཆོས་འདི་ཉིད་དཔར་དུ་བསྐྲུན་པ་དེས། བོད་ཀྱི་དེང་རབས་ལྷུག་རྩོམ་དེ། མཚོན་ཐབས་ཀྱི་རྣམ་པ་གསར་པ་ཞིག་གམ་གསར་རྩོམ་གྱི་ཐབས་ལམ་གསར་པ་ཞིག་གཏོད་ཡོད་ལ། ནང་དོན་ཆ་ནས་བསམ་བློའི་ཟབ་ཚད་དེ་མཐོར་འདེགས་སུ་བཏང་ཡོད། མ་གཞི་དུས་སྐབས་གསར་པའི་བོད་ཀྱི་ལྷུག་རྩོམ་གསར་རྩོམ་ཐད་གྲུབ་འབྲས་མི་དམན་པ་བླངས་ཡོད་ཅིང་། མི་སྙེར་གྱི་ལྷུག་རྩོམ་ཕྱོགས་བསྒྲིགས་ཀྱང་མང་པོ་ཞིག་དཔར་དུ་བསྐྲུན་ཡོད། དེ་དག་དང་ཕུན་ཚོགས་བཀྲ་ཤིས་ཀྱི་ལྷུག་རྩོམ་ཕན་ཚུན་གཤིབ་བསྡུར་རེ་བྱས་ཚེ། ལྷུག་རྩོམ་མང་དག་ཞིག་རྩོམ་མཁན་གྱིས་ལྗོངས་དངོས་གང་ཞུང་ལ་འཐིམ་པའི་བརྩེ་ཚོར་ཟབ་མོ་ཞིག་མཚོན་རྒྱུ་དང་། དེ་བཞིན་མི་སྙེར་གྱི་འཚོ་བའི་བདེ་སྡུག་དང་། ཡིད་ཀྱི་དགའ་སྐྱོ་ཆགས་སྡང་སོགས་མཚོན་པ་གཙོ་ཆེར་བཟུང་བ་ལས། མི་རིགས་ཀྱི་རིག་གནས་ལོ་རྒྱུས་ལ་སྟོག་འདོན་

དང་འཚོལ་ཞིབ། ཕྱིར་རྟོག་སོགས་བྱས་པའི་བརྗོད་དོན་ཅུང་དཀོན་པར་སྣང་། འོན་ཏེ་ཕུན་ཚོགས་བཀྲ་ཤིས་ཀྱི་ལྷུག་རྩོམ་ལ་ལྟོས་བཅས་ཀྱིས་ཐོད་བརྒལ་རང་བཞིན་ཞིག་བྱུང་ཡོད་པ་ནི། སྒྱུ་རྩལ་ལྷུག་རྩོམ་ནས་རིག་གནས་ལྷུག་རྩོམ་གྱི་ཕྱོགས་སུ་འཕེལ་འགྱུར་གཏོང་གང་ཐུབ་བྱས་ཡོད་པར་སེམས། དེ་ནི་མི་སྣེར་གྱི་གསར་རྩོམ་འཕེལ་འགྱུར་གྱི་སྣང་ཚུལ་ཙམ་ཞིག་མ་ཡིན་པར་བོད་ཀྱི་དེང་རབས་ལྷུག་རྩོམ་གྱི་འཕེལ་འགྱུར་གྱི་སྣང་ཚུལ་ཞིག་ཀྱང་ཡིན་པར་འདོད། 《ཁྱིམ་པ་བའི་བོད་ལྗོངས》ནི་བོད་ཀྱི་དེང་རབས་ལྷུག་རྩོམ་ཁྲོད། རིག་གནས་ལྷུག་རྩོམ་ཕྱོགས་བསྒྲིགས་ཀྱི་ཐོག་མ་དེ་ཡིན་ཞེས་བརྗོད་ནའང་མི་ཆོག་མེད་སྙམ་ལ། དེས་བོད་ཀྱི་དུས་སྐབས་གསར་པའི་རྩོམ་རིག་བྱ་གཞག་ཁྲོད་གནས་བབ་ངེས་ཅན་ཞིག་དང་བག་ཆགས་ཆེ་ཙམ་བཞག་ཡོད་པ་ནི"སྤྱི་ལོ་༢༠༠༥ལོའི་ཟླ་བ་༡༢པའི་ཚེས་༡༨ཉིན་བོད་ལྗོངས་རྩོམ་པ་པོ་མཐུན་ཚོགས་ཀྱིས་ལྷ་སར་རིག་གནས་ལྷུག་རྩོམ་ཕྱོགས་བསྒྲིགས《ཁྱིམ་པ་བའི་བོད་ལྗོངས》ཀྱི་དཔྱད་གླེང་ཚོགས་འདུ་ཞིག་སྒྲིག་འཛུགས་སྐོང་ཚོགས་བྱས"ཤིང་དཔྱད་གླེང་ཐོག་ཏུ་སྤེལ་བའི་དཔྱད་བརྗོད་གཏམ་བཤད་ཀྱང་སྤྱི་ལོ་༢༠༠༨ལོའི《བོད་ཀྱི་རྩོམ་རིག》དུས་དེབ་གཉིས་པའི་ནང་ཆེད་བསྒྲིགས་ལེ་ཚན་གྱི་རྣམ་པའི་ཐོག་ནས་བཀོད་ཡོད། གཉིས་ནས་མི་རིགས་གཞན་གྱིས་རྩོམ་རིག་སྒྱུ་རྩལ་གྱི་ལམ་ནས་བོད་ཀྱི་རིག་གནས་དང་ཡུལ་གོམས་གཤིས་ལུགས། བོད་མིའི་ནང་བསམ་བློའི་ལྟ་བ་དང་འདུ་ཤེས་འཛིན་སྟངས་དང་ཕྱི་སྤྱོད་ཀྱི་རང་བྱུང་བཀོད་པ་ཆགས་ཚུལ་སོགས་ལ་རྒྱུས་ལོན་དང་ཤེས་རྟོགས་ཐུབ་རྒྱུར་བསུབ་ཏུ་མེད་པའི་ཕན་འབྲས་ངེས་ཅན་ཞིག་ཐོན་ཡོད། དེ་བཞིན་རྩོམ་རིག་རང་ངོས་ནས་རྣམ་པ་གསར་པ་ཞིག་གམ་ཐབས་ལམ་གཞན་ཞིག་ནས། བོད་ཀྱི་དེང་རབས་རྩོམ་རིག་འདི་ཉིད་མཐའ་བཞི་གངས་རིས་བསྐོར་བའི་ཞིང་ཁམས་འདི་ནས་གྲོལ་ཏེ་མི་རིགས་གཞན་གྱི་ཀློག་པ་པོའི་མཐོང་ལམ་དུའང་བསྐྲུར་བའི་རིན་ཐང་ཞིག་ཀྱང་མཆིས་པར་སྙམ་མོ། །

དེར་བརྟེན་འཕེལ་འགྱུར་གྱི་དུས་རིམ་དེ་ནི་གཅིག་ནས་རྩོམ་ལུས་ཐད་ཀྱི་འཕེལ་

འགྱུར་ཞིག་ཡིན་ལ། གཉིས་ནས་ཡིག་རིགས་ཀྱི་འཕེལ་འགྱུར་ཞིག་ཀྱང་ཡིན། མ་གཞི་གོང་དུ་རྩོམ་མཁན་འདི་པའི་གསར་རྩོམ་གྱི་བྱ་བར་ཞུགས་པའི་སྤྱི་ཚོགས་རྒྱབ་ལྗོངས་འཆད་སྐབས་གླིང་བ་བཞིན་ཁོང་ཉིད་ཀྱི་ཆེད་ལས་རྒྱ་ཡིག་ཡིན་ཡང་། ལྷུག་རྩོམ་ཕྱོགས་བསྒྲིགས་འདི་ཉིད་གསར་རྩོམ་མ་བྱུས་གོང་གི་བརྩམས་ཆོས་གཞན་རྣམས་བོད་ཡིག་གི་ལམ་ནས་བརྩམས་པ་ཤ་སྟག་ཡིན་པས《ཁྱིམ་པ་བའི་བོད་ལྗོངས》པར་དུ་བསྐྲུན་པ་ནི་རྩོམ་མཁན་རང་ཉིད་ལ་མཚོན་ནའང་དེ་ནི་གསར་རྩོམ་གྱི་བརྒྱུད་རིམ་ཁྲོད་དུ་གལ་ཆེའི་ཐོད་བརྒལ་ཞིག་དང་གསར་རྩོམ་གྱི་ཐབས་ལམ་ཐད་ཀྱི་གལ་ཆེའི་ཚོད་བགམ་ཞིག་ཀྱང་ཅི་ལ་མིན།

ཕུན་ཚོགས་བཀྲ་ཤིས་ཀྱིས་དུས་དང་རྣམ་པ་ཀུན་ཏུ་རྩོམ་རིག་གསར་རྩོམ་གྱི་རྩ་བའི་དམིགས་ཡུལ་དང་རྩ་དོན་ཞིག་དང་དུ་བླངས་ནས་གསར་རྩོམ་གྱི་བྱ་བར་གཞོལ་གྱིན་ཡོད་དེ། རྩོམ་རིག་གི་མཐར་གཏུགས་དམིགས་ཡུལ་ལམ་ལས་འགན་ནི། སྤྱི་ཚོགས་འཚོ་བ་དངོས་ལ་ཁ་ཕྱོགས་ནས་དོན་དངོས་ཀྱི་འཚོ་བར་ཞབས་འདེགས་བསྒྲུབ་རྒྱུ་ཡིན་རྐྱེན། བོད་ཀྱི་རྩོམ་རིག་གིས་ཀྱང་གཙོ་ཆེར་བོད་ཀྱི་སྤྱི་ཚོགས་དང་བོད་མིའི་འཚོ་བར་ཁ་ཕྱོགས་ནས་དེར་ཞབས་འདེགས་བསྒྲུབ་རྒྱུ་དེ་ལས་མ་འདས། བོད་རིགས་སློག་པ་པོ་དང་ཡང་སྙོས་བོད་ཀྱི་ཞིང་འབྲོག་མང་ཚོགས་ཁྲོད་དུ་རྒྱུན་སྤྱོད་སྐད་ཡིག་ནི་བོད་སྐད་ཡིག་ཡིན་པས། ཚན་རྩལ་སློབ་སྦྱོང་དང་སློབ་གསོ་སྤྱོད་སྤེལ། དེ་བཞིན་རྩོམ་རིག་ལྟ་ཀློག་སོགས་ལའང་སྐབས་བདེ་དང་གོམས་འདྲིས་ཆེ་ཤོས་ཀྱང་བོད་སྐད་དང་བོད་ཡིག་གཉིས་ཡིན། ཕུན་ཚོགས་བཀྲ་ཤིས་ཀྱིས་རྩ་དོན་ནམ་དོན་དངོས་དེར་དམིགས་ནས་སྤྱི་ལོ་༢༠༠༨ཡས་མས་ནས་འགོ་བཙུགས་ཏེ། དེ་སྔ་རྒྱ་ཡིག་གི་ལམ་ནས་བརྩམས་པའི་ལྷུག་རྩོམ་དེར་འཕྲི་སྣོན་དང་བཟོ་བཅོས་བྱས་ཏེ་རང་ལ་གོམས་འདྲིས་ཆེ་བའི་མ་ཡིག་གི་ལམ་དུ་ཕབ་བསྒྱུར་གནང་བར《བོད་ཡུལ་གྱི་གནའ་གཏམ》ཞེས་མཚན་བྱང་དུ་བཏགས་ནས། རྒྱ་ཆེའི་བོད་རིགས་ཀློག་པ་པོའི་མིག་ཡིད་རྣ་བའི་དགའ་སྟོན་དུ་བཤམས་ཡོད་ལ། དེར་རྒན་དར་གཞོན་གསུམ་དང་ལས་རིགས་མི་གཅིག་པའི་རྒྱ་ཆེའི་ཀློག་པ་པོའི་དགའ་བསུ་ཆེན་པོ་ཐོབ་ཅིང་། ཀློག་པ་པོ་འགའ་ཞིག

གིས་དེ་སྔོན་རྩོམ་མཁན་འདི་པའི་དུས་སྐབས་ཤིག་གི་གསར་རྩོམ་གྱི་དམིགས་ཡུལ་དང་། ཁ་ཕྱོགས་སོགས་ལ་ཐེ་ཚོམ་ཟ་བའི་རྣམ་འགྱུར་སྟོན་པར་ཡང་དོན་དངོས་ཀྱི་ལག་ལེན་ནས་བློ་ཡིད་ཚིམས་པའི་ལན་ཞིག་སྤྲད་ཡོད་པར་སེམས་སོ། །

འདིར་གསར་རྩོམ་གྱི་རྩོམ་ལུས་དང་སྒྱུ་རྩལ་མཚོན་ཐབས་གཉིས་ཀྱི་ཐད་ནས་གསར་རྩོམ་འཕེལ་འགྱུར་དུས་རིམ་རགས་ཙམ་བསྟན་པ་ལས། འཕེལ་འགྱུར་གྱི་རྒྱུ་རྐྱེན་དང་། བརྩམས་ཆོས་ལ་མངའ་བའི་བསམ་བློ་དང་སྒྱུ་རྩལ་གྱི་ཁྱད་ཆོས་རེ་ཞིག་སྐབས་བབ་ཀྱི་བརྗོད་གཞི་མིན་པས་དེ་དག་རིམ་བཞིན་དོན་ཚན་གཞན་དུ་བསྟན་པར་བྱའོ། །

གསུམ་པ། མིག་ལྟའི་གསར་རྩོམ་དང་སྣད་ཕྱིན་གྱི་གསར་རྩོམ་ཁ་ཕྱོགས།
(༢༠༠༨ – ༢༠༡༥)

གལ་ཏེ་བོད་ཡིག་དཔེ་དེབ་ལྟ་ཀློག་ལ་དགའ་ཞེན་ཡོད་མཁན་ཞིག་དང་ཡང་སྙོས་རྩོམ་པ་པོ་ཕུན་ཚོགས་བཀྲ་ཤིས་ཀྱི་རྩོམ་རིག་གསར་རྩོམ་ལ་དོ་སྣང་བྱེད་མཁན་ཞིག་གི་ངོས་ནས་བརྗོད་ན། སྤྱི་ལོ་༢༠༠༨ལོའི་ཡས་མས་ནས་དུས་སྐབས་ཤིག་གི་རིང་ལ་ཕུན་ཚོགས་བཀྲ་ཤིས་ཀྱི་བརྩམས་འབྲས་ཐད་སྟེ་མའི་དུས་སྐབས་དང་བསྡུར་ན་ཅུང་ཞན་བར་སྣང་ལ། གསར་རྩོམ་གྱི་བྱ་སྒྲུབ་དེ་ཡང་མི་མངོན་པའི་ཚུལ་གྱིས་གནས་པའམ། ཡང་ན་ཀློག་པ་པོའི་ཁྲིད་དུ་བག་ཆགས་ཟབ་པའི་བརྩམས་འབྲས་ཤིག་ཏ་ལམ་ཐོན་མེད་པའི་སྣང་ཚུལ་ཞིག་ངམ་ཤུགས་ཀྱིས་འཆར་སྲིད་ལ། ཁོང་གི་བརྩམས་ཆོས་ལྟ་ཀློག་ལ་དགའ་ཞེན་ཆེ་བའི་ཀློག་པ་པོ་འགའ་ཞིག་གི་ཡིད་ངོར་ཁོང་གི་གསར་རྩོམ་གྱི་བྱ་གཞག་ལ་རྫོགས་ཤད་འགོད་པའི་དུས་ལ་སླེབས་པ་ཨེ་ཡིན་སྙམ་པའི་དོགས་པ་དང་ཕངས་སེམས་ཀྱང་སྐྱེ་ངེས། འོན་ཏེ་གསར་གཏོད་ཀྱི་སྙིང་སྟོབས་མངའ་ཞིང་འཚོལ་ཞིབ་ལ་ཞེན་པའི་རྩོམ་པ་པོ་ཕུན་ཚོགས་བཀྲ་ཤིས་ཀྱིས་ང་ཚོའི་སེམས་ཀྱི་དོགས་པ་དང་ཕངས་སྣང་ཡོད་ཚད། དོན་མེད་རི་བོང་

གནམ་བཙེ་བས་ཀྱི་སེམས་ཁྲལ་ཞིག་ཡིན་པའི་ར་སྤྲོད་དུ་རྩོམ་པའི་འབྲས་བུ་གཡུར་དུ་ཟ་བའི་ཕུལ་བྱུང་གི་བརྩམས་འབྲས་ཤིག་གིས་ཀློ་ཡིད་ཚིམས་པའི་ལན་ཞིག་སྤྲད་ཡོད།

གཅིག 《གངས་ལྗོངས་རིག་རྩལ་གྱི་བདག་ཉིད། ཐུབ་བསྟན་གྱི་མི་ཚེའི་ལམ་བུ་》

སྤྱི་ལོ་༢༠༡༡ལོའི་ཟླ་༥པའི་ནང་བོད་ལྗོངས་བོད་ཡིག་དཔེ་རྙིང་དཔེ་སྐྲུན་ཁང་གིས་དཔར་དུ་བསྐྲུན་པའི《གངས་ལྗོངས་རིག་རྩལ་གྱི་བདག་ཉིད། ཐུབ་བསྟན་གྱི་མི་ཚེའི་ལམ་བུ་》[1]ཞེས་པའི་དཔེ་དེབ་འདི་ནི་རྩོམ་པ་པོ་ཕུན་ཚོགས་བཀྲ་ཤིས་ཀྱིས་དུས་ཡུན་ལོ་ངོ་གཉིས་ལ་ཉེ་བའི་དུས་ཚོད་ནང་འབྲེལ་ཡོད་མི་སྣ་སུམ་ཅུ་ལྷག་ཙམ་ལ། ཆུ་ཚོད་བདུན་ཅུ་ལྷག་གི་བཅར་འདྲིའི་སྒྲ་བཅུག་དང་། པར་རིས་སོགས་ཀྱི་རྒྱུ་ཆ་སྣ་ཚོགས་འཚོལ་བསྡུ་དང་རྟོག་ཞིབ་གནང་ནས། དཀའ་ངལ་མཐའ་དག་གདོང་གིས་བསུས་ཤིང་སྐྱེ་འགྲོ་ཐམས་ཅད་བདེ་བའི་གཉིད་ལ་ཡུར་བའི་ཕྱིང་འཛུགས་ཁུ་སིམ་གྱི་མཚན་མོ་རེ་རེར་གློག་སྒྲོན་འོག་ཏུ་མགོ་བོ་སྦྱར་མོས་བཏུམས་ནས། སྐྱེ་བོ་ཞིག་གིས་མི་ཚེ་དང་སྒྱུ་རྩལ་ལ་བཅངས་པའི་དུང་ཞེན་དང་རེ་སྨྲེག་ལ་བསམ་གཞིག་གིས་གསར་རྩོམ་བྱས་པ་ཞིག་ཡིན་ཞིང་། དཔེ་དེབ་འདི་ནི་རང་ལྗོངས་ཀྱི་གྲགས་ཅན་གཞས་མ་གཏམ་མཁས་ཅན་རྣན་ཐུབ་བསྟན་ལགས་ཀྱི་མི་ཚེའི་བྱུང་བ་དག་དངོས་དོན་ཇི་མ་ཇི་བཞིན་དུ་རྩོམ་རིག་གི་སྐད་ཆའི་ལད་ཚོར་སྒྱུ་རྩལ་གྱི་ཕྱི་གོས་ལེགས་པར་སྤྲད་ནས། གངས་ལྗོངས་རྩོམ་རིག་ལྟུམ་རའི་ནང་དུ་སྟར་མེད་ཀྱི་མེ་ཏོག་ཆུན་པོ་ཞིག་གི་ཚུལ་དུ་ཕྱོག་མཁན་བུང་བའི་ཚོགས་ལ་དྲི་ཞིམ་ཕྱོགས་བཅུར་ཁྱབ་ཞིང་མཛེས་སྡུག་ཡིད་དབང་འཕྲོག་པ་ཞིག་སྐྲུན་སུ་ཕུལ་ཡོད། ཡིག་འབྲུ་ཁྲི་ལྔ་བཅུ་ལྷག་ལ་ནང་གསེས་ལེའུ་བཅུ་དྲུག་གི་བདག་ཉིད་དུ་བྱས་པའི་དཔེ་དེབ་ཞིག་གི་གསར་རྩོམ་གྱི་བརྒྱུད་རིམ་ནི་རྩོམ་མཁན་སུ་དང་གང་གི་ངོས་ནས་བརྗོད་ནའང་དེ་ནི་ལས་སླ་པོ་དང་སྟབས་བདེ་

[1] སྤྱི་ལོ་༢༠༡༡ལོར་བོད་ལྗོངས་བོད་ཡིག་དཔེ་རྙིང་དཔེ་སྐྲུན་ཁང་གིས་དཔར་དུ་སྐྲུན།

པོ་ཞིག་ཅི་ལ་ཡིན་སྙིད། དེ་ཡང་རྫོགས་ཉིད་ཀྱི་སྐད་ཆ་ལྟར་ན"རང་ཉིད་ཀྱི་གསར་རྫོགས"[1] ཡོད་ཚད་རེ་ཞིག་མཚམས་བཞག་ནས་སེམས་ནུས་ཡོད་རྒྱུས་དཔེ་དེབ་འདིའི་རྫོགས་འབྲི་བཀྲི་བར་ཞུགས། དཔེ་དེབ་འདིའི་རྫོམ་ཟིན་རེ་ཞིག་མཇུག་སྒྲིལ་མཚམས་ལ་ངའི་སེམས་ལ་སློ་བུར་ཏ་ཙང་དགའ་སྣང་ཞིག་སྐྱེས་ཤིང་། ལས་དབང་གིས་རང་ཉིད་དཔེ་དེབ་འདིའི་གསར་རྫོམ་གྱི་རྗེན་འབྲེལ་ལེགས་པོ་ཞིག་སྒྲིག་པས་ལོ་གཅིག་ལྷག་ཙམ་རིང་གི་བཅར་འདྲི་རྟོག་ཞིབ་དང་ལེགས་སྒྲིག་གསར་རྫོམ་བརྒྱུད་རིམ་ཁྲིད་རང་ཉིད་ལ་མི་ཚེའི་བརྒྱུད་རིམ་གསར་པ་ཞིག་བྱུང་བ་དང་། རང་ཉིད་མི་ལུས་ཐེངས་གཉིས་ལེན་པའི་སྣང་བ་བྱུང"[2]ཞེས་གསུངས་པ་ལས་དཔེ་དེབ་འདི་ཉིད་ཀྱི་གསར་རྫོམ་ཐད་རྫོམ་མཁན་ཁོང་གིས་སྔར་ལས་ལྷག་པའི་འབད་ཁུར་གྱི་འདུ་ཤེས་ཤིག་དང་འབད་བརྩོན་གྱིས་ལེགས་འགྲུབ་བྱུང་བ་ཞིག་ཡིན་ལ། གསར་རྫོམ་གྱི་བརྒྱུད་རིམ་ཁྲིད་ནས་མི་ཚེའི་བརྒྱུད་རིམ་གསར་པ་ཞིག་མྱོང་ཐུབ་པ་ནི་གསར་རྫོམ་གྱི་ཆེད་དུ་གསར་རྫོམ་བྱས་པ་ཞིག་མ་ཡིན་པར། རང་གི་བརྩེ་ཚོར་དང་སེམས་ནུས་ཡོད་ཚད་གཅིག་ཏུ་བཏོན་ནས། རྫོམ་མཁན་ཉིད་ཀྱང་རེ་ཞིག་གསར་རྫོམ་གྱི་བརྗོད་གཞིའི་ནང་དུ་ཡོངས་སུ་ཚུད་དེ། གསར་རྫོམ་དང་འཚོ་བ་གཉིས་གཞི་གཅིག་ཏུ་འདྲེས་རྐྱེན་དེ་ལྟར་མི་ཚེའི་བརྒྱུད་རིམ་གསར་པ་ཞིག་ཐོབ་པའི་ཚོར་བ་དེ་རང་བཞིན་གྱིས་ཡོང་གིན་ཡོད་ལ། གཉིས་ནས་གསར་རྫོམ་གྱི་བརྒྱུད་རིམ་དེ་སྣན་ངག་དུམ་བུ་ཞིག་གམ་ཡང་ན་ལྷུག་རྫོམ་གཅིག་གི་གསར་རྫོམ་གྱི་བརྒྱུད་རིམ་དང་གཏན་ནས་མི་འདྲ་བར། གསར་རྫོམ་གྱི་དུས་

---

[1] འདིར་རང་ཉིད་ཀྱི་གསར་རྫོམ་ཡོད་ཚད་ཅེས་བརྗོད་པའི་དོན་ནི་གཅིག་ནས་དཔེ་དེབ་འདི་ཉིད་ནི་བོད་ལྗོངས་གཞིས་མ་གཏམ་མཐུན་ཚོགས་ཀྱི་ལས་ཀའི་རྣམ་གྲངས་ཤིག་ཡིན་པས་དེ་ལྟར་བརྗོད་པ་ཡིན་ལ། གཉིས་ནས་རང་ཉིད་ཀྱི་གསར་རྫོམ་ཞེས་པར་གོ་བ་འདི་ལྟ་ཞིག་ཡོད་དེ། མ་གཞི་དཔེ་དེབ་འདི་ཉིད་ཀྱི་གསར་རྫོམ་ཡང་ཁོང་གི་གསར་རྫོམ་གྱི་ཆ་ཤས་ཤིག་ཡིན་ནའང་དེ་ལས་ལོགས་སུ་གྱུར་བའི་འཁྲབ་གཞུང་དང་ལྷུག་རྫོམ་གསར་རྫོམ་ལ་གོ་དགོས། རྒྱུ་མཚན་ནི་ནང་དོན་འདི་ཉིད་ཀྱི་འགོར་འཆད་པ་ལྟར་དུས་སྐབས་དེའི་ནང་། ཁོང་གི་འཁྲབ་གཞུང་དང་ལྷུག་རྫོམ་སོགས་རེ་ཞིག་བརྩམས་མེད་པས་སོ། །

[2] ཕུན་ཚོགས་བཀྲ་ཤིས། 《གངས་ལྗོངས་རིག་རྩལ་གྱི་བདག་ཉིད། ཐུབ་བསྟན་གྱི་མི་ཚེའི་ལམ་བུ་》བོད་ལྗོངས་བོད་ཡིག་དཔེ་སྙིང་དཔེ་བསྐྲུན་ཁང་། ༢༠༠༧ལོ། ཤ ༣༤༧

ཡུན་ཆ་ནས་བརྗོད་ན་ཐོག་མའི་རྒྱུ་ཆ་འཚོལ་བསྡུ་དང་བར་དུ་ལེགས་བསྒྲིགས། མཐར་ཡིག་ཐོག་ཏུ་མ་ཟིན་ནམ་གསར་རྩོམ་དངོས་བཅས་ལ་ཏ་ལམ་ལོ་གཉིས་ལ་ཉེ་བའི་དུས་ཚོད་བེད་སྤྱད་ཡོད་ཅིང་། གསར་རྩོམ་གྱི་བརྒྱུད་རིམ་ནང་གཞན་གྱིས་རྟོགས་དཀའ་བའི་ངལ་བ་དང་བར་ཆད་ཇི་སྙེད་ཅིག་བྱུང་བ་བཅས་སོ། །

གཉིས། མིག་སྔའི་འཁྲབ་གཞུང་དང་ལྷུག་རྩོམ་ཁག་ཅིག

སྤྱི་ལོ་༢༠༡༡ལོའི་ཟླ་བ་ལྔ་པའི་ནང་གོང་དུ་གླིང་བའི་《གངས་ལྗོངས་རིག་རྩལ་གྱི་བདག་ཉིད། ཐུབ་བསྟན་གྱི་མི་ཚེའི་ལམ་བུ་》ཞེས་པ་པར་བསྐྲུན་ཟིན་རྗེས་ནས་ད་ལྟའི་བར་དུ་ཕུན་ཚོགས་བཀྲ་ཤིས་ཀྱིས་མུ་མཐུད་གཏམ་བརྗོད་ཀློས་གར་ཐུང་གྲས་དང་དགོད་བྲོའི་གཏམ་གླེང་གི་འཁྲབ་གཞུང་གསར་རྩོམ། དེ་བཞིན་རིག་གནས་ལྷུག་རྩོམ་འགའ་ཞིག་གསར་རྩོམ་བྱས་ཡོད་དེ། དཔེར་ན་འཁྲབ་གཞུང་ཐད《དེབ་ཁང་ནང་གི་དགོད་གཏམ》དང《ཀང་རྩེད་སྒྱོ་ལོ་འགྲེལ་བཤད》《ལོ་ཇོ་སྲུམ་ཙུའི་འགྱུར་ལྡོག》སོགས་དང་། རིག་གནས་ལྷུག་རྩོམ་ཐད། 《སྐྱིད་གྲོང་དུ་བསྐྱོད་པའི་ཟིན་ཐོ》དང《གཞུང་ཙ་རྩྭ་ཐང་སྟེང་གི་བཟང་པོ》སོགས་ཡོད་ཅིང་། ད་དུང་རྩོམ་མཁན་ཁོང་ལ་བཅར་འདྲི་བྱས་པའི་བརྒྱུད་རིམ་ཁྲིད་ནས་ཤེས་རྟོགས་བྱུང་བར་ད་བར་དངོས་སུ་དུས་དེབ་ཐོག་ཏུ་སྤེལ་མེད་པའི་བརྩམས་ཆོས་ཁག་ཅིག་མི་རིང་བར་དཔེ་སྐྲུན་གྱི་འཆར་གཞི་ཡང་ཡོད་འདུག[1] དེ་ཡང་ཙུང་ཞིབ་ཙམ་རེ་བརྗོད་ན། ཕུན་ཚོགས་བཀྲ་ཤིས་ཀྱི་གཏམ་བརྗོད་ཀློས་གར་ཐུང་གྲས་དང་དགོད་བྲོའི་གཏམ་གླེང་གི་འཁྲབ་གཞུང་བདམས་བཏུས་དེབ་གཉིས་པར་བསྐྲུན་བྱས་ཡོད་པ་ནི་སྤྱི་ལོ་༢༠༠༨ཡན་གྱི་བརྩམས་འབྲས་འབབ་ཞིག་ཡིན་པས། དེ་ནས་ད་ལྟའི་བར་དུ་གསར་རྩོམ་བྱས་པའི་འཁྲབ་གཞུང་དག་མི་འགྱུར་བར་དཔར་དུ་བསྐྲུན་རྒྱུའི་འཆར་གཞི་དང་གཅིག གཉིས་ནས་མ་

① དེབ་འདིའི་ཐོག་མའི་མ་ཟིན་ནི་སྤྱི་ལོ་༢༠༡༨ལོར་བྲིས་པའི་ཁོ་བོའི་ཤེས་རམས་སློབ་གནས་ཞུ་བའི་དཔྱད་རྩོམ་ཡིན་ཞིང་སྐབས་དེ་དུས་ཁོང་གི་རིག་གནས་ལྷུག་རྩོམ《ཤུལ་འཚོལ》ཞེས་པ་དཔེ་སྐྲུན་བྱས་མེད་པས་འདིར་བརྗོད་པའི་མིག་སྔའི་གསར་རྩོམ་དང་སྐྱིད་ཕྱིན་གྱི་གསར་རྩོམ་ཁ་ཕྱོགས་ཞེས་པའང་དོན་དུ་སྤྱི་ལོ་༢༠༡༨ཡན་གོ་བ་ཡིན།

འོངས་ཁོང་གི་གསར་རྩོམ་གྱི་ཁ་ཕྱོགས་ཡུལ་གཙོ་བོ་ཞིག་ནི་རིམ་བཞིན་རིག་གནས་ལྷུག་རྩོམ་ཡིན་པར་རྩོམ་མཁན་ཉིད་ཀྱིས"རིག་གནས་དང་འབྲེལ་བའི་གནས་རྙིང་ཆེད་དུ་ལོ་ཤས་ནང་ངས་ཐག་རིང་གི་གྲོང་གསེབ་དང་གཞི་ཡངས་ཀྱི་རི་ཀླུང་གང་སར་རྐང་ལྷམ་གྱི་འདེགས་འཇོག་སྦྱོར་པར་བརྩམས་ཞེས་པ་དང་དེས་ན་ངའི་བསམ་པའི་འཆར་ཡན་གྱི་རྟ་མཆོག་གི་བང་འགྲོས་ལོ་རྒྱུས་དང་རིག་གནས་བཤུལ་ལམ་དེད་ནས་གང་སར་བསྙེགས་པ་དང་། ཤོག་བུ་དཀར་པོའི་ཡངས་པའི་ས་གཞིའི་སྟེང་དུ་སྨྱུ་གུའི་ཐོང་གཤོལ་ལྷུག་པོར་སྤོ་ཐུབ་ནས་རིག་གནས་ཀྱི་ལྷུག་རྩོམ་རེ་རེ་བཞིན་གྲུབ་པ་དང་། དེ་ཡང་ངའི་སྣང་ཕྱིན་གྱི་གསར་རྩོམ་ཁ་ཕྱོགས་ཤིག་ཀྱང་ཡིན"①ཞེས་གསུངས་པ་ལྟར་ཕུན་ཚོགས་བཀྲ་ཤིས་ཀྱི་མིག་སྔའི་གསར་རྩོམ་དང་མ་འོངས་པའི་གསར་རྩོམ་གྱི་ཁ་ཕྱོགས་ནི་རིག་གནས་ལྷུག་རྩོམ་གྱི་གཙོ་བོར་བྱས་ཤིང་ཨ་མཐུད་བོད་ཀྱི་འཕྲབ་གཞུང་རྩོམ་རིག་ཐད་ལེགས་སྐྱེས་འབུལ་རྒྱུའི་རྩ་བའི་འདུན་པའམ་དམིགས་ཡུལ་ཞིག་འཆང་གིན་འདུག་འོ། །

མདོར་ན། ཕུན་ཚོགས་བཀྲ་ཤིས་ཀྱི་མི་ལོ་བཞི་བཅུ་ལ་ཉེ་བའི་རྩོམ་རིག་གསར་རྩོམ་གྱི་བརྒྱུད་རིམ་དེར། ཁོ་བོས་གཙོ་བོ་རྩོམ་ལུས་དང་གྲུབ་འབྲས་སོགས་ལ་བལྟོས་ནས། འཕེལ་འགྱུར་གྱི་དུས་རིམ་གསུམ་དུ་ཕྱེ་བ་སྟེ། ལུས་ཀྱི་ཆ་ནས་བརྩམས་སྙུང་དང་འཕྲབ་གཞུང་། ལྷུག་རྩོམ་བཅས་གསུམ་དང་། དེ་དག་ནང་ཕན་ཚུན་ལ་རྩོམ་གྱི་མཚོན་ཐབས་ཆ་ནས་དུས་རིམ་རེ་གཉིས་སུ་ཕྱེ་ནས་ཅུང་མདོར་བསྡུས་ཙམ་གླེང་བ་ལས། བརྩམས་ཆོས་ཀྱི་བསམ་བློའི་ནང་དོན་དང་སྒྱུ་རྩལ་གྱི་མཚོན་ཐབས་སོགས་ལ་དེ་ཙམ་གྱི་དབྱེ་ཞིབ་བྱས་མེད། དེའི་རྒྱུ་མཚན་ནི་ལེའུ་གཉིས་པ་ཕྱིལ་པོར་རྩོམ་མཁན་འདི་པའི་བརྩམས་ཆོས་དབྱེ་ཞིབ་ཀྱི་ནང་དོན་ཡིན་རྐྱེན་བསྐྱར་ཟློས་ཀྱི་ངལ་བ་ཞིག་སྐྱོང་མི་དགོས་པའི་ཕྱིར་རོ། །

① སྤྱི་ལོ་༢༠༡༥ལོའི་《བོད་ཀྱི་རྩོམ་རིག་སྒྱུ་རྩལ་》དེབ་ལྔ་པ། ཤ ༨༨

ས་བཅད་གཉིས་པ། གསར་རྩོམ་འཕེལ་འགྱུར་གྱི་རྒྱ་རྐྱེན་འཚོལ་ཞིབ།

སྙུ་རྩལ་ལ་མགོ་བའི་གནད་དམ་པ་ནི་གསར་གཏོད་ཀྱི་ཆ་དེ་ཡིན་ཞིང་། གསར་གཏོད་ཅེས་པ་དེ་ཡང་སྔ་མའི་རྨང་གཞིའི་ཐོག་ཏུ་ཕྱི་མ་གྲ་རྒྱས་ཕུན་སུམ་ཇེ་ཚོགས་སུ་གཏོང་བ་ཞིག་ཡིན། ལྟོས་བཅས་ཀྱི་གསར་གཏོད་ཅེས་པ་ལས། སྔ་མའི་རྒྱུ་ལ་མ་བརྟེན་པར་ཡོངས་སུ་ཕྱི་མ་འབྲས་བུའི་སྟེང་དུ་གསར་པ་གསར་རྐྱང་ཞིག་ལ་གོ་རྒྱུ་མེད་པར་སེམས། དེས་ན། རྩོམ་རིག་གསར་རྩོམ་གྱི་འཕེལ་འགྱུར་དེ་ཡང་ཁྱབ་ཁོངས་ངེས་ཅན་ཞིག་ནས་བརྗོད་ན། གསར་གཏོད་ཀྱིས་བཏོན་པའི་རེ་བ་ཞིག་ཡིན་ལ་དེ་ཡང་སྔ་མའི་རྨང་གཞིའི་སྟེང་དུ་བྱུང་བའི་འགྱུར་བ་ཞིག་ཡིན། སྤྱིར་མི་རིགས་ཤིག་གི་རྩོམ་རིག་འཕེལ་འགྱུར་ཡིན་ནའང་འདྲ། རྩོམ་པ་པོ་སྒེར་གྱི་རྩོམ་རིག་འཕེལ་འགྱུར་ཡིན་ཡང་ཆོག ཐ་ན་རྩོམ་ལུས་གཅིག་གི་འཕེལ་འགྱུར་གྱི་རྒྱུ་རྐྱེན་འཚོལ་ཞིབ་བྱེད་སྐབས། ཆེ་ས་ནས་དུས་སྐབས་དེའི་ཆབ་སྲིད་དང་དཔལ་འབྱོར་གྱི་གནས་སྟངས། རིག་གནས་དང་རིག་གནས་དབར་གྱི་འགྲོ་འོང་སོགས་སྤྱི་ཚོགས་འཕེལ་རྒྱས་དང་འབྲེལ་བ་དམ་ཟབ་ཡོད་ཅིང་། གསར་རྩོམ་གྱི་འཕེལ་འགྱུར་དེའང་སྤྱི་ཚོགས་འཚོ་བའི་འཕེལ་རྒྱས་ལ་བསྟུན་པའི་གསར་རྩོམ་གྱི་སྣང་ཚུལ་ཞིག་ཏུ་སེམས། དེའི་རྒྱུ་མཚན་ནམ་སྒྲུབ་བྱེད་ནི། གནའ་དེང་རྩོམ་རིག་གཞུང་ལུགས་མཁན་པོ་ཀུན་གྱིས་རྩོམ་རིག་གི་འབྱུང་ཁུངས་ནི་སྤྱི་ཚོགས་འཚོ་བ་ཉིད་ལས་མ་འདས་ཞེས་གསུངས་པ་བཞིན། མིའི་སྤྱི་ཚོགས་འདི་ཉིད་ཉིན་རེ་བཞིན་འཕེལ་རྒྱས་འགྲོ་བ་དང་སྒྲུགས་མི་ཕན་ཚུན་བར་གྱི་འབྲེལ་བ་དེ་ཡང་རྙོག་འཛིང་ཇེ་ཆེར་འགྲོ་གིན་ཡོད་སྐབས། རྩོམ་རིག་ནི་མིའི་རིག་པ་ཞིག་ཡིན་རྐྱེན་དེའི་གཏན་གྱི་བརྗོད་གཞིར་གྱུར་བའི་མི་ལ་འགྱུར་ལྡོག་གིས་བསླད་པས་རྩོམ་རིག་ལའང་འཕེལ་འགྱུར་འགྲོ་བ་ནི་སྤྱིར་བཏང་གི་རྒྱུ་འབྲས་ཀྱི་ཆོས་ཉིད་ཅིག་ཡིན།

ཚུར་ས་ནས་བལྟས་ན། རྩོམ་རིག་གསར་རྩོམ་གྱི་འཕེལ་འགྱུར་དེ་འང་རྩོམ་མཁན་རང་ཉིད་ཀྱི་ན་ཚོད་ཀྱི་འགྱུར་བ་དང་སྦྲགས་ནས་དེའི་རྒྱུད་ཀྱི་བསམ་བློ་དང་མཛེས་རྟོག རིན་ཐང་གི་ལྟ་ཚུལ་དེ་བཞིན་མི་དེའི་རྒྱུད་ལ་གྲུབ་པའི་རང་ངོས་ཀྱི་ཤེས་བྱའི་མ་ལག་དེ་དང་འབྲེལ་བ་དམ་ཟབ་ཡོད་པར་འདོད། མདོར་ན་ཕྱི་རོལ་ཡུལ་གྱི་འགྱུར་བ་དང་ནང་གི་ཡུལ་ཅན་གྱི་འགྱུར་བའི་རྒྱུ་མཚན་དེ་གཉིས་ཕུད། ད་དུང་རྩོམ་རིག་རང་ངོས་ཀྱི་འཕེལ་འགྱུར་དང་། མི་སྒེར་གྱི་རྩོམ་རིག་གསར་རྩོམ་གྱི་འཕེལ་འགྱུར་དབར་དུའང་འབྲེལ་བ་ཡོད་པ་ཞིག་ཡིན། དེས་ན་འདིར་ཁོ་བོས་གཙོ་བོ་ཕྱོགས་འདི་གསུམ་གྱི་ཐད་ནས་རྩོམ་པ་པོ་ཕུན་ཚོགས་བཀྲ་ཤིས་ཀྱི་རྩོམ་རིག་གསར་རྩོམ་གྱི་འཕེལ་འགྱུར་རྒྱུ་རྐྱེན་དག་སླེང་བར་བྱའོ། །

དང་པོ། གསར་རྩོམ་འཕེལ་འགྱུར་གྱི་ཕྱི་རྐྱེན་བཤད་པ།

གཅིག སྤྱི་ཚོགས་འཕེལ་རྒྱས་ཀྱིས་གསར་རྩོམ་ལ་བརྟེན་པའི་རེ་བ།

འགྲོ་བ་མིའི་རིགས་ནི་དངོས་ཡོད་ཀྱི་སྤྱི་ཚོགས་ནང་དུ་འཚོ་ཞིང་གནས་ཡོད་པས། དངོས་ཡོད་ཀྱི་སྤྱི་ཚོགས་ལ་ཁ་ཕྱོགས་རྒྱུ་དེ་ནི་སྒྱུ་རྩལ་གྱི་རྣམ་པ་ཡོད་དོ་ཅོག་གི་མཐར་གཏུགས་ཀྱི་ཁ་ཕྱོགས་དང་དམིགས་པ་ཞིག་ཡིན་རྐྱེན། སྤྱི་ཚོགས་འཕོ་འགྱུར་གྱི་ཚ་རླབས་ཁྲོད་དུ་རྩོམ་རིག་གི་བསམ་བློའི་རླབས་རྒྱུན་གསར་པ་ཞིག་དང་སྒྱུ་རྩལ་གྱི་རྣམ་པ་གསར་པ་ཞིག་གྲུབ་ཀྱིན་ཡོད་པ་ནི། ང་ཚོས་འདས་པའི་འཛམ་གླིང་མི་རིགས་ཁག་གི་རྩོམ་རིག་ལོ་རྒྱུས་དང་། ཡང་སྔོས་རང་ཅག་ཁ་བ་ཅན་གྱི་རྩོམ་འབྱུང་ལོ་རྒྱུས་དེ་དག་ལ་ཕྱིར་མིག་ཅིག་བལྟས་ན། དེ་འདྲའི་ངེས་ཤེས་ཤིག་རྙེད་འོང་སྟེ"དུས་སྐབས་དེར་བོད་ཀྱི་རྩོམ་རིག་དེ་དོན་དངོས་སྤྱི་ཚོགས་དང་ཐག་ཉེ་ཉེར་སོང་བ་དང་དུས་རབས་ཀྱི་གོམ་སྟབས་དང་མཐུན་པར་སོང་ནས་ཁ་ཡོད་ལག་ཡོད་ཀྱི་སྤྱི་ཚོགས་འཚོ་བའི་སྣང་ཚུལ་ཁག་ཆེད་དུ་མངོན་མཚོན་བྱེད་པའི་བརྩམས་ཆོས་ཀྱང་མི་ཉུང་ཙམ་བྱུང་བ་དང་། བརྩམས་སྒྲུང་ལ་སོགས་པའི་རྩོམ་ལུས་གསར་པ་ཁག་གཅིག་ཀྱང་དར་ཡོད་ལ། དངོས་ཡོད་རིང་ལུགས་ཀྱི་གསར་རྩོམ་གྱི་ལམ་བུའི་

ཐོག་དངོས་སུ་བསྐྲིགས་ཐུབ་པ་བྱུང་ཡོད་"[1]ཅེས་གསུངས་པ་ལྟར་བོད་ཀྱི་ཉེ་རབས་རྩོམ་རིག་ནས་དེང་རབས་རྩོམ་རིག་གི་བར་བརྒྱལ་གྱི་དུས་རིམ་དེའི་ནང་དུ། རྩོམ་རིག་གི་བརྗོད་གཞི་དང་ཁ་ཕྱོགས་དེ་བཞིན་རྣམ་པ་སོགས་ལ་འགྱུར་བ་ཆེན་པོ་བྱུང་བ་བསྟན་ཡོད་ཅིང་། དོན་ལ་འགྱུར་བ་དེ་ནི་དོན་དངོས་སྤྱི་ཚོགས་འཕོ་འགྱུར་གྱིས་གསར་རྩོམ་ལ་ཕར་བཏོན་པའི་རེ་བའམ། མཇུག་འབྲས་ཤིག་ཡིན་པ་ལས་རྒྱུ་མེད་རྐྱེན་སྟོང་གི་ཚུལ་དུ་གློ་བུར་ཐོག་རྒྱག་གི་འགྱུར་བ་ཞིག་གཏན་ནས་མ་ཡིན།

དེ་བཞིན་སྐབས་བབ་ཀྱི་གླེང་གཞིར་གྱུར་པའི་རྩོམ་པ་པོ་ཕུན་ཚོགས་བཀྲ་ཤིས་ཀྱི་རྩོམ་རིག་གསར་རྩོམ་གྱི་འཕེལ་འགྱུར་དུས་རིམ་ལའང་དེའི་འདྲའི་རྒྱུ་རྐྱེན་ཞིག་བསྟན་དུ་ཡོད་དེ། རྩོམ་མཁན་འདི་པའི་གསར་རྩོམ་གྱི་དུས་རིམ་དང་པོ་（ལུས་ཀྱི་ཆ་ནས་གཙོ་བོར་བཙམས་སྒྲུང་གསར་རྩོམ་གྱི་དུས་རིམ་）ནས་དུས་རིམ་གཉིས་པའི་（ལུས་ཀྱི་ཆ་ནས་གཙོ་བོར་འཁྲབ་གཞུང་གསར་རྩོམ་གྱི་དུས་རིམ་）འཕེལ་འགྱུར་ལ་དཔྱེ་ཞིབ་བྱེད་སྐབས། དུས་སྐབས་དེའི་ནང་སྤྱིར་བོད་ཀྱི་བཙམས་སྒྲུང་གསར་རྩོམ་གྱི་ཐད་ གླངས་བའི་གྲུབ་འབྲས་དེ་རྩོམ་ལུས་གཞན་དག་ལྷུག་རྩོམ་དང་འཁྲབ་གཞུང་སོགས་ལས་གང་འཚམས་ཀྱིས་ཆེ་བ་ཡོད་ལ། རྩོམ་མཁན་འདི་པས་ཀྱང་དུས་སྐབས་（དུས་རབས་གོང་མའི་ལོ་རབས་དགུ་བཅུ་）དེའི་ཁྲོད་ཀྱི་བོད་ཀྱི་བཙམས་སྒྲུང་འཕེལ་རྒྱས་ཐད་ནུས་པ་མི་དམན་པ་ཞིག་འདོན་སྤེལ་བྱས་ཡོད། རྩོམ་རིག་སྒྱུ་རྩལ་གྱི་བྱ་བ་དེ་ནི་རྩོམ་པ་པོ་སྐོར་ཞིག་གིས་གསར་རྩོམ་བྱས་རྗེས་དེ་དག་དཔེ་སྐྲུན་ཚན་པས་འགྲེམས་སྤེལ་བྱས་པ་ཙམ་གྱིས་འཐུས་པ་ཞིག་རྩ་བ་ནས་མ་ཡིན་པར། སྒྱུ་རྩལ་རྣམ་པ་གང་དེའི་ཡོན་ཏན་དང་ནུས་པའི་ཆ་དེ་ནི། བཙམས་འབྲས་དེ་རྣམས་ལ་རྒྱ་ཁྱབ་རང་བཞིན་གྱིས་ལྟ་ཀློག་དང་སྨྱོང་རོལ་བྱེད་མཁན་གྱི་ཀློག་པ་པོའི་སྡེ་ཞིག་ངེས་པར་ཡོད་དགོས་པ་མ་ཟད། ལྟ་ཀློག་དང་སྨྱོང་རོལ་བརྒྱུད་རྩོམ་རིག་གི་སྤྱི་ཚོགས་ནུས་

① ལྷག་པ་ཚེས་འཕེལ། 《བོད་ཀྱི་རྩོམ་རིག་ལོ་རྒྱུས་》 སྨད་ཆ། མི་རིགས་དཔེ་སྐྲུན་ཁང་། ༢༠༠༨ལོ། ཤ ༤༠༨

པའི་སྙིང་ནས་མདའ་བའི་ཚོས་ནུས་ཏེ། ངོས་འཛིན་ནུས་པ་དང་མཛོས་དཔྱོད་ཀྱི་ནུས་པ་། སློབ་གསོའི་ནུས་པ་བཅས་འདོན་སྤེལ་ཐུབ་པ་ཞིག་དགོས། འོན་ཀྱང་བོད་ཀྱི་བརྩམས་སྒྲུང་ཕལ་མོ་ཆེས་དེ་འདྲའི་ནུས་པ་ཞིག་དོན་དངོས་སྤྱི་ཚོགས་ལ་ཐོན་ཡོད་མེད་ནི་ང་ཚོས་བསམ་གཞིག་བྱེད་དགོས་པའི་གནད་ཅིག་ཡིན་པར་སེམས།

བརྩམས་སྒྲུང་ཞིག་ལྷ་ཀློག་སྤྱོད་རོལ་བྱེད་པར་ཡི་གེ་ཤེས་པའི་ཚད་བཀག་དང་ཆ་རྐྱེན་འཛོམས་དགོས་ཀྱང་། འཁྲབ་གཞུང་རྩོམ་རིག་དེ་སྒྱུ་རྩལ་གྱི་རྣམ་པ་གཞན། གཏམ་བརྗོད་གླེས་གར་དང་དགོད་བྲོའི་གཏམ་གླེང་གི་འཁྲབ་གཞུང་དུ་བཅོས་ཏེ། བརྙན་འཕྲིན་དང་གར་སྟེགས་བརྒྱུད་ནས་ལྟད་མོ་བ་ཚོའི་མིག་ལམ་དུ་བསྟར་ཆོ། ཡི་གེ་ཤེས་མིན་ལ་མ་ལྟོས་པར་གང་བདེར་སྤྱོད་རོལ་བྱེད་ཐུབ། དེས་ན་གཅིག་ནས་འཁྲབ་གཞུང་རྩོམ་རིག་ལ་མདའ་བའི་དགེ་མཚན་དེ་དང་། གཉིས་ནས་དུས་སྐབས་དེའི་ནང་བོད་རིགས་མི་དམངས་ཀྱིས་དཔེ་དེབ་ལྷ་ཀློག་གི་གོམས་གཤིས་དང་ནུས་པ་ཞན་པའི་དོན་དངོས་དེ། ཕུན་ཚོགས་བཀྲ་ཤིས་ཀྱིས་དམ་དུ་བཟུང་ནས། གསར་རྩོམ་གྱི་དམིགས་ཡུལ་དེ་ཡང་མི་དམངས་མང་ཚོགས་ཀྱི་དགོས་མཁོར་ཕྱོགས་པས། གསར་རྩོམ་གྱི་ཁ་ཕྱོགས་ལའང་དེ་མཐུན་གྱི་འགྱུར་བ་ཞིག་བཏང་ཡོད་པ་ནི། བརྩམས་སྒྲུང་གསར་རྩོམ་ནས་རིམ་བཞིན་འཁྲབ་གཞུང་གསར་རྩོམ་ཕྱོགས་སུ་འཕེལ་འགྱུར་ཕྱིན་ཡོད་པར་སེམས་སོ། །

གཉིས། དཔལ་འབྱོར་གོང་འཕེལ་གྱིས་རྩོམ་རིག་དང་སྒྱུ་རྩལ་རྣམ་པ་གཞན་དག་བར་གྱི་མཐུན་སྦྱོར།

ཕུན་ཚོགས་བཀྲ་ཤིས་ཀྱིས་བརྩམས་སྒྲུང་གསར་རྩོམ་ནས། འཁྲབ་གཞུང་གསར་རྩོམ་གྱི་འཕེལ་འགྱུར་དེའང་དོན་དུ། ཕྱོགས་གཅིག་ནས་སྤྱི་ཚོགས་འཕེལ་རྒྱས་ཀྱིས་རྩོམ་རིག་དང་སྒྱུ་རྩལ་གྱི་རྣམ་པ་གཞན་དག་བར་གྱི་མཐུན་སྦྱོར་མཉམ་སྡེབ་བྱེད་དགོས་པའི་བླང་བྱ་ཞིག་ཡིན་ལ། གཉིས་ནས་རྩོམ་པ་པོས་དོན་དངོས་ཀྱི་གནས་ཚུལ་ལ་དམིགས་པ་ཡོད་པའི་སྒོ་ནས་འཕེལ་འགྱུར་བཏང་བ་ཞིག་ཀྱང་ཡིན།

གསར་རྩོམ་གྱི་ཐབས་ལམ་དང་རྣམ་པའི་འཕེལ་འགྱུར་གྱིས་རྩོམ་པ་པོ་ཞིག་ལ་གཡུར་དུ་ཟ་བའི་གྲུབ་འབྲས་ཤིག་ཐོབ་མིན་དང་འབྲེལ་བ་ཆེན་པོ་ཡོད་པར་སྣང་སྟེ། ཕུན་ཚོགས་བཀྲ་ཤིས་ལ་ཆ་མཚོན་ན་ད་ལྟའི་གྲུབ་འབྲས་དང་གནས་བབ་དེ་ནི་ཁྱབ་ཁོངས་ངེས་ཅན་ཞིག་ནས་བརྗོད་ན། ཁོང་གིས་དུས་རབས་འཕོ་འགྱུར་གྱིས་རང་ཉིད་ཀྱི་གསར་རྩོམ་ལ་བཏོན་པའི་རེ་བ་དེ་དང་དུ་བླངས་ནས་བརྩམས་སྒྲུང་གསར་རྩོམ་ནས་འཁྲབ་གཞུང་གསར་རྩོམ་ཕྱོགས་སུ་གོམ་པ་བསྒྱུར་བ་དེས་ཡིན། གང་ལགས་ཤེ་ན། བོད་ཀྱི་བརྩམས་སྒྲུང་གསར་རྩོམ་ཁྲོད་ཕུན་ཚོགས་བཀྲ་ཤིས་མེད་ནའང་ཆོག་ཙང་། འོན་ཏེ་བོད་ཀྱི་མིག་སྟོའི་འཁྲབ་གཞུང་གསར་རྩོམ་ཁྲོད་ཁོང་གིས་མེད་དུ་མི་ཉུང་བའི་གནས་བབ་ཅིག་བཟུང་ཡོད་པས་སོ། །དེ་དང་འདྲ་བའི་དཔེ་གཞན་ཡང་ཡོད་དེ། བོད་ཀྱི་རྩོམ་པ་པོ་པད་མ་ཚེ་བརྟན་ལ་ཆ་མཚོན་ན། ཁོང་གིས་ད་ལྟའི་བར་དུ་བརྩམས་སྒྲུང་མང་པོ་ཞིག་གསར་རྩོམ་གནང་ཡོད་ནའང་དེ་དག་གིས་ཐོན་པའི་ནུས་པ་དང་། ཁོང་གི་སློག་བརྙན་འཁྲབ་གཞུང་གསར་རྩོམ་དང་སློག་བརྙན་གྱི་བྱ་གཞག་ཐད་ཐོན་པའི་ནུས་པ་གཉིས། ཁོང་རང་མི་སྒེར་དང་ཡང་སྐོར་བོད་ཀྱི་སྒྱུ་ཚོགས་རིན་ཐང་གི་རྒྱ་མའི་སྟེང་དུ་འཇལ་ཚེ། གང་ཞིག་ལྷོ་བ་ཡོད་པ་ནི་ཁོང་དང་ཁོང་གྱི་བྱ་གཞག་ལ་དོ་སྣང་བྱེད་མཁན་གྱི་མི་ཚོའི་ཡིད་ངོར་གསལ་ཐག་ཆོད་རེད་དོ། །

མཚམས་འདིར་སློབས་ཚེ། འགའ་ཞིག་གིས་ཕུན་ཚོགས་བཀྲ་ཤིས་ཀྱི་འཁྲབ་གཞུང་གསར་རྩོམ་ལ་ཐོབ་པའི་གྲུབ་འབྲས་དེ། ཟློས་གར་སྒྱུ་རྩལ་གྱི་རམ་འདེགས་ལས་བྱུང་བ་མ་གཏོགས་རྩོམ་རིག་རང་ངོས་ཀྱི་གྲུབ་འབྲས་ཤིག་ཏུ་ཁས་མི་ལེན་མཁན་ཡང་ཡོད་སྲིད། དེ་ཡང་རྩ་བ་ནས་མ་རེད་ཅེས་ཁ་ཚོན་གཅོད་མི་ནུས་ཏེ། འཁྲབ་གཞུང་གི་གོ་དོན་འཛོག་སྐབས་སུ"འཁྲབ་གཞུང་ཟེར་བ་དེ་རྒྱ་ཆེན་པོ་ཞིག་རེད། དེ་ནི་འཁྲབ་བྱེད་ལ་མཁོ་བའི་ཡི་གེའི་ལམ་ནས་བྲིས་པའི་མ་ཟིན་དེ་ལ་ཟེར་བ་རེད་"[1]ཅེས་

①　བོད་ཀྱི་དམངས་སྲོལ་རིག་གནས། 《མང་ཚོགས་སྒྱུ་རྩལ་》 ༢༠༡༣ལོའི་དེབ་བཞི་པ། ཤ༤

པ་ལྟར། མ་གཞི་འཕྲབ་གཞུང་གི་ཐོག་མའི་རིན་ཐང་དེ་འཕྲབ་བྱེད་ཀྱི་སྟེང་དུ་ཐོན་པར་བྱེད་པ་ལས། ལྟ་ཀློག་གི་རིན་ཐང་དེ་ཙམ་མེད། འོན་ཏེ་དེ་ནི་འཕྲབ་གཞུང་གི་ཐོག་མའི་རྣམ་པའམ་རིན་ཐང་བཅོ་ལུགས་ཤིག་ཡིན་པ་ལས་འགྱུར་མེད་རང་སོར་གནས་པ་ཞིག་མ་ཡིན་ཏེ། "ཐོག་མའི་འཕྲབ་གཞུང་ནི་ཟློས་གར་འཕྲབ་བྱེད་མཁོ་བ་ཙམ་ལས། རྩོམ་རིག་རང་ངོས་ཐད་ནས་ལྟ་ཀློག་གི་རིན་ཐང་མེད། འོན་ཏེ་ཟློས་གར་འཕེལ་རྒྱས་འགྲོ་བ་དང་སྨྲགས་འཕྲབ་གཞུང་གསར་རྩོམ་ལའང་འཕེལ་རྒྱས་ངེས་ཅན་ཞིག་བྱུང་ཡོད་རྐྱེན། དུས་སྐབས་དེའི་ཁྲིད་ཀྱི་འཕྲབ་གཞུང་ལ་གཅིག་ནས་ཟློས་གར་འཕྲབ་བྱེད་དུ་བཀོལ་བ་མ་ཟད། གཉིས་ནས་ལྟ་ཀློག་གི་ནུས་པའང་གྲུབ་ཟིན"[1] ཞེས་པ་ལྟར། ཕུན་ཚོགས་བཀྲ་ཤིས་ཀྱི་འཕྲབ་གཞུང་ལ་ཡོན་ཏན་དེ་གཉིས་ཀ་ཚང་ཡོད་པ་ནི། གཅིག་ནས་བརྙན་འཁྲིན་དང་རླུང་འཕྲིན་གྱི་ལམ་ནས་འཕྲབ་སྟོན་དང་། བརྒྱུད་གཏོང་བྱས་པའི་ཟློས་གར་ཐུང་གྲས། དགོད་བྲོའི་གཏམ་སྙིང་དེ་དག་གིས་རྒྱ་ཆེའི་ངལ་རྩོལ་མི་དམངས་རྣམས་ཀྱི་མིག་ཡིད་རྣ་བའི་དགའ་སྟོན་དུ་གྱུར་ཡོད་ལ། ཕོ་ཚོའི་འཚོ་བའི་ཐད་ལ་རིག་རྩལ་གྱི་ལོངས་སྤྱོད་ཕུན་སུམ་ཛེ་ཚོགས་སུ་བཏང་ཡོད། གཉིས་ནས་འཕྲབ་གཞུང་དེ་དག་བདམས་བཏུས་བྱས་ཏེ་དེབ་གཉིས་པར་བསྐྲུན་བྱས་ཡོད་པ་དེར། རྒྱ་ཁྱབ་རང་བཞིན་གྱི་ཀློག་པ་པོའི་སྒོ་ཞིག་ཕྱེ་ནས་རྩོམ་རིག་རང་ངོས་ནས་ལྟ་ཀློག་གི་རིན་ཐང་མི་དམན་པ་ཞིག་ཐོན་བཞིན་ཡོད་དོ། །

གསུམ། མི་དམངས་ཀྱི་འཚོ་བའི་དགོས་མཁོས་གསར་རྩོམ་འཕེལ་འགྱུར་ལ་ཐེབས་པའི་ཤུགས་རྐྱེན།

རྩོམ་པ་པོ་ཞིག་གི་གསར་རྩོམ་འཕེལ་འགྱུར་གྱི་རྒྱུ་རྐྱེན་འཚོལ་ཞིབ་བྱེད་སྐབས། གང་དེའི་གསར་རྩོམ་གྱི་བརྒྱུད་རིམ་ཐེལ་པོའི་ནང་སྟེས་དབང་གིས་ཐྲད་པའི་དོན་དག་ཆེ་ཆུང་

[1] 傅道彬，于茀著.《文学是什么？》，北京大学出版社，2007 年，p251

སྣ་ཚོགས་ཤིག་གིས་ཀྱང་གསར་རྩོམ་འཕེལ་འགྱུར་འགྲོ་བའི་ཐོག་མའི་རྐྱེན་ལྟ་བུ་ཞིག་ཏུ་གྱུར་ཡོད་པར་སེམས། རྩོམ་པ་པོ་ཕུན་ཚོགས་བཀྲ་ཤིས་ཀྱི་གསར་རྩོམ་འཕེལ་འགྱུར་གྱི་རྒྱུ་རྐྱེན་འཚོལ་ཞིབ་བྱེད་པའི་བརྒྱུད་རིམ་ནང་། འབྲེལ་ཡོད་ཀྱི་དཔྱད་ཡིག་ཚགས་པར་ཞིག་གི་ཐོག་ཏུ་བཀོད་ཚུལ་"ལོ་དེར་ (སྤྱི་ལོ་༡༩༩༠) བོད་ལྗོངས་གཞས་མ་གཏམ་མཐུན་ཚོགས་ཀྱིས་སྐབས་དང་པོའི་ལྗོངས་ཡོངས་ཀྱི་གཏམ་བརྗོད་ཉྫོས་གར་ཐུང་གྲས་ཀྱི་སྐྲན་ཞུའི་འགྲན་སྡོན་ཞིག་སྒྲིག་འཛུགས་བྱས་ཤིང་། མཐུན་ཚོགས་ཀྱི་འགན་འཁུར་མི་སྣས་ཕུན་ཚོགས་བཀྲ་ཤིས་ལགས་བཅའ་ནས། ད་ཐེངས་ཀྱི་སྐྲན་ཞུའི་འགྲན་སྡོན་འདིར་ཁོང་གིས་བོད་སྐད་གཏམ་བརྗོད་ཉྫོས་གར་གྱི་འགྲན་གཞུང་ཞིག་འབྲི་རྒྱུའི་རེ་བ་ཞུས། དུས་སྐབས་དེར་བོད་ཀྱི་གཏམ་བརྗོད་ཉྫོས་གར་ཐུང་གྲས་ཀྱི་གསར་རྩོམ་དེ། དར་འགོ་ཚུགས་ཙམ་ཡིན་ཞིང་། སྒྱུ་རྩལ་གྱི་རྣམ་པ་གསར་པ་ཡིན་པའི་བོད་སྐད་གཏམ་བརྗོད་ཉྫོས་གར་ཐུང་གྲས་དེ་རིགས་ཏག་ཏག་དུས་སྐབས་དེའི་བོད་ཀྱི་རྒྱ་ཆེའི་གཟིགས་མོ་བ་ཚོའི་བསམ་བློའི་དགའ་ཕྱོགས་དང་ཡིད་ཀྱི་མོས་པ་དང་ཡོངས་སུ་མཐུན་པས་དགའ་བསུ་ཆེན་པོ་ཐོབ་ཀྱི་ཡོད། ཕུན་ཚོགས་བཀྲ་ཤིས་ཀྱིས་གཅིག་ནས་བོད་རིགས་ཀྱི་འཚོ་བའི་ངོ་རིས་ངོ་མ་གསལ་བའི་གཏམ་བརྗོད་ཉྫོས་གར་ཞིག་བརྩམ་རྒྱུའི་ཚོད་སེམས་དང་། གཉིས་ནས་རྣམ་ཀུན་གྱི་འཚོ་བའི་ཁྲོད་ནས་གསོག་འཇོག་བྱས་པའི་ཕུན་སུམ་ཚོགས་པའི་ཉམས་མྱོང་དང་སྒྱུ་རྩལ་གྱི་རྟོག་པ་ཡངས་ཤིང་དྲན་པ་སྐྱེན་པ་བཅས་ཀྱིས་འབྲི་ཐེངས་གཅིག་ལ། 《སློབ་གྲྭ་ཆེན་མོ་ཐོན་པའི་མག་པ་》ཞེས་པ་དང་《ལས་ཀ་སྣ་ཚོགས་བྱེད་མཁན་གྱི་མི་》ཞེས་པའི་བོད་སྐད་གཏམ་བརྗོད་ཉྫོས་གར་ཐུང་གྲས་གཉིས་གསར་རྩོམ་བྱས། སྐྲན་ཞུའི་འགྲན་སྡོན་ཐོག་ཁོང་གི་གཏམ་བརྗོད་ཉྫོས་གར་དེ་གཉིས་ལ་གཟིགས་མོ་བའི་དགའ་བསུ་ཆེན་པོ་ཐོབ་ཅིང་ལྷག་པར་དུ། 《སློབ་གྲྭ་ཆེན་མོ་ཐོན་པའི་མག་པ་》ཞེས་པ་ཨུ་མཐུད་བཟོ་བཅོས་དང་ལས་སྣོན་སྦྱོང་བརྡར་བྱས་ནས། བཟོ་གྲྭ་དང་ཁེ་ལས། གྲོང་གསེབ་སོགས་སུ་སྐོར་སྐྱོད་འགྲན་སྟོན་ལན་མང་བྱས། སྟེས་དབང་གིས་གསར་རྩོམ་ལ་ཐོབ་པའི་གྲུབ་འབྲས་དེས་ཁོང་གི་མ་འོངས་པའི་གསར་རྩོམ་གྱི་བརྒྱུད་རིམ་

ཁྲིད་བློ་ནུས་མང་པོ་ཞིག་གཏམ་བརྗོད་བློས་གར་གྱི་གསར་རྩོམ་ཐོག་ཏུ་བཏོན་ཡོད་"[1]ཅེས་འཕོད་པ་ལྟར་སྟེས་དབང་གིས་གོ་སྐབས་སམ་ཆོད་བགམ་དེས། ཕྱིས་ཀྱི་གསར་རྩོམ་འཕེལ་འགྱུར་ཐད་ཤུགས་རྐྱེན་ཆེན་པོ་ཐེབས་ཡོད་ལ། མ་གཞི་ས་བཅད་གོང་མའི་ནང་གསར་རྩོམ་འཕེལ་འགྱུར་གྱི་དུས་རིམ་འབྱེད་སྐབས་བསྟན་པ་བཞིན་དུ། སྤྱི་ལོ་༡༩༩༨ཡན་གྱི་གསར་རྩོམ་ནི་གཙོ་ཆེར་བརྩམས་སྒྲུང་གསར་རྩོམ་གྱི་དུས་རིམ་ཞིག་ཡིན་པར་བཤད་ཟིན་ནའང་། དུས་རིམ་དེའི་ནང་དུ་སྟེས་དབང་གི་གསར་རྩོམ་ཆོད་བགམ་དེ་དང་དེ་ལ་ཐོབ་པའི་གྲུབ་འབྲས་ནི། ཞིབ་ས་ནས་བལྟས་ན་རྩོམ་མཁན་འདི་པའི་གསར་རྩོམ་འཕེལ་འགྱུར་གྱི་དུས་རིམ་དང་པོ་ནས་དུས་རིམ་གཉིས་པའི་ཕྱོགས་སུ་གོམ་ཁ་བསྒྱུར་བའི་རྒྱུ་རྐྱེན་གྱི་གྲས་ཤིག་ཏུ་ངེས་པར་འཛོག་དགོས་པར་སེམས་སོ། །

བཞི། རིག་གནས་བརྗེ་རེས་དང་འགྲོ་འོང་གིས་གསར་རྩོམ་ལ་ཐེབས་པའི་ཤུགས་རྐྱེན།

འཛམ་གླིང་མི་རིགས་ཁག་གི་འདས་པའི་ལོ་རྒྱུས་ལ་བལྟས་ཚེ། དུས་རབས་ཀྱི་འཕོ་འགྱུར་དང་སྤྱི་ཚོགས་འཕེལ་རྒྱས་ཀྱི་ཚ་རླབས་ཁྲོད་དུ་རྒྱལ་ཁབ་དང་མི་རིགས་ཕན་ཚུན་དབར་རིག་གནས་བརྗེ་རེས་དང་། དཔལ་འབྱོར་མཉམ་ལས་སོགས་བྱས་རྐྱེན། མི་རིགས་ཕན་ཚུན་དབར་རྒྱུས་ལོན་ཇེ་ཟབ་དང་འགྲོ་འོང་ཇེ་མང་དུ་སོང་ཡོད་ལ། དེ་དང་མཉམ་དུ་མི་རིགས་ཕན་ཚུན་བར་གྱི་རྩོམ་རིག་ལའང་ཤན་ཤུགས་ཐེབས་ཡོད་པ་ནི་ང་ཚོས་བོད་ཀྱི་འདས་པའི་རྩོམ་བྱུང་ལོ་རྒྱུས་ལས་རྟོགས་ཐུབ་ལ། ཡང་སྔོན་བོད་ཀྱི་བར་དུས་ཀྱི་རྩོམ་རིག་ལ་རྒྱ་གར་རྩོམ་རིག་གི་ཤུགས་རྐྱེན་ཅུང་ཆེ་ཙམ་ཐེབས་ཡོད་པ་ཇི་བཞིན། ལོ་རབས་བརྒྱད་ཅུ་དགུ་བཅུའི་ནང་དུ་བོད་ཀྱི་རྩོམ་རིག་སྤྱི་དང་བྱེ་བྲག་བརྩམས་སྒྲུང་གསར་རྩོམ་ཐད། རྒྱལ་ནང་གི་རྩོམ་རིག་གི་བསམ་བློའི་རླབས་རྒྱུན་གྱི་ཤན་ཤུགས་ཤིག་མངོན་ཆེ་ཆུང་ལ་མ་ལྟོས་པར་བོད་ཀྱི་རྩོམ་པ་པོ་མང་པོ་ཞིག་ལ་ཐེབས་ཡོད།

---

① 中国文化报，2009年8月24日，第223期总第5107期，文化人才专刊。《书写世俗西藏—藏族作家平措扎西的创作之路》。

རྩོམ་པ་པོ་ཕུན་ཚོགས་བཀྲ་ཤིས་ཀྱི་རྩོམ་རིག་གསར་རྩོམ་གྱི་བརྒྱུད་རིམ་སྤྱི་དང་བྱེ་བྲག་བརྩམས་སྒྲུང་གསར་རྩོམ་གྱི་དུས་རིམ་ནང་། གསར་རྩོམ་གྱི་ཐབས་ལམ་ཆ་ནས་དུས་སྐབས་དེའི་ནང་སའི་རྩོམ་རིག་གི་ཤུགས་རྐྱེན་གང་འཚམས་ཤིག་ཐེབས་ཡོད་པར་སེམས། དེའི་སྒྲུབ་བྱེད་དམ་རྒྱུ་མཚན་ནི་ས་བཅད་གོང་མའི་ནང་དུ་གསར་རྩོམ་འཕེལ་འགྱུར་གྱི་དུས་རིམ་འཆད་སྐབས་བསྟན་པ་བཞིན་དུ། ཕུན་ཚོགས་བཀྲ་ཤིས་ཀྱི་དུས་རིམ་དང་པོའི་བརྩམས་སྒྲུང་གི་སྒྱུ་རྩལ་མཚོན་ཐབས་ཆ་ནས་བལྟས་ན། སྲོལ་རྒྱུན་དངོས་ཡོད་རིང་ལུགས་ཡིན་ཞིང་། དུས་རིམ་གཉིས་པའི་རྩོམ་ཐབས་ནི་རིམ་བཞིན་སྲོལ་རྒྱུན་དངོས་ཡོད་རིང་ལུགས་ལས་ཕྱིར་བཤོལ་ཏེ་དངོས་འབྲི་རིང་ལུགས་གསར་པའི་ཕྱོགས་སུ་གོམ་ཁ་བསྒྱུར་བ་དེ་ཡིན། དེ་ཡང་བརྩམས་སྒྲུང་གསར་རྩོམ་གྱི་དུས་རིམ་དང་པོ་ནས་གཉིས་པའི་ཕྱོགས་སུ་འཕེལ་འགྱུར་གྱི་རྒྱུ་རྐྱེན་རྩད་འཚོལ་བྱེད་སྐབས། དུས་སྐབས་དེར་ནང་སའི་རྩོམ་རིག་གི་བསམ་བློའི་རླབས་རྒྱུན་གྱི་ཤུགས་རྐྱེན་ཡང་ཐེབས་ཡོད་དེ། "ཕུན་ཚོགས་བཀྲ་ཤིས་ནི་རྩོམ་པའི་ངར་ཁ་རྒྱས་ཤིང་སྒྱུ་རྩལ་འཚོལ་སྙེག་གི་ལམ་ལ་དད་པ་ཞིག་ཡིན་པས་རྩོམ་རིག་སྒྱུ་རྩལ་གྱི་འཕེལ་ཕྱོགས་ལ་དོ་གལ་དང་ཡིད་གཟབ་མཐའ་གཅིག་ཏུ་བྱེད་ཀྱིན་ཡོད་པས་ན་སྐབས་དེའི་ནང་སའི་རྩོམ་རིག་ལྷུམ་རའི་ནང་གི་དྲི་བསུང་ཁྱད་པར་ཅན་པའི་བསམ་རྒྱུན་གྱི་མེ་ཏོག་དེར་ཡང་ཡིད་གཟབ་བྱུང་ཡོད་ངེས་རེད་ལ་གང་དེའི་ཤུགས་རྐྱེན་ཡང་མི་ཆུང་བ་ཞིག་ཐེབས་ཡོད་ཅེས་སྨྲུག་འཛིན་པ་ཐུབ་ནས་འཆད་ཐོད་"[1]ཅེས་གསུངས་པ་ལྟར་རོ། །དེ་ཡང་ལོ་རབས་དགུ་བཅུ་པའི་དུས་འགོ་ནི་ཀྲུང་གོའི་རྩོམ་རིག་གར་སྟེགས་ཐོག་དངོས་འབྲི་རིང་ལུགས་གསར་མར་（新写实主义）གྲགས་པའི་གྲུབ་མཐའམ་ཤོག་ཁག་དར་རྒྱས་ཤུགས་ཆེན་བྱུང་བའི་དུས་ཡིན་ཞིང་། ཕུན་ཚོགས་བཀྲ་ཤིས་ཀྱི་དུས་རིམ་གཉིས་པའི་བརྩམས་སྒྲུང་གསར་རྩོམ་གྱི་རྩོམ་ཐབས་

① ནོར་བུ་བསམ་འཕེལ། 《པོ་ཏ་ལའི་ལམ་ཡིག》མི་རིགས་དཔེ་སྐྲུན་ཁང་། སྤྱི་ལོ་༢༠༠༧ ཤ ༡༥༠

ཐད། གྲུབ་མཐའ་འདི་པའི་ཤན་ཤུགས་ཐེབས་ཡོད་དེ། དེའི་འབྲུས་ཚབ་རང་བཞིན་གྱི་བརྩམས་སྒྲུང་ནི་སྤྱི་ལོ་༡༩༩༨ནས་སྤྱི་ལོ་༡༩༩༥བར་བརྩམས་པའི་《སྲིད་ཆོས་དང་མོའི་ཕྲུ་གུ་ལྔའི་ཕ་རྣམས་》འཇོག་ཆོག

དེ་བཞིན་ཕུན་ཚོགས་བཀྲ་ཤིས་ཀྱི་གསར་རྩོམ་ཐད་བགོལ་བའི་ཡིག་རིགས་ཀྱི་འཕེལ་འགྱུར་ཏེ། ཐོག་མར་བོད་ཡིག་གི་ལམ་ནས་གསར་རྩོམ་བྱེད་པ་ལས། བར་དུ་རྒྱ་ཡིག་གི་ཐོག་ནས་གསར་རྩོམ་གནང་བའི་འཕེལ་འགྱུར་གྱི་རྒྱུ་རྐྱེན་གྲུས་སུ། མི་རིགས་ཕན་ཚུན་དབར་རིག་གནས་བརྗེ་རེས་དང་འགྲོ་འོང་གིས་གསར་རྩོམ་ལ་བརྟེན་པའི་རེ་བ་ཞིག་ཀྱང་རེད་ལ་དུས་དང་མཐུན་པའི་བླང་བྱ་ཞིག་ཀྱང་ཡིན་སྲིད། ཉེ་བའི་ལོ་ཤས་ནང་རྒྱལ་ཁབ་ཕྱི་ནང་གང་ས་ནས་བོད་དུ་ཡུལ་སྐོར་སྤྲོ་འཆམ་དུ་ཕེབས་མཁན་ལོ་རེ་ནས་ལོ་རེ་མ་འདས་པར་ཇེ་མང་དུ་འགྲོ་གིན་ཡོད་ལ། བོད་ཀྱི་རིག་གནས་དང་ཆོས་ལུགས། ཡུལ་གོམས་གཤིས་ལུགས་སོགས་ལ་རྒྱུས་ལོན་དང་སློབ་སྦྱོང་བྱེད་མཁན་ཡང་ཇེ་མང་དུ་འགྲོ་གིན་ཡོད་སྐབས། ཕུན་ཚོགས་བཀྲ་ཤིས་ཀྱིས་རྩོམ་རིག་གི་སྐད་ཆའི་སྒྱུ་རྩལ་ལ་བརྟེན་ནས། བོད་ཀྱི་ལོ་རྡོ་སྟོང་ཕྲག་དུ་མའི་ལོ་རྒྱུས་ལྡན་པའི་སྲོལ་རྒྱུན་རིག་གནས་དང་ལོ་རྒྱུས། བོད་མིའི་ཐུན་མིན་གྱི་ཡུལ་གོམས་གཤིས་ལུགས། བརྗིད་ཆགས་ཉམས་དགའ་བའི་རང་བྱུང་ཁམས་ཀྱི་རི་ཆུ་ཡི་བཀོད་པ་སོགས་མི་རིགས་གཞན་གྱི་མིག་ལམ་དུ་བཤམས་ཆེད། གསར་རྩོམ་གྱི་ཡིག་རིགས་ལའང་བོད་ཡིག་ནས་རྒྱ་ཡིག་གི་ཕྱོགས་སུ་འཕེལ་འགྱུར་བཏང་ཡོད།

གཉིས་པ། གསར་རྩོམ་འཕེལ་འགྱུར་གྱི་ནང་རྐྱེན་བཤད་པ།

གཅིག ན་ཚོད་དང་བསམ་བློའི་འགྱུར་བས་གསར་རྩོམ་འཕེལ་འགྱུར་ལ་ཐེབས་པའི་ཤུགས་རྐྱེན།

རྩོམ་པ་པོ་ཙམ་མ་ཟད་ཚེས་སྤྱིར་བཏང་གི་མི་ཞིག་ཡིན་ནའང་ན་ཚོད་ཀྱི་འགྱུར་བ་དང་སྦྲགས། གང་དེའི་བསམ་སྦྱོར་ཐད་ལ་འགྱུར་ལྡོག་ཅིག་འགྲོ་གིན་ཡོད་པ་ནི་ང་ཚོས་

རང་དཔེ་རང་ལེན་བྱས་ནའང་རྫོགས་སོ། དེས་ན་སྒྱུ་རྩལ་པ་ཞིག་གམ་རྩོམ་པ་པོ་ཞིག་ལ་ཚ་མཚོན་ན། དུས་སྐབས་སོ་སོའི་ནང་གི་བསམ་བློའི་འགྱུར་ལྡོག་དང་གསར་རྩོམ་གྱི་ཁྱད་ཆོས་ནི་དེ་བས་མངོན་གསལ་དོད་པ་ཞིག་ཡོད། དེ་ཡང་རྩོམ་པ་པོ་ཕུན་ཚོགས་བཀྲ་ཤིས་ཀྱི་བརྩམས་སྒྲུང་ཁོ་ནར་བལྟས་ཀྱང་ན་ཚོད་ཀྱི་འགྱུར་བ་དང་བསྟུན་ནས་བརྩམས་ཆོས་ཀྱི་ནང་དོན་ལའང་འགྱུར་ལྡོག་ཅིག་འགྲོ་གིན་ཡོད་པར་སྣང་སྟེ། དཔེར་ན་སྤྱི་ལོ་༡༩༨༧ལོར་བརྩམས་པའི་《བསོད་རྗེར་དང་ཕོ་མོ་ཚོ》ཞེས་པ་དང་སྤྱི་ལོ་༡༩༩༢ལོར་བརྩམས་པའི་《སྔོ་རས་སྤྲ་རྡའི་སྒྲོ་སླུ་ལྷང་ལྷང་》གཉིས་ཕན་ཚུན་གཤིབ་བསྡུར་རེ་བྱས་ཚེ། སྔ་མ་ནི་རྩོམ་མཁན་ཁོང་སློབ་མཐར་ཕྱིན་ནས་དུས་ཡུན་རིང་པོ་མ་འགོར་བར་རང་གི་རྒྱུས་མངའ་ཟབ་པ་དང་གོམས་འདྲིས་ཆེ་བའི་སློབ་ཆེན་གྱི་འཚོ་བ་ལས། གཙོ་བོ་སློབ་ཆེན་དུས་སྐབས་ཀྱི་ན་གཞོན་ཕོ་མོའི་བར་གྱི་བརྩེ་དུང་གི་བརྗོད་གཞི་མཚོན་པའི་བརྩམས་སྒྲུང་ཞིག་གམ། གཞོན་ནུའི་དུས་སྐབས་ཀྱི་སྤྲོ་སྣང་དང་འཁྲུག་ཆ་སོགས་ལང་ཚོའི་དཔལ་ཡོན་ངོམ་པའི་དུས་ཀྱི་བརྗོད་གཞི་ཞིག་ཡིན། ཕྱི་མ་ནི་དུས་རབས་ཀྱིས་བསྒྱུར་བའི་ཁྱིམ་ཚང་ཞིག་གི་ཕ་གྲན་གྱི་རྒྱུད་ལ་སྙིང་ཞེན་དང་བག་འཁུམས། སེམས་ཁྲལ་དང་དོགས་འཆར་ཆེ་བས་བུ་མོ་ཚོར་རང་འདོད་ཀྱི་འཚོ་བ་སྐྱེལ་རྒྱུ་མ་བྱུང་བའི་སྐྱོ་གར་ཞིག་ཡིན། མ་གཞི་བརྩམས་སྒྲུང་དེ་གཉིས་ཀྱི་བརྗོད་བྱའི་ནང་དོན་རྒྱ་ཆེ་ཆུང་དང་གཏིང་ཟབ་ཚད། དེ་བཞིན་སྒྱུ་རྩལ་མཚོན་ཐབས་དང་། མི་སྣའི་གཤིས་ཀ སྣང་བརྙན་གསར་བཞེངས་བཅས་ནས་བསྡུར་ན། ཕྱི་མའི་ཁྱད་ཡོན་སྔ་མ་ལས་ལྷག་འགྱུར་བཟང་ལ། ཐ་ན་ཕྱི་མའི་དུས་ཀྱི་རྩོམ་རྩལ་དེ་བརྩམས་སྒྲུང་གསར་རྩོམ་གྱི་དུས་རིམ་རྙིལ་པོའི་ཁྲོད་དུའང་ཏ་ལམ་རྩེར་སོན་ལྟ་བུ་ཞིག་ཏུ་སླེབས་ཡོད། འོན་ཏེ། རྩོམ་མཁན་ཉིད་ཀྱིས་ཞལ་ནས"གལ་ཏེ་ངས་ད་ལྟའི་དུས་ལ། "བསོད་རྗེར་དང་ཕོ་མོ་ཚོ"ཞེས་པ་དང་འདྲ་བ་ཞིག་བྲིས་ཟེར་ན། རྩ་ནས་ཡོང་ཐབས་ཡོག་མ་རེད། གལ་ཏེ་བྲིས་པའི་དབང་དུ་བཏང་ནའང་འདྲ་པོ་ཞིག་ཡོང་གི་མ་རེད། སྐབས་དེ་དུས་ང་རང་སློབ་ཆེན་ཡང་ཐོན་ཙམ་རེད་ལ་

འཚོ་བ་དངོས་ཀྱི་གཟུགས་བརྙན་ཡང་ཡོད་པ་ཞིག་རེད་”①ཅེས་གསུངས་པ་ལྟར། རྩོམ་པ་པོ་ཞིག་གི་དུས་སྐབས་སོ་སོའི་ནང་གི་བརྩམས་ཆོས་མི་འདྲ་ཡོང་གིན་ཡོད་ཅིང་། དེ་ཡང་མདོར་ན་རྩོམ་པ་པོ་ཞིག་གི་ན་ཚོད་དང་བསམ་བློའི་འགྱུར་བ་ལས་བྱུང་བ་ཞིག་རེད།

རྩོམ་པ་པོའི་བསམ་བློ་དང་ན་ཚོད་ཀྱི་འགྱུར་བས་གསར་རྩོམ་གྱི་ནང་དོན་དང་མཚོན་ཐབས་ཐད་འགྱུར་བ་འགྲོ་གིན་ཡོད་པ་ཙམ་མ་ཟད། ད་དུང་རྩོམ་ལུས་ཆ་ནས་འཕེལ་འགྱུར་འགྲོ་བར་ཡང་ཤན་ཤུགས་ངེས་ཅན་ཞིག་ཐེབས་ཀྱིན་ཡོད་དེ། ཕུན་ཚོགས་བཀྲ་ཤིས་ཀྱི་བརྩམས་སྒྲུང་གསར་རྩོམ་གྱི་དུས་རིམ་ནས་ལྷུག་རྩོམ་གསར་རྩོམ་གྱི་དུས་རིམ་ཕྱོགས་སུ་འཕེལ་འགྱུར་གྱི་རྒྱུ་རྐྱེན་གླེང་སྐབས། རྩོམ་མཁན་ཉིད་ཀྱིས“སྤྱིར་རྩོམ་པ་པོ་ཞིག་གི་འགྲོ་ཕྱོགས་ལ་བལྟས་ན། གསར་རྩོམ་གྱི་ངར་ཁ་རྒྱས་པའི་དུས་སྐབས་དེ་ཕལ་ཆེར་གཞོན་ནུའི་དུས་དེར་ཡིན་ཞིང་། ཡང་སྙོམས་བརྩམས་སྒྲུང་ལ་རྟོག་བཟོ་ཤུགས་ཆེ་བས། ངའི་བསམ་ཚུལ་ལྟར་ན་རྟོག་བཟོ་ཤུགས་ཆེ་ཤོས་ཀྱི་དུས་སྐབས་དེ་ནི་གཞོན་ནུའི་དུས་དེར་ཡིན་པར་ངོས་འཛིན་བྱེད་ཀྱིན་ཡོད། དེ་འདྲ་ཡིན་དུས་ང་རང་ལ་མཚོན་ན། ལོ་དེ་གང་ཙམ་ལ་སླེབས་དུས་ལྷུག་རྩོམ་དང་ལྷག་པར་རིག་གནས་ལྷུག་རྩོམ་ཟེར་བའི་ལུས་དེ་ལ་བརྟེན་ནས། གཅིག་ནས་རང་ཉིད་བོད་ཀྱི་རིག་གནས་ལ་དགའ་ཞེན་དང་གཉིས་ནས་གཞན་ལ་བརྒྱུད་བསྒྲགས། དེ་བཞིན་རིག་གནས་སྲུང་སྐྱོབ་བྱེད་རྒྱུ་སོགས་འགན་འཁྲི་ཡོད་པའི་སྒོ་ནས་ངོ་སྤྲོད་ཅིག་བྱེད་དགོས་འདུག་བསམ་པ་འདི། ལོ་ཡར་སླེབས་དུས་སྣང་བ་དེ་ཤུགས་ཇེ་ཆེར་འགྲོ་གིན་འདུག དེ་མཚོན་པར་རིག་གནས་ལྷུག་རྩོམ་ཟེར་བ་དེ་རྒྱད་དུ་བྱུང་བ་ཞིག་རེད་འདུག”②ཅེས་གསུངས་པ་དང་། མདོར་ན་རྩོམ་མཁན་འདི་པའི་རྩོམ་གྱི་ནང་དོན་དང་རྩོམ་ལུས་ཀྱི་ཆ་ནས་འཕེལ་འགྱུར་འགྲོ་བའི་རྒྱུ་རྐྱེན་རྩད་འཚོལ་བྱེད་

① ཕྱི་ལོ་༢༠༡༨ལོའི་ཟླ་༥པའི་ཚེས་༡༢ཉིན་ལྷ་སར་ཕུན་ཚོགས་བཀྲ་ཤིས་ལ་རྩོམ་རིག་གསར་རྩོམ་སྐོར་གྱི་བཅར་འདྲི་བྱས་པའི་བརྒྱུད་རིམ་ནང་དུ་གསུངས།

② རྩོམ་པ་པོ་ཕུན་ཚོགས་བཀྲ་ཤིས་ལ་རྩོམ་རིག་གསར་རྩོམ་སྐོར་གྱི་བཅར་འདྲིའི་བརྒྱུད་རིམ་ནང་ནས་གསུངས།

སྐབས། མཐའ་གཅིག་ཏུ་རྩོམ་པ་པོའི་ན་ཚོད་དང་བསམ་བློའི་འགྱུར་བ་ལས་བྱུང་བ་ཞིག་ཡིན་ཞེས་ཁ་ཚོན་གཅོད་མི་ནུས་ཀྱང་། ངེས་པར་དེའི་ཤན་ཤུགས་ངེས་ཅན་ཞིག་ཐེབས་ཡོད་པ་ནི་སྨོས་མེད་རེད།

གཉིས། ལས་གནས་ཀྱི་འགྱུར་བས་ཕྱིས་ཀྱི་གསར་རྩོམ་འཕེལ་འགྱུར་ལ་ཐེབས་པའི་ཤུགས་རྐྱེན།

ཕུན་ཚོགས་བཀྲ་ཤིས་ལགས་ནི་སྤྱི་ལོ་༡༩༥༩ལོར་བོད་ལྗོངས་གཙང་གཞིས་ཀ་རྩེར་འཁྲུངས་ཤིང་། སྤྱི་ལོ་༡༩༦༡ལོར་གཞིས་རྩེ་ས་ཁུལ་དགེ་འོས་སློབ་གྲྭ་ནས་སློབ་མཐར་ཕྱིན་རྗེས་གནས་དེ་གར་རྒྱ་ཡིག་དགེ་རྒན་གྱི་ཕྱག་ལས་གནང་། དགེ་རྒན་ཕྱག་ལས་གནང་ནས་ལོ་ངོ་གསུམ་གྱི་རྗེས་སུ་བསྐྱར་དུ་བོད་ལྗོངས་སློབ་ཆེན་རྒྱ་ཡིག་ཚན་ཁག་ཏུ་སློབ་སྦྱོང་ལ་ཕེབས་ནས། སྤྱི་ལོ་༡༩༦༤ལོར་སློབ་མཐར་ཕྱིན། ཕུན་ཚོགས་བཀྲ་ཤིས་ནི་ཆུང་དུས་ནས་རྩོམ་རིག་ལ་དགའ་ཞེན་ཆེ་ཞིང་། བག་ཆགས་ཀྱང་མི་དམན་པ་ཞིག་བྱུང་ཡོད་རྐྱེན། ཁོང་གི་སེམས་ཁོངས་སུ་རང་གི་ཕུགས་འདུན་དང་རེ་བ་དམ་པོར་འཆང་སྟེ་རྩོམ་རིག་གསར་རྩོམ་གྱི་ལམ་བུའི་ཐོག་ཏུ་གཞོལ། སྤྱི་ལོ་༡༩༨༠ལོ་ནི་ཁོང་ལ་མཚོན་ན། སྤྱིར་བཏང་གི་ལོ་ཞིག་མིན་པར་ཁོང་གི་ཕྱིས་ཀྱི་རྩོམ་རིག་གསར་རྩོམ་ཅམ་མ་ཟད་ཐ་ན་མི་ཚེའི་གལ་ཆེའི་དཀྱིགས་མཚམས་ཤིག་ཀྱང་རེད་ཅེས་བརྗོད་ནའང་དོན་ལ་གནས་པ་ཞིག་རེད། གང་ལགས་ཤེ་ན། ལོ་དེར་ཁོང་བོད་ལྗོངས་རྩོམ་རིག་སྒྱུ་རྩལ་ལྷན་ཚོགས་སུ་ལས་གནས་བསྒྱུར་ཏེ། བོད་ཀྱི་དམངས་ཁྲོད་རྩོམ་རིག་དུས་དེབ《སྤང་རྒྱན་མེ་ཏོག》གི་རྩོམ་སྒྲིག་པའི་ལས་ཀ་གཉེར། ཁོ་བོའི་བསམ་པར་རྩོམ་སྒྲིག་པའི་ཕྱག་ལས་གནང་བའི་དུས་ཡུན་དེས་ཕྱིས་ཀྱི་ཁོང་གི་གསར་རྩོམ་ཐད་ཤུགས་རྐྱེན་མི་ཆུང་བ་ཞིག་ཐེབས་ཡོད་པར་སེམས།

དེ་ཡང་ཙུང་ཞིབ་པར་གླེང་ན། མིག་སྔའི་བར་དུ་བརྩིས་པའི་ཕུན་ཚོགས་བཀྲ་ཤིས་ཀྱི་མི་ལོ་བཞི་བཅུ་ལ་ཉེ་བའི་གསར་རྩོམ་གྱི་བརྒྱུད་རིམ་ལ་ཕྱིར་རྟོག་དང་དཔྱད་ཞིབ་བྱེད་སྐབས། ཁོང་གིས་རྩོམ་སྒྲིག་པའི་ཕྱག་ལས་གནང་བའི་མྱོང་བརྒྱུད་དེའང་ཕྱིས་ཀྱི་གསར་

རྩོམ་འཕེལ་འགྱུར་ཏེ། གཙོ་ཆེར་བརྩམས་སྒྲུང་གསར་རྩོམ་ནས་འཕྲབ་གཞུང་གསར་རྩོམ་གྱི་འཕེལ་འགྱུར་ལ་ཐེབས་པའི་ཤུགས་རྐྱེན་གྱི་གྲས་སུ་འཛོག་དགོས་པར་འདོད། འོན་ཏེ་གསར་རྩོམ་གྱི་འཕེལ་འགྱུར་གཞན་ལའང་ཆེ་ཆུང་ལ་མ་ལྟོས་པར་ཤུགས་རྐྱེན་ཞིག་ཐེབས་ཡོད་སྲིད། འདིར་གཙོ་བོ་བརྩམས་སྒྲུང་གསར་རྩོམ་ནས་འཕྲབ་གཞུང་གསར་རྩོམ་གྱི་འཕེལ་འགྱུར་ལ་ཐེབས་པའི་ཤུགས་རྐྱེན་སྐོར་དེ་མདོ་ཙམ་གླེང་བར་འདོད།

ཀྲུང་གོའི་རིག་གནས་ཚགས་པར་ཁང་གིས་རྩོམ་པ་པོ་ཕུན་ཚོགས་བཀྲ་ཤིས་ལ་རྩོམ་རིག་གསར་རྩོམ་སྐོར་གྱི་བཅར་འདྲི་བྱས་པའི་གཏམ་ཞེས་པ་ལས"ཕྱི་ལོ་༡༩༨༠ལོར་པེ་ཅིན་གྱི་བོད་རིག་པའི་ཞིབ་འཇུག་ལྟེ་གནས་སུ《ཀྲུང་གོའི་བོད་ཀྱི་ཤེས་རིག》གི་རྩོམ་སྒྲིག་པའི་ལས་གནས་བསྐྱར་ཏེ། བོད་ལྗོངས་རྩོམ་རིག་སྒྱུ་རྩལ་ལྷན་ཚོགས་སུ་བོད་ཀྱི་དམངས་ཁྲོད་རྩོམ་རིག་གི་དུས་དེབ《སྤང་རྒྱན་མེ་ཏོག》གི་རྩོམ་སྒྲིག་པའི་འགན་ཁུར་གནང་། ཕུན་ཚོགས་བཀྲ་ཤིས་ཀྱིས་གསུངས་དོན། ངའི་ལས་ཀ་ནི་དམངས་གཞས་དང་གཏམ་དཔེ། སྒྲུང་གཏམ་དང་ཤོད་རྒྱུན་སོགས་དེ་བཞིན་དེ་དག་དང་འབྲེལ་བའི་ཞིབ་འཇུག་དཔྱད་རྩོམ་སོགས་འཚོལ་བསྡུ་དང་ལེགས་བསྒྲིགས་བྱེད་རྒྱུ་དེ་ཡིན"ཞེས་འཁོད་པ་ལྟར། ཕུན་ཚོགས་བཀྲ་ཤིས་ལ་གཅིག་ནས་བོད་ཀྱི་དམངས་སྲོལ་རིག་གནས་ལ་གཞན་ལས་ལྷག་པའི་དགའ་ཞེན་ཞིག་ཡོད་པ་དང་། གཉིས་ནས་དུས་ཡུན་གང་ཙམ་ཞིག་རིང་བོད་ཀྱི་དམངས་ཁྲོད་རྩོམ་རིག་གི་རྩོམ་སྒྲིག་པའི་ལས་ཀ་བྱས་ཤིང་དེའི་ཐོག་ཀྲུང་གོའི་བོད་ཀྱི་ཤེས་རིག་ཞིབ་འཇུག་ལྟེ་གནས་སུ་ཡིག་རྙིང་གི་ཡིག་སྐྱར་ཕྱག་ལས་གནང་བའི་ཉམས་མྱོང་དེ་དག་གིས། ཁོང་གི་རྒྱུད་ལ་བོད་ཀྱི་སྲོལ་རྒྱུན་རིག་གནས་དང་། ཡང་སྔོས་དམངས་སྲོལ་ཐད་ཀྱི་མཁྱེན་པ་དེ་བས་ཇེ་ཆེར་སོང་བ་དང་སྨྲགས་རིག་གནས་སྤྱིའི་གདེང་ཤུགས་ཀྱང་དེ་བས་གཏིང་ཇེ་ཟབ་དང་རྒྱ་ཇེ་ཆེར་སོང་ཡོད་པར་སེམས། དེས་ཕྱིས་སུ་ཁོང་གཏམ་བརྗོད་ཟློས་གར་ཐུང་གྲས་དང་དགོད་བྲོའི་གཏམ་གླེང་གི་འཕྲབ་གཞུང་གསར་རྩོམ་ལ་འཇུག་པར་དངོས་ཤུགས་བརྒྱུད་གསུམ་ནས་ཕན་པ་དང་ཤུགས་རྐྱེན་ཇི་སྙེད་ཅིག་ཐོན་ཡོད། དེའི་སྐབས་བྱེད་དུ་བོད་ཀྱི་དགོད་བྲོའི་གཏམ་

གླིང་གི་རྩ་བའི་ཁྱད་ཆོས་ཀྱི་གྲུས་སུ་བཞད་གད་དང་དམངས་ཁྲོད་ཀྱི་གཏམ་དཔེ། དམངས་གཞས་སོགས་ཀྱི་ལེགས་ཆ་བླངས་ཡོད་པས། ཕུན་ཚོགས་བཀྲ་ཤིས་ནི་གཅིག་ནས་དྲན་པ་སྐྱེན་པ་དང་གཉིས་ནས་འཚོ་བ་དང་ལས་ཀའི་ཁྲོད་ནས་ཉམས་མྱོང་ཕུན་སུམ་ཚོགས་པོ་གསོག་འཇོག་བྱས་ཡོད་སྟབས། འབྲུབ་གཞུང་གསར་རྩོམ་གྱི་རྩ་བའི་མཐུན་རྐྱེན་དག་འཛོམས་ཐོག སྙིང་དབང་གི་གོ་སྐབས་སམ་གསར་རྩོམ་གྱི་རྣམ་པ་གསར་པ་ཞིག་ལ་ཚོད་བགམ་བྱས་པས། ད་གཟོད་ཕུན་ཚོགས་བཀྲ་ཤིས་ཀྱི་གསར་རྩོམ་འཕེལ་འགྱུར་ཐད་གཡུར་ཟའི་གྲུབ་འབྲས་ཤིག་ཐོབ་པར་འདོད་དོ། །གལ་ཏེ་སྔ་མའི་རྒྱུ་དང་རྐྱེན་དེ་དག་འཛོམས་མེད་ན། ཕྱི་མའི་གསར་རྩོམ་གྱི་འཕེལ་འགྱུར་དང་གྲུབ་འབྲས་ཀྱང་ཡོང་མི་སྲིད་པར་འདོད།

གསུམ། གཤིས་ཀས་གསར་རྩོམ་འཕེལ་འགྱུར་ལ་ཐེབས་པའི་ཤུགས་རྐྱེན།

རྩོམ་པ་པོའི་གཤིས་ཀ་དང་རྩོམ་གཤིས་བར་འབྲེལ་བ་ངེས་ཅན་ཞིག་ཡོད་དེ། རྩོམ་པ་པོ་ཞིག་གི་འཚར་ལོངས་ཀྱི་བརྒྱུད་རིམ་མམ་མི་ཚེའི་མྱོང་བརྒྱུད་དམིགས་བསལ་ཅན་ཞིག་གིས་ཕྱིས་སུ་གང་དེའི་གསར་རྩོམ་གྱི་རྩོམ་གཤིས་ལ་ཤན་ཤུགས་ངེས་ཅན་ཞིག་ཐེབས་ཀྱི་ཡོད། དེ་ཡང་ཕུན་ཚོགས་བཀྲ་ཤིས་ཀྱིས་རྩོམ་རིག་གསར་རྩོམ་དང་འབྲེལ་བའི་མྱོང་བ་གླེང་སྐབས་བྱིས་དུས་ཀྱི་ཕྱིར་དྲན་ཞིག་ལས"ང་རང་སློབ་ཆུང་ལོ་རིམ་བཞི་པ་ཙམ་ནས་འགོ་བཙུགས་ཏེ་སློབ་གྲྭའི་ནང་གི་མའོ་ཙེ་ཏུང་དགོངས་པའི་དྲིལ་བསྒྲགས་ཚུ་ཁག་གི་འབྲུབ་སྟོན་པ་བྱེད་མྱོང་། དེ་དུས་སློབ་ཕྲུག་རྣམས་རིག་གནས་སློབ་སྦྱོང་ལ་མཐོང་ཆེན་དེ་འདྲ་མེད་པར་ང་ཚོའི་ལས་འགན་གཙོ་བོ་ནི་འབྲུབ་སྟོན་པ་ཞིག་དང་འདྲ་བར་རྟག་ཏུ་འབྲུབ་སྟོན་སྦྱོང་བར་འགྲོ་དགོས་པ་དང་། ད་དུང་དབྱིད་གསར་དུས་ཆེན་དང་། གལ་འགངས་ཆེ་བའི་ཚོགས་འདུ་ཚོགས་དུས་འཁྲུས་མེར་འབྲུབ་སྟོན་བྱེད་དགོས་ཚེ། ང་ཚོས་འབྲུབ་སྦྱོང་བྱེད་དགོས་པ་དང་འབྲུབ་སྟོན་བྱེད་པར་འགྲོ་བའི་དུས་ཚོད་དེ་བས་མང་བ་རེད"[①]ཅེས་གསུང་

---

① མཚོ་སྔོན་བོད་ཡིག་གསར་འགྱུར་ཁང་གིས་བསྒྲིགས། 《ནགས་གློང་ཁྲུ་བྱུག་འདུ་གནས་》མི་རིགས་དཔེ་སྐྲུན་ཁང་། ཤ་༡༩༡

པ་ལྟར། ཕུན་ཚོགས་བཀྲ་ཤིས་ཀྱི་བྱིས་དུས་ཀྱི་འཚོ་བའི་མྱོང་བརྒྱུད་དེ་རིག་རྩལ་དང་འབྲེལ་བ་ཆེ་བས་དེས་ཁོང་གི་སྒྲོ་སྣང་དང་བག་ཡངས། ཁ་མཚར་བཅས་ཀྱི་གཞིས་ཀའི་ཆ་དེ་གྲུབ་པར་ཤན་ཤུགས་ངེས་ཅན་ཞིག་ཐེབས་ཡོད་པར་སེམས། ཁོ་བོས་དཔྱད་རྩོམ་འདི་ཉིད་འབྲི་བའི་དཔྱད་ཡིག་འཚོལ་བསྡུ་དང་རྒྱུ་ཆ་གསོག་འཇོག་བྱེད་པའི་བརྒྱུད་རིམ་ཁྲོད། རྩོམ་པ་པོ་ཕུན་ཚོགས་བཀྲ་ཤིས་ལགས་ལ་ཆེད་དུ་བཅར་འདྲི་ཐེངས་གསུམ་ཞུས་པ་ཡིན། བཅར་འདྲི་བྱེད་པའི་བརྒྱུད་རིམ་ཁྲོད། ངས་དམིགས་པ་ཡོད་པ་དང་མེད་པའི་སྒོ་ནས་ཁོང་གི་གཞིས་ཀར་རྒྱུས་ལོན་ཙུང་ཟད་བྱུང་བ་ནི། ཁོང་རང་གཅིག་ནས་སྒྲོ་སྣང་དང་བག་ཡངས། ལྷག་པར་དགོད་བྲོ་དང་ཁ་མཚར་ལ་ཞེན་པའི་གཞིས་ཀའི་ཆ་ཞིག་འདུག་ལ། གཉིས་ནས་སྨམ་བརྙིང་དང་དཀྱིལ་ཡངས། ཞིབ་ཚགས་དང་འགན་ཁུར་ཤུགས་ཆེ་བའི་གཞིས་ཀའི་ཆ་ཞིག་ཀྱང་མངོན་ཡོང་གིན་འདུག

ཁོ་བོའི་བསམ་པར་ཕུན་ཚོགས་བཀྲ་ཤིས་ཀྱི་སྐྱ་མའི་གཞིས་ཀའི་ཆ་དེས་ཕྱིས་ཀྱི་གསར་རྩོམ་འཕེལ་འགྱུར་ལ་ཤན་ཤུགས་ངེས་ཅན་ཞིག་ཐེབས་ཡོད་པར་སྙམ། ཙུང་ཞིབ་ཙམ་བརྗོད་ན་ཁོང་གི་བརྩམས་སྒྲུང་གསར་རྩོམ་ནས་འཁྲབ་གཞུང་གསར་རྩོམ་གྱི་འཕེལ་འགྱུར་ཐད། གཞིས་ཀས་ཐེབས་པའི་ཤན་ཤུགས་དེ་དེ་བས་ཆེ་བར་མཐོང་། རྒྱུ་མཚན་ནི་གཏམ་བརྗོད་ཟློས་གར་ཐུང་གྲས་དང་དགོད་བྲོའི་གཏམ་སྙིང་གི་ཁྱད་ཆོས་གཙོ་བོ་ཞིག་ནི། ཁ་མཚར་དང་དགོད་བྲོའི་སྐད་ཆ་སོགས་ལ་བརྟེན་ནས་སྤྱི་ཚོགས་འཚོ་བའི་སྣང་ཚུལ་ཁག་གཅིག་གར་སྟེགས་སུ་འདྲེན་རྒྱུ་དེ་ཡིན་པས། ཏག་ཏག་ཁོང་གི་དགོད་བྲོ་དང་ཁ་མཚར་ལ་མོས་པའི་ཐུན་མིན་གྱི་གཞིས་ཀ་དེ་དང་འཁྲབ་གཞུང་གསར་རྩོམ་གཉིས"བླ་མའི་ཐུགས་དང་དཔེ་ཆའི་ནང"ཞེས་པའི་ཁ་དཔེ་བཞིན་དུ་གཞིས་ཀ་དང་གསར་རྩོམ་གཉིས་ཏག་ཏག་ཆུ་དང་འོ་མ་འདྲེས་པ་ལྟར་གྱུར་ཡོད། དེ་ནི་ཁོང་གི་ཐུན་མིན་གྱི་གཞིས་ཀས་གསར་རྩོམ་འཕེལ་འགྱུར་ཐད་ཤན་ཤུགས་ངེས་ཅན་ཞིག་ཐེབས་མེད་དམ་སྙམ་པ་ཙམ་ལས། ཁ་མཚར་དགོད་བྲོའི་གཞིས་ཀ་ལྡན་པ་ཙམ་གྱིས་འཁྲབ་གཞུང་རྩོམ་ཐུབ་པའི་དོན་ནི་མ་ཡིན་ནོ།

མདོར་ན། ཕྱུན་ཚོགས་བཀྲ་ཤིས་ཀྱི་མི་ལོ་བཞི་ཅུ་ལ་ཉེ་བའི་གསར་རྩོམ་གྱི་བརྒྱུད་རིམ་དེར། འཕེལ་འགྱུར་གྱི་དུས་རིམ་གསུམ་དུ་ཕྱེ་བ་ནི། རྩོམ་ལུས་ཀྱི་ཆ་ནས། ཐོག་མར་བརྩམས་སྒྲུང་གསར་རྩོམ་གྱི་དུས་རིམ་དང་། བར་དུ་འཁྲབ་གཞུང་གསར་རྩོམ་གྱི་དུས་རིམ། དེ་ནས་རིམ་བཞིན་ལྷུག་རྩོམ་གསར་རྩོམ་གྱི་དུས་རིམ་བཅས་ཡིན། དེ་ལྟར་དབྱེ་བའི་རྒྱུ་མཚན་ནི། དུས་མཚམས་ཤིག་གི་ནང་དུ། གཙོ་ཆེར་རྩོམ་ལུས་དང་མཚོན་ཐབས་མི་གཅིག་པ། གསར་རྩོམ་གྱི་ཡིག་རིགས་མི་འདྲ་བ་བཅས་ལ་གཞི་བཙོལ་བ་ཡིན་ལ། ཕྱོགས་གཞན་ཞིག་ནས་དུས་མཚམས་གང་དེའི་ནང་དུ་རྩོམ་ལུས་ག་གེ་མོ་ཞིག་གི་གྲུབ་འབྲས་དེ་ལྟོས་བཅས་ཀྱིས་རྩོམ་ལུས་གཞན་ལས་མངོན་གསལ་དོད་པ་དང་། གློག་པ་པོའི་ཁྲོད་དུ་བག་ཆགས་ཆེ་བ། དུས་སྐབས་དེའི་ཁྲོད་ཀྱི་བོད་ཀྱི་རྩོམ་རིག་ལ་ཤུགས་རྐྱེན་གང་འཚམས་ལྡན་མིན་བཅས་ལའང་གཞི་བཙོལ་བ་ལས། མཐའ་གཅིག་ཏུ་དུས་རིམ་གསུམ་དུ་ཕྱེ་བའི་དུས་མཚམས་སོ་སོའི་ནང་རྩོམ་ལུས་དེ་ག་ཉིད་ཀྱི་ལམ་ནས་གསར་རྩོམ་བྱས་པ་ཞིག་ཏུ་གོ་མི་རིགས་སོ།།

ལེའུ་གཉིས་པ། བརྩམས་ཆོས་དབྱེ་ཞིབ་ཀྱི་ལམ་ནས་བསམ་བློ་དང་སྒྱུ་རྩལ་གྱི་ཁྱད་ཆོས་སྟོག་འདོན།

ཕུན་ཚོགས་བཀྲ་ཤིས་ཀྱིས་མིག་སྔའི་བར་དཔར་དུ་བསྐྲུན་ཟིན་པའི་བརྩམས་ཆོས་དག་ངོ་སྤྲོད་རགས་ཙམ་ཞིག་བགྱིད་པ་ལ། སྤྱི་ལོ་༡༩༩༧ལོར་པར་བསྐྲུན་བྱས་པའི་བརྩམས་སྒྲུང་ཕྱོགས་བསྒྲིགས《སྲིད་ཆོས་དང་མོའི་ཕྲུ་གུ་ལྷའི་ཕ་རྣམས》དང་། སྤྱི་ལོ་༡༩༩༩ལོར་པར་བསྐྲུན་བྱས་པའི་འཕྲབ་གཞུང《འཕྲབ་གཞུང་འཛུམ་ཤོར་དོན་ལྡན》 དེ་བཞིན་སྤྱི་ལོ་༢༠༠༨ལོར་པར་བསྐྲུན་བྱས་པའི་འཕྲབ་གཞུང《འཕྲབ་གཞུང་བཞད་གད་ཧ་ཧ་ཧ》 སྤྱི་ལོ་༢༠༠༥ལོར་པར་བསྐྲུན་བྱས་པའི་ལྷུག་རྩོམ་ཕྱོགས་བསྒྲིགས《ཁྲིམ་པ་བའི་བོད་ལྗོངས》(རྒྱ་ཡིག་) སྤྱི་ལོ་༢༠༡༠ལོར་པར་བསྐྲུན་བྱས་པའི་ལྷུག་རྩོམ་ཕྱོགས་བསྒྲིགས《བོད་ཡུལ་གྱི་གནའ་གཏམ》སྤྱི་ལོ་༢༠༡༡ལོར་པར་བསྐྲུན་བྱས་པའི་མི་སྣའི་རྟོགས་བརྗོད《གངས་ལྗོངས་རིག་རྩལ་གྱི་བདག་ཉིད། ཐུབ་བསྟན་གྱི་སྒྱུ་རྩལ་ལམ་བུ》(དེབ་འདི་བོད་རྒྱ་ཡིག་རིགས་གཉིས་ཅན་ཞིག་ཡིན་ཞིང་རྒྱ་ཡིག་ཏུ《藏地追梦人——土登的传奇人生》) ད་དུང་ཁོང་གི་བརྩམས་ཆོས་གསར་ཤོས། སྤྱི་ལོ་༢༠༡༨ལོར་པར་བསྐྲུན་བྱས་པའི་རིག་གནས་ལྷུག་རྩོམ《ཇོ་མོ་གླང་མའི་འདབས་རོལ་དུ། ཤུལ་འཚོལ》བཅས་ཡོད་པ། ལེའུ་འདིའི་ནང་དུ་བརྩམས་ཆོས་དེ་དག་གཞིར་གཞག་རྩོམ་ལུས་ཀྱི་དབྱེ་བ་ལྟར་ས་བཅད་དུ་བྱས་ནས་བརྗོད་བྱའི་ནང་དོན་དང་སྒྱུ་རྩལ་གྱི་མཚོན་ཐབས་སོགས་ནས་དཔྱད་པར་བྱ།

ས་བཅད་དང་པོ། ཕུན་ཚོགས་བཀྲ་ཤིས་ཀྱི་བརྩམས་སྒྲུང་བཤད་པ།

ས་བཅད་འདིའི་ནང་དུ་རྩོམ་པ་པོ་ཕུན་ཚོགས་བཀྲ་ཤིས་ཀྱི་བརྩམས་སྒྲུང་སྤྱིའི་བསམ་བློའི་ནང་དོན་དང་སྒྱུ་རྩལ་མཚོན་ཐབས། དེ་བཞིན་མི་སྣའི་སྣང་བརྙན་བཅས་ལ་རང་བློས་དཔོག་ཚོད་ཀྱིས་དཔྱད་པ་རེ་བྱ་ཕྱིར། སྤྱི་ལོ་༡༨༨༧ལོར་པར་བསྐྲུན་བྱས་པའི་བརྩམས་སྒྲུང་བདམས་བཏུས《སྲིད་ཆོས་དང་མོའི་ཕྲུ་གུའི་ལྷའི་ཕ་རྣམས་》ཞེས་པ་དཀྱུས་སུ་བཟུང་ཐོག་སྐབས་བབ་ཀྱི་བརྗོད་དོན་དང་འབྲེལ་བའི་འཕྲུས་ཚབ་རང་བཞིན་གྱི་བརྩམས་སྒྲུང་འགའ་ཞིག་དཔེ་མཚོན་དུ་དྲངས་ནས་གླེང་བར་བྱའོ། །

དང་པོ། བརྩམས་སྒྲུང་གི་ནང་དོན་སྐོར་ལ་དཔྱད་པ།

བརྩམས་སྒྲུང་ཙམ་མ་ཟད་རྩོམ་ལུས་ཀྱི་རྣམ་པ་མི་གཅིག་པའི་རྩོམ་རིག་བརྩམས་ཆོས་ཡོད་དོ་ཅོག་དང་། ཐ་ན་སྒྱུ་རྩལ་གྱི་བརྩམས་ཆོས་ཡོད་ཚད་ཀྱི་གྲུབ་ཆ་གཙོ་བོ་ཞིག་གམ་གང་དེའི་བླ་སྲོག་ལྟ་བུར་གྱུར་བ་ནི། བརྗོད་བྱའི་ནང་དོན་གྱི་ཆ་དེ་ཡིན་པས། བརྩམས་ཆོས་ཤིག་གི་རིན་ཐང་ལ་དཔྱད་པ་བྱེད་སྐབས། དང་ཐོག་མར་བརྗོད་བྱའི་ནང་དོན་ནམ་བསམ་བློའི་རིན་ཐང་གི་གནད་དེ་ལ་ངེས་ཤེས་རྙེད་པ་བྱ་རྒྱུ་དེ་གལ་འགངས་ཆེ། རྩོམ་པ་པོ་ཞིག་གི་ངོས་ཐད་ནས་བརྗོད་ནའང་བརྩམས་ཆོས་ཀྱི་བརྗོད་སྙིང་དེ། དུས་རབས་ཀྱི་གོམ་འགྲོས་དང་བསྟུན་དགོས་པ་མ་ཟད། དུས་སྐབས་སོ་སོའི་སྤྱི་ཚོགས་ཀྱི་གཙོ་རྒྱུག་འདུ་ཤེས་འཛིན་སྟངས་ཤིག་དམ་དུ་བཟུང་ནས། བརྗོད་བྱའི་ནང་དོན་ཐད་སྤྱི་ཚོགས་ཀྱི་ལམ་ལུགས་དང་རྣམ་པ། མིའི་བསམ་སྤྱོར་སོགས་ལ་བདེན་དགེ་མཛེས་གསུམ་གྱི་ཁྱད་ཡོན་མངའ་བ་སོགས་ལ་ཡར་ཐོན་སྐུལ་འདེད་ཀྱི་ནུས་པ་ཐོན་པ་ཞིག་ངེས་པར་དགོས། སྤྱིར་ཕུན་ཚོགས་བཀྲ་ཤིས་ཀྱི་བརྩམས་སྒྲུང་གི་བརྗོད་བྱའི་ནང་དོན་རྒྱ་ཆེ་ལ་གཏིང་ཟབ་པ། ཕུན་སུམ་ཚོགས་ཤིང་འཚོ་བ་དངོས་དང་ཐག

ཉེ་བ་སོགས་ཀྱི་ཁྱད་ཡོན་ཧ་ཅང་ཆེ་བ་ཞིག་ལྡན་ཡོད་ཅིང་། དེ་དག་དཔྱད་པ་བྱེད་སྐབས་ངེས་པར་དུ་ཁོང་དང་ཁོང་གི་བརྩམས་ཆོས་དག གསར་རྩོམ་གྱི་དུས་སྐབས་དེའི་སྤྱི་ཚོགས་དང་རྩོམ་རིག་གི་རྒྱབ་ལྗོངས་ནང་དུ་བཅུག་ནས། དཔྱད་གླེང་དང་སྒྲུང་རོལ་བྱས་ཆོ། གང་དེའི་ཁྱད་ཡོན་དང་རིན་ཐང་རྣམས་རྟོགས་ཤིང་གོ་བདེ་བ་ཞིག་ཡོང་ངེས།

གཅིག མི་རབས་གཉིས་ཀྱི་བསམ་བློའི་འགལ་འདུ་ལས་མཆེད་པའི་བསམ་གཞིག

འགལ་འབྲེལ་ནི་སྤྱི་ཚོགས་འཕེལ་རྒྱས་ཁྲོད་དུ་ནམ་ཡང་འགྱུར་བ་མེད་པའི་ཆོས་ཉིད་ཅིག་ཏུ་གྲུབ་ཡོད་ཅིང་། ཆེ་ས་ནས་མི་དང་རང་བྱུང་ཁམས་ཀྱི་འགལ་འབྲེལ་དང་། རྒྱལ་ཁབ་དང་མི་རིགས་བར་དུ་ཆོས་ལུགས་ཀྱི་དད་པ་མི་གཅིག་པ། ཡུལ་གོམས་གཤིས་ལུགས་མི་མཐུན་པ། སྤྱི་ཚོགས་ལམ་ལུགས་མི་གཅིག་པ་སོགས་ལས་བྱུང་བའི་འགལ་འབྲེལ་སྣ་ཚོགས་ཤིག་བྱུང་དང་འབྱུང་གིན་ཡོད་ལ། ཆུང་ས་ནས་མི་རིགས་གཅིག་དང་ཡུལ་སྡེ་གཅིག ཐ་ན་ཁྱིམ་ཚང་གཅིག་གི་ནང་དུའང་མི་རབས་གསར་རྙིང་བར་དུ་བསམ་བློའི་འདུ་ཤེས་འཛིན་སྟངས་དང་། རིན་ཐང་ལྟ་བའི་བཙི་ལུགས་ཐད་འགལ་བ་ཧ་ཅང་ཆེ་བ་ཞིག་ཡོང་གིན་ཡོད།

རྩོམ་པ་པོ་ཕུན་ཚོགས་བཀྲ་ཤིས་ཀྱིས་ལོ་རབས་བརྒྱད་ཅུའི་སྨད་ནས་ལོ་རབས་དགུ་བཅུའི་དཀྱིལ་ཙམ་གྱི་བོད་ཀྱི་སྤྱི་ཚོགས་འཚོ་བའི་ཁྲོད་དུ། མི་རབས་གསར་རྙིང་བར་དུ་ཐོན་པའི་བསམ་བློ་དང་རིག་གནས་ཀྱི་འགལ་བའི་སྣང་ཚུལ་ཞིག་བརྩམས་སྒྲུང་གི་སྒྱུ་རྩལ་ལམ་ནས་མཚོན་ཡོད་དེ། དེའི་འཐུས་ཚབ་རང་བཞིན་དུ་གྱུར་བ་ནི། སྤྱི་ལོ་༡༩༩༢ལོར་བརྩམས་པའི་《སྣ་རས་སྦྲ་ནའི་སྐྱོ་གླུ་ལྷང་ལྷང་》ཡིན་ཞིང་། དེ་ཡང་བརྩམས་ཆོས་དེ་གསར་རྩོམ་བྱེད་པའི་རིག་གནས་ཀྱི་རྒྱབ་ལྗོངས་དང་སྤྱི་ཚོགས་ཀྱི་རྒྱབ་ལྗོངས་རགས་ཙམ་ཞིག་བརྗོད་ཆོ། ཐོག་མར་རང་ཅག་མགོ་ནག་བོད་པ་ཚོ་ནི་དུས་ཡུན་རིང་པོ་ཞིག་སྲོལ་རྒྱུན་རིག་གནས་ཀྱི་ཁ་དབུགས་ཁྲོད་དུ་འཚོ་ཞིང་གནས་པ་ལས། ཕྱི་རོལ་ཡུལ་གྱི་རིག་གནས་དང་དེ་ལས་བསྐྲུན་པའི་ལྟ་བ་དང་གོམས་སྲོལ་གསར་པ་སོགས་ལ་དེ་ཙམ་གྱིས་རྒྱུས་མངའ་དང་འབྲེལ་འདྲིས་མེད། དེས་ན་ཁོར་ཡུག་དང་རིག་གནས་གང་འདྲ་ཞིག་གི་ནང་དུ་འཚོ་ཞིང་གནས་པའི་མི་རྣམས་ལ་

དེ་མཐུན་གྱི་བསམས་བློ་དང་ལྟ་བ། གཤིས་ཀ་དང་གོམས་སྲོལ་རེ་གྲུབ་ངེས་ཡིན། བོད་ཀྱི་མི་རབས་སྔ་མ་ཚོའི་བསམ་བློ་དང་ལྟ་བའི་ཐད་ལྟོས་བཅས་ཀྱི་སྙིང་ཞེན་དང་བག་འཁུམས་ཀྱི་ཆ་ཞིག་མཚོན་པ་དེ་དང་། དུས་རབས་འཕོ་འགྱུར་གྱི་ཚ་རླབས་ཁྲོད་དུ་འཚར་ལོངས་བྱུང་ཞིང་། མི་རིགས་སྨྲ་ཚོགས་ཀྱི་རིག་གནས་དང་ལྟ་བ་གོམས་སྲོལ་སོགས་ལྷན་ཅིག་ཏུ་འདྲེས་པའི་སྤྱི་ཚོགས་གསར་པའི་ཁོར་ཡུག་ནང་འཚོ་བའི་བོད་ཀྱི་མི་རབས་གསར་པའི་བར་དུ་སྟོན་ཆད་བྱུང་མྱོང་མེད་པའི་བསམ་བློའི་བར་གྱི་འགལ་བ་ཞིག་རང་བཞིན་དུ་གྲུབ།

སྤྱི་ཚོགས་འཕོ་འགྱུར་གྱི་རྒྱུན་ལྡོངས་ནས་བལྟས་ཀྱང་རང་ཅག་བོད་པ་ཙམ་མ་ཟད་མེས་རྒྱལ་ནང་ཁུལ་དུའང་དུས་སྐབས་ཤིག་གི་རིང་རྒྱལ་ཁབ་ཀྱི་སྒོ་མོ་དམ་དུ་བརྒྱབ་པས། ཕྱིའི་འཛིག་རྟེན་གྱི་རྣམ་པ་མཐོང་རྒྱུ་མེད་པར་མི་རྣམས་ཀྱི་མཐོང་ཐོས་ཡོད་ཚད་རྣམ་པ་གཅིག་ཏུ་གནས་ཤིང་། མདོར་ན་བཀག་འདོམས་དང་འཆིང་རྒྱ་ཤིན་ཏུ་དམ་པོར་གནས། ཏང་གི་སྐབས་བཅུ་གཅིག་པའི་ཀྲུང་ཨུ་ཚང་འཛོམས་གྲོས་ཚོགས་ཐེངས་གསུམ་པ་ཚོགས་རྗེས་སྤྱི་ཚོགས་ཁྲོན་ཡོངས་ལ་སྲིད་ཇུས་ལྷུག་གཏོང་དང་། ཡུན་རིང་དམ་དུ་བརྒྱབ་པའི་སྒོ་མོ་དེ་ཕྱི་ཕྱོགས་ལ་དབྱེ་བས། རིག་གནས་དང་ལྟ་བ། བསམ་བློ་དང་གོམས་སྲོལ་གསར་པ་སྣ་ཚོགས་ཤིག་ཆར་རྗེས་ཀྱི་ཤ་མོ་བཟློལ་བ་བཞིན་དུ་སྤྱི་ཚོགས་ཀྱི་གྲུ་ཟུར་ཡོངས་ལ་ཁྱབ།

དུས་སྐབས་དེ་འདྲའི་ཁྲོད་དུ་མི་རབས་སྔ་མ་ཚོའི་བསམ་བློར་དུས་མཐུན་གྱི་བཅིངས་འགྲོལ་མ་ཐུབ་པར། སྔར་བཞིན་སྲོལ་རྒྱུན་གྱི་བསམ་བློའི་ཚད་གཞི་ཞིག་གིས་མི་རབས་ཕྱི་མ་ཚོའི་བསམ་སྤྱོར་ལ་ཚད་འཛིན་དང་གདེང་འཛོག་བྱེད་སྐབས། བོད་ཀྱི་སྤྱི་ཚོགས་ཁྲོད་དུ་དུས་རབས་འཕོ་འགྱུར་གྱིས་བསྐྲུན་པའི་འགལ་བ་སྟེ། མི་རབས་གཉིས་ཀྱི་བསམ་བློ་དང་རིག་གནས་གསར་རྙིང་གི་འགལ་བ་ཞིག་གནས་ཡོད། ཕུན་ཚོགས་བཀྲ་ཤིས་ནི་ཏག་ཏག་དུས་སྐབས་དེ་འདྲའི་ཁྲོད་དུ། གསར་རྩོམ་གྱི་ལས་ལ་གཞོལ་བའི་རྩོམ་པ་པོ་ཞིག་ཡིན་པས་ཁོང་གིས་དུས་སྐབས་ཀྱི་ཁྱད་ཆོས་དམ་དུ་འཛིན་ཞིང་སྤྱི་ཚོགས་ཀྱི་འགན་འཁྲི་དང་དུ་བླངས

ནས་རང་ཉིད་ཀྱི་གསར་རྩོམ་གྱི་སྨྱུག་ཁ་དེ་དེའི་ཕྱོགས་སུ་བསྐྱུར་བ་རེད།

《སྔོ་རས་སྤྲ་རྭའི་སྐྱོ་གླུ་ལྷང་ལྷང་》གི་བརྗོད་གཞི་ནི་དུས་རབས་ཀྱི་རྗེས་སུ་ལུས་པའི་ཁྱིམ་ཚང་ཞིག་གི་ནང་དུ། རྙིང་ཞེན་བག་འཁུམས་དང་དོགས་འཆར་ཆེ་བའི་པདྨ་དབང་ལགས་ཀྱིས་འཛིག་རྟེན་ཕ་མ་ཞིག་གིས་རང་གི་བུ་ཕྲུག་ལ་བཅངས་པའི་བརྩེ་བ་དང་། སེམས་ཁྲལ་གྱི་ཁུར་པོ་ཞིག་སེམས་ཀྱི་ཟབ་ས་རུ་བཏུག་ནས། རང་ཉིད་ཀྱི་བུ་མོ་བཞི་པོ་རྣམས་སྐྱོན་བྲལ་དང་འཚར་ལོངས་ཡོང་རྒྱུ་དང་། སྡུག་བསྔལ་གྱི་འདམ་དུ་མི་ལྷུང་བའི་སེམས་ཀྱི་ཀུན་སློང་རྣམ་དག་ཅིག་འཆང་གིན་ཡོད་པ་ནི། འཇིག་རྟེན་ཕ་མ་ཕལ་མོ་ཆེའི་བརྩེ་བ་མངོན་ཚུལ་ཞིག་ཡིན། དོན་དུ་སེམས་ཁོངས་ནས་རང་འདོད་ཀྱི་འཚོ་བ་དང་བརྩེ་དུང་ལ་རེ་བའི་མེ་ལྕེ་ལམ་ལམ་དུ་འབར་ཡང་། ཁ་ནས་ཚིག་གི་དུ་བ་ཙམ་ཡང་འདོན་མི་ནུས་པར་ལུས་ཤིང་། འཛིག་རྟེན་མཐུན་འཇུག་གི་བྱ་བར་འཇུག་རན་ཐག་ཆོད་པའི་བུ་མོ་ཚོའི་དོན་དག་ཆེ་ཆུང་ཡོད་ཚད་ལ། པདྨ་ལགས་ཀྱིས་རང་ཉིད་ཀྱི་བསམ་བློ་དང་རིན་ཐང་གི་ལྟ་ཚུལ་ཞིག་གིས་ཚད་དུ་འཛིན་ནས་བཀོད་སྒྲིག་བྱེད་པ་ལས། བུ་མོ་སོ་སོའི་འདུན་པ་དང་དགའ་མོས་སོགས་ལ་ཙ་བ་ནས་བསྟུན་གྱི་མེད། དོན་དངོས་ཐོག་པདྨ་དབང་ལགས་ཀྱི་རྙིང་ཞེན་གྱི་བསམ་བློ་ལས་སྐྱེས་པའི་བྱམས་བརྩེ་དེས་རང་ཉིད་ཀྱི་བུ་མོ་རྣམས་སྡུག་ལ་སྦྱར་ཡོད། མི་ལོ་སུམ་ཅུ་སོ་བདུན་ལ་སླེབས་པའི་"བསོད་ནམས་བུ་ཁྲིད་ཀྱིས་ཀྱང་མོའི་གཙུང་པོར་སེམས་གཏིང་ནས་དགའ་ཡི་ཡོད"ཀྱང་"ཉིན་ཞིག་བློ་ཆོས་ཀྱི་ཨ་མས་དངོས་སུ་སློང་ཆང་ལ་ཕེབས་སྐབས་བསོད་ནམས་བུ་ཁྲིད་ནས་རེ་བ་གང་ཙམ་བཅངས་ཀྱང་པདྨ་ལགས་ཀྱིས་གང་ལྟར་རང་གི་བསམ་ཡུལ་ལས་མ་འདས་པར་བུ་མོ་ཚོའི་འགྲོ་སྟངས་ངས་ཆེ་ཆུང་རིམ་པས་བཟོ་རྩིས་ཡོད་ཟེ་ཁྱི་མིར་ལན་སློག་པའི་སྐད་ཆ་རྙིང་པ་དེ་རང་གསུངས་ནས་ཞལ་བཞེས་མ་གནང"①འོན་ཏེ་པདྨ་དབང་ལགས་ཀྱི་དགོངས་ཚུལ་ལྟར་ན། "ངས་ད་བར་དུ་ཁྱོད་ཚོར་བསླབ་འདོམས་ནན་

---

① ཕུན་ཚོགས་བཀྲ་ཤིས། 《སྲིད་ཆོས་དང་མོའི་ཕྲུ་གུ་ལྔའི་ཕ་རྣམས་》བོད་ལྗོངས་མི་དམངས་དཔེ་སྐྲུན་ཁང་། སྤྱི་ལོ་༡༩༩༧ ཤ ༢༧༨

ཪ་བྱས་པ་དང་། འཕྲོ་བརླག་ཤོར་དོགས་ཀྱིས་རེ་བ་ནན་པོ་བྱས་པ་ཡིན། འོན་ཀྱང་དངས་ནམ་རྒྱུན་ནས་ཁྱོད་ཚོའི་མི་ཚེའི་འགྲོ་སྟངས་ལ་སེམས་ཁུར་མ་བྱས་པ་མིན་”①ཞེས་རང་གི་བུ་མོར་ཕྱིས་འབྱུང་སྡུག་བསྔལ་མི་ཡོང་བ་དང་ལུགས་མཐུན་གྱི་མི་ཚེ་ཞིག་སྐྱེལ་རྒྱུ་ཡོང་བའི་ཆེད་དུ་ཡིན་པ་ལས། རང་ཉིད་ཀྱི་བུ་མོའི་དགའ་མོས་དང་སེམས་འདུན་མཐའ་དག་འབུར་བཙོམ་བཏང་ནས་སྡུག་ལ་སྦྱར་བ་ཞིག་གཏན་ནས་བརྩི་ཡི་མེད།

དོན་དུ་དེ་ནི་པདྨ་ལྷ་དབང་ལགས་ཀྱི་ནོར་འཁྲུལ་ཙམ་ཞིག་མ་ཡིན་པར། དེ་ནི་དུས་རབས་མི་གཅིག་པའི་ཁོར་ཡུག་ནང་འཚར་ལོངས་བྱུང་བའི་མི་རབས་གཉིས་ཀྱི་བསམ་བློའི་འགལ་འདུས་བསྐྲུན་པའི་ནོར་འཁྲུལ་ཞིག་རེད་ལ། མི་རིགས་གཅིག་གི་སྲོལ་རྒྱུན་གྱི་ལྟ་བ་རྙིང་པའི་བསམ་བློའི་འཆིང་རྒྱས་མི་གཤིས་ལ་བཅིངས་འགྲོལ་གཏོང་མི་ཐུབ་པའི་ནོར་འཁྲུལ་ཞིག་ཀྱང་ཡིན་པར་སེམས། མི་རབས་གསར་རྙིང་བར་གྱི་བསམ་བློའི་འགལ་བ་ཟེར་བ་དེ་ཡུལ་དུས་ལ་ལྟོས་པའི་འགལ་བ་ཞིག་ཡིན་པ་ལས། ལྟོས་མེད་ཀྱི་འགལ་བ་ཞིག་མ་ཡིན། གང་ལགས་ཤེ་ན། བརྩམས་སྒྲུང་འདིའི་ནང་དུ་ཐོན་པའི་འགལ་བ་ཡང་པདྨ་ལྷ་དབང་ལགས་དང་བུ་མོ་ཚོའི་བར་གྱི་བསམ་བློའི་འགལ་བ་ཙམ་ཞིག་མིན་པར། ད་དུང་ལྷ་དབང་ལགས་དང་ཁོང་གི་ཕ་དམ་པ་དེའི་བར་གྱི་བསམ་བློའི་འགལ་བ་ཞིག་ཀྱང་གྲུབ་ཡོད་དེ། “པདྨ་ལྷ་དབང་ལགས་ཀྱི་ཁྱིམ་དེ་སྔོ་བོ་དང་པ་ཕའི་དུས་ཀྱི་མི་རབས་གཉིས་རིང་ལ་འཚོམ་བཟོ་བའི་ཁྱིམ་ཚང་ཡིན་ཞིང་། ཚང་མར་སྔོ་རས་སྤྲ་རྭའི་དབུ་ཆེན་ཞེས་པའི་མཚན་ཡོད་”②དེ། ལྷ་དབང་ལགས་ཀྱི་ཕས་ཀྱང་རང་གི་ལག་ཤེས་རྒྱུན་འཛིན་དང་ཁྱིམ་ཚང་གི་མཚན་སྙན་སྲུང་ཕྱིར་རང་གི་བུ་ལྷ་དབང་ལགས་ལ་འཚོམ་བུ་བསླབ་ཏུ་བཅུག་ཅིང་། སྐབས་དེ་དུས་ལྷ་དབང་ལགས་ཀྱི་འཚོམ་བུ་ཡག་པོ་མི་ཤེས་དུས་ཕས་ལྷ་དབང་ལགས་ལ་“བསོད་སྐམ་པ་ཁྱོད་

① ཕུན་ཚོགས་བཀྲ་ཤིས། 《སྲིད་ཆོས་དང་མོའི་ཕྲུ་གུ་ལྔའི་ཕ་རྣམས་》 བོད་ལྗོངས་མི་དམངས་དཔེ་སྐྲུན་ཁང་། སྤྱི་ལོ་༡༩༩༧ ཤ་༣༧༣

② ཕུན་ཚོགས་བཀྲ་ཤིས། 《སྲིད་ཆོས་དང་མོའི་ཕྲུ་གུ་ལྔའི་ཕ་རྣམས་》 བོད་ལྗོངས་མི་དམངས་དཔེ་སྐྲུན་ཁང་། སྤྱི་ལོ་༡༩༩༧ ཤ་༢༢༨

ཀྱི་དུས་ལ་ང་ཚོའི་མི་ཚང་ཉམས་པ་"①ཞེས་གཤེ་གཤེ་ཚད་མེད་བཏང་ཡང་། འདི་ཡང་གོང་དུ་པུ་ལྷ་དབང་ལགས་རང་ཉིད་ཀྱིས་བུ་མོ་ཚོར་བསམ་པ་དང་གནང་བ་ནང་བཞིན། ལྷ་དབང་ལགས་ཀྱི་ཕའི་དགོངས་པར་རང་གི་ཕྲུ་གུར་ཕ་མེས་ཀྱི་ལག་ཤེས་དེ་འཛུགས་ན་བསམ་པ་དང་། ཕ་མེས་ཀྱི་མཚན་སྙན་མ་ཉམས་གོང་འཕེལ་དང་ཉམས་པ་སོར་ཆུད་ཡོང་བའི་བསམ་པའི་ཀུན་སློང་བཟང་པོ་དེ་ཡིན་ནའང་། དོན་དུ་ལྷ་དབང་ལགས་ཀྱི་དགའ་མོས་དང་བསམ་བློར་རྩ་བ་ནས་བསྟུན་མེད་པ་ནི་"ལྷ་དབང་ལགས་ཀྱི་སེམས་ནང་ཉིན་མཚན་ཀུན་ཏུ་བསམས་པ་ནི་དྲིལ་པའི་སྙིད་སྣང་དང་། རྣ་བར་ཐོས་ཡས་ནི་དྲིལ་གྱི་ཨེར་ཁའི་སིང་སྒྲ་རེད་"②ཅེས་པ་ལྟར་ཕའི་བསམ་བློའི་ཚད་ཐིག་ཅིག་གིས་བུའི་མ་འོངས་པའི་ལས་དབང་ཐག་གཅོད་བྱེད་འདོད་ཀྱང་། བུ་ལ་རང་གི་དགའ་མོས་དང་མཐུན་པའི་དམིགས་པ་རེ་ཡོད་པས། ལྷ་དབང་ལགས་ཀྱིས་ཕའི་བཀའ་ལས་འགལ་ཏེ། རང་གི་དགའ་མོས་དང་མཐུན་པའི་འཚོ་བ་ཞིག་བསྐྱལ་ཡང་། ཕ་འདས་ཁར་ལྷ་དབང་ལ་མཐའ་མར་བཤད་པའི་སྐད་ཆ（ཁྱོད་ཀྱིས་ངའི་ཁ་ལ་ཉན་མ་བྱུང་⋯）དེ་ཁོའི་མི་ཚེ་གཅིག་གི་གནོང་འགྱོད་དང་སེམས་ཀྱི་བུ་ལོན་ཞིག་ཏུ་གྱུར། པུ་ལྷ་དབང་ལགས་ཀྱིས་རང་ཉིད་ཀྱི་སེམས་ཁོང་གི་གནོང་འགྱོད་དང་སེམས་ཀྱི་བུ་ལོན་དེར། ཡང་དག་པའི་"འགྱོད་བཤགས་"ཤིག་བྱ་ཕྱིར་རང་ཉིད་ཆུང་དུས་ནས་འདོད་ཀྱི་འཚོ་བར་བཙོན་ལེན་བྱེད་པའི་བསམ་སྒྱུར་དེ། ཕ་མར་བཅི་བཀུར་མེད་པའི་མ་རབས་ཀྱི་བྱ་སྤྱོད་ཅིག་ཡིན་པར་ངོས་འཛིན་བྱས་རྗེན་རིམ་བཞིན་སེམས་བུན་དེ་"ནད་སྙིང་ཞིག་"ཏུ་གྱུར་ནས་བུ་མོ་ཚོ་སྡུག་བསྔལ་གྱི་འདམ་རྫབ་ཏུ་ལྷུང་དུ་བཙུག་པའི་སྐྱོ་གར་ཞིག་འགོ་བརྩམས། "འདི་ནི་པུ་ལྷ་དབང་ལགས་སྙིང་ཞེན་ཆེ་ཞིང་བག་འཁུམས་པ་ཞིག་ཡིན་པ་ལས་བྱུང་བའི་འབྲས་བུ་ཞིག་རེད་ཅེས་བརྗོད་ན་མི་འགྲིག་པ་མེད། ངས་བལྟས་ན་འདི་པུ་

---

① ཕུན་ཚོགས་བཀྲ་ཤིས། 《སྲིད་ཆོས་དང་མོའི་ཕྲུ་གུ་ལྔའི་ཕ་རྣམས་》བོད་ལྗོངས་མི་དམངས་དཔེ་སྐྲུན་ཁང་། ཕྱི་ལོ་༡༩༩༧ ཤ་༢༨༧

② ཕུན་ཚོགས་བཀྲ་ཤིས། 《སྲིད་ཆོས་དང་མོའི་ཕྲུ་གུ་ལྔའི་ཕ་རྣམས་》བོད་ལྗོངས་མི་དམངས་དཔེ་སྐྲུན་ཁང་། ཕྱི་ལོ་༡༩༩༧ ཤ་༢༨༧

ལྷ་དབང་ལགས་ལ་རང་གིས་ཕའི་བཀའ་བཅག་པའི་སེམས་ཀྱི་བུ་ལོན་འཇལ་ཐབས་མེད་པ་ཞིག་ཟུག་པའི་ཕོག་ཐུག་ལས་བྱུང་བའི་བསམ་བློ་ནད་ཅན་ཞིག་ལས་བསྐྱེད་པ་རེད་”①ཅེས་གསུངས་པ་ལྟར། མདོར་ན《སྣོ་རས་སྤྱ་རའི་སྐྱོ་གླུ་ལྷང་ལྷང་》དུ་ཤོར་དོན་ནི་ཁྱིམ་ཚང་གཅིག་གི་ནང་དུ་མི་རབས་གཉིས་ཀྱི་བསམ་བློ་དང་ལྟ་བར་རྒྱང་ཁྱད་ཆེ་བས་ཡིན་ཏེ། མི་རབས་སྔ་མའི་འཐུས་ཚབ་ཏུ་གྱུར་པའི་པ་ལྷ་དབང་ལགས་ནི་“རྒྱུན་སྲོལ་རིག་གནས་ཀྱི་ཤུགས་ལྕགས་མཐུག་པོས་བཏུམས་པའི་མི་ཞིག་ཡིན་ལ། སྤྱི་ཚོགས་ལས་འགྲུལ་དུ་མའི་ཐ་སྙོང་བཤགས་ཡོད་པ་དང་། ལམ་བུ་ཀྱག་ཀྱོག་དུ་མ་བརྒྱུད་སྦྱོང་བས་སྙིང་ཞེན་བག་འཁུམས་དང་། རང་གཞན་ཀུན་ལ་དོགས་ཟོན་ཆེ་བ། གསར་ཐོན་གྱི་རིག་གནས་ལ་དང་ལེན་རྩ་བ་ནས་མི་བྱེད་པ་སྨོས་ཅི་དགོས་”②ཞེས་གསུངས་པ་ཇི་བཞིན་དུ་བསམ་བློ་སྙིང་པའི་འཆིང་རྒྱ་དང་བག་ཆགས་མཁྲེགས་བཟུང་བྱེད་པ་དེ་ནི་འགལ་བའི་ཕྱོགས་གཙོ་བོ་དེ་ཡིན་ལ། དེ་དང་ཁ་གཏད་དུ་ལངས་པའི་བསམ་བློ་ནི་“བསོད་ནམས་བུ་ཁྲིད་ཨ་ཕོ་ཚེ་དགའ་དང་ལྷན་དུ་ཁམས་སུ་ཕྱིན་པ་དེ་ནི་ཁྲི་འུ་ཐུག་ན་གྱང་ལ་མཆོངས་པའི་དཔེ་ལྟ་བུ་ཞིག་རེད་ལ་རང་དབང་ལ་ཞེན་པའི་དུས་རབས་ཀྱི་སྙིང་སྟོབས་”③དེ་རེད།

《སྣོ་རས་སྤྱ་རའི་སྐྱོ་གླུ་ལྷང་ལྷང་》གི་བརྗོད་གཞི་ནི་རྒྱ་ཆེ་ལ་གཏིང་ཟབ་པས་ད་དུང་དཔྱད་དགོས་པའི་གནད་མང་དུ་མཆིས་ནའང་། འདིར་དེ་ཙམ་གྱིས་འཐུས་པར་བྱེད་ལ། མཇུག་ཏུ་བརྩམས་སྒྲུང་ནང་གི་མི་སྣ་བུ་མོ་བསོད་ནམས་བུ་ཁྲིད་ཀྱི་སྐད་ཆ་ཞིག་གཡར་ནས་དེས། བརྩམས་སྒྲུང་འདིའི་བརྗོད་སྙིང་དང་། རྩོམ་པ་པོའི་དགོངས་གཞི་ངོ་མ་དེ་མཚོན་པར་བྱས་ན་“འདུས་པའི་མཐའ་མ་བྲལ་དགོས་ཡིན་པ་ཆོས་ཉིད་ཡིན་ཕྱིར་རང་རེའི་ཁྱིམ་ཚང་ནང་དུ་ཚང་མ་དུས་རྟག་ཏུ་མཉམ་ཅུབ་ཏུ་སྡོད་དགོས་པ་མིན་པ་དང་། སྡོད་ཐུབ་

① 《བོད་ཀྱི་རྩོམ་རིག་སྒྱུ་རྩལ་》སྤྱིའི་འདོན་ཐེངས༡༡༠ ཤ༢༦

② 《བོད་ཀྱི་རྩོམ་རིག་སྒྱུ་རྩལ་》སྤྱིའི་དོན་ཐེངས༨༥ ཤ༥༨

③ ནོར་བུ་བསམ་འཕེལ། 《པོ་ཏ་ལའི་ལམ་ཡིག་》མི་རིགས་དཔེ་སྐྲུན་ཁང་། ཤ༡༨༥

པའང་མིན་གཞིས་དེང་སྐབས་འཛིག་རྟེན་པའི་འགྲོ་ལུགས་བཞིན་དུ་རང་རང་གི་འཚོ་བའི་ལམ་བུ་སོ་སོས་གདམ་དགོས་པ་དང་། མི་གཞིས་ཀྱི་དགོས་མཁོ་དང་བསྟུན་ནས་སོ་སོའི་བྱ་སྤྱོད་ལ་རང་དབང་དགོས། ང་ཚོས་སྟོན་མའི་འདུ་ཤེས་འཛིན་སྟངས་ཀྱིས་དེང་རབས་ཀྱི་མིའི་ཀུན་སྤྱོད་ལ་ཚད་འཛིན་བྱ་མི་ཉན་ཞིང་། ཕྱི་དངོས་ཀྱི་སྤྱི་ཚོགས་དང་འཕྲེལ་གཏུགས་རྟོག་ཞིབ་མི་ཆད་པར་བགྱིས་ནས་དེང་སང་གི་བསམ་བློའི་འཛིན་ཕྱོགས་དང་སོ་སོའི་འདུ་ཤེས་མཉམ་གནས་ཡོང་བ་བྱེད་དགོས་"[①]ཞེས་པ་ལྟར་ཡིན་ནོ། །

གཉིས། བུད་མེད་ཀྱི་ཐོབ་ཐང་དང་ལས་དབང་ལ་དོ་ཁུར།

རྩོམ་རིག་གི་འབྱུང་ཁུངས་ནི་སྤྱི་ཚོགས་འཚོ་བ་དངོས་ཡིན་ལ་ཁ་ཕྱོགས་ས་དང་ནུས་པ་འདོན་སའང་སྤྱི་ཚོགས་འཚོ་བ་ལས་མ་འདས། སྤྱི་ཚོགས་འཚོ་བའི་སྙིང་པོའམ་ལྟེ་བར་གྱུར་པ་ནི་མི་ཉིད་ཡིན་པས་རྩོམ་རིག་གི་མཐར་གཏུགས་ཀྱི་བརྗོད་སྙིང་ནི་འགྲོ་བ་མི་ཉིད་ཡིན་ཞིང་། "མིའི་འགྲོ་འདུག་འཆག་གསུམ་གྱི་རྩོལ་བར་རྟེན་ནས་ལྟོ་གོས་གཏམ་གསུམ་གྱི་ལས་དབང་སྐྱོང་བཞིན་པའི་གང་ཟག་གི་ལུས་ངག་ཡིད་གསུམ་གྱི་རྣམ་འགྱུར་ཅི་རིགས་སུ་གྲུབ་པ་དག་སྟོན་པ་ལས་མ་འདས"[②]ཞེས་གསུངས་པ་ལྟར་དུ། མིའི་སེམས་ཀྱི་བདེ་སྡུག་དང་ལུས་ཀྱི་ཚོར་བ་སོགས་མདོར་ན་མིའི་འཚོ་གནས་ཀྱི་ལས་དབང་ལ་བསམ་གཞིག་དང་དོ་ཁུར་བྱ་རྒྱུ་ནི་རྩོམ་པ་པོ་ཞིག་གི་ཐུག་ཏུ་བབས་པའི་གཡོལ་མེད་ཀྱི་འགན་འཁྲི་ཞིག་ཡིན།

ཕྱིར་དུས་རབས་ཉི་ཤུ་པ་ནི་འགྲོ་བ་མིའི་རིགས་ཀྱི་བྱུང་འཕེལ་ལོ་རྒྱུས་ཐོག་ཏུ་འཕེལ་རྒྱས་མྱུར་ཤོས་ཀྱི་དུས་རབས་ཤིག་ཡིན་ལ། དེ་བས་དུས་རབས་དེའི་ལོ་རབས་བརྒྱད་ཅུ་དགུ་བཅུའི་ནང་འཛམ་གླིང་མི་རིགས་ཁག་གི་སྲིད་དཔལ་རིག་གསུམ་ལ་སྔར་བྱུང་མྱོང་མེད་

① ཕུན་ཚོགས་བཀྲ་ཤིས། 《སྲིད་ཆོས་དང་མོའི་ཕྲུ་གུ་ལྡིའི་པ་རྣམས་》བོད་ལྗོངས་མི་དམངས་དཔེ་སྐྲུན་ཁང་། སྤྱི་ལོ་༡༩༩༥ ཤ ༣༧༡

② 《བོད་ཀྱི་རྩོམ་རིག་སྒྱུ་རྩལ་》སྤྱིའི་འདོན་ཐེངས་༡༡༠ ཤ ༣༧

པའི་འཕེལ་རྒྱས་ཤིག་གིས། འཚོ་བའི་ཆུ་ཚད་དང་བསམ་བློའི་དགོས་མཁོ་སོགས་སྔར་བས་ཇེ་མཐོར་སོང་། འགྲོ་བ་མིའི་ཐོབ་ཐང་དང་མི་གཤིས་ལ་བརྩི་འཇོག ལྷག་དོན་ཕོ་མོ་འདྲ་མཉམ་སོགས་སྨྲ་བའི་དུས་རབས་ཀྱི་གྲུ་ཟུར་ཞིག་ན། མཐའ་བཞིའི་གངས་རི་སྔས་སུ་བྱས་ཤིང་ནམ་མཁའ་སྔོན་མོ་མལ་དུ་བྱས་ཤིང་། ལྗིད་འཇགས་གེར་འཚོ་ཞིང་གནས་པའི་མཐའ་ཡས་རྩྭ་ཐང་སྟེང་གི་བོད་ཀྱི་འབྲོག་པ་རྣམས་ལ་ཆ་མཚོན་ན། ད་དུང་སྔར་བཞིན་ལོ་རྡོ་སྟོང་གི་འཚོ་ལུགས་ཤིག་དང་བསམ་བློའི་འདུ་ཤེས་འཛིན་སྟངས་ཤིག་གི་འོག་ཏུ"ཕོ་མཆོག་མོ་དམན"དུ་ལྟ་ཞིང་། བུད་མེད་ཀྱི་ཐོབ་ཐང་ལ་བརྩི་མེད་རྫོག་པས་བཟློས་ནས། བུད་མེད་ཀྱི་ལས་དབང་ལ་ཀུ་རེ་བྱེད་པའི་འཚོ་བའི་རང་གཟུགས་རྣལ་མ་དེ། སྐད་ཆའི་སྒྱུ་རྩལ་ལམ་ནས་མཚོན་པར་བྱེད་པ་ནི་ཕུན་ཚོགས་བཀྲ་ཤིས་ཀྱི་བརྩམས་སྒྲུང་གི་བརྗོད་གཞི་ཆེ་བ་ཞིག་གི་གྲས་སུ་གཏོགས།

《སྤྲིད་ཆོས་དང་མོའི་ཕྲུ་གུའི་ལྡིའི་ཕ་རྣམས་》ནི་གོང་གི་བརྗོད་སྙིང་དེའི་འཕྲུས་ཚབ་རང་བཞིན་གྱི་བརྩམས་ཆོས་ཤིག་ཡིན་ཞིང་། དེ་ཡང་ཕུན་ཚོགས་བཀྲ་ཤིས་ལགས་ཀྱི་ལོ་༡༩༩༢ལོར་མངའ་རིས་སུ་ལོ་ཕྱེད་ཙམ་ཞིག་སྤྱི་ཚོགས་རིང་ལུགས་ཀྱི་སློབ་གསོའི་ལས་དོན་སྤེལ་བར་བསྐྱོད་ཅིང་། དེ་ནི་རྩོམ་པ་པོ་ཕུན་ཚོགས་བཀྲ་ཤིས་ལ་ཆ་མཚོན་ན་འཚོ་བར་ཉམས་ལེན་དང་རྟོག་ཞིབ་བྱེད་པའི་གོ་སྐབས་ཤིག་ཀྱང་ཡིན་ཏེ། ཁོང་གིས་གནས་དེ་གའི་འབྲོག་པ་མང་ཚོགས་ཀྱི་འཚོ་བ་དངོས་ལ་ཉམས་ཞིབ་དང་ཟབ་འཇུག་བྱས་མཐར། "སྤྲིད་ཆོས་དང་མོའི་ཕྲུ་གུ་ལྡིའི་ཕ་རྣམས་"ཞེས་པ་གསར་རྩོམ་གནང་བ་ཞིག་ཡིན།

ཕུན་ཚོགས་བཀྲ་ཤིས་ཀྱི་བརྩམས་སྒྲུང་བདམས་བཏུས་ཀྱི་སྔོན་འགྲོའི་གཏམ་དུ"《སྤྲིད་ཆོས་དང་མོའི་ཕྲུ་གུ་ལྡིའི་ཕ་རྣམས་》ཞེས་པའི་ནང་འབྲོག་ཁུལ་གྱི་བུད་མེད་སྤྲིད་ཆོས་ཀྱི་ལས་དབང་བཀོད་ཡོད། མཛེས་སྡུག་ལྡན་པའི་སྤྲིད་ཆོས་ནི་རྩྭ་ཐང་སྟེང་དུ་བཀྲ་བའི་རྒྱན་ཆ་ལྟར་རེད། མོས་བདེ་སྐྱིད་དང་ཡིད་དུ་འོང་བའི་བརྩེ་དུང་ལ་རེ་སྒུག་བྱེད་ཅིང་། དངོས་གནས་བྱས་ན་མོ་ལ་བདེ་སྐྱིད་ཀྱི་ཁྱིམ་ཚང་ཞིག་ཡོད་དགོས། འོན་ཀྱང་མོའི་ལས་དབང་ལ

ཕྲུ་གུ་ལྟ་བྱུང་བ་ལས་སྐྱིད་སྡུག་མཉམ་སྤྱོད་བྱེད་མཁན་གྱི་ཕྲུ་གུའི་ཕ་ཞིག་མ་བཀོད། ཕྲུ་གུ་དེ་རྣམས་བྲག་རྗེ་ཆེན་པོ་ལྟ་དང་འདྲ་བར་མོའི་གཉའ་མནན་ནས་འཚོ་བའི་ལམ་བུའི་ཐོག་ཏུ་གོམ་བགྲོད་རེ་རེ་བཞིན་དཀའ་ཚེགས་ཀྱིས་ཁྱིངས་བཞིན་གནས”①ཞེས་བྲིས་པ་ལྟར། མཛེས་སྡུག་གི་ལང་ཚོ་དང་ཡིད་དབང་འཕྲོག་པའི་ཁ་སྔོ་སྐྱི་འབྲས་བཅས་བུད་མེད་ཀྱིས་ཡིད་སྨོན་དང་རེ་འདོད་བྱེད་པའི་རྣམ་པ་དེ། རྗེས་སུ་རང་གི་དགྲ་ཏུ་ལངས་ནས་འཚོ་བའི་གཉའ་ནས་གནོན་པར་བྱེད་པ་དེ་ནི། “རྣམ་པས་ཕུང་བའི་ནག་མོ་ཞིག”གི་ཡ་ང་བའི་ལས་དབང་དེའི་སྔ་ལྟས་ཤིག་རེད་ལ། རྩོམ་པ་པོས་སྲིད་ཆོས་ཀྱི་ཉམ་ཐག་པའི་ལས་དབང་དེའི་མཇུག་འབྲས་སྟོན་དུ་བཀོད་ནས། དེ་ནས་རིམ་བཞིན་མོའི་གཉའ་ནས་གནོན་པར་བྱེད་པའི་ཕྲུ་གུ་ལྟའི་འབྱུང་རྐྱེན་དང་དེ་དག་གི་ཕ་ཚམ་ལས་གསོ་སྐྱོང་གི་དྲིན་དང་འགན་ཁུར་གང་ཡང་མེད་པའི་ཕ་དེ་དག་ངོ་སྤྲོད་བྱས་པའི་བྱུང་རིམ་ཞིག་བཀོད་ཡོད།

སྲིད་ཆོས་ལ་ཕ་བསྟན་རྒྱུ་མེད་པའི་ཕྲུ་གུ་སྐྱེས་པར། མོ་རང་འཚོ་ཞིང་གནས་སའི་ཁོར་ཡུག་དེའི་ནང་སུས་ཀྱང་ཧ་ལས་ཧང་སངས་བྱེད་ཀྱི་མེད་དེ། “སྲིད་ཆོས་ནར་སོན་པ་ནས་མི་རྣམས་ཀྱིས་མོའི་གྲོད་པ་སྟོང་པར་གནས་པ་མཐོང་བ་ཧ་ཅང་ཉུང་ཉུང”རེད་ལ། མོའི་ཕྲུ་གུ་ལྟ་པ་དེ་སྐྱེས་དུས་ཀྱང་“དོན་འདིར་མི་ཚོས་རང་ལ་ཡ་མཚན་ཅི་ཡང་མ་བྱེད་པར་ཐ་ན་མ་མོར་ལུ་གུ་སྐྱེས་པ་ཞིག་དང་འདྲ”བའི་ཚུལ་དུ་ལྟ་བ་ལས། ཕྲུ་གུ་ལྟ་པ་དེ་མ་བཙས་པའི་ཆེ་ཆུང་བཞི་པོ་ནས་མོའི་འཚོ་བའི་གཉའ་ནས་གནོན་བཞིན་མགོ་བོ་གདེག་ཏུ་མེད་པར་གྱུར་བར། གདུང་སེམས་མཉམ་སྐྱིད་བྱེད་མཁན་མེད་ལ་ཟ་མ་བུད་མེད་ཅིག་གིས་རང་ཉིད་ཁོ་ན་ལ་བརྟེན་ནས་ཕྲུ་གུ་ལྟ་གསོ་སྐྱོང་བྱེད་པའི་དཀའ་ངལ་ལའང་སེམས་ཁུར་བྱེད་མཁན་མེད། དེ་ལས་ལྡོག་སྟེ་སྐྱེས་པ་ཚོའི་སྣང་ངོར་བུད་མེད་ནི་ཕྲུ་གུ་སྐྱེ་བྱེད་ཀྱི་སྣོད་ལྟ་བུ་ཞིག

① ཕུན་ཚོགས་བཀྲ་ཤིས། 《སྲིད་ཆོས་དང་མོའི་ཕྲུ་གུ་ལྔའི་ཕ་རྣམས་》བོད་ལྗོངས་མི་དམངས་དཔེ་སྐྲུན་ཁང་། སྤྱི་ལོ་༡༩༩༧ ཤ ༣

གམ་སྐྱེས་པ་ཚོའི་འདོད་པའི་ལོངས་སྤྱོད་སྲུང་བའི་རྩེད་ཆས་ཙམ་གྱི་མཐོང་ལས་མེད།

སྲིད་ཆོས་ནི་ལས་དབང་སྐྱུར་མོ་དེ་སྤྱོད་བའི་ཚབ་མཚོན་ཙམ་དུ་བཀོད་པ་ལས་དོན་དུ་བོད་ཀྱི་འབྲོག་པའི་འཚོ་བའི་ཁྲོད་དུ་སྲིད་ཆོས་ལྟར་“ཁྲི་རྟུང་”[1]གི་ཡུལ་དུ་གྱུར་བ་མང་དག་ཅིག་ཡོད། བཅུམས་སྐྲུང་འདི་ཉིད་ཀྱི་རིན་ཐང་ཆེ་ཤོས་སུ་གྱུར་བ་ནི་བསམ་བློའི་ཆ་དེ་ཡིན་པར་སེམས། རྩོམ་པ་པོས་སྲིད་ཆོས་ཀྱི་ཡ་ང་བའི་ལས་དབང་བྲིས་པ་བརྒྱུད་ང་ཚོར་བསམ་གཞིག་གི་གནད་ཅིག་བསྟན་ཡོད་དེ། སྲིད་ཆོས་ཀྱི་ལས་དབང་སྐྱོ་པོ་དེའི་འབྱུང་རྐྱེན་ངོ་མ་གང་ཡིན་མིན་ངོས་འཛིན་ཐོབ་རྒྱུ་དེ་ཡིན། ང་ཚོས་རྒྱུ་མ་ཕྱུ་འདེད་ཀྱིས་འབྱུང་རྐྱེན་དེ་རྩད་འཚོལ་བྱེད་སྐབས། ཐད་ཀའི་འབྱུང་རྐྱེན་ནི་འབྲོག་ཁུལ་གྱི་སྲོལ་རྒྱུན་“ཁྲི་རྟུང་”ལས་བྱུང་བ་ཡིན་ཞིང་། ཡང་“ཁྲི་རྟུང་”གི་འབྱུང་རྐྱེན་ནི་བུད་མེད་ཀྱི་ཐོབ་ཐང་ལ་བརྩི་འཇོག་མི་བྱེད་པ་དང་། བུད་མེད་ནི་ཕྲུ་གུ་སྐྱེ་བྱེད་ཀྱི་སྣོད་ལྟ་བུར་བརྩི་བའི་བསམ་བློ་སྙིང་པ་དེ་དང་དེ་ལས་བྱུང་བའི་མ་རབས་ཐ་ཤལ་གྱི་སྤྱོད་ཚུལ་དེ་ཡིན། སླར་ཡང་བསམ་བློ་སྙིང་པ་དེ་དང་། དེ་ལས་བྱུང་བའི་གཤིས་སྤྱོད་དེ་ཉིད་གྲུབ་པའི་རྒྱུ་རྐྱེན་ཞིག་འཚོལ་སྐབས། རིག་གནས་དང་ཁོར་ཡུག་སོགས་མང་དག་ཅིག་དང་འབྲེལ་ནའང་ཁོ་བོའི་བསམ་པར་རྒྱུ་རྐྱེན་ནང་གི་ཡང་རྐྱེན་དངོས་དེ་ནི། གང་ས་ཅི་ཐད་ནས་རྗེས་ལུས་རྨོངས་འཐོམས་སུ་གྱུར་བའི་བསམ་བློ་དེ་ཡིན་པར་འདོད། མ་གཞི་བཅུམས་སྐྲུང་ལ་རྟོག་བཟོའི་ཆ་ཞིག་ངེས་པར་མཆིས་མོད་ཀྱང་། འཚོ་བའི་རྒྱབ་ལྗོངས་སམ་ས་བོན་དེ་དོན་དངོས་ལ་གཞི་བཅོལ་རྒྱུ་ཡོད་པས། བཅུམས་སྐྲུང་འདི་ཉིད་འབྲི་བའི་དུས་སྐབས་སུའང་འབྲོག་པ་ཚོའི་བསམ་སྤྱོར་གང་གི་ཆ་ནས་རྗེས་ལུས་དང་རྨོངས་འཐོམས་ཀྱི་རྟགས་མང་བར་ཐོན་ཡོད་དོ།།

---

① ཁྲི་རྟུང་ཞེས་པ་ནི་འབྲོག་ཁུལ་དུ་སྐྱེས་པ་རྣམས་ཀྱིས་སྐྱེས་དམན་ལ་གཡེམ་པའི་ཐ་སྙད་རེད། མཚན་རྒྱུ་བ་ཚོས་ལག་པར་བེར་ཀ་ཐོགས་ཤིང་། གལ་སྲིད་ཁྲི་ཞིག་གིས་འགོག་གནོད་བྱས་གྱུར་ན་དེ་ལ་བེར་ཀ་ཚ་ཐག་ཆོད་ཕོག་གི་ཡོད་དེས་ན་འབྲོག་ཁུལ་དུ་མཚན་མོ་བགྲོད་པར་ཁྲི་རྟུང་ཞེས་པའི་ཐ་སྙད་ཐོབ་པ་ཡིན། ཕུན་ཚོགས་བཀྲ་ཤིས། 《སྲིད་ཆོས་དང་མོའི་ཕྲུ་གུ་ལྔའི་ཕ་རྣམས་》བོད་ལྗོངས་མི་དམངས་དཔེ་སྐྲུན་ཁང་། སྤྱི་ལོ་༡༩༩༧ ཤ ༢༩

གསུམ། རིགས་རུས་གཙང་བཙོག་ཁྲིད་ཀྱི་བོད་མིའི་འདུ་ཤེས་འཛིན་སྟངས་ཀྱི་བསམ་གཞིག

མི་རིགས་ཤིག་གི་ཀུན་སྤྱོད་ཀྱི་ཚད་གཞི་དང་མཛེས་དཔྱོད་ལྟ་བ་དེ་བཞིན་བསམ་བློ་དང་འདུ་ཤེས་འཛིན་སྟངས་སོགས་ལ་གཡས་གཡོན་མི་རིགས་ཀྱི་རིག་གནས་ཤུགས་རྐྱེན་ངེས་ཅན་ཞིག་ཐེབས་ཀྱི་ཡོད་པ་ནི་ང་ཚོས་འདས་པའི་འགྲོ་བ་མིའི་རིགས་ཀྱི་བྱུང་འཕེལ་ལོ་རྒྱུས་ལས་རྟོགས་ནུས། དེ་ཡང་ལས་རྒྱུ་འབྲས་ནི་བོད་མིའི་ཀུན་སྤྱོད་ཀྱི་ཚད་ཅིག་ཏུ་འཛིན་གྱིན་ཡོད་ལ། མི་ལ་སྐྱེ་ས་མཐོ་དམན་དང་རིགས་རུས་གཙང་བཙོག་ཕྱེ་བ་ཡང་བོད་མིའི་མཛེས་དཔྱོད་ཀྱི་ལྟ་བའི་གྲས་སུ་གྲུབ། ཡང་དག་པའི་མིའི་བསམ་བློ་དང་འདུ་ཤེས་འཛིན་སྟངས་ཀྱིས་འགྲོ་བ་མིའི་སྤྱི་ཚོགས་འཕེལ་རྒྱས་ལ་སྐུལ་འདེད་ཀྱི་ནུས་པ་ཐོན་ཞིང་། ནོར་འཁྲུལ་གྱི་བསམ་བློ་དང་འདུ་ཤེས་འཛིན་སྟངས་ཀྱིས་ལྡོག་ཕྱོགས་ཀྱི་ནུས་པ་ཞིག་ཐོན་གྱི་ཡོད་སྟབས། མི་རིགས་ཤིག་གི་རྒྱུད་ལ་ཆགས་པའི་བསམ་བློ་དང་འདུ་ཤེས་འཛིན་སྟངས་དེ་ངེས་པར་དུ། སྤྱི་ཚོགས་འཕེལ་རྒྱས་ཀྱི་བགེགས་རྐྱེན་མི་འགྱུར་བ་ཞིག་དང་མིའི་འདྲ་མཉམ་དང་རང་དབང་གི་ཐོབ་ཐང་སོགས་བརྩི་འཛུགས་བྱེད་མཁན་ཞིག་ཡིན་དགོས།

བོད་མི་རིགས་ཀྱི་བསམ་བློའི་འདུ་ཤེས་འཛིན་སྟངས་ཐད་དུས་སྐབས་སོ་སོའི་ནང་ལ་རིག་གནས་གཞན་གྱི་ཤན་ཤུགས་ངེས་ཅན་ཞིག་ཐེབས་ཀྱི་ཡོད་དེ། དཔེར་ན་ནང་ཆོས་འདི་ཉིད་བོད་དུ་དར་བ་ནས་ལས་འབྲས་བརྩི་སྲུང་བྱེད་མིན་དེ་མིའི་ཀུན་སྤྱོད་ཀྱི་ཚད་གཞི་ཞིག་ཏུ་བརྩི་བ་ལྟ་བུ་དང་། ནང་ཆོས་འདི་ཉིད་བོད་དུ་དར་འཕེལ་གྱི་བརྒྱུད་རིམ་ཁྲིད་དུ་ནང་ཆོས་ཀྱི་བསམ་བློ་མ་ཡིན་པར། རྒྱ་གར་བས་མི་ལ་རིགས་རུས་གཙང་བཙོག་དང་སྐྱེ་ས་མཐོ་དམན་གྱི་དབྱེ་བ་འབྱེད་པའི་བསམ་བློའི་དྲི་མ་དེ་ཡང་བོད་རིགས་ཀྱི་ཀླད་པའི་ཁམས་ཆེན་མོར་འགོས་ཡོད།

མི་ལ་སྐྱེ་ས་མཐོ་དམན་དང་རིགས་རུས་གཙང་བཙོག་འབྱེད་པའི་བསམ་བློ་ཉིང་

པའི་འདུ་ཤེས་འཛིན་སྟངས་འདི། བོད་མིའི་མཛེས་དཔྱོད་ཀྱི་ལྟ་བའི་ནང་དུ་གོས་ལ་ཞག་ཚི་འཐིམ་པ་ཇི་བཞིན་གནས་ཡོད་པ་མ་ཟད། ལྟ་བ་ངན་པ་འདིས་བོད་མིའི་སྤྱི་ཚོགས་འཚོ་བའི་ཁྲོད་དུ། མི་མང་པོའི་སེམས་ལ་ཕོག་ཐུག་དང་རྒྱ་ཁ་གང་མང་ཞིག་བཟོས་ཤིང་མིའི་འདྲ་མཉམ་དང་རང་དབང་གི་ཐོབ་ཐང་ལ་རྡོག་བརྫིས་བཏང་ནས། ཕོ་ཚོའི་མི་ཚེ་དང་འཚོ་བར་སྡུག་བསྔལ་ཇི་སྙེད་ཅིག་བཟོས་དང་བཟོ་བཞིན་ཡོད།

ཕུན་ཚོགས་བཀྲ་ཤིས་ཀྱིས་འདི་དྲའི་ལྟ་བ་ངན་པ་དང་བསམ་བློ་རྙིང་པ་ལས་བྱུང་བའི་འདུ་ཤེས་འཛིན་སྟངས་དེ་《ཨ་ཇོ་གྲུང་ཧོག》བཟའ་ཚང་རྣན་རྐོན་གཉིས་ཀྱི་འདས་དང་ད་ལྟའི་འཚོ་བའི་ནང་གི་བསམ་སྦྱོར་གཉིས་ཞིབ་འབྲི་བྱས་ནས། རིགས་རུས་གཙང་བཙོག་དང་མི་ཆོས་ཀུན་སྤྱོད་བར་གྱི་འབྲེལ་བར་ཕྱིར་རྟོག་དང་བསམ་གཞིག་བྱེད་པ་ནི་ཁོང་གི་བརྩམས་སྒྲུང་གི་བརྗོད་གཞི་ཆེ་བ་ཞིག་གི་གྲས་སུ་འཛོག་ཏུང་། བརྩམས་སྒྲུང་ནང་གི་མི་སྣ་"ངའི་"མཐོང་ཐོས་དྲན་གསུམ་སྤྱིལ་མར་བཀོད་དེ་"ཨ་ཇོ་གྲུང་ཧོག"དང་"ཨ་མ་མིག་དམར་"གཉིས་ཀྱི་བྱ་བྱེད་དང་སྐད་ཆ་ལ་བརྟེན་ནས། "རིགས་རུས་བཙོག་པར་"ལྟ་བའི་ཨ་ཇོ་གྲུང་ཧོག་ནི་འདས་པར་འཁོན་འཛིན་དང་ཞེ་སྡང་མི་འཆང་ཞིང་། ད་ལྟ་དང་མ་འོངས་གང་ལ་སེམས་ཀྱང་སྙིང་སེམས་དང་གཡོ་ལྷད་མེད་པར་"གཞན་ལ་རོགས་པ་བྱེད་ཡས་ལ་ང་རས་ཤེས་པའི་ལས་ཀ་འདི་ལས་མེད་པས། བྱེད་རྒྱུང་བྱེད་ཀྱི་ཡིན། མི་ཤི་དུས་ལས་སྡུག་པ་མེད་པས་འདི་དུས་རོགས་པ་མ་བྱས་ན་ངས་མཐོང་བཞིན་དུ་སེམས་པས་བཟོད་"[1]ཀྱི་མེད་ཅིང་ཁོའི་ལྟ་ཚུལ་ལྟར་ན"ང་ཚོས་མཆོད་འབུལ་ཟེ་བྱེད་མ་ཐུབ་ནའི་མི་ལ་ཕན་པའི་ལས་ཀ་འདྲ་བྱེད་དང་། འདི་ལྟར་བྱས་ན་མཆོད་འབུལ་ལས་འགྱུར་ཆེ་གི་རེད། མ་ཟད་འདི་ང་རས་ཤེས་པའི་ལས་ཀ་རེད། འདི་ལ་ཡོང་སྒོ་ཆེ་ཆུང་ལ་ལྟ་

① ཕུན་ཚོགས་བཀྲ་ཤིས། 《སྲིད་ཆོས་དང་མོའི་ཕྲུ་གུ་ལྔའི་ཕ་རྣམས་》བོད་ལྗོངས་མི་དམངས་དཔེ་སྐྲུན་ཁང་། སྤྱི་ལོ་༡༩༩༧ ཤ་༢༩༨

དགོས་གང་ཡོག་རས་”①ཞེས་པའི་གཏམ་གྱི་ཟུར་ལས། ཨ་ཛོ་གྲུང་ཧོག་གི་རིན་ཐང་གི་ལྟ་ཚུལ་ཞིག་དང་བསམ་བློའི་མཛེས་པ་ཞིག་མངོན་པ་ནི་ནམ་ཡང་“རང་གཤིས་བཙན་པོའི་པ་ལམ་དུ་བྱས་ཏེ་བློ་གཅིག་སེམས་གཅིག་གིས་གཞིན་པོའི་ཕུང་གཏོར་གྱི་ལས་ལ་གཞོལ་བ་ལས་ཉེ་དགའ་སྤྲོགས་ཞེན་གྱི་གཡའ་ཙམ་མེད་”②ཅེས་པའི་འཚོ་བ་སྐྱེལ་ལུགས་ཤིག་མཚོན་ཡོད།

གཞན་ནས་ད་ལྟའི་བར་དུ་མགོ་ནག་བོད་པ་ཚོས་འཆི་བ་མི་རྟག་པའི་རང་བཞིན་དང་ལུས་དང་རྣམ་ཤེས་གཉིས་ཀྱི་ཐ་དད་སོ་སོར་ངོས་འཛིན་པ་སོགས། སྐྱེ་འཆི་ལ་མི་རིགས་རང་ཉིད་ཀྱི་གོ་བ་ཞིག་དང་ལྟ་ཚུལ་ཞིག་གྲུབ་ཡོད་ཅིང་། རང་ཉིད་འཇིག་རྟེན་མི་ཡུལ་འདི་ནས་ཕྱི་མའི་ལམ་དུ་བསྐྱོད་སྐབས། རང་གི་རྣམ་ཤེས་གནས་སའི་ཕུང་པོ་དེ་དོན་དགེ་བ་ལ་དམིགས་ནས་བྱ་ལ་སྦྱིན་པ་གཏོང་ཕྱིར་བྱ་གཏོར་བྱེད་ཀྱི་ཡོད། ཤི་ནས་ལུས་ཕུང་བྱ་གཏོར་བྱེད་པའི་སྲོལ་འདི་ཕལ་པའི་སྐྱེ་བོ་ཀུན་གྱི་ངེས་པར་བརྒྱུད་དགོས་པའི་ལམ་ཞིག་དང་། འུ་ཅག་བོད་རིགས་ཀུན་གྱིས་དང་དུ་ལེན་པའི་བསམ་བློའི་འདུ་ཤེས་འཛིན་སྟངས་ཤིག་དང་ཡུལ་གོམས་གཤིས་ལུགས་སུ་གྲུབ་པ་ཞིག་ཡིན། འོན་ཏེ་དེ་ཡི་བྱེད་པོར་གྱུར་པའི་ཕུང་གཏོར་གྱི་ལས་ཀ་བྱེད་པའི་མི་རྣམས་ལ་སྐྱེ་ས་དམན་པ་དང་རིགས་ངན་བཙོག་པར་བརྩིས་ནས། འཚོ་བའི་ཁྲིད་ཁོ་ཚོར་མཐོང་ཆུང་དང་སྨྲུག་བྲོ་བྱེད་པའི་བསམ་སྦྱོར་འདི་གཉིས་ནི་ནམ་ཡང་བོད་མིའི་བསམ་བློར་གྲུབ་པའི་འགལ་བ་ཞིག་རེད་ལ། མིའི་འདྲ་མཉམ་གྱི་ཐོབ་ཐང་ལ་བརྩི་འཇོག་མི་བྱེད་པའི་ཡ་མ་བརླའི་བསམ་སྦྱོར་ཞིག་ཀྱང་རེད།

ཕུན་ཚོགས་བཀྲ་ཤིས་ཀྱིས་བོད་མིའི་འཚོ་བའི་ཁྲིད་ཀྱི་བསམ་བློའི་འགལ་བ་དེ་དང་ཡ་མ་བརླ་བའི་སྤྱོད་ཚུལ་དེ། ཨ་ཛོ་གྲུང་ཧོག་དང་ཨ་མ་མིག་དམར་གཉིས་ཀྱི་འཚོ་བའི་ཟུར་

① ཕུན་ཚོགས་བཀྲ་ཤིས། 《སྲིད་ཆོས་དང་མོའི་ཕྲུ་གུ་ལྔའི་ཕ་རྣམས་》བོད་ལྗོངས་མི་དམངས་དཔེ་སྐྲུན་ཁང་། སྤྱི་ལོ་

② 《བོད་ཀྱི་རྩོམ་རིག་སྒྱུ་རྩལ་》༡༩༨༨ལོའི་དེབ་དྲུག་པ། སྤྱིའི་འདོན་ཐེངས༡༡༠ ཤ ༣༣

ངོས་ཤིག་ནས་མཚོན་པར་བྱས་ཡོད་ཅིང་། བརྩམས་སྒྲུང་ཞིག་གི་ནང་ནས་རྩོམ་པ་པོ་ཞིག་གི་འཇིག་རྟེན་གྱི་ལྟ་བ་དང་མཛེས་དཔྱོད་ཀྱི་རིན་ཐང་། བསམ་བློའི་ལངས་ཕྱོགས་སོགས་གསལ་པོར་མངོན་གྱི་ཡོད་པས། དོན་དུ་ཕུན་ཚོགས་བཀྲ་ཤིས་ཀྱིས་བརྩམས་སྒྲུང་འདིའི་བསམ་བློའི་རང་བཞིན་ནམ་བརྗོད་སྙིང་དེ་“ངས་རྒྱུན་དུ་ནས་མགོ་མ་ཆོས་པ་ཞིག་ལ་མི་འདི་ཆོས་ང་ཚོའི་བཟོ་ལྟ་ལས་ཀ་འདི་འདྲ་བྱེད་མཁན་ལ་མཐོང་ཆུང་བྱེད་ཀྱི་རེད། ཡང་རྒྱུན་དུ་འཚོ་བའི་ནང་མེད་དུ་མི་རུང་བ་རེད། མཐའ་མ་སོ་སོའི་ཕ་མ་དང་སྤུན་མཆེད་གྲོངས་དུས་སྐུ་ཕུང་དེ་རྩིས་སྲོད་ས་ཡང་སྟོབས་ལྡན་རེད་”[①]ཅེས་པ་དང་། དེ་བཞིན་དུ་“སངས་རྒྱས་བཅོམ་ལྡན་འདས་ཀྱི་ཆོས་ལ་རིགས་རུས་དང་སྐྱེ་ས་མཐོ་དམན་གྱི་དབྱེ་བ་ཡོག་མ་རེད། རིགས་རུས་དབྱེ་ནས་མིས་མི་ལ་མཐོང་ཆུང་བྱེད་པ་དེ་འཇིག་རྟེན་པས་བཟོས་པའི་སྡིག་པའི་ལས་ཤིག་མ་རེད་པས་”[②]ཞེས་ཨ་མ་མིག་དམར་ལགས་ཀྱིས་སྐད་ཆ་གཡར་ནས་མཚོན་ཡོད་པ་མ་ཟད། ཆོས་དང་འཇིག་རྟེན་གང་གི་ལུགས་དང་མི་མཐུན་པའི་བསམ་བློའི་འདུ་ཤེས་འཛིན་སྟངས་དེ་ལས་བྱུང་བའི་རིགས་རུས་གཙང་བཙོག་དང་སྐྱེ་ས་མཐོ་དམན་གྱི་“ནད་ཡམས་”དེ་བོད་མིའི་འཚོ་བའི་གྲུ་ཟུར་གང་སར་ཁྱབ་ཅིང་། དེས་མིའི་མ་མཐའི་ཐོབ་ཐང་ལ་སྣང་ཆུང་ཁྱད་གསོད་དང་། རྩིས་མེད་རྗོག་རོལ་གཏོང་བའི་སྣང་ཚུལ་དེར་རྩོམ་རིག་གི་ལམ་ནས་བསམ་གཞིག་གི་བར་སྣང་ཞིག་བསྐྲུན་ཡོད།

བཞི། འཚོ་གནས་ཀྱིས་མི་གཤིས་ལ་ཐེབས་པའི་གཡོ་འགྱུལ་དང་དེ་ལས་བྱུང་བའི་ངན་འབྲས།

ལོ་རྒྱུས་ཀྱི་ཆ་རྐྱེན་མི་གཅིག་པའི་ཁྲོད་དུ། སྤྱི་ཚོགས་ཀྱི་ལམ་ལུགས་དང་འབྲེལ་བ་ཡང་མི་གཅིག་པ་གྲུབ་ལ། འཚར་ལོངས་ཀྱི་ཁོར་ཡུག་མི་འདྲ་བ་དང་སློབ་གསོའི་བརྒྱུད་རིམ་མི་

① ཕུན་ཚོགས་བཀྲ་ཤིས། 《སྲིད་ཆོས་དང་མིའི་ཕྲུ་གུ་ལྔའི་ཕ་རྣམས་》 བོད་ལྗོངས་མི་དམངས་དཔེ་སྐྲུན་ཁང་། ཕྱི་ལོ་༡༩༩༧ ཤ་༢༩༨

② ཕུན་ཚོགས་བཀྲ་ཤིས། 《སྲིད་ཆོས་དང་མིའི་ཕྲུ་གུ་ལྔའི་ཕ་རྣམས་》 བོད་ལྗོངས་མི་དམངས་དཔེ་སྐྲུན་ཁང་། ཕྱི་ལོ་༡༩༩༧ ཤ་༢༩༨

གཅིག་པའི་ཁྲོད་དུ་དེ་མཐུན་གྱི་མི་གཞི་རེ་གྲུབ་ཀྱི་ཡོད། མི་གཞི་མི་གཅིག་པར་བརྟེན་ནས་དེསའཚོབ་དང་། བཅོ་དུང་། རིན་དང་མཛེས་དཔྱོད་སོགས་ལའང་ངོས་འཛིན་མི་གཅིག་པ་རེ་ཡོང་གི་ཡོད།

སྤྱི་ཚོགས་འཚོ་བ་ནི་བྱིས་པའི་བསམ་ཚོད་བཞིན་གྱི་སྟབས་བདེ་དེ་འདྲ་མིན་པར། རྙོག་འཛིང་དང་ཟབ་ཟིང་ཆེ་ལ། དེར་རོལ་བའི་མི་རྣམས་ཀྱི་མི་གཞི་ལའང་བཟང་ངན་དང་གཙང་བཙོག དགེ་སྡིག་དང་དགེ་སྐྱོན་སོགས་ཀྱི་ཆ་སྣ་ཚོགས་ཤིག་གིས་གྲུབ་པ་ཞིག་ཡིན་ལ། མི་གཞིའི་བཟང་ངན་གང་གི་ཆ་ལའང་འགྱུར་ལྡོག་གིས་བསླད་པ་ཞིག་ཡིན་པ་ལས་རྟག་བརྟན་འགྱུར་མེད་དུ་གནས་པ་དེ་འདྲ་ནི་མ་ཡིན། རྙོག་འཛིང་ཆེ་བའི་སྤྱི་ཚོགས་འཚོ་བའི་ཁྲོད་དུ་ནོར་ལོངས་སྤྱོད་དང་མཚན་སྙན་གྲགས། ཐབ་གོ་ས་སོགས་མིའི་འཚོ་གནས་ཀྱི་ཁེ་ཕན་དང་འབྲེལ་བའི་གདམ་ག་སྣ་ཚོགས་དང་གནོད་ཐུག་རྒྱུག་ཐེངས་རེར། མི་གཞིའི་ཀུན་སྤྱོད་ལའང་ཚོད་བགམ་ཐེངས་རེ་རེ་བྱེད་ཀྱིན་ཡོད། དེས་ན་མིའི་རིག་པར་གྲུབ་པའི་རྩོམ་རིག་གིས་ཀྱང་“མི་གཤིས”①ལ་འཚོལ་དཔྱོད་དང་ཉམས་ཞིབ་བྱ་རྒྱུ་ནི་དོར་དུ་མེད་པའི་འགན་འཁྲི་ཞིག་ཡིན་པར་སེམས།

ཁོ་བོའི་བསམ་པར། ཕུན་ཚོགས་བཀྲ་ཤིས་ཀྱིས་ཀྱང་དེ་འདྲའི་འགན་འཁྲི་ཞིག་དང་དུ་བླངས་ནས་དམིགས་པ་ཡོད་པ་དང་མེད་པའི་སྒོ་ནས་དུས་འགྱུར་གྱི་རླུང་འཚུབ་ཁྲོད་དུ། འཚོ་གནས་ཀྱི་གདམ་ག་དང་གནོན་ཤུགས་འོག་མི་གཤིས་ཀྱི་འགྱུར་བར་འཚོལ་དཔྱོད་

① དགོས་པའི་དབང་གིས་འདིར་བརྗོད་པའི་མི་གཤིས་དང་མི་གཞི་ཞེས་པའི་ཐ་སྙད་ལ་གསལ་བཤད་ཅིག་དགོས་ཏེ། དུས་སྐབས་གསར་པའི་བོད་ཀྱི་རྩོམ་རིག་ཁྲོད་དུ་ཐ་སྙད་གསར་པ་མང་དག་ཅིག་ཐོན་ཞིང་། དེ་དག་གི་གོ་དོན་ལའང་གཅིག་གྱུར་རང་བཞིན་མེད་པར་ཕན་ཚུན་གོ་འཛོལ་ཡང་ཡོང་གི་ཡོད། ཕྱོགས་གཅིག་ནས་བསམ་ན་ཐ་སྙད་དེ་དག་ཕྱིར་ཡོང་རིག་གནས་ཀྱི་སྟེང་དུ་གྲུབ་པ་ཞིག་ཡིན་རྐྱེན། དོན་ལ་འདྲ་ཤས་ཆེ་བའི་ཐ་སྙད་དེ་དག་གི་མ་ཡིག་ལམ་གྱི་གོ་བ་དང་དབྱེ་བ་དེ། བུ་ཡིག་ཐོག་ཏུ་དེ་ཙམ་གྱིས་གསལ་ཆ་མི་ཐོན་པའང་ཡིན་སྲིད། འདིར་བརྗོད་པའི་མི་གཞི་ནི་རྒྱ་སྐད་དུ（人格）ཟེར་བ་དེ་ཡིན་ལ། མི་གཤིས་ནི（人性）ལ་ལོ་དགོས་པར་སེམས།

དང་བསམ་གཞིག་བྱས་ཡོད་དེ་《འོར་ཧོག་ཆང་ཁང་ནང་གི་སྐུ་མགྲོན་》ནང་དུ་རྩོམ་པ་པོས་དམིགས་པ་ཡོད་པའི་སྒོ་ནས། ལོ་ངོ་དུ་མའི་སྔོན་དུ་ན་གཞོན་ཕོ་མོ་གཉིས་ཀྱི་སེམས་ཁོངས་ནས་མཆེད་པའི་བརྩེ་དུང་གི་མེ་ལྕེ་དེས། མིའི་གཙུག་མའི་གཤིས་སུ་གྲུབ་པའི་འདོད་ཡོན་ལས"གྲལ་རིམ་གྱི་དབྱེ་བ"ཟེར་བ་ཡོངས་སུ་བརྗེད་ནས། ཁྲུ་སིམ་པའི"འོར་ཧོག"གི་མཚན་གྲུང་དེ་ཁྱད་ཀྱིས་དཀྲོག་པ་དེ་ནས། རྗེས་སུ་སླར་ཡང་འོར་ཧོག་ཆང་ཁང་ནང་དུ་ཤ་ཟུས་འདྲེས་པའི་ཕ་མ་བུ་ཕྲུག་ཕན་ཚུན་གཅིག་ངོ་གཅིག་གིས་མ་ཤེད་པར་དགྲ་ཟུ་ལངས་ཀྱང"ངའི"སེམས་གཏིང་དུ་ལུས་པའི་འདས་དོན་གྱི་གནོང་འགྱོད་ཅིག་གིས་ཡོད་ཚད་གསལ་པོར་བཟོ་བའི་སྟོབས་པ་ཞིག་མ་མཆིས་པར། དེ་ལྟར"ངས"ནམ་ཡང་མཐོང་མི་འདོད་པའི་སྐོ་གར་ཞིག"འོར་ཧོག་ཆང་ཁང"ནང་ནས་མཐོང་ཡོད་དེ། "བུས"འཇིག་རྟེན་སྐྱིད་མའི་བྱམས་བརྩེའི་བཀའ་དྲིན་མི་ཚོར་བར་དེ་ལས་ལྡོག་སྟེ"ལག་ཏུ་ཤེལ་དམ་ཆག་རོ་བཟུང་ནས"རང་གི་ཆེད་དུ་བཟོས་པའི་ཨ་མའི"འགྲམ་པའི་སྙིང་གི་རྨ་རྗེས་སྣར་ཕྱེད་དེ"དེར་འཕྱུ་ཞིང"ཕྱེད་ཀ་གང་རིལ་བཟོས"རྩིས་ཀྱི་སྦྱོར་བ་བརྩམས་ཤིང་། "མས"ཀྱང་རང་གི་རྒྱུད་ལས་མཆེད་པའི"བུ"དགྲ་ལྟར་མཐོང་ནས་སྡང་སེམས་སྐྱེས་ཀྱི་ཡོད། དེ་བཞིན་ཕ་མས་བརྒྱུད་པའི་མི་ཚེའི་ལམ་ནོར་དེ་ཧ་ལམ་ལས་དབང་བཙན་པོ་ཞིག་གིས་བཀོད་སྒྲིག་བྱས་པ་བཞིན་དུ། ཨ་མའི་འགྲམ་པའི་ཐོག་དང་སེམས་ཁོངས་སུ་ལུས་པའི་རྨ་རྗེས་དེའི་དགྲ་ཟུ་གྱུར་བའི"བུ་མོ"དེ་ཏག་ཏག་རང་གི་ཤ་ཁྲག་ལས་བྱུང་བའི"བུའི"དགའ་གྲོགས་སུ་གྱུར་ཅིང་། ཕ་མའི་བྱམས་སྐྱོང་དང་ཁྲིམ་ཚང་གི་དྲོད་སྐྱིད་ཐོབ་མེད་པའི་ན་གཞོན་འདི་གཉིས་ལ་མཚོན་ན། ཕུགས་བསམ་དང་རེ་བ་གང་ཡང་མེད་པར་ཉིན་མ་གང་འཁྱོལ་གྱིས་སྒྱི་ཚོགས་སྙིང་གི་མི་འཁྲུམ་དང་གཉིས་སུ་མེད། ཁོ་གཉིས་བར་དུ་ཕོ་མོའི་བརྩེ་དུང་ཟེར་ཡང་ཚོག་ལ་ཡང་ན་ཁྲུ་ཁྲག་འདུས་པའི་ལན་ཆགས་ཀྱི་རྣམ་ཤེས་ཆུང་ངུ་ཞིག་ཀྱང་བྱུང་བ་ནི། ངོ་མ་འཇིག་རྟེན་སྲིད་པ་ཅན་ལ་གང་ཡང་སྲིད་པའི་གནས་ལུགས་ཤིག་ཡིན་ངེས་ཀྱང་། དེ་ནི་ང་ཚོས་（རློག་པ་པོ་）དང་དུ་ལེན་དཀའ་ཞིང་ལས་དབང་ལ་ཡིད་སྨུག་དང་འཕང་ར་བྱེད

པའི་རྒྱུ་ཙམ་ལས་མ་འདས།

གང་ལྟར་དུ་“དགྲ་གཉེན་”བར་དུ་བྱུང་བའི་གཏམ་རྒྱུད་སྒྱུར་མོ་དེའི་འབྱུང་རྐྱེན་རྩད་འཚོལ་བྱེད་སྐབས། ཁུངས་གཏུགས་ས་ནི་དུས་རླུང་ཁྲོད་ཀྱི་མི་གཤིས་ཀྱི་འགྱུར་བག་ཙམ་དུ་ཟད། གྲལ་རིམ་འཐབ་རྩོད་ཀྱི་འཐོམ་ཞྭ་གྱོན་པའི་དུས་སྐབས་ནང་“རང་ལ་ངོམས་རྒྱུ་ཡོད་པའི་གཞི་ཁུངས་གཙང་མ་”དེ་ཙམ་ལ་བརྟེན་ནས། “སླ་ཐོགས་ལེན་རྒྱུ་ཡོད་པ་དང་འབྲས་དང་གྲོ་ཞིབ་ཟ་རྒྱུ་ཡོད་པའི་ལས་བྱེད་པར་ཚུད་”རྒྱུའི་ཆེད་དུ་རང་གི་བཟའ་མི་བུ་ཕྲུག་ཀྱང་བློས་གཏོང་བྱེད་ཐོད་པ་ནི་འཚོ་གནས་ཀྱིས་མི་གཤིས་ལ་ཐེབས་པའི་གཡོ་འགྲུལ་ཞིག་ཡིན།

ད་དུང་བརྗོད་གཞི་དེའི་འཕྲུས་ཆབ་ཏུ་གྱུར་བ་གཞན་ཞིག་ནི་《རྒྱུན་གཏན་གྱི་ཉེན་མཚན་》ནང་“ལྷ་ལྕམ་”གྱི་མི་གཤིས་སུ་འཐིམ་པའི་འདོད་ཡོན་ཆགས་སྲེད་ལ་ཞེན་པ་དེ་རེད། དང་ཐོག་བརྩམས་སྒྲུང་འདི་ཉིད་ཀློག་སྐབས་ང་ཚོའི་སྣང་ངོར་“ལྷ་ལྕམ་”ནི་ཡུལ་གྱི་སྐྱེས་པ་ཀུན་གྱིས་“མཐོང་ཆུང་”བྱེད་ས་ཞིག་ཏུ་གྱུར་བའི་སྣང་བ་ཤར་ནའང་། དོན་དུ་ཡུལ་གྱི་སྐྱེས་པ་ཚོས་མོར་“ཤ་ལ་ཁྲི་འཁོར་འཁོར་བྱེད་”པ་འདི་ཡོངས་སུ་མི་འདོད་བཙན་ཤེད་བྱེད་པའི་མཐོང་ཆུང་དང་བརྙས་བཅོས་ཤིག་མ་ཡིན་པར། ད་དུང་མོའི་སེམས་ཀྱི་ཟབ་སའི་ལྐན་གཤིས་ཤིག་གིས་“མཐོང་ཆུང་”དེ་རྩ་བ་ཉིད་ནས་དང་ལེན་བྱེད་པར་དགའ་བའི་“མཐོང་ཆུང་”ཞིག་ལ་ངོས་འཛིན་མི་བྱེད་པའི་སྣང་ཚུལ་ཞིག་ཀྱང་མོའི་ནང་སེམས་ཀྱི་འགྱུར་བ་དང་ཕྱིའི་ལུས་ངག་གི་རྣམ་འགྱུར་ནས་རྟོགས་ཐུབ།

བརྩམས་སྒྲུང་དེའི་ནང་དུ་སྤྱིར་ལྷ་ལྕམ་ཆེས་བཞིར་དགའ་བར་རྒྱུ་མཚན་གཞན་ཞིག་བསྟན་དུ་མེད་ཀྱང་ཆོག་ལ། ཡང་ང་ཚོས་མོ་ནོར་འདོད་ཁེ་གྲགས་ལ་ཞེན་པའི་མི་གཤིས་ཀྱི་ཆ་ནས་བསམ་མནོ་བཏང་ཆེ། “ཆོས་བཞིའི་ཁྲིམ་དུ་མི་རེར་ཆ་སྙོམས་ལུག་ལྔ་བཅུ་ལས་བཀལ་བ་”དེ་ཡང་རྒྱུ་མཚན་ཞིག་ཡིན་པར་སེམས། དེ་བཞིན་“མོས་སྐར་མ་མོ་རང་གི་སར་ཐེངས་ག་ཚོད་ཡོང་མིན་མ་ཤེས་”པ་དེ་དོན་དངོས་ཤིག་ཡིན་ལ། ཡུལ་སྡེ་དེའི་སྐྱེས་པའི་ཁྲོད་ནས་ལྷ་ལྕམ་ལ་སེམས་གཏིང་ནས་དགའ་པོ་བྱེད་མཁན་ནི་སྐར་མ་མ་གཏོགས་མེད་

ཀྱང་། མོས་སྐར་མར་བརྩེ་བ་འཆང་མི་འདོད་པ་ནི“སྐར་མའི་ཁྱིམ་ལ་མི་རེར་ཚ་སློམས་ལུག་སུམ་ཙུ་ཙམ་ལས་མེད་”པས་ཡིན་ལ། སྐར་མས་ཀྱང་ལྷ་ལུམ་ལ་འདོད་པ་དེ་ཙམ་མེད་པ་ནི། དོན་དུ་མོས་ཆེས་བཞིར་མི་དགའ་བའི་རྒྱུ་མཚན་དང་གཅིག་མཚུངས་ཡིན། མོས་ཆེས་བཞི་དང་ཕོའི་ཕ་ལ“འཕོན་ལེན་སློག་པའི་ཐབས་ཤེས་ནི་མི་ཚང་ཕྱུག་པོ་ཞིག་གི་མནའ་མར་ཕྱིན་ནས་ཕོ་ཚོའི་གཉའ་གཅོག་པར་འདོད་པ”ནི་ཏག་ཏག་རྩོམ་མཁན་གྱིས་མི་གཤིས་ཀྱི་འགྱུར་བག་ལས་མངོན་པའི་མི་གཞི་ཞིག་མཚོན་པར་བྱས་ཡོད།

ད་དུང་ཕྱོགས་གཞན་ཞིག་ནས་ལྷ་ལུམ་གྱི་མི་གཤིས་སུ་འཐིམ་པའི་རྒྱུ་ནོར་ལོངས་སྤྱོད་ལ་རེ་བའི་སེམས་པ་དེ་ཕྱིར་མངོན་ཡོད་དེ། ཐོག་མར་ཕ་མ་གཉིས་ཀྱིས་ལྷ་ལུམ“མ་ཆུང་སར་”①འགྲོ་ན་ནོར་ལུག་ལ་གྲངས་ཀ་མེད་ཅིང་། རྗེས་སུ་འཚོ་བར་སེམས་ཁྲལ་གང་ཡང་མེད་པར་སྐྱིད་ཅིང་བདེ་བའི་འཚོ་བར་རོལ་ཆོག་པའི་གོ་བསྐོན་བློ་འགུག་གི་སློབ་གསོ་ག་ཚོད་བརྒྱབ་ཀྱང་། མོའི་རྣམ་འགྱུར་ནི་ཥ་ཙང་གསལ་ཐག་ཆོད་ཡིན་དེ“ལུང་པ་ཐང་ཁུག་བཟོ་ལྟ་ཡར་བལྟས་ན་གནམ་མ་གཏོགས་མཐོང་རྒྱུ་མེད་པ་འདི་འདྲར་རྒྱུ་ནོར་ག་ཚོད་ཡོད་ཀྱང་ང་ལ་མི་དགོས”ཞེས་པ་དང་མཇུག་ཏུ་ར་ཁྲུལ་ཐོག་པའི་སྐབས་སུ་ལྷ་ལུམ་གྱི་ཁྱིམ་ལ་ར་ལུག་མང་པོ་མེད་པས། “ལྷ་ལུམ་ནས་ཕད་ཅི་ཕྱིད་ཀ་ཙམ་ལས་མ་ལོན་པའི་ར་ཁྲུལ་ཁྱེར་ནས་སྤོན་ལ་ལོག་དུས”ནོར་རྒྱས་ཀྱི་ནག་མོས་མོའི་ངོ་གདོང་ལ་ཚ་ཤུར་བརྒྱབ་ཅིང་འགྲམ་ཤ་ཡིག་ཡིག་ཏུ་འདར་བར་བྱེད་པའི་ཁྲེལ་དགོད་དང་རྒྱབ་གཏམ་དེས། “ལྷ་ལུམ”གྱི་སྔ་མའི་རྣམ་འགྱུར་ལ་ངོ་བོའི་སྟེང་ནས་འགྱུར་ལྡོག་ཅིག་ཕྱིན་ཡོད་པ་ནི་མོ་ནང་ལ་སླེབས་པ་དང་དེ་མ་ཉིད་དུ“ང་འགྲོ་གི་ཡིན། སང་ཉིན་རང་（མ་ཆུང་སར་）འགྲོ་གི་ཡིན”ཞེས་པའི་སྐད་ཆའི་ཁྲུག་ཏུ་མོའི་འགྱུར་བག་གིས་ཕྱུག་པའི་མི་གཤིས་ཤིག་མངོན་ཡོད་དེ། “མོའི་བསམ་པར་ནོར་མེད་ན་ཀུན་གྱིས་འཕྱ་ཞིང་བརྙས་ལ། ནོར་ཡོད་ན་རྗོངས་པ་ཡིན་ཡང་མཁས་པས་ཕྱུག་

① མ་རྗེམ་གྱི་ཐ་སྙད་རང་སོར་བཞགས་པ་ཡིན་ཞིང་འདིར་མ་གཡར་དང་མ་ཚབ་ཀྱི་དོན།

བྱེད། རྣམ་ཀྱང་བུ་མོ་རྣམས་ཀྱི་ཡིད་དུ་འོང་། ཡོན་ཏན་མེད་ཀྱང་ཡོན་དུ་བཀུར་"བའི་རིན་ཐང་གི་ལྟ་ཚུལ་ཞིག་གྲུབ་ཡོད།

"རྩོམ་རིག་གི་ཕན་ནུས་འབྱིན་ཚུལ་ནི་མིའི་བློ་སྟོག་གསར་པ་བསྐྲུན་པའི་ངོས་ནས་སྤྱི་ཚོགས་ཀྱི་སྐྱུལ་ཤུགས་ཆེན་པོ་ལ་རྟེན་གནོན་ཆེན་པོ་བཟོ་བ་དེ་ཡིན། དེ་བས་ལ་ལས་རྩོམ་རིག་ནི་མིའི་རྣམ་ཤེས་བཟོ་སྐྲུན་བྱེད་པའི་བཟོ་འགོད་པའོ"[①]ཞེས་ཟེར་བ་ནང་བཞིན་གོང་གི་བརྩམས་སྒྲུང་འདི་གཉིས་ལས། དུས་རྒྱུན་གི་འགྱུར་བའི་ཁྲོད་དུ་མིའི་དྭངས་གཙང་ལྷད་མེད་ཀྱི་བསམ་བློར་འདོད་རྣམ་གྱི་དྲི་མས་སྦགས་ནས། འདོད་ཡོན་ལོངས་སྤྱོད་ཐོབ་པའི་ཕྱིར་དུ་རང་གི་ཡོད་ཚད་བློས་གཏོང་ནུས་པའི་མི་གཤིས་ཀྱི་ཆ་དེར་བྱི་དོར་དང་དག་སེལ་ཐེངས་ཤིག་བྱས་ཡོད་པར་སེམས་སོ།།

གཉིས་པ། བརྩམས་སྒྲུང་གི་མི་སྣ་དབྱེ་ཞིབ།

བརྩམས་སྒྲུང་སྤྱི་དང་བྱེ་བྲག་དངོས་ཡོད་རིང་ལུགས་ཀྱི་བརྩམས་སྒྲུང་ལ་ཆ་མཚོན་ན། གསོན་ཉམས་དོད་པའི་མི་སྣ་ནི་དེའི་རྣམ་ཤེས་ལྟ་བུ་ཡིན་ལ། བྱུང་རིམ་དང་སྒྲིག་གཞི་ནི་རྣམ་ཤེས་དེ་གནས་སའི་ལུས་ཕུང་ལྟ་བུ་ཞིག་ཏུ་ངོས་འཛིན་བྱེད་ཚོག དེ་ཡང་རྩོམ་རིག་གཞུང་ལུགས་མཁན་པོ་དག་གིས་བརྩམས་སྒྲུང་གོ་དོན་འཆད་སྐབས་སུའང་མི་སྣ་ནི་བརྩམས་སྒྲུང་གི་ལྟེ་སྙིང་ལྟ་བུ་ཡིན་པར་བཞེད་དེ"སྒྲུང་གཏམ་འགྲུབ་བྱེད་ཀྱི་སྙིང་པོར་གྱུར་བའི་རྒྱུ་རྐྱེན་ནི་མི་སྣ་ཡིན་ཏེ། མི་སྣ་མེད་ན་སྒྲུང་གཏམ་ཞེས་པ་ནི་རི་བོང་གི་རྭ་ཡི་བླར་འགྱུར་རོ"[②]ཞེས་གསུངས་པ་དང་གཞན་ཡང་"སྤྱིར་རྩོམ་རིག་བསྟན་བཅོས་ཡོངས་ཀྱིས་མི་སྣའི་སྣང་བརྙན་གྱི་བཞེངས་སྐྲུན་ལྟེ་བར་འཛིན་ལ་ནང་སྒོས་སུ་སྒྲུང་རྩོམ་གྱིས་དེ་བས་ཀྱང

① བདུད་ལྷ་རྒྱལ། «འཚོལ་རྟོག་སྙིང་སྟོབས»ཡུན་ནན་མི་རིགས་དཔེ་སྐྲུན་ཁང་། ༢༠༠༨ལོ། ཤ ༢༠༥

② རྡིན་ཡུས་ཀྲུའུ། «སྒྲུང་གཏམ་གསར་རྩོམ་གྱི་ཤེས་བྱ་མུན་སེལ་སྒྲོན་མེ»མཚོ་སྔོན་མི་རིགས་དཔེ་སྐྲུན་ཁང་། ༡༩༨༧ལོ། ཤ ༢༧

ལྟེ་བའམ་སྙིང་པོར་འཛིན་ནོ་"[①]ཞེས་གསུངས་པ་ལྟར་ཚད་གཞི་ངེས་ཅན་ཞིག་ནས་བཤད་ན། བརྩམས་སྒྲུང་སྤུས་དག་ཅིག་འགྲུབ་མིན་དེ་ཡང་མི་སྣའི་སྣང་བརྙན་གསར་བསྐྲུན་ལེགས་པོ་བྱུང་མིན་དེ་དང་འབྲེལ་བ་ངེས་ཅན་ཞིག་ཡོད།

དེས་ན་ཕུན་ཚོགས་བཀྲ་ཤིས་ཀྱི་བརྩམས་སྒྲུང་ལ་དཔྱད་པ་བྱེད་དུས། མི་སྣར་དབྱེ་ཞིབ་བྱ་རྒྱུ་ནི་འགངས་ཆེ་བའི་གནད་ཅིག་ཡིན་པས། འདིར་ཕོ་བོས་ཕུན་ཚོགས་བཀྲ་ཤིས་ཀྱིས་བརྩམས་སྒྲུང་བདམས་བཏུས《སྲིད་ཆོས་དང་མོའི་ཕྲུ་གུ་ལྔའི་ཕ་རྣམས་》ཞེས་པ་ལྟེ་བར་བཟུང་ནས། སྒྲུང་གཏམ་འདིའི་ནང་དུ་འཁོད་པའི་ཁོང་གི་འཕྲུས་ཚབ་རང་བཞིན་གྱི་བརྩམས་སྒྲུང་འགའ་ཞིག་གི་མི་སྣར་རང་བློས་དཔོག་ཚོད་ཀྱིས་དབྱེ་ཞིབ་མདོ་ཙམ་ཞིག་བྱའོ། །

གཅིག བུད་མེད་ཀྱི་སྣང་བརྙན་འགའ་ཞིག

༡《སྒོ་རས་སྤུ་རྣའི་སྐྱོ་སྒྲུ་ལྷང་ལྷང་》ཁྲོད་ཀྱི་བུ་མོ་སྤུན་བཞི།

ཕུན་ཚོགས་བཀྲ་ཤིས་ཀྱི་བརྩམས་སྒྲུང་ལ་དཔྱད་གླེང་བྱེད་པའི་བརྒྱུད་རིམ་ཁྲོད《སྒོ་རས་སྤུ་རྣའི་ནང་གི་སྐྱོ་སྒྲུ་ལྷང་ལྷང་》ནི་བརྗོད་བྱའི་ནང་དོན་རྒྱ་ཆེ་ཆུང་དང་གཏིང་ཟབ་མིན། སྒྲུང་གི་བྱུང་རིམ་དང་སྒྲིག་གཞི་འགོད་སྟངས། དེ་བཞིན་མི་སྣའི་སྣང་བརྙན་གསར་བཞེངས་སོགས་གང་ས་ཅི་ཐད་ནས་རྩོམ་མཁན་ཁོང་རང་ལ་ལྟོས་ན། བརྩམས་སྒྲུང་གསར་རྩོམ་གྱི་ཡང་རྩེར་སོན་པའི་འཕྲུས་ཚབ་རང་བཞིན་གྱི་བརྩམས་ཆོས་ཤིག་ཏུ་མཐོང་། ནང་དོན་དང་བྱུང་རིམ་སོགས་སྐབས་བབ་ཀྱི་གླེང་གཞི་མ་ཡིན་པས་འདིར《སྒོ་རས་སྤུ་རྣའི་ནང་གི་སྐྱོ་སྒྲུ་ལྷང་ལྷང་》ནང་གི་བུད་མེད་ཀྱི་སྣང་བརྙན་ཐད་དཔྱད་པ་ཙུང་ཟད་ཅིག་བྱེད་པར། ཁྱིམ་ཚང་གཅིག་གི་ཁོར་ཡུག་ནས་འཚར་ལོངས་བྱུང་ཡང་། གཤིས་ཀའི་ཐད་ཁྱད་པར་ཆེ་བའི་བུ་མོ་སྤུན་བཞི་རགས་ཙམ་གླེང་བར་བྱ།

① རྡོ་རྗེ་རིན་ཆེན། 《རྩོམ་རིག་གཞུང་ལུགས་གནད་བསྡུས་》མི་རིགས་དཔེ་སྐྲུན་ཁང་། ༡༩༩༨ལོ། ཤ ༢༥༧

（༡）ལྷག་པ་བུ་ཁྲིད་དང་ཕུར་བུ་མཚམས་གཙོད་གཉིས་ཀྱི་གཤིབ་བསྡུར།

ང་ཚོའི་སྣང་ངོར་སྒོ་རས་སྤྲ་རྭའི་བུ་མོ་རྒན་ཤོས་ལྷག་པ་བུ་ཁྲིད་ནི་སྙིང་ཞེན་དང་བག་འཁྲུམས་ཀྱི་བསམ་བློའི་འཆིང་རྒྱས་ཡོངས་སུ་བཅིངས་ནས། རང་གི་མི་ཚེའི་ལས་དབང་མཐའ་དག་པ་ཕའི་བཀའ་ལུང་གིས་ཐག་གཅོད་བྱེད་པར་ཡོངས་སུ་དང་དུ་ལེན་པའི་སྣང་བརྙན་གྱི་ཆ་ཞིག་ཡོད་ལ། མཐོང་སྣེ་གཞན་ཞིག་ནས་ལྷག་པ་བུ་ཁྲིད་ལ་བལྟས་ཚེ་མོ་ནི་སྒོ་རས་སྤྲ་རྭའི་ཁྱིམ་འཛིན་ཨ་མའི་ངང་ཚུལ་དང་དུ་བླངས་ནས། སྐུ་དབང་བཙན་ཞིང་ཡོ་ནརྒས་པའི་པ་ལགས་ཐུགས་མི་སྨྲོ་བ་ཉིན་གཅིག་ཀྱང་བཟོས་མྱོང་མེད། དེ་བས་རང་གི་བདེ་སྐྱིད་ཀྱི་ཆེད་དུ་པ་ལགས་ཀྱི་བཀའ་ལས་ཐེངས་གཅིག་ཀྱང་བརྒལ་མྱོང་མེད། སྙིང་རྗེས་པོའི་བརྗོད་སྙིང་ལ་དམིགས་ནས་མོའི་བསམ་སྦྱོར་དེ་སྙིང་ཞེན་བག་འཁྲུམས་ཀྱི་ཆ་ཞིག་ཡོད་ནའང་། དེ་ནི་ཏག་ཏག་འཕེལ་རྒྱས་མྱུར་བའི་དེང་སྐབས་ཀྱི་སྤྱི་ཚོགས་འཚོ་བའི་ཁྲོད་དུ་སྙིང་སེམས་དང་རང་ཤེད་ཆེ་བའི་བུ་ཕྲུག་མང་པོས་བོར་ཟིན་པའི་མི་གཤིས་ཀྱི་མཛེས་པ་ཞིག་ཏུ་མཐོང་།

བརྩམས་སྒྲུང་འདི་ཉིད་ལྟ་ཀློག་དང་མྱོང་དཔྱད་བྱེད་པའི་བརྒྱུད་རིམ་ཁྲོད་ང་རང་གི་སྣང་ངོར་ཨ་མ་སྤྲ་པོ་ནས་འདས་པའི་ཁྱིམ་ཚང་ཞིག་གི་ནང་དུ་སྐུ་དབང་བཙན་པའི་པ་ལགས་དང་ད་དུང་ཡང་མོ་རྫིང་དུ་ལུས་པའི་གཅུང་མོའི་བར་ན། ལྷག་པ་བུ་ཁྲིད་ཀྱིས་ཡར་ཕ་ལ་བསྙེན་བཀུར་ཞབས་ཏོག་ཞུ་རྒྱུ་དང་། མར་གཅུང་མོ་རྣམས་ལ་བྱམས་སྐྱོང་བྱེད་ཚུལ་འདིར། གཅིག་ནས་སྙིང་རྗེ་དང་གཉིས་ནས་རྗེས་སུ་ཡི་རངས་ཀྱང་བཙོས་མིན་དུ་སྐྱེས་འོང་། དེ་ནི་རྩོམ་རིག་མཁན་པོ་དག་གིས་རྒྱུན་དུ་བཤད་པའི་ཕུལ་དུ་བྱུང་བའི་བརྩམས་ཆོས་ཁྲོད་ཀྱི་མི་སྣས་ཀློག་པ་པོའི་ཡིད་སེམས་འགུལ་བར་བྱེད་པའི་ནུས་པ་ཡོད་ཅེས་པ་དེ་ཡིན་པར་སེམས།

ལྷག་པ་བུ་ཁྲིད་ཀྱི་སྣང་བརྙན་དེ་དོན་དུ་མོ་རང་གི་གཅུང་མོས་ཚོ་དཀར་བཤད་པའི་སྐད་ཆ་དུམ་བུ་ཞིག་གི་ནང་དུ་འདུས་ཡོད་དེ"ཨ་ཅག་ནི་ནང་ལས་འཛོན་པ་དང་། སེམས་

པ་བཟང་བ། ཐེག་པ་ཆེ་བ་ཞིག་ཡོག་རེད། ནམ་རྒྱུན་པུ་ལགས་ནས་ང་ཚོའི་དོན་དུ་སྐུ་ཀྲུང་བཞེངས་ན་ཨ་ཙག་ནས་ཞལ་གསོ་བ་དང་། ང་ཚོའི་དོན་དུ་བཀའ་སློབ་གཟེད་ཀྱི་རེད། ནམ་རྒྱུན་ནང་ལ་ཁ་ལག་བཟོས་ནས་ང་ཚོ་ཚང་མར་ཟ་ཆོག་འཐུང་ཆོག་གིས་སེམས་ཁྲལ་ཅི་ཡང་བྱེད་དགོས་མ་རེད་"①ཅེས་པ་ལྟར་མདོར་ན་ལྷག་པ་བུ་ཁྲིད་ཀྱི་སྣང་བརྙན་ནི་"བོད་མི་རིགས་ཀྱི་བྱམས་དང་སྙིང་རྗེ། ཆོག་ཤེས་དང་སེམས་བསྐྱེད། བག་ཡོད་ཀྱི་ཤེས་རིག་གི་སྙིང་པོ་ཡོངས་སུ་འདུས་པའི་མི་ལོང་ལྟ་བུ་ཞིག་གསལ་ཐུབ་ཡོད་ལ། གཞན་ཡང་ཁྱིམ་ཚང་དེར་རང་གཤིས་བོར་བའི་བློས་བཏང་གི་ཡ་ཆས་ཤིག་ཀྱང་ཆགས་ཡོད་"②ཅེས་པ་ནི་བདེན་པའི་གཏམ་དྲང་པོའི་དཔྱད་པ་ཉིད་དུ་འཁྱུམས་སོ།།

སྒོ་རས་སྤྱ་ནའི་བུ་མོ་ཆུང་ཤོས་ཕུར་བུ་མཚམས་གཙོད་ནི་ཏ་ལམ་ཁྱིམ་ཚང་དེའི་"སྒྲིག་སྲོལ་"སྲོལ་སྟོད་དུ་གཏོང་བའི་འགོ་འཛུགས་མཁན་ཞིག་ཡིན་ལ། སྟོས་བཅས་ཀྱི་གཙེན་མོ་གསུམ་དང་བསྡུར་ན་བསམ་བློའི་ཐད་འཆིང་རྒྱ་དེ་ཙམ་མེད་པར་གཅེན་མོ་གཉིས་ཀྱིས་བཤད་མི་ཐོད་པའི་སྐད་ཆ་བཤད་ཐོད་ལ། བསླབ་མི་ནུས་པའི་བྱ་བའི་རིགས་ཀྱང་མོས་བློ་ཁོག་ཆེན་པོས་བསླུབས་ནས། ལྷག་དོན་དེང་རབས་ཀྱི་ཤེས་རིག་དང་འཚོ་བའི་འཕེལ་ཕྱོགས་ཐད་ལའང་ཡོངས་སུ་དུས་རབས་ཀྱི་རྗེས་མ་ཟིན་ནའང་། ཕོ་མོའི་སྐད་ཆ་དང་བྱ་སྤྱོད། བསམ་བློ་དང་གཤིས་ཀ་སོགས་ཀྱི་སྟེང་ནས་མོས་སྤྱི་ཚོགས་འཕེལ་ཕྱོགས་ཀྱི་རྗེས་སུ་བསྙེག་རྒྱུའི་འདུན་པ་ཞིག་མངོན་ཡོང་།

རྩོམ་པ་པོས་ཕུར་བུ་མཚམས་གཙོད་ཀྱི་གཤིས་ཀ་དེ། པུ་ལྷ་དབང་ལགས་ཀྱི་ཐུགས་གཤིས་དང་ཏ་ལམ་ཁྱད་པར་ཆེ་ཤོས་སམ། ཐ་ན་འགལ་བ་ལྟག་སྡོད་ཀྱི་ཚུལ་དུ་གསར་བསྐྲུན་བྱས་ཡོད་པར་སེམས་པས། པུ་ལྷ་དབང་ལགས་དང་བུ་མོ་ཕུར་མཚམས་གཉིས་ཀྱི་

---

① ཕུན་ཚོགས་བཀྲ་ཤིས། 《སྲིད་ཆོས་དང་མོའི་ཕྲུ་གུ་ལྔའི་ཕ་རྣམས་》བོད་ལྗོངས་མི་དམངས་དཔེ་སྐྲུན་ཁང་། ཕྱི་ལོ་༡༩༩༧ ཤ་༣༠༨
② 《བོད་ཀྱི་རྩོམ་རིག་སྒྱུ་རྩལ་》ཕྱི་ལོ་༡༩༩༨ལོའི་དེབ་གསུམ་པ། ཕྱིའི་འདོན་ཐེངས༩༥ ཤ་༥༧

གཤིས་ཀའི་ཐད་ཕན་ཚུན་གཤིབ་བསྡུར་རེ་བགྱིས་ཆོ། མི་སྣ་དེ་གཉིས་ཀྱི་བསམ་བློ་དང་འདུ་ཤེས་འཛིན་སྟངས་ཐད་ཀྱི་ཁྱད་པར་དེ་བས་མངོན་གསལ་དོད་དུ་འགྲོ་ནའང་། འདིར་སྐབས་བབ་ཀྱི་གླེང་བྱ་ནི་བུད་མེད་ཀྱི་སྣང་བརྙན་ལ་དཔྱད་པ་ཡིན་པས་འཕྲོས་བཤད་མང་དྲགས་ན་བརྗོད་སྙིང་བསྒྲིབས་ནས་ཉ་ཉུང་མཉམ་བསྲེས་ཀྱི་སྐྱོན་དུ་མཐོང་བས་པདྨ་ལྷག་དབང་ལགས་ཀྱི་གཤིས་ཀའི་དཔྱད་བསྡུར་དེ་རེ་ཞིག་གཞོགས་སུ་བསྐྱུར་རོ། །

ཕུར་མཚམས་ཀྱི་བསམ་བློ་དང་བྱ་སྤྱོད་ཐད་སྒོ་རས་སྤུ་རྣའི་“སྤྲོལ་རྒྱུན་གྱི་སྦྲིག་སྤྲོལ་དམ་པོ”ལས་གུ་ཡངས་ཆེ་ཙམ་ཐོབ་ཡོད་པ་དེའང་རྒྱུ་མེད་རྐྱེན་མེད་དུ་བྱུང་བ་ཞིག་མ་ཡིན་པར། “མོ་ནི་པདྨ་ལྷ་དབང་ལགས་ཀྱི་ཕྲུ་གུའི་མཐའ་ཆུང་ཡིན་པ་དང་། ཡང་སྔོས་ཆུང་དུའི་དུས་ནས་སྐྱིད་མའི་བྱམས་སྐྱོང་དང་བྲལ་བར་བརྟེན་ཁྱིམ་ཚང་གི་བཀག་རྒྱ་ལས་གུ་ཡངས་ཆེ་ཙམ་བྱུང་བ་དང་། ལྷག་པར་དུ་གཅེན་མོ་ཚོ་དང་མི་འདྲ་བར་སློབ་གྲྭར་ཡང་ལོ་འགའ་འགྲོ་སྙིང་བ་སོགས་ཁོར་ཡུག་ཆ་རྐྱེན་དེ་དག་གི་ཤུགས་རྐྱེན་གྱིས་བསམ་བློའི་འཆིང་རྒྱ་དེ་ཙམ་མེད་”[①]ཅེས་གསུངས་པ་བཞིན་ཡིན་ལ། གཉིས་ནས་ཕུར་མཚམས་དང་ལྷག་པ་བུ་ཁྲིད་གཉིས་སྐྱེས་པའི་དུས་རབས་ཀྱང་ཁག་ཁག་ཡིན་པས། དུས་རབས་སོ་སོའི་རྟགས་ཐམ་དེ་མི་སྣའི་བསམ་བློ་དང་བྱ་སྤྱོད་ཀྱི་སྟེང་དུ་ཐེབས་ཡོད་པས་སོ།།

(༢) བསོད་ནམས་བུ་ཁྲིད་དང་གཙུང་མོ་ཚེ་རིང་བུ་ཁྲིད།

ཁོ་གཉིས་ཁྱིམ་ཚང་གཅིག་གི་ཁོར་ཡུག་ནས་འཚར་ལོངས་བྱུང་བའི་དཔེ་མཚོན་རང་བཞིན་གྱི་མི་སྣ་གཉིས་ཡིན་ཞེས་བརྗོད་པར་ནུས། མ་གཞི་ཁོ་གཉིས་ཀྱི་བསམ་བློ་དང་གཤིས་ཀའི་སྟེང་འདྲ་བའི་ཆ་ཡོད་པ་ནི་སེམས་ཀྱི་གཏིང་རྩམ་དུ། རང་གི་འཚོ་བ་དང་བརྩེ་དུང་ཐད་རང་གི་བསམ་བློ་དང་འདུན་པ་མང་དུ་མཆིས་ཀྱང་། བོད་ཀྱི་གནའ་གཏམ་བཞིན་དུ་“ཁོག་ན་མེ་འབར་ཡང་ཁ་ནས་དུ་བ་མི་འདོན”ཞེས་པ་ལྟར། པདྨ་ལགས་ཀྱིས་ཅི་གསུངས་

---

① 《བོད་ཀྱི་རྩོམ་རིག་སྒྱུ་རྩལ》སྤྱི་ལོ་༡༩༩༧ལོའི་དེབ་གསུམ་པ། སྤྱིའི་འདོན་ཐེངས་༩༥ ཤ ༥༩

བཀའ་སྩལ་བྱེད་པ་ལས་བཀའ་བཙག་གྱིན་ལྡོག་གཏན་ནས་མི་ཐོད།

ཞིབ་པར་བལྟས་ན་ཕོ་གཉིས་ཀྱི་བསམ་སྒྱུར་ཅི་རིགས་ནས་མི་འདྲ་སའི་ཁྱད་པར་ཡང་ཡོད་དེ། མ་གཞི་ཕོ་གཉིས་པ་མ་གཅིག་གི་བུ་མོ་རྒན་གཞོན་ཡིན་ཡང་། ཕོ་གཉིས་རང་མཚན་དུ་གྲུབ་པའི་མི་སྐྱེར་གཉིས་ཡིན་པའི་ངོས་ནས། རང་གཤིས་ལ་ཁྱད་པར་ཡང་ཡོད་དགོས་པ་ཞིག་ཡིན། བསོད་ནམས་བུ་ཁྲིད་ནི་ཕྱི་ནང་ཀུན་ནས་བག་འཁུམས་དང་ངོ་ཚ། དོགས་ཟོན་བཅས་ཀྱིས་རང་གི་བསམ་བློ་དང་བྱ་སྤྱོད་དམ་དུ་བཅིངས་ནས། ཆེ་ཆུང་གི་བྱ་བ་ཡོད་ཚད་པྲ་ལགས་ཀྱི་བཀའ་བཀོད་དང་ལས་དབང་སྐྱུག་ནས་སྟོད་མཁན་ཞིག་ཡིན་ལ། དེ་འདྲའི་བསམ་བློ་དང་རང་གཤིས་ཀྱིས་མོ་ནི་ཕྱི་མི་དང་དེ་ཙམ་གྱི་འབྲེལ་འདྲིས་ལ་མི་དགའ་ཞིང་སྨྲ་བ་ཉུང་བ། རང་གིས་རང་ལ་ཡིད་ཆེས་དེ་ཙམ་མེད་པའི་བུད་མེད་ཉམ་ཆུང་ཞིག་དང་སྙིང་རྗེ་ཅན་གྱི་སྣང་བརྙན་ཞིག་ཏུ་བསྒྲུན་ཡོད།

དུས་ཀྱི་འཁོར་བསྒྱོད་དང་བསྟུན་ནས་མིའི་བསམ་བློ་འགྱུར་བ་ངེས་ཅན་ཞིག་འགྲོ་བ་ནི་འཇིག་རྟེན་གྱི་ཆོས་ཉིད་ཅིག་ཀྱང་ཡིན་པས། བསོད་ནམས་བུ་ཁྲིད་ཀྱི་བསམ་བློ་དང་བྱ་སྤྱོད་ལ་འགྱུར་བ་ཆེན་པོ་ཞིག་སོང་ཡོད་པ་ནི། མཐར་རང་གི་བརྩེ་དུང་དང་རང་དབང་གི་འཚོ་བ་ཞིག་གི་ཆེད་དུ་སྔོ་རས་སྤུ་རའི་སྲོལ་རྒྱུན་གྱི་སྒྲིག་སྲོལ་ལས་བརྒལ་ཞིང་། སྐུ་དབང་བཙན་པའི་པྲ་ལྷ་དབང་ལགས་ཀྱི་བཀའ་ཡང་བཅགས་ནས། ཨ་ཕོ་ཚེ་དགའ་དང་མཉམ་དུ་ཁམས་ཕྱོགས་སུ་བྲོས་ཕྱིན་པའི་སྒྱུར་བ་དང་། ད་དུང་ཤུལ་དུ་བཞག་པའི་ཡི་གེ་དེས་མོའི་བསམ་བློའི་འགྱུར་ལྡོག་ཤུགས་ཆེར་ཕྱིན་པའི་ར་སྤྲོད་བྱེད་ནུས། དེ་ནི་གོང་དུ་བརྩམས་སྒྲུང་གི་ནང་དོན་དཔྱེ་སྐབས་སུ་བཤད་པ་བཞིན་དུ་གཅིག་ནས་བསོད་ནམས་བུ་ཁྲིད་ཀྱི་བསམ་བློའི་འགྱུར་ལྡོག་ཅིག་ཡིན་ལ། གཉིས་ནས་རྩོམ་པ་པོ་ཉིད་ཀྱི་བཞེད་དགོངས་ཀྱང་ཡིན། བསོད་ནམས་བུ་ཁྲིད་ཀྱི་སྤྱོད་ཚུལ་དེ་ནས་ཅི་ཞིག་ར་སྤྲོད་བྱས་ཡོད་ཟེར་ན། དེ་ནི་སྲོལ་རྒྱུན་གྱི་བསམ་བློའི་འཆིང་རྒྱ་དེ་ཇི་ལྟར་དམ་ཡང་། དུས་རབས་འཕོ་འགྱུར་གྱི་ཚ་རླབས་ཁྲོད་དུ་ཞིག་འགྲོ་བའི་གནས་ལུགས་ཤིག་བསྟན་ཡོད་ལ། རང་དབང་གི་འཚོ་བར་

རེ་འདོད་དང་བསྟོན་ལེན་བྱེད་པའི་སྙིང་སྟོབས་ཡོད་མཁན་རྣམས་སྙིང་ཞེན་བག་འཁུམས་དང་མཁྲིགས་འཛིན་གྱི་བསམ་བློ་ལས་རྣམ་པར་རྒྱལ་བའི་རྟགས་ཤིག་ཀྱང་དེ་བས་ཡིན།

ཚེ་རིང་བུ་ཁྲིད་ནི་ཕྱི་ཚུལ་ནས་བལྟས་ན་ཅུང་སྐྱབས་བདེ་བའི་རྣམ་པ་ཞིག་མངོན་ཙང་། དོན་དུ་མོའི་ནང་སེམས་ཀྱི་འཇིག་རྟེན་ནི་དེ་ཙམ་དུ་སྐྱབས་བདེ་པོ་ཞིག་མ་ཡིན་པར། འཚོ་བར་དགའ་ཞེན་དང་དྲང་བདེན་དང་གནས་ལུགས་ཀྱི་ཆེད་དུ་བསམ་ཕོད་ལ་ཐོད་ཕོད་པའི་གཤིས་ཀ་གྱོང་པོ་ཞིག་ཡོད། འོན་ཀྱང་སྔོ་རས་སྤྱ་རྣའི་ཁྱིམ་ཚང་གི་"སྒྲིག་སྲོལ"དེས་མོའི་མི་གཤིས་དམ་དུ་བཅིངས་པས་མོའི་འཛོན་ནུས་དང་བསམ་བློར་ཡང་ཚད་བཀག་ངེས་ཅན་ཞིག་བཟོས་ཡོད་པར། རྩོམ་པ་པོས་དམིགས་པ་ཡོད་པའི་སྒོ་ནས་ཚེ་རིང་བུ་ཁྲིད་ལ་"ཕྱི་སྐྱག་ནང་ཞུམ"ཞེས་བཏགས་པ་ལས་ཡོད་ཚད་གསལ་བར་བྱས་ཡོད་དེ། ཕྱི་རོལ་གྱི་ལས་ཀའི་ཁོར་ཡུག་དེའི་ཁྲོད་དུ་མོས་གནས་ལུགས་དང་བདེན་དོན་རྩོད་ཅིང་། རང་ཉིད་ཚུད་པའི་རང་གི་ཁྱིམ་ཚང་དང་ནང་མིར་སུས་ཐེ་ཇུས་དང་བྱུར་ཟ་བྱེད་པར་མོས་"སྐྱག"གི་ངང་ཚུལ་འཛིན་ནས། ལན་དང་འགྲེལ་བཤད་ལེགས་པར་བྱས་ནས་དོན་མེད་མཐོང་ཆུང་བརྙས་བཅོས་སོགས་གཏན་ནས་འཁུར་འདོད་མེད། ཡང་མོ་རང་"སྒྲིག་སྲོལ"དམ་པའི་ནང་དུ་པླ་ལྷ་དབང་ལགས་ཀྱི་དྲུང་ན་མོ་ནི་"ཞུམ་བུའི"ངང་ཚུལ་དང་དུ་བླངས་ནས་རང་གི་བསམ་ཚུལ་ཙམ་ཡང་འཆད་པའི་སྤོབས་པ་ཞིག་མ་མཆིས། ཚེ་རིང་བུ་ཁྲིད་ནི"སྐྱག་ཞུམ"གྱི་གཤིས་ཀ་ལྡན་པ་ཞིག་ཏུ་འབྲི་བཞེངས་བྱ་ཕྱིར། རྩོམ་པ་པོས་དེ་བསྟུན་གྱི་བྱུང་རིམ་བཀོད་འབྲི་བྱས་ཡོད་ཅིང་། དེ་ལས་རྩོམ་པ་པོས་རྩོམ་གྱི་བརྗོད་སྙིང་ལ་དམིགས་ནས་མི་སྣའི་རང་གཤིས་གསར་བཞེངས་བྱེད་པའི་ནུས་རྩལ་མངོན་ཡོད།

༢《སྲིད་ཆོས་དང་མོའི་ཕྲུ་གུ་ལྔའི་ཕ་རྣམས》ཁྲོད་ཀྱི་སྲིད་ཆོས་དང་《རྒྱུན་གཏན་གྱི་མཚན་མོ》ཡི་ཁྲོད་ཀྱི་ལྷ་ལྷམ།

མ་གཞི་སྲིད་ཆོས་ནི་བརྩམས་སྒྲུང་དེའི་ནང་གི་མི་སྣ་གཙོ་བོ་ཞིག་ཡིན་པས། རྩོམ་པ་པོས་སྲིད་ཆོས་ཀྱི་སྣང་བརྙན་གསར་བསྐྲུན་ཐད་མོའི་ཕྱིའི་རྣམ་པ་དང་། སྐད་ཆའི་ཐོག

ནས་རང་གཤིས་ཕྱིར་མཚོན་བྱེད་པར་དེ་ཙམ་གྱི་གཙིགས་སུ་མི་འཛིན་པར། གཙོ་ཆེར་མོའི་བྱ་བྱེད་དང་སྣང་ཐོལ་པོའི་བྱུང་རིམ་ཁྲིད་དུ་མོའི་གཤིས་ཀ་མཚོན་པར་བྱས་ཡོད། དེ་ཡང་སྲིད་ཆོས་ཀྱི་སྣང་བརྙན་དེ་སྤྱིར་དུས་རབས་ཀྱི་འཕེལ་རྒྱས་ཀྱིས་རྗེས་སུ་བསྐྱུར་ནས་དེང་རབས་ཤེས་རིག་དང་འཚོ་བའི་འགྲོ་ལུགས་སོགས་ཀྱི་གོ་རྟོགས་དམན་པ། རང་ཉིད་ཀྱི་མ་མཐའི་ཁེ་དབང་ལ་སྲུང་སྐྱོང་དང་བརྩོན་ལེན་བྱེད་པའི་འདུ་ཤེས་ཀྱིས་དབེན་པ། དགྲ་དང་གཉེན་ལ་དགའ་སྐྱོ་ཆགས་སྡང་མི་གསལ་བར་འདི་ལྟར་གཞན་གྱི་བརྙས་བཅོས་དང་མཐོང་ཆུང་འོག་ཏུ་མགོ་བོ་སྒུར་ནས་སྡོད་པའི་རྫོངས་འཛོམ་དང་ཉམ་ཆུང་ནུས་མེད་ཀྱི་ཆ་ཞིག་ཡོད་ལ། གཅིག་བྱས་ན་མོ་རང་འཚར་ལོངས་བྱུང་སའི་ཁོར་ཡུག་གི་རྐྱེན་ཡིན་ནམ་གང་ལྟར་དུ་སྲིད་ཆོས་བཅུ་དྲུག་ལང་ཚོའི་དཔལ་ཡོན་ཡོངས་སུ་རྫོགས་པའི་དུས་ནའང་། རང་ཉིད་ལ་མ་མཐར་ཡོད་དགོས་པའི་སྤོབས་པ་ཞིག་དང་། ན་ཚོད་དང་མཐུན་པའི་རེ་བ་ཞིག་མེད་པར། ལང་ཚོའི་དཔལ་ལས་གྲུབ་པའི་འབྲས་བུ་དེ་ཕྲུ་གུ་གསུམ་གྱི་ཕ་ཏུ་ཕྱུར་བའི་དགེ་རྒན་འབྱོར་པར་ཕུལ་བ་མ་ཟད། ད་དུང་“ང་ཁྱེད་ཀྱི་མི་ཚེ་སྐྱེལ་རོགས་ཀྱི་ནག་མོ་བྱེད་འདོད། ཁྱེད་ནས་ང་མ་དབྱུག་ཨང་”ཟེར་ནས་རེ་བ་དང་ཞུ་འབུལ་བྱེད་པའི་སྟེང་ནས་སྲིད་ཆོས་ནི་རང་གི་སེམས་འདུན་ཙམ་གྱི་རྗེས་སུ་བསྙེགས་པ་ལས། དོན་དངོས་ཀྱི་འཚོ་བར་དཔྱོད་ཤེས་ཀྱིས་ལྟ་ཐུབ་ཀྱི་མེད་པའི་རྫོངས་འཛོམ་དང་བྱིས་བློའི་རང་བཞིན་ཅན་གྱི་གཤིས་ཀ་ཞིག་གྲུབ་ཡོད།

ད་དུང་སྲིད་ཆོས་ཀྱི་སྟེང་དུ་ཙུང་མངོན་གསལ་དོད་པོའི་གཤིས་ཀ་གཞན་ཞིག་ཡོད་པ་ནི། མོ་ནི་འདས་དོན་བརྗེད་སླ་ཞིང་ཉམས་མྱོང་ཁྲིད་ནས་སློབ་གསོ་ལེན་མི་ཐུབ་པར། སྨུ་མཐུད་རང་གི་དོན་དངོས་དང་མི་འཚམ་པའི་སྟོང་བསམ་ཙམ་གྱི་རྗེས་སུ་འབྲངས་ནས་སྡུག་བསྔལ་གསར་པ་ཞིག་འཚོལ་བར་བྲེལ་བཞིན་ཡོད་དེ། “ཕྲུ་གུ་གཉིས་པའི་ཕ་དེས་མོ་རང་ལ་བཅར་ཡོང་སྐབས་མོས་རང་འགྲུལ་ངང་དང་ལེན་བྱེད་”པའི་བསམ་སྒྱུར་དེས་མོའི་གོང་བརྗོད་ཀྱི་གཤིས་ཀ་དེ་ར་སྤྲོད་བྱས་ཟིན། སྲིད་ཆོས་ཀྱི་བསམ་བློ་གཏོང་སྟངས་འགག་ཞིག

ནི་ངོ་མ་དགོད་བྲོ་ལ་དུ་ཤོར་དགོས་པ་ཞིག་ཏུ་མཐོང་། དེ་ཡང་བསམ་ཕྱོགས་གཅིག་ནས་བལྟས་ན། མིའི་བག་ལ་ཞ་བའི་གཉུག་གཤིས་སམ་མི་གཤིས་ཀྱི་ཆ་ཤས་ཤིག་ཡིན་ཡང་སྲིད་དེ། མོས་གདོང་ལ་པང་གདན་བཀབ་ནས“རང་གི་བསམ་དོན་ངོ་མ་དག”བཤད་ནས་རང་གི་འདོད་དོན་གྲུབ་པའི་རེ་བ་བཅངས། བུད་མེད་ཅིག་གི་ངོས་ནས་བརྗོད་ན་དེ་ནི་ངོ་མ་དགོད་བྲོའི་བྱེད་སྟངས་ཤིག་རེད་ལ་དེ་བས་དུ་བྲོ་བའི་ལྐུགས་རྟགས་ཤིག་ཅི་ལ་མ་ཡིན།

གོང་དུ་གླེང་བ་དག་ནི་སྲིད་ཆོས་བུད་མེད་ཅིག་གི་གནས་བབ་ནས་མོའི་རང་གཤིས་གླེང་བ་ཡིན་ཞིང་གཤམ་དུ་སྲིད་ཆོས་འཛིག་རྟེན་སྐྱིད་མ་ཞིག་གི་གནས་བབ་ཏུ་བཞག་ནས་མོའི་གཤིས་སུ་འཐིམ་པའི་བརྩེ་བ་ཟབ་མོ་ཞིག་ཡོད་པ་དེའི་ཆ་ནས་ཅུང་ཟད་བཤད་ན། མ་གཞི་སྲིད་ཆོས་ཀྱིས་རང་གི་གཉའ་ནས་གནོན་པའི་ཕྲུ་གུ་ལྟ་ལས། རང་དང་མཉམ་དུ་སྐྱིད་སྡུག་མཉམ་སྤྱོད་བྱེད་པའི་གྲོ་བོ་ཞིག་མེད་པར་འཁང་ར་དང་སྡུག་ཡུས་ཤིག་བྱེད་ཀྱིན་ཡོད་ཀྱང་། དོན་དུ་མོའི་འཚོ་བའི་དགའ་སྡུག་གིས་མོ་རང་ཇི་ལྟར་མནར་ཡང་། རང་གི་ཤ་ཁྲག་ལས་གྲུབ་པའི་ཕྲུ་གུ་ལྟ་པོར་བརྩེ་བ་ཟབ་མོ་ཞིག་འཆང་གིན་ཡོད་པ་ནི“སྲིད་ཆོས་ཕྲུ་གུ་བརླགས་ རྗེས་དལ་བཟོད་མེད་པའི་སེམས་སྡུག་ནང་གནས་ཡོད”པ་ཁག་ཅི་ཡོད་དེ། ཕྲུ་གུར་ཕ་བསྟན་དུ་ཡོད་མེད་ལ་མ་ལྟོས་པར་འཛིག་རྟེན་སྐྱིད་མ་ཞིག་གི་ལྷན་སྐྱེས་གཤིས་སུ་འཐིམ་པའི་བྱམས་བརྩེ་ཞིག་མངོན་ཡོད། དེ་ནི་ལྟོ་གོས་ལ་དགའ་ངལ་ཇི་ཙམ་ཡོད་ཀྱང་མོས་ཕྲུ་གུ་གཅིག་ཀྱང་ཁོ་ཚོའི་ཕའི་སར་གཏོང་འདོད་རྩ་བ་ནས་མི་བྱེད་ཅིང་། མོའི་བསམ་པར“ཕྲུ་གུ་བཏང་ན་ཕྲུ་གུའི་ཕས་སོ་སོའི་ཕྲུ་གུར་བརྩིས་ཀྱང་མ་གཡར་གྱིས་ཕྲུ་གུར་བརྙས་བཅོས་བྱས་ནས་ངའི་ཕྲུ་གུ་དྲིན་ཆུང་དུ་འགྲོ་རྒྱུ་རེད། འདི་ལས་ཟ་རྒྱུ་གང་ཡང་མེད་ཀྱང་སོ་སོའི་འཁྲིས་སུ་ཉར་ན་ཕྲུ་གུ་སྐྱིད་པ་ཡོང་རྒྱུ་རེད”བསམ་པ་ནི་སྐྱེད་མའི་བརྩེ་བས་འཚོ་བའི་དགའ་སྡུག་བཟོད་ནུས་པའི་ཆ་དེ་མཚོན་ཡོད་ཅིང་། སྲིད་ཆོས་ཀྱི་བུ་མོ་རྒན་ཤོས་ལྷ་མཚོ་ལའང་རང་དང་མཚུངས་པའི་ལས་དབང་སྤྱོད་དོགས་ཀྱིས་ལྷ་མཚོ་དམ་དུ་འཛུས་ནས་མིག་ཆུ་གཏོང་བ་དང་སྡུག་པོ་སྤྱོད་མཁན་ནི་ང་ཚོ་ནག་མོ་རེད་ཟེར་བའི་སྐད་ཆ་དེ་དྲན་ནས

བསྡད་པ་ཙམ་ལས་སྡུག་བསྔལ་གྱི་འབྱུང་རྐྱེན་ལ་རྒྱུད་འཚོལ་མི་བྱེད་ལ། སྡུག་བསྔལ་ཅི་བྱུང་ལས་ཀྱི་བཀོད་སྟངས་ཙམ་དུ་སྒོམ་པ་ལས་དེར་ཡ་ལན་སྤྲོད་པའི་བསམ་བློ་དང་སྙིང་སྟོབས་མེད་པ་ནི་སྲིད་ཆོས་ཙམ་མ་ཟད་སྲིད་ཆོས་ཀྱིས་མཚོན་པའི་བོད་འགྲོག་ཁྱུལ་གྱི་བུད་མེད་མང་པོ་ཞིག་གི་ཉམ་ཆུང་ནུས་མེད་ཀྱི་བསྡུས་གཟུགས་ཤིག་ཡིན་པར་མཐོང་ངོ་།།

《རྒྱུན་གཏན་གྱི་མཚན་མོ་》ཞེས་པའི་ནང་གི་ལྷ་ལྷམ་དང་སྲིད་ཆོས་གཉིས་མ་གཞི་འཚོ་བའི་ཁོར་ཡུག་དང་བསམ་བློའི་འདུ་ཤེས་འཛིན་སྟངས་འགའ་ཞིག་ཐད་འདྲ་བའི་ཆ་ཡོད་ནའང་ཞིབ་པར་བལྟས་ན་ཕོ་གཉིས་ནི་"ཁྱི་རྟུང་གི་གོམས་སྲོལ་"གཅིག་གི་འོག་ནས་"སྐྱིད་སྡུག་"མི་འདྲ་བ་སྤྱོད་པའི་འགྲོག་མོ་གཉིས་ཡིན། ལྷ་ལྷམ་དང་སྲིད་ཆོས་གཉིས་ཀྱི་མི་སྣའི་སྣང་བརྙན་གསར་སྐྲུན་ཐད་གཞིབ་བསྡུར་ཙུང་ཟད་ཅིག་བྱས་ཆོག རང་གི་ལྟ་ཚུལ་ལྟར་ན་སྲིད་ཆོས་དང་མི་སྣའི་བར་གྱི་སྐད་ཆ་དང་བྱ་བྱེད་གཉིས་ལ་རྩོམ་པ་པོའི་བསམ་བློས་ཆོད་འཛིན་དང་བཀོད་འདོམས་བྱེད་ཤུགས་ཆེ་བས། མོའི་བསམ་བློའི་འགྱུར་བའི་སྙིང་ནས་རང་གར་གནམ་སླེང་དང་བྱ་བྱེད་འཕེལ་རྒྱས་འགྲོ་བར་འགོག་རྐྱེན་ཙུང་ཟད་བཟོས་ཡོད་པའི་སྣང་བ་ཞིག་འཆར་ཞིང་།ལྷ་ལྷམ་གྱི་སྣང་བརྙན་གསར་སྐྲུན་ཐད་ལྟོས་བཅས་ཀྱི་མོའི་བསམ་བློའི་འགྱུར་བ་དང་བསྟུན་ནས། བྱ་བྱེད་དང་སྐད་ཆའང་རམ་རམ་ཤུགས་ཀྱིས་འགྱུར་བ་འགྲོ་བའི་ཆ་ཞིག་མངོན།

ལྷ་ལྷམ་ལ་ཆ་མཚོན་ན་སྲིད་ཆོས་ཀྱི་རང་གཤིས་དང་ཐུན་མོང་གི་ཆ་ཞིག་ཡོད་པ་ནི་"གོམས་སྲོལ་"གྱི་མཐོང་ཆུང་དང་བརྙས་བཅོས་འོག་མགོ་བོ་སྒུར་ནས་སྡོད་པ་ལས་དེར་འཐབ་རྩོད་དང་ཡ་ལན་སྤྲོད་པའི་སྤོབས་པ་ཞིག་མ་མཆིས（ཡང་བསམ་ཕྱོགས་གཞན་ཞིག་ནས་བལྟས་ན། དེ་ནི་ངོ་མ་ཕོ་ཚོའི་འཚོ་བའི་གོམས་སྲོལ་དུ་གྱུར་ཟིན་པས་རང་འགྱུལ་དང་དང་ལེན་བྱེད་པ་ཞིག་ཀྱང་ཡིན་སྲིད་）པར་ཉམ་ཆུང་ནུས་མེད་ཀྱི་ངང་ཚུལ་ཞིག་མངོན་ཡོང་། མི་འདྲ་སའི་ཆ་དེ་ནི་ལྷ་ལྷམ་གྱིས་རང་གི་སེམས་གཏིང་ནས་རེ་ཞིང་སྨིག་པའི་འཚོ་བ་དེའི་ཆེད་དུ་མ་མཐར་ཡང་བསམ་གཞིག་བྱེད་ཀྱི་ཡོད། ཐ་ན་གཞན་གྱི་མོ་ལ་ནོར་ལུག་གིས་

དབུལ་བར་འཕྱ་སྨོད་དང་མཐོང་ཆུང་གི་སྐད་ཆ་ཞིག་གིས་མོས་འཚོ་བར་འཛིན་པའི་ལྟ་བ་དེའང་འགྱུར་ལྡོག་འགྲོ་བ་ནི་གོང་གསལ་ནང་དོན་དབྱེ་ཞིབ་སྐབས་རགས་ཙམ་གླེང་ཟིན་པས་དེ་ལས་རྟོགས་པར་ནུས།

ལྷ་ལྕམ་གྱི་བྱ་སྤྱོད་དང་སྐད་ཆ་ལས་མོའི་ནང་སེམས་ཀྱི་རྙོག་འཛིང་ཆེ་བའི་འཇིག་རྟེན་ཞིག་འཆར་འོང་བ་ནི། རེ་བ་དང་འདུན་པའི་བར་དུ་གྲུབ་པའི་འགལ་འདུ་ཞིག་སྟེ། མི་ཚང་ཕྱུག་པོ་ཞིག་གི་མནའ་མར་ཕྱིན་ནས་རང་ཉིད་ལ་མཐོང་ཆུང་བྱེད་མཁན་གྱི་མི་ཚང་དེའི་གཉའ་བཙག་རྒྱུའི་འདུན་པ་དེ་དང་། དོན་དངོས་ཐོག་མོ་ལ་སེམས་གཏིང་ནས་བརྩེ་དུང་འཆང་མཁན་ནི་ནོར་གྱིས་དབུལ་ཞིང་ཁ་ཐབས་སྐྱོ་བའི་སྐར་མ་ཙམ་ལས་མེད་པའི་འགལ་བ་དེ་རེད། མཐར་ལྷ་ལྕམ་གྱི་འགལ་བ་དེའི་མདུན་ནས་རང་གི་གཤིས་སུ་གྲུབ་པའི་རྒྱུ་ནོར་ལོངས་སྤྱོད་ཆེད་པའི་ལམ་དེ་བདམས་ནས། སྐར་མའི་བརྩེ་དུང་ལ་ཁྲིད་གསོད་བྱས། མ་གཞི་མོའི་སྤྱོད་ཚུལ་དེ་ཕལ་ཆེ་བའི་སྣང་ངོར་མི་ལེགས་ཀྱང་། མོས་མ་མཐར་ཡང་རང་གི་གཤིས་སུ་གྲུབ་པའི་བསམ་བློ་དང་སྤྱོར་བ་གཉིས་ཁག་ཁག་ཏུ་སོང་མེད། དེའི་ཐད་ནས་ལྷ་ལྕམ་སྲིད་ཆོས་ལས་དགའ་སྐྱོ་ཆགས་སྡང་གི་ཉུས་སུ་ཐོན་པ་ཞིག་ཏུ་གྲུབ་ཡོད་པར་སེམས་སོ།།

མདོར་ན་ཕུན་ཚོགས་བཀྲ་ཤིས་ཀྱི་བརྩམས་སྒྲུང་ཁྲོད་ཀྱི་བུད་མེད་ལ། ཡ་རབས་དང་སེམས་ཆུང་། བག་ཡོད་ཚུལ་ལྡན། བྱམས་དང་སྙིང་རྗེ་སོགས་མཛངས་མའི་ཡོན་ཏན་གྱིས་ཕྱུག་ཅིང་མི་གཤིས་ཀྱི་མཛེས་པས་བརྒྱན་པའི་བོད་རིགས་བུད་མེད་ཀྱི་སྣང་བརྙན་མཐོང་རྒྱུ་ཡོད་ལ། ཡོད་ཚད་ལས་དབང་གི་བཀོད་སྒྲིག་ལ་སྒུག་ཅིང་། ཐམས་ཅད་གཞན་དབང་དུ་འཚོ་བའི་ཉམ་ཆུང་ནུས་མེད་ཀྱི་ཆ་ཞིག་དང་། རང་གི་མ་མཐའི་ཁེ་དབང་དང་རང་དབང་ལ་བརྩོན་ལེན་བྱེད་མི་ནུས་ཤིང་ནམ་ཡང་རྫོངས་འཐོམ་གྱི་ཞྭ་མོ་གྱོན་ཞིང་། དུས་རབས་འཕེལ་རྒྱས་ཀྱིས་བསྒྱུར་ནས་འཚོ་བའི་ལམ་བུའི་ཐོག་དཀའ་སྡུག་གི་ཁུར་པོས་ཡོངས་སུ་མནན་ནས་སྐྱོ་ངལ་དང་སྡུག་སྐད་ཁྲོད་དུ་མི་ཚེའི་ལས་དབང་སྐྱོང་བའི་སྣ་

བརྟན་ཡང་མཐོང་རྒྱུ་ཡོད།

གཉིས། སྐྱེས་པའི་སྣང་བརྙན་འགའ་ཞིག

༡ 《སྒོ་རས་སྤྲ་རྣའི་ནང་གི་སྒྲོ་སྤྲུ་ལྷང་ལྷང་》ཁྲོད་ཀྱི་པདྨ་དབང་།

རྩོམ་པ་པོས་པདྨ་དབང་ལགས་ཀྱི་མི་སྣའི་རང་གཤིས་གསར་སྐྲུན་བྱེད་ཐབས་ཐད་གཙོ་བོ་མི་སྣའི་ཕྱིའི་རྣམ་པ་དང་སྐད་ཆའི་ཞིབ་འབྲིའི་སྟེང་དུ་བཞག་མེད་པར། བྱུང་རིམ་ཕྲ་རགས་ཀྱི་སྟེང་ནས་པདྨ་དབང་ལགས་ཀྱི་ཕུན་སུམ་ཚོགས་པའི་ནང་སེམས་ཀྱི་འཇིག་རྟེན་དེ་མཚོན་རྒྱུར་འབད་བརྩོན་གནང་ཡོད་པར་སེམས། འོན་ཏེ་བྱུང་རིམ་ཁོ་ན་ལ་བརྟེན་ནས་མི་སྣའི་རང་གཤིས་གྲུབ་པའང་མིན་ཏེ། དཔེར་ན"སྒོ་རས་སྤྲ་རྣའི་ཁང་པའི་ཕྱི་ངོས་བལྟས་ཀྱང་ཁྲིམ་དེ་ནི་རྙིང་ཞིན་ཆེ་བ་དང་། ཕྱི་ངོས་ཀྱི་སྤྱི་ཚོགས་དང་འབྲེལ་གཏུགས་ཆུང་བ། མི་གཞན་དང་འགྲོ་འོང་ཉུང་བ། ངོགས་ཟློན་དམ་འཛིན་བྱེད་མཁན་ཁྲིམ་ཞིག་ཡིན་པ་མཐོང་ཐུབ་"[1]ཅེས་པ་ལྟ་བུ་ནི་དགོས་ངེས་ཀྱི་ངོ་སྤྲོད་དང་གསལ་བཤད་ཀྱི་ཆ་ཡང་ཡོད་ལ། "ཕྱི་སྒོའི་སྒང་ལ་གདོན་བགེགས་འགོག་བྱེད་ཀྱི་སྲུང་ང//"''//གཡས་གཡོན་གྱི་གྲོང་པ་གཞན་ནང་བཞིན་ཐོག་ཁའི་སྟེང་དུ་བརྟན་འཕྲིན་གྱི་གནམ་སྐུད་པ་འཐེན་པའི་ཤིང་རིང་པོ་དང་ས་སྣུམ་ལྩགས་ཀྲིང་ཆེ་མོ་སོགས་དེང་རབས་ཅན་གྱི་དངོས་པོ་གང་ཡང་མཐོང་རྒྱུ་མེད། ཁོ་ཚོའི་ཁང་པའི་སྟེང་དུ་དེང་རབས་ཅན་གྱི་དངོས་པོ་སྣེ་གཅིག་རང་ཡོད་པ་ནི་ལོ་ཤས་གོང་དུ་སླེབས་པའི་གློག་སྐུད་དེ་རང་རེད་"[2]ཅེས་པ་ལྟ་བུ་ནི་ཁོར་ཡུག་ཞིབ་འབྲིའི་ཐབས་ལ་བརྟེན་ནས་མི་སྣའི་རང་གཤིས་མཚོན་པ་ཡིན་དེ། སྒོ་ར་སྤྲ་རྣའི་ཕྱི་ནང་གསང་གསུམ་གྱི་སྤྱོད་ཚུལ་དང་སྤྲིག་སྟོལ་དེ་དོན་དུ་པདྨ་དབང་ལགས་ཀྱི་རང་གཤིས་ཀྱིས་གཏན་འཁེལ་བྱས་པ་ཞིག་ཡིན་པས་སོ།།

---

① ཕུན་ཚོགས་བཀྲ་ཤིས། 《སྲིད་ཆོས་དང་མོའི་ཕྲུ་གུ་ལྷའི་ཕ་རྣམས་》བོད་ལྗོངས་མི་དམངས་དཔེ་སྐྲུན་ཁང་། སྤྱི་ལོ་༡༩༨༩ ཤ་༢༤༢

② ཕུན་ཚོགས་བཀྲ་ཤིས། 《སྲིད་ཆོས་དང་མོའི་ཕྲུ་གུ་ལྷའི་ཕ་རྣམས་》བོད་ལྗོངས་མི་དམངས་དཔེ་སྐྲུན་ཁང་། སྤྱི་ལོ་༡༩༨༩ ཤ་༢༤༢

པདྨ་ལྷ་དབང་ལགས་ཀྱི་རང་གཤིས་ཐད་དེ་ཙམ་གྱི་གཏམ་ཉོག་མང་པོ་གླེང་བའི་དགོས་པ་མ་མཆིས་ཏེ། གོང་གི་ངོ་སྤྲོད་དང་ཁོར་ཡུག་ཞིབ་འབྲིའི་ལམ་ནས་གསལ་བ་ཇི་བཞིན། པདྨ་ལྷ་དབང་ལགས་ནི་སྙིང་ཞེན་བག་འཕྲུམས་ཀྱི་བསམ་བློའི་འཆིང་རྒྱ་ཞིག་གིས་རང་གི་བསམ་སྤྱོར་དམ་དུ་བཅིངས་པ་མ་ཟད། ཐ་ན་རྒས་ཉམས་དོད་པའི་ལྷག་པ་བུ་ཁྲིད་དང་བཅས་པའི་བུ་མོ་བཞི་ཡང་དམ་དུ་བཅིངས་དང་འཆིང་གིན་ཡོད། རང་ཉིད་དང་བཅས་པའི་ནང་མི་ཚང་མ་སྤྱི་ཚོགས་འཕེལ་རྒྱས་ཀྱི་རྗེས་སུ་བསྐྱུར་བར་ཇི་མི་སྙམ་པར། ཕྱི་རོལ་ཡུལ་གྱི་མི་དང་ཐད་དེ་འབྲེལ་བ་ཆོད་ཅིང་། བྱ་དངོས་གསར་པ་དང་བསམ་བློ་གསར་པ་སོགས་མདོར་ན་མཁས་དབང་དགེ་ཆོས་ཀྱིས་གསུངས་པ་ལྟར་"སྙིང་པ་ཐམས་ཅད་ལྷ་ཡི་སྲོལ་དུ་བསྒྲགས། །གསར་པ་ཐམས་ཅད་བདུད་ཀྱི་འཕྲུལ་དུ་བསྒོམས"པའི་ལྟ་བ་ཞིག་གྲུབ་ཡོད།

འོན་ཏེ་ཕུལ་བྱུང་བརྩམས་སྒྲུང་ཞིག་གི་མི་སྣའི་རང་གཤིས་ནི་སྣེ་གཅིག་ཁེར་མའི་ཚུལ་ཞིག་མ་ཡིན་ལ། རྟག་བརྟན་འགྱུར་མེད་ལྟ་བུ་ཞིག་ཀྱང་མ་ཡིན་པར། བཟང་ངན་གཙང་བཙོག་དང་སྐྱོན་ཡོན་ཀུན་འཛོམས་ཤིག་ཡིན་དགོས་ཤིང་ཡུལ་དུས་ཀྱི་འགྱུར་བ་དང་བྱ་དངོས་ཀྱི་འཕོ་འགྱུར་དང་བསྟུན་ནས་འགྱུར་བའང་འགྲོ་བ་ཞིག་ཡིན་དགོས་པར་སེམས།

ང་ཚོས་པདྨ་ལྷ་དབང་ལགས་ཀྱི་རང་གཤིས་ཐད་གཏིང་ཟབ་པའི་དཔྱད་པ་ཞིག་གམ་པདྨ་ལྷ་དབང་ལགས་ཀྱི་མི་གཤིས་ལ་དེ་བས་རྒྱུས་ལོན་གཏིང་ཟབ་ཅིག་ཡོད་དགོས་ན། སྙིང་ཞེན་དང་བག་འཕྲུམས་ཀྱི་ཞྭ་མོ་ལྗིད་པོ་དེས་ཡོངས་སུ་བཀབ་ནས་མ་བཞག་པར། ཁོང་གི་གཤིས་ཀའི་གྲུབ་ཚུལ་དང་རྙོག་འཛིང་ཆེ་བའི་ནང་སེམས་ཀྱི་འཇིག་རྟེན་ལ་སྔོག་བཤེར་ཐེངས་ཤིག་བྱ་རྒྱུ་དེ། ཁོང་ལ་མཚོན་ན་གུ་ཡངས་དང་དག་སེལ་ཞིག་ཡོང་རྒྱུའི་གོ་སྐབས་ཤིག་ཀྱང་ལོས་ཡིན། དེས་ན་ང་ཚོའི་པདྨ་ལྷ་དབང་ལགས་ཀྱི་རང་གཤིས་གྲུབ་ཚུལ་ལ་མདོ་བསམ་རེ་བགྱིས་ཚོ། དེ་ནི་ཁོང་གི་མི་ཚེའི་སྤྱོད་བརྒྱུད་དང་འབྲེལ་བའི་"སེམས་ཀྱི་བུ་ལོན"ཞིག་ཡིན་ལ། འདས་དོན་ལ་ཡང་དག་པའི་འགྱོད་བཤགས་ཤིག་བྱེད་མི་ཐུབ་པར་དེ་ལས་ལྡོག་སྟེ། རང་ཉིད་ནམ་ཡང་འདས་དོན་གྱི་གནོང་འགྱོད་ཁྲོད་དུ་སེམས་ངལ་གྱི་རྨ་ཁ་ཞིག

ལུས་པ་མ་ཟད། དེ་བས་སྐྱོ་དགོས་པ་ཞིག་ལ་པདྨ་ལྷ་དབང་ལགས་ཀྱིས་སེམས་ཀྱི་རྨ་ཁ་དེ་རང་གི་བུ་མོ་ཚོའི་སྙིང་ནས་གསོ་ཐབས་བྱེད་པ་དེ་ནི་ནོར་འཁྲུལ་ཞིག་རེད།

པདྨ་ལྷ་དབང་ལགས་ཀྱིས་དུས་དང་རྣམ་པ་ཀུན་ཏུ་རང་གི་བུ་མོ་བཞིའི་འགྲོ་འདུག་སྤྱོད་གསུམ་ལ་ཚོད་འཛིན་དང་བསླབ་སྦྱོང་ནན་པོ་བྱེད་པ་དེ་ནི་ཕྱོགས་གཞན་ཞིག་ནས་འཇིག་རྟེན་པ་མ་ཟེར་བས་རང་གི་བུ་ཕྲུག་ལ་བཅངས་པའི་ལྷད་མེད་ཀྱི་བརྩེ་བ་ཞིག་ཡིན་པ་ལས། ཡོངས་སུ་དེང་སྐབས་ཏ་ལམ་དར་སོ་འདྲ་ཆགས་པའི་སྐད་ཆ་ཞིག་སྟེ། སྙིང་ཞེན་གྱི་བསམ་བློས་མི་གཤིས་ལ་ཁྱད་གསོད་དང་འབྱུར་བཙོམས་བྱས་པ་ཞིག་ཡིན་མདོག་ཁ་པོ་མ་རེད། དེ་ནི་ཀུན་སློང་རྣམ་དག་ཅིག་ལ་ཐབས་དང་ཤེས་པ་དམན་པའི་སྐྱོན་དུ་ཟད་པར་སེམས་སོ། །

གང་ཡིན་ཟེར་ན་པདྨ་ལྷ་དབང་ལགས་ནི་ཐོག་མར་ཡོད་ཚད་དབང་དུ་འདུས་པའི་བརྒྱ་བྱིན་ལྷ་བུའི་རྣམ་པ་ནས། བར་དུ་རང་ཉིད་ཟུར་དུ་ཕུད་པའི་སྐྱོ་སྣང་། མཐའ་མར་རང་གི་བསམ་ཚུལ་ཡོད་ཚད་བུ་མོ་ཚོར་བཤད་ནས"ད་ནས་བཟུང་སྟེ་ངས་ཁྱེད་ཚོར་ནམ་རྒྱུན་ནང་བཞིན་གྱི་དོ་དམ་བྱེད་ཀྱི་མིན། ཁྱོད་ཚོས་སོ་སོའི་རང་འདོད་བཞིན་བྱ་བ་བྱེད་རོགས"ཞེས་བརྗོད་དུས་ཀྱི་པདྨ་ལྷ་དབང་ལགས་ནི་སྔར་དང་ཡོངས་སུ་མི་གཅིག་པའི་སྐྱོ་ཉམས་ཤིག་དང་གཟི་མདངས་ཡལ་བའི་སྣང་བརྙན་ཞིག་ང་ཚོའི་མིག་ལམ་དུ་ངམ་ཤུགས་ཀྱིས་འཆར་འོང་། མི་སྣའི་སེམས་ཁམས་ཀྱི་འགྱུར་བ་དང་། ཕྱིའི་རྣམ་པ། བྱ་སྤྱོད། སྐད་ཆ་བཅས་རྒྱུ་འབྲས་གཏན་ཚིགས་ཀྱི་འབྲེལ་བ་གྲུབ་པར་སྒྲུ་ཁ་གཏོད་ཡོད། དེ་འདྲའི་འབྲེལ་བ་དག་གསོན་ཉམས་དོད་པའི་མི་སྣའི་སྣང་བརྙན་ལས་མངོན་ཡོད་པར་སེམས་སོ། །

༢ 《འོར་ཏོག་ཆང་ཁང་གི་སྐུ་མགྲོན་》ཁྲོད་ཀྱི་མི་སྣ་གཙོ་བོ་"ངའི་"སེམས་ཁམས་ཀྱི་འཕེལ་རིམ།

གལ་ཏེ་གོང་དུ་གླེང་ཟིན་པ་བྱུང་རིམ་དང་སྒྲོས་བརྗོད་ལ་བརྟེན་ནས་པདྨ་ལྷ་དབང་ལགས་ནི་མི་སྣའི་རང་གཤིས་འབྱུར་དུ་ཐོན་པའི་དཔེ་མཚོན་དུ་གྱུར་ཡོད་ན། འདིར་བརྗོད་

པའི་《འོར་ཏོག་ཚང་ཁང་གི་སྐུ་མགྲོན་》ཁྲིད་ཀྱི་མི་སྣ་གཙོ་བོ་“ང་”ནི་གཙོ་ཆེར་མི་སྣའི་སེམས་ཁམས་ཀྱི་འཕེལ་རིམ་བསྟན་པའི་དཔེ་མཚོན་（འདིར་བརྗོད་པའི་དཔེ་མཚོན་ནི་རྩོམ་པ་པོ་ཁོ་རང་གི་བརྩམས་སྒྲུང་ནང་པན་ཚུན་ལྟོས་ནས་བཤད་པ་ཡིན་གྱི་བོད་ཀྱི་དུས་སྐབས་གསར་པའི་བརྩམས་སྒྲུང་སྤྱི་ལ་ལྟོས་པ་ཞིག་ནི་མ་ཡིན་）དུ་གྱུར་ཡོད་པར་སེམས།

རྩོམ་པ་པོས་རྩོམ་གྱི་འགོ་བཙུགས་མ་ཐག་ནས། མི་སྣའི་སེམས་ཁམས་ཀྱི་འགལ་བ་ཞིག་དམིགས་པ་ཡོད་པའི་སྒོ་ནས་བསྟན་ཡོད་དེ་“སྨག་རུམ་གྱི་གོས་ནག་ས་གཞིར་གཡོག་པའི་དུས་ལ་ངའི་སེམས་ནི་ཞི་ལྷོད་དུ་རྩ་བ་ནས་མི་གནས་པར་ཁྲིམ་དུ་བསྣད་ན་ཕྱི་རུ་དོན་འདོད་པ་དང་། ཡང་ཕྱི་ལོགས་སུ་དོན་ན་ཁྲིམ་ནང་ལོག་འདོད་ཀྱི་”སྣང་བ་ཞིག་མཆིས་ཤིང་གང་ལྟར་ཡང་སེམས་ནང་གཞན་གྱི་རྟོགས་པར་དཀའ་བའི་སེམས་ནད་ཅིག་ཡོད་པ་མངོན། དེ་ནས་མུ་མཐུད་སེམས་ཁམས་ཀྱི་འཕེམ་རིམ་དང་སེམས་ཀྱི་འགལ་འདུ་དེ་ཇེ་ཆེར་སོང་ནས་ལོ་མང་ཕ་ཡུལ་དང་ཁ་བྲལ་བའི་མི་ཞིག་གིས་རང་ཉིད་ཕ་ཡུལ་དུ་སླེབས་རྗེས་སུ་“ང་རང་ཡུལ་ལུང་འདིར་ཡོང་འདོད་མེད་ཟེར་ན་ག་ལ་འགྲིག ཡོང་འདོད་ཡོད་ཟེར་ན་འང་འགྲིག་པ་མི་འདུག”ཅེས་རང་གི་ཕ་ཡུལ་དུ་ཡོང་འདོད་ཅིང་མི་འདོད་པའི་སེམས་ཀྱི་འགལ་བ་དེའི་ཁུག་ཏུ་གཞན་ལ་ཤོད་མི་ཤེས་པའི་སེམས་ཀྱི་གསང་བ་ཡོད་པ་དེ། ཐིག་སྐུད་དུ་བྱས་ནས་“ངའི་”འདས་དོན་གྱི་ཕྱིར་དྲན་དང་ད་ལྟའི་མཐོང་ཐོས་བཅས་སྤེལ་མར་བྲིས་ཡོད།

སེམས་གཏིང་གི་གསང་བ་ཞིག་གམ་གནོང་འགྱོད་ཅིག་གིས་མནར་བས་“ང་ནི་ནམ་ཤེས་གྱུར་བའི་ཕུང་པོ་ཞིག་དང་འདྲ་བར་རྒྱ་ལམ་སྟེང་དུ་དམིགས་ཡུལ་མེད་པར་བསྐྱོད”ཏག་ཏག་རང་གི་སེམས་ནད་ཀྱི་རྒྱུང་རྐྱེན་དེ་དང་འབྲེལ་བ་ཆེ་ཆེར་ཡོད་པའི་འོར་ཏོག་ཚང་གི་སྒོ་འགྲམ་དུ་སླེབས་དུས་རང་དབང་མེད་པར་“སྟུག་ཤི་རྒྱུག་རྒྱུ། མི་དྲན་རྒྱུ་དྲན་ཚ་བ་སུ་ཞིག་གིས་མིང་དེ་གང་འདྲ་ཟེ་དྲན་པ་རས”ཞེས་སྟུག་སྐད་ཤོར་བ་དང་སྒྲགས་“སེམས་ནི་དེ་བས་ཞི་ལྷོད་མེད་པར་ཐ་སྙོང་འབྲུགས་པ་ལྟར་དུ་སོང་”ནས་ཡ་མཚན་དང་ཅི་ཞིག་མཐོང་འདོད་དང་ཐོས་འདོད་ཀྱི་རྗེས་བསྙེགས་ཏེ། འོར་ཏོག་ཚང་ཁང་ནང་དུ་འཛུལ། མིག་ལམ་དུ

མཐོང་བ་ནི་“ངའི་སེམས་ནང་གཏན་དུ་གནས་ཤིང་ལོ་ངོ་ཉི་ཤུ་ཙམ་མཐོང་མེད་པའི་གདོང་དབྱིབས་”ཤིག་ཡིན་པས་དེ་དུས་ཁོ་པའི་སེམས་ཁམས་ཀྱི་འགལ་བ་དེ། དེ་བས་རྙོག་འཛིང་ཅེ་ཆེར་སོང་སྟེ། “ངའི་སེམས་ནང་དུ་ཅོར་སིང་བརྒྱབ་བྱུང་བས་ཕྱིར་བཤོལ་ཏེ་སྒོ་ལས་དོན་རྩིས་བྱས། ཡང་ངས་མོ་རང་ལ་ད་དུང་ཞིབ་པར་ལྟ་འདོད་ཀྱི་ལམ་སེང་བྲལ་མི་འདོད་པར་ག་ལེར་ཟུར་དུ་ཡོད་པའི་སྡོད་ས་དེར་ཕྱིན་ནས་བསྡད།”དེ་དུས་ཁོའི་སེམས་ནང་ཡུན་རིང་རེ་སྐུག་བྱས་པའི་ངོ་གདོང་དེ་མཐོང་བའི་དགའ་ཚོར་དང་། ཡང་རང་ཉིད་ངོ་ཤེས་པར་དོགས་པའི་སེམས་འཚབ་གཉིས་ཀྱིས་ཁེངས་ཤིང་། “ངའི་”མིག་ལམ་དུ་མཐོང་བའི་ངོ་གདོང་དེས་སྐུལ་ནས། ཕྱིར་དྲན་གྱི་གློང་ནས་ང་ཚོར་ཁོའི་སེམས་ཀྱི་གསང་བ་ཞིག་གམ་གནོང་འགྱོད་དེ་རེ་རེ་བཞིན་བརྗོད་ཡོད།

རྫོམ་པ་པོས་ཨུ་མཐུད་ནས་“ངའི་”སེམས་ཁམས་ཀྱི་འཕེལ་རིམ་དང་འགལ་བ་མངོན་ཕྱིར། ལོ་མང་མ་ཐུག་པའི་ཁོའི་བུ་དངོས་གྲུབ་ཀྱི་བཟའ་ཚང་ཁ་ཐོར་དུ་སོང་ནས་ཕ་མའི་སྐྱབ་གསོ་དང་ཁྱིམ་ཚང་གི་དྲོ་སྐྱིད་ཐོབ་མེད་པའི་ཕྲུག་གུ་ལང་ཤོར་ཞིག་གི་བྱེད་སྟངས་དག་ཀྱང་། ཚང་ཁང་དེའི་ནང་ནས་མཐོང་སྐབས“དེ་རིང་ང་ལ་ངན་པ་དགུ་འཛོམས་ཟེར་དགོས་སམ། ཡང་ན་བཟང་པོ་བཅུ་འཛོམས་ཟེར་དགོས་སམ”ཞེས“ངས”ལོ་མང་མ་ཐུག་པའི་བུ་དངོས་གྲུབ་དང་བཟའ་ཟླ་སྒྲོ་མ་ཚེ་སྐྱིད་གཉིས་དུས་གཅིག་ཏུ་མཐོང་སྐབས་དགའ་སྐྱོ་འཐབ་པའི་སེམས་ཁམས་རྙོག་འཛིང་ཅན་ཞིག་མངོན་ཡོད། དེ་བས་མ་བུ་པན་ཚུན་དབྲལ་ལ་ལངས་པའི་སྐྱོ་གར་དེས“ཨ་ཅི་རྟག་པ་མིན་པའི་འཁོར་བའི་སྟེང་དུ་འདི་ལྟར་མ་བུ་ངོ་མི་ཤེས་པའི་ཚུལ་ནི་དགོད་མི་ཤོར་བར་དུ་ཤོར་དགོས་པའི་དོན་རང་མ་ཡིན་ནམ”ཞེས་རིམ་བཞིན་མཐོང་ཐོས་དྲན་གསུམ་གྱི་ཁྲིད་ནས“ངའི་”སེམས་སུ་གནོང་འགྱོད་ཙམ་ཞིག་མ་ཡིན་པར། འདས་དོན་ཁྲིད་ཀྱི་རང་གི་སྤྱོད་ཚུལ་ལ་རང་གིས་རང་ལ་འཚིག་ཟ་དང་འཕང་ར་བྱེད་བཞིན་སེམས་གཏིང་ནས་འགྱོད་བཤགས་བྱེད་འདོད་ཀྱི་སེམས་ཁམས་ཤིག་མངོན་ཡོད།

མཐའ་མར་ཚེ་སྐྱིད་དྲན་མེད་དུ་འགྲིལ་དུས“ད་ནི་རང་གཟུགས་སྤྲས་ནས་སྡོད་པ

དེ་ཡང་བཟེད་དེ་ཡར་ལངས་ཏེ་མོའི་སར་ཕྱིན་ནས་ཕྱུས་མོ་བཙུགས་ཤིང་ཚེ་སྐྱིད་ལགས་ཞེས་འབོད་"སྐབས་"ངའི་"སེམས་ནང་རང་ཉིད་ངོ་ཤེས་པའི་དོགས་ཟོན་ཡོད་ཚད་བོར་ནས། སེམས་གཏིང་ནས་ཚེ་སྐྱིད་ལ་སྙིང་རྗེ་དང་ནམ་ཡང་ཡལ་བ་མེད་པའི་བརྩེ་དུང་དེ་ཕྱིར་མངོན་ཡོད། མདོར་ན་བརྩམས་སྒྲུང་འདིའི་ཁྲོད་ཀྱི་མི་སྣ་གཙོ་བོ་"ངའི་"ཕྱི་རྣམ་པ་དང་རང་གཤིས་འགྱུར་དུ་ཐོན་པ་ཞིག་བྱུང་མེད་ཀྱང་། མི་སྣའི་སེམས་ཁམས་ཀྱི་འཕེལ་རིམ་དང་འགལ་བ་ཕྱིར་མཚོན་ཐད་ལུགས་དང་མཐུན་པ་ཞིག་བྱུང་ཡོད་པར་སེམས། དེ་ལྟར་བྱུང་བའི་རྒྱུ་མཚན་ཡང་རྩོམ་པ་པོས་བརྩམས་ཆོས་ཁྲོད་ཀྱི་མི་སྣའི་ལས་དབང་ལ་སེམས་གཏིང་ནས་དོ་ཁུར་དང་བརྩེ་བ་ཞིག་འཆང་གིན་ཡོད་པས། ད་གཟོད་རྩོམ་པ་པོའི་ཡིད་ཀྱི་དགའ་སྐྱོ་ཆགས་སྡང་དང་བརྩམས་སྒྲུང་ཁྲོད་ཀྱི་མི་སྣའི་བརྩེ་དུང་གཉིས་གཞི་གཅིག་ཏུ་འདུས་པས་སོ། དེ་ཡང་ཡིན་ཏེ་"རྩོམ་མཁན་གྱིས་མི་སྣར་འཛིན་པའི་བརྩེ་དུང་དང་། མི་སྣར་འདྲིས་གོམས་ཤེས་རྟོགས། དེ་ནས་རྗེས་དཔག་གིས་ངེས་ཤེས་འཇོངས་པ་བཅས་འོ་ཆུ་འདྲེས་པ་ལྟར་དུ་བྱ"[1]དགོས་ཤིང་"རྩོམ་མཁན་གྱིས་བརྩེ་དུང་དེ་འདྲ་ཞིག་མི་སྣའི་ཞིབ་འབྲི་བྱེད་པའི་ཁྲོད་དུ་འཇུག་པར་བྱེད་ཅིང་། མི་སྣའི་གཟུགས་བརྙན་དེ་ད་གཟོད་བརྩེ་དུང་མངོན་གསལ་ལྡན་ཞིང་། མཛེས་པའི་ཉམས་འགྱུར་བ་ཞིག་འོང་"[2]ཞེས་གསུངས་པ་ལྟར་རོ།།

མདོར་ན། ཕུན་ཚོགས་བཀྲ་ཤིས་ཀྱི་བརྩམས་སྒྲུང་གི་ཁྲོད་ནས། ཁྲིད་ཀྱིས་དུས་རབས་ཀྱིས་བསྒྱུར་བའི་བོད་མིའི་སྙིང་ཞེན་གྱི་བསམ་སྤྱོར་མང་པོ་ཞིག་མཐོང་ཐུབ་སྟེ། མི་རབས་གསར་སྙིང་གི་འགལ་བ། ཉམ་ཆུང་བུད་མེད་ཀྱི་ལས་དབང་། ད་དུང་མི་གཤིས་ཀྱི་འགྱུར་བག་ལས་བྱུང་བའི་འཚོ་བའི་དགའ་སྐྱོ་ཆགས་སྡང་སྣ་ཚོགས་ཤིག་རྩོམ་རིག་གར་སྟེགས་སུ

---

① ཐིན་ཡུས་ཀྲུའུ། 《སྒྲུང་གཏམ་གསར་རྩོམ་གྱི་ཤེས་བྱ་མུན་སེལ་སྒྲོན་མེ་》 མཚོ་སྔོན་མི་རིགས་དཔེ་སྐྲུན་ཁང་། ༡༩༨༧ལོ། ཤ༢༧

② ཐིན་ཡུས་ཀྲུའུ། 《སྒྲུང་གཏམ་གསར་རྩོམ་གྱི་ཤེས་བྱ་མུན་སེལ་སྒྲོན་མེ་》 མཚོ་སྔོན་མི་རིགས་དཔེ་སྐྲུན་ཁང་། ༡༩༨༧ལོ། ཤ༢༧

འདྲིན་ཡོད་པ་རྟོགས་ཐུབ། ཁོང་གི་སྨྱུ་འོག་ནས་ཐོན་པའི་མི་སྣ་དག་ནི། ང་ཚོའི་དངོས་ཡོད་འཚོ་བའི་ཁྲོད་ཀྱི་ཤ་ཐུས་གདོས་བཅས་ཀྱི་ལུས་ལ། སེམས་ཀྱི་དྲི་མ་སྣ་ཚོགས་འགོས་པའི་མི་མི་རྐྱང་ཡིན་པས། ཁ་ཚོ་ནི་སྐྱིད་སྡུག་གི་འཐབ་ལེན་པ། ཐབ་ཤོར་གྱི་རྒྱུན་རྩོད་པ། འདུ་བྲལ་གྱི་གར་འཁྲབ་པ། ཆགས་སྡང་གི་ཐུས་ཐོན་པ་འབབ་ཞིག་གོ།

ས་བཅད་གཉིས་པ། ཕུན་ཚོགས་བཀྲ་ཤིས་ཀྱི་འཁྲབ་གཞུང་[①]བཤད་པ།

དང་པོ། བོད་ཀྱི་གཏམ་བརྗོད་གློས་གར་ཕྲུང་གྲས་དང་དགོད་བྲོའི་གཏམ་སྒྲོང་གཉིས་ཀྱི་འབྱུང་ཁུངས་དང་ཁྱད་པར་མདོ་ཙམ་བསྟན་པ།

གཅིག འབྱུང་ཁུངས་མདོ་ཙམ་བརྗོད་པ།

སྤྱིར་གཏམ་བརྗོད་གློས་གར་དང་དགོད་བྲོའི་གཏམ་སྒྲོང་གཉིས་ཀ་གཏམ་གྱི་སྒྱུ་རྩལ་དང་། བཞད་གད་ཀྱི་སྒྱུ་རྩལ། ཟུར་ཟའི་སྒྱུ་རྩལ་སོགས་ཀྱི་རང་བཞིན་ལྡན་པའི་འཁྲབ་སྟོན་སྒྱུ་རྩལ་གྱི་ཁོངས་སུ་གཏོགས་ཀྱང་། ཞིབ་པར་དཔྱད་ཚེ་བྱེ་བྲག་ཏུ་གྱུར་བའི་སྒྱུ་རྩལ་གྱི་རྣམ་པ་མི་འདྲ་བ་གཉིས་ཡིན། དེ་གཉིས་ཀྱི་འབྱུང་ཁུངས་ཀྱང་མི་འདྲ་སྟེ། ད་ལྟའི་གཏམ་བརྗོད་གློས་གར་ཕྲུང་གྲས་ཀྱི་རྣམ་པར་གྱུར་བ་འདི་ཉིད་སྔ་རབས་བོད་དུ་དར་མེད་ཀྱང་། དེ་ནི་གློས་གར་གྱི་ཆ་ཤས་སུ་གྱུར་བའི་རྣམ་པ་ཆུང་ངུ་ཞིག་ཡིན་པས། གློས་གར་ནི་བོད་ལ་ཆེས་སྔ་མོ་ནས་དར་ཡོད་དེ། དུས་རབས་བརྒྱད་པའི་ནང་ཆོས་རྒྱལ་ཁྲི་སྲོང་ལྡེ་བཙན་གྱི་སྐབས་ནས་གློས་གར་དར་འགོ་ཚུགས་ཤིང་། དུས་རབས་བཅུ་བཞི་པའི་ནང་བཀའ་བརྒྱུད་

① འཁྲབ་གཞུང་ཞེས་པ་འཁྲབ་བྱེད་ལ་མཁོ་བའི་ཡི་གེའི་ལམ་ནས་བྲིས་པའི་མ་ཟིན་ཡོད་དོ་ཅོག་ལ་གོ་ནའང་འདིར་བརྗོད་པའི་འཁྲབ་གཞུང་ནི་གཏམ་བརྗོད་གློས་གར་ཕྲུང་གྲས་དང་དགོད་བྲོའི་གཏམ་སྒྲོང་གཉིས་ཀྱི་འཁྲབ་གཞུང་ལ་གོ་བ་ཡིན།

པའི་གྲུབ་ཆེན་ཐང་སྟོང་རྒྱལ་པོས་བོད་ཀྱི་འཁྲབ་གཞུང་གི་སྲོལ་ཕྱེས་པར་གྲགས་པ་ཡིན་ལ། "དུས་རབས་བཅུ་བདུན་པའི་ནང་རྒྱལ་དབང་ལྔ་པ་བློ་བཟང་རྒྱ་མཚོའི་སྐུ་དུས་ནས་བོད་ཀྱི་ཟློས་གར་ཆོས་ལུགས་ཀྱི་མཛད་སྒོའི་ཁྲོད་ནས། ཐོག་མར་རང་རྐྱ་འཕེར་བར་བཅུག་པ་དང་། སྤྱི་ཚོགས་ཀྱི་འཚོ་བ་དངོས་བརྗོད་དོན་གཙོ་བོར་གྱུར་བའི་སྒྱུ་རྩལ་གྱི་རྣམ་པ་ཞིག་ངམ་ངམ་ཤུགས་ཀྱིས་བོད་ཀྱི་ཁྱད་ཆོས་ལྡན་པའི་ཟློས་གར་སྒྱུ་རྩལ་གྱི་རྣམ་པ་དེ་ཐོག་མར་གྲུབ་པ་ཡིན་"[1]ཞེས་འཁོད་པ་ལྟར་རོ། །

ད་ལྟ་ང་ཚོའི་མཐོང་ཆོས་སུ་གྱུར་བའི་གཏམ་བརྗོད་ཟློས་གར་ཐུང་གྲས་ཀྱི་རྣམ་པ་འདི་ནི་བོད་དུ་དར་ནས་ད་ལྟའི་བར་དུ་མི་ལོ་ཉི་ཤུ་ལྷག་གི་ལོ་རྒྱུས་ཙམ་ལས་མེད། དེ་ཡང་ཁོ་བོས་འབྲེལ་ཡོད་ཀྱི་དཔྱད་གཞིའི་ཡིག་ཆ་དང་མི་སྣར་བཅར་འདྲི་བྱས་པ་ལས་ཤེས་རྟོགས་བྱུང་བར་གཞིགས་ན། བོད་དུ་ལོ་རབས་བརྒྱད་ཅུའི་འགོ་སྟེ་སྤྱི་ལོ་༡༩༨༧ལོར་བོད་ཀྱི་འཁྲབ་གཞུང་རྩོམ་པ་པོ་རྣམ་བསོད་ཚེ་ལགས་ཀྱིས་འཁྲབ་ཚན་དྲུག་གི་འཁྲབ་གཞུང་《གསེར་འཛིག་དང་དཔལ་སྐྱིད་》ཅེས་པ་གསར་རྩོམ་གནང་ཡོད་པ་དང་། སྤྱི་ལོ་༡༩༨༥ཡས་མས་སུ་གཏམ་བརྗོད་ཟློས་གར་ཆུང་གྲས《བཟའ་སྒོ་ཟ་མཁན་》ཞེས་པ་དང《དྲིན་ལན་ལོག་འཇལ་》《ཆང་སྐྱུར་མོ་》སོགས་གསར་རྩོམ་གནང་ཡོད་ཀྱང་དེ་དག་ནི་འཁྲབ་ཚན་དུ་མའི་གཏམ་བརྗོད་ཟློས་གར་（多幕剧）དང་འཁྲབ་ཚན་རྐྱང་པའི་གཏམ་བརྗོད་ཟློས་གར་（独幕剧）ཡིན་པ་ལས། ད་ལྟ་ང་ཚོས་བརྗོད་པའི་གཏམ་བརྗོད་ཟློས་གར་ཐུང་གྲས་（小 品）ཀྱི་རྣམ་པ་ཞིག་མིན།

དེས་ན་གཅིག་ནས་དགོད་བྲོའི་རང་བཞིན་དང་གཉིས་ནས་སྤྲོ་འཕེལ་རང་བཞིན་ལྡན་ཞིང་རྒྱ་ཆེའི་གཟིགས་མོ་བ་ཚོས་ཡོངས་སུ་དང་ལེན་བྱེད་ཅིང་རང་རྐྱ་འཕེར་བའི་སྒྱུ་རྩལ་གྱི་རྣམ་པ་ཞིག་ཏུ་གྱུར་བའི་གཏམ་བརྗོད་ཟློས་གར་ཐུང་གྲས་ཀྱི་ཐོག་མ་དེ། སྤྱི་ལོ་༡༩༩༣ལོར་

---

① 《མང་ཚོགས་སྒྱུ་རྩལ་》སྤྱི་ལོ་༢༠༠༨ལོ། དེབ་གསུམ་པ། ཤ ༡༠༦

ཕུན་ཚོགས་བཀྲ་ཤིས་ཀྱིས་གསར་རྩོམ་བྱས་པའི་《འདི་བསྟན་བཤིག་སློང་བ་མ་རེད་》[1]（གཟིགས་མོ་བ་ཚོས་ར་བཟི་ལྷག་པ་ལགས་ཟེར་）ཅེས་པ་འདི་ཉིད་ཡིན་པར་ཕོ་བོ་ཙམ་དུ་མ་ཟད། ལས་རིགས་འདི་ཉིད་དང་འབྲེལ་བའི་འཁྲབ་གཞུང་རྩོམ་མཁན་དང་འཁྲབ་མཁན་དག་གིས་ཀྱང་འདོད་དོ།།

བོད་ཀྱི་དགོད་བྲོའི་གཏམ་གླེང་འདི་ཉིད་ཀྱི་འབྱུང་ཁུངས་དང་འཕེལ་རིམ་མདོ་ཙམ་ཞིག་བརྗོད་ན། གོང་དུ་བརྗོད་པའི་གཏམ་བརྗོད་ཟློས་གར་ཐུང་གྲས་ནི། དེའི་ས་བོན་དུ་གྱུར་བ་རིག་གནས་ཆུང་བ་ལྟའི་ཡ་ཀྱལ་ཟློས་གར་ཇི་བཞིན་གྱི་རྨང་གཞི་དང་ཁུངས་གཏུགས་ས་ཞིག་ཏ་ལམ་མེད་པར་སེམས། འོན་ཏེ་བོད་ཀྱི་དགོད་བྲོའི་གཏམ་གླེང་འདི་ཉིད་ཡོངས་སུ་མི་རིགས་གཞན་གྱི་ས་ནས་ནང་འདྲེན་ནམ་ལད་ཟློས་བྱས་པ་ཞིག་མ་ཡིན་པར་དེ་ཡང་བོད་ཀྱི་གཞས་མ་གཏམ་མཁས་ཅན་ཀན་ཐུབ་བསྟན་ལགས་ཀྱིས་“བོད་ཀྱི་དགོད་བྲོའི་གཏམ་གླེང་ནི། བོད་གནའ་རབས་ཀྱི་བཞད་གད་དང་དམངས་ཁྲོད་ཀྱི་ཚང་བཤད་སོགས་ཀྱི་ལེགས་ཆ་བླངས་ཏེ་དེ་དག་གི་རྨང་གཞིའི་ཐོག་བོད་ཀྱི་དམངས་ཁྲོད་ཀྱི་གཏམ་དཔེ་དང་། དམངས་གཞས། དེ་མིན་རྒྱ་རིགས་ཀྱི་དགོད་བྲོའི་གཏམ་གླེང་གི་ལེགས་ཆ་ཕུན་སུམ་ཚོགས་པ་སྙིང་བསྡུས་བྱས་ནས་བྱུང་བ་ཞིག་ཡིན་”[2] ཞེས་གསུངས་པ་ལྟར་རོ། །ཐོག་མར་བོད་དུ་ལོ་རབས་དྲུག་ཅུའི་འགོར་ལྷ་སར་རིག་རྩལ་ཏུ་ཁག་འཛུགས་སྐྱོང་བྱེད་པའི་ཚ་རླབས་ཤིག་འཕྱུར་བ་དང་མི་དམངས་མང་ཚོགས་

① 《འདི་བསྟན་བཤིག་སློང་བ་མ་རེད་》ཅེས་པའི་གཏམ་བརྗོད་ཟློས་གར་ཐུང་གྲས་འདི་ཉིད་རྒྱ་ཆེའི་གཟིགས་མོ་བའི་དགའ་བསུ་ཆེན་པོ་ཐོབ་ཡོད་ལ། སྤྱི་ཚོགས་ཁྲོད་དུ་བག་ཆགས་ཀྱང་ཆེན་པོ་བཞག་ཡོད་རྐྱེན། གཏམ་བརྗོད་ཟློས་གར་འདིའི་ནང་གི་མི་སྣ་གཙོ་བོ་ར་བཟི་ལྷག་པ་ལགས་ཀྱི་གསོན་ཉམས་དོད་པའི་སྣང་བརྙན་དེ། གཟིགས་མོ་བ་ཚོས་ཐད་ཀར་གཏམ་བརྗོད་ཟློས་གར་ཐུང་གྲས་འདི་ཉིད་ཀྱི་མིང་དུ་བཏགས་ནས། ཕྱིས་སུ་དེ་འབྲེལ་གྱི་ནང་དོན་མཚོན་པའི་ཕུན་ཚོགས་བཀྲ་ཤིས་ཀྱི་གཏམ་བརྗོད་ཟློས་གར་ཐུང་གྲས་ཡོངས་ཀྱི་འཐུས་མིང་དུ《ར་བཟི་ལྷག་པ་ལགས་》ཞེས་འབོད་དོ། །

② པད་མ་རྣམ་རྒྱལ་སོགས་ཀྱིས་རྩོམ་སྒྲིག་བྱས། 《དེང་རབས་བོད་ལྗོངས་ཀྱི་ཨང་དང་པོའི་ངག་བརྗོད་》ཀྲུང་གོའི་བོད་རིག་པའི་དཔེ་སྐྲུན་ཁང་། སྤྱི་ལོ་༢༠༡༢ ཤ ༡༢༨

ཀྱི་ཁྲོད་དུ་བོད་ཀྱི་སྲོལ་རྒྱུན་གྱི་འབྲས་དཀར་དང་། ཐླ་མ་མ་ཧི་དང་སླུ་གར་སོགས་འཁྲབ་སྟོན་བྱས་ཏེ་མང་ཚོགས་ཀྱི་འཚོ་བར་ཕྲར་མེད་ཀྱི་འཕྲུག་ཆ་ཞིག་དང་རིག་རྩལ་གྱི་འཚོ་བའི་གསོན་ཤུགས་ཤིག་རྒྱས། དེའི་ཐོག་ཏུ"གཏམ་བརྗོད་ཀློས་གར་ཐུང་གྲས་འཁྲབ་སྟོན་བྱས་ཏེ་མང་ཚོགས་ཀྱི་ཁྲོད་ཤུགས་རྐྱེན་ཆེན་པོ་ཡོད། རིག་རྩལ་རྡ་ཁག་དེ་མདུན་ངོས་སུ་འབུད་ཐུབ་པའི་རྒྱུ་མཚན་ནི་དེའི་ནང་འཁྲབ་ཚན་འབྲི་ཐུབ་པ་དང་། འཁྲབ་འཁྲིད་བྱེད་ཐུབ་པ། འཁྲབ་སྟོན་བྱེད་ཐུབ་པའི་འཛིན་པོ་གསུམ་ལྡན་པའི་བློ་བཟང་རྡོ་རྗེ་ཞུ་བ་ཞིག་ཡོད་པ་ཡིན། བློ་བཟང་རྡོ་རྗེ་དང་ཁོང་གི་ལག་རོ་བློ་ལྡན་གཉིས་ཀྱིས་འཁྲབ་སྟོན་བྱས་པའི་ལེ་ཚན་གསར་པ་ཞིག་ལ་ལྟ་ས་ཡོངས་ལ་སྐད་གྲགས་ཆེས་ཆེར་ཁྱབ། ལེ་ཚན་དེའི་རྣམ་པ་ནི་བོད་ཀྱི་སྲོལ་རྒྱུན་གྱི་ཁ་ཤགས་དང་ཅུང་འདྲ་པོ་ཡོད་ལ་མི་འདྲ་བའི་ཁྱད་ཆོས་ཀྱང་ཡོད། དེས་མི་རྣམས་ལ་མྱོང་བ་གསར་པ་ཞིག་བྱིན་པ་དང་། ཁོ་ཚོས་ལེ་ཚན་དེ་ལ་དགོད་བྲོའི་གཏམ་སྙིང་ཞེས་བརྗོད་ཀྱི་ཡོད་"[1]ཅེས་པ་དང་"བློ་བཟང་རྡོ་རྗེ་དང་ལག་རོ་བློ་ལྡན་གཉིས་ཀྱིས་འཁྲབ་སྟོན་བྱས་པའི་དགོད་བྲོའི་གཏམ་སྙིང་དང་པོ་དེར《ར་བཟི་བའི་ཉེས་སྐྱོན》ཞེས་བརྗོད་"[2]ཅེས་གསུངས་པ་ལས་མདོར་ན་བོད་དུ་དགོད་བྲོའི་གཏམ་སྙིང་ཐོག་མར་དར་བའི་དུས་ཚོད་ནི་ལོ་རབས་དྲུག་ཅུའི་འགོ་དང་དགོད་བྲོའི་གཏམ་སྙིང་དང་དེའི་འཁྲབ་གཞུང་ཐོག་མར་གསར་གཏོད་གནང་མཁན་ནི་བློ་བཟང་རྡོ་རྗེ་ལགས་ཡིན་པར་རྟོགས་ནུས། དེར་ད་དུང་སྨྲུབ་བྱེད་རྒྱུ་མཚན་གཞན་ཞིག་འགོད་ན་བོད་ཀྱི་དགོད་བྲོའི་གཏམ་སྙིང་མཁས་ཅན་ཀན་ཐུབ་བསྟན་ལགས་ཀྱིས"བོད་སྐད་ཀྱི་དགོད་བྲོའི་གཏམ་སྙིང་ཐོག་མ་ནི་ཀན་བློ་རྡོར་གྱིས་བརྩམས་པའི《ཆང་གི་ཉེས་སྐྱོན》ཞེས་པ་དེ་ཉིད་རེད། བྱས་

---

① ཕུན་ཚོགས་བཀྲ་ཤིས། 《གངས་ལྗོངས་རིག་རྩལ་གྱི་བདག་ཉིད་》བོད་ལྗོངས་བོད་ཡིག་དཔེ་རྙིང་དཔེ་སྐྲུན་ཁང་། སྤྱི་ལོ་༢༠༡༡ ཤ ༡༥༡

② ཕུན་ཚོགས་བཀྲ་ཤིས། 《གངས་ལྗོངས་རིག་རྩལ་གྱི་བདག་ཉིད་》བོད་ལྗོངས་བོད་ཡིག་དཔེ་རྙིང་དཔེ་སྐྲུན་ཁང་། སྤྱི་ལོ་༢༠༡༡ ཤ ༡༥༢

ཅང་ཁོང་ནི་བོད་ཀྱི་དགོད་བྲོའི་གཏམ་སྙིང་གི་གསར་གཏོད་པ་ཡིན་ཞེས་བརྗོད་ན་འགྲིག”[1]
ཅེས་གསུངས་པས་ཡོངས་སུ་འཐུས་པར་ནུས་སོ། །

གཉིས། དེ་གཉིས་ཀྱི་ཁྱད་པར་མདོ་ཙམ་བསྟན་པ།

མ་གཞི་གཏམ་བརྗོད་ཀློས་གར་ཐུང་ཐུས་དང་དགོད་བྲོའི་གཏམ་སྙིང་གཉིས་ཀ་སྐད་ཆར་བརྟེན་ནས་འཁྲབ་སྟོན་བྱེད་པའི་སྒྱུ་རྩལ་གྱི་རྣམ་པ་གཅིག་པ་ཡིན་པའི་ཆ་ནས། དེ་གཉིས་དབར་འདྲ་བའི་ཆའམ་མཐུན་ཕྱོགས་ཤིག་མཆིས་ནའང་ཞིབ་པར་དཔྱད་ཚེ་དེ་གཉིས་ནི་མཚོན་སྟངས་མི་གཅིག་པའི་སྒྱུ་རྩལ་གྱི་རྣམ་པ་གཉིས་ཡིན་པར་འབྱུང་ཁུངས་དང་ནང་དོན་རྣམ་པ་བཅས་གསུམ་གྱི་ཐོག་ནས་སྙིང་བར་བྱ།

དང་པོ་འབྱུང་ཁུངས་སམ་རིགས་དབྱེ་ཚུལ་དུ་ལྟར་ན། གཏམ་བརྗོད་ཀློས་གར་ཐུང་ཐུས་ནི་ཀློས་གར་གྱི་ཁོངས་སུ་གཏོགས་ཤིང་། དགོད་བྲོའི་གཏམ་སྙིང་ནི་གཞས་མ་གཏམ་གྱི་ཁོངས་སུ་གཏོགས་པ་ནི་དེ་གཉིས་ཀྱི་ཁྱད་པར་དང་པོ་དེ་ཡིན་ཞིང་། དེ་ཡང་ཀློས་གར་ནི་གཙོ་ཆེར་གླུ་གར་འཁྲབ་སྟོན་ལ་བརྟེན་ནས་དོན་བརྗོད་པ་ཡིན་ཞིང་། གཞས་མ་གཏམ་ནི་གཙོ་ཆེར་སྐད་ངག་འཆད་ཁྲིར་གྱིས་དོན་བརྗོད་པ་ཡིན་པས། དེས་ན་གཏམ་བརྗོད་ཀློས་གར་ཐུང་ཐུས་ནི་འཁྲབ་པ་གཙོ་ཆེ་ལ་དགོད་བྲོའི་གཏམ་སྙིང་ནི་བཤད་པ་གཙོ་ཆེ་བ་ཡིན་པར་འདོད། འོན་ཀྱང་འཁྲབ་པ་དང་བཤད་པ་གཉིས་ལྟོས་བཅས་ཀྱིས་གང་ཞིག་གཙོ་ཆེར་འཛིན་པའི་ཆ་ནས་འདི་ལྟར་བཤད་པ་མ་གཏོགས་ལྟོས་མེད་ཅིག་རྩ་བ་ནས་མ་ཡིན། དེ་ཡང་ད་དུང་ཅུང་ཞིབ་པར་བཤད་ན། གཏམ་བརྗོད་ཀློས་གར་ནི་རྒྱུན་པར་མི་སྣའི་གཟུགས་བརྙན་ལ་བརྟེན་ནས་དོན་ཞིག་བསྟན་པ་དང་། དགོད་བྲོའི་གཏམ་སྙིང་ནི་སྐད་ཆ་ལ་བརྟེན་ནས་མི་སྣའི་གཟུགས་བརྙན་ཞིག་གམ་དེ་ལས་མངོན་པའི་དོན་ཞིག་བསྟན་གྱི་ཡོད།

---

① པད་མ་རྣམ་རྒྱལ་སོགས་ཀྱིས་རྩོམ་སྒྲིག་བྱས། «དེང་རབས་བོད་ལྗོངས་ཀྱི་ཨང་དང་པོའི་ངག་བརྗོད་» ཀྲུང་གོའི་བོད་རིག་པའི་དཔེ་སྐྲུན་ཁང་། སྤྱི་ལོ་༢༠༡༢ ཤ ༡༢༨

དེ་གཉིས་ཀྱི་རྗོད་ངག་སྤྱིལ་སྟངས་ལའང་ཁྱད་པར་ཡོད་དེ་གཏམ་བརྗོད་བློས་གར་ཐུང་གྲས་ཕལ་ཆེ་བ་ནི་འབོད་པའི་ཐ་སྙད་དང་པོའི་ (第一人称)ལམ་ནས་སྤྱིལ་བ་ཤས་ཆེ་ཞིང་དགོད་བྲོའི་གཏམ་གླེང་ཕལ་མོ་ཆེ་ནི་འབོད་པའི་ཐ་སྙད་གསུམ་པ་ (第 三 人 称) གཙོ་བོར་བྱས་ཤིང་བར་མཚམས་སུ་འབོད་པ་དང་པོས་འཐུས་ཚབ་ཀྱང་བྱེད་པའི་ཐོག་ནས་སྤྱིལ་གྱི་ཡོད། བརྗོད་ངག་སྤྱིལ་སྟངས་དེ་གཉིས་ལ་ཁྱད་ཆོས་གང་ཞིག་ཡོད་ཅེ་ན། མི་སྣའི་གཟུགས་བརྙན་ལ་ཚད་བཀག་ཡོད་མེད་ཀྱི་ཁྱད་པར་ཡོད་དེ། གཏམ་བརྗོད་བློས་གར་ནང་གི་མི་སྣ་ནི་འགོ་མཇུག་བར་གསུམ་དུ་མི་སྣ་དེ་རང་གི་གཟུགས་བརྙན་མཚོན་པས་ལས། དེས་མི་སྣ་གཞན་གྱི་སྣང་བརྙན་ལ་འཐུས་ཚབ་བྱེད་པའི་ནུས་པ་མེད། དཔེར་ན་ཕུན་ཚོགས་བཀྲ་ཤིས་ཀྱི་གཏམ་བརྗོད་བློས་གར་ཐུང་གྲས《འདི་བསྟན་བཤིག་སློང་མ་རེད་》ལྟ་བུ་ལ་ཆ་མཚོན་ན། དེའི་ནང་གི་མི་སྣར་བཟི་ལྷག་པ་དང་ཨེམ་ཆེ་ལྷག་པ་གཉིས་ཀྱིས་འགོ་མཇུག་བར་གསུམ་དུ་རང་རང་སོ་སོའི་སྣང་བརྙན་མཚོན་པ་ལས། ཕན་ཚུན་བརྗེ་རེས་སམ་ཡང་ན་མི་སྣ་གཞན་ཞིག་གི་གཟུགས་བརྙན་ཞིག་གཏན་ནས་མཚོན་གྱི་མེད། འོན་ཏེ། དགོད་བྲོའི་གཏམ་གླེང་ནང་གི་མི་སྣར་དེ་འདྲའི་ཚད་བཀག་མེད་པར་མི་སྣའི་སྐད་གདངས་ལུས་ཀྱི་ཉམས་འགྱུར་བཞིན་གྱི་རྣམ་འགྱུར་སོགས་ལ་བརྟེན་ནས་ཕན་ཚུན་གྱི་སྣང་བརྙན་བརྗེ་རེས་སམ་མི་སྣ་གཞན་ཞིག་གི་སྣང་བརྙན་གྱི་འཐུས་ཚབ་ཀྱང་བྱེད་ཆོག དཔེར་ན《བར་སྐོར་ནང་གི་གླེང་མོལ་》ལྟ་བུ་ལ་ཆ་མཚོན་ན་མི་སྣ་ཀ་པས་མི་སྣ་གཞན་ (བོད་རིག་པར་ཞིབ་འཇུག་གནང་མཁན་གྱི་རྒྱ་རིགས་བློ་མཐུན་དང་ཕྲུ་གུ་) གྱི་འཐུས་ཚབ་ཀྱང་བྱེད་པ་བཞིན་མང་ངོ་། མདོར་ན་མི་སྣར་ཚད་བཀག་ཡོད་མེད་དེ་དང་བརྗོད་ངག་སྤྱིལ་སྟངས་མི་གཅིག་པ་ནི་དེ་གཉིས་ཀྱི་ཁྱད་པར་གཉིས་པ་དེའོ། །

གསུམ་ནས་བཤད་ན། ནང་དོན་རྒྱ་ཆེ་ཆུང་དང་ཡུལ་དུས་ཀྱི་ཚད་བཀག་ཡོད་མེད་ཀྱི་ཁྱད་པར་ཡིན་ཏེ། གཏམ་བརྗོད་བློས་གར་ཐུང་གྲས་ནི་ཆེས་ཐུང་བའི་བློ་གར་གྱི་རྣམ་པ་

ཞིག་ཡིན་པས། "གཏམ་བརྗོད་རྫོགས་གར་ཐུང་ཁྲུས་ཀྱིས་འཚོ་བའི་སྣེ་ཟུར་གཅིག་གམ་ཡང་ན་མི་ཚེའི་སྐད་ཅིག་ཙམ་གྱི་དུས་ཡུན་ཙམ་ཞིག་མཚོན་པ་ཡིན་པས། བརྗོད་བྱ་རྒྱ་ཆུང་ཞིང་མི་སྣ་ཉུང་བ། ནང་དོན་སྟབས་བདེ་ལ། སྒྲིག་གཞི་ཚགས་དམ་པ་བཅས་དགོས"ཞེས་པ་ལྟར་གཏམ་བརྗོད་རྫོགས་གར་ཐུང་ཁྲུས་ཀྱི་བརྗོད་བྱའི་ནང་དོན་གྱི་ཤོང་ཚད་ཐད། སྒྱུ་རྩལ་གྱི་རྣམ་པ་དེར་ཡུལ་དུས་ཀྱི་ཚད་བཀག་ངེས་ཅན་ཞིག་ཡོད་སྟབས། ནང་དོན་ཕྲ་མོ་ཞིག་གམ་སྣང་ཚུལ་ཙམ་ལས་དོན་དངོས་འཚོ་བའི་ཁྲོད་ཀྱི་གནས་ཚུལ་དང་གནས་ལུགས་ངེས་ཅན་ཞིག་བསྟན་གྱི་ཡོད། འོན་ཏེ་དགོད་བྲོའི་གཏམ་གླེང་གི་ནང་དོན་ཐད་ཡུལ་དུས་སོགས་ཀྱི་ཚད་བཀག་མེད་པར་བོད་ལས་འཕྲོས་ཏེ་རྒྱལ་སྤྱི་རྒྱལ་ནང་བཤད་ཆོག་ལ། ད་ལྟ་ལས་འཕྲོས་ཏེ་འདས་དང་མ་འོངས་སོགས་བརྗོད་ཀྱང་ཆོག་པ་མ་ཟད། ཆུང་བར་མི་སྙིར་གྱི་དགའ་སྐྱོ་ཆགས་སྡང་དང་ཆེ་བ་ལ་མི་རིགས་ཀྱི་རིག་གནས་སོགས་ཀྱང་ཡོངས་སུ་བརྗོད་ཆོག་པ་ཡིན། རྒྱུན་དུ་ང་ཚོའི་སྣང་ངོར་དགོད་བྲོའི་གཏམ་གླེང་གི་འཁྲབ་སྟོན་རྣམ་པ་དེ་སྟབས་བདེ་པོ་དང་ལས་སླ་པོར་སྣང་ཡང་དོན་དུ་དེ་འདྲ་མ་ཡིན་ཏེ། དགོད་བྲོའི་གཏམ་གླེང་གཅིག་གི་ནང་དུ་སྒྱུ་རྩལ་གྱི་རྣམ་པ་གཞན་མང་པོ་ཞིག་བསྡུས་ཡོད་པས་འཁྲབ་སྟོན་མི་སྣའི་སྤྱིའི་བྱང་ཚད་ཐད་རེ་བ་གཞན་ལས་མཐོ་བ་ཡོད།

གཉིས་པ། ཟུར་ཚོགས་བཀྲ་ཤིས་ཀྱི་འཁྲབ་གཞུང་གི་ཁྱད་ཆོས།

འདིར་ཕོ་བོས་བརྗོད་པའི་ཟུར་ཚོགས་བཀྲ་ཤིས་ཀྱི་འཁྲབ་གཞུང་ནི་དུས་ཀྱི་ཆ་ནས་སྤྱི་ལོ་༡༩༩༧ལོ་ནས་༢༠༠༨བར་དུ་གསར་རྩོམ་གནང་བའི་འཁྲབ་གཞུང་རྣམས་ལ་གོ་བ་ཡིན་ཞིང་། དེ་ཡང་སྤྲོ་རྗེས་སུ་པར་བསྐྲུན་བྱས་པའི་འཁྲབ་གཞུང་དེབ་གཉིས་ནང་དུ་གཏམ་བརྗོད་རྫོགས་གར་ཐུང་ཁྲུས་བཅོ་བརྒྱད་དང་དགོད་བྲོའི་གཏམ་གླེང་བཅུ་གསུམ་བཅས་ཡོད་པས་དེ་དག་གཞིར་བཞག་ནས་དཔྱད་གླེང་བྱས་ཡོད། སྤྱིར་ཟུར་ཚོགས་བཀྲ་ཤིས་ཀྱི་དགོད་བྲོའི་གཏམ་གླེང་དང་གཏམ་བརྗོད་རྫོགས་གར་གང་ཡིན་ཡང་གསར་རྩོམ་གྱི་ཀུན་སློང་ངམ

དམིགས་ཡུལ་ནི། སྒྲོ་འཕེལ་ཙམ་དང་དགོད་བྲོ་པོ་ནའི་ཆེད་དུ། ཚོ་མེད་གཏམ་དང་ཁ་མཚར་ཚིག་གིས་དགོད་སློང་བ་ཙམ་མ་ཡིན་པར། དགོད་བྲོའི་རྣམ་པ་དང་ཐབས་ལམ་འདི་ཉིད་བརྒྱུད་ནས་མི་རྣམས་ལ་གཏིང་ཟབ་པའི་ནང་དོན་ཞིག་བརྒྱུད་བསྒྲགས་བྱེད་བཞིན་པ་དེའོ། །

གཅིག བརྗོད་བྱའི་ནང་དོན་ཐད་ཀྱི་ཁྱད་ཆོས།

༡ བྱ་སྤྱོད་ངན་པ་དང་རྗེས་ལུས་ཀྱི་བསམ་བློར་ཟུར་ཟ་དང་སུན་འབྱིན་མཚོན་པའི་ནང་དོན།

ཕུན་ཚོགས་བཀྲ་ཤིས་ཀྱི་འཁྲབ་གཞུང་ཙམ་མ་ཟད་སྤྱིར་བཙམས་ཆོས་ཡོད་དོ་ཅོག རྒྱུན་དུ་རྩོམ་མཁན་རང་ཉིད་ཀྱིས་དོན་དངོས་ཀྱི་འཚོ་བར་ཟབ་འཇུག་དང་ཉམས་ཞིབ་གཏིང་ཟབ་བྱས་པ་གང་ཞིག་ཕུན་སུམ་ཚོགས་པའི་འཚོ་བའི་སྤྱོད་བརྒྱུད་དངོས་ཀྱི་ཁྲོད་ནས་བྱུང་བ་ཤ་སྟག་ཡིན་སྟབས། བཙམས་ཆོས་ལ་གསོན་ཤུགས་རྒྱས་ཤིང་མི་སེམས་འགུལ་བའི་ནུས་པ་བླ་ལྷག་ཅིག་ལྡན་ཡོད་ལ། ལྷ་སློག་ཇི་ཙམ་བྱས་ཀྱང་དེ་ཙམ་གྱིས་འཚོ་བ་དངོས་དང་ཐག་ཇེ་ཉེར་སོང་བའི་བདེན་སྣང་གི་རང་བཞིན་ཞིག་དང་སྒྱུ་རྩལ་མཛེས་སྡུར་གྱི་སྤྱོད་ཚོར་ཟབ་མོ་ཞིག་སྐྱེར་འོང་། ནང་སྐོར་སུ་ཁོང་གི་འཁྲབ་གཞུང་ལ་གོང་བརྗོད་ཀྱི་ཁྱད་ཡོན་དག་དེ་བས་མངོན་པར་གསལ་བར་སྣང་།

དེ་ཡང་སྤྱི་ཚོགས་འཚོ་བའི་ཁྲོད་དུ་བྱ་ངན་སྤྱོད་ངན་སྤེལ་མཁན་དང་ལུགས་སྲོལ་ངན་པ། དེ་བཞིན་རང་མི་རིགས་ཀྱི་ཞན་ཆ་དང་རྗེས་ལུས་ཀྱི་རྣམ་པ་མང་པོ་ཞིག་ཁ་མཚར་དང་དགོད་བྲོའི་རྣམ་པའི་ཐོག་ནས་གར་སྟེགས་ཐོག་ཏུ་དམར་རྗེན་དུ་བཤམས་ཡོད་དེ། དཔེར་ན་རྒྱ་ཆེའི་གཟིགས་མོ་དང་སློག་པ་པོ་རྣམས་ཀྱིས་རྒྱུས་མངའ་ཤིན་ཏུ་ཟབ་ཅིང་དགའ་བསུ་ཚད་མེད་ཐོབ་པའི་གཏམ་བརྗོད་ཟློས་གར་ཐུང་གྲས《འདི་བསྟན་བཤིག་སློང་བ་མ་རེད་》

ཅེས་པ་དང་《ཡོ་གསུམ་གྱི་རྗེས་ལ་》དེ་བཞིན་《ལྷག་པ་ལགས་ཀྱི་ཁྲིམ་གྱི་རྟོག་གྲ་》[1]ལྟ་བུར་ཆ་མཚོན་ན་རྩོམ་པ་པོས་ཞུད་བརྗོད་དང་སྒྲོ་བཏགས་ཀྱི་ཐབས་ལ་བརྟེན་ནས། རང་ཅག་བོད་མི་རིགས་འདི་ཉིད་ཀྱི་སྐྱོན་དུ་གྱུར་བའི་གནད་གཅིག་སྟེ། ཆང་རག་འཐུང་རྒྱུར་ཤིན་ཏུ་དགའ་བས། སྤྱི་ཚོགས་རྟེལ་པོ་འཕེལ་རྒྱས་ཤུགས་ཆེན་འགྲོ་བའི་དུས་སུ་ད་དུང་རང་རིགས་ཀྱི་སྐྱེ་བོ་མི་ཉུང་བ་ཞིག་ཉིན་མཚན་དབྱེར་མེད་དང་ཆང་རག་ལ་མགོ་བོ་ཡོངས་སུ་འཁོར་ནས། ཁྲིམ་ཚང་གི་དྲོ་སྐྱིད་དང་བཟའ་མི་བུ་ཕྲུག་གི་བརྩེ་བ་ཡོད་ཚད་སྒྲི་རག་གི་ལྦུ་བ་དང་ལྷན་དུ་བཏུངས་ཤིང་། རང་གི་ཕྱུགས་བསམ་དང་བྱ་གཞག་སོགས་རྒྱུན་གྱི་གཏའ་མར་བཙུགས་ནས་གོ་མེད་ཚོར་མེད་དང་དུ། མི་ཚེ་འཁྱོལ་ཐབས་བྱེད་པའི་མི་དེ་ཚོའི་ཀུན་དང་མི་མཐུན་པའི་ལུས་ངག་ཡིད་ཀྱི་སྤྱོད་ཚུལ་དེ། རྩོམ་པ་པོས་ཁོང་ཁྲོ་དང་ཞ་ཞེན་མཉམ་དུ་འདྲེས་ནས་བཞད་གད་དང་བསྟན་བཤིག་གི་སྒྱུ་རྩལ་ཐབས་ལ་བརྟེན་ནས། གར་སྟེགས་ཐོག་དམར་རྗེན་དུ་བཤམས་ནས་དེ་དག་ལ་ཟུར་ཟ་དང་སུན་འབྱིན། ཐེར་འདོན་དང་འཕྲུ་སྨོད་སོགས་བྱས་ཡོད།

གཏམ་བརྗོད་ཚྭས་གར་ཐུང་གྲས་དེ་དག་གི་མི་སྣ་གཙོ་བོར་གྱུར་བའི་ར་བཟི་ལྷག་པ་ནི་དུས་དང་རྣམ་པ་ཀུན་ཏུ་ཆང་རག་ལ་མགོ་བོ་གཏུགས་ལྟར་འཁོར་ཞིང་ད་དུང་སྤྱོད་ངན་ངོམ་སོར་འཁྱེར་ནས་རང་གི་ད་ལྟའི་འཚོ་བར་བློ་ཡིད་ཡོངས་སུ་ཚིམ་པའི་བོད་མི་ར་བཟི་བ་ཞིག་གི་སྣང་བརྙན་གསོན་པོ་ཞིག་ཏུ་གྲུབ་ཡོད་ལ། "ཨེམ་ཆེ་ལྷག་པ"ལགས་ཀྱང་"ར་བཟི་ལྷག་པ"དང་ལྟོ་ཡང་གི་ཁྱད་པར་མེད་པར་ཆང་རག་ལ་མགོ་བོ་འཁོར་ནས་རང་འཁྲིའི་ལས་ཀར་འཐུས་ཤོར་དང་སྣང་ཆུང་གཏོང་མཁན་གྱི་སྨན་པ་ར་བཟི་བ་ཞིག་གི་སྣང་བརྙན་བསྐྲུན་ཡོད། མ་གཞི་དོན་དངོས་འཚོ་བའི་ནང་དུ་སྨན་པ་ཞིག་འདི་ལྟར་ཆང་གིས་ཡོངས

[1] གཏམ་བརྗོད་ཚྭས་གར་ཐུང་གྲས་དེ་གསུམ་ནི་ནང་དོན་ཐད་རྒྱུན་མཐུད་ཀྱི་རྣམ་པའི་ཐོག་ནས་བྲིས་ཡོད་པས་དེར་མང་ཚོགས་ཀྱིས་སྤྱི་མིང་དུ་ར་བཟི་ལྷག་པ་ལགས་ཞེས་འབོད་ཀྱིན་ཡོད།

སྐུ་བཟི་ནས་མིག་དང་སྣ་ཁུག་མཉམ་དུ་བཅེམ་པ་ནི་མི་སྲིད་པ་ལྟ་བུ་ཞིག་ཡིན་ཡང་། རྩོམ་པ་པོས་ཤུད་བརྗོད་དང་སྒྲོ་བཏགས་ཀྱི་ཐབས་ལ་བརྟེན་ནས་གཅིག་ནས་དགོད་བྲོའི་རང་བཞིན་ཐོན་པ་དང་། གཉིས་ནས་ཟུར་བསྟན་ལེབ་མཐོང་གི་དཔེ་བཞིན་དུ། དངོས་ཡོད་སྤྱི་ཚོགས་ལས་རིགས་ཁག་གི་ཁྲོད་དུ་ལས་ཀའི་དུས་ཚོད་ལ་ཆང་རག་བཏུང་ནས་རང་གཞན་དང་གཞུང་སྒེར་གཉིས་ལ་བརྡབ་གསིག་དང་འཕྲུས་ཤོར་ཡོང་གིན་ཡོད་པའི་དོན་དངོས་དེ་བསྟན་ཡོད། ད་དུང་རྩོམ་པ་པོས་སུན་འབྱིན་དང་ཟུར་ཟ་བྱ་ཡུལ་གཅིག་ནི་མི་སྣ་དབྱངས་ཅན་སྒྲོལ་དཀར་ལྟ་བུའི་ཆང་རག་འཐུང་རྒྱུ་དང་རྒྱུན་བཙུགས་བྱེད་པར་ཚོད་མི་འཛིན་ཞིང་། ཐ་ན་རང་གི་བཟའ་ཚང་དབང་གིས་བཙུན་པའི་སྐྱེ་དམན་"སྟག"འདྲ་བ་དེའི་ཁྲེལ་མེད་ཀྱི་སྤྱོད་ཚུལ་དེ་དག་གོ །

༢ སྤྱི་ཚོགས་ཀྱི་རྣམ་པ་དང་འཚོ་བ། མིའི་བསམ་བློའི་འདུ་ཤེས་འཛིན་སྟངས་ཀྱི་འགྱུར་ལྡོག་མཚོན་པ།

ང་ཅང་གི་སྒྱུར་བཅོས་སྒོ་དབྱེའི་སྲིད་ཇུས་ལག་བསྟར་དོན་འཁྱོལ་ཁྲོད་དུ། སྤྱི་ཚོགས་ཁྱོན་ཡོངས་ལ་འཕེལ་རྒྱས་ཤུགས་ཆེན་བྱུང་ཞིང་ལྷག་པར་བོད་ཀྱི་ཞིང་འབྲོག་མང་ཚོགས་རྣམས་ཀྱི་འཚོ་བར་སྔར་མེད་ཀྱི་འགྱུར་ལྡོག་ཕྱིན་ཡོད། སྤྱི་ཚོགས་ཀྱི་རྣམ་པ་གསར་པ་དང་འཚོ་བ་གསར་པའི་ཁྲོད་དུ་མི་རྣམས་ཀྱི་བསམ་བློའི་འདུ་ཤེས་འཛིན་སྟངས་ཀྱང་འགྱུར་ལྡོག་ཆེན་པོ་བྱུང་ཡོད་ཚུལ་མཚོན་པའི་བརྩམས་ཆོས་ལ། གཏམ་བརྗོད་བློས་གར་ཐུང་གྲས《དམིགས་བསལ་གྱི་གསོལ་ཚིགས་》དང་《CDཡི་རྗི་ལམ་》《རྒད་པོའི་སེམས་ནང་གི་སྐད་ཆ་》དེ་བཞིན《བར་སྐོར་ནང་གི་གླིང་མོལ་གསར་པ་》ལྟ་བུའོ། །འདིར་དཔེ་མཚོན་ཙམ་དུ་དབྱེ་ཞིབ་རགས་ཙམ་ཞིག་བྱ་བ་ལ་དཔེར་ན《CDཡི་རྗི་ལམ་》ལྟ་བུར་ཆ་མཚོན་ན་གཅིག་ནས་སྤྱི་ཚོགས་འཕེལ་རྒྱས་ཁྲོད་དུ་ཞིང་གྲོང་གི་འཚོ་བའི་ཚད་གོང་མཐོར་སོང་ནས། སྔར་ཀྱི་ལྟོ་གོས་གཉིས་ཀྱིས་ཕོངས་པའི་འཚོ་བའི་དཀའ་སྡུག་ལས། ད་ལྟ་འཚོ་བར་བསམ་བློ་དང་རིག་གནས་ཀྱི་དགོས་མཁོ་ཡང་ལོ་རེ་ལས་མ་འདས་པར་ཇེ་ཆེར་འགྲོ་བཞིན་པ་དེ་མཚོན་ཡོད་

ལ། གཉིས་ནས་འཕེལ་རྒྱས་དང་དགོས་མཁོ་དེ་འདྲའི་ཁྲོད་དུ་མི་དང་མིའི་བར་གྱི་འབྲེལ་བ་དེའང་སྔ་དུས་ནང་བཞིན་ལྷད་མེད་དྭངས་གཙང་དང་བཅོས་མིན་རྣམ་དག་དེ་འདྲ་མིན་པར། ཁེ་ཕན་གྱི་ཆེད་དུ་མི་གཉིས་ལ་གཡོ་ལྷད་བསྲེས་པའི་ཆ་དེའང་མཚོན་ཡོད།

༣ ཁྲིམས་ཚང་སློབ་གསོའི་གལ་ཆེའི་རང་བཞིན་བསྟན་པའི་བརྗོད་གཞི།

དེ་ཡང་ཚད་གཞི་ངེས་ཅན་ཞིག་གི་ཐོག་ནས་བརྗོད་ན་སློབ་གསོ་ནི་ཁྱབ་ཆེ་ས་ནས་མི་རིགས་ཤིག་གི་དར་རྒྱུད་དང་འབྲེལ་ཞིང་། ཆུང་ས་ནས་མི་གཅིག་གི་བསམ་སྤྱོར་བཟང་ངན་དང་། ཤེས་རིག་གི་གོ་རྟོགས་ཡོད་མེད། ཡང་དག་པའི་འཇིག་རྟེན་གྱི་ལྟ་ཚུལ་དང་རིན་ཐང་གི་ལྟ་ཚུལ་ཞིག་གྲུབ་མིན། དེ་བཞིན་མི་ཚེ་དེ་དོན་སྙིང་གིས་ཕྱུག་ཅིང་རིན་ཐང་གིས་མངའ་བ་ཞིག་ཏུ་འགྱུར་མིན་ཡང་། སློབ་གསོ་དང་ཁ་གཏན་ནས་བྲལ་ཐབས་མེད་པ་ཞིག་ཡིན། སློབ་གསོས་སྤྱི་ཚོགས་འཕེལ་རྒྱས་ཁྲོད་དུ་བཟུང་བའི་གནས་བབ་དེ། གལ་འགངས་ཇི་ཆེར་འགྲོ་བཞིན་པ་ནི། འཛམ་གླིང་སྟོན་ཐོན་གྱི་རྒྱལ་ཁབ་དང་མི་རིགས་རྣམས་ཀྱིས་སློབ་གསོར་གཙིགས་སུ་འཛིན་པ་ལས་རྟོགས་ནུས། སློབ་གསོ་ལ་བརྟེན་ནས་མི་རིགས་དང་སྤྱི་ཚོགས་ཡར་རྒྱས་གོང་འཕེལ་གཏོང་བ་ནི་ཐབས་ཀྱི་དམ་པ་ཡིན་པ་དེ། སྤྱི་ཚོགས་ལ་ངགན་འགྱུར་དང་མི་རིགས་ལ་ཤ་ཚ་ཆེ་བའི་རྩོམ་མཁན་ཕུན་ཚོགས་བགྲ་ཤིས་ཀྱིས་འཁྲབ་གཞུང་གསར་རྩོམ་གྱི་དམིགས་ཡུལ་དང་བརྗོད་གཞིར་དྲངས་ཏེ《ཡིག་ཚད་བཏང་རྗེས》དང་《སུས་མ་འགྲིག་པ་རེད་དམ》དེ་བཞིན《དགོད་བྲོ་བ་ཙམ་མ་ཡིན》ལྟ་བུའི་གཏམ་བརྗོད་ཟློས་གར་གསར་རྩོམ་གནང་ཡོད། བརྩམས་ཆོས་དེ་དག་ལས་སློབ་གསོར་མཐོང་ཆེན་དང་ལྷག་པར་ཁྲིམས་ཚང་གི་སློབ་གསོ་ནི་བུ་ཕྲུག་འཚར་ལོངས་ཀྱི་བརྒྱུད་རིམ་ཁྲོད་དུ་གལ་འགངས་ཆེ་བའི་སློབ་གསོའི་ཆ་ཤས་ཤིག་ཡིན་པ་བསྟན་ཡོད་ཅིང་། ཕ་མའི་བྱ་ལུགས་བྱེད་སྟངས་དང་བསམ་བློའི་འཁྱེར་སོས་ཐད་ཀར་ཕྲུ་གུར་བག་ཆགས་གཏིང་ཟབ་འཇོག་ཅིང་ཤན་ཤུགས་ངེས་ཅན་ཞིག་ཐེབས་ཀྱི་ཡོད་པས། ཇོ་སྐྱིད་ལྡན་པའི་ཁྲིམས་ཚང་གི་ཁོར་ཡུག་ཅིག་དང་མིག་དཔེར་འོས་པའི་ཕ་མའི་བསམ་སྤྱོད་ལ་ཡི་རང་དང་བསྔགས་བརྗོད་བྱས་ཡོད་ལ། ཁྲིམས་ཚང་ནང་ཕ་མ་

ཕན་ཚུན་འབྲུག་རྩོད་བྱེད་ཅིང་ཆང་རག་དང་རྒྱན་འཛུགས་ལ་གཡེངས་ནས་ཕྲུ་གུའི་སློབ་སྦྱོང་དང་མདུན་ལམ་ལ་སྣང་ཆུང་དུ་གཏོང་བའི་སྤྱོལ་ཚུལ་ལ་བུར་ཟ་དང་སུན་འབྱིན་བྱས་ཡོད།

ཚུལ་འདི་ནས་རྩོམ་པ་པོ་ཁོང་གིས་སློབ་གསོའི་བྱ་གཞག་ལ་གཞན་ལས་ལྷག་པའི་དོ་ཁུར་མཐོང་ཆེན་གནང་ནས། རྒྱ་ཆེའི་ཁྱིམ་བདག་རྣམས་ལ་ཁྱིམ་ཚང་གི་སློབ་གསོའི་གལ་ཆེའི་རང་བཞིན་དང་དུས་རྒྱུན་བུ་ཕྲུག་གི་མིག་ལམ་དུ་མཐོང་བའི་ཕ་མའི་བསམ་སྦྱོར་དེ་ནི། ཕོ་ཚོའི་སེམས་གཏིང་དུ་གྲུབ་པའི་ཕ་མའི་སྣང་བརྙན་ཞིག་ཡིན་པའི་ཚུལ་ནས། དགོད་བྲོའི་གཏམ་སྒྲུང་གི་བར་གསེང་ནས་བསམ་གཞིག་གི་གནད་མང་དུ་འཐེམ་ཞིང་བཞད་གད་ཀྱི་སྒོང་ན་ཡིད་སྨུག་དང་སྐྱོ་ངལ་གྱི་རྣམ་པ་ཞིག་ཀྱང་མངོན་ཡོད་པ་ནི་ཁོང་གི་འཕྲུལ་གཞུང་ལ་མངའ་བའི་ཁྱད་ཡོན་ཞིག་ཏུ་གྲུབ་པར་སེམས།

༤ ཁོར་ཡུག་སྲུང་སྐྱོབ་ཀྱི་ཤེས་བྱ་དྲིལ་བསྒྲགས་དང་འདུ་ཤེས་མཐོར་འདེགས་གཏོང་བའི་ནང་དོན།

ཕུན་ཚོགས་བཀྲ་ཤིས་ཀྱིས་སྤྱི་ལོ་༢༠༠༡ལོར་རང་བྱུང་ཁོར་ཡུག་སྲུང་སྐྱོབ་སྐོར་གྱི་དགོད་བྲོའི་གཏམ་སྒྲུང་《ལྷ་སའི་གློ་བ》དང་《ལྷ་སའི་གློ་བའི་ཐུར་སོང་གི་གཏམ་རྒྱུད》ཅེས་པ་གཉིས་གསར་རྩོམ་གནང་ཡོད། མ་གཞི་དེ་གཉིས་ཀྱི་བརྗོད་གཞིའི་ཐད་གཉིས་ཀ་ལྷ་སའི་ལྷ་གླུའི་འདམ་རར་སྲུང་སྐྱོབ་བྱེད་དགོས་ཚུལ་ཡིན་ནའང་རྣམ་པའི་ཆ་ནས་ཁྱད་པར་རམ་གསར་གཏོད་ཀྱི་ཆ་ཞིག་ཡོད་དེ《ལྷ་སའི་གློ་བ》ནི་སྤྱིར་རྒྱུན་གཏན་གྱི་མཐོང་ཆོས་སུ་ཕྱུར་བའི་མི་གཉིས་ཕན་ཚུན་གཏམ་སྒྲུང་གི་རྣམ་པའི་ཐོག་ནས་མཚོན་པ་ཞིག་ཡིན་ཡང་། 《ལྷ་སའི་གློ་བའི་ཐུར་སོང་གི་གཏམ་རྒྱུད》ཅེས་པ་ནི་ལོ་རབས་མི་འདྲ་བ་གསུམ་གྱི་ནང་དུ་བྱུང་བའི་ལྷ་སའི་འདམ་ར་དང་འབྲེལ་བའི་དོན་ཞིག་མི་སྣ་རྒྱུད་པའི་ཕྱིར་དྲན་གྱི་ལམ་ནས་བརྗོད་པ་བརྒྱུད། ལྷ་སའི་འདམ་རར་དུས་སྐབས་སོ་སོའི་ནང་དུ་ཁོར་ཡུག་སྲུང་སྐྱོབ་ཀྱི་འདུ་ཤེས་ཞན་པའི་རྐྱེན་གྱིས་ཚད་གཞི་མི་གཅིག་པའི་གཏོར་སྐྱོན་ཐེབ་ཚུལ་དུ“ལོ་རབས་དྲུག་

ཟུ་པའི་དུས་དཀྱིལ་ཙམ་ནས་ལོ་རབས་བདུན་ཟུ་པའི་དུས་དཀྱིལ་བར་ཡང་འདམ་ར་འདི་ལྷ་སའི་ཡུལ་མི་ཚོའི་མེ་ཤིང་ཚབ་བྱེད། ལ་མག་བཀོག་སའི་གནས་ཤིག་ཆགས་པ་"[1]དང་"ལྷ་སའི་འདམ་ར་འདི་ལོ་རབས་དྲུག་ཅུའི་ནང་གཞི་རྒྱ་ཆེ་ལོས་སྤྱི་ལེ་ངོས་སྨོམ་གྲུ་བཞི་མ་༡༠ཙམ་ཞིག་ཡོག་རེད། དེ་རྗེས་གཡས་གཡོན་ནས་ཁང་པ་བརྒྱབ། ཚལ་ཞིང་བཏབ། ཆུ་ཡུར་བྲུས་པ་བཅས་ཤོག་བུ་སྣུམ་བཟས་བྱས་པ་ནང་བཞིན་བྱས་ད་ལྟ་རྒྱ་ཁྱོན་སྤྱི་ལེ་ངོས་སྨོམས་གྲུ་བཞི་མ་༨་༩རང་ལས་ལྷག་ཡོག་མ་རེད་"[2]ཅེས་ཕངས་སེམས་དང་སྨྲགས་ནས་རྒྱ་ཆེའི་མི་དམངས་རྣམས་ལ་ལྷ་སའི་འདམ་རའི་ཁྱད་ཡོན་རྣམས་བརྗོད་དེ་ལོ་རབས་མི་འདྲའི་ནང་གི་འདམ་རའི་རྣམ་པ་ཕན་ཚུན་བསྡུར་པའི་ཐབས་ལ་བརྟེན་ནས། སྲུང་སྐྱོབ་འདུ་ཤེས་མཐོར་འདེགས་གཏོང་བའི་འབོད་སྐུལ་མཛད་ཡོད།

དེ་བཞིན《སྤྱི་སྤྱོད་དངོས་པོའི་གསང་གཏམ་》དང《ཁོར་ཡུག་སྲུང་སྐྱོབ་པའི་བྱ་བ་ཞིག་》ལྟ་བུའང་མི་དམངས་མང་ཚོགས་ཀྱི་ཁོར་ཡུག་སྲུང་སྐྱོབ་ཀྱི་འདུ་ཤེས་ཞན་པ་དང་སྤྱི་དམངས་ཀྱི་བྱང་ཆད་དམའ་བ་སོགས་ཀྱིས་ང་ཚོའི་འཚོ་གནས་བྱེད་སའི་ཁོར་ཡུག་དེ་ཉམས་ཇེ་ཞན་དུ་འགྲོ་གིན་ཡོད་ལ། ལྷག་དོན་དུ《སྤྱི་སྤྱོད་དངོས་པོའི་གསང་གཏམ་》ཞེས་པར་སྤྱི་ཚོགས་ཁྱོན་ཡོངས་ནས་འཕེལ་རྒྱས་འགྲོ་བ་དང་སྤྲགས་གྲོང་མིའི་འཚོ་བའི་ཆུ་ཚད་གོང་མཐོར་སོང་ཞིང་གྲོང་ཁྱེར་གྱི་རྣམ་པ་དང་སྒྲིག་བཀོད་སོགས་རིམ་བཞིན་གྲ་རྒྱས་འཕྱུས་ཚང་དུ་འགྲོ་བཞིན་ཡོད་ཀྱང་། མི་མི་ཉུང་བ་ཞིག་གི་འཚོ་བའི་གོམས་གཤིས་ངན་ཞིང་བསམ་བློའི་འདུ་ཤེས་འཛིན་སྟངས་ཐད། དུས་རབས་འཕེལ་རྒྱས་ཀྱི་གོམ་འགྲོས་དང་མི་མཐུན་པར། གྲོང་ཁྱེར་གྱི་འཚོ་བའི་ཁྲོད་དུ་ཁོར་ཡུག་སྲུང་སྐྱོབ་ཀྱི་འདུ་ཤེས་ཞན་པས་ཆུ་དང་གློག་སོགས་པའི་རང་བྱུང་གི་ནུས་ཁུངས་རིགས་ལ་ཛ་གས་མེད་ཟད་མེད་དུ་རློམ་ནས་

① ཕུན་ཚོགས་བཀྲ་ཤིས། 《འཁྲབ་གཞུང་བཞད་གད་ཧ་ཧ་ཧ་》བོད་ལྗོངས་མི་དམངས་དཔེ་སྐྲུན་ཁང་། སྤྱི་ལོ་༢༠༠༨ ཤ་༤༤
② ཕུན་ཚོགས་བཀྲ་ཤིས། 《འཁྲབ་གཞུང་བཞད་གད་ཧ་ཧ་ཧ་》བོད་ལྗོངས་མི་དམངས་དཔེ་སྐྲུན་ཁང་། སྤྱི་ལོ་༢༠༠༨ ཤ་༤༥

བག་མེད་དུ་འཕྲོ་བརླག་གཏོང་བ་དང་གད་སྙིགས་གང་བྱུང་དུ་གཡུགས་ཤིང་རྫ་དང་རྩི་ཤིང་ལ་གཏོར་སྐྱོན་དང་། སྨྱུག་གཅིན་གང་སར་གཏོང་བ་ལ་སོགས་བྱང་ཆད་དམའ་བའི་མི་ཁག་ཅིག་གི་སྤྱོད་ཚུལ་ངན་པ་དེ་རིགས་འཛེར་འདོན་བྱས་ཏེ། ཞུགས་ནས་ཁོར་ཡུག་སྲུང་སྐྱོབ་དང་གཙང་སྦྲ་འཕྲོད་བསྟེན་སོགས་ཀྱི་འདུ་ཤེས་མཐོར་འདེགས་བཏང་ནས་འཚོ་བའི་ཁོར་ཡུག་དང་གྲོང་ཁྱེར་གྱི་རྣམ་པ་སོགས་ལ་གཅེས་སྐྱོང་བྱ་རྒྱུ་ནི་མི་ཚང་མའི་འགན་འཁྲི་ཡིན་པའང་བསྟན་ཡོད།

༥ མི་རིགས་ཀྱི་རིག་གནས་ལ་བསྟུགས་བརྗོད་དང་རྒྱུན་འཛིན་དར་སྤེལ་གཏོང་བའི་ནང་དོན།

ཕུན་ཚོགས་བཀྲ་ཤིས་ཀྱི་རྩོམ་རིག་སྤྱི་དང་བྱེ་བྲག་འཕྲབ་གཞུང་རྩོམ་རིག་གི་ལམ་ནས་ སྔ་ཕྱི་བར་གསུམ་དུ་རང་རེའི་ལོ་རྡོ་སྟོང་གི་ལོ་རྒྱུས་ལྡན་ཞིང་། མཚར་སྡུག་འོད་སྟོང་འབར་བའི་སྲོལ་རྒྱུན་རིག་གནས་འདིར་གཞན་ལས་ལྷག་པའི་དགའ་ཞེན་ཞིག་གིས་སྐུལ་ནས། རིག་གནས་སློབ་སྦྱོང་དང་འཚོལ་ཞིབ། རིག་གནས་ངོ་སྤྲོད་དང་སྲུང་སྐྱོབ་ཀྱི་བྱ་བའི་ཀུན་སློང་དང་འོས་འགན་དེ་རང་གིས་ཁུར་དུ་བླངས་ནས། མི་རིགས་འདི་དང་རིག་གནས་འདིར་བཙངས་པའི་བརྩེ་བ་ཟབ་མོ་དེ་མཚོན་གྱིན་ཡོད།

དེ་ཡང་ཁོང་གིས་སྤྱི་ལོ་༡༩༩༡ལོར་གསར་རྩོམ་གནང་བའི་ཆེས་ཐོག་མའི་གཏམ་བརྗོད་ཀློས་གར་ཐུང་ཀྲས《སློབ་གྲྭ་ཆེན་མོ་ཐོན་པའི་མག་པ》ལྟ་བུ་ལ་ཆ་མཚོན་ན་འང་། ལོ་རབས་དགུ་བཅུའི་ནང་དུ་བོད་རིགས་ན་གཞོན་མང་དག་ཅིག་ནང་སའི་ས་ཕྱོགས་གང་སར་སློབ་གཉེར་ཐོས་བསམ་གྱི་བྱ་བར་བརྩོན་བཞིན་དེང་རབས་ཤེས་རིག་མི་རྟག་སྣ་ཚོགས་ཀྱི་དྲི་དང་གདངས་ལྡོངས་ས་གཞིའི་ཐོག་ཏུ་འཕྲུལ་འོང་བ་དེ་ནི། སྤྲོ་བ་རྒྱས་ཤིང་དགའ་བ་འཕེལ་དགོས་པའི་དོན་ཞིག་ཡིན་ལ། དེ་འདྲའི་ན་གཞོན་ཤེས་ཡོན་ཅན་ཚོར་སློབ་སྦྱོང་དང་རྗེས་སུ་ཡི་རང་བྱ་དགོས་པའི་དོན་བཟང་པོ་ཞིག་དེ་བས་ཡིན། འོན་ཏེ་དུས་རབས་དེའི་ནང་དུ་ན་གཞོན་འགའ་ཞིག་གིས་མཚོན་པའི་མི་མང་དག་ཅིག་གིས་རྒྱ་ཡིག་རྒྱ་སྐད་དང་བཅས་པའི་མི་རིགས་

གཞན་གྱི་རིག་གནས་དང་། གསར་དར་གྱི་ཤེས་རིག་ལ་འབད་འབུངས་དོན་གཉེར་བྱེད་པ་ལས། རང་མི་རིགས་ཀྱི་སྐད་ཡིག་དང་རིག་གནས། ཡུལ་གོམས་གཤིས་ལུགས་སོགས་ལ་སྣང་ཆུང་བཏང་ནས་ཐ་ན་བོད་སྐད་ཐོག་ནས་གོ་བརྡ་སྤྲོད་རྒྱུར་ཡང་སྟར་མེད་ཀྱི་དཀའ་ངལ་ཞིག་འཕྲད་སྐབས། དུས་རྒྱུན་དུ་སྤྱི་ཚོགས་འཚོ་བའི་ཁྲོད་དུ་བོད་མི་ཕན་ཚུན་ཁ་བརྡ་གླེང་མོལ་རེ་བྱས་ཀྱང་སྐད་ཆ་དུམ་བུ་ཞིག་གི་གོ་རིམ་ཁྲོད་དུ་སྐད་རིགས་གཉིས་ཀྱི་ཐ་སྙད་གྲལ་སྟར་སྒྲིག་སྟེ། སྐད་ར་མ་ལུག་དང་ཆས་ཡ་མ་གཟུགས་ཀྱི་རྣམ་ཐར་སྐྱོང་བའི་ཚུལ་དེར་ཟུར་ཟ་དང་སྨུན་འཕྱིན་བྱས་པ་ཞིག་ཡིན།

སྤྱི་ལོ་༡༩༩༥ལོར་གསར་རྩོམ་གནང་བའི་དགོད་བྲོའི་གཏམ་གླེང་《བར་སྐོར་ནང་གི་གླེང་མོལ་》དང་། དེ་བཞིན་སྤྱི་ལོ་༡༩༩༨ལོར་བརྩམས་པའི་《བོད་ཀྱི་ཨང་དང་པོ་》དང་《ཡུལ་སྐད་འགྲན་བསྡུར་》སྤྱི་ལོ་༢༠༠༡ལོར་བརྩམས་པའི་《རིག་དངོས་ཀྱི་རེ་འབོད་》སོགས་ནི་གཅིག་ནས་ལོ་ངོ་སྟོང་གི་ཡར་སྟོན་ནས་ཝུ་ཙག་གི་ཕ་མེས་དམ་པ་ཚོས་དཀའ་བ་དུ་མ་གདོང་གིས་བསུས་ནས་ཁྲག་དང་རྔུལ་ཆུའི་ཐིགས་པས་བསྐྲུན་པའི་ཚར་དུ་དངར་བའི་རིག་གནས་ཤུལ་བཞག་རྣམས་སྒྱུ་རྩལ་གྱི་གར་སྟེགས་ཐོག་ཏུ་དྲངས་ནས་བསྟོད་བསྔགས་བྱས་ཡོད་ལ། གཉིས་ནས་དུས་རབས་འཕོ་འགྱུར་གྱི་ཐ་ཚླབས་དྲག་པོའི་ཁྲོད་དུ་ལོ་རྒྱུས་ཀྱི་དཔང་པོར་གྱུར་བའི་གནའ་ཤུལ་མང་དག་ཅིག་སྲུང་སྐྱོབ་ཀྱི་འདུ་ཤེས་ཞན་པས་གཏོར་སྐྱོན་ཐོག་འགྲོ་བའི་ཚུལ་དང་དེ་བཞིན་རང་གི་མིག་མདུན་གྱི་ཁེ་ཕན་ཁོ་ནར་བསམ་ནས་ལས་འབྲས་རྒྱབ་ཏུ་བསྐྱུར་ཞིང་། ཁྲིལ་དང་ངོ་ཚ་གཉོམ་སུ་གཡུགས་ནས་གཡོ་སྒྱུའི་ཐབས་དང་ཏུ་མའི་ལས་ལ་བརྟེན་ནས། རིན་ཐང་གཞལ་བར་དཀའ་བའི་རིག་དངོས་རྒྱ་མཁན་གྱི་གཟུགས་བརྙན་དམར་རྗེན་དུ་གར་སྟེགས་ཐོག་ཏུ་མངོན་པར་བྱས་ཡོད། སྐོས་སུ་《བོད་ཀྱི་ཨང་དང་པོ་》དང་《གཙང་གི་ཨང་དང་པོ་》ཞེས་པར་བོད་རིགས་ཀྱི་ཐུན་མིན་གྱི་མི་ཚེའི་ལྟ་བ་དང་། རིན་ཐང་ལྟ་བ། མཛེས་དཔྱོད་ཀྱི་ལྟ་བ་དང་སེམས་ཁམས་འཁྱེར་སོ་བཅས་ལས་བྱུང་བའི་ཐུན་མིན་གྱི་བྱ་དངོས་མང་དག་ཅིག་དང་། བོད་རིགས་གནས་སྡོད་བྱེད་སའི་ཁོར་ཡུག འཚོ་

བའི་གོམས་གཤིས། དེང་སྐབས་སྤྱི་ཚོགས་འཕོ་འགྱུར་བཅས་ལས་བྱུང་བའི་བཟང་ངན་ལེགས་ཉེས་ཀྱི་གནས་ཚུལ་དག་ལ་ཕྱོགས་ལྷུང་མེད་པར་གཟུ་བོའི་བློ་ཡིས་བཟང་མཛེས་ལེགས་གསུམ་ལ་བསྟོད་པའི་མཐེ་བོང་བསྒྲེངས་ཤིང་། ངན་བཙོག་ཞན་གསུམ་ལ་འཕྱ་སྨོད་ཐེར་འདོན་བྱས་ཡོད།

འདིར་ལོགས་སུ《བར་སྐོར་ནང་གི་གླིང་མོལ》དང《རིག་དངོས་ཀྱི་རེ་འབོད》ཅེས་པའི་དགོད་བྲོའི་གཏམ་གླིང་འདི་གཉིས་ཀྱི་སྐོར་ལ་གླིང་མོ་ཙུང་ཟད་རེ་བྱེད་འདོད་དེ། ཁོ་བོའི་འདོད་ཚུལ་ལྟར་ན་དགོད་བྲོའི་གཏམ་གླིང་འདི་གཉིས་ཀྱི་བརྗོད་དོན་ཐད་ཀྱི་ཟབ་ཚད་དང་སྒྱུ་རྩལ་གྱི་རྣམ་པ། དེ་བཞིན་རྩོམ་རིག་གིས་སྤྱི་ཚོགས་ལ་ཐོན་པའི་ཕན་འབྲས་ཀྱི་ཆ་ནས་བརྗོད་ཀྱང་ཅུང་གང་ལྟར་དུ། བརྩམས་ཆོས་དེ་གཉིས་གསར་རྩོམ་བྱས་ནས་ཏ་ལམ་མི་ལོ་ཉི་ཤུའི་དུས་ཡུན་འདས་ཤིང་། དེ་ནས་ད་ལྟ་ལ་ཐུག་གི་བར་དུ་རྩོམ་མཁན་ཉིད་དང་གཞན་གྱིས་དགོད་གཏམ་མང་དག་ཅིག་གསར་རྩོམ་བྱས་ཡོད་ཀྱང་། བརྩམས་ཆོས་འདི་གཉིས་ནི་མིག་སྔའི་བར་དུ་ཕུན་ཚོགས་བཀྲ་ཤིས་ཁོང་རང་ཙམ་མ་ཟད། ཐ་ན་བོད་ཀྱི་དགོད་བྲོའི་གཏམ་གླིང་གསར་རྩོམ་གྱི་ལམ་ཚད་རྗེ་རིང་ལྟ་བུ་ཞིག་ཏུ་སླེབས་འདུག་ཅེས་བརྗོད་པར་ནུས་ཏེ། རྩོམ་མཁན་ཉིད་ཀྱིས་ཀྱང"《བར་སྐོར་ནང་གི་གླིང་མོལ》ཞེས་པ་དེ་ནི་བར་སྐོར་གྱི་ལོ་རྒྱུས་གནའ་ཤུལ་ལ་སྲུང་སྐྱོབ་བྱ་དགོས་པའི་གཙོ་དོན་གྱི་དགོད་གཏམ་ཞིག་ཡིན། དེའི་ནང་གཅིག་ནས་གནའ་ཤུལ་གྱི་ལོ་རྒྱུས་དང་གཉིས་ནས་འཛུགས་སྐྲུན་སྲུང་སྐྱོབ་ཀྱི་དོན་དངོས་གནས་ཚུལ་བརྗོད་ཅིང་། ལོ་རྒྱུས་ཀྱི་གཏིང་ཟབ་སར་འཛུལ་ཐུབ་ལ་དེང་རབས་ཀྱི་དོན་དངོས་གནས་ཚུལ་ལ་ལྟ་ཐུབ་པས། ཕུན་ཚོགས་བཀྲ་ཤིས་ཀྱིས་རང་ཉིད་ཀྱི་བརྩམས་བྱ་དེར་ཏ་ཅང་མོས་པོ་བྱུང་"①ཞེས་གསུངས་ཡོད་ལ། "《བར་སྐོར་ནང་གི་གླིང་

① ཕུན་ཚོགས་བཀྲ་ཤིས། 《གངས་ལྗོངས་རིག་རྩལ་གྱི་བདག་ཉིད་》བོད་ལྗོངས་བོད་ཡིག་དཔེ་རྙིང་དཔེ་སྐྲུན་ཁང་། སྤྱི་ལོ་ ༢༠༠༧ ཤ ༣༥༨

སོལ་》ནི་༡༩༩༨ལོར་ལྷ་ས་བརྙན་འཕྲིན་ལས་ཁུངས་ཀྱི་ལོ་གསར་དགོང་ཚོགས་ཐོག་ལྷད་མོ་དང་ངོ་མཚར་བྱུང་བ་དང་། སྤྱི་ཚོགས་ཀྱི་སྟེང་བག་ཆགས་ཆེན་པོ་བྱུང་ཞིང་། དེ་ནི་ཐུབ་བསྟན་དང་མིག་དམར་གྱི་ཉར་ཚགས་ཀྱི་ལེ་ཚན་ཞིག་ཏུ་གྱུར་"①ཞེས་གསུངས་པ་ནང་བཞིན་ཡིན། ད་དུང་《རིག་དངོས་ཀྱི་རེ་འབོད་》ཅེས་པ་འཁྲབ་སྟོན་བྱས་རྗེས་རྒྱ་ཆེའི་སེར་སྐྱ་མང་ཚོགས་ཚོའི་རིག་དངོས་སྲུང་སྐྱོབ་ཀྱི་འདུ་ཤེས་གོང་མཐོར་སོང་བའི་སྤྱི་ཚོགས་ཕན་འབྲས་ཐོན་ཡོད། "བརྩམས་བྱ་དེ་ནི་ཕུན་ཚོགས་བཀྲ་ཤིས་ཀྱི་སྒྲིབས་པ་ཞིག་ཡིན་ལ། ཐུབ་བསྟན་གྱི་ལོ་མང་སྒྱུ་རྩལ་གྱི་ལམ་བུའི་སྟེང་གི་མཚར་སྡུག་ཆེ་ཤོས་ལྡན་པའི་བརྩམས་བྱ་ཞིག་ཀྱང་ཡིན། ལེ་ཚན་དེ་རྒྱ་སྐད་ལ་ཕབ་བསྒྱུར་བྱས་ནས་རྒྱལ་ཡོངས་གྲངས་ཉུང་མི་རིགས་ཀྱི་གཞས་མ་གཏམ་འཁྲབ་སྟོན་ལ་ཞུགས་པ་དང་། བྱ་དགའ་རིམ་པ་དང་པོ་ཐོབ"②པ་སོགས་མདོར་ན་འཁྲབ་གཞུང་རྩོམ་མཁན་ཉིད་དང་འཁྲབ་མཁན། ལྷད་མོ་བ་དང་དེ་བཞིན་ཁོང་གི་གསར་རྩོམ་ལ་དཔྱད་གླེང་བྱེད་ཁུལ་གྱི་རང་ཉིད་ཀྱི་ངོས་འཛིན་དང་གདེང་འཇོག་དེ་མ་གྲོས་གཅིག་མཐུན་དུ་གནས་པས། དེ་ནས་བརྩམས་ཆོས་འདི་གཉིས་ཀྱི་རིན་ཐང་རྟོགས་པར་ནུས་སོ།།

གཉིས། འཁྲབ་གཞུང་གི་སྐད་ཆའི་ཁྱད་ཆོས།

འདིར་བརྗོད་པའི་འཁྲབ་གཞུང་ནི་གཏམ་བརྗོད་ཟློས་གར་ཐུང་ཐུང་གྲས་དང་དགོད་བྲོའི་གཏམ་གླེང་གི་འཁྲབ་གཞུང་གཉིས་ལ་གོ་དགོས་ཤིང་། དེ་གཉིས་ནི་གཙོ་ཆེར་སྐད་ཆ་ལ་བརྟེན་པའི་འཁྲབ་སྟོན་གྱི་སྒྱུ་རྩལ་རྣམ་པ་ཞིག་ཡིན་པས། དེར་དགོད་བྲོའི་རང་བཞིན་

---

① ཕུན་ཚོགས་བཀྲ་ཤིས། 《གངས་ལྗོངས་རིག་རྩལ་གྱི་བདག་ཉིད་》བོད་ལྗོངས་བོད་ཡིག་དཔེ་སྙིང་དཔེ་སྐྲུན་ཁང་། སྤྱི་ལོ་༢༠༠༧ ཤ་༣༥༧

② ཕུན་ཚོགས་བཀྲ་ཤིས། 《གངས་ལྗོངས་རིག་རྩལ་གྱི་བདག་ཉིད་》བོད་ལྗོངས་བོད་ཡིག་དཔེ་སྙིང་དཔེ་སྐྲུན་ཁང་། སྤྱི་ལོ་༢༠༠༧ ཤ་༣༥༩

དང་སྤྱོ་འཕེལ་རང་བཞིན་ངེས་ཅན་ཞིག་ལྡན་དགོས་པ་ནི། རྩོམ་ལུས་སམ་སྒྱུ་རྩལ་གྱི་རྣམ་པ་འདི་ཉིད་ཀྱིས་གཏན་འཁེལ་བྱས་པ་ཞིག་ཡིན། སྤྱིར་ཁ་མཚར་དང་བཞད་གད། ཟུར་ཟ་དང་སྐོར་གཏམ་སོགས་ནི་འཕྲུལ་གཞུང་འདི་ཉིད་ཀྱི་སྐད་ཆའི་རྩ་བའི་ཁྱད་ཆོས་ཤིག་ཡིན་པས། ཕུན་ཚོགས་བཀྲ་ཤིས་ཀྱི་འཕྲུལ་གཞུང་གི་སྐད་ཆར་ཡང་རྩ་བའི་ཁྱད་ཆོས་དེ་དག་ལྡན་ཡོད་པ་མ་ཟད་ད་དུང་བརྗོད་བདེ་ལ་གོ་སླ་བ། གསོན་ཉམས་དོད་ལ་མཚོན་ཤུགས་ཆེ་བ། སྐད་ཆར་དུས་སྐབས་སོ་སོའི་ཁྱད་ཆོས་མངོན་པར་དོད་པ། ཁ་སྐད་དང་ཐག་ཉེ་བ་སོགས་ཀྱི་ཁྱད་ཆོས་སྣ་ཚོགས་ཤིག་མཆིས་པས་འདིར་དཔེ་དང་བཅས་ནས་ཅུང་ཟད་གླེང་བར་བྱའོ། །

༡ རྒྱ་སྐད་བོད་སྐད་དུ་འཛོལ་ནས་བཞད་གད་སློང་བ།

ཕུན་ཚོགས་བཀྲ་ཤིས་ཀྱི་གཏམ་བརྗོད་ཟློས་གར་ཐུང་ཐུང་གྲས་ཀྱི་སྐད་ཆའི་ཁྱད་ཆོས་ཀྱི་གྲས་སུ་མི་སྣ་ཕན་ཚུན་གཏམ་གླེང་གི་ཁྲོད་དུ། སྐད་རིགས་འདྲེས་མའམ་རྒྱ་བོད་སྐད་རིགས་གཉིས་ཕན་ཚུན་གོ་འཛོལ་བྱུང་བའི་རྣམ་པའི་ཐོག་ནས་བཞད་གད་སློང་བའི་ཐབས་མང་དུ་སྤྱད་ཡོད་དེ། དཔེར་ན《སློབ་ཆེན་ཐོན་པའི་མག་པ》ཞེས་པའི་ནང་“མག་པ། ངས་བལྟས་ན་ཨ་མ་ལགས་རང་གཟུགས་པོ་ཡག་པོ་མེད་པ་འདྲ། རྨོ་བོ། ཡག་པོ་ཞེ་དྲགས་མེད། མག་པ། 锻炼 བྱེད་དགོས་རེད། རྨོ་བོ། ལ། ལྟོགས་སླ་བྱེད་དགོས་རེད་ལ།”①ཞེས་པ་དང་ད་དུང（科技大学 ཞེས་པར་ཁག་ཅིག་ཏ་བཞོན་）（知识分子 ཁྲི་ཁྲི་ཐད་ཙེ་）ལྟ་བུའོ། དེ་བཞིན《CDཡི་རྨི་ལམ》ཞེས་པའི་ནང་“ཨ་ཁྲུ། ཁ་སང་ང་ཚོའི་གྲོང་པའི་བི་ས་ཁོས་འདི་རི་པིན་གྱི་གདོང་འདྲེ（ 东 芝 ）ཟེར་མཁན་དེ་ཐད། ཡག་པོ་ཞེ་པོ་ཡོག་རེད་ཟེར་གྱི་འདུག ཆོས་སྒྲོན། གད་མོ་ཆེན་པོ་བགད་ནས 东 芝 ཟེར་གྱི་རེད།”དེ་བཞིན《དམིགས་བསལ་གྱི་གསོལ་ཚོགས》ཞེས་པའི་ནང་“སྐྱིས་པ། ཚལ་འདིའི་མིང་ལ་ག་རེ་ཟེར། **བུ་མོ།** 萝卜炖肉 སྐྱིས་པ། ནོར་བུ་དོན་

① ཕུན་ཚོགས་བཀྲ་ཤིས།《འཕྲུལ་གཞུང་འཛུམ་ཤོར་དོན་ལྡན》བོད་ལྗོངས་མི་དམངས་དཔེ་སྐྲུན་ཁང་། སྤྱི་ལོ་༡༩༩༩ ཤ ༢

གྲུབ། **བུ་མོ།** 宫爆肉丁 སླེས་པ། མགོན་པོ་རབ་བརྟན་ཨེས། འདིའི་མིང་ལ། **བུ་མོ།** 青椒肉丝 སླེས་པ། ཆོས་འཁོར་ར་བཟི། **ཨ་ཅེ།** ཁྱེད་རང་གི་ཚལ་གྱི་མིང་ཚང་མ་བོད་རིགས་ཀྱི་མིའི་མིང་བཏགས་ཀྱི་འདུག་ག"[1]ལྟ་བུའོ། །དེ་བཞིན་དུ་བོད་སྐད་དང་རྒྱ་སྐད་མཉམ་བསྲེས་ཀྱི་འབྲུག་ཚིག་བཀོལ་བར་གཅིག་ནས་བཞད་གད་སློང་བའི་ནུས་པ་ཐོན་ཞིང་། ཕྱོགས་གཞན་ཞིག་ནས་ཟུར་ཟའི་ནུས་པ་ཐོན་པའང་མང་དུ་སྣང་བྱུང་འདིར་ཡིག་ཚོགས་ལ་འཛིགས་ཏེ་རེ་རེ་བཞིན་དཔེར་མ་དྲངས་སོ། །

༢ དུས་སྐབས་སོ་སོའི་ནང་གི་དར་ཁྱབ་སྨྲ་གཞས་ཀྱི་ཚིག་བཅོས་ནས་སྐད་ཆར་བཞད་གད་སློང་བ།

ཕུན་ཚོགས་བཀྲ་ཤིས་ཀྱི་འབྲུག་གཞུང་གི་ནང་དོན་ནི་ཐོལ་དུ་བྱུང་བའི་སྒྱུ་རྩལ་གྱི་སྣང་རྟོམ་དང་མི་འདྲ་བར། རྩོམ་མཁན་གྱིས་དུས་རྒྱུན་སྤྱི་ཚོགས་འཚོ་བར་ཉམས་ཞིབ་དང་དོ་སྣང་ཤུགས་ཆེན་བྱེད་ཅིང་། དེ་དག་ལ་བསམ་གཞིག་དང་འཚོལ་ཞིབ་བྱས་པ་ལས་བྱུང་བ་ཞིག་ཡིན་སྟེ། ཁོང་གི་འབྲུག་གཞུང་ནི་འཚོ་བ་དངོས་དང་ཐག་ཉེ་ལ་དུས་སྐབས་སོ་སོའི་ཁྱད་ཆོས་ཀྱང་མངོན་པར་དོད་པོ་ཡོད། དཔེར་ན་འབྲུག་གཞུང་གང་ཞིག་གསར་རྩོམ་བྱེད་སྐབས་དགོས་པའི་དབང་གིས་དུས་སྐབས་དེའི་ནང་དར་ཁྱབ་ཆེ་བའི་སྨྲ་གཞས་ཀྱང་འབྲུག་ཚིག་ནང་དུ་བཀོལ་སྤྱོད་གང་ལེགས་བྱས་ནས། བརྩམས་བྱ་དེ་ནམ་ཡང་དུས་རབས་འཕོ་འགྱུར་གྱི་གོམ་འགྲོས་དང་མཐུན་པ་བྱེད་ཀྱིན་ཡོད།

དཔེར་ན། 《གཙང་གི་ཨང་དང་པོ་》ཞེས་པའི་ནང་"ཀ། དར་ཁྱབ་སྨྲ་གཞས་བོད་སྐད་ལ་བསྒྱུར་མཁས་ཨ་ཆོས་ང་ཚོ་གཙང་པ་བ། ཁ། ག་འདྲ་ཟེ། ཀ།（གཞས་）ཨ་ཕ། ཁ།（གཞས་）ཨིན། ཀ།（གཞས་）གནམ་ཐྲིན་པའི་འོག་ནས་འགྲོ་གིས། ཁ།（གཞས་）ཡིན་གྱི་མ་རེད།ཀ།（གཞས་）གནམ་དངོས་གནས་ཐྲིན་པའི་འོག་ནས་འགྲོ་གིས། ཁ།（གཞས་）

---

[1] ཕུན་ཚོགས་བཀྲ་ཤིས། 《འབྲུག་གཞུང་འཛུམ་ཤོར་དོན་ལྡན་》བོད་ལྗོངས་མི་དམངས་དཔེ་སྐྲུན་ཁང་། སྤྱི་ལོ་༡༩༩༩ ཤ ༡༠༠

བཞག་ན་འགྲིག་སོང་། ཀ། གནམ་དངོས་གནས་སྲིན་པའི་འོག་ནས་འགྲོ་གིས། ཁ། ད་ཐུར་མ་ཤོད། ཀ། （གཞས་）ད་འོ་ན་ལ་ལ་ལ་ལ།”[①]དེ་བཞིན་《ལོ་གསུམ་གྱི་རྫེས་ལ་》ཞེས་པའིནང་“ཨེམ་ཆེ། ད་རང་དོན་དག་མེད་ན་མགྱོགས་པོ་མར་འགྲོ་རོགས་གྱིས། ང་ལ་བརྙས་མ་བཀོ་དང་། དང་པོ་ནས་རང་དང་ཐུག་དགོས་པ་འདི་འདྲ་ག་འདྲ་ཡིན་ནམ། （གཞས་）ག་རེ་བྱས་པའི་ལས་རས། ག་རེ་བྱས་པའི་ལས་རས། ལྷག་པ། མིག་དང་སྣ་ཁྲུག་བཙེམ་པའི་ལས་རེད། （གཞས་འཁྲོ་བཏང་）གྲོགས་པོ་རང་སྐྱོ་མདོག་ཁ་པོ་འདི་འདྲ་ག་རེ་བྱས་པ་རས།”[②]“ཨེམ་ཆེ། དངོས་གནས་རང་ལ་བཤད་ན་ང་ཉེས་ཆད་བཅད་པ་དེ་ཚོ་ལ་གང་ཡང་བསམ་གྱི་མིན་འདུག ཕངས་ཤོས་ལ་ངའི་གཡུ་སྒྲོན་ལགས་ཤོར་སོང་། ལྷག་པ། འདའི་ག་རེ་ཡོག་རས། བུ་མོ་ག་ནས་འཚོལ་འཚོལ་ཡོག་རེད་པ། ཁྱེད་རང་ལ་མཛུབ་དཀྲིས་ཡོས་འགྲོའོ། མཛུབ་དཀྲིས་ཡོད་ན་ལམ་སེང་རེད། ངའི་མཛུབ་དཀྲིས་འདི་མཐོང་བ་དང་བུ་མོ་མང་པོས（གཞས་བཏང་）ང་རང་ལ་དགའ། ང་རང་ལ་དགའ། ང་རང་གི་མཛུབ་དཀྲིས་ལ་དགའ་མཛུབ་དཀྲིས་ལ་དགའ་ཟེར་གྱི་འདུག མཛུབ་དཀྲིས་དང་ཚིགས་ཁེབས་ཡོད་ན་བུ་མོ་ལམ་སེང་རེད།”[③]དེ་བཞིན་དུ《ལྷག་པ་ལགས་ཀྱི་ཁྱིམ་གྱི་རྙོག་གྲ་》ཞེས་པའི་ནང་“ལྷག་པ། མོས་ང་ལ་དབང་ཡོད་ཁོ་ན་བཤད་ཀྱིས། ཨེམ་ཆེ། དབྱངས་ཅན་སྒྲོལ་དཀར་ལགས། ཁྱེད་རང་ག་རེ་གནང་གི་ཡོག་རས། ལྷག་པ་ལགས་ཁོ་རང་ད་ལྟ་ཆང་རག་བཅད་ནས་མི་ཡག་པོ་འདི་འདྲ་ཆགས་དུས་ཁྱེད་རང་དགའ་ཚོར་གནང་དགོས་རེད་པ། མི་བཟང་པོར་འགྲོ་གི་བསམ་བཀྲས་བཙོས་བྱ་རྒྱུ་ཡོག་མ་རེད། དབྱངས་ཅན་སྒྲོལ་དཀར། （ཨེམ་ཆེར་）ཏེ། （གཞས་བཏང་）བཟའ་ཚང་དཀྲུག་པ་མ་གནང་ཅིག་གསུངས་ལ། ཁ་མཆུ་བོགས་མར་ལེན་མཁན་ལ་ནི་ཡིན་པས། རོབ་བེ་རོབ་བེ་མཉམ་དུ་འགྲོ་

① ཕུན་ཚོགས་བཀྲ་ཤིས། 《འཁྲབ་གཞུང་བཞད་གད་ཏ་ཏ་ཏ》བོད་ལྗོངས་མི་དམངས་དཔེ་སྐྲུན་ཁང་། སྤྱི་ལོ་༢༠༠༨ ཤ ༥
② ཕུན་ཚོགས་བཀྲ་ཤིས། 《འཁྲབ་གཞུང་འཛུམ་ཤོར་དོན་ལྡན་》བོད་ལྗོངས་མི་དམངས་དཔེ་སྐྲུན་ཁང་། སྤྱི་ལོ་༡༩༩༩ ཤ ༣༣
③ ཕུན་ཚོགས་བཀྲ་ཤིས། 《འཁྲབ་གཞུང་འཛུམ་ཤོར་དོན་ལྡན་》བོད་ལྗོངས་མི་དམངས་དཔེ་སྐྲུན་ཁང་། སྤྱི་ལོ་༡༩༩༩ ཤ ༣༥

འདོད་ཡོད་ཀྱང་ཁྱེད་རང་ལ་ཨ་ཅེ་ཡོག་རེད། ང་ཚོ་བཟའ་ཚང་འགོན་འགོན་ཐོག་ཐོག་བྱུང་བར་རྩུས་གཏོགས་ལ་ནི་སྟར་ཀ”[1]འདི་ལྟར་འཕྲུལ་གཞུང་ནང་དུ་གཞས་ཚིག་བཅོས་སྒྲིག་བྱེད་པར་གཅིག་ནས་བཞད་གད་སློང་བའི་ནུས་པ་ཐོན་ཅིང་། དེས་གཏམ་བརྗོད་བློས་གར་ཐུང་གྲས་དང་དགོད་གཏམ་གཉིས་ལ་མངའ་བའི་སྤྲོ་འཕེལ་རང་བཞིན་གྱི་ཁྱད་ཆོས་དེ་འཕུར་དུ་ཐོན་པར་ནུས་པ་འདོན་གྱི་ཡོད་ལ། གཉིས་གད་མོའི་ཞོར་དུ་སྐབས་བབ་ཀྱི་བརྗོད་དོན་མཚོན་པར་ཟུར་ཟ་དང་སུན་འབྱིན་གྱི་ནུས་པའང་ངེས་ཅན་ཞིག་ཐོན་གྱི་ཡོད།

༣ ཟུར་ཟའི་སྐད་ཆ་ལ་བརྟེན་ནས་བཞད་གད་སློང་བ།

ཕུན་ཚོགས་བཀྲ་ཤིས་ཀྱི་འཕྲུལ་གཞུང་སྤྱི་ལ་ལྟ་ཞིབ་དང་དབྱེ་ཞིབ་བྱེད་སྐབས་བཞད་གད་དང་ཟུར་ཟ་ནི་ཁོང་གི་འཕྲུལ་ཚིག་ལ་མངའ་བའི་རྩ་བའི་ཁྱད་ཆོས་ཤིག་ཡིན་པར་སེམས་ལ། དེ་ཡང་ཟུར་ཟ་ནི་དཔེ་འཛོག་པའམ་ཞུད་བརྗོད་པ་དང་ཚིག་དངོས་སུ་བཤད་པ་ལས་གོ་རྒྱུ་གཞན་ཞིག་ཡོད་པ་སོགས་ལ་བརྟེན་ནས་གཞན་གྱི་བྱ་སྤྱོད་ངན་པ་ལ་འཕྱ་སྨོད་དང་ཐེར་འདོན་བྱེད་པར་ནུས་པ་བླ་ལྷག་ཅིག་མཆིས་ཤིང་། དེས་མི་རྣམས་དགོད་བྲོ་དང་ཁ་མཆར་གྱི་གླིང་ནས་ལྟ་མྱོང་གི་དུས་སུ་སྤྲོ་སྣང་འཕེལ་ཞིང་དེའི་རྗེས་སུ་བསམ་གཞིག་གི་བར་སྣང་ཞིག་ཀྱང་ངམ་ཤུགས་སུ་བསྐྲུན་གྱིན་ཡོད། དཔེར་ན་དགོད་གཏམ《བོད་ཀྱི་ཨང་དང་པོ་》ཞེས་པའི་ནང་“ཀ་པ། ཡང་ཉི་མ་རིང་ཤོས་དེ་བོད་རིགས་རེད། ཁ་པ། གང་འདྲ་ཟེར། ཀ་པ། མི་ཁ་ཤས་ལས་ཀ་ཆུ་ཚོད་དགུ་པར་ཡིན་ན་བཅུ་པ་ཙམ་ལ་ཡོང་གི་རེད། ཚོགས་འདུ་ཆུ་ཚོད་གསུམ་པར་ཡིན་ན་བཞི་པ་ཙམ་ལ་ཉེར་ཉེར་ཡོང་གི་རེད། ཁ་པ། ངས་བྱས་ན་འཛམ་གླིང་ཐོག་གསང་སྤྱོད་ཆེ་ཤོས་དེ་བོད་ལ་ཡོག་རེད། ཀ་པ། གང་འདྲ་ཟེར། ཁ་པ། ག་ས་ག་ཏུ་གཅིན་པ་དང་། བཙོག་པ་གཏོང་རྒྱང

[1] ཕུན་ཚོགས་བཀྲ་ཤིས། 《འཕྲུལ་གཞུང་འཛུམ་ཤོར་དོན་ལྡན་》བོད་ལྗོངས་མི་དམངས་དཔེ་སྐྲུན་ཁང་། སྤྱི་ལོ་༡༩༩༩ ཤ་༥༧

བྱེད་ཀྱི་རེད།"[1]ཅེས་བོད་རིགས་ཀྱི་ལས་ཀ་དང་འཚོ་བའི་ཁྲོད་དུ་དུས་ཚོད་ཀྱི་འདུ་ཤེས་ཞན་པ་དང་། གང་སར་བཙོག་གཅིན་གཏོང་བའི་འཚོ་བའི་གོམས་གཤིས་ངན་པ་དག་ལ་ཟུར་ཟ་དང་སུན་འབྱིན་བྱས་ཡོད་པ་དེ་བཞིན་དུ《གཙང་གི་ཨང་དང་པོ་》ཞེས་པའི་ནང་"ཁ། ཡང་ཕྱུག་པོ་སློང་མཁན་ང་ཚོ་གཙང་པ་བ། ག། གང་འདྲ་ཟེར། ཁ། རྒྱང་འཁོར་བའི་ཁྲིམ་ལ་མཛོད་ཁང་འབྲུ་རིགས་ཀྱིས་ཁེངས་ཀྱང་སློང་བར་ཕྱིན་ནས་རྟེན་འབྲེལ་ལ་བརྟེ་གི་རེད། ག། སངས་རྒྱས་ན་བཟའ་ལུས་ལ་གྱོན་ནས་སོ་སོའི་སྤྲ་ཁུག་བརྒྱང་མཁན་ཁག་ཅིག་ང་ཚོ་གཙང་པ་བ། ཁ། གང་འདྲ་ཟེ། ག།（གྲྭ་རྫུན་སློང་མཁན་གྱི་ལད་མོ་）བསྟན་པའི་སྦྱིན་བདག་མངའ་ཐང་རྒྱས་པར་ཤོག བསྟན་པ་ཡུན་རིང་གནས་པའི་སྨོན་འདུན་ཞུ"[2]ཞེས་པ་ལྟ་བུའོ།

ད་དུང་ཁོང་གི་གཏམ་བརྗོད་ཟློས་གར་ཐུང་གྲས་ནང་དུའང་ཟུར་ཟའི་སྐད་ཆ་མི་ཉུང་བ་ཞིག་བཀོལ་ཡོད་དེ་དཔེར་ན《དམིགས་བསལ་གྱི་གསོལ་ཚིགས》ཞེས་པའི་ནང་"**ཨ་ཅེ། བུ་མོ།** འདའི་ཁ་ལག་རྒྱས་ཐག་ཆོད་སྒྲོག་ཅེ་གཅིག་གྲ་སྒྲིག་གྱིས་དང་། **བུ་མོ།** རྒྱས་ཐག་ཆོད་ལགས། 支票（ཀྲེ་ཕྱིའོ་）ལམ་སེང་ 转（གྲོན་）གྱི་རེད་པས། **ཨ་ཅེ།** ག་རེ། གཞུང་གི་དངུལ་གྱི་མ་གཏོགས་ཟ་མ་རྒྱས་ཐག་ཆོད་ཟ་ཐུབ་ཀྱི་མ་རེད་བསམ་གྱི་འདུག་གས། ང་ཚོ་མི་སྒེར་ལ་ཡང་དངུལ་ཏོག་ཙམ་ཡོག་རེད་ཧླ། **ཨ་ཅེ།** ང་ཚོ་ཕྱིག་སྲིན་ཟ་རྒྱུ་བྱུང་ན་འཚོ་བའི་ཚུ་ཚད་ཡག་པོ་ཞེ་པོ་སླེབས་པ་རེད། དེང་སང་སྨོན་ལམ་རྒྱག་དུས་ཀྱང་ཕ་མ་དྲུལ་སྦྲུལ་ཕྱིག་སྲིན་ཟ་མཁན་ལ་སྐྱེས་པ་ཤོག་ཟེར་རྒྱག་གི་རེད། སྐྱེས་པ། ལགས། ང་ཚོ་ནི་ཕྱོན་མ་ཕ་མ་བྱམས་སེམས་ཅན་ལ་སྐྱེས་པ་ཤོག་ཟེར་སྨོན་ལམ་རྒྱག་གི་རེད། **ཨ་ཅེ།** ཁྱེད་རང་གིས་མཁྱེན་གྱི་ཡོད་པས། ད་དུང་འདི་འདྲ་ཟེར་གྱི་རེད། ཚགས་ཤ་ལུག་ཤ་ཕར་རྒྱུགས། ཏུས་

① ཕུན་ཚོགས་བཀྲ་ཤིས།《འབྲུབ་གཞུང་འཛུམ་ཤོར་དོན་ལྡན་》བོད་ལྗོངས་མི་དམངས་དཔེ་སྐྲུན་ཁང་། སྤྱི་ལོ་༡༩༩༩ ཤ་༡༦༤

② ཕུན་ཚོགས་བཀྲ་ཤིས།《འབྲུབ་གཞུང་བཞད་གད་ཏ་ཏ་ཏ་》བོད་ལྗོངས་མི་དམངས་དཔེ་སྐྲུན་ཁང་། སྤྱི་ལོ་༢༠༠༦ ཤ་༤༥

སྤྲལ་སྡིག་སྡིན་ཚུར་ཤོག་”[①]ཅེས་གཞུང་དངུལ་སྐེར་སྤྱོད་ཀྱིས་བཟའ་བཏུང་ལ་བག་མེད་ལོངས་སྤྱོད་བྱེད་པ་དང་། རྒྱ་དང་དབང་གིས་མི་སེམས་བསླུས་པའི་སྤྱི་ཚོགས་ཁྲོད་མིའི་རིན་ཐང་ལྟ་ཚུལ་དང་འདུ་ཤེས་འཛིན་སྟངས་ཡའང་སྟེར་མེད་ཀྱི་འགྱུར་ལྡོག་ཅིག་འགྲོ་གིན་ཡོད་པ་དེ་ཚོ་ཟུར་ཟའི་སྐད་ཆའི་ལམ་ནས་མཚོན་ཡོད། ད་དུང་དེ་དང་དེ་འདྲ་བའི་དཔེ་དྲངས་ན་ཤིན་ཏུ་མང་བས་འདིར་དེ་ཙམ་གྱིས་འཕྲུས་པར་བྱའོ། །

༤ དགོད་གཏམ་གྱི་སྐད་ཆའི་ཁྱད་ཆོས་གྲུས་སུ་ཁ་རྩལ་ལ་བརྟེན་ནས་བཞད་གད་སློང་བ།

དཔེར་ན་དགོད་བྲོའི་གཏམ་གླེང་《རིག་དངོས་ཀྱི་རེ་འབོད་》ཅེས་པའི་ནང་“ཀ་པ། ང་ཚོའི་དགོན་སྡེ་ཁག་ནང་（ལྷེ་ཏ་ཅང་མགྱོགས་པོས་）སྐུ གསེར་སྐུ། དངུལ་སྐུ། འཇིམ་སྐུ། ཤིང་སྐུ། ཤངས་སྐུ། རྡོ་སྐུ། ཟངས་སྐུ། ལི་སྐུ། བྲིས་སྐུ། གོས་སྐུ། ཁ།（ལྷེ་ཏ་ཅང་མགྱོགས་པོས་）ཤིང་ཏ་ལའི་ལོ་མའི་དཔེ་ཆ། མཐིང་ཤོག་དཔེ་ཆ། གསེར་བྲིས་དཔེ་ཆ། དངུལ་བྲིས་དཔེ་ཆ། གཡུ་བྲིས་དཔེ་ཆ། བྱུར་བྲིས་དཔེ་ཆ། ག（ལྷེ་ཏ་ཅང་མགྱོགས་པོས་）ད་དུང་ཕར་ཕྱིན་གྱི་ཐང་ག འཚོམ་དྲུག་ཐང་ག ལྷ་ཏིག་ཐང་ག མཚལ་བྲིས་ཐང་ག ཤོག་བུའི་ཐང་ག རས་ཀྱི་ཐང་ག གོས་ཆེན་ཐང་ག གསེར་ཐང་། ནག་ཐང་། ང་།（ལྷེ་ཏ་ཅང་མགྱོགས་པོས་）ད་དུང་དུང་ཆེན། རྒྱ་གླིང་། ཀང་གླིང་། སྦུག་ཆལ། ཏིང་ཤགས། སིལ་སྙན། ཊ་མ་རུ། དྲིལ་བུ། འཁར་རྔ་”[②]ཞེས་བརྗོད་པ་ལྟ་བུའོ། །

༥ ཀ་པས་ཁྱད་གཞི་བརྗོད་པར་ཁ་པས་ཁྱད་ཆོས་བཤད་པ།

དཔེར་ན་དགོད་བྲོའི་གཏམ་གླེང་《བོད་ཀྱི་ཨང་དང་པོ་》ཞེས་པའི་ནང་“ཀ་པ། འཛམ་གླིང་ནང་གི་རི་བོ་མཐོ་ཤོས་ཇོ་མོ་ལ་ཡ། ཁ་པ། ས་གོ་ལའི་ཚོགས་མ་རང་

① ཕུན་ཚོགས་བཀྲ་ཤིས། 《འཕྲུལ་གཞུང་འཛུམ་ཤོར་དོན་ལྡན་》བོད་ལྗོངས་མི་དམངས་དཔེ་སྐྲུན་ཁང་། སྤྱི་ལོ་༡༩༩༩ ཤ ༡༠༢

② ཕུན་ཚོགས་བཀྲ་ཤིས། 《འཕྲུལ་གཞུང་བཞད་གད་ཏ་ཏ་ཏ་》བོད་ལྗོངས་མི་དམངས་དཔེ་སྐྲུན་ཁང་། སྤྱི་ལོ་༢༠༠༨ ཤ ༥༧

ཡིན། ཀ་པ། འཛམ་གླིང་སྟེང་གི་ཕོ་བྲང་མཐོ་ཤོས་པོ་ཏ་ལ། ཁ་པ། སའི་གོ་ལའི་གཙུག་རྒྱན་གྱི་ནོར་བུ། ཀ་པ། འཛམ་གླིང་སྟེང་གི་ལོ་རྒྱུས་སྙན་ངག་རིང་ཤོས་གླིང་གེ་སར་གྱི་སྒྲུང་། ཁ་པ།བརྩུ་ཐུབ་མི་ཚར་བའི་སྒྲུང་ནང་གི་རྒྱལ་པོ། ཀ་པ། འཛམ་གླིང་སྟེང་གི་དགོན་པ་ཆེ་ཤོས་འབྲས་སྤུངས། ཁ་པ། སྐྱེའུ་ཁྱུང་ག་ཚོད་ཡོད་མེད་སུས་ཤོད་ཐུབ།"[1]ལྟ་བུའོ། །ད་དུང་དཔེ་དང་གབ་ཚིག་རྩོད་པ་སོགས་ཀྱི་ཐབས་ལ་བརྟེན་པའི་སྐད་ཆའི་ཁྱད་ཆོས་མངོན་པ་གང་མང་ཞིག་མཆིས་ཀྱང་འདིར་ཡིག་ཚོགས་ངལ་བ་དང་དུ་མི་ལེན་པར་རིགས་བསྒྲེས་ནས་རྟོགས་པར་བྱའོ། །

གསུམ། ཕུན་ཚོགས་བཀྲ་ཤིས་ཀྱི་དགོད་བྲོའི་གཏམ་གླིང་ལ་མངའ་བའི་གསར་གཏོད་ཀྱི་རིན་ཐང་།

སྒྱུ་རྩལ་ལ་མགོ་བའི་གནད་གཅིག་ནི་གསར་གཏོད་ཀྱི་ཆ་དེ་ཡིན་པས་གལ་ཏེ་གསར་གཏོད་ཀྱི་སྙིང་སྟོབས་མེད་པར་བསྐྱར་ཟློས་ཙམ་དང་། གཞན་ལ་ལད་མོ་དང་འདྲ་བཟོས་བྱས་པའི་བརྩམས་བྱར་ཡིད་འགུག་གི་ནུས་པ་མ་མཆིས་ལ། ལྟ་སློག་དང་སྨོང་རོལ་གྱི་དང་བ་ཡང་ག་ལ་འདྲེན་ཐུབ། ཕུན་ཚོགས་བཀྲ་ཤིས་ཀྱིས་རྩོམ་རིག་གསར་རྩོམ་ཐད་དུས་དང་རྣམ་པ་ཀུན་ཏུ་རང་གི་བློ་གྲོས་ཀྱི་རྩལ་དང་སྒྱུ་རྩལ་གྱི་རྟོག་པར་བརྟེན་ནས། བརྩམས་བྱའི་ནང་དོན་དང་ལུས་ཀྱི་རྣམ་པ། སྒྱུ་རྩལ་གྱི་མཚོན་ཐབས་སོགས་ལ་གསར་གཏོད་ཀྱི་རང་བཞིན་གཙིགས་སུ་འཛིན་གྱིན་ཡོད་པ་དེས། ད་གཟོད་ཁོང་གི་བརྩམས་བྱར་ཐུན་མིན་གྱི་སྒྱུ་རྩལ་གྱི་མཛེས་པ་ཞིག་དང་མི་སེམས་འགུལ་བའི་ནུས་པ་ཞིག་མཆིས་པས་ཀུན་གྱིས་དོ་སྣང་དང་སྣང་འཛོག་བྱེད་ཡུལ་དུ་གྱུར་ཅིང་། སྤྱི་ཚོགས་ཐོག་གཡོ་འགུལ་ཡང་མི་ཆུང་བ་ཞིག་ཐེབས་ཀྱིན་ཡོད། འདིར་ཁོང་གི་དགོད་གཏམ་འཕྲུལ་གཞུང་ཐད་གསར་གཏོད་ཀྱི་རིན་ཐང་གང་

[1] ཕུན་ཚོགས་བཀྲ་ཤིས། 《འཕྲུལ་གཞུང་འཇུམ་ཤོར་དོན་ལྡན་》བོད་ལྗོངས་མི་དམངས་དཔེ་སྐྲུན་ཁང་། སྤྱི་ལོ་༡༩༩༩ ཤ་༡༣༥

ཙམ་ཞིག་མཆིས་པས་འདིར་མདོ་ཙམ་གླེང་བར་བྱའོ། །

སྤྱིར་དགོད་བྲོའི་གཏམ་གླེང་ཕལ་མོ་ཆེ་ནི་མི་སྣ་གཉིས་ཕན་ཚུན་གཏམ་གླེང་བྱེད་པའི་རྣམ་པ་ཡིན་པས། དུས་ཡུན་རིང་པོ་ཞིག་གི་ཁྲོད་བོད་ཀྱི་དགོད་གཏམ་ལའང་རྣམ་པ་དེ་ཁོ་ན་ཙམ་དུ་ཟད། འོན་ཏེ་ཕུན་ཚོགས་བཀྲ་ཤིས་ཀྱིས་རྣམ་པ་དེར་ཐོད་བརྒལ་ལམ་གསར་གཏོད་ཅིག་བྱས་ཡོད་དེ། སྤྱི་ལོ་༢༠༠༧ལོར་གསར་རྩོམ་བྱས་པའི་《ལྷ་སའི་སྒྲོ་བའི་སྣར་སོང་གི་གཏམ་རྒྱུད་》ཅེས་པ་ནི་མི་རྐྱང་པའི་དགོད་བྲོའི་གཏམ་གླེང་ཞིག་ཡིན་ལ། ཡང་《རིག་དངོས་ཀྱི་རེ་འབོད་》དང་《སྤྱི་སྤྱོད་དངོས་པོའི་གསང་གཏམ་》གཉིས་ནི་མི་ཚོགས་ཀྱི་དགོད་གཏམ་ཡིན། དགོད་གཏམ་གྱི་བརྗོད་གཞི་དང་ནང་དོན་ལ་དམིགས་ནས་རྩོམ་པ་པོས་མི་སྣའི་ཁ་གྲངས་ཐད་ཆེས་རྒྱུན་མཐོང་གི་མི་གཉིས་ཅན་གྱི་རྣམ་པར་འཕྲི་སྣོན་བྱས་པ་དེའང་གསར་གཏོད་ཀྱི་ཆ་ཞིག་ཡིན་ལ། དེས་ནང་དོན་མཚོན་ཤུགས་དང་འཁྲབ་སྟོན་གྱི་རྣམ་པའི་ཆ་ལའང་སྟར་མེད་ཀྱི་གསོན་ཤུགས་གསར་པ་ཞིག་སྩྱིན་ཡོད་པ་ནི་གསར་གཏོད་ཀྱི་ཆ་དང་པོ་དེའོ། །

སྤྱིར་གཏམ་བརྗོད་ཟློས་གར་ཐུང་གྲས་དང་དགོད་བྲོའི་གཏམ་གླེང་གི་ཁྱད་པར་གླེང་སྐབས་འཁྲབ་གོས（服装）སྒྲོན་མིན་དང་འཁྲབ་ཆས（道具）དགོས་མིན་གྱི་དབྱེ་བ་ཞིག་ཡོད་དེ། གཏམ་བརྗོད་ཟློས་གར་ཐུང་གྲས་ནི་ནང་དོན་ལ་གཞིགས་ནས་མི་སྣའི་འཁྲབ་གོས་དང་འཁྲབ་ཆས་ལ་རེ་བ་ངེས་ཅན་ཞིག་ཡོད་ཀྱང་། སྤྱིར་དགོད་བྲོའི་གཏམ་གླེང་ལ་དེ་འདྲའི་རེ་བ་མེད་པར་སྤྱིར་བཏང་གི་གཟབ་མཆོར་སྤྲས་པ་ཙམ་གྱིས་འཐུས་པར་བྱེད་ཀྱི་ཡོད། འོན་ཏེ་ཕུན་ཚོགས་བཀྲ་ཤིས་ཀྱིས་སྤྱིར་བཏང་གི་རྣམ་པར་དེར་དགོས་ངེས་ཀྱི་བཅོས་སྒྲིག་དང་གསར་གཏོད་གང་འཚམས་ཤིག་བྱས་ཡོད་དེ《རིག་དངོས་ཀྱི་རེ་འབོད་》ཅེས་པའི་དགོད་གཏམ་ནང་འཁྲབ་བྱའི་མི་སྣ་མི་གཅིག་པ་སོ་སོར་དེ་མཐུན་གྱི་འཁྲབ་གོས་སྤྲས་ཡོད་ལ་འཁྲབ་ཆས་ཀྱང་ཡོད་པ་ནི། མིག་སྔའི་བར་དུ་བོད་སྐད་ཀྱི་དགོད་གཏམ་ཁྲོད་དུ་ཡོངས་སུ་རྣམ་པ་གསར་རྐྱང་ཞིག་དང་སྒྱུ་རྩལ་གྱི་མཚོན་ཐབས་དམིགས་བསལ་ཞིག་ཏུ་གྱུར་ཡོད། དེ་ནས་

བཟུང་འཁྲབ་ཆས་སྤྲས་པའི་མི་མང་གི་དགོད་གཏམ་（群口化妆相声）[1]རྣམ་པ་ཡང་རིམ་བཞིན་བོད་རིགས་ལྷད་མོ་བ་ཚོས་དགའ་བསུ་དང་ལེན་བྱེད་པའི་དགོད་གཏམ་གྱི་རྣམ་པ་གསར་པ་ཞིག་ཏུ་གྱུར་ཡོད་པ་ནི་གསར་གཏོད་ཀྱི་ཆ་གཉིས་པ་དེའོ། །

《སྤྱི་སྤྱོད་དངོས་པོའི་གསང་གཏམ་》ཞེས་པའི་དགོད་གཏམ་གྱི་རྣམ་པར་ཡང་གསར་གཏོད་ཀྱི་རིན་ཐང་ངེས་ཅན་ཞིག་ལྡན་ཡོད་དེ། གཅིག་ནས་བརྗོད་དོན་ཐད་ཀར་མི་སྨྲའི་གཏམ་གླེང་ཙམ་ལ་བརྟེན་ནས་མཚོན་པ་མ་ཡིན་པར། དགོད་གཏམ་ནང་དུ་སེམས་མེད་རབ་རྟོག་གི་རྒྱན་བཀོལ་སྤྱོད་གང་ལེགས་བྱས་ཏེ། མི་སྣ་བརྗོད་དོན་གྱི་ཆ་ཀ་ལ་དང་ལྟེང་མ། ས་འོག་ཆུ་འགྲོ་སོགས་ཀྱི་རྣམ་པར་སྤྲུལ་ནས། མིའི་རིགས་ཀྱི་འཚོ་བའི་ཁྲོད་དུ་སོ་སོའི་དགོས་པ་དང་རིན་ཐང་གླེང་བ་དང་། ཡང་མིའི་ཚུལ་མིན་གྱི་སྤྱོད་ལམ་ལས་རང་ཉིད་ལ་དཀའ་ངལ་དང་བརྡབ་གསིག་གང་འདྲ་གཏོང་གི་ཡོད་མེད་སོགས་བརྗོད་པ་དེ་རེད། གཉིས་ནས་དགོད་གཏམ་འགོ་ཚུགས་སྐབས་རོལ་མོ་དང་གཞས་ཀྱི་རམ་འདེགས་འོག་མི་སྣས་གླུ་ལེན་གར་འཁྲབ་ཀྱི་རྣམ་པ་ཞིག་ཡོད། སྤྱིར་དགོད་བྲོའི་གཏམ་གླེང་ནི་མི་སྣ་ཕན་ཚུན་བར་གྱི་སྐད་ཆ་ཙམ་ལ་བརྟེན་ནས་བརྗོད་དོན་མཚོན་པའི་རྣམ་པ་དེར་ཐོད་བརྒྱལ་ལམ་གསར་གཏོད་ཀྱི་ཆ་ཞིག་མངོན་ཡོད་པ་དེ། བོད་སྐད་ཀྱི་དགོད་གཏམ་ཁྲོད་དུ་རྣམ་པ་གསར་པ་ཞིག་ཏུ་གྱུར་ཡོད། རྣམ་པ་གསར་པའི་ཆ་དེས་གཅིག་ནས་དེང་སྐབས་ཨ་གསར་ཚ་བའི་ལྷད་མོ་བ་ཚོའི་དགོས་མཁོ་སྐོང་ཐུབ་ཀྱི་ཡོད་ལ། གཉིས་ནས་བརྗོད་དོན་མཚོན་པར་དེ་བས་གསོན་ཉམས་དོད་ཅིང་བདེན་སྣང་གི་རང་བཞིན་ཆེ་བའི་ནུས་པ་ཞིག་ཐོན་གྱི་ཡོད། ཞར་དུ་རྒྱན་དར་གཞོན་གསུམ་གྱི་ལྷད་མོ་བའི་དགའ་མོས་དང་བསྟུན་ཐུབ་པའི་ནུས་པ་ཞིག་ཀྱང་ལྡན་ཡོད་པར་སེམས་ཤེང་དེ་ནི་ཁོང་གི་འཁྲབ་གཞུང་ལ་མངའ་བའི་གསར་གཏོད་ཀྱི་ཆ་གསུམ་པ་དེའོ། །

[1] དགོད་བྲོའི་གཏམ་གླེང་ཤས་ཆེ་བ་ནི་མི་གཉིས་ཀྱིས་འཁྲབ་སྟོན་བྱེད་ཅིང་འདིར་བརྗོད་པའི་མི་མང་གི་དགོད་གཏམ་ཞེས་པ་ནི་མི་གསུམ་ཡན་གྱིས་འཁྲབ་སྟོན་བྱས་པའི་དགོད་བྲོའི་གཏམ་གླེང་ལ་གོ་བ་ཡིན།

མདོར་ན། ལེའུ་འདིའི་ནང་དུ་རྩོམ་པ་པོ་ཕུན་ཚོགས་བཀྲ་ཤིས་ཀྱི་འཕྲུལ་གཞུང་རྩོམ་རིག་སྟེ། གཙོ་ཆེར་གནམ་བརྫོད་བརྙོས་གར་དང་དགོད་བྲོའི་གནམ་གླིང་གཉིས་ཀྱི་འཕྲུལ་གཞུང་ལ་མངའ་བའི་ཁྱད་ཡོན་དག་རང་བློས་དཔོག་ཚོད་ཙམ་ཞིག་གླིང་ཡོད། ཁོང་གིས་བརྩམས་པའི་འཕྲུལ་གཞུང་གི་བརྗོད་བྱའི་ནང་དོན་དང་སྒྱུ་རྩལ་གྱི་མཚོན་ཐབས། གསར་གཏོད་ཀྱི་རིན་ཐང་བཅས་ཕྱོགས་གང་གི་ཆ་ནས་གླིང་ཡང་། ངས་ཕྱོགས་བསྡོམས་ཀྱི་ཚུལ་དུ་འདི་ལྟར་འཆད་འདོད་དེ། ལོ་རབས་དགུ་བཅུའི་བོད་ཀྱི་བརྩམས་སྒྲུང་གསར་རྩོམ་ཁྲོད་དུ། ཁོང་གིས་ལེགས་སྐྱེས་ལྷ་ན་མེད་པ་ཞིག་ཕུལ་ཡོད་ཅེས་བརྗོད་ན། ཁྱེད་ཅག་གིས་ཁས་བླང་མིན་ཆ་མི་འཚལ་ཡང་། བོད་ཀྱི་གནམ་བརྫོད་བརྙོས་གར་དང་དགོད་བྲོའི་གནམ་གླིང་གི་འཕྲུལ་གཞུང་གསར་རྩོམ་ཐད། ཁོང་གིས་སུས་ཀྱང་ཚབ་བྱེད་དཀའ་བའི་ལེགས་སྐྱེས་དང་བྱས་རྗེས་ཤིག་བཞག་ཡོད་ཅེས་ཁ་ཚོན་བཅད་ཀྱང་། ཁས་མ་བླང་ཐབས་མེད་ཀྱི་དོན་དངོས་ཤིག་གོ །

ས་བཅད་གསུམ་པ། ཕུན་ཚོགས་བཀྲ་ཤིས་ཀྱི་ལྷུག་རྩོམ་ལས《བོད་ཡུལ་གྱི་གནའ་གཏམ》བཤད་པ།

དེ་ཡང་རྩོམ་པ་པོ་ཕུན་ཚོགས་བཀྲ་ཤིས་ལགས་ཀྱི་སྐོར་གླིང་ཆེ། ཁོང་ལ་རྒྱུས་མངའ་ཆེ་ཆུང་ལ་མ་ལྟོས་པར་ཕལ་མོ་ཆེས་ཁོང་ནི་ཕུལ་དུ་བྱུང་བའི་འཕྲུལ་གཞུང་རྩོམ་མཁན་ཞིག་ཡིན་པ་ལས། ལྷུག་རྩོམ་མཁན་ཞིག་ཡིན་པར་ཧ་ལམ་དོ་སྣང་དང་ངེས་ཤེས་ཐུབ་ཀྱི་མེད་པ་འདྲ། ང་རང་ལ་མཚོན་ན་འང་ད་ཐེངས་ཀྱི་སློབ་གནས་དཔྱད་རྩོམ་འདི་ཉིད་མ་བྲིས་གོང་དེ་ལས་མ་འདས་ཏེ། ཁོང་གིས་བརྩམས་གནང་བའི་གནམ་བརྗོད་བརྙོས་གར་འཕྲུལ་གཞུང་དང་དེ་བཞིན་དགོད་བྲོའི་གནམ་གླིང་གི་འཕྲུལ་གཞུང་ཁག་ལ་ལྟ་ཀློག་བྱེད་སྐྱོང་བ་ལས་ཁོང་གི་ལྷུག་རྩོམ་ལ་དེ་ཙམ་གྱིས་རྒྱུས་མངའ་དང་ལྟ་ཀློག་གི་སྐྱོང་གོམས་མེད། ༢༠༡༠ལོར་

བོད་ལྗོངས་བོད་ཡིག་དཔེ་རྙིང་དཔེ་སྐྲུན་ཁང་གིས་དཔར་དུ་བསྐྲུན་པའི་ཁོང་གི་ལྷུག་རྩོམ། 《བོད་ཡུལ་གྱི་གནའ་གཏམ་》ཞེས་པ་ཆ་ཚང་ཞིག་བསྒྲུགས་པ་མ་ཟད། ད་དུང་དེའི་ནང་གི་རྩོམ་ཡིག་འགའ་ཞིག་ལ་ཡང་སྐོར་བསྐྱར་སྐོར་གྱིས་ལྟ་ཀློག་བྱས་པ་བརྒྱུད། ངས་རྩོམ་པ་པོ་ཕུན་ཚོགས་བཀྲ་ཤིས་ལགས་ལ་ངོས་འཛིན་གསར་པ་ཞིག་གམ་རྒྱུས་ཡོན་དེ་བས་གཏིང་ཟབ་པ་ཞིག་བྱུང་བ་ནི། ཁོང་ཉིད་ཕུལ་དུ་བྱུང་བའི་འབྲུབ་གཞུང་རྩོམ་མཁན་ཙམ་དུ་མ་ཟད། ལྷུག་རྩོམ་མཁན་ཞིག་ཀྱང་ཡིན་པར་འདོད། ཁོང་གི་ལྷུག་རྩོམ་ལའང་ཐུན་མོང་མ་ཡིན་པའི་ཁྱད་ཆོས་སྣ་ཚོགས་ཤིག་མཆིས་ཏེ་བརྗོད་བྱའི་ནང་དོན་དང་རྗོད་བྱེད་ཚིག་སྦྱོར། དེ་བཞིན་སྒྱུ་རྩལ་གྱི་མཚོན་ཐབས་བཅས་གཙོ་བོར་བཟུང་ནས་འདིར་རང་བློས་དཔྱད་ཚོད་ཙམ་དུ་སྤེལ་བར་བྱའོ། །

དང་པོ། བརྗོད་བྱའི་ནང་དོན་ཐད་ཀྱི་ཁྱད་ཆོས།

མ་གཞི་ལྷུག་རྩོམ་ཞེས་པར་དུས་རབས་མི་འདྲ་བའི་ནང་དུ་ཁྱབ་ཆེ་ཆུང་མི་འདྲ་བའི་གོ་དོན་ཡོད་ནའང་དེང་སྐབས་རྩོམ་རིག་གི་རྩོམ་ལུས་བཞི་རུ་དབྱེ་བའི་ལྷུག་རྩོམ་གྱི་གོ་དོན་འཆད་སྐབས། "ལྷུག་རྩོམ་ནི་བརྗོད་བྱ་རྒྱ་ཆེ་ཞིང་མཚོན་ཐབས་མྱུར་ལ་སྒྲིག་གཞི་རང་དབང་ཆེ་བ། རང་གི་མཐོང་ཐོས་མྱོང་གསུམ་རྣམ་པ་ཅི་རིགས་ཀྱི་སྒོ་ནས་ལྷུག་པར་བརྗོད་ཚོག་པའི་རྩོམ་རིག་གི་རྣམ་པ་ཞིག་ཡིན་"[1]ཞེས་པ་ལྟར། ཁོང་གི་ལྷུག་རྩོམ་ལའང་བརྗོད་བྱ་རྒྱ་ཆེ་བ་དང་བརྗོད་གཞི་ཕུན་སུམ་ཚོགས་པའི་ཁྱད་ཆོས་མཆིས་ཏེ། བརྗོད་བྱ་རྒྱ་ཆེ་བ་ལ། མི་རིགས་རང་མཚན་གྱི་མཛེས་དཔྱོད་ལྟ་བ་དང་དབུས་གཙང་ཁུལ་གྱི་ཡུལ་གོམས་གཤིས་ལུགས་དང་དེ་བཞིན་རིག་དངོས་གནས་བཤད་སོགས་དང་། བརྗོད་གཞི་ཆུང་བར་མཚོན་ན། རྩོམ་མཁན་རང་ཉིད་ཀྱི་འཚར་ལོངས་བརྒྱུད་རིམ་དང་བྱ་དངོས་ལ་འཛིན་པའི་དགའ་སྐྱོ་ཆགས་སྡང་དེ་བཞིན་ཕྱིར་དྲན་

---

[1] སྟོབས་རྒྱལ། 《རྩོམ་རིག་རྣམ་བཤད་》མི་རིགས་དཔེ་སྐྲུན་ཁང་། ༢༠༠༥ལོ། ཤ ༦༥༠

སྐྲོང་ནས་འདས་དོན་ལ་བཅངས་པའི་ཡིད་ཀྱི་འགྱུར་བ་སོགས་བརྗོད་བྱའི་ནང་དོན་ཁོ་ན་ལ་བལྟས་ཀྱང་ལྷུག་རྩོམ་གྱི་མཚན་ཉིད་དུ་བསྟན་པའི་ཡོན་ཏན་ཡོངས་སུ་ཚང་བར་སེམས།

གཅིག ཕྱིར་དྲན་ཁྲོད་ཀྱི་འཚོ་བའི་བརྙན་རིས།

རྩོམ་པ་པོ་ཁོང་གི་ལྷུག་རྩོམ་ལ་ཐུན་མོང་མ་ཡིན་པའི་ཁྱད་ཆོས་ཀྱི་གྲས་སུ་ཕྱིར་དྲན་གྱི་ལམ་ནས་དུས་རབས་གོང་མའི་ལོ་རབས་སུམ་ཅུ་ནས་བརྒྱད་ཅུའི་བར་གྱི་བོད་ཀྱི་སྤྱི་ཚོགས་རྣམ་པ་རྒྱབ་ལྗོངས་སུ་བྱས་ནས། གང་བརྗོད་པར་བྱ་བའི་གཞི་དེ་གསོན་ཉམས་དོད་ཅིང་གཟུགས་སྣང་གི་རང་བཞིན་ལྡན་པའི་སྒོ་ནས་སྐྲོག་པ་པོའི་མིག་ལམ་དུ་འཆར་ཐུབ་པ་དེའོ། དེ་ཡང་ལོ་རབས་བརྒྱད་ཅུ་རྩུན་ཆད་དུ་སྐྱེས་པའི་དེང་གི་གཞོན་ནུ་ཚོར་ཆ་མཚོན་ན། ལོ་རབས་དྲུག་ཅུ་བདུན་ཅུའི་ནང་དུ་ཐོན་པའི་བྱ་དངོས་དང་སྐབས་དེའི་སྤྱི་ཚོགས་ཀྱི་རྣམ་པ། འཚོ་བའི་ཆུ་ཚད་དང་གནས་སྟངས་སོགས་མང་པོ་ཞིག་ལ་རྒྱུས་མངའ་མེད་པ་དང་ཐྲན་བུ་ཙམ་ཡོད་ནའང་། ལོ་རྒྱུས་ཀྱི་རྣམ་པ་ལྟར་དུས་དང་གནས་གང་ཞིག་ཏུ་མི་དང་དོན་རྐྱེན་གང་ཞིག་བྱུང་མིན་ཙམ་སོ། །གལ་ཏེ་ཁྱོད་ཀྱིས་རྩོམ་མཁན་ཁོང་གིས་བརྩམས་པའི《བོད་ཀྱི་ཏང་རྩེད་སྤོ་ལོའི་འདས་དོན》ཞེས་པ་དང《ཏང་ལྷ་རིལ་གྱིས་བོད་དུ་བཞག་པའི་སྒྲུང》སོགས་ལ་བལྟས་པ་ཙམ་གྱིས། ད་ལྟ་འཛམ་གླིང་ས་ཕྱོགས་གང་སར་དར་ཁྱབ་ཤིན་ཏུ་ཆེ་བའི་ལུས་རྩལ་རྣམ་གྲངས་ཏང་རྩེད་སྤོ་ལོ་འདི་ཉིད་ཐོག་མར་རང་ཅག་བོད་ཡུལ་དུ། དུས་གང་ཙམ་ན་རྐྱེན་གང་ཞིག་གིས་རྣམ་པ་ཇི་ལྟ་བུའི་སྒོ་ནས་དར་མིན་སོགས་གསལ་པོར་རྟོགས་ཐུབ་པ་མ་ཟད། ལོ་རབས་སོ་སོའི་ནང་བོད་དུ་ཏང་རྩེད་སྤོ་ལོ་འདི་ཉིད་འཕེལ་རྒྱས་ཇི་ལྟར་ཕྱིན་མིན་དང་། ཚབ་མཚོན་རང་བཞིན་གྱི་སྤོ་ལོའི་ཏུ་ཁག་གང་ཞིག་བྱུང་མིན། དེ་བཞིན་ཏང་རྩེད་སྤོ་ལོ་དང་འབྲེལ་བའི་ཐ་སྙད་དང་ཏང་རྩེད་སྤོ་ལོས་བོད་ཀྱི་མི་རབས་རྒན་གཞོན་བར་དུ་བསྐྲུན་པའི་བསམ་བློའི་འགལ་འདུ་སོགས་དངོས་འབྲིའི་སྐྲོག་བརྙན་བལྟས་པ་བཞིན་དུ་ཁྱོད་ཀྱི་མིག་ལམ་དུ་འཆར་སྲིད། དེ་བཞིན《ཏང་ལྷ་རིལ་གྱིས་བོད་དུ་བཞག་པའི་སྒྲུང》ཞེས་པ་ལ་ཆ་མཚོན་ན། ལོ་རབས་དྲུག་ཅུ་བདུན་

རྒྱུའི་ནང་བོད་ལ་ད་ལྟ་ནང་བཞིན་ཆྭངས་འཁོར་དང་ཐུག་ཐུག་གྲོག་མའི་ཚང་བརྗོལ་བ་ལྟར་ལམ་ཡོད་ཚད་ཁེངས་ཤིང་། ཆྭངས་འཁོར་དང་ཐུག་ཐུག་གི་དུང་སྒྲར་མི་རྣམས་སྐྱུག་མེར་ལངས་འགྲོ་བ་དེ་འདྲ་མ་ཡིན་པར། དེ་ལས་ལྡོག་སྟེ་ཆྭངས་འཁོར་དང་ཐུག་ཐུག་ཆེས་ཉུང་ཉུང་ཡིན་ལ། ཐ་ན་རྐང་འཁོར་ཡང་མཐོང་དཀོན་པ་ཞིག་ཡིན་སྟབས། དུས་སྐབས་དེའི་ནང་མི་རྣམས་ཀྱིས་རྐང་འཁོར་ལ་སེམས་གཏིང་ནས་རེ་སྨོན་དང་དར་སོ་ཆེན་པོ་བྱེད་ལུགས་དེ་རྩོམ་མཁན་གྱིས་དུས་ཀྱི་སྔ་ཕྱིའི་གོ་རིམ་ལྟར། བོད་ལ་རྐང་འཁོར་ཐོག་མར་དར་བའི་ལོ་རྒྱུས་ཀྱི་འཕེལ་རིམ་དང་རང་གི་སྤྱོད་བ་དངོས་གཞི་གཅིག་ཏུ་བཏུས་ནས་བྲིས་ཡོད་དེ། "སྐབས་དེར་ཁྲིམ་སྲུང་ཐོག་ཏུ་རྣམ་པ་འདི་འདྲ་ཞིག་ཐོན་པ་སྟེ་གང་དུ་རྐང་ལྕག་རིལ་ཡོད་ན་གང་དུ་བལྟ་རུབ་རྒྱག་མཁན་གྱི་མི་ཡོད་པ་དང་། མི་ཞིག་རྐང་ལྕག་རིལ་ལ་བཞོན་ནས་བསྐྱོད་ཚེ་མཇུག་ཏུ་མི་ཚོགས་ཤིག་རྒྱུགས་ནས་སྐྱོད་ཀྱི་ཡོད།"[①]ཅེས་པ་ལྟར། སྐབས་དེ་དུས་རྐང་འཁོར་ནི་ཆེས་ཡ་མཚན་ཆེ་བའི་བྱ་དངོས་གསར་རྐྱང་ཞིག་གི་ངོས་ཐད་ནས། ད་ལྟ་བསམ་ན། དགོད་བྲོ་བའི་རྣམ་པ་མང་པོ་ཞིག་བཞག་ཡོད་པ་དག་རྩོམ་མཁན་ཁོང་གིས་ཕྱིར་དྲན་ཡང་དྲན་གྱི་ཀློང་ནས་རྣམ་པ་དེ་ང་ཚོའི་མིག་ལམ་དུ་མངོན་སུམ་ལྟར་འཆར་དུ་བཅུག་ཡོད།

དེ་བཞིན། "རྐང་ལྕག་རིལ་དང་མཉམ་གཤིབ་བྱེད་པའི་ལོ་རྣའི་ནང་དེས་བདག་ལ་སྤྲོ་སྣང་བརྗོད་ཀྱིས་མི་ལང་བ་སྟེར་སྤྱོད་བས། དེང་སྐབས་ཀྱང་བདག་གིས་རྐང་ལྕག་རིལ་རྙིང་ཧྲག་ཅིག་བཞོན་གྱི་ཡོད་"[②]ཅེས་པ་དང་"རྐང་ལྕག་རིལ་གྱིས་ང་རང་གི་ལོ་རྒྱུས་ནང་གནས་བབ་གལ་ཆེན་བཟུང་ཞིང་བདག་གིས་ཁ་ཚོན་བཅད་དེ་བརྗོད་ནུས་པར། ཨ་ཞང་ལགས་ཀྱི་རྐང་ལྕག་རིལ་དེ་བོད་ནང་དུ་ཚེ་རིང་ཤོས་ཀྱི་རྐང་ལྕག་རིལ་ཞིག་རེད་"[③]ལ་སོགས་པའི་སྐད་

---

① ཕུན་ཚོགས་བཀྲ་ཤིས། 《བོད་ཡུལ་གྱི་གནའ་གཏམ་》བོད་ལྗོངས་བོད་ཡིག་དཔེ་རྙིང་དཔེ་སྐྲུན་ཁང་། ༢༠༡༠ལོ། ཤ་༡༧༥

② ཕུན་ཚོགས་བཀྲ་ཤིས། 《བོད་ཡུལ་གྱི་གནའ་གཏམ་》བོད་ལྗོངས་བོད་ཡིག་དཔེ་རྙིང་དཔེ་སྐྲུན་ཁང་། ༢༠༡༠ལོ། ཤ་༡༧༣

③ ཕུན་ཚོགས་བཀྲ་ཤིས། 《བོད་ཡུལ་གྱི་གནའ་གཏམ་》བོད་ལྗོངས་བོད་ཡིག་དཔེ་རྙིང་དཔེ་སྐྲུན་ཁང་། ༢༠༡༠ལོ། ཤ་༡༧༧

ཆའི་ཁྲོད་ནས། རྩོམ་མཁན་ཉིད་ཀྱི་བརྗོད་བྱ་དེ་དོན་དངོས་འཚོ་བའི་ནང་གི་སྤྱོད་བ་དངོས་ལས་བྱུང་བ་དག་ཕྱིར་དྲན་གྱི་ལམ་ནས་མཚོན་པ་ཡིན་པ་ལས། རང་ལ་སྤྱོད་གོམས་མེད་པར་རྣམ་པ་སྣང་ཚུལ་ཙམ་ཞིག་བརྗོད་པ་ནི་གཏན་ནས་མིན་པར་སེམས། དེ་ནི་རྒྱུན་པར་རྩོམ་རིག་གཞུང་ལུགས་མཁན་པོ་དག་གིས་རྩོམ་རིག་གི་འབྱུང་ཁུངས་ནི་སྤྱི་ཚོགས་འཚོ་བ་དངོས་ཡིན་ཞེས་པའི་དགོངས་པ་དང་ཡོངས་སུ་མཐུན་པར་སེམས་སོ། །

གཉིས། དབུས་གཙང་ཁུལ་གྱི་དམངས་སྲོལ་མེ་ལོང་།

རྩོམ་མཁན་ཁོང་གི་ལྷུག་རྩོམ་གྱི་བརྗོད་བྱའི་ཐད་སི་སྣེར་གྱི་ཡིད་ཀྱི་དགའ་སྐྱོ་ཆགས་སྣང་ཙམ་དང་ལྡོངས་དངོས་བྲིས་པར་ཚིག་རྒྱན་གྱིས་སྤུངས་བའི་སྣང་ཚུལ་ལས་བརྒལ་ཏེ། མི་རིགས་ཤིག་གི་ཐུན་མོང་མ་ཡིན་པའི་རིག་གནས་སམ། མི་རིགས་རང་མཚན་དུ་གྲུབ་པའི་ཡུལ་གོམས་གཤིས་ལུགས་སྣ་ཚོགས་ཐོག་འདོན་དང་བཙལ་འཚོལ། ངོ་སྤྲོད་བཅས་བྱེད་པ་ནི་ཁོང་གི་ལྷུག་རྩོམ་ལ་མངའ་བའི་ཁྱད་ཆོས་ཤིག་ཏུ་མཐོང་ཞིང་། དེ་ལྟ་བུའི་ལྷུག་རྩོམ་ནི་སྤྱིར་བཏང་གི་སྒྱུ་རྩལ་ལྷུག་རྩོམ་གྱི་ནང་དོན་དང་རྣམ་པ་ལས་འདས་པའི་རིག་གནས་ལྷུག་རྩོམ་གྱི་ཁོངས་སུ་བཞག་ཀྱང་མི་འཚམས་པ་མེད་པར་སེམས། དེ་ཡང་ཁོང་གི་བརྩམས་ཆོས་《བོད་ཡུལ་གྱི་གནའ་གཏམ》ཞེས་པའི་ནང་གི《སྟོན་ཁའི་མཛེས་རྒྱན་ཤོག་བྱ》ཞེས་པ་ལས་ང་ཚོས་ལྷ་ས་དང་གཞིས་རྩེ་གཙོས་པའི་བོད་དབུས་གཙང་ཁུལ་དུ་ཤོག་བྱའམ་བྱ་འཕུར་གཏོང་བའི་དམངས་ཁྲོད་དུ་སྤྲོ་སྣང་འཕེལ་བའི་འགྲན་རྩལ་ལམ་འགྲན་རྩེད་རྣམ་གྲངས་དེར་རྒྱུས་ལོན་དང་ཤེས་རྟོགས་ཟབ་མོ་ཞིག་ཡོང་ཐུབ་སྟེ། ཐོག་མར་ཤོག་བྱའམ་བྱ་འཕུར་ཞེས་པའི་མིང་གི་བྱུང་བ་བརྗོད་པ་དང་དེ་ནས་དེའི་བཟོ་རྩལ་གྱི་ཁྱད་ཆོས། དེ་བཞིན་དེར་བཟོ་དབྱིབས་དང་ཚོན་མདོག་རི་མོའི་རྣམ་གྲངས་ལ་སོགས་བསྟན་པ་ཏ་ལམ་རྩོམ་མཁན་ཉིད་ཤོག་བྱ་བཟོ་མཁན་ཞིག་མིན་ནམ་སྙམ་པར་བྲིས་ཡོད། ད་དུང་ས་གནས་སོ་སོའི་ཤོག་བྱ་གཏོང་བའི་དུས་ཚོད་དང་དེ་དང་འབྲེལ་བའི་དམངས་ཁྲོད་ཀྱི་ངག་རྒྱུན་སོགས་གཞི་གཅིག་ཏུ་བསྡུས་ནས་བྲིས་ཡོད།

དེ་བཞིན་《གཞིས་ཀ་རྩེའི་གྲོགས་ཅན་ཟ་བཅའ་བང་ཞིག》ཅེས་པར་ཆ་མཚོན་ན་གཙང་ཁུལ་གྱི་ཁྱད་དུ་འཕགས་པའི་ཟ་བཅའ་བང་ཞིག་གི་བཟོ་སྟངས་ཀྱི་བརྒྱུད་རིམ་དང་གཙང་གི་མི་ཚོས་བང་ཞིག་ལ་བཅངས་པའི་བརྩེ་བ་དང་དེས་འདུས་པའི་ལོ་རྒྱའི་ནང་གཙང་གི་མི་ཁྱིམ་ཕལ་པའི་འཚོ་བའི་ཁྲོད་ཀྱི་གནས་བབ་སོགས་བྲིས་པ་ནི། བྱེ་བྲག་བོད་གཙང་ཁུལ་གྱི་ཡུལ་གོམས་གཤིས་ལུགས་ལས་ཐུན་མོང་མ་ཡིན་པའི་བཟའ་བཅའ་དེར་རྒྱུས་མངའ་མེད་པའི་བོད་པ་ཚོར་ངོ་སྤྲོད་ཁ་གསལ་ཞིག་གནང་འདུག་གོ །《བོད་ཡུལ་གྱི་ཇ་ལས་འཕྲོས་པའི་གཏམ》ཞེས་པའི་ལྷུག་རྩོམ་དུ་སྤྱིར་བོད་མི་རིགས་དང་ཇ་ཡི་བར་གྱི་འབྲེལ་བ་བསྟན་པར། ཇ་ནི་བོད་མིར་མེད་དུ་མི་རུང་བའི་བཏུང་བ་མཆོག་ཏུ་གྱུར་བ་གཅིག་ཡིན་ཞིང་། དེས་བོད་མིའི་འཚོ་བའི་ཁྲོད་དུ་གཞན་གྱིས་ཚབ་ཏུ་མི་རུང་བའི་གནས་བབ་བཟུང་ཡོད་པར“ཉིན་ལྟར་ཞོགས་པའི་ལས་དང་པོ་ནི་རོ་བརྒྱའི་བཅུད་ཀྱིས་ཕྱུག་པའི་ཇ་སྲུབ་མ་ཕོར་གང་འཐུང་བ་དེས་བོད་རིགས་ཁྱིམ་ཚང་གི་ཉིན་གསར་པ་དེ་འགོ་ཚུགས་པ་ཡིན་”[1] ཞེས་པ་ལས་རྟོགས་ནུས་ཤིང་། ད་དུང་བོད་དུ་ཇ་ཇི་ལྟར་དར་མིན། སྔོན་ཐོན་གཏམ་རྒྱུད་དང་སྒྲུགས་ནས་བསྟན་ཡོད་ལ། ཇའི་རྣམ་གྲངས་དང་བཟོ་སྟངས། དེ་བཞིན་ཇའི་རིག་གནས་དང་ཇའི་སྤྱོད་མཁོ་ཆེ་ཆུང་ལ་སོགས་ཞིབ་ཅིང་ཕྲ་བར་བསྟན་པ་ལས། བོད་ཀྱི་བཟའ་བཏུང་རིག་གནས་ལས་ཇའི་རིག་གནས་དང་འབྲེལ་བའི་དམངས་སྲོལ་ཁག་མེ་ལོང་དུ་བསྟན་པ་བཞིན་དུ་གསལ་ལོ། །

ད་དུང་《བོད་ཡུལ་གྱི་ཆང་ལས་འཕྲོས་པའི་གཏམ》དང་《བོད་ཁྱིམ་ཐབ་ཀྱི་ལྷུག་བརྗོད》སོགས་ལས་བོད་ཀྱི་ཡུལ་གོམས་གཤིས་ལུགས་ཁག་ཅིག་གི་བྱུང་བ་དང་འཕེལ་རིམ། ངོ་བོ་དང་རྣམ་གྲངས་བཅས་པ་འཚོ་བའི་ནང་གི་ཆེས་སྤྱིར་བཏང་དུ་གནས་པའི་བྱ་དངོས་ལས། ཆེས་སྤྱིར་བཏང་མ་ཡིན་པའི་མི་རིགས་ཤིག་གི་ལོ་རྒྱུས་རིང་བའི་དམངས་སྲོལ་

① ཕུན་ཚོགས་བཀྲ་ཤིས། 《བོད་ཡུལ་གྱི་གནའ་གཏམ་》བོད་ལྗོངས་བོད་ཡིག་དཔེ་རྙིང་དཔེ་སྐྲུན་ཁང་།

རིག་གནས་བསྟན་འདུག་པས་འདིར་ཡིག་ཚོགས་ལ་འཛེགས་ཏེ་རེ་རེ་བཞིན་དཔེར་བཀོད་པའི་ངལ་བ་དང་དུ་མ་བླངས་སོ། །

གསུམ། སྤྱོངས་རྒྱུའི་ལམ་གྱི་རིག་དངོས་གནས་བཤད།

《ལྷ་སའི་ཞོལ་གྱི་གནས་བཤད་》ཅེས་པའི་ལྷུག་རྩོམ་འདི་ཉིད་ནི་ཁོ་བོའི་བསམ་ཚུལ་ལྟར་ན། དེང་སང་བརྗོད་པའི་རིག་གནས་ལྷུག་རྩོམ་ཞིག་ཡིན་ཞིང་། རྩོམ་ཡིག་འདིའི་ནང་དུ་འཛམ་གླིང་གི་རྒྱན་དུ་གྱུར་པའི་ཕོ་བྲང་པོ་ཏ་ལའི་ཤོད་དུ་གནས་པའི་ཞོལ་གྱི་ལོ་རྒྱུས་འབྱུང་རྩ་དང་། རིག་གནས་ཐད་ཀྱི་འཕྲོལ་བར་འཚོལ་ཞིབ་དང་ཞིབ་འཇུག་གནང་ཡོད་དེ། ཐོག་མར་ཞོལ་ཞེས་པའི་ཐ་སྙད་ཐོབ་ཚུལ་གྱི་འགྲེལ་པ་དང་དེ་ནས་ཞོལ་དང་ལྷ་སའི་བར་གྱི་འབྲེལ་བ། དེ་ལས་བྱུང་བའི་གཏམ་རྒྱུད་སྣ་ཚོགས། དེ་བཞིན་ཞོལ་གྱི་ཆགས་ཚུལ་དུ། ཞོལ་པ་ལས་ཁུངས་སོགས་ས་གནས་སྲིད་གཞུང་གི་ལས་ཁུངས་དང་བོད་ཀྱི་པར་ཁང་ཆེན་མོ་བཞིའི་ཡ་གྱལ་དུ་གྱུར་པའི་ཞོལ་པར་ཁང་ཤར་ནུབ་གཉིས་ཀྱི་གནས་ཡུལ་དང་དེར་ཡོད་པའི་བཀའ་བསྟན་འགྱུར་གྱི་དཔར་ཤིང་ཇི་ཙམ་ཡོད་མེད་བསྟན་ཡོད་ལ། ད་དུང་ཞོལ་བཙོན་ཁང་། དམག་སྤྱི་ཁང་། ཞོལ་བགྲུས་ཁང་། དངུལ་པར་ཁང་། བཞེས་སྒྲོ་ཁང་། གཡུང་དྲུང་ཆིབས་ར་ཁང་སོགས་དེ་དག་སོ་སོའི་གནས་ཡུལ་དང་ངོ་བོ་བྱེད་ལས་སོགས་སྔར་གྱི་རྣམ་པ་དང་ད་ལྟའི་གནས་སྟངས་གཉིས་གཞི་གཅིག་ཏུ་བྲིས་ཤིང་། འདས་པའི་ལོ་རྒྱུས་ཐོག་གནས་ཡུལ་དེ་ཚོས་བོད་ས་གནས་སྲིད་གཞུང་དང་ཡང་སྐྱོས་ཕོ་བྲང་པོ་ཏ་ལའི་ནང་དུ་གནས་བབ་གང་འདྲ་ཞིག་བཟུང་མིན། ལས་ཚན་སོ་སོའི་ངོ་བོ་དང་འགན་འཁྲི་སོགས་ཞིབ་ཅིང་ཕྲ་བར་བསྟན་ཡོད་པ་བཅས་ནི། ཕྱིས་སུ་ལོ་རྒྱུས་ཞིབ་འཇུག་དང་དམངས་སྲོལ་ཞིབ་འཇུག་སོགས་ལ་མཁོ་བའི་གལ་ཆེའི་དཔྱད་གཞི་ཞིག་ཏུ་གྱུར་ཡོད་པར་སེམས། རྩོམ་པ་པོ་ཉིད་ཀྱིས་ཀྱང་"གལ་ཏེ་རྩོམ་ཐུང་འདིས་དོན་གནད་འདི་རིགས་ལ་མཉེས་པོ་གནང་མཁན་གྱི་གློག་པ་པོ་དང་། ཞིབ་འཇུག་གནང་མཁན་ལ་དཔྱད་གཞི་ཕྲན་ཙམ་དུ་ཐུགས་ཕན་གསོས་

ཚེ་ངའི་རེ་བ་སྟོང་མིན་དུ་གྱུར་ཏོ”①ཞེས་གསུངས་པ་ལྟར་རོ། །

《མི་དང་གདོན་འདྲེའི་བར་གྱི་ས་སྐྱའི་སྨྲ་མོ་》ཞེས་པའང་མདོར་ན། ལྗོངས་རྒྱུའི་ལམ་ནས་གནས་ཆེན་ས་སྐྱར་སྨྲ་མོའི་གཏམ་རྒྱུད་དང་འབྲེལ་ནས་གཟིགས་སྐོར་ཕེབས་ཚུལ་དང་། ལམ་བར་གྱི་མཐོང་ཐོས་མྱོང་གསུམ་དེ་བཞིན་ས་སྐྱའི་སྨྲ་མོ་དང་འབྲེལ་བའི་ངག་རྒྱུན་སྣ་ཚོགས་འཆད་པ་སོགས་དོན་གྱི་སྙིང་པོ་རྗོག་ལ་དྲིལ་ན། གནས་ཆེན་ས་སྐྱའི་རིག་དངོས་ངོ་སྤྲོད་དང་ཡུལ་གྱི་གནས་བཤད་སྟོན་བྱུང་ལོ་རྒྱུས་དང་རྩོམ་མཁན་ཉིད་ཀྱི་མཐོང་ཐོས་མྱོང་གསུམ་གཞི་གཅིག་ཏུ་བཏུས་ནས་བྲིས་ཡོད། དེ་བཞིན། 《ལྷ་སའི་ནང་མ་སྒྲོ་སྐྱིད་ཁང་》ཞེས་པའི་ནང་དུ་དེང་སང་ང་ཚོས་ངོས་བཟུང་བའི་“ནང་མ་”ལས་འཕྲོས་ཏེ། བོད་ཀྱི་ནང་མའི་འགོ་ཁུངས་བཙལ་འཚོལ་གནང་ནས་བོད་ཀྱི་ནང་མའི་བྱུང་འཕེལ་དང་དུས་ཀྱི་འགྱུར་བ་དང་བསྟུན་ནས་ནང་མའི་ངོ་བོ་དང་རྣམ་པ་ལའང་འགྱུར་བ་འགྲོ་བཞིན་པ་དེ་བསྟན་ཡོད་པ་སོགས་མདོར་ན་དེའང་རིག་དངོས་བཙལ་འཚོལ་དང་བརྒྱུད་སྤྲོད་བྱས་པ་གཙོ་བོའོ། །

གཉིས་པ། རྩོད་བྱེད་ཚིག་སྦྱོར་ཐད་ཀྱི་ཁྱད་ཆོས།

རྩོམ་པ་པོ་ཁོང་གི་ལྷུག་རྩོམ་གྱི་རྩོད་བྱེད་ཚིག་སྦྱོར་ཐད། མངོན་བརྗོད་དང་བརྡ་རྙིང་སོགས་ཀྱིས་མ་བཅིངས་ཤིང་། སྤྱིར་གོ་སླ་ལ་ཉན་སྒྲོ་བའི་ཕལ་སྐད་གཞིར་བཞག་ནས། དེའི་སྙིང་དཔེ་བཀོད་པ་དག་འབྲེལ་ཆགས་པ་དང་། སྐབས་བབ་ཀྱི་དོན་སྟོན་པར་གཏམ་དཔེ་བཀོད་པ་གནད་ལ་འཕེལ་བ། བཞད་གད་ཀྱི་ཚིག་ཉམས་དོད་པ། དེ་བཞིན་ཐ་སྙད་བཀོལ་སྤྱོད་ཐད་མངོན་གསལ་གྱི་ཁྱད་ཆོས་ལྡན་པ་སོགས་ལས་འདིར་དོན་གནད་རེ་གཉིས་ཙམ་ཞིབ་ཏུ་གླེང་བར་བྱའོ། །

① ཕུན་ཚོགས་བཀྲ་ཤིས། 《བོད་ཡུལ་གྱི་གནའ་གཏམ་》བོད་ལྗོངས་བོད་ཡིག་དཔེ་རྙིང་དཔེ་སྐྲུན་ཁང་། ༢༠༡༠ལོ། ཤ ༡༨༥

གཅིག བག་ལ་ཞ་བའི་ཐ་སྙད་ཀྱི་བཙལ་འཚོལ།

རྩོམ་མཁན་ཉིད་ཀྱི་ལྷུག་རྩོམ་ལ་སྐབས་བབ་ཀྱི་བརྗོད་དོན་ནམ་མཚོན་བྱའི་བྱ་དངོས་དེ་གློག་པ་པོའི་བློ་ངོར་གཟུགས་སྣང་ལྡན་པ་ཞིག་ཏུ་གྲུབ་ཕྱིར། རྗོད་བྱེད་ཚིག་སྦྱོར་རམ་ཐ་སྙད་བཀོལ་སྤྱོད་གནད་དུ་འཁེལ་བའི་ཁྱད་ཆོས་ཆེས་ཆེར་ལྡན་འདུག་སྟེ། 《སྟོན་ཁའི་མཛེས་རྒྱན་ཤོག་བྱ》ཞེས་པའི་ནང་བོད་ཀྱི་ཤོག་བྱའི་གཟུགས་དབྱིབས་དང་དེའི་བཟོ་སྟངས་ཞིབ་འབྲི་བྱེད་སྐབས། ཤོག་བྱའམ་བྱ་འཕུར་གྱི་ཆེད་སྤྱོད་ཐ་སྙད་གང་མང་ཞིག་སྤྱད་ཡོད་དེ། དཔེར་ན། "དཀྱིལ་སྒྲུག གུག་སྒྲུག སྣལ་མ། གུམ། གནག་གཏོང་བ"[1]སོགས་ལས་རྩོམ་མཁན་ཉིད་ཀྱི་བརྗོད་བྱའི་དོན་དང་རྗོད་བྱེད་ཚིག་རྣམས་འཚོ་བ་དངོས་ལ་ཉམས་ཞིབ་དང་ཟབ་འཇུག་བྱས་པ་ལས་ཐོབ་པ་ཞིག་གམ་སྐད་ཆར་ཞུན་བཏར་ལན་མང་བྱས་པ་ལས་བྱུང་བ་ཞིག་རང་རེད། གང་ཡིན་ཟེར་ན། ཕྱིར་བཏང་གི་རྩོམ་མཁན་ཞིག་ཡིན་ཙོ། ཐ་སྙད་དེ་རིགས་ཞུན་བཏར་རམ་གོམས་འདྲིས་མེད་པའི་རྟགས་སུ་དཀྱིལ་སྒྲུག་དང་གུག་སྒྲུག་ཅེས་པར་ཕལ་ཆེར་བྱ་འཕུར་གྱི་སྒྲུག་མ་ཞེས་བྲིས་ཟིན་ལ། སྣལ་མ་ཞེས་པར་ཡང་བྱ་འཕུར་གྱི་སྐུད་པ་ཞེས་འབྲི་སྲིད།

དེ་བཞིན་དུ་དེང《ཞང་ལྷ་རིལ་གྱིས་བོད་དུ་བཞག་པའི་སྒྲུང》ཞེས་པར་མཚོན་ན། ཐ་སྙད་འགའ་ཞིག་ཡིག་སྐད་ཕོ་ནའི་ལམ་ནས་མ་བྲིས་པར་ལྟོས་བཅས་ཀྱི་ཡུལ་སྐད་དམ་ཁ་སྐད་ཀྱི་ཤས་ཆེ་བར་བྲིས་པ་དཔེར་ན། "ཞང་ལྷ་རིལ། མོ་ཏ ལན་པར"སོགས་ཀྱི་ཐ་སྙད་སྤྱོད་སྟངས་ལ་བསམ་ཚོ། དེ་ལྟར་སྤྱོད་པར་དགོས་པ་ཆེ་སྟེ། གཅིག་ནས་ཀློག་མཁན་གྱི་གོམས་འདྲིས་དབང་དུ་བྱས་ནས་གོ་སླ་བ་དང་། གཉིས་ནས་དུས་སྐབས་སོ་སོའི་སྐད་ཆའི་ཁྱད་ཆོས་མངོན་པར་དོད་པ་མཚོན་ནུས་པ་ཟད། རྩོམ་ཡིག་འདི་ཉིད་དང་ཐ་སྙད་དེ་ཚོའི་སྟེང་ནས་དུས་རབས་གོང་མའི་ལོ་རབས་དྲུག་ཅུ་བདུན་ཅུའི་བོད་ཀྱི་སྤྱི་ཚོགས་ཀྱི་རྣམ་པའང་མཚོན་ནུས་པས་དུས་རབས་ཀྱི་རང་བཞིན་མཚོན་པར་ནུས་པ་ཐོན་ཡོད་པར་སེམས།

---

① ཕུན་ཚོགས་བཀྲ་ཤིས། 《བོད་ཡུལ་གྱི་གནའ་གཏམ་》བོད་ལྗོངས་བོད་ཡིག་དཔེ་རྙིང་དཔེ་སྐྲུན་ཁང་། ༢༠༡༠ལོ། ཤ་༣

ད་དུང་ཁོང་གི་ལྷུག་རྩོམ་ནང་དུ་བཀོལ་བའི་ཐ་སྙད་མང་པོ་ཞིག་ལ་གོ་སླ་བ་གང་ཞིག་སྐབས་བབ་ཀྱི་དོན་སྟོན་པར་ཚིག་ནུས་ཆེ་བའི་ཁྱད་ཆོས་ལྡན་འདུག དཔེར་ན། "མགོ་བདེ་བའི་ཁ་ལོ་བ། བྱ་དངོས་དཔེ་གསར། ད་ལྟ་ཁ་བབ་ཙམ་ཡིན་པར་མཐོང་། ད་དུང་ལོ་སུམ་ཅུ་བཞི་བཅུ་བཞོན་ན་སྣང་ཐག་མེད།"①ལ་སོགས་པའི་ཐ་སྙད་དེ་རིགས་དེང་སྐབས་རྩོམ་ཡིག་ནང་དུ་སྤྱོད་པ་མཐོང་དཀའ་ལ། ནམ་རྒྱུན་འཚོ་བའི་ཁྲོད་དུའང་ཐ་སྙད་དེ་རིགས་ཐོས་དཀའ་བས་ཁོང་གི་རྩོམ་ཡིག་ལྟ་ཀློག་བྱས་པ་བརྒྱུད། ང་ཚོའི་དྲན་པའི་ལམ་ནས་རིམ་བཞིན་ཡལ་འགྲོ་བའི་ཐ་སྙད་དེ་ཚོ་སླར་ཡང་རྩོམ་ཡིག་དང་འཚོ་བའི་ཁྲོད་དུ་བཀོལ་སྤྱོད་དགོས་པའི་རིན་ཐང་ཆེའོ། །

གཉིས། ངག་རྒྱུན་དང་བཞད་གད་ཀྱི་ཚིག་ཉམས།

དེ་ཡང་རྩོམ་མཁན་ཉིད་ཕྱུལ་དུ་བྱུང་བའི་འཁྲབ་གཞུང་རྩོམ་པ་པོ་ཞིག་ཡིན་རྐྱེན། ཁོང་གི་ལྷུག་རྩོམ་གྱི་སྐད་ཆའི་བར་གསེང་ནའང་བཞད་གད་ཀྱི་ཉམས་སྣང་མངོན་ཏེ། 《བོད་ཡུལ་གྱི་ཆང་ལས་འཕྲོས་པའི་གཏམ་》ཞེས་པ་ལས། "ནམ་ཕྱེད་ཙམ་ལ་སྒྲི་རག་གིས་རབ་ཏུ་བཟི་བའི་མི་ཞིག་ཞབས་གཞས་ཁང་ནས་ཐོན་ཞིང་།གླུ་བྱེད་ཧླངས་འཁོར་ནང་འཛུལ་ཏེ་ཁ་ལོ་བར་ད་ལྟ་ཐོན་ཡོང་སའི་ཞབས་གཞས་ཁང་ནང་སྐྱེལ་དགོས་ཞེས་བཤད། མགོ་བདེ་བའི་ཁ་ལོ་བས་ཀྱང་སྨུམ་ཚོད་འཛིན་ཐང་སྟོན་སྟོན་ཙམ་ཐེངས་ཤས་བྱས་ནས། ད་སླེབས་སོང་ཞེས་བཤད་པས། ར་བཟི་བས་ཨམ་ཕྲག་ནང་ནས་སྒོར་མོ་བཅུ་བཏོན་ཏེ་ཇེས་སུ་མོ་ཊ་དལ་ཙམ་གཏོང་དགོས་ཞེས་ཁ་ཏ་བྱས་"②ཞེས་པ་དང་དེ་བཞིན། 《སྟོན་ཁའི་མཛེས་རྒྱན་ཤོག་བྱ་》ཞེས་པའི་ལས་"གལ་སྲིད་སོ་སོའི་སྣབས་ཐུག་རྫོགས་ནས་མེད་ན། རོགས་པའི་སྣབས་ཐུག་གཡར་ནས་ལྷན་པ་རྒྱག་གི་ཡོད་པས་ཤོག་བྱ་གཏོང་བའི་དུས་

---

① ཕུན་ཚོགས་བཀྲ་ཤིས། 《བོད་ཡུལ་གྱི་གནའ་གཏམ་》བོད་ལྗོངས་བོད་ཡིག་དཔེ་སྙིང་དཔེ་སྐྲུན་ཁང་། ༢༠༡༠ལོ། རྩོམ་ཁག་ཏུ་གསལ།

② ཕུན་ཚོགས་བཀྲ་ཤིས། 《བོད་ཡུལ་གྱི་གནའ་གཏམ་》བོད་ལྗོངས་བོད་ཡིག་དཔེ་སྙིང་དཔེ་སྐྲུན་ཁང་། ༢༠༡༠ལོ། ༤༨

ཚོད་ལ་ཕྲུ་གུ་ཚོའི་སྣ་ཁྲིད་གཙང་ཤོས་ཡིན་"①ཞེས་པ་སོགས་བཞད་གད་ཀྱི་ཉམས་སྣང་ལྡན་པའི་སྐད་ཆའི་སྦྱོར་བ་དེ་རིགས་ཀྱིས་གཅིག་ནས་སྐབས་དོན་སྟོན་པའི་ནུས་པ་ཆེ་བ་དང་། གཉིས་ནས་ཀློག་པ་པོར་སྤྲོ་སྣང་འཕེལ་བའི་ནུས་པ་ཐོན་པའི་ཐུན་མིན་ཁྱད་ཆོས་ཤིག་ཏུ་འདོད་དོ། །

ད་དུང་ཁོང་གི་ལྷུག་རྩོམ་གྱི་མགོ་མཇུག་བར་གསུམ་དུ་སྐབས་བབ་ཀྱི་བརྗོད་གཞི་དང་འབྲེལ་བའི་ངག་རྒྱུན་གང་མང་ཞིག་བཀོལ་སྤྱོད་བྱས་འདུག་ཅིང་དེ་དག་གིས་ཀྱང་བརྗོད་བྱའི་དོན་སྟོན་པར་གཞོག་འདེགས་ཀྱི་ནུས་པ་ཆེས་ཆེར་ལྡན་འདུག་གོ །

གསུམ་པ། མཚོན་ཐབས་ཀྱི་ཁྱད་ཆོས།

ཁོང་གི་ལྷུག་རྩོམ་གྱི་སྒྱུ་རྩལ་མཚོན་ཐབས་ཐད་རང་གི་འདོད་ཚུལ་ལྟར་ན། དེ་ཡང་ལྷུག་རྩོམ་གྱི་ཁྱད་ཆོས་བརྗོད་པའི་སྐབས་སུ་"རྣམ་པ་ཐོར་ཡང་སྲོག་མི་ཐོར་"ཞེས་པའི་ཁྱད་ཆོས་དང་གཅིག ད་དུང་ལྗོངས་དངོས་འབྲི་བར་བརྩེ་ཆོར་གྱིས་ཕྱུག་པ་དང་གཉིས། དེ་བཞིན་མཐོང་ཐོས་གཉིས་ཀྱི་ལྷུག་བརྗོད་དང་འཕྱོར་འབྲིའི་ཐབས་ཀྱིས་ནང་སེམས་ཀྱི་མྱོང་བའམ་ཡིད་འགྱུར་མཚོན་པར་བྱས་པའི་ཁྱད་ཆོས་མཐོང་བས་དེ་དག་ཙུང་ཞིབ་པར་གླེང་ན་གཤམ་གྱི་དོན་ཚན་གསུམ་མོ། །

གཅིག རྣམ་པ་ཐོར་ཡང་སྲོག་མི་ཐོར་བའི་ཁྱད་ཆོས།

《ལྷ་སའི་ཞོལ་གྱི་གནས་བཤད་》ཅེས་པར་ཆ་མཚོན་ན། རྩོམ་པ་པོས་བརྗོད་གཞི་ཞོལ་རྩོམ་ཡིག་རྙིལ་པོའི་གཙོ་ཐིག་ཏུ་བཟུང་ནས་ཞར་དུ་ཞོལ་དང་འབྲེལ་བའི་དམངས་ཁྲོད་ངག་རྒྱུན་དང་དོན་དངོས་ལོ་རྒྱུས་ཀྱི་དོན་གནད་ཁག་ཅིག་བྲིས་ཤིང་། དེ་བཞིན་དུས་ཀྱི་ཆ་ནས་ཞོལ་གྱི་འདས་དང་ད་ལྟའི་རྣམ་པ་བྲིས་ནས་དེ་ལས་སྐྱེས་པའི་རང་གི་

① ཕུན་ཚོགས་བཀྲ་ཤིས། 《བོད་ཡུལ་གྱི་གནའ་གཏམ་》བོད་ལྗོངས་བོད་ཡིག་དཔེ་རྙིང་དཔེ་སྐྲུན་ཁང་། ༢༠༡༠ལོ། ཤ༥

ཕྱིར་དྲན་དང་། བསམ་གཞིག དྲན་སྣང་སོགས་སེམས་ཀྱི་འཆར་སྒོ་ཡང་སྣ་ཚོགས་བྱིས་པ་སོགས་རྣམ་པའམ་སྒྲིག་གཞི་ཐར་ཐོར་དུ་གནས་པ་དེས་དོན་དུ་བརྗོད་བྱའི་སྲོག་སྟེ། ཞོལ་འདི་ཉིད་ཀྱི་མིང་གི་བྱུང་བ་དང་ཆགས་ཚུལ་སོགས་བརྗོད་སྙིང་མཚོན་པར་ནུས་པ་ཆེན་པོ་ལྡན་པར་མཐོང་། དེ་བཞིན་དུ《བོད་ཀྱི་ཤང་རྟེད་སྤྱི་ལོའི་འདས་དོན》ཞེས་པའང་དེ་འདྲའི་ཁྱད་ཆོས་ཡོད་དེ། རྩོམ་ཡིག་འགོ་ཚུགས་པའི་སྐད་ཆ་དུམ་བུ་དང་པོར"དགར་ནག་འདྲེས་མའི་སྤྱི་ལོས་ནམ་ཡང་སྐྱེས་པ་ཚོར་ཚ་རླབས་འཕྱུར་བའི་གླིང་གཞི་བསྐུལ་ཐུབ"ཅེས་པ་ནས་རྩོམ་ཡིག་མཇུག་བསྡུ་བའི་སྐད་ཆ་མཇུག་ཤོས། "ཤང་རྟེད་སྤྱི་ལོ་ནི་སྔར་བཞིན་དགའ་བསུ་ཆེ་ཤོས་ཐོབ་པའི་ལུས་རྩལ་གྱི་བྱེད་སྒོ་ཞིག་རང་ཡིན"ཞེས་པའི་བར་དུ། ཤང་རྟེད་སྤྱི་ལོ་འདི་ཉིད་གཙོ་ཐིག་ཏུ་བཟུང་ནས། དོན་བརྗོད་པར་སྒྲིག་གཞིའི་གོ་རིམ་གྱི་ཚད་བཀག་ལས་བརྒལ་ཏེ། ཁོང་རང་ལོ་ཞིག་ལ་རྒྱལ་རྟེར་ཡུལ་སྐོར་དུ་བསྐྱོད་སྐབས་གནས་ཚང་ནང་དུ་བརྙན་འཕྲིན་ལས་ཤང་རྟེད་སྤྱི་ལོའི་འགྲན་བསྡུར་གཟིགས་པའི་སྐོར་དང་། བོད་དུ་ཤང་རྟེད་སྤྱི་ལོ་དར་བའི་ལོ་རྒྱུས་ཀྱི་རྒྱབ་ལྗོངས་བྲིས་ཡོད་ལ། ཡང་ཤང་རྟེད་སྤྱི་ལོ་བོད་དུ་དར་བའི་བརྒྱུད་རིམ་ལས་འཕྲོས་ཏེ། རྩོམ་མཁན་ཉིད་སློབ་ཆུང་འགྲིམ་པའི་སྐབས་ཀྱི་ཤང་རྟེད་སྤྱི་ལོ་དང་འབྲེལ་བའི་གནས་ཚུལ་བྲིས་ཡོད། དེ་ནས་སླར་ཡང་ལྷ་སར་སྤྱི་ལོའི་རྭ་ཁག་གང་དག་བྱུང་མིན་དང་རྭ་ཁག་ཕན་ཚུན་འགྲན་བསྡུར་བྱེད་པའི་རྣམ་པ་བྲིས་པ་ལས། སྐབས་དེ་དུས་ལྷ་བ་གསར་རྙིང་ལས་བྱུང་བའི་བསམ་བློའི་འགལ་བ་སོགས་སྒྲིག་གཞིའམ་རྣམ་པ་ཐ་ཐོར་དུ་སྣང་ཡང་། དོན་དུ་སྲོག་གམ་བརྗོད་སྙིང་བོད་དུ་ཤང་རྟེད་སྤྱི་ལོའི་འབྱུང་འཕེལ་གྱི་ལོ་རྒྱུས་དང་སྐབས་དེའི་བོད་ཀྱི་སྤྱི་ཚོགས་ཀྱི་གནས་སྟངས་དང་བསམ་བློའི་འདུ་ཤེས་འཛིན་སྟངས་སོགས་མཚོན་པར་ནུས་པ་འདོན་པ་འབའ་ཞིག་གོ །

གཉིས། ལྟོངས་དངོས་སུ་འཐིམ་པའི་བརྩེ་ཚོར།

དེ་ཡང་རྩོམ་རིག་གཞུང་ལུགས་ཁག་ཏུ་བསྟན་པ་ལྟར། ལྟོངས་དངོས་བྲིས་ཚེ་བརྩེ་

དུང་གིས་ཕྱུག་པ་ཞིག་དང་། གསོན་ཉམས་ལྡན་པ་ཞིག་དགོས་པ་ནི་རྩ་བའི་རེ་འདུན་བཞིན། རྩོམ་མཁན་ཉིད་ཀྱི་ལྷུག་རྩོམ་ལ་དོན་བརྗོད་པ་དང་ལྤོངས་དངོས་བྲིས་པ་གང་ཞིག་ཡིན་ཉུང་། རྩོམ་མཁན་གྱི་ཡིད་འགྱུར་དང་བརྩེ་ཚོར་གྱིས་ཕྱུག་པ་ཞིག་ཏུ་བྲིས་ཡོད། དེ་ཡང་《རྐང་ལྷ་རིལ་གྱིས་བོད་དུ་བཞག་པའི་སྙིང་》ཞེས་པ་ལས། རྩོམ་མཁན་ཉིད་ཆུང་དུས་ཁོང་རང་གི་ཨ་ཞང་ལགས་ཀྱིས་རྐང་ལྷ་རིལ་གྱི་གདུང་མའི་སྟེང་དུ་བསྐྱོན་སྐབས་སེམས་ནང་གི་དགའ་སྣང་དང་། ཨ་ཞང་ལགས་ཀྱིས་རྐང་ལྷ་རིལ་གཞན་ལ་གཡར་བའམ་བཙོང་མིན་ཐད་རྩོམ་མཁན་ཉིད་ཀྱིས་སུ་ལས་ལྷག་པའི་སེམས་ཁྲལ་ཞིག་དང་། དོ་ཁུར་ཞིག་བྱེད་ཀྱི་ཡོད་པ་སོགས་བྲིས་པ་ལས་ཁོང་གིས་ཨ་ཞང་ལགས་ཀྱི་རྐང་ལྷ་རིལ་ལ་བཅངས་པའི་བརྩེ་བ་དེ་མཚོན་ཡོད།

གསུམ། མཐོང་ཐོས་གཉིས་ཀྱི་ལྷུག་བརྗོད་དང་དེ་ལས་བྱུང་བའི་ཡིད་འགྱུར།

རྩོམ་མཁན་ཁོང་གི་ལྷུག་རྩོམ་གྱི་མཚོན་ཐབས་ཐད་རང་གིས་མཐོང་བ་དང་ཐོས་པ་གཉིས་ལ། ལྷུག་བརྗོད་དང་འཕྲོར་འབྲིའི་འབྲི་ཐབས་གཙོ་བོར་འཛིན་ཞིང་། མཐོང་ཐོས་གཉིས་ལས་སྐྱེས་པའི་སེམས་ཀྱི་ཚོར་བ་དང་ཡིད་འགྱུར་སྣ་ཚོགས་ཀུང་གཞི་གཅིག་ཏུ་བྲིས་འདུག དེ་ཡང་《མི་དང་གདོན་འདྲེའི་བར་གྱི་ས་སྐྱའི་སྤྲ་མོ་》ཞེས་པར་མཚོན་ན། ཐོག་མར་སྤྲ་མོ་དང་འབྲེལ་བའི་ངག་རྒྱུན་ཞིག་ནས་མགོ་བརྩམས་ཏེ། བོད་ལ་བཅིངས་འགྲོལ་མ་གཏང་གོང་དུ་དབུས་གཙང་ཁུལ་དུ་ས་སྐྱའི་སྤྲ་མོ་ཤོར་བའི་བཛ་ལན་འཁོར་སྐབས་མི་ཚོར་འཇིགས་སྣང་དང་དོགས་མི་བདེ་བའི་རྣམ་པ་དེ་བྲིས་ཡོད་ལ། རྩོམ་མཁན་ཉིད་ལ་བཤད་སྲོལ་ཐོག་གི་མི་སྙིང་འདར་བའི་སྤྲ་མོ་དེ་འདྲ་དངོས་སུ་མཐོང་མྱོང་མེད་ཀྱང་བཀྲས་ལྷུན་དགོན་གྱི་གར་འཆམ་ལས་མཐོང་བའི་སྤྲ་མོའི་སྣང་བརྙན་ཞིབ་འབྲི་བྱས་ཡོད་ལ། མཐོང་ཐོས་དེ་གཉིས་ལས་རྩོམ་མཁན་ཉིད་བྱིས་དུས་སུ་མཚན་གུང་སློག་བརྙན་བལྟས་ཚར་རྗེས་ཁྱིམ་དུ་ལོག་ཡོང་བའི་ལམ་བར་དུ། སྤྲ་མོ་དང་འབྲེལ་བའི་འཇིགས་རྫམ་གྱི་འདས་དོན་དེ་བར་འཇུག་གི་རྣམ་པའི་ཐོག་ནས་བྲིས་ཡོད་པ་ནི་མཐོང་ཐོས་ལས་བྱུང་བའི་ཕྱིར་དྲན་སློང་

གི་སྐྱོང་བ་ཞིག་ཏུ་གྲུབ་ཡོད།

དེ་ནས་རིམ་བཞིན་རྩོམ་མཁན་གྱིས་ཆེད་དུ་ས་སྐྱ་དགོན་པར་སྨྲ་མོའི་སྐོར་ལ་རྩད་འཚོལ་དུ་བསྐྱོད་སྐབས། དགུན་གྱི་ནམ་ཟླའི་རྣམ་པ་དང་ཁུ་སིམ་དུ་གནས་པའི་ལུང་ཀྱོག མག་མོག་ཏུ་གྱུར་བའི་ཁོར་ཡུག་སོགས་ལམ་བར་གྱི་མཐོང་ཆོས་སུ་གྱུར་བའི་རྣམ་པ་དེ་རིགས་བྲིས་ཡོད་ལ། བཅར་འདྲི་བྱེད་ཡུལ་གྱི་ས་ནས་ཐོས་པའི་སྨྲ་མོའི་ངོ་བོ་དང་རིགས་ཀྱི་རྣམ་གྲངས་དེ་དག་དང་འབྲེལ་བའི་ཟློད་རྒྱུན་སོགས་ལྗུག་བརྗོད་ཀྱི་རྣམ་པའི་ཐོག་ནས་བྲིས་ཡོད། མཐོང་ཐོས་དེ་གཉིས་ལས་སྐྱེས་པའི་སྐྱོང་བའང་བྲིས་ཡོད་དེ། དེ་ལྟར་ལུང་ཀྱོག་ཁུ་སིམ་དུ་ཆགས་པའི་ས་སྐྱ་བས་བོད་ཡོངས་ལ་ལོ་ངོ་བརྒྱ་ལ་ཉེ་བའི་དབང་ཁ་བསྒྱུར་ཡོད་ཚུལ་སོགས་བྲིས་འདུག་གོ།

མདོར་ན། འདིར་ཁོ་བོས་རྩོམ་པ་པོ་ཕུན་ཚོགས་བཀྲ་ཤིས་ལགས་ཀྱིས་བརྩམས་གནང་བའི་《བོད་ཡུལ་གྱི་གནའ་གཏམ་》ཞེས་པ་གཞིར་བཞག་སྟེ། ཁོང་གི་ལྷུག་རྩོམ་ལ་མངའ་བའི་ཁྱད་ཆོས་དག་ལ་རང་བློས་དཔོག་ཚོད་ཀྱིས་དཔྱད་གླེང་ངམ་རང་ཉིད་གློག་པ་པོ་ཞིག་གི་ངོས་ཐད་ནས། ཁོང་གི་བརྩམས་ཆོས་འདི་ཉིད་གློག་པའི་བརྒྱུད་རིམ་ནང་རང་ཉིད་ལ་བཞག་པའི་བག་ཆགས་དང་། རང་གི་སྐྱོང་བ། དེ་བཞིན་རྩོམ་མཁན་ཁོང་གི་ལྷུག་རྩོམ་ལ་རང་ཉིད་ཀྱིས་ངོས་འཛིན་སོགས་གཞི་གཅིག་ཏུ་གླེང་ཁུལ་བྱས་ཡོད། རྩོམ་མཁན་ཉིད་ཀྱི་ལྷུག་རྩོམ་ལ། བརྗོད་བྱ་ཕུན་སུམ་ཚོགས་ཤིང་འཚོ་བ་དངོས་དང་ཐག་ཉེ་བ། གང་དང་ཅི་ཞིག་བྲིས་ཀྱང་རགས་པའི་སྣང་ཚུལ་ཙམ་ཞིག་མ་ཡིན་པར། ལོ་རྒྱུས་ཀྱི་དོན་དངོས་དང་འཚོ་བའི་སྐྱོང་གོམས་དངོས་ལས་ཐོབ་པའི་རང་གི་མཐོང་ཐོས་སྐྱོང་གསུམ་རྣམས་རྗོད་བྱེད་བབ་ཆགས་ཤིང་གོ་བདེ་བའི་ཚིག་སྦྱོར་དང་། གཟུགས་སྣང་ལྡན་པའི་སྐད་ཆ། ངོ་མཚར་གྱིས་ཕྱུག་པའི་གཏམ་རྒྱུད་དམ་ངག་རྒྱུན་བཅས་ཀྱིས་ལམ་ནས་མཚོན་པར་བྱས་འདུག་གོ།

ས་བཅད་བཞི་པ། ཕུན་ཚོགས་བཀྲ་ཤིས་ཀྱི་ལྷུག་རྩོམ་བཤད་པ་ལས《ཤུལ་འཚོལ་》བཤད་པ།

《རྫོ་མོ་སྒང་མའི་འདབས་རོལ་དུ།ཤུལ་འཚོལ་》ཞེས་པའི་བརྩམས་ཆོས་འདི་ཉིད་ནི་སྤྱི་ལོ་༢༠༡༨ལོར་བོད་ལྗོངས་བོད་ཡིག་དཔེ་རྙིང་དཔེ་སྐྲུན་ཁང་ནས་བོད་རྒྱ་ཡིག་རིགས་གཉིས་ཀྱི་ལམ་ནས་པར་བསྐྲུན་བྱས་པའི་བོད་ཀྱི་རྩོམ་པ་པོ་ཕུན་ཚོགས་བཀྲ་ཤིས་ལགས་ཀྱི་གལ་ཆེའི་བརྩམས་ཆོས་ཤིག་ཡིན། བརྩམས་ཆོས་དེ་པར་བསྐྲུན་བྱས་པ་དེས་ཕྱིར་བོད་ཀྱི་རྩོམ་རིག་སྒྱུ་རྩལ་གྱི་ལྡུམ་རའི་ནང་དུ། སྔར་ཡང་བཀྲག་མདངས་རྣམ་པར་རྒྱས་ཤིང་དྲི་བསུང་ལྷག་པར་འཐུལ་བའི་རྩོམ་རིག་གི་མེ་ཏོག་གསར་པ་ཞིག་བཞད་པ་དེ་ནི། ཀློག་མཁན་བྱུང་བའི་ཚོགས་ཀྱི་མིག་ཡིད་རྣ་བའི་དགའ་སྟོན་དུ་གྱུར་བར་ཐེ་ཚོམ་མ་མཆིས་ལ། བྱེ་བྲག་ཏུ་རྩོམ་མཁན་ཉིད་ལ་མཚོན་ན་འང་བརྩམས་ཆོས་དེ་དཔེ་སྐྲུན་ལེགས་འགྲུབ་བྱུང་བ་ནི། གང་དེའི་རྩོམ་རིག་གསར་རྩོམ་གྱི་བྱ་གཞག་སྤེལ་པོའི་ཁྲོད་དུ་གལ་འགངས་ཆེ་ལ་དོན་སྙིང་ལྷག་པར་ལྡན་པའི་གསར་རྩོམ་གྱི་ལམ་ཚད་རྗེ་རིང་གསར་པ་ཞིག་དང་གྲུབ་འབྲས་གསར་པ་ཞིག་ཅི་ལ་མིན།

བརྩམས་ཆོས་དེ་པར་བསྐྲུན་བྱས་རྗེས་རྒྱ་ཆེའི་ཀློག་པ་པོ་དང་རྩོམ་རིག་དཔྱད་བརྗོད་པ། དེ་བཞིན་རིག་གནས་པའི་སྡེའི་ཁྲོད་དུ་བརྩམས་ཆོས་ཀྱི་ཁྱད་ཡོན་དང་རྩོམ་མཁན་གྱི་སྙིང་སྟོབས། བརྩམས་ཆོས་ཀྱི་རིན་ཐང་སོགས་ལ་བསྟོད་པའི་མེ་ཏོག་འབུལ་མཁན་མི་ཉུང་བ་ཞིག་མཆིས་ལ། བོད་ཀྱི་རིག་གནས་ལྷུག་རྩོམ་གསར་རྩོམ་གྱི་ལམ་ཁ་དེ་བས་ཇེ་ཡངས་དང་ཆུ་ཚད་ཇེ་མཐོར་གཏོང་བར་དགོས་ཤུགས་བརྒྱུད་གསུམ་ནས་ནུས་པ་གང་འཚམས་ཤིག་ཐོན་བཞིན་ཡོད་ཅེས་བརྗོད་ཆོག དེས་ན་ཆེད་དུ་ཕུན་ཚོགས་བཀྲ་ཤིས་ལགས་ཀྱི་རྩོམ་རིག་ལ་ཞིབ་འཇུག་བྱེད་ཁུལ་གྱི་ལས་ལ་གཞོལ་བའི་ཁོ་བོར་མཚོན་ན། ཁོང་གི་རྩོམ་རིག་

གསར་རྩོམ་གྱི་འཕེལ་འགྱུར་དང་བརྩམས་ཆོས་ཀྱི་ཁྱད་ཡོན་བཅས་པ་ཕྱོགས་ཡོངས་ནས་ཅུང་འཐུས་སྒོ་ཚང་བའི་དཔྱད་པ་ཞིག་བྱ་ཕྱིར། འདིར་བརྩམས་ཆོས་འདིའི་སྐོར་ལ་རང་གི་ངོས་འཛིན་དང་ལྟ་ཚུལ་མཚོན་པའི་དཔྱད་གླེང་མདོར་བསྡུས་ཤིག་བྱའོ། །

བརྩམས་ཆོས་ཤིག་གི་མཚན་བྱང་ནི་བརྩམས་ཆོས་དེའི་རྩ་བའི་ནང་དོན་རྟོགས་པའི་སྐར་ཁུང་ལྟ་བུ་ཞིག་ཡིན་པས། དེས་ན་ཐོག་མར་བརྩམས་ཆོས་འདིའི་མཚན་བྱང་འདོགས་སྟངས་ཐད་ཅུང་ཟད་རེ་གླེང་བར་བྱ་སྟེ། 《རྗེ་མོ་གླང་མའི་འདབས་རོལ་དུ། ཤུལ་འཚོལ་》ཞེས་པའི་མཚན་བྱང་འདིར་རང་ངོས་ཀྱི་གོ་ལེན་དང་ངོས་འཛིན་འདི་ལྟ་སྟེ། ཐོག་མར་མཚན་བྱང་གཙོ་བོ་ཤུལ་འཚོལ་ཞེས་པ་ལས་སྤྱིར་བརྩམས་ཆོས་འདི་རིག་གནས་ལོ་རྒྱུས་ཀྱི་གནའ་ཤུལ་འཚོལ་ཞིབ་དང་སྔོག་འདོན་བྱེད་པའི་བརྩམས་ཆོས་ཤིག་ཡིན་པར་གོ་ནུས་ལ། བྱེ་བྲག་ཏུ་ཤུལ་དང་འཚོལ་ཞེས་པའི་ཡིག་འབྲུ་སོ་སོར་ཡང་སྐབས་བབ་ཀྱི་མཚོན་དོན་དང་གོ་རྒྱ་ལྷག་པོ་ཆེ་རེ་ཡོད་པར་སྙམ་སྟེ། "ཤུལ"ཞེས་པ་ལས་མི་རབས་སྔ་མ་ནས་ཕྱི་མར་བརྒྱུད་ཡོང་བའི་རིག་གནས་དང་ལོ་རྒྱུས་ཀྱི་རྗེས་ཤུལ་ཞིག་གམ་ལོ་རྒྱུས་ཀྱི་ཆུ་རྒྱུན་རིང་མོའི་ཁྲོད་དུ་ལུས་པའི་སྟོན་ཤུལ་ཞིག་དང་། ཡང་ན་ཕ་མེས་ཡང་མེས་རྣམས་ཀྱིས་རྣམ་དཔྱོད་ཀྱི་རྩལ་དང་འབད་བརྩོན་གྱི་སྟོབས་ལས་བསྐྲུན་པའི་རིག་གནས་ཀྱི་ཤུལ་བཞག་ཡོད་དོ་ཅོག་ལ་གོ་ན་འགྲིག་པར་སེམས། "འཚོལ"ཞེས་པ་ལས་ཕྱི་རབས་པ་ཚོའམ་སྒོས་སུ་རྩོམ་པ་པོ་ཉིད་ཀྱིས་སྟར་སོང་གི་རྗེས་ཤུལ་དེད་དེ། རིག་གནས་སྔོག་འདོན་དང་ལོ་རྒྱུས་འཚོལ་ཞིབ་བྱེད་པའི་ལས་ཤིག་ཏུ་གོ་ན་འགྲིག་པར་སྙམ། རིམ་བཞིན་མཚན་བྱང་ཕལ་པ"རྗེ་མོ་གླང་མའི་འདབས་རོལ་དུ"ཞེས་པ་ལས་གང་དུ་མེས་པོའི་རྗེས་ཤུལ་མཆིས་པ་དང་གང་དུ་འཚོལ་བར་བྱེད་པའི་ས་ཁོངས་གཏན་འཁེལ་བྱས་ཡོད་དེ། འཛམ་གླིང་གི་ཡང་རྩེར་གྲགས་པའི་རྗེ་མོ་གླང་མ་ནི། བོད་དང་སྒོས་སུ་གཙང་གི་མཚོན་བྱེད་ལྟ་བུ་ཡིན་པས། སྤྱིར་བོད་ཀྱི་རི་གནས་ལོ་རྒྱུས་དང་ཡང་སྒོས་སུ་གཙང་ཁུལ་གྱི་རིག་གནས་རྗེས་ཤུལ་དང་རིག་གནས་ཀྱི་སྣང་ཚུལ་ལ་རྩོམ་མཁན་ཉིད་ཀྱིས་འཚོལ་ཞིབ་དང་སྟོན་འདོན། དྲིལ་བསྒྲགས་སོགས་བྱེད་པའི་རྩོམ་

པའི་ཀུན་སློང་དང་དམིགས་པ་ཡང་མངོན་ཡོད་པར་མཐོང་།

དང་པོ། ནང་དོན།

དེ་ཡང་རྩོམ་རིག་བཙམས་ཆོས་གྲུབ་བའི་རྩ་བའི་རྒྱུ་གཉིས་ནི། བསམ་བློའི་ནང་དོན་དང་ཕྱིའི་རྣམ་པ་གཉིས་ཡིན་ཞིང་། རྒྱུན་དུ་ང་ཚོས་བརྗོད་པའི་བརྗོད་བྱ་དང་རྗོད་བྱེད། ཡང་ན་བསམ་བློ་དང་སྒྲ་རྩལ་གཉིས་ཡིན། "ང་ཚོས་རྩོམ་རིག་བཙམས་ཆོས་ནང་རྩོམ་འབྲི་བྱས་པའི་སྣ་མང་ཕུན་སུམ་ཚོགས་པའི་འཚོ་བའི་སྣང་ཚུལ་དང་། ཕྱི་རོལ་ཡུལ་གྱི་བྱ་དངོས་རྩོམ་འབྲི་བྱས་པ་བརྒྱུད་མཚོན་པར་བྱས་པའི་རྩོམ་པ་པོའི་བསམ་བློའི་བརྩེ་དུང་དེར་རྩོམ་རིག་བཙམས་ཆོས་ཀྱི་ནང་དོན་ཟེར་"①ཞེས་གསུངས་པ་ཇི་བཞིན། བསམ་བློའི་ནང་དོན་ནམ་བཙམས་ཆོས་ཀྱི་བརྗོད་བྱ་ནི་རྩོམ་མཁན་གྱིས་ཕྱི་རོལ་ཡུལ་གྱི་བྱ་དངོས་དང་རང་ཉིད་ཀྱི་མཛེས་དཔྱོད་ལྟ་བས་གདེང་འཛོག་བྱེད་པ་གཉིས་ཟུང་དུ་འབྲེལ་བ་ཡིན། བཙམས་ཆོས་དེའི་བརྗོད་བྱའི་ནང་དོན་ཐད་ཏ་ཙང་རྒྱ་ཆེ་ལ་གཏིང་ཟབ་པ། སྣ་མང་ཕུན་སུམ་ཚོགས་པ་ཞིག་སྟེ། བརྗོད་བྱའི་ཁྱབ་ཁོངས་ཐད་ནས་བོད་ཀྱི་ལོ་རྒྱུས། ཆོས་ལུགས། གསོ་རིག དམངས་སྲོལ། སྐད་ཡིག སྒྲ་རྩལ། རྣམ་ཐར། ངག་རྒྱུན། ས་ཁམས། གནའ་ཤུལ་སོགས་མདོར་ན། ནང་བཅུད་སེམས་ཅན་གྱི་འགྲོ་འདུག་སྤྱོད་གསུམ་ལས་སྐྱེས་པའི་ཡིད་ཀྱི་དགའ་སྐྱོ་ཆགས་སྡང་ཙམ་མ་ཡིན་པར། རྒྱ་ཆེ་ལ་གཏིང་ཟབ་པའི་རིག་གནས་ཀྱི་འབྱུང་རྩར་འཚོལ་ཞིབ་དང་སྟོན་འདོན་བྱས་པ་ཞིག་ཡིན་ལ། ཕྱི་སྣོད་འཇིག་རྟེན་གྱི་ངོ་མཚར་བཀོད་པ་བྲིས་པ་ཙམ་ཞིག་མ་ཡིན་པར། ལོ་རྒྱུས་ཀྱི་གནའ་ཤུལ་གྲགས་ཅན་དང་མཁར་རྫོང་། དགོན་རྙིང་གི་ལྡེབས་རིས། རི་ཆུ་ནགས་གསུམ་གྱི་གློང་དུ་འཐིམ་པའི་རིག་གནས་ཀྱི་གནའ་ཤུལ་ལ་འཚོལ་ཞིབ་དང་སྣང་ཚུལ་ལ་འགྲེལ་བརྗོད་བྱེད་པའི་རིག་གནས་ལྷུག་རྩོམ་ཆེན་མོ་ཞིག་ཡིན་ཞེས

① སྤོབས་རྒྱལ། 《རྩོམ་རིག་རྣམ་བཤད་》མི་རིགས་དཔེ་སྐྲུན་ཁང་། སྤྱི་ལོ་༢༠༠༥ ཤ ༣༣༧

བརྗོད་པར་འདོད་དོ། །

གཅིག ལོ་རྒྱུས་ཀྱི་ཁོག་ཏུ་སྦས་པའི་གནའ་དེང་རིག་གནས་ཀྱི་བྲུལ་འཚོལ།

དེ་ཡང་རྩོམ་མཁན་ཉིད་ཀྱིས་"ངས་ལོ་རྒྱུས་ཀྱི་རྗེས་བྲུལ་དེད་ནས་གོམ་པ་རེ་རེ་བཞིན་དེའི་གཏིང་སྙུག་ལ་འཚོལ་ཞིབ་བྱེད་དུས་དེའི་ཟབ་ཡངས་ལ་ཧང་སང་ནས་འཐམས་པར་འདོད་པའི་བརྩེ་བ་འཕྱུར་བྱུང་"[1]ཞེས་གསུངས་པ་ཇི་བཞིན་ཡིག་འབྲུ་ཁྲི་དྲུག་ཙུ་ལྔག་གི་བརྩམས་ཆོས་ལྗིད་ཏིག་ཏིག་འདི་ཉིད་ཡོངས་སུ་བསླགས་ཚར་དུས། ད་གཟོད་ཁོང་གི་སྐད་ཆ་དུམ་བུ་དེར་གོ་བ་དང་ངེས་ཤེས་གསར་པ་ཞིག་རྙེད་བྱུང་ལ། རྩོམ་པ་པོ་ཁོང་གིས་མི་ལོ་བདུན་ལ་ཉེ་བའི་དུས་ཡུན་ཁྲིད། ལུས་སེམས་གཉིས་ཀྱི་དཀའ་ངལ་ཐམས་ཅད་ཁྱད་དུ་བསད་ཅིང་། དུས་ཀྱི་ཁོམ་པ་ཡོད་ཚད་དམ་འཛིན་བྱས་ནས་ཤར་གྱི་རིན་སྤུངས་ནས་ནུབ་ཀྱི་འབྲོང་པ་བར། ལྷོ་ཡི་གྲོ་མོ་ནས་བྱང་གི་རྣམ་གླིང་བར་མདོར་ན་གཞིས་རྩེའི་རྫོང་ཁག་བཅོ་བརྒྱད་ཀྱི་ཡུལ་ལུང་གང་སར་ས་ཡུལ་དངོས་ལ་རྟོག་ཞིབ་དང་འབྲེལ་ཡོད་ཀྱི་མི་སྣ་ང་བཅར་འདྲི་བྱེད་པའི་ངལ་བ་དང་དུ་བླངས་ཤིང་། འབོར་ཆེ་བའི་དཔྱད་གཞིའི་ཡིག་རིགས་ལྟ་ཀློག་སོགས་ཀྱི་ཐབས་ལམ་སྣ་ཚོགས་བརྒྱུད་དེ། ཇོ་མོ་གླང་མའི་འདབས་རོལ་དང་ཡར་ཀླུང་གཙང་པོའི་བཞུར་རྒྱུན་དུ་ཆགས་པའི་རིག་གནས་ཀྱི་རྗེས་བྲུལ་རེ་རེ་དེད་ནས། རང་ཅག་གི་མེས་པོའི་ཞབས་རྗེས་འཚོལ་བའི་ལམ་དུ་ཞུགས། དུས་ཀྱི་འཕོ་འགྱུར་དང་ལོ་ཟླའི་ཆར་རླུང་ཁྲོད་ཞིག་རལ་དུ་གྱུར་བའི་རྫོང་མཁར་དང་དགོན་བྲལ་གྱི་གྱང་རྡོའི་གས་སྲུབས་བར་ནས་ལྷ་སྲུང་དང་ངག་རྒྱུན་གྱི་སེང་རས་གཡོགས་པའི་ལོ་རྒྱུས་ཀྱི་དོན་གནད་རེ་རེ་ལ་བདེན་དོན་གྱི་གསལ་ཁ་སྟེར། ནག་དྲིགས་སུ་གྱུར་བའི་ལྡེབས་རིས་ཀྱི་ངོས་ནས་ལོ་རྒྱུས་ཀྱི་གསང་བ་ཉན་ཞིང་རིག་གནས་ཀྱི་འབྱུང་ཁུངས་སྟོག འཚོ་བའི་ཁྲིད་ཀྱི་སྣང་ཚུལ་ཕྲ་རགས་རེ་རེ་ཁུངས་སྐྱེར་བཟུང་ནས་གནས་ལུགས་ཀྱི་ཟབ་དོན་འཚོལ་ཞིང་སྐྱེས་ཆེན་བཞུད་པའི་ཞབས་རྗེས་

---

① ཕུན་ཚོགས་བཀྲ་ཤིས། «བྲུལ་འཚོལ་» བོད་ལྗོངས་བོད་ཡིག་དཔེ་རྙིང་དཔེ་སྐྲུན་ཁང་། ཕྱི་ལོ་༢༠༡༨ རྒྱབ་ཤོག་ངོས་སུ་འཁོད།

བཅལ། དེ་དག་ནི་རྩོམ་མཁན་པོང་གིས་རང་གི་ཕ་ས་ཕ་ཡུལ་ལ་བཅངས་པའི་ལྷག་མེད་ཀྱི་བརྩེ་བ་ཞིག་ཡིན་ལ། རང་གི་སྐྱེས་ས་འཚར་སའི་ཕ་ཡུལ་ལ་ཕུལ་བའི་ལེགས་སྐྱེས་ཀྱི་མཆོག་ཅིག་ཀྱང་ཡིན།

བརྩམས་ཆོས་འདི་ཉིད་ལས་བོད་ཀྱི་འདས་མ་ད་གསུམ་གྱི་ལོ་རྒྱུས་ཀྱི་དོན་གནད་མང་པོ་ཞིག་རྩོམ་རིག་སྒྱུ་རྩལ་ལམ་ནས་མཚོན་ཡོད་དེ་དཔེར་ན། 《དཔར་རྩའི་ཁྲོད་ཀྱི་འདས་པའི་ལོ་ཟླ》ཞེས་པ་ལས། དུས་རབས་བཅུ་གསུམ་པའི་ནང་དུ་འཚོ་བའི་བཙོམ་ལྡན་རིག་པའི་རལ་གྲིས་བསྟུ་སྒྲིག་དང་ལག་བྲིས་མཛད་པའི་བོད་ཀྱི་ལོ་རྒྱུས་ཐོག་གི་བཀའ་བསྟན་འགྱུར་ཆ་ཚང་དང་པོ་དེ་གྲུབ་ཅིང་། དེའི་རྗེས་སུ་རྒྱལ་དབང་སྐུ་ཕྲེང་དྲུག་པ་ཚངས་དབྱངས་རྒྱ་མཚོའི་སྐུ་དུས་སུ་འགོ་བཙུགས་ཤིང་ཕོ་ལྷ་བ་བསོད་ནམས་སྟོབས་རྒྱལ་གྱིས་མཇུག་བསྒྲུངས་པའི་ལས་ཀྲྀ་ཆེན་མོ་སྟེ། བཀའ་བསྟན་འགྱུར་གྱི་ཤིང་པར་བརྐོ་བའི་དཀའ་ཚོགས་ཀྱི་བརྒྱུད་རིམ་སྣ་ཚོགས་ཞིབ་འབྲི་གནང་སྐབས། སྐབས་དེའི་བོད་ཀྱི་སྤྱི་ཚོགས་ཀྱི་ལོ་རྒྱུས་རྒྱབ་ལྗོངས་ཁྲོད་དོན་གནད་འགངས་ཆེན་དབུས་གཙང་སྡེ་གཟར་གྱི་འབྱུང་རྐྱེན་དང་འཕེལ་རིམ་མཇུག་འབྲས་བཅས་པ་ཡང་ཏ་ཅང་གསོན་ཉམས་དོད་པའི་རྩོམ་རིག་གི་སྐད་ཆར་བརྗེན་ནས། གློག་པ་པོའི་སྤྱན་ལམ་དུ་བསྟར་འདུག 《དེ་བཞིན་དུ་དུས་ཟིང་ཁྲོད་ཀྱི་པཎྜི་ཏ》ཞེས་པ་ལས་རིན་སྤུངས་པའི་སྲིད་དབང་གི་འབྱུང་འཕེལ་དང་། རིན་སྤུངས་ངག་དབང་འཇིགས་གྲགས་ཀྱིས་རྣམ་དཔྱོད་ཀྱི་རྩལ་ལ་བརྟེན་ནས་མཁས་པའི་མགོ་འཕང་སླེབས་ཤིང་། ཐོས་བསམ་སློབ་གཉེར་གྱིས་བོད་ཀྱི་རིག་གནས་གོང་འཕེལ་གཏོང་ཕྱིར་ལེགས་སྐྱེས་ཆེན་པོ་ཕུལ་ཡོད་ནའང་གང་ཉིད་ཀྱི་སྲིད་སྐྱོང་བྱ་བར་འཐུས་ཤོར་བྱུང་ཚུལ་དག ལོ་རྒྱུས་ཀྱི་དངོས་དོན་གཞིར་བཞག་པ་གང་ཞིག་དེར་རྩོམ་རིག་སྒྱུ་རྩལ་གྱི་མཚོན་ཐབས་སྣ་ཚོགས་བཀོལ་ནས་ལོ་རྒྱུས་མི་སྣ་དང་བྱ་བ་དག ཡུལ་དུས་ཀྱི་ཚད་བཀག་ལས་གྲོལ་ཏེ། གསོན་ཉམས་དོད་ཅིང་ཡིད་དབང་འགུག་པའི་ནུས་པ་ལྡན་པའི་སྒོ་ནས་ཀློག་པ་པོའི་རྟོག་པའི་སྣང་ཡུལ་དུ་འདྲེན་པར་བྱས་འདུག

དེ་བཞིན་ཆོས་ལུགས་རིག་གནས་ཐད། བོད་བརྒྱུད་ནང་བསྟན་གྱི་ཆོས་ལུགས་གྲུབ་མཐའ་ཁག་གི་འབྱུང་འཕེལ་སྐོར་ལ། ས་སྐྱ། ཇོ་ནང་། ཞི་བྱེད། ཤངས་པ་བཀའ་བརྒྱུད་སོགས་ཀྱི་གྲུབ་མཐའ་ཁག་ཐོག་མར་དུས་ནམ་ཙམ་ལ་མི་སུས་ཡུལ་གང་དུ་སྤྲོལ་འབྱེད་མིན་ཞིབ་པར་བསྟན་འདུག་ལ། ལྷག་པར་དུ་གྲུབ་མཐའི་འབྱུང་འཕེལ་གྱི་བརྒྱུད་རིམ་ཁྲིད་ཐོན་པའི་རང་རིགས་ཀྱི་རིག་གནས་སྣང་ཚུལ་མང་པོ་ཞིག་ཐོག་འདོན་དང་འགྲེལ་བརྗོད་བྱས་ཡོད་དེ། དེ་ཡང་《ཞི་བྱེད་པའི་སྟོན་བྱུང་དང་དེང་དུས་ཞེས་པ་》ལས། བོད་མི་རིགས་ཀྱི་དམིགས་བསལ་གྱི་ཡུལ་སྲོལ་ཕུང་པོ་བྱ་གཏོར་བྱེད་པའི་སྲོལ་འདི་ཇི་ལྟར་དར་མིན་དང་། དེ་ལས་བོད་མིས་ཚེ་སྲོག་དང་སྐྱེ་འཆིར་འཛིན་པའི་ཐུན་མིན་གྱི་ལྟ་བ་འཚོལ་ཞིབ་དང་འགྲེལ་བརྗོད་བྱས་འདུག་ལ། བོད་བརྒྱུད་ནང་བསྟན་གྱི་བྱུང་འཕེལ་ཁྲིད་གཙོད་ཀྱི་ཕྲུག་ལེན་འདི་ཐོག་མར་ཇི་ལྟར་དར་མིན་དང་གཙོད་ཀྱི་ངོ་བོ་གང་ཡིན་པ། དེ་ཕྱིས་སུ་བོད་བརྒྱུད་ནང་བསྟན་གྲུབ་མཐའ་གཞན་དག་ལ་དར་ཚུལ་སོགས་ཕ་དམ་པ་སངས་རྒྱས་ཀྱི་མཛད་རྣམ་དང་ཟུང་དུ་སྦྲེལ་ཞིང་། གང་བརྗོད་པའི་དོན་དེ་རྩོམ་མཁན་ཉིད་ཀྱི་མཐོང་ཐོས་ཙམ་མ་ཡིན་པར། ཁུངས་བཙན་གྱི་ལུང་སྣ་ཚོགས་དྲངས་ནས་གང་འཆད་པའི་དོན་དེ་དོན་དངོས་ཀྱི་རིན་ཐང་དང་རིག་གཞུང་ཞིབ་འཇུག་གི་རིན་ཐང་ཇི་ཆེར་བཏང་ནས་ཀློག་པ་པོའི་ཡིད་དབང་འགུག་པར་བྱས་ཡོད་པར་སེམས། དེ་བཞིན་《ཤངས་པ་བཀའ་བརྒྱུད་ཀྱི་ཤུལ་ལམ་རིང་མོ་》ཞེས་པ་ལས་ཀྱང་། རིག་གནས་ཀྱི་སྣང་ཚུལ་ལ་རྩོམ་མཁན་གྱི་འགྲེལ་བརྗོད་ཡང་དག་ཅིག་གནང་འདུག་སྟེ། དེང་སྐབས་ཕལ་ཆེ་བ་བོད་དབུས་གཙང་ཁུལ་གྱི་བུད་མེད་ཆོས་གཟབ་མཆོར་རྒྱན་གོས་བསྒྲུབས་ཚོ། བྲང་དུ་གཙུ་བཏགས་པའི་དམངས་ཁྲོད་རིག་གནས་དེ་ཡང་ཐོག་མར་ཤངས་པ་བཀའ་བརྒྱུད་དང་འབྲེལ་བ་ཡོད་པར་འགྲེལ་བརྗོད་འདི་ལྟར་གནང་ཡོད་དེ། "ཤངས་ལུགས་པ་རྣམས་ཀྱིས་ཕྱག་ཆེན་གཙུ་མ་ཞེས་པ་བདེ་བ་དང་སྟོང་པ་གཙུ་ཁ་སྦྱར་བ་བཞིན་དབྱེར་མེད་དུ་བསྒོམས་ནས་འོད་གསལ་མངོན་དུ་བྱེད་པ་མཆོན་གྱི་ཡོད། ཕྱིས་སུ་ཤངས་པ་བཀའ་བརྒྱུད་ཀྱི་རིག་གནས་བརྡ་རྟགས་དེ་དམངས་ཁྲོད་དུ་དར་

ནས་དམངས་ཁྲོད་རིག་གནས་ཀྱི་གྲུབ་ཆ་ཤིག་ཏུ་གྱུར་”[1]ཞེས་གསུངས་པ་ལས་ད་གཟོད་མི་མང་པོ་ཞིག་གིས་གཙུ་དེ་ཐོག་མར་གདམས་ངག་བླུག་སྣོད་ཅིག་ནས་རིམ་བཞིན་རྒྱུན་ཆར་གྱུར་བའི་འཕེལ་འགྱུར་དེ་ཡང་རྟོགས་ངེས་ཡིན། དེ་ཡང་མཛེས་དཔྱོད་རིག་པའི་འགྲེལ་བརྗོད་ལྟར་ན། འགྲོ་བ་མིའི་རིགས་ཀྱི་རྒྱན་ཆའི་རིགས་ཡོད་དོ་ཅོག་ཐོག་མར་བཀོལ་སྤྱོད་ཀྱི་རིན་ཐང་ནས་རིམ་བཞིན་མཛེས་དཔྱོད་ཀྱི་རིན་ཐང་ཕྱོགས་སུ་འཕེལ་འགྱུར་བྱུང་བ་རེད་ཅེས་པའི་ལྟ་ཚུལ་དང་ཡོངས་སུ་མཐུན་པར་སེམས།

ད་དུང་བརྩམས་ཆོས་འདིར་ཇོ་ནང་གྲུབ་མཐའི་སྲོལ་འབྱེད་པ་པོ་རྗེ་བཙུན་ཏཱ་ར་ནཱ་ཐའི་འབྲུངས་རབས་ངོ་མཚར་གཏམ་རྒྱུད་དང་སྦྲར་ནས། རྗེ་བཙུན་གྱི་མཛད་རྣམ་དང་ཇོ་ནང་པའི་ལྟ་གྲུབ། ས་སྐྱས་བོད་ཀྱི་རིག་གནས་སྤྱི་དང་བྱེ་བྲག་ཆོས་ལུགས་གྲུབ་མཐའ་ཁག་ལ་ཐེབས་པའི་ཤུགས་རྐྱེན་སོགས་མདོར་ན་བོད་ཀྱི་ཆོས་ལུགས་རིག་གནས་མང་དག་ཅིག་ལ་འཚོལ་ཞིབ་བྱས་འདུག་པས་འདིར་རེ་རེ་བཞིན་བརྗོད་ཀྱིས་མི་ལང་།

གསོ་བ་རིག་པ་ནི་བོད་ཀྱི་རིག་གནས་ཆེ་བའི་ལྔའི་ཡ་གྱལ་ཞིག་ཡིན་ལ་བོད་ཀྱི་རིག་གནས་ཀྱི་གལ་ཆེའི་གྲུབ་ཆ་ཞིག་ཀྱང་ཡིན་པས། བོད་ཀྱི་རིག་གནས་འཚོལ་ཞིབ་དང་སྟོག་འདོན་བྱེད་པའི་རིག་གནས་ལྷུག་རྩོམ་འདི་ལྟ་བུར་གསོ་བ་རིག་པའི་སྐོར་གྱི་ནང་དོན་མེད་པ་ག་ལ་སྲིད། དེ་ཡང་བོད་ཀྱི་གསོ་བ་རིག་པའི་ལུགས་ཆེན་པོ་གཉིས་བྱང་ལུགས་དང་ཟུར་ལུགས་ཡིན་པ་ཕལ་པོ་ཆེས་ཤེས་ཀྱང་། བྱང་ལུགས་ཀྱི་སྲོལ་འབྱེད་པ་པོ་བྱང་པ་རྣམ་རྒྱལ་གྲགས་བཟང་གིས་བྱང་ལུགས་འདི་ཉིད་གནས་བབ་གང་འདྲ་ཞིག་དང་ཀུན་སློང་ཅི་འདྲ་ཞིག་བཅངས་ནས་སྲོལ་ཕྱེས་མིན། གཞན་ད་དུང་བྱང་པ་རྣམ་རྒྱལ་གྲགས་བཟང་གིས་བོ་དོང་ཕྱོགས་ལས་རྣམ་རྒྱལ་གྱི་ཞབས་ལ་གཏུགས་ནས་གསོ་རིག་གི་གཞུང་ལ་ཐོས་བསམ་སློབ་གཉེར་གནང་ཚུལ་དང་ལྷག་པར་དུ་ཁོང་གི་སྙིང་སྟུག་འདྲེས་མའི་མི་ཚེའི་སྤྱོད་བརྒྱུད་དག

[1] ཐུན་ཚོགས་བཀྲ་ཤིས། 《ཤུལ་འཚོལ་》བོད་ལྗོངས་བོད་ཡིག་དཔེ་སྙིང་དཔེ་སྐྲུན་ཁང་། སྤྱི་ལོ་༢༠༡༨ ཤ ༣༧༨

ལ་ཕྲ་ཞིང་ཞིབ་པའི་རྒྱུས་ལོན་དང་ཤེས་རྟོགས་བྱེད་དགོས་ཆེ། བརྩམས་ཆོས་འདིའི་རྩོམ་ཡིག《བྱང་ལུགས་གསོ་བ་རིག་པའི་རྟུལ་ཚུའི་ལམ་བུ་》ཞེས་པ་ངེས་པར་ཐེངས་གཅིག་བཀླག་པ་ལས་འོས་པ་ཞིག་མ་མཆིས་སོ། །

རིག་གནས་ཀྱི་སྐོར་གླེང་ཆེ། སྐད་ཡིག་ནི་མ་གླེང་ཐབས་མེད་ཀྱི་བརྗོད་གཞི་ཞིག་ཡིན། གང་ལགས་ཤེ་ན་རིག་གནས་མང་པོ་ཞིག་སྐད་ཡིག་གི་སྟེང་དུ་གནས་ཤིང་སྐད་ཡིག་ལ་བརྟེན་ནས་རྒྱུན་འཛིན་དང་དར་སྤེལ་གཏོང་དགོས། དེས་ན་བརྩམས་ཆོས་འདིར་ཡང་བོད་ཀྱི་བཟ་སྦྱོད་རིག་པའི་འབྱུང་འཕེལ་ལོ་རྒྱུས་ཐོག་མཛད་རྗེས་བསམ་གྱིས་མི་ཁྱབ་པ་འཇོག་གནང་མཛད་མཁན་གྱི་སྐྱེས་ཆེན་དམ་པ་འོད་དུ་འཚེར་བ། ཐོན་མི་སམ་བྷོ་ཊ། སེ་ཏུ་པན་ཆེན་ཆོས་ཀྱི་འབྱུང་གནས། དངུལ་ཆུ་རྣམ་རྒྱ་དྲ། དངུལ་ཆུ་དབྱངས་ཅན་གྲུབ་པའི་རྡོ་རྗེ་སོགས་ཀྱི་འཁྲུངས་རབས་དང་མཛད་རྣམ་མདོར་བསྡུས་རེ་བྲིས་པ་བརྒྱུད་བོད་ཀྱི་བཟ་སྦྱོད་རིག་པའི་འབྱུང་འཕེལ་གྱི་ལོ་རྒྱུས་ཀྱང་བསྟན་ཡོད།

མདོར་ན་བོད་ཀྱི་ལོ་རྒྱུས་དང་རིག་གནས་ཀྱི་ཁྱབ་ཁོངས་མང་པོར་འཚོལ་ཞིབ་དང་སྡོམ་འདོན་བྱས་པ་བརྒྱུད་རྩོམ་པ་པོས་གཅིག་ནས་བཀའ་དྲིན་གཞལ་དུ་མེད་པའི་ཝུ་ཅག་གི་མེས་པོ་རྣམས་ཀྱིས་འོད་སྟོང་འབར་བའི་རིག་གནས་ལོ་རྒྱུས་དེ་དག་བསྐྲུན་པའི་བརྒྱུད་རིམ་ཁྲིད་དུ་སྐུ་ལས་ཇི་ཙམ་སྐྱོན་ཡོད་མེད་དང་། ཕྱི་རབས་པ་ཆོས་དེའི་རིན་ཐང་རྟོགས་ནས་རྒྱུན་འཛིན་དང་དར་སྤེལ་གང་ལེགས་བྱེད་དགོས་པའི་བསམ་བློའི་བརྩེ་བ་ཟབ་མོ་ཞིག་མངོན་འདུག གཉིས་ནས་ལོ་རྒྱུས་ཀྱི་ཚུ་གཏེར་ནང་དུ་འཕྱིམ་ཟིན་པའི་མི་དང་བྱ་དངོས་དག་ལ་འཚོལ་ཞིབ་དང་ཕྱིར་རྟོག་བྱས་ཏེ། ད་ལྟའི་གནས་བབ་དང་མ་འོངས་པའི་མིག་རྒྱང་ཞིག་གིས་དེ་དག་གི་རིན་ཐང་ལ་བསམ་གཞིག་དང་གདེང་འཇོག་བྱས་པ་བརྒྱུད། རིག་གནས་ཀྱི་ཆགས་འཇིག་དང་ལོ་རྒྱུས་ཀྱི་དར་རྒུད་ལས་བསྐྱེད་པའི་སྤོབས་སེམས་དང་དྲིན་ཆོར་ཡོད་ལ། ཕངས་སེམས་ཀྱི་ཡིད་གདུང་ཡང་མཚོན་པར་བྱས་འདུག་གོ །

གཉིས། ངག་རྒྱུན་གྱི་ཟུམ་དུ་བཅུག་པའི་ལོ་རྒྱུས་མི་སྣའི་ཤུལ་འཚོལ།

བརྩམས་ཆོས་འདིའི་ནང་དུ་བོད་ཀྱི་ལོ་རྒྱུས་ཐོག་སྨན་པའི་གྲགས་པ་ཕྱོགས་བཞིར་ཁྱབ་པའི་ལོ་རྒྱུས་ཀྱི་མི་སྣ་མང་དག་ཅིག་བྲིས་ཡོད་དེ། ཆོས་ཕྱོགས་ནས་སྐྱེས་ཆེན་དམ་པ་རྣམས་ཀྱི་སྐུ་ཚེའི་སྤྱོད་བརྒྱུད། ཐོས་བསམ་སློབ་གཉེར་བྱས་ཚུལ་དང་མཛད་པ་འཕྲིན་ལས་བསྐྱངས་ཚུལ་ཐད། ཕ་དམ་སངས་རྒྱས། རྗེ་བཙུན་མི་ལ་རས་པ། བཅོམ་ལྡན་རིག་པའི་རལ་གྲི རྗེ་བཙུན་ཏཱ་ར་ནཱ་ཐ། རྗེ་དགེ་འདུན་གྲུབ་པ། བོ་དོང་ཕྱོགས་ལས་རྣམ་རྒྱལ་སོགས་ཡོད། དེ་བཞིན་རིན་སྤུངས་ངག་དབང་འཇིགས་གྲགས། ཞིང་ཤག་ཚེ་བརྟན་རྡོ་རྗེ། བྱང་པ་རྣམ་རྒྱལ་གྲགས་བཟང་། ཕོ་ལྷ་བ་བསོད་ནམས་སྟོབས་རྒྱལ་སོགས་སྲིད་ཀྱི་བྱ་བ་སྐྱོང་བའི་མི་ཆེན་དཔོན་ཆེན་བར་གྱི་སྲིད་དབང་འཛིན་སྐྱོང་ཐོག་ཏུ་གྲུབ་འབྲས་གསར་གཏོད་ཐེབས་ཡོད་པ་དང་། ཡབ་ཚང་ཁང་ཐོག་པ་བཙུན་པོ་སྨན་རྒྱལ་དང་། ཟུར་མཁར་བ་ལོ་གྲོས་རྒྱལ་པོ་སོགས་མཁས་པའི་མི་སྣ་མང་དག་ཅིག་སྨན་དཔྱད་ཀྱི་ལོ་རྒྱུས་ཐོག་ཏུ་བྲིས་ཡོད་པ་ལས། ད་རུང་སྣང་ས་འོད་འབུམ། ཨ་ཁུ་སྟོན་པ། གྲུབ་ཐོབ་ཐང་སྟོང་རྒྱལ་པོ་སོགས་ལྷ་སྒྲུང་དང་ངག་རྒྱུན་གྱི་གླིང་དུ་འཐིམ་ཞིང་། དད་པའི་སྟོབས་དང་ངོ་མཚར་འཕྲུལ་གྱིས་ཕྱུག་པའི་ལྷ་ཕྱིད་མི་ཕྱེད་ཀྱི་སྣང་བརྙན་དག་བསྐྱར་དུ་དགའ་སྐྱོ་ཆགས་སྡང་གི་ཟུམ་ཐོན་པའི་མི་རང་དུ་བྲིས་ཡོད་པ་ལས་དཔེ་མཚོན་གཉིས་ཙམ་བགོད་པར་བྱ།

༡ ཟམ་པ་བརྒྱུན་ཞིང་འཕྲུལ་ཁྲིད་གནང་མཁན་གྱི་གྲུབ་ཐོབ་ལྕགས་ཟམ་པ།

གྲུབ་ཐོབ་ཐང་སྟོང་རྒྱལ་པོ་ལ་ཆ་མཚོན་ན། བོད་རིགས་མི་དམངས་རྣམས་ཀྱི་འཚོ་བ་དང་རིག་གནས་གང་གི་ཐད་ནས་སྐུ་དྲིན་བསམ་གྱིས་མི་ཁྱབ་པ་ཞིག་ཡིན་ཏེ། བོད་ཡུལ་སྟོད་སྨད་བར་གསུམ་དུ་ལྕགས་ཟམ་དང་གྲུ་ཤན་མང་དུ་བཙུགས་པ་དེས་སྐབས་དེའི་བོད་རིགས་མི་དམངས་རྣམས་ཀྱི་འཚོ་བར་ཁ་ཡོད་ལག་ཡོད་ཀྱི་ལེགས་སྐྱེས་ཤིག་དང་། སྟར་མེད་ཀྱི་སྟབས་བདེ་ཞིག་བསྐྲུན་ཡོད། དེ་བཞིན་དུ་སྟར་གྱི་ཆོས་རྒྱལ་རྣམས་ཀྱི་རྣམ་ཐར་ཐོས་གར་གྱི་ལམ་ནས་འཁྲབ་པའི་ཨ་ཅེ་ལྷ་མོའི་སྲོལ་གཏོད་དེས་བོད་རིགས་མི་དམངས་རྣམས་ལ་འཇོད་དུ་མེད་པའི་བསམ་བློའི་རྒྱགས་ཕྱེ་བསྐྲུན་ཡོད། འོན་ཏེ་ལོ་རྒྱུས་ཀྱི་ཡིག་ཆ་དང་

རྣམ་ཐར་ཁག་ལས་ཁོང་གི་མཛད་རྣམ་དེ་བླ་ན་མེད་པ་དང་བསམ་གྱིས་མི་ཁྱབ་པ་སོགས་པའི་ཐ་སྙད་ཀྱི་བསྔགས་པ་རྒྱ་ཆེར་བསྔུལ་བ་ལས། མི་ཞིག་གི་དངོས་ཐད་ནས་མཛད་པ་དག་ཅི་ཕྱིར་བླ་ན་མེད་ཚུལ་དང་འཕྲིན་ལས་རྣམས་ཇི་ལྟར་བསམ་གྱིས་མི་ཁྱབ་པ་ཡིན་ཚུལ་གསོན་ཉམས་དོད་ལ་ཡིད་འགུག་གི་ནུས་པ་མཆིས་པ་ཞིག་ཅུང་དཀོན་པར་སྣང་། བརྩམས་ཆོས་འདིའི་ནང་དུ་བཀོད་འཕྲི། དུང་བརྗོད། ཞབ་འབྲི། གདེང་འཇོག་གཏམ་སླེང་སོགས་ཀྱི་མཚོན་ཐབས་ཅི་རིགས་ལ་བརྟེན་ནས། ཡང་སྙིང་ཁོང་གིས་ལྟུགས་ཟམ་བསྐྱུན་པའི་ཐོག་མའི་ཀུན་སློང་དང་། བར་དུ་ལྟུགས་ཟམ་བསྐྱུན་ཕྱིར་དཀའ་བ་ཇི་ཙམ་སྤྱད་ཡོད་མེད། དེ་བཞིན་ཨ་ཅེ་ལྷ་མོའི་སྒྱུ་རྩལ་གྱི་རྣམ་པ་འདི་སྤྲོལ་གཏོད་སྐབས་རང་བྱུང་ཁམས་ཆེན་པོའི་ནང་དུ་བག་ཡངས་སུ་འཚོ་བའི་སྤྲོག་ཆགས་ཀྱི་འགུལ་སྟངས་ལ་ལད་མོ་བྱེད་པའི་ཞབས་བྲོ་དང་གྲུབ་ཐོབ་རང་ཉིད་ཀྱི་གྲིབ་གཟུགས་ལ་གཟིགས་ནས་ཕྱག་རྒྱ་དང་སྟངས་སྟབས་སྣ་ཚོགས་གསར་གཏོད་གནང་ཚུལ། དེ་བཞིན་དུ"ཕོ་འཁྲབ་མདའ་མོ་འཕེན་འཕེན་དང་། མོ་འཁྲབ་བལ་འཐག་འཁིལ་འཁིལ"ཞེས་པ་ལྟར་དུ་བོད་ཀྱི་ཨ་ཅེ་ལྷ་མོའི་འཁྲབ་ཁྲིར་མང་པོ་ཞིག་དངོས་ཡོད་ཀྱི་འཚོ་བའི་ཁྲོད་དུ་ཐོན་སྐྱེད་ངལ་རྩོལ་བྱེད་ཚུལ་གྱི་རྣམ་པར་གཞི་བཅོལ་ནས་གྲུབ་ཚུལ་སོགས་ཞིབ་པར་བརྗོད་འདུག་པ་ནི《ཟམ་པ་སྐྱུན་བཞིན་འཁྲབ་ཁྲིད་གནང་བ》ཞེས་པའི་རྩོམ་ལས་ང་ཚོའི་དད་པ་དང་ངག་རྒྱུན་གྱི་བག་ཆགས་ཀློང་དུ་གྲུབ་པའི་ཐང་སྟོང་རྒྱལ་པོའི་སྣང་བརྙན་རབ་རིབ་དེ་བསྒྱུར་དུ་ལོ་རྒྱུས་ཀྱི་དོན་དངོས་གཞིར་བཞག་ནས་རྩོམ་མཁན་རང་ཉིད་ཀྱི་སྐད་ཆའི་སྒྱུ་རྩལ་དང་། ཞིབ་འབྲིའི་ཐབས་ལ་བརྟེན་ནས་ཐང་སྟོང་རྒྱལ་པོ་ནི་ཆོས་དང་རིག་གཞུང་། སྨན་དང་སྒྱུ་རྩལ་གང་གི་ཐད་ནས་གསར་གཏོད་ཀྱི་སྙིང་སྟོབས་ཆེས་ཆེར་ལྡན་ལ་བརྩོན་འགྲུས་ཀྱི་གོ་ཆ་ལྡན་པ། གཞན་ཕན་གྱི་སེམས་རྩ་བརྟན་པ། གང་བྱས་ལས་ལ་འབྲས་བུའི་མཐའ་འདོན་པར་བྱེད་པའི་རང་གཤིས་ཅན་གྱི་སྐྱེས་བུ་ཞིག་ཏུ་བྲིས་གནང་མཛད་ཡོད།

༢ ལྷ་གཟུགས་ལས་གྲུབ་པའི་སོ་ནམ་པའི་བུ་མོ་སྣང་ས་འོད་འབུམ།

སྣང་ས་འོད་འབུམ་ནི་བོད་ཀྱི་ལྷ་མོའི་འཁྲབ་གཞུང་བརྒྱད་ལས་མང་ཚོགས་ཀྱིས་རྒྱུས་མངའ་ཆེ་ཤོས་དང་བག་ཆགས་ཟབ་ཤོས་ཀྱི་གཞུང་ཞིག་ཡིན། སྔིངས་ཆའི་དབུས་ཀྱི་ཕྱི་ཡི་ལང་ཚོ་མཛེས་ལ་ནང་གི་ཐུགས་སེམས་བཟང་བའི་སྣང་ས་ཡིན་ཡང་རུང་། བརྙན་འཕྲིན་ངོས་ཀྱི་སྐད་དག་སྙན་ལ་བྱད་བཞིན་བཟང་བའི་ཨ་ཅེ་སྣང་ས་ཡིན་ཡང་རུང་གང་ལྟར་དུ་ལྟད་མོ་བ་ཚོས་སྣང་སའི་ཉམ་ཐག་པའི་ལས་དབང་ལ་གདུང་སེམས་མཉམ་སྐྱེས་ཀྱིས་མིག་ཆུའི་ཐིགས་པ་རེ་རེས་ངོ་གདོང་བཀྲུན་པར་བྱས། སྣང་སས་འཁོར་བའི་ཕུན་ཚོགས་དེ་སྡུག་བསྔལ་གྱི་རྒྱ་མཚོ་ལྟ་བུར་གཟིགས་ཤིང་། ཐར་པའི་གོ་འཕང་སླེག་བཞིན་གདན་གྱི་བདེ་བ་འཚོལ་བའི་མཛད་རྣམ་ལ་དད་པའི་སྤྱ་ཡོང་གཡོ་བཞིན་ལག་གི་ཐལ་མོ་སྙིང་ཁར་སྦྱར་ནས་གསོལ་བ་རྩེ་གཅིག་ཏུ་བཏབ་པའི་སྣང་བརྙན་མང་པོ་ཞིག་མཐོང་རྒྱུ་ཡོད། སྣང་སའི་སྣང་བརྙན་ལ་སྦྱར་བའི་ཐ་སྙད་ལའང་མཁའ་འགྲོ་མ། རྗེ་བཙུན་སྒྲོལ་མའི་སྤྲུལ་པ། ལྷ་མོ་སོགས་ཀྱི་ངང་ཚུལ་བཟུང་བ་ལས་དེ་ནི་བོད་ཀྱི་ལོ་རྒྱུས་ཐོག་དངོས་སུ་བྱུང་བའི་སོ་ནམ་པའི་བུ་མོ་ཞིག་གི་ཉམ་ཐག་པའི་མི་ཚེའི་ལས་དབང་ཞིག་ཏུ་མཐོང་མཁན་ཏ་ཙང་ཉུང་ངོ་། །

རྩོམ་པ་པོས་སྟར་གྱི་རྣམ་ཐར་གྱི་བྱུང་རིམ་གཙོ་ཐིག་ཏུ་བཟུང་ཞིང་། ངག་རྒྱུན་གྱི་གླིང་དུ་འཐིམ་པའི་ངོ་མཚར་གྱི་གཏམ་རྒྱུད་རེ་རེའི་འབྱུང་སའི་ས་ཡུལ་དངོས་ལ་རྟོག་ཞིབ་དང་བཅར་འདྲི་བྱས་ནས། གང་ཐུབ་ཅི་ཐུབ་ཀྱིས་ཨ་ཅེ་སྣང་སའི་ལུས་སྟེང་དུ་གཡོགས་པའི་ལྷ་གཟུགས་ཀྱི་སེང་རས་དེ་ཕར་ཕུད་དེ་ལས་ལ་བརྟེན་ཞིང་སེམས་པ་བཟང་བ། རང་གི་ཕ་མར་བསྙེན་བཀུར་ཞབས་ཏོག་མཁས་པ། བྱད་གཟུགས་ལེགས་ལ་ཁ་འབྲས་མཚར་བའི་བུད་མེད་དེར་ལས་དབང་གིས་འཁྲུལ་འཇོལ་ལམ། ཕ་མ་གཉིས་ཀྱི་མཐོ་སར་སླེག་པའི་གདམ་འདོད་ཀྱི་བློ་ཞིག་གིས་སྐྱུལ་ནས། བདེ་སྐྱིད་ལྡན་པའི་འཛིག་རྟེན་མཐུན་འཇུག་གི་འགྲོ་སྟངས་ཤིག་བཟོས་ཀྱང་། དེས་དོན་དུ་སྣང་ས་སྡུག་བསྔལ་གྱི་འདམ་རྫབ་ནང་དུ་འབུད་པ་ཇི་བཞིན་མོས་པ་མེད་པའི་བཙན་ཤེད་ཀྱི་གཉེན་སྒྲིག་ལས་འཁྲབ་པའི་སྐྱོ་གར་ཞིག་ཏུ་ཡང་ངོས་འཛིན་གནང་བ་ནི། དོན་དུ་སྣང་ས་དང་སྣང་ས་འདྲ་བའི་བུད་མེད་ཚོའི་ལས་དབང་

ལ་རྩོམ་མཁན་གྱིས་སེམས་ཁུར་གནང་བ་མཚོན་གྱི་ཡོད་ལ། རྩོམ་རིག་གིས་དངོས་ཡོད་ཀྱི་འཚོ་བར་ཐོན་པའི་ནུས་པ་ཞིག་ཀྱང་ཤུགས་ནས་མངོན་ཡོད་པར་སེམས།

གསུམ། འཕོ་འགྱུར་སྐབས་སྐབས་ཁྲིད་ཀྱི་དམངས་སྲོལ་རིག་གནས་ཀྱི་ཤུལ་འཚོལ།

དམངས་ཁྲིད་རིག་གནས་ནི་མི་རིགས་གང་དེའི་སྲོལ་རྒྱུན་རིག་གནས་ཀྱི་གལ་ཆེའི་གྲུབ་ཆ་ཞིག་ཡིན་ལ། སྲོལ་རྒྱུན་རིག་གནས་ཀྱི་ཞིང་ས་དང་ཆང་རྫ་ལྟ་བུའང་ཡིན། དེས་ན་སྲོལ་རྒྱུན་རིག་གནས་རྒྱུན་འཛིན་དང་དར་སྤེལ། གྲ་རྒྱས་ཕུན་སུམ་ཚོགས་སུ་གཏོང་བའི་ཐབས་མཆོག་ཅིག་ནི་དམངས་སྲོལ་རིག་གནས་ལ་འཚོལ་ཞིབ་དང་སྔོག་འདོན་བྱ་རྒྱུ་དེ་ཡིན།

རྩོམ་པ་པོ་ཕུན་ཚོགས་བཀྲ་ཤིས་ལགས་ནི་བོད་ཀྱི་དམངས་སྲོལ་རིག་གནས་ལ་མཁྱེན་རྒྱ་ཡངས་ཤིང་། བོད་ཀྱི་དམངས་ཁྲིད་རིག་གནས་འཚོལ་ཞིབ་དང་སྔོན་འདོན་གནང་རྒྱུར་སྤྲོ་བ་ཆེས་ཆེར་ལྡན་པ་ཞིག་ཡིན་པ་ནི། ལོ་འགའི་སྔོན་དུ་དཔེ་སྐྲུན་གནང་བའི་ཁོང་གི་བརྩམས་ཆོས《བོད་ཡུལ་གྱི་གནའ་གཏམ》ཞེས་པའི་རིག་གནས་ལྷུག་རྩོམ་ལས་ཀྱང་ཤེས་རྟོགས་ཐུབ། བརྩམས་ཆོས་འདིར་ཡང་རྩོམ་པ་པོས་མཐོང་སྣེ་མི་འདྲ་བ་དང་མཚོན་ཐབས་མི་གཅིག་པའི་སྒོ་ནས་བོད་གཙང་ཁུལ་གྱི་དམངས་སྲོལ་རིག་གནས་མང་པོ་ཞིག་ལ་འཚོལ་ཞིབ་བྱས་ཡོད་དེ། 《མེ་ཏོག་ལ་འགྲན་པའི་འདྲེན་ཐང་》ཞེས་པ་ལས་གཏིང་སྙིང་རྫོང་འདྲེན་ཐང་གྲོང་རྫལ་གྱི་ཤར་པའི་གཉེན་སྟོན་དང་གཉེན་སྒྲིག་གི་བརྒྱུད་རིམ་དེ་བོད་ཀྱི་ས་ཆ་གཞན་དང་མི་འདྲ་བའི་ཁྱད་ཆོས་མང་པོ་ལྡན་པ་དག རྩོམ་པ་པོས་མཐོང་ཐོས་མྱོང་གསུམ་གྱི་སྒོ་ནས་ཁ་གསལ་ལ་གསོན་ཉམས་དོད་པོར་ཞིབ་འབྲི་བྱས་འདུག གཉེན་སྒྲིག་གི་ལུགས་སྲོལ་ལས་མི་རིགས་ཤིག་དང་ཡུལ་ལུང་ཞིག་གི་ཐུན་མོང་མ་ཡིན་པའི་ཡུལ་གོམས་གཤིས་ལུགས་མཚོན་ཐུབ་ཅིང་། དེ་བས་མི་ཚོས་འཚོ་བ་དང་བརྩེ་དུང་ལ་འཛིན་པའི་རྣམ་འགྱུར་གསལ་པོར་མངོན་ཐུབ་ཀྱི་ཡོད་པ་ལྟར་རྩོམ་པ་པོའི་སྨྱུག་རྩེ་ནས་ཐོན་པའི་ཤར་པའི་གཉེན་སྲོལ་ནི་སྲོལ་རྒྱུན་གྱི་རྩ་བའི་ཐོག་ཏུ་དེང་རབས་མིའི་བསམ་སྦྱོར་ལ་བསྟུན་པའི་ལུགས་སྲོལ་གསར་པའི་མེ་ཏོག་བཞད་པ་ཇི་བཞིན་སྣང་། མདོར་ན་གཉེན་སྒྲིག་གི་སྔ་ཕྱི་བར་གསུམ་

ནས་ཤར་པས་བུད་མེད་ཀྱི་ཁེ་དབང་ལ་སྲུང་སྐྱོབ་དང་བརྩི་འཇོག་བྱེད་པའི་ལུགས་སྲོལ་དེ་ནི་ལུང་ཁུག་ཡུལ་ལུང་ཚུང་ཚུང་འདིར་ལྡན་པའི་མི་གཤིས་ཀྱི་མཛེས་པ་ཞིག་ཏུ་མཐོང་ངོ་།།

ད་དུང་《གཞིས་ཀ་རྩེའི་མགྲོགས་བྲིས》ཞེས་པ་དང་《རི་སྐོར་ཁྲོད་ཀྱི་དིང་རིའི་ལྗོ་གཞས》ཞེས་པ་སོགས་ལས་སྤྱིར་གཙང་ཁུལ་དང་བྱེ་བྲག་སྤྲ་དུས་ནས་གཞིས་རྩེ་གྲོང་ཁྱེར་དུ་འཚོ་བའི་མིའི་བཟའ་བཏུང་དང་རྒྱུན་གོས་རིག་གནས། གླུ་དང་ཞབས་བྲོའི་སྒྱུ་རྩལ། གཙང་གི་ཡུལ་སྐད་ཀྱི་ཁྱད་ཆོས་དང་དུས་ཆེན་ལ་རོལ་ཚུལ་སོགས་དམངས་སྲོལ་རིག་གནས་གང་མང་ཞིག་ལ་འཚོལ་ཞིབ་བྱས་ཡོད་ལ། ད་དུང་གཙང་གི་ཡུལ་ལུང་སོ་སོའི་འཚོ་གནས་བྱེད་སའི་རང་བྱུང་ཁོར་ཡུག་གི་ཆ་རྐྱེན་མི་འདྲ་བ་དང་གནམ་གཤིས་དྲོ་གྲང་། ས་བབ་མཐོ་དམན་ལ་གཞིག་ནས་དེ་ལ་དེ་འཚམས་ཀྱི་ཐོན་སྐྱེད་ངལ་རྩོལ་བྱེད་སྟངས་དང་འཚོ་བར་རོལ་སྟངས་བཅས་པར་འཚོལ་ཞིབ་གནང་ཡོད་པ་ནི། མཐོང་ཐོས་དང་ཟེར་སྒྲོས་ཀྱི་རྗེས་སུ་འབྲངས་ནས་ཆ་རྒྱུས་མེད་པའི་བརྗོད་བྱ་ཞིག་ལ་ཐོལ་བྱུང་རགས་བཤད་བྱས་པ་ཞིག་མ་ཡིན་པར་རང་ཉིད་ཀྱི་སྐྱེས་ས་དང་འཚར་སའི་ཕ་ཡུལ་གྱི་ཡུལ་གོམས་གཤིས་ལུགས་ལ་མྱོང་གོམས་ངེས་ཅན་ཞིག་གནང་བ་དག་བརྩེ་བ་ཟབ་མོ་ཞིག་གི་ཀློང་ནས་བྲིས་པ་འབབ་ཞིག་གོ །

“བོད་ཀྱི་ལྷུག་རྩོམ་ཟེར་བ་ནི། སྐད་ཆ་བོད་སྐད་དང་ཡི་གེ་བོད་ཡིག་གིས་བྲིས་པ་ཙམ་མ་ཡིན་པར། བོད་རང་གི་རིག་གཞུང་དང་གོམས་སྲོལ་གཞི་ལ་བཞག་པའི་བོད་ཀྱི་བསམ་བློའི་རོ་བཅུད་ལྡན་པ་ཞིག་ཡིན་དགོས།”[1]གསུངས་པ་ཇི་བཞིན་བརྩམས་ཆོས་འདིར་ད་དུང་《རྒྱལ་མཁར་བའི་མཆོག་ནོར》《སྤོས་ཧུང་གྲོང་གི་དཔོན་གནས》《སོར་རྩེ་ལས་འཕྲུངས་པའི་སྒྱུ་རྩལ》སོགས་ཀྱི་རྩོམ་ལས་བོད་ཀྱི་ལྷ་མོའི་སྒྱུ་རྩལ་དང་དམངས་ཁྲོད་དུ་སྤོས་བཟོ་བའི་ལག་རྩལ། བོད་ཀྱི་ཐང་ཀའི་སྒྱུ་རྩལ་དང་དམངས་ཁྲོད་གླུ་གཞས་སོགས་དམངས་ཁྲོད་ཀྱི་རིག་གནས་དང་སྒྱུ་རྩལ་གྱི་རྣམ་པ་མང་པོ་ཞིག་གི་ཐོག་མའི་འབྱུང་ཁུངས་དང་བར་

---

① ལྗོང་ཡོན་ཏན་རྒྱ་མཚོ། 《སྐད་ཆའི་ལང་མཚོ》 སི་ཁྲོན་མི་རིགས་དཔེ་སྐྲུན་ཁང་། སྤྱི་ལོ་༡༨ ཤ༡༥

གྱི་འཕེལ་རིམ། ད་ལྟའི་གནས་སྟངས་སོགས་ལ་འཚོལ་ཞིབ་དང་། སྔོག་འདོན་བྱས་པ་བརྒྱུད་སློག་པ་པོར་དམངས་ཁྲོད་རིག་གནས་ཀྱི་ཐུན་མིན་རིན་ཐང་དང་གལ་ཆེའི་གནས་བབ་ཤེས་རྟོགས་དང་རྒྱུས་ལོན་བྱེད་པར་སྐུལ་བའི་ཕན་ནུས་ཤིག་ཀྱང་ཐོན་ཡོད་པར་སེམས་སོ། །

གཉིས་པ། རྣམ་པ།

ཕུལ་བྱུང་གི་བརྩམས་ཆོས་ཤིག་ལ་རྒྱ་ཆེ་ལ་གཏིང་ཟབ་པའི་བརྗོད་བྱའི་ནང་དོན་ཞིག་ལྡན་པ་ཙམ་གྱིས་མ་ཚོག་པར་ད་དུང་བརྗོད་བྱའི་ནང་དོན་དེ་གསོན་ཉམས་དོད་པའི་སྟོང་བསྟན་ཞིབ་འབྲི་དང་། ཕུན་སུམ་ཚོགས་པའི་སྐད་ཆའི་སྒྱུ་རྩལ། རྩོམ་མཁན་གྱི་རྟོག་འཆར་དང་བློས་བསླངས། ཐུན་མིན་གྱི་མཛེས་དཔྱོད་ལྟ་བ་སོགས་ལ་བརྟེན་ནས་མཚོན་པར་བྱེད་དགོས་ཀྱི་ཡོད། དེ་ནི་རྩོམ་རིག་གཞུང་ལུགས་དག་ལས་བསྟན་པའི་རྩོམ་གྱི་སྒྱུ་རྩལ་ལམ་རྣམ་པར་གོ་བར་སེམས། དེས་ནས་གཤམ་ནས་ང་ཚོས་བརྩམས་ཆོས་འདི་ཉིད་ཀྱི་ཕྱིའི་རྣམ་པའམ་སྒྱུ་རྩལ་གྱི་ཁྱད་ཆོས་ཆ་ནས་ཅུང་ཟད་གླེང་བར་བྱའོ། །

གཅིག སྐད་ཆའི་སྒྱུ་རྩལ།

གནའ་དེང་ཕྱི་ནང་ཀུན་གྱི་རྩོམ་རིག་མཁན་པོ་ཚོས་རྩོམ་རིག་ནི་སྐད་ཆའི་སྒྱུ་རྩལ་ཞིག་ཡིན་གསུངས་པ་ཇི་བཞིན་སྐད་ཆ་ནི་རྩོམ་རིག་གི་གྲུབ་ཆ་ཨང་དང་པོ་དེ་ཡིན་ལ། བརྩམས་ཆོས་ཤིག་ལ་སྤྱོད་རོལ་དང་དཔྱད་གླེང་བྱེད་པའི་སྒོ་ཐེམ་ལྟ་བུ་ཡང་ཡིན། ཕུལ་བྱུང་གི་བརྩམས་ཆོས་ཤིག་ལ་རྒྱ་ཆེ་ལ་གཏིང་ཟབ་པའི་བརྗོད་བྱ་མངའ་བ་ཙམ་གྱིས་མི་ཚོག་པར། ད་དུང་ཕུན་སུམ་ཚོགས་ལ་གསོན་ཉམས་དོད་པའི་སྐད་ཆའི་སྒྱུ་རྩལ་ལམ་རྗོད་བྱེད་ཚིག་སྦྱོར་ཞིག་ངེས་པར་ཡོད་དགོས། བརྩམས་ཆོས་འདི་ཉིད་ཀྱི་རྗོད་བྱེད་ཚིག་སྦྱོར་སྤྱིལ་སྟངས་ཐད་སྟེར་བཞིན་རྩོམ་མཁན་རང་ཉིད་ཀྱི་ཆེས་བབ་ཆགས་ལ། འཚོ་བ་དངོས་དང་ཐག་ཉེ་བའི་སྐད་ཆའི་སྒྱུ་རྩལ་ཞིག་གི་ལམ་ནས་གང་བརྗོད་པར་འདོད་པའི་དོན་དེ་ཀློག་པ་པོར་གོ་བདེ་ལ་ཉན་སྙོ་བའི་ཚོར་བ་ཞིག་སྐྱེན་པར་བྱེད་པའི་རྩ་དོན་ནམ་ཁྱད་ཆོས་དེ་ཨུ

མཐུད་དམ་འཛིན་བྱས་ཡོད་པར་སྣང་།

བབ་ཆགས་པའི་ཚིག་སྦྱོར་དང་འཚོ་བ་དང་ཐག་ཉེ་བའི་སྐད་ཆ། བཞད་གད་ཉམས་ཀྱིས་ཕྱུག་པའི་ཐ་སྙད་སོགས་ནི་ཧ་ལམ་ཁོང་གི་བརྩམས་ཆོས་སྤྱིའི་རྗོད་བྱེད་ལ་མངའ་བའི་ཁྱད་ཆོས་ཤིག་ཡིན་ཞེས་བརྗོད་ཀྱང་མི་འཚམས་པ་མེད་པར་སེམས། རྗོད་བྱེད་ཀྱི་ཁྱད་ཆོས་སམ་རྩོམ་གཤིས་དེ་འདྲ་ནི་ཁོང་གིས་བརྒྱུད་ཡོང་བའི་མི་ལོ་བཞི་བཅུ་ལ་ཉེ་བའི་གསར་རྩོམ་གྱི་ཤུལ་ལམ་རིང་མོའི་ཁྲོད་རིམ་བཞིན་ཆགས་པའི་རང་ཉིད་ཀྱི་སྐད་ཆའི་སྒྱུ་རྩལ་ཞིག་ཏུ་གྲུབ་ཡོད།

ལྷག་པར་དུ་བརྩམས་ཆོས་འདིའི་རྗོད་བྱེད་ཚིག་སྦྱོར་ཐད་ཅུང་མངོན་གསལ་དོད་པའི་ཁྱད་ཆོས་ཤིག་ནི། སྐབས་བབ་ཀྱི་བརྗོད་གཞིར་བསྟུན་ནས་ཚིག་སྦྱོར་ལ་གདམ་གསེས་ཀྱིས་བཀོལ་སྤྱོད་བྱས་ཡོད་དེ། རིག་གནས་ལོ་རྒྱུས་ཀྱི་འབྱུང་རྩ་དང་ཆོས་ལུགས་གྲུབ་མཐའི་བྱུང་འཕེལ་སོགས། ཐད་ཀར་རྩོམ་གྱི་བརྗོད་སྙིང་དང་འབྲེལ་བའི་ནང་དོན་ཟབ་ཡངས་ཀྱི་རིགས་ལ་བཀོལ་བའི་ཐ་སྙད་ཀྱང་ལྟོས་བཅས་ཀྱི་གཟབ་ནན་དང་། ཏན་ཏིག་གི་རྣམ་འགྱུར་བཟུང་ནས་སྐད་ཆར་ཚིག་ཁ་དམ་ལ་གོ་བ་ཟབ་པ། ཚིག་སྟུད་ཆེ་ལ་གཏན་ཚིགས་ཀྱིས་ཕྱུག་པའི་ཁྱད་ཆོས་མངོན་ལ། བརྗོད་སྙིང་མཚོན་པར་ཞབས་འདེགས་ཀྱི་ནུས་པའམ་ཐད་ཀར་བརྗོད་སྙིང་དང་འབྲེལ་བ་དམ་ཟབ་མེད་པའི་འཚོ་བའི་ཁྲོད་ཀྱི་སྣང་ཚུལ་ཕྲ་རགས་དང་མཐོང་ཐོས་གཉིས། དེ་བཞིན་ལྟོངས་དང་ཁོར་ཡུག་གི་བཀོད་པ་སོགས་མཚོན་པར་སྤྱོད་པའི་ཐ་སྙད་དག་སྤྱིར་ལྷུག་ཆ་དོད་ཅིང་མང་ཚོགས་ཀྱི་སྐད་ཆ་དང་ཐག་ཉེ་བ། གོ་བདེ་ལ་ཉན་སྒྲོ་བ། ཁ་མཆར་དང་བཞད་གད་ཀྱི་ཉམས་དང་ལྡན་པ་བཀོལ་ཡོད་པ་དེས། གཅིག་ནས་ཀློག་པ་པོའི་ལྟ་ཀློག་གི་སྤྲོ་སྣང་འཕེལ་བ་དང་། གཉིས་ནས་ཟབ་ཡངས་ཀྱི་བརྗོད་དོན་རྟོགས་པར་མཇུབ་མོས་རི་སྟོན་གྱི་དཔེ་བཞིན་ནུས་པ་ངེས་ཅན་ཞིག་ཐོན་པར་སེམས་སོ། །

གཞན་ཡང་བརྩམས་ཆོས་འདིའི་ནང་དུ་བྱ་དཀའ་བྱེད་གཏད། གོག་རྙིང་གསར་ཏུལ། བྱ་དགའ་ཆད་གཅོད། ཅི་འཕྲོས་མོལ་འཕྲོས། མགོ་འདོན་འཚོ་སྐྱོང་། ག་བྱེད་འདི་

བྱེད། ལམ་སློང་བདེ་བགྲོད་སོགས་ཉམས་མྱོང་དང་ཁ་སྐད་ལས་བྱུང་བའི་དཔེ་ཆོས་མང་པོ་ཞིག་བཀོལ་ཡོད་པས་སྐབས་བབ་ཀྱི་དོན་སྟོན་པར་གོ་བདེ་ལ་གནད་དུ་འཁེལ་བའི་ནུས་པ་ཞིག་ཐོན་འདུག གཏམ་དཔེ་ནི་སྐད་ཆའི་སྙིང་བཅུད་ལྟ་བུ་ཡིན་པས་བརྩམས་ཆོས་འདིའི་ནང་དུའང་རྩོམ་པ་པོས་སྐབས་དོན་མཚོན་པར་རྒྱུན་དུ་ཚུད་ཐོན་དཀོན་པའི་གཏམ་དཔེ་གང་མང་ཞིག་བཀོད་ཡོད་དེ་དཔེར་ན། "ཤི་རན་ན་སྨན་པའི་ཕ་ཡང་ཤི བརླགས་རན་ན་སྡུགས་པའི་བ་ཡང་བརླགས། རི་མོ་ཆུང་ནས་སློབ། སྨན་པ་ཆེ་ནས་སློབ། གཏམ་སླན་པོ་ཚང་གིས་དྲངས། ཤིག་ཡག་པོ་ཉི་མས་བསྲོས"ལྟ་བུའོ། །

གཉིས། སྒྲིག་གཞི་འཆར་འགོད།

མ་གཞི་བརྩམས་ཆོས་འདིའི་རྩོམ་ཡིག་མང་པོ་ཞིག་ལ་རྩོམ་སོ་སོའི་སྐབས་བབ་ཀྱི་བརྗོད་དོན་ལ་གཞིག་པའི་སྒྲིག་གཞི་འགོད་སྟངས་ཀྱི་ཁྱད་ཆོས་རེ་མཆིས་ཀྱང་། འདིར་ཤས་ཆེ་བར་བཀོལ་བའི་ཐུན་མོང་གི་ཁྱད་ཆོས་སམ་ཆོས་ཉིད་ཅིག་དམ་དུ་བཟུང་ནས་ཚུང་ཟད་འཆད་པར་བྱའོ། །

བརྩམས་ཆོས་འདི་ཉིད་ལ་ལྟ་ཀློག་དབྱེ་ཞིབ་བྱེད་པའི་བརྒྱུད་རིམ་ཁྲོད་དུ་རྩོམ་ཕལ་མོ་ཆེའི་སྒྲིག་གཞི་འགོད་སྟངས་ལ་མངའ་བའི་ཐུན་མོང་གི་ཁྱད་ཆོས་ཤིག་མཆིས་པ་ནི། རྩོམ་པ་པོས་ཐད་ཀར་རྩོམ་གྱི་བརྗོད་སྙིང་ལ་མི་འཇུག་པར་ཐོག་མར་འཚོ་བའི་ཁྲིད་ཀྱི་སྣང་ཚུལ་ཕྲ་རགས་གང་རུང་ཞིག་བྲིས་པ་བརྒྱུད། དེ་རྩོམ་རྫིལ་པོའི་ཁུངས་ཐིག་ཏུ་བཟུང་ནས་རིམ་བཞིན་ཕྲ་རགས་སྣང་ཚུལ་ཞིག་ལས་གནས་ལུགས་ཤིག་གི་ཟབ་ངོགས་སུ་འཇུག་པར་བྱེད་ལ། ཁུངས་སྣེ་དེ་དེད་ནས་རིམ་བཞིན་བརྗོད་སྙིང་གི་གཏིང་ རུམ་དུ་འཇུག་པའི་ཁྱད་ཆོས་ཤིག་མདོན། དུས་ཀྱི་ཆ་ནས་བལྟས་ཚེ་ཐོག་མར་ད་ལྟའི་མཐོང་ཐོས་དང་དེ་ནས་འདས་དོན་ལ་ཕྱིར་དྲན། རིམ་བཞིན་མ་འོངས་ལ་རྒྱང་ལྟ་བྱེད་པའི་དུས་ཀྱི་གོ་རིམ་ཞིག་གྲུབ་འདུག དེ་འདྲའི་སྒྲིག་གཞི་འགོད་སྟངས་ཐད་བཀོལ་བའི་དུས་ཚོད་ཀྱི་སྔ་ཕྱིའི་གོ་རིམ་ཁྲིད་ནས་ཀྱང་མངོན་པའི་སྒྱི་འགྲོས་ཤིག་ཡོད་དེ། ད་ལྟའི་མཐོང་ཐོས་གཉིས་ནི་ཤས་ཆེ་བའི་འཚོ་བའི་ཁྲིད་

ཀྱི་སྣང་ཚུལ་མྲ་རགས་ཤིག་བྲིས་ནས་རྩོམ་གྱི་ཁུངས་སྣེ་འདྲེན་པ། འདས་པའི་ཆ་ནི་ལོ་རྒྱུས་ལ་ཕྱིར་རྙོག་དང་འདས་དོན་ཕྱིར་དྲན་བྱས་ཏེ་བརྗོད་སྙིང་གི་ཟབ་ངོགས་སུ་འཇུག་པ། དེ་འདྲིའི་ཕྱིར་རྙོག་ཕྱིར་དྲན་གླེང་ནས་རིག་གནས་ལོ་རྒྱུས་ཀྱི་འབྱུང་རྩར་འཚོལ་ཞིབ་དང་འཕེལ་འགྱུར་ལ་དབྱེ་ཞིབ། རིན་ཐང་སྟོག་འདོན་བྱས་ཏེ་རྩོམ་རྩིལ་པོའི་བརྗོད་སྙིང་མཚོན་པར་བྱས་འདུག རིམ་བཞིན་གང་བརྗོད་པའི་རིག་གནས་ཀྱི་གནད་དོན་དེའི་ད་ལྟའི་གནས་བབ་ལ་བསམ་གཞིག་དང་། མ་འོངས་པར་རྒྱུད་ལྟ་དང་སེམས་ཁུར་སོགས་རྩོམ་མཁན་གྱིས་མི་རིགས་ཀྱི་རིག་གནས་ལ་བཙངས་པའི་བརྩེ་བ་དྲག་པོ་ཞིག་གི་གླེང་ནས་རྩོམ་མཇུག་བསྡུ་བའི་ཁྱད་ཆོས་མངོན་པར་བྱས་འདུག

དེ་ཡང་གོང་དུ་བརྗོད་པའི་སྒྲིག་གཞི་འགོད་སྟངས་ཀྱི་ཁྱད་ཆོས་ལྡན་པའི་རྩོམ་ཡིག་གཅིག་དཔེ་མཚོན་ཙམ་དུ་བཀོད་ནས་དབྱེ་ཞིབ་རགས་ཙམ་བྱ་ན། དཔེར་ན། དཔར་རྩའི་ཁྲོད་ཀྱི་འདས་པའི་ལོ་ཟླ་ཞེས་པར"ཉེ་ཆར་ལམ་ཟུར་དུ་བཀའ་འགྱུར་དང་བསྟན་འགྱུར་བླུགས་པའི་བརྙན་སྦྲ་ཕབ་སྟོད་ཆུང་གྲུས་འཚོང་བ་མཐོང་བྱུང་། དེའང་སྦྲ་གཏོང་འཕྲུལ་འཁོར་ཆུང་ཆུང་ཞིག་བྱུང་ན་པོ་ཏི་དུ་མ་ཡོད་པའི་བཀའ་འགྱུར་དང་བསྟན་འགྱུར་དད་ལྡན་པས་ལས་སླ་པོར་ཉན་ཐུབ།"[1]ཅེས་ཐོག་མར་འཚོ་བའི་ཁྲོད་ཀྱི་སྣང་ཚུལ་ཞིག་བྲིས་ནས་བརྗོད་སྙིང་གི་ཁུངས་སྣེ་འདྲེན་པར་བྱས་ཡོད། བར་དུ"ཏ་ལམ་སྤྱི་ལོ་༡༣༨༠ལོར། ཕ་ཡུལ་བསམ་ཡས་དགོན་དུ་སླེབ་གཉེར་གནང་ནས་ཞུགས་པའི་ན་གཞོན་དགེ་འདུན་པ་བཙོམ་ལྡན་རིག་པའི་རལ་གྲིས"[2]ཞེས་ལོ་རྒྱུས་ཀྱི་དངོས་དོན་གཞིར་བཞག་ནས་དེར་རྩོམ་མཁན་རང་ཉིད་ཀྱི་སྐད་ཆའི་སྒྱུ་རྩལ་ལ་བརྟེན་ནས་ཞིབ་འབྲི་བྱེད་པ་དང་། གཏམ་རྒྱུད་བཀོད་པ་སོགས་ཀྱི་ཐབས་ལམ་བརྒྱུད་དེ། བོད་ཀྱི་ལོ་རྒྱུས་ཐོག་ལག་བྲིས་བྱས་པའི་བཀའ་བསྟན་ཆ་ཚང་དང་

---

① ཕུན་ཚོགས་བཀྲ་ཤིས། 《ཤུལ་འཚོལ་》བོད་ལྗོངས་བོད་ཡིག་དཔེ་རྙིང་དཔེ་སྐྲུན་ཁང་། སྤྱི་ལོ་༢༠༡༨ ཤ ༣

② ཕུན་ཚོགས་བཀྲ་ཤིས། 《ཤུལ་འཚོལ་》བོད་ལྗོངས་བོད་ཡིག་དཔེ་རྙིང་དཔེ་སྐྲུན་ཁང་། སྤྱི་ལོ་༢༠༡༨ ཤ ༡༢

དེ་ཤིང་པར་དུ་བརྐོས་པའི་རླབས་ཆེ་ལ་དོན་སྙིང་ལྡན་པའི་ལོ་རྒྱུས་ཀྱི་བརྒྱུད་རིམ་དེ་བྲིས་ནས་རྩོམ་གྱི་བརྗོད་སྙིང་བསྟན་ཡོད། མཇུག་མཐར་ལྷ་སའི་རྨི་རུ་དགོན་དུ་པར་ཤིང་བརྐོ་བའི་མཐོང་ཐོས་བྲིས་ཏེ་མི་རབས་རྗེས་མ་ཚོས་མེས་པོས་བཏོད་པའི་རིག་གནས་ཇི་ལྟར་རྒྱུན་འཛིན་དང་དར་སྤེལ་གཏོང་བའི་རྣམ་པ་བྲིས་ཏེ་རྩོམ་མཇུག་བསྡུས་ཡོད། དེ་འདྲའི་དུས་ཀྱི་གོ་རིམ་ལ་བསྟུན་པའི་སྒྲིག་གཞི་འགོད་སྟངས་ཀྱི་ཁྱད་ཆོས་དང་སྤྱི་འགྲོས་ལྡན་པའི་རྩོམ་ཡིག་མི་ཉུང་བ་ཞིག་མཆིས་པས་རེ་རེ་བཞིན་དཔེར་འགོད་པའི་ངལ་བ་བསྐྱེན་པར་མི་བྱའོ། །

གསུམ། སྣང་བརྙན་ཞིབ་འབྲི།

མ་གཞི་བརྩམས་ཆོས་འདི་ཉིད་ནི་གཙོ་ཆེར་རིག་གནས་ཀྱི་གནའ་ཤུལ་འཚོལ་ཞིབ་དང་རིག་གནས་ཀྱི་འབྱུང་རྩ་སྟོན་འདོན་བྱེད་པའི་རིག་གནས་ལྷུག་རྩོམ་ཞིག་ཡིན་ཡང་རྩོམ་པ་པོས་རྩོམ་ལུས་དེར་མཆིས་པའི་ཐུན་མིན་གྱི་ཁྱད་ཆོས་ཏེ་རིག་གནས་དང་ལྷུག་རྩོམ་གྱི་ཆ་གཉིས་ཀ་གཙོགས་སུ་བཟུང་སྟེ། གཅིག་ནས་གང་བརྗོད་པའི་དོན་དེར་རིག་གཞུང་དཔྱད་ཞིབ་ཀྱི་རིན་ཐང་མཆིས་ལ། གཉིས་ནས་བརྗོད་སྙིང་དང་འབྲེལ་བའི་ལྗོངས་ཀྱི་བཀོད་འབྲི་ལེགས་ལ་མི་སྣའི་སྣང་བརྙན་ཞིབ་འབྲི་བྱས་པ་གསོན་ཉམས་དོད་ལ་འབུར་དུ་ཐོན་པ་ཞིག་ཏུ་གྲུབ་ཡོད། "ལྷུག་རྩོམ་ནི་རྩོམ་ལུས་གཞན་དང་བསྡུར་ན་ཐུང་འབྲི་དཀའ་བ་དང་ཧ་ཅང་ཞིབ་ཚགས་ཡོད་དགོས་པ་ཡིན་མོད། དོན་གནད་གཅིག་ཟུར་མང་པོ་ནས་གླེང་ཏེ་མཐར་ཆ་ཚང་བར་བྱེད་པ་དང་། ཚིག་སྦྲོས་མི་ཆེ་ཞིང་གློག་པ་པོའི་ཡིད་འགུག་སྟོབས་ཀྱི་ནུས་པ་ཆེ་བའི་རྩོམ་ལུས་ཤིག་རེད"①ཅེས་པ་གསུངས་པ་ཇི་བཞིན་རྩོམ་པ་པོས་ཡུལ་དུས་ཀྱི་ཚོད་བཀག་ལས་གྲོལ་ཏེ། རང་གི་རྟོག་བཏགས་དང་སྐད་ཆའི་སྒྱུ་རྩལ་ལ་བརྟེན་ནས་ལོ་རྒྱུས་ཀྱི་མི་སྣ་དག་བསྐྱར་དུ་གློག་མཁན་གྱི་མིག་ལམ་དུ་འགྲུལ་བཞིན་པའི་མི་གསོན་པོ་རེ་རེར་བཀོད་འབྲི་བྱས་ཡོད་དེ། དཔེར་ན《ཟམ་པ་སྐྱུན་བཞིན་འཕྲབ་ཁྲིད་གནང་བ》ཞེས་པ་ལས་

① ལྡོང་ཡོན་ཏན་རྒྱ་མཚོ། 《སྐད་ཆའི་ལང་མཚོ་》སི་ཁྲོན་མི་རིགས་དཔེ་སྐྲུན་ཁང་། སྤྱི་ལོ་༡༨ ཤ་༡༥

"ལྷ་སའི་སྐྱིད་ཆུའི་འགྲམ་དུ་གཞི་རྒྱ་ཆེ་བའི་ལས་གྲྭ་དེ་འགོ་ཚུགས་སོང་། ཕོ་མོ་རྒན་དར་གཞོན་གསུམ་གྱིས་གཡག་དང་བོང་བུར་རྡོ་བཀལ་ནས་དབོར་འདྲེན་བྱེད་པ། ཐག་རིང་ནས་ཐག་པ་དབོར་ཡོང་མཁན་ཁལ་མའི་ཚོགས་གཙང་འགྲམ་དུ་འཛོམས་པས། དུས་རྒྱུན་གཞི་རྒྱ་ཆེ་བའི་ལྷ་སའི་སྐྱིད་ཆུའི་ངོགས་དེ་འཚང་ཁས་ཁེངས་པར་སྣང་། སྐབས་དེ་དུས་ཐང་སྟོང་རྒྱལ་པོ་ནི་དགུང་ལོ་བདུན་ཅུ་གྱོལ་ཡོད་ཀྱང་བློ་སྟོབས་ཡོད། ལས་གྲྭ་འདིའི་སྤྱི་ཁྲབ་བཀོད་འདོམས་པ་ཞིག་གི་ངོས་ནས་ཁོང་གིས་ལྷོད་པོར་གནས་ཏེ་འདི་བྱེད་འདི་མ་བྱེད་ཅེས་བཀོད་པ་གཏོང་མཁན་ཞིག་མ་ཡིན་པར། ཡུད་ཙམ་ལ་རི་གཟར་གྱི་ངོགས་སུ་ཨི་ཁུང་འབིགས་རོགས་དང་། ཡུད་ཙམ་ལ་གཙང་ཆུའི་ནང་ཟམ་རྡོ་བརྩིགས་རོགས་བྱེད་པ་སོགས་འབངས་དཀྱུས་མ་ཞིག་དང་གཉིས་སུ་མེད།"①ཅེས་པ་ལས་ཀློག་པ་པོའི་སྣང་ངོར་དུས་ཚོད་དང་ཡུལ་གྱི་ཚད་བཀག་ལས་བརྒལ་ཏེ། ཐང་ཤ་དོད་ལ་བློ་སྟོབས་ཆེ་བའི་རྒན་པོ་ཞིག་གི་དབུ་སྐྲ་དཀར་པོ་རླུང་གིས་བསྐྱོད་ཅིང་ལྷག་བསམ་དང་གཞན་ཕན་གྱི་བསམ་པས་ཀུན་ནས་བསླངས་ཏེ་ཟམ་པ་བསྐྲུན་པའི་ལས་ལ་གཞོལ་བའི་བྲེལ་འཚུབ་ཀྱི་སྣང་བརྙན་ཞིག་འཆར་འོང་།

དེ་བཞིན་དུ《ལྷ་གཟུགས་ལས་གྲུབ་པའི་སོ་ནམ་པའི་བུ་མོ་》ཞེས་པ་ལས"ལ་ཁའི་ཉི་འོད་རྫོང་རིའི་སྟེང་དུ་འཕྲོ་ཞིང་། བདག་ནི་རྒྱལ་རྩེའི་ལྡུང་རའི་ནང་གི་ཨ་ཅེ་སྣང་སའི་འཛིམ་བརྙན་མདུན་དུ་ལངས་ཏེ་ཡུན་རིང་ལྟ་བཞིན་བསྡད། ཁོ་མོས་ཚོས་གཞི་དཀར་བའི་ཕྱུ་པ་ཞིག་གྱོན་ཞིང་ཙ་རིའི་སྨྱུག་མ་བཞིན་གྱི་ལུས་ལ་ལྷེམ་ཆ་ལྡན་པ་དང་། ཡུལ་ཡུལ་པོར་རྒྱང་རིང་དུ་ལྟ་བཞིན་རྒྱུགས་ནས་བསྐྱོད་"②ཅེས་པ་ལས་ཀྱང་རྩོམ་པ་པོས་ཀློག་མཁན་གྱི་འདྲེན་བྱེད་ལམ་དུ་ཕྱི་ལུས་མཛེས་ལ་ནང་སེམས་བཟང་བའི་སོ་ནམ་པའི་བུ་མོ་ཞིག་འདོད་པ་ལ

① ཕུན་ཚོགས་བཀྲ་ཤིས། 《ཤུལ་འཚོལ་》བོད་ལྗོངས་བོད་ཡིག་དཔེ་རྙིང་དཔེ་སྐྲུན་ཁང་། སྤྱི་ལོ་༢༠༡༨ ཤ ༢༧༢

② ཕུན་ཚོགས་བཀྲ་ཤིས། 《ཤུལ་འཚོལ་》བོད་ལྗོངས་བོད་ཡིག་དཔེ་རྙིང་དཔེ་སྐྲུན་ཁང་། སྤྱི་ལོ་༢༠༡༨ ཤ ༢༧༣

དམ་པའི་ལྷ་ཆོས་འདོད་ཀྱང་། བྱུང་བ་འཇིག་རྟེན་ཁྲིམ་ཐབ་གཅིག་བྱུང་བའི་ལས་དབང་ལ་ཡིད་སྨྲེང་ཞིང་། འགལ་འདུས་མནར་བའི་བསམ་པ་དེ་མཚོན་པར་བྱས་ཡོད། དེ་འདྲའི་བརྩམས་ཆོས་ལྷ་གློག་གི་བརྒྱུད་རིམ་ཁྲིད་ནས་གསོན་ཉམས་དོད་པའི་མི་སྣའི་སྣང་བརྙན་དང་མཐོས་སྟུག་ལྡན་པའི་རང་བྱུང་ཁོར་ཡུག་གི་བཀོད་པ་སྣ་ཚོགས་ལོངས་སུ་སྤྱོད་ཆོག དེ་ནི་ལོ་རྒྱུས་ཀྱི་དངོས་དོན་དང་རྩོམ་རིག་གི་རྟོག་བཏགས་ཟུང་དུ་འབྲེལ་བའི་སྒྱུ་རྩལ་གྱི་མཚོན་ཐབས་ཐུན་མིན་ཞིག་ཡིན་པས། གློག་པ་པོའི་ཡིད་འགུག་གི་ནུས་པ་ཆེ་ལ་སྤྱོད་རོལ་གྱི་རིན་ཐང་ཆེ་བའི་ཁྱད་ཡོན་མཆིས་སོ། །

གསུམ་པ། རིན་ཐང་།

གཅིག དཔྱད་གཞིའི་རིན་ཐང་།

གོང་གི་ས་བཅད་དུ་བརྗོད་པ་ཇི་བཞིན་བརྩམས་ཆོས་འདིའི་བརྗོད་བྱའི་ནང་དོན་ཐད་ཧ་ཅང་རྒྱ་ཆེ་ལ་ཕུན་སུམ་ཚོགས་པ་ཞིག་སྟེ་ལོ་རྒྱུས་དང་ཆོས་ལུགས། དམངས་སྲོལ་དང་སྒྱུ་རྩལ། གསོ་རིག་དང་སྐད་ཡིག་སོགས་བོད་ཀྱི་རིག་གནས་ཀྱི་ཁྱབ་ཁོངས་མང་དག་ཅིག་བསྡུས་ཡོད་པ་མ་ཟད། རྩོམ་པ་པོས་རིག་གནས་ཀྱི་ཁྱབ་ཁོངས་མི་གཅིག་པའི་དོན་གནད་རེ་རེའི་བྱུང་འཕེལ་གྱི་ལོ་རྒྱུས་ལ་རྒྱུ་མ་ཕུ་འདེད་ཀྱིས་བཙལ་འཚོལ་དང་རྒྱུ་རྐྱེན་དབྱེ་ཞིབ་བྱ་ཕྱིར་དེ་འབྲེལ་གྱི་འབོར་ཆེ་བའི་དཔྱད་ཡིག་ལྷ་གློག་དང་། ས་ཡུལ་དངོས་ལ་བཅར་འདྲི་རྟོག་ཞིབ་གནང་བ་སོགས་ཀྱི་ཐབས་ལམ་བཀོལ་ཏེ། རིག་གནས་ཀྱི་འགོ་ཁུངས་མང་དག་ཅིག་ལ་རྟོག་ཞིབ་དང་བཙལ་འཚོལ་གནང་ཡོད་པས། དེ་འབྲེལ་གྱི་དོན་གནད་ལ་རྒྱུས་ལོན་དང་ཞིབ་འཇུག་བྱེད་པར་ཧ་ཅང་རིན་ཐང་ཆེ་བའི་དཔྱད་གཞི་ཞིག་མཁོ་འདོན་བྱས་ཡོད་པར་སེམས། ལྷག་པར་དུ་བོད་བརྒྱུད་ནང་བསྟན་གྱི་གྲུབ་མཐའ་ཁག་ལས་ཤངས་པ་བཀའ་བརྒྱུད་དང་ཇོ་ནང་པ། ཞི་བྱེད་པ་སོགས་ཀྱི་བྱུང་འཕེལ་ལོ་རྒྱུས། དེ་བཞིན་བོད་ཀྱི་གསོ་བ་རིག་པའི་བྱང་ལུགས་ཟུར་ལུགས་གཉིས་དང་སྨན་ཐང་ལུགས་ཀྱི་འབྱུང་འཕེལ་

སོགས་དེ་དང་དེ་འདྲ་བའི་རིག་གནས་ཀྱི་འབྱུང་རྩ་དང་འགོ་ཁུངས་གང་མང་ཞིབ་བཙལ་འཚོལ་བྱ་ཕྱིར་ས་ཡུལ་དངོས་ལ་ཕྱིན་པའི་མཐོང་ཐོས་དང་དཀའ་སྤྱད་ཀྱིས་རྟོག་དཔྱོད་བྱས་པའི་འབྲས་བུ་དག་རྩོམ་རིག་སྒྱུ་རྩལ་ལམ་ནས་མཚོན་ཡོད་པས། དེ་ནི་སྒྱུ་རྩལ་གྱི་སྟོན་མོ་ཞིག་ཡིན་ལ། བོད་ཀྱི་རིག་གནས་ལོ་རྒྱུས་ལ་འཚོལ་ཞིབ་བྱེད་པའི་དཔྱད་གཞི་ཞིག་ཀྱང་ཡིན།

གཉིས། ཤེས་བྱའི་རིན་ཐང་།

འདིར་བརྗོད་པའི་ཤེས་བྱའི་རིན་ཐང་ཞེས་པ་ནི་བརྩམས་ཆོས་ཤིག་ལྟ་ཀློག་བྱས་པ་བརྒྱུད། དེ་ལས་ཐོབ་པའི་ཆ་འཕྲིན་གསར་པ་སྟེ། རིག་གནས་ལོ་རྒྱུས་དང་འབྲེལ་བའི་ཤེས་བྱ་འམ་དམངས་སྲོལ་དང་ཆོས་ལུགས་སོགས་མདོར་ན་ལོ་རྒྱུས་ཀྱི་དོན་སྙིང་རིན་ཐང་ལྡན་པའི་མི་དང་བྱ་བ། ཡུལ་དང་དུས་སོགས་ཀློག་མཁན་རྣམས་ལ་བརྒྱུད་སྤྲོད་དང་མཁོ་འདོན་བྱས་པའི་ཤེས་བྱའི་ཆ་དེར་བརྗོད་པ་ཡིན།

གལ་ཏེ་རྩོམ་མཁན་འདིའི་རིག་གནས་ལྷུག་རྩོམ《བོད་ཡུལ་གྱི་གནའ་གཏམ》ཞེས་པ་འདི་ཤས་ཆེ་བ་འཇིག་རྟེན་སྐྱ་བོའི་འཚོ་བ་མཚོན་པའི་རིག་གནས་ལྷུག་རྩོམ་ཞིག་ཏུ་འདོད་ན། 《ཞུལ་འཚོལ》གྱི་བརྗོད་བྱའི་ཁྱབ་ཁོངས་ཐད་སྟར་མེད་ཀྱི་ཐོད་བརྒྱལ་ཆེན་པོ་ཞིག་བྱུང་ཡོད་པ་ནི། འཇིག་རྟེན་སྐྱ་བོའི་འཚོ་བའི་འདས་དོན་ཁྲོད་ཀྱི་སྐྱིད་སྡུག་གླེང་བ་ལས་བོད་ཀྱི་ལོ་རྒྱུས་དང་ཆོས་ལུགས་སྒྱུ་རྩལ་སོགས་ཀྱི་རིག་གནས་ཀྱི་འབྱུང་ཁུངས་ལ་བཙལ་འཚོལ་དང་། རིག་གནས་ཀྱི་སྣང་ཚུལ་ལ་འགྲེལ་བརྗོད་བྱེད་ཕྱོགས་སུ་འཕེལ་འགྱུར་ཕྱིན་ཡོད། འཕེལ་འགྱུར་དེའི་ཁྲོད་དུ་ཀློག་པ་པོ་རྣམས་ལ། སྔ་མང་ཕུན་སུམ་ཚོགས་པའི་ཤེས་བྱ་མང་དག་ཅིག་ལ་རྒྱུས་ལོན་དང་ཤེས་རྟོགས་ཡོང་རྒྱུར་ཕན་པ་རིན་ཐང་ཞིག་ཐོན་སྲིད།

ཕྱིར་ཀློག་པ་པོའི་ཁྲོད་དུ་ཁམས་དང་མོས་པ་མི་མཐུན་པ། ན་ཚོད་དང་རིག་གནས་ཀྱི་ཆུ་ཚད་མི་གཅིག་པ་སོགས་ཀྱིས་རང་རང་གི་དཔེ་ཀློག་ཁ་ཕྱོགས་ཤིག་གྲུབ་པའི་སྣང་ཚུལ་ཡོད་དེ། ཁ་ཅིག་སྒྲུང་རྩོམ་ཀློག་རྒྱུར་དགའ་བ། འགའ་ཞིག་སྙན་གཏམ་ལྟ་རྒྱུར་མོས་པ། ཡང་ལ་ལ་ནི་རྣམ་ཐར་དང་ལེགས་བཤད་མཇལ་རྒྱུར་སྤྲོ་བ་སོགས་ཀྱི་ཁྱད་པར་མཆིས་ཀྱང་ཁོ་

པོའི་བསམ་པར་བརྩམས་ཆོས་འདི་ལྷ་བུ་ནི་རྐན་གཞོན་སུ་དང་མཐོ་དམན་སུ་འདྲ་ཞིག་གིས་བལྟས་ཀྱང་རང་གི་ལྷ་གློག་གི་དམིགས་ཡུལ་དང་འཚམས་པའི་ཤེས་བྱའི་མཛོད་ཆེན་པོ་ཞིག་རེད་ཅེས་བརྗོད་ནའང་ཐལ་ཆ་ཅི་ཡང་མེད་པར་སྙམ།

གསུམ། ལྷ་གློག་གི་རིན་ཐང་།

མ་གཞི་དཔེ་དེབ་གང་འདྲ་ཞིག་བལྟས་ཀྱང་དེ་ལ་དེ་མཐུན་གྱི་རིན་ཐང་ཞིག་ཡོད་ཀྱང་འདིར་བརྗོད་པའི་དཔེ་གློག་གི་རིན་ཐང་ནི་དེ་ཙམ་དུ་མི་གོ་བར་དཔེ་གློག་བྱེད་པའི་སྔ་ཕྱི་བར་གསུམ་དུ་གློག་མཁན་གྱི་དཔེ་གློག་གི་དང་བ་འདྲེན་པར་ནུས་པའམ་དཔེ་གློག་གི་བརྒྱུད་རིམ་ཁྲིད་ནས་དཔེ་གློག་ལས་ཐོབ་པའི་བདེ་བ་ལོངས་སུ་སྤྱོད་ཐུབ་པ། བསླགས་ཚར་རྗེས་གློག་མཁན་གྱི་རྒྱུད་ལ་ཤེས་བྱའི་གནས་ལུགས་ལས་ཐོབ་པའི་ངེས་ཤེས་འཛིན་རྒྱུ་ཡོད་པ་ཞིག་ལ་བརྗོད་པ་ཡིན། དེ་འདྲའི་གོ་རྩལ་ཞིག་གིས་བརྩམས་ཆོས་འདི་ཉིད་ཀྱི་དཔེ་གློག་རིན་ཐང་ལ་བསམས་ཚེ། བརྩམས་ཆོས་འདི་ཉིད་ནི་རིག་གནས་ལྷུག་རྩོམ་ཞིག་ཡིན་པའི་དབང་གིས་རྩོམ་ལུས་དེའི་གཞི་རྩའི་དམིགས་ཡུལ་ལམ་ཁྱད་ཆོས་ཀྱི་གྲས་སུ་འཛོག་ཆོག་པ་གཉིས་ཡོད་དེ། གཅིག་ནི་རིག་གནས་འཚོལ་ཞིབ་དང་སྡོག་འདོན་བྱས་པ་ལ་བརྟེན་ནས། རིག་གནས་དང་ལོ་རྒྱུས་སོགས་ལ་དཔྱད་པ་དང་ཕྱིར་རྟོག་བྱ་རྒྱུ་དེ་ཡིན། དེ་ནི་གཙོ་ཆེར་རྩོམ་ལུས་འདིའི་བསམ་བློའི་རིན་ཐང་གི་རྐང་པ་འཛུགས་སའམ་བརྗོད་བྱའི་དོན་གྱི་ཁྱད་ཆོས་ལྷ་བུ་ཞིག་ཏུ་སྣང་ལ། རིག་གནས་ལྷུག་རྩོམ་ཞེས་པའི་རིག་གནས་ཀྱི་ཆ་དེར་གོ་དགོས་པར་སེམས། གཉིས་ནི་སྐད་ཆའི་སྦྱོར་བ་སྤེལ་སྟངས་དང་སྒྱུ་རྩལ་གྱི་མཚོན་ཐབས་ཐད། དཔྱད་རྩོམ་ལྷ་བུའི་ཐད་ཀ་ཐད་གཏུགས་དེ་འདྲ་མ་ཡིན་པར། སྐབས་བབ་ཀྱི་བརྗོད་དོན་ལ་གཞིག་ནས། འོས་འཚམས་ཀྱིས་ཚིག་རྒྱན་ཅི་རིགས་བཀོལ་ཚིག་ཅིང་། སྐད་ཆར་སྙན་ཆ་དོད་ལ་སྒྱུ་རྩལ་གྱི་རྟོག་བཏགས་ཀྱང་ངེས་ཅན་ཞིག་བྱེད་ཆོག་པ། དགོས་དབང་གིས་ལྡོངས་དངོས་དང་མི་སྣའི་སྣང་བརྙན་ཡང་གསོན་ཉམས་དོད་པོས་ཞིབ་འབྲི་བྱེད་དགོས་པ་བཅས་ནི་རྩོམ་ལུས་འདིའི་རྗོད་བྱེད་ཚིག་སྦྱོར་གྱི་ཁྱད་ཆོས་སམ་སྒྱུ་རྩལ་གྱི་རིན་ཐང་དུ་སྣང་ལ། རིག་གནས

ལྷུག་རྩོམ་ཞེས་པའི་ལྷུག་རྩོམ་གྱི་ཆ་དེར་གོ་དགོས་པར་སེམས། བརྩམས་ཆོས་འདིར་རྩོམ་པ་པོས་འབྲེལ་བ་དེ་གཉིས་ཐག་གཅོད་གང་ལེགས་བྱས་ཡོད་པས་ལྷ་ཀློག་གི་རིན་ཐང་ཡང་ཇེ་ཆེར་འཕེལ་ཡོད་པར་སྣང་།

བཞི། དཔེ་མཚོན་གྱི་རིན་ཐང་།

ལོ་ངོ་བཞི་བཅུ་ལྷག་གི་བོད་ཀྱི་དེང་རབས་རྩོམ་རིག་སྤྱི་དང་བྱེ་བྲག་བོད་ཀྱི་ལྷུག་རྩོམ་གསར་རྩོམ་ཐད་དགའ་བར་འོས་པའི་གྲུབ་འབྲས་ཐོབ་ཡོད་ཀྱང་། ང་ཚོས་བསྡུར་བའི་ཁ་ཕྱོགས་དང་ཐབས་དེ་ནང་ནས་ཕྱི་དང་གྲངས་ཚད་ནས་སྤུས་ཚད་ཀྱི་ཕྱོགས་སུ་ཁ་གཏད་དུས། བོད་ཀྱི་ལྷུག་རྩོམ་མང་པོ་ཞིག་གི་བརྗོད་གཞི་ད་དུང་ཡང་མི་སྣེར་གྱི་དགའ་སྐྱོ་ཆགས་སྡང་གླེང་བའི་སྒྲོག་ལས་འགྲོལ་མེད་པས། དེ་འདྲའི་བརྗོད་གཞིས་མཐོ་སྒང་རི་ཆེན་གྱི་ཁོག་ཏུ་སྦྲུམ་པའི་རིག་གནས་ཀྱི་འབྱུང་རྩ་སྔོག་འདོན་བྱེད་མི་ཐུབ་ལ། ཆུ་ཀླུང་ཆེན་མོའི་བཞུར་རྒྱུན་ཁྲོད་དུ་ཆགས་པའི་ལོ་རྒྱུས་ལ་འཚོལ་ཞིབ་དེ་བས་མི་ཐུབ། འོན་ཏེ་རྩོམ་པ་པོ་ཕུན་ཚོགས་བཀྲ་ཤིས་ཀྱིས་རང་ཁྱིམ་ནས་སྐྱེས་པའི་རྩོམ་འབྲིའི་ཚོར་འདུ་ཁོག་ཏུ་བཅུག་སྟེ། མི་ལོ་བདུན་གྱི་དུས་ཡུན་ཁྲོད་དུ་གནའ་ཤུལ་དང་དགོན་སྙིང་གང་མང་མྱུལ་ཞིང་ལྟེབས་རིས་དང་དཔེ་སྙིང་དུ་མ་མཇལ་ཏེ། རང་གི་ཚོར་འདུར་མཁས་པའི་ལུང་དང་རིགས་པའི་རྒྱབ་རྟེན་བསྟན་ཏེ་འཚོ་བའི་ཁྲོད་ཀྱི་སྣང་ཚུལ་བྲིས་པ་ལས་རིག་གནས་ཀྱི་གནས་ལུགས་འཚོལ་བའི་ཕྱོགས་སུ་གོམ་ཁ་བསྒྱུར་ཞིང་། མི་སྣེར་གྱི་དགའ་སྐྱོ་ཆགས་སྡང་མཚོན་རྒྱུ་དེ་རིམ་བཞིན་མི་རིགས་ཀྱི་སྙིང་སྟོབས་དང་མཛེས་དཔྱོད་ལ་འཚོལ་ཞིབ་བྱེད་པའི་ཕྱོགས་སུ་སྒྱུག་ཁ་བསྒྱུར་ཡོད་ལ། ཐ་ན་ཚད་གཞི་ངེས་ཅན་ཞིག་གི་སྟེང་ནས་བོད་ཀྱི་རིག་གནས་ལྷུག་རྩོམ་གྱི་གསར་རྩོམ་ཐབས་ལམ་གསར་པ་ཞིག་བསྟན་ཡོད་དེ། བརྗོད་བྱའི་ནང་དོན་ཆ་ནས་གཏིང་ཇེ་ཟབ་དང་རྒྱ་ཇེ་ཆེར་བཏང་ཡོད་ལ། སྒྱུ་རྩལ་གྱི་རྣམ་པའི་ཆ་ནས་ཕུན་སུམ་ཇེ་ཚོགས་དང་གྲ་ཇེ་རྒྱས་སུ་བཏང་ཡོད། དེ་ནི་རྩོམ་མཁན་རང་ཉིད་ཀྱི་གསར་རྩོམ་ཐད་ཀྱི་དཀའ་སྤྱད་འབད་འབུངས་ཀྱིས་འཚོལ་ཞིབ་ལས་བྱུང་བའི་གྲུབ་འབྲས་ཆེན་པོ་ཞིག་དང་། ལམ་བུ་གསར་པ་

ཞིག་རེད་ལ་བོད་ཀྱི་དེང་རབས་ལྷུག་རྩོམ་དང་ཡང་སྙོམས་སུ་རིག་གནས་ལྷུག་རྩོམ་གསར་རྩོམ་བྱེད་ཕྱོགས་ཐད་བསྟན་པའི་ཁ་ཕྱོགས་ཤིག་དང་མིག་དཔེ་ཞིག་ཀྱང་རེད་ཅེས་བརྗོད་ཆོག་གོ །

ས་བཅད་ལྔ་པ། མི་སྣའི་རྟོགས་བརྗོད་རྩོམ་རིག་གསར་རྩོམ་གྱི་སྐོར།

ས་བཅད་འདིའི་ནང་དུ་སློང་བྱའི་ནང་དོན་ནི་ཕུན་ཚོགས་བཀྲ་ཤིས་ཀྱི་བརྩམས་ཆོས་གལ་ཆེན《གངས་ལྗོངས་རིག་རྩལ་གྱི་བདག་ཉིད》བྱ་བ་ཡིན་ཞིང་། ཐོག་མར་བརྩམས་ཆོས་འདི་རྩོམ་ལུས་གང་གི་ཁོངས་སུ་གཏོགས་མིན་ཐད། དཔེ་སྐྲུན་ཚན་པ་དང་རྩོམ་རིག་དུས་དེབ་ཁང་སོགས་ཀྱིས་ཇི་ལྟར་བཞེད་ཚུལ་དང་། དེ་དག་ལ་དབྱེ་ཞིབ་རགས་པ། དེ་ནས་རང་གི་ལྟ་ཚུལ་བརྗོད་པ་བཅས་ཀྱི་ཐོག་ནས་སློང་བྱའི་བརྩམས་ཆོས་ཀྱི་རྩོམ་ལུས་ལ་ངོས་འཛིན་ཡོང་བར་བྱ་རྒྱུ་དང་ས་བཅད་ཀྱི་མཚན་དོན་འདོག་སྟངས་ལ་ངེས་ཤེས་འདྲོངས་བར་བྱའོ། །

དེ་ཡང་བོད་ལྗོངས་བོད་ཡིག་དཔེ་རྙིང་དཔེ་སྐྲུན་ཁང་གིས་བརྩམས་ཆོས་འདི་ཉིད་པར་བསྐྲུན་བྱེད་སྐབས་རྩོམ་ལུས་དབྱེ་འཛོག་ཐད་རྒྱ་ཡིག་ཏུ 传记 ཞེས་བྲིས་འདུག་ལ། ཡང《བོད་ཀྱི་རྩོམ་རིག་སྒྱུ་རྩལ》དུས་དེབ་ཐོག་ཏུ་ཕུན་ཚོགས་བཀྲ་ཤིས་ཀྱི་བརྩམས་ཆོས་ངོ་སྤྲོད་བྱེད་སྐབས། དངོས་བྲིས་རྩོམ་རིག《གངས་ལྗོངས་རིག་རྩལ་གྱི་བདག་ཉིད》ཅེས་བྲིས་འདུག རྒྱ་ཡིག་གི 传记 ཞེས་པར་བོད་ཡིག་ནང་དུ་རྣམ་ཐར་དང་རྟོགས་བརྗོད་གཉིས་སུ་གོ་རྒྱུ་ཡོད་ཅིང་། འདིར་ཁོ་བོའི་ལྟ་ཚུལ་ལྟར་ན་རྟོགས་བརྗོད་རང་ལ་གོ་དགོས་པར་སེམས། གང་ལགས་ཤེ་ན་སྤྱིར་རྣམ་ཐར་དང་རྟོགས་བརྗོད་གཉིས་ལ་མཚུངས་ཆོས་ཡོད་ཀྱང་ཞིབ་ཏུ་དཔྱད་ན། དེ་གཉིས་ཀྱི་བརྗོད་བྱའི་ནང་དོན་དང་ཁྱབ་ཁོངས་སོགས་མི་གཅིག་པའི་ཆ་ཡང་ཡོད་དེ། “སྤྱིར་རྣམ་ཐར་གྱི་གོ་དོན་ནི་རྣམ་པའམ་ཚུལ་དེ་ལ་བརྟེན་ནས་གདུལ་བྱ་

རྣམས་ཐར་པ་དང་ཐམས་ཅད་མཁྱེན་པའི་སར་བགྲོད་པའི་མིག་ལྟོས་ཡེར་བའི་མཛད་པ་བཟང་པོ་ཞིག་ལ་ཟེར་”[①]ཞེས་གསུངས་པ་ལྟར་དོན་དུ་རྣམ་ཐར་ཞེས་པ་འཇིག་རྟེན་འཁོར་བ་ལས་རྣམ་པར་ཐར་བར་བྱེད་པའི་ལོ་རྒྱུས་ཡིན་ཞིང་། “རྟོགས་བརྗོད་རྩོམ་རིག་ཅེས་པ་ནི་མི་སྣའི་རྟོགས་པའམ། ཡོན་ཏན་མཛད་པ་བརྗོད་པ་གཙོ་བོར་བྱས་ནས་དུས་རབས་ཤིག་གི་མི་རྣམས་ཀྱི་འཚོ་བའི་དོན་དངོས་ཇི་བཞིན་མངོན་མཚོན་བྱེད་པའི་རྩོམ་རིག་གི་རྣམ་པ་ཞིག་ཡིན་”[②]ཞེས་གསུངས་པ་ལྟར་རྟོགས་བརྗོད་ནི་མི་གཅིག་གི་མི་ཚེ་ཧྲིལ་པོའམ་ཡང་ན་མི་ཚེའི་དུས་མཚམས་ཤིག་གི་མཛད་རྗེས་དང་རྟོགས་པ་གཤིས་སྤྱོད་བརྗོད་པ་ཞིག་ལ་གོ་དགོས། དེས་ན་《གངས་ལྗོངས་རིག་རྩལ་གྱི་བདག་ཉིད་》ཅེས་དེབ་འདི་པའི་ནང་དུ་རང་ལྗོངས་ཀྱི་གཞས་མ་གཏམ་གྱི་གྲགས་ཅན་འཕྲབ་སྟོན་པ་རྐྱན་ཐུབ་བསྟན་ལགས་ཀྱི་མི་ཚེའི་མཛད་པ། སྒྱུ་རྩལ་གྱི་རྟོག་པ་དག་དངོས་དོན་ཇི་བཞིན་བྲིས་ཡོད་པས་མི་སྣའི་རྟོགས་བརྗོད་རྩོམ་རིག་གི་ཁོངས་སུ་བཞག་ན་མི་འགྲིག་པ་གང་ཡང་མེད་པར་སེམས།

དང་པོ། བཙམས་ཆོས་ཀྱི་ནང་དོན་ངོ་སྤྲོད་མདོར་བསྡུས།

《གངས་ལྗོངས་རིག་རྩལ་གྱི་བདག་ཉིད་》ཅེས་པའི་ནང་བོད་ཀྱི་སྙན་གྲགས་ཆེ་བའི་གཞས་མ་གཏམ་སྒྱུ་རྩལ་འཕྲབ་སྟོན་མཁས་ཅན་རྐྱན་ཐུབ་བསྟན་ལགས་ཀྱི་ཀུག་ཀྱོག་གི་མི་ཚེའི་བརྒྱུད་རིམ་ཆ་ཚང་ཞིག་དང་། འོད་སྟོང་འབར་བའི་ལོ་ངོ་དྲུག་ཅུའི་སྒྱུ་རྩལ་བྱ་གཞག་དག་ལེའུ་བཅུ་དྲུག་ཏུ་དབྱེ་ནས་བྲིས་ཡོད་དེ། ལེའུ་དང་པོ་རྟུལ་འཚུབ་ཀྱིས་བཏུམས་པའི་ཕྱར་སོང་དང་ལེའུ་གཉིས་པ་བསམ་གཞིག་དང་གདམ་ག་ཞེས་དུས་རབས་ཀྱི་རྒྱབ་ལྗོངས་དང་སྤྱི་ཚོགས་ཀྱི་གནས་བབ་དང་འབྲེལ་ནས། ཐུབ་བསྟན་ལགས་ཀྱི་བྱིས་དུས་འཚོ་བའམ་ཁོང་ཉིད་རང་ལོ་དྲུག་གི་ཐོག་ཀུན་བདེ་གླིང་དགོན་པར་གྲྭ་པ་བྱས་ནས་དེར་སློབ་གཉེར་

① དགའ་བ་པ་སངས། 《དགའ་བ་པ་སངས་ཀྱི་གཤིབ་བསྡུར་དཔྱད་རྩོམ་》མི་རིགས་དཔེ་སྐྲུན་ཁང་། ༢༠༡༢ལོ། ཤ ༥༨

② ལྷག་པ་ཆོས་འཕེལ། 《བོད་ཀྱི་རྩོམ་རིག་ལོ་རྒྱུས་》མི་རིགས་དཔེ་སྐྲུན་ཁང་། ༢༠༠༥ལོ། ཤ ༢༣༠

བྱེད་ཚུལ་དང་། ལྷག་དོན་དུ་སྒྱུ་རྩལ་གྱི་ཐོག་མའི་བག་ཆགས་ཏེ། ཀུན་བདེ་གླིང་ནས་ལྷ་མོའི་སྒྱུ་རྩལ་ལ་ཐོག་མར་སློབ་སྦྱོང་བྱས་ཚུལ་སོགས་མདོར་ན། ལེའུ་འདི་གཉིས་ནང་ཐུབ་བསྟན་ལོ་ན་དྲུག་ལ་སོན་པའི་བྱིས་པ་ཞིག་ནས་ཕོ་ལོ་ཉེར་གཅིག་ལ་སླེབས་པའི་ཕོ་གཞོན་ཞིག་ཏུ་གྱུར་པའི་བརྒྱུད་རིམ་སྟེ། ཁྱིན་མི་ལོ་བཅོ་ལྔའི་དགོན་སྡེའི་འཚོ་བའི་དཀའ་སྡུག་ཆགས་སྣང་དང་། མཐར་དུས་ཀྱི་རྐྱེན་བྱས་ཏེ་གྲྭ་ས་ནས་ཁ་བྲལ་ཏེ་སྐྱ་སར་བབས་ཚུལ་བཅས་བྲིས་ཡོད།

ལེའུ་གསུམ་པ་ཉི་འོད་དང་ཆར་ལྷུང་བརྒྱུད་པ། ལེའུ་བཞི་པ་མཚར་སྡུག་རེ་བའི་རྩི་ལམ་ལ་ཕྱོགས་པ། ལེའུ་ལྔ་པ་རབ་རིབ་ཀྱི་ལོ་ཟླ་དང་དཀའ་སྡུག་བཅས་གསུམ་གྱི་ནང་དུ་གཙོ་ཆེར་ཐུབ་བསྟན་ལགས་སྐྱ་སར་བབས་རྗེས་ཁོང་གི་བཟའ་ཟླ་དང་པོ་བཀྲ་ཤིས་མཚོ་མོ་ལགས་དང་གཉེན་སྒྲིག་བྱས་པའི་བརྒྱུད་རིམ་དང་། སྒྱུ་རྩལ་ཐད་རྒྱལ་གཅེས་གཞོན་ནུ་རིག་གནས་མཛའ་མཐུན་མཉམ་ཚོགས་དང་དེ་བཞིན་ལྷ་ས་གྲོང་ཁྱེར་ན་གཞོན་བུད་མེད་མཉམ་ཚོགས་（རྗེས་སུ་ལྷ་ས་གྲོང་ཁྱེར་ལས་ཞོར་གླུ་གར་ཚོགས་པ་ཞེས་པར་མིང་བསྒྱུར་）ནང་དུ་ཞུགས་ནས་རིམ་བཞིན་ཁོང་གི་སྒྱུ་རྩལ་ལམ་བུའི་ཐོག་ཏུ་རེ་བའི་འབྲས་བཟང་སྨིན་འགོ་ཚུགས་ཤིང་། ཐུབ་བསྟན་ལགས་རང་འཛིན་འཁྲབ་སྟོན་པར་གྱུར་བ་དང་བསྟུན་ནས་མིང་གྲགས་ཀྱང་ཇེ་ཆེར་སོང་། འོན་ཏེ་གཅིག་ནས་སྐབས་དེའི་སྲིད་ཇུས་ཀྱི་གནོན་ཤུགས་དང་གཉིས་ནས་ཁོང་གིས་སྒྱུ་རྩལ་ལ་བཅངས་པའི་ཕུགས་འདུན་མངོན་གྱུར་ཡོང་ཆེད་རང་གི་བཟའ་ཟླ་དང་ཁ་བྲལ་ནས་ཁྱིམ་ཚང་ཐོར་ཞིག་ཏུ་སོང་ཚུལ་སོགས་ལོ་རབས་ལྔ་བཅུའི་སྨད་ནས་ལོ་རབས་བདུན་ཅུའི་འགོ་བར་གྱི་མི་ཚེའི་བརྒྱུད་རིམ་དག་བྲིས་ཡོད།

ལེའུ་དྲུག་པ་འདས་དོན་ནི་ན་བུན་འཁྲིགས་པ་ལྟར་མ་ཡིན། ལེའུ་བདུན་པ་དཀའ་ཚོགས་ཆེ་བའི་མེ་ཏོག་ལ་བསྐྱོད་པའི་ལམ་བུ་གཉིས་ཀྱི་ནང་དུ་གཙོ་ཆེར་ཐུབ་བསྟན་ལགས་ཀྱིས་རང་ཉིད་ཀྱི་སེམས་གཏིང་ནས་དགའ་ཞེན་བྱེད་པའི་སྒྱུ་རྩལ་འཁྲབ་སྟོན་གྱི་ལས་ཀ་དེར་ཁ་ཞེ་གཉིས་མེད་ཀྱི་ཐོག་ནས་མི་དམངས་མང་ཚོགས་ཚོར་འཁྲབ་སྟོན་བྱེད་སྐབས་སུ། དུས་ཀྱི་

ཌྲ་གྲང་དང་ས་བབ་ཀྱི་མཐོ་དམའ། འཁྲིམ་འགྲུལ་སྟབས་བདེ་མིན། ལྟད་མོ་བའི་མི་གྲངས་མང་ཉུང་སོགས་གང་ལ་ཡང་མི་ལྟོས་པར་དཀའ་བ་མཐའ་དག་ཁྱད་དུ་བསད་ནས། བོད་ཀྱི་ཡུལ་གྲུ་གང་སར་སྐོར་སྐྱོད་འཁྲབ་སྟོན་ལ་ཕེབས་པའི་བརྒྱུད་རིམ་རྣམས་བྲིས་ཡོད། སྟོད་ཀྱི་མངའ་རིས་ནས་བར་གྱི་དབུས་གཙང་། སྨད་ཀྱི་མདོ་ཁམས། ཀོང་ཡུལ་མེ་ཏོག་རྫོང་སོགས་མདོར་ན་དཀའ་སྡུག་ཆེ་ཤོས་ཀྱི་ས་ཆ་གང་སར་འཁྲབ་སྟོན་བྱས་པའི་བརྒྱུད་རིམ་དག་བྲིས་ཡོད།

ལེའུ་བརྒྱད་པ་འཚོ་བའི་གར་སྟེགས་སྟེང་ཞེས་པའི་ནང་ཐུབ་བསྟན་གྱི་བཟའ་ཟླ་གཉིས་པ་སྐྱིད་འཛོམས་ལགས་དང་གཉེན་སྒྲིག་བྱས་ཚུལ་དང་སྟབས་མ་ལེགས་པར་སྐྱིད་འཛོམ་ལགས་ནད་ཀྱིས་མནར་ནས་སྐྱེ་ནུས་ཤོར་བའི་སྐོར་དང་། ཕོ་གཉིས་ཀྱིས་བུ་མོ་པ་སངས་ལོ་བཞི་ནས་ཁྱིམ་དུ་གསོས་ཕྱུག་ཏུ་ཉར་ཚུལ་དང་དེས་སྨིན་པའི་སྤྲོ་སྣང་དང་། དེ་རྗེས་སྐྱིད་འཛོམས་ལགས་ནད་གཞི་ལྷི་མོ་ཕོག་ནས་ཐུབ་བསྟན་ལགས་ཀྱི་རིག་རྩལ་འཁྲབ་སྟོན་ཡོད་ཚད་རེ་ཞིག་མཚམས་བཞག་ནས། ཁོང་ལ་ནད་གཡོག་དང་སེམས་ཁུར་གང་ལེགས་བྱས་ཀྱང་། ནད་ཀྱི་སྡུག་བསྔལ་ལས་མི་ཐར་བར་ཚེ་ལས་འདས་པའི་སྐོར་དང་དེ་ལས་བྱུང་བའི་སེམས་ནད་བཅས་བྲིས་ཡོད།

ལེའུ་དགུ་པ་ནས་ལེའུ་བཅུ་གསུམ་བར་དུ་གཙོ་ཆེར་ཐུབ་བསྟན་ལགས་ཀྱི་སྒྱུ་རྩལ་ལམ་བུའི་སྟེང་འཚོལ་སྙེག་གིས་བཞད་པའི་མེ་ཏོག་སྣ་ཚོགས་པ་ཞིག་བྲིས་ཡོད་དེ། ཐུབ་བསྟན་ལགས་གཞས་མ་གཏམ་གྱི་སྒྱུ་རྩལ་ལམ་བུའི་སྟེང་དུ་གོམ་པ་ཇི་ལྟར་སྤོས་ཡོད་མིན་དང་། ཁོང་གིས་བོད་ཀྱི་གཞས་མ་གཏམ་གྱི་བྱ་གཞག་ལ་ཕུལ་བའི་ལེགས་སྐྱེས་དང་མི་སྣེར་ལ་ཐོབ་པའི་གཡུར་ཟའི་གྲུབ་འབྲས་དང་མཚན་སྙན་སོགས་བྲིས་ཡོད། དེ་ནས་ཐུབ་བསྟན་ལགས་གེ་སར་གྱི་སྒྲུང་འཆད་གྱེར་ལ་དབྱིངས་ཞུགས་ཚུལ་དང་གེ་སར་གྱི་སྒྲུང་དེ་གར་སྟེགས་ཐོག་ཏུ་འཁྲབ་སྟོན་བྱས་ཚུལ། ཁོང་གི་གསེར་ཏོག་ཅན་གྱི་སྒྲུང་ཞྭ་བཟོ་བའི་བརྒྱུད་རིམ་ནང་འཕྲད་པའི་དཀའ་ཚེགས་དང་སྤྲོ་སྣང་། དེ་བཞིན་དབྱིན་ཇིར་གེ་སར་སྒྲུང་འཆད་གྱེར་ལ་

བསྐྱོད་པ་སོགས་བྱིས་ཡོད། ཐུབ་བསྟན་ལགས་སྐབར་ཡང་བོད་ཀྱི་ལྷ་མོའི་ཐློས་གར་དང་ལས་དབང་འབྲེལ་ཚུལ། དེ་ནས་ངོ་མཚར་ལྡན་པའི་ཆོས་ལུགས་རོལ་དབྱངས་འཆོལ་བསྒྱུ་དང་བཅོས་སྒྲིག་བྱས་ནས་བོད་ཀྱི་རོལ་དབྱངས་སྒྱུ་རྩལ་གྱི་རྣམ་པ་གསར་གཏོད་བྱས་ཡོད་ཅིང་། ཐུབ་བསྟན་ལགས་ཀྱིས་བོད་ཀྱི་སྲོལ་རྒྱུན་རྒྱན་གོས་རིག་གནས་དེར་སྦོག་འདོན་དང་སྲུང་སྐྱོབ་ཡོང་ཕྱིར་བོད་ཀྱི་ས་གནས་དང་། ཡུལ་ལུང་སོ་སོའི་རྒྱན་གོས་ཀྱི་ཐུན་མིན་ཁྱད་ཆོས་དག་གཞིར་བཟུང་ནས། དེ་དག་གར་སྟེགས་ཐོག་ཏུ་འགྲེམས་སྟོན་བྱེད་ཕྱིར་རྒྱན་གོས་མཛེས་རྩལ་འཆོལ་ཞིབ་དང་བསྒྱུ་ཏུབ། འཆར་འགོད་དང་བཟོ་བསྐྲུན་བྱས་ཚུལ་བཅས་བྲིས་ཡོད།

ལེའུ་བཅོ་ལྔ་དོན་དེ་དག་དང་མི་དེ་དག་ཅེས་པར་གཙོ་ཆེར་ཐུབ་བསྟན་ལགས་ཀྱི་སྒྱུ་རྩལ་ལམ་བུའི་ཐོག་གི་ལས་རོགས་དང་། ཁོང་གི་སྒྱུ་རྩལ་བྱ་གཞག་ཁྲིད་དུ་མཉམ་ལས་བྱས་སྐྱོང་བའི་གལ་ཆེའི་མི་སྣ་འགའ་ཞིག་དང་། འདི་དག་གིས་ཐུབ་བསྟན་གྱི་སྒྱུ་རྩལ་བྱ་གཞག་ལ་མཐུན་རྐྱེན་ཇི་ལྟར་བསྐྲུན་མིན་བྲིས་ཡོད། ཁོང་དང་མཉམ་ལས་ཀྱི་དུས་ཚོད་རིང་ཤོས་ཡིན་པའི་དགོད་གཏམ་ཤོད་མཁན་མིག་དམར་དང་། ཐུབ་བསྟན་ལ་དགོད་གཏམ་འབྲི་མཁན་རྩོམ་པ་པོ་ནན་བསོད་ཚེ་ལགས་དང་ཕུན་ཚོགས་བཀྲ་ཤིས་རྣམ་གཉིས་ཀྱིས་སྔ་རྗེས་སུ་ཁོང་ལ་འཕྲབ་གཞུང་ག་ཚོད་བརྩམས་མིན་དང་ཁོང་ཚོའི་བར་གྱི་སྒྱུ་རྩལ་མཉམ་ལས་ཇི་ལྟར་སྤེལ་ཡོད་མིན་སོགས་བྲིས་ཡོད།

ལེའུ་བཅུ་དྲུག་མཇུག་བསྡོམས་ཡིན་ལ་ཕྱིར་བལྟས་ཀྱང་ཡིན་ཞེས་པར་ཐུབ་བསྟན་ལགས་རང་ལོ་༡༢ནས་འགོ་བཙུགས་ཏེ་སྒྱུ་རྩལ་བྱ་གཞག་ནང་ཞུགས་ནས། སྤྱི་ལོ་༡༩༩༥བར་དུ་ལོ་ངོ་ལྔ་བཅུ་འཁོར་བའི་རྗེས་འབྲེལ་དགོང་ཚོགས་གཉེར་ཚུལ། སྤྱི་ལོ་༢༠༠༥ལོར་ཐུབ་བསྟན་ལགས་ཀྱིས་སྒྱུ་རྩལ་བྱ་གཞག་གཉེར་ནས་མི་ལོ་དྲུག་ཅུ་འཁོར་བའི་མཚན་ཚོགས་གཉེར་ཚུལ་དང་དེ་བཞིན་སྤྱི་ལོ་༢༠༠༨ལོར་ཐུབ་བསྟན་ལགས་དགུང་ལོ་༧༠ཐེབས་སྐབས། གུང་གོའི་གཞས་མ་གཏམ་གྱི་ཚེ་གང་གྲུབ་འབྲས་ཀྱི་བྱ་དགའ་ཐོབ་ཚུལ་བཅས་བྲིས་ཡོད།

མདོར་ན་བརྩམས་ཆོས་འདིའི་ནང་ནས་ཐུབ་བསྟན་ལུགས་ཀྱི་སྤྱི་རྩལ་བྱ་གཞག་དང་མི་ཚེའི་བརྒྱུད་རིམ་ཆ་ཚང་ཞིག་རྟོགས་ཐུབ་ལ། བོད་ཀྱི་གཞིས་མ་གཏམ་གྱི་བྱུང་འཕེལ་ལོ་རྒྱུས་དང་ཐ་ན་བོད་ཀྱི་སྤྱི་ཚོགས་འཕེལ་འགྱུར་ཁྲོད་ཀྱི་རིག་གནས་དང་དཔལ་འབྱོར། ཆབ་སྲིད་བཅས་ཀྱི་འཕེལ་འགྱུར་ཡང་རྟོགས་པར་ནུས་སོ། །

གཉིས་པ། སྤྱི་རྩལ་གྱི་མཚོན་ཐབས་ལ་མངའ་བའི་ཁྱད་ཆོས།

གཅིག རྟོགས་བརྗོད་རྩོམ་རིག་གི་ལོ་རྒྱུས་རང་བཞིན་གཙོ་གནས་སུ་འཛིན་པའི་ཁྱད་ཆོས།

༡ མི་སྣའི་རྟོགས་པ་བརྗོད་པར་དངོས་དོན་གཙོ་གནས་སུ་འཛིན་པ།

རྟོགས་བརྗོད་རྩོམ་རིག་གི་བརྗོད་བྱར་གྱུར་བའི་མི་སྣའི་མཛད་པ་དང་སྤྱི་ཚོགས་ཀྱི་གནས་སྟངས་སོགས་ལོ་རྒྱུས་ཀྱི་དོན་དངོས་ཇི་བཞིན་འབྲི་དགོས་པ་ལས་རྩོམ་པ་པོས་རྟོག་བཏགས་བྱས་པ་ཞིག་མིན། དེས་ན《གངས་ལྗོངས་རིག་རྩལ་གྱི་བདག་ཉིད》ཅེས་པའི་ནང་དུ་རྩོམ་གཞིའི་བརྗོད་བྱར་གྱུར་བའི་ཐུབ་བསྟན་ལུགས་ཀྱི་མི་ཚེའི་མཛད་པ་དག་རྩོམ་མཁན་གྱིས་སྒྲོ་བཏགས་འདུད་བརྗོད་བྱས་པ་ཞིག་མིན་པར། བདེན་པ་དྲང་བརྗོད་ཀྱི་རྩ་དོན་ཞིག་དམ་དུ་བཟུང་ནས་དངོས་དོན་ཇི་བཞིན་ཐུབ་བསྟན་ལུགས་ཀྱི་སྤྱི་རྩལ་བྱ་གཞག་ཐད་ཐོབ་པའི་གྲུབ་འབྲས་དང་མཚན་སྙན་གྱི་མཛད་པ་རྣམས་རེ་རེ་བཞིན་བྲིས་ཡོད། གར་སྟེགས་ཐོག་གི་སྒྲོ་སྣང་དང་སྙིང་སྟོབས་ཀྱིས་ཕྱུག་པའི་ཐུབ་བསྟན་གྱི་རྣམ་པ་ཞིག་ང་ཚོའི་མིག་ལམ་དུ་འཆར་ཐུབ་ལ། ཡང་དཀའ་སྡུག་གི་འཚོ་བའི་ཁྲོད་དུ་སྡུག་བསྔལ་དང་ཡིད་ སུག་གིས་མནར་བའི་ཐུབ་བསྟན་གྱི་སྣང་བརྙན་ཞིག་ཀྱང་མངོན་ཡོང་།

སྤྱིར་མི་སུ་འདྲ་ཞིག་ཡིན་རུང་འདས་པའི་མི་ཚེའི་ལམ་བུར་ཕྱོགས་བསྒོམས་བྱེད་སྐབས་ལེགས་ཆ་བརྗོད་པའི་རེ་བ་བྱེད་ཅིང་། ཡང་སྒོས་སུ་ཐུན་ཐུབ་བསྟན་ལུགས་ལྟ་བུའི་སྙན་གྲགས་ཆེ་བའི་མི་ཞིག་གི་མི་ཚེའི་བརྒྱུད་རིམ་ཁྲིས་ཚེ་དེ་བས་ཀྱང་ངོ་། །འོན་ཏེ་རྩོམ་པ

པོས་རྩོམ་གྱི་ཐོག་མཐའ་བར་གསུམ་དུ་སྦས་གསང་དང་གཡོ་ཟོལ། ངོ་བསྟོད་སོགས་ཀྱི་མ་བསླད་པར་ཀན་ཐུབ་བསྟན་ལགས་ཀྱི་མི་ཚེའི་བརྒྱུད་རིམ་ནང་དུ་འཕྲད་པའི་བཟང་ངན་གྱི་དོན་དག་ཅི་རིགས་དངོས་དོན་ཇི་བཞིན་བྲིས་ཡོད་དེ། དཔེར་ན“གྲྭ་ས་ནས་ཁ་བྲལ་བར་ངེས་པར་དུ་མི་གཞན་གྱིས་ཁས་ལེན་པའི་རྒྱུ་མཚན་ཞིག་དགོས། དཔེར་ན་སྡོམ་པ་ཤོར་བ་ལྟ་བུས་སླར་གྲྭ་པ་བྱེད་ཐབས་མེད། རང་ཉིད་གྲྭ་ས་ནས་ཁ་བྲལ་རྒྱུའི་ཆེད་དུ་ཐུབ་བསྟན་ལོ་༡༧ལ་སོན་པའི་སྐབས་ཁོ་རང་ལ་གློ་ཁ་ཕྱོགས་པའི་ལྡུང་སྲུང་བའི་བུ་མོ་ཞིག་དང་ལུས་འབྲེལ་བྱས་”①པའི་དངོས་དོན་དང་དེ་བཞིན་རིག་གསར་སྐབས་སུ་གྲལ་རིམ་འཐབ་རྩོད་བྱེད་སྐབས་རང་གི་བཟའ་ཟླ་གྲལ་རིམ་མངའ་བདག་ཡིན་པས། ཁོ་པར་རྟག་ཏུ་འཐབ་རྩོད་བཏང་མི་ཡོང་ངམ་སྙམ་པའི་ཞེད་སྣང་དང་། གལ་ཏེ་ཉིན་ཞིག་འཐབ་རྩོད་གཏོང་ཡུལ་དུ་གྱུར་ཆེ། དེ་ནས་སླར་ཡང་གཅེས་པའི་གར་སྟེགས་ལ་འཛེགས་ཐབས་མེད་སྙམ་ནས་རང་གི་བཟའ་ཟླ་དང་ཁ་བྲལ་ནས་ཁྱིམ་ཚང་ཐོར་ཞིག་ཏུ་འགྲོ་ཚུལ་སོགས་ཀྱི་དངོས་དོན་ཡང་བྲིས་ཡོད་ལ། ཐུབ་བསྟན་ལགས་ཀྱི་བཟའ་ཟླ་གཉིས་པ་སྐྱིད་འཛོམས་ལགས་སྐྱེ་ནུས་ཤོར་བས་ཁོ་གཉིས་ལ་དངོས་སུ་ཕྲུ་གུ་མེད་པར་བུ་མོ་པ་སངས་གསོས་ཕྱུག་ཏུ་ཉར་བ་སོགས་ཐུབ་བསྟན་ལགས་ཀྱི་མི་ཚེའི་ལོ་རྒྱུས་ཁྲོད་ཀྱི་ཙུང་བཀྲ་མི་ཤིས་པའམ་ཡང་ན་མི་བཟང་བའི་དོན་རྣམས་ཀྱང་དངོས་དོན་ཇི་བཞིན་བྲིས་ཡོད།

༢ དུས་སྐབས་སོ་སོའི་སྤྱི་ཚོགས་ཀྱི་རྣམ་པ་དངོས་དོན་བཞིན་མཚོན་ཚུལ།

མི་སྣའི་འཚར་ལོངས་ཀྱི་བརྒྱུད་རིམ་དང་འབྲེལ་བའི་སྤྱི་ཚོགས་ཀྱི་གནས་བབ་དང་ལོ་རྒྱུས་ཀྱི་གནས་ཚུལ་ཁག་ཀྱང་དོན་དངོས་ཇི་བཞིན་མཚོན་ཡོད་དེ། དུས་སྐབས་སོ་སོ་ནང་དུ་བོད་ཀྱི་སྤྱི་ཚོགས་ཀྱི་རྣམ་པ་དང་ཆབ་སྲིད་དང་དཔལ་འབྱོར། རིག་གནས་སོགས་

① ཕུན་ཚོགས་བཀྲ་ཤིས། 《གངས་ལྗོངས་རིག་རྩལ་གྱི་བདག་ཉིད་》 བོད་ལྗོངས་བོད་ཡིག་དཔེ་རྙིང་དཔེ་སྐྲུན་ཁང་། སྤྱི་ལོ་ ༢༠༡༡ ཤ ༤༧

ཀྱི་གནས་སྟངས་དང་མི་དམངས་མང་ཚོགས་ཀྱི་འཚོ་བའི་ཆུ་ཚད་སོགས་ཀྱང་རྟོགས་པར་ནུས། ལྷག་དོན་ལོ་རབས་བཞི་བཅུ་ནས་བརྒྱད་ཅུའི་བར་གྱི་བོད་ཀྱི་ལོ་རྒྱུས་ཀྱི་གལ་ཆེའི་འཕོ་འགྱུར་དང་དོན་གནད་ཁག་ཅིག་ཀྱང་མི་སྣའི་རྟོགས་པ་བརྗོད་པའི་བརྒྱུད་རིམ་ལས་མངོན་ཏེ། ༡༩༥༢ལོར་གྲུང་གོ་དམངས་གཙོ་རིང་ལུགས་གཞོན་ནུ་ཚོགས་པའི་བོད་ལྗོངས་ལས་དོན་ཨུ་ཡོན་ལྷན་ཁང་ལྷ་སར་བཙུགས་ཤིང་། སྤྱི་ལོ་༡༩༥༣ལོར་ལྷ་སར་རྒྱལ་གཅེས་གཞོན་ནུ་རིག་གནས་མཛའ་མཐུན་མཉམ་ཚོགས་དངོས་སུ་དབུ་བརྙེས་ཚུལ། དེ་ནས་སྤྱི་ལོ་༡༩༥༨ལོའི་ཟླ་བ་༤པའི་ཚེས་༢༢ནས་ཟླ་བ་༥པའི་ཚེས་༡ཉིན། བོད་རང་སྐྱོང་ལྗོངས་གྲ་སྒྲིག་ཨུ་ཡོན་ལྷན་ཁང་དབུ་བརྙེས་པའི་ཚོགས་ཆེན་བྱེད་སྒོ་ཁག་ལྷ་སར་སྲེལ་ཚུལ། དེ་བཞིན་སྤྱི་ལོ་༡༩༥༩ལོར་བོད་ལ་ཞི་བའི་བཅིངས་འགྲོལ་བཏང་བ་དང་ཐུབ་བསྟན་དངོས་སུ་ལྷ་ས་གྲོང་ཁྱེར་ན་གཞོན་བུད་མེད་མཉམ་ཚོགས་སླུ་གར་རུ་ཁག་གི་ཚོགས་མི་ཞིག་ཏུ་གྱུར།

དེ་བཞིན་སྤྱི་ལོ་༡༩༨༨ལོ་ནས་༡༩༩༨བར་ལོ་བཅུའི་རིག་གནས་གསར་བརྗེ་ཆེན་པོ་ཟེར་བའི་དུས་རྐྱེན་གྱི་ཁྲོད་དུ་བོད་ཀྱི་སྤྱི་ཚོགས་རྣམ་པ་ཡོངས་ཐལ་རྡུལ་གྱིས་སྦྲགས་ཏེ། བྱིས་པ་ཅན་གྱི་སྐྱེས་ཆེན་མང་པོར་འཐབ་རྩོད་རྡུང་རྡེག་གི་བརྡབ་གསིག་ཕོག་ཚུལ་ཡང་རྟོགས་ནུས་ལ། དེ་ནས་སྤྱི་ཚོགས་ཁྲོན་ཡོངས་ལ་སྲིད་ཇུས་ལྷུག་གཏོང་དང་ལྷག་དོན་ཕྱི་ཕྱོགས་སྒོ་མོ་དབྱེ་བའི་རྡོད་རླུང་གངས་ལྗོངས་ཡུལ་གྲུ་ཀུན་ལ་ལྡང་ཞིང་། ཆབ་དཔལ་རིག་གསུམ་ལ་སྟང་མེད་ཀྱི་འཕེལ་རྒྱས་ཁྲོད་དུ། མི་རྣམས་ཀྱི་འཚོ་བ་གསར་པར་དགའ་སྤྲོའི་འཛུམ་མདངས་འཕྱུར་ཞིང་། མ་འོངས་པར་ཡིད་ཆེས་དང་རེ་བས་ཁེངས་པའི་སྤྱི་ཚོགས་ཀྱི་རྣམ་པ་གསར་པ་ཞིག་ཀྱང་བརྩམས་ཆོས་འདིའི་ནང་ནས་རྟོགས་པར་ནུས་སོ། །

གཉིས། རྟོགས་བརྗོད་རྩོམ་རིག་གི་རྩོམ་རིག་རང་བཞིན་གཙོས་སུ་འཛིན་པའི་ཁྱད་ཆོས།

༡ མི་སྣའི་སེམས་ཁམས་བཀོད་འབྲི།

རྟོགས་བརྗོད་རྩོམ་རིག་གིས་མི་དངོས་དང་དོན་དངོས་ཀྱི་བརྗོད་བྱ་དེ་ཡི་གེའི་ལམ་

ནས་མཚོན་སྐབས་སྒྱུ་རྩལ་གྱི་རྟོག་བཟོ་འོས་འཚམས་ཤིག་བྱེད་ཚོག་པའི་ཁྱད་ཆོས་དེ་དམ་དུ་བཟུང་ནས། རྩོམ་པ་པོས་ཐུབ་བསྟན་གྱི་མི་ཚེའི་བརྒྱུད་རིམ་ཁྲོད་ཀྱི་དོན་ཆེ་ཆུང་གང་འདྲ་ཞིག་བྲིས་ཀྱང་སྐབས་བདེ་དང་ཐད་ཀར་བྲིས་པ་ཞིག་མ་ཡིན་པར། རང་ཉིད་ཀྱི་བསམ་བློའི་བརྩེ་དུང་དེ་མི་སྣའི་བསམ་བློར་འཐིམ་པར་བྱས་ནས། སྐབས་བབ་ཀྱི་མི་སྣའི་ཡིད་འགྱུར་མཚོན་ཆེད་སེམས་ཁམས་ཞིབ་འབྲི་བྱས་པ་མི་ཉུང་བ་ཞིག་ཡོད་དེ། དཔེར་ན"པོ་པའི་བསམ་པར་མ་གཞི་རང་ཉིད་དེ་སྔོན་གཉེན་སྒྲིག་ཐེངས་གཅིག་བྱས་ཚར་བ་ཡིན་མོད་འོན་ཀྱང་དེ་ནི་འདས་ཟིན་པའི་བྱ་བ་ཡིན། གལ་ཏེ་བུ་མོའི་ཕྱོགས་ནས་དེ་ལ་སེམས་འཛིན་མ་བྱས་ན་ང་གཉིས་མཐུན་འཇུག་བྱས་ཀྱང་མི་འགྲིག་པ་མེད་སྙམ་"①ལྟ་བུ་དང་དེ་བཞིན"པོའི་དགོད་ཚུལ་ལས་ཐུབ་བསྟན་གྱི་སེམས་ནང་དངངས་འདར་ཞིག་རྒྱབ་ཅིང་། མི་གཞན་གྱིས་པོའི་ཤོད་མི་ཉན་པའི་སེམས་དོན་དེ་ཤེས་མི་ཡོང་སྙམ་པའི་ཞེད་སྣང་སྐྱེས། པོས་གང་ནུས་ངང་ད་ལྟའི་ཚོར་སྣང་དེ་མར་མནན་ཐབས་ཀྱིས་བསམ་བློ་དེ་འདྲ་གཏོང་མི་ཉན་སྙམ་"②ལྟ་བུ་བྲིས་ཡོད་ཅིང་། དེ་ལྟར་བྲིས་པར་དགེ་མཚན་ཅི་ཞིག་ཡོད་ཅེ་ན། ཀློག་པ་པོའི་སྣང་ངོར་གསོན་ཉམས་དོད་པའི་མི་སྣའི་སྣང་བརྙན་ཞིག་འཆར་ཞིང་གང་བྲིས་པའི་མི་སྣའི་དོན་དེ་དེ་བས་གཟུགས་སྣང་དོད་པར་ཡོང་འགྱུར་ནུས་པ་ཐོན།

༢ མི་སྣའི་སྐད་ཆ་དང་ཡུལ་ལྗོངས་བཀོད་འབྲི།

དེ་ཡང་བརྩམས་ཆོས་འདིའི་ནང་སྐབས་བབ་ཀྱི་དགོས་དབང་ལ་གཞིགས་ནས་མི་སྣའི་སྐད་ཆ་དང་ཡུལ་ལྗོངས་བཀོད་འབྲི་བྱས་པའང་མི་ཉུང་བ་ཞིག་འདུག་སྟེ། དཔེར་ན་ཐུབ་བསྟན་མེ་ཏོག་རྫོང་དུ་འཁྲབ་སྟོན་དུ་བསྐྱོད་སྐབས་སུ་ཇོ་གཞོང་ལ་རྩེའི་ཡུལ་ལྗོངས་

---

① ཕུན་ཚོགས་བཀྲ་ཤིས། 《གངས་ལྗོངས་རིག་རྩལ་གྱི་བདག་ཉིད་》བོད་ལྗོངས་བོད་ཡིག་དཔེ་རྙིང་དཔེ་སྐྲུན་ཁང་། སྤྱི་ལོ་༢༠༡༡ ཤ ༨༨

② ཕུན་ཚོགས་བཀྲ་ཤིས། 《གངས་ལྗོངས་རིག་རྩལ་གྱི་བདག་ཉིད་》བོད་ལྗོངས་བོད་ཡིག་དཔེ་རྙིང་དཔེ་སྐྲུན་ཁང་། སྤྱི་ལོ་༢༠༡༡ ཤ ༣༥

བཀོད་འབྲིའི་ཐད་"མཛེས་སྡུག་ལྡན་པའི་ཡུལ་ལྗོངས་ཀྱིས་ཐུབ་བསྟན་གྱི་ཡིད་དབང་འཕྲོག་སྟེ་དགའ་སྤྲུག་དང་། ངལ་བ་མཐའ་དག་ཀྱང་རེ་ཞིག་བརྗེད་པར་གྱུར། ལ་སྟེང་ནས་རྒྱང་ལྟ་བྱེད་སྐབས་མདུན་ངོས་ནི་མུ་མཐའ་མེད་པའི་ནགས་ཚལ་ཡིན་ལ། ནམ་ཐླ་སྔོན་ཁར་འཁྱིལ་བས་དམར་སེར་སྐྱི་དངོས་ཚོགས་དང་བགྲང་ཡས་ལྗོན་ཤིང་མཛེས་པར་བྱས་ཤིང་། སྤྲིན་དཀར་གྱི་ཚོམ་བུ་ནི་རླུང་བུས་གཡོས་པས་ནགས་ཚལ་གྱི་དབུ་ལ་རྒྱན་པའི་ཐོར་ཅོག་བཞིན་དུ་རྒྱུགས་པ་མཐོང་། བསིལ་རླུང་ཞིག་ལྡང་བ་དང་བསྟུན་ནས་ལུས་སེམས་གཉིས་ལ་བདེ་བ་ཚད་མེད་ཐོབ་"①ཅེས་པ་ལྷ་བུ་ལས་རྩོམ་མཁན་ཉིད་དངོས་སུ་ཐུབ་བསྟན་དང་མཉམ་དུ་མེ་ཏོག་རྫོང་དུ་སླེབས་ནས། གནས་དེའི་གཞི་ཡུལ་ལྗོངས་རྣམས་མིག་མདུན་དུ་མངོན་སུམ་དུ་འཆར་བ་ལྷ་བུའི་རྟོག་བཏགས་ཀྱི་སྒོ་ནས་བྲིས་ཡོད་པ་ནི་ལྷུག་རྩོམ་དུམ་བུ་ཞིག་དང་གཉིས་སུ་མེད་ལ། ཡང་སྐབས་བབ་ཏུ་མི་སྣའི་སྐད་ཆ་དང་བྱ་བྱེད་བྲིས་ནས་རྩོམ་རིག་གི་རང་བཞིན་མངོན་ཡོད་པ་ནི་དཔེར་ན། "པ་སངས་ཚུང་ཚུང་ཐུབ་བསྟན་ཁྱིམ་དུ་སླེབས་དུས་༡༩༧༨ལོའི་དབྱིད་ཀ་ཡིན་པ་དང་། དེ་དུས་མོ་ལོ་བཞི་ཅིལ་པོ་ལ་ཡང་སོན་མེད། མོས་ཐུབ་བསྟན་ཁྱིམ་གྱི་ཡོད་ཚད་ལ་མཚར་སྣང་གིས་ཁེངས་ཤིང་། སྐབས་རེ་ཅོག་ཙེའི་སྟེང་གི་ཇ་ཕོར་གང་བྱུང་དུ་དབྱུགས་ཏེ་ས་སྟེང་རློན་པ་ཆགས་པ་དང་། ཡང་སྐབས་རེ་སྒམ་ཅོག་ཁ་ཕྱེ་ནས་གྱོན་གོས་ས་སྟེང་དུ་གང་བྱུང་གཡུགས་ཀྱི་ཡོད། ཡང་ཡུད་ཙམ་ལ་དགའ་ཚོར་གྱིས་གད་མོས་རིལ་བ་དང་། སྐབས་རེ་ཁ་ལྡུག་ལྡུག་ཟས་ཀྱིས་རྒྱོང་བ། ཡང་ཡུད་ཙམ་རྗེས་སུ་ཤར་རྒྱུག་པ་སོགས་མངོན་ན་ཁ་ཁྲུ་སེམ་སྨུའི་ངང་སྡོད་ཀྱི་མེད་"②ཅེས་དེ་དོན་ནི་ཐུབ་བསྟན་གྱིས་ཁོང་ལ་གསུངས་པ་ཡིན་མོད་ཀྱང་། ཏ་ལམ་རྩོམ་མཁན་ཉིད་ཀྱིས་དངོས

① ཕུན་ཚོགས་བཀྲ་ཤིས། 《གངས་ལྗོངས་རིག་རྩལ་གྱི་བདག་ཉིད་》 བོད་ལྗོངས་བོད་ཡིག་དཔེ་རྙིང་དཔེ་སྐྲུན་ཁང་། སྤྱི་ལོ་༢༠༡༡ ཤ ༡༥༥

② ཕུན་ཚོགས་བཀྲ་ཤིས། 《གངས་ལྗོངས་རིག་རྩལ་གྱི་བདག་ཉིད་》 བོད་ལྗོངས་བོད་ཡིག་དཔེ་རྙིང་དཔེ་སྐྲུན་ཁང་། སྤྱི་ལོ་༢༠༡༡ ཤ ༡༧༣

སུ་མཐོང་བ་ལྟར་དུ་བྲིས་ཡོད་ལ། ཡང་མི་སྣ་པན་ཚུན་གྱི་སྐད་ཆའང་བཀོད་འབྲི་བྱས་ཡོད་དེ་“ཆུང་ཐག་གིས་སླར་ཐུབ་བསྟན་ལ་སྐྱིད་འཛོམས་མི་གང་འདྲ་འདུག་གམ་ཞེས་དྲིས། ཐུབ་བསྟན་གྱིས་མགོ་མ་ཆོད་པར་ཁྱེད་རང་གིས་ག་དུས་ཡིན་ནའི་ང་ལ་དེ་ལྟར་དྲིས་དགོས་དོན་གང་ཡིན་ནམ་ཞེས་དྲིས། ཆུང་ཐག་གིས་ངས་བལྟས་ན་ཁྱེད་རང་གཉིས་ཏ་ཙང་འཚམས་པོ་འདུག་ཅེས་བཤད། ཐུབ་བསྟན་གྱིས་ལམ་སེང་ལག་པ་གཡུག་གཡུག་བྱེད་བཞིན་ང་གཉེན་སྒྲིག་ཐེངས་གཅིག་བྱས་ཚར་བའི་མི་ཡིན། ད་དུང་ཕྲུ་གུ་གཉིས་ཀྱི་པ་ཕ་ཡང་ཡིན་པ་དང་། ཁྱིམ་དུ་ཨ་མ་རྒན་འཁོགས་ཤིག་ཡོད་ལ་ཁྱིམ་ཚང་གི་ཆ་རྐྱེན་ཞན་པས་མི་ཚོས་ང་ལ་མིག་ག་ལ་བལྟ་སྲིད་ཅེས་བཤད་”①ཅེས་ལྟ་བུའི་འབྲི་ཐབས་ལ་མཚོན་ན་བརྩམས་སྒྲུང་གི་རང་བཞིན་མངོན་པར་དོད་པས། གཅིག་ནས་ལྟ་ཀློག་གི་དང་བ་འདྲེན་པར་ནུས་པ་ཐོན་ཞིང་གཉིས་ནས་གང་བརྗོད་པའི་མི་སྣའི་མཛད་པའམ་མི་ཚེའི་སྤྱོད་བརྒྱུད་དེ་དེ་བས་གསོན་ཉམས་དོད་ཅིང་ཀློག་མཁན་དང་ཐག་ཉེ་བའི་སྣང་བ་ཞིག་ངམ་ངམ་ཤུགས་ཀྱིས་འཆར་རོ། །

གསུམ་པ། བརྩམས་ཆོས་འདིའི་རིན་ཐང་གཞན་མངོ་ཙམ་བཤད་པ།

བརྩམས་ཆོས་འདི་ཉིད་ལས་རང་ལྗོངས་ཀྱི་གྲགས་ཅན་གྱི་གཞས་མ་གཏམ་མཁས་ཅན་རྣན་ཐུབ་བསྟན་ལགས་ཀྱི་མི་ཚེའི་བརྒྱུད་རིམ་ཆ་ཚང་ཞིག་རྟོགས་ཐུབ་པ་མ་ཟད། ཐུབ་བསྟན་གྱིས་མི་ལོ་དྲུག་ཅུ་ལྷག་གི་དུས་ཡུན་ནང་བློ་གཅིག་སེམས་གཅིག་དང་དཀའ་ངལ་མཐའ་དག་ཁྱད་དུ་བསད་ནས། སྒྱུ་རྩལ་བྱ་གཞག་གཉེར་བའི་སྙིང་སྟོབས་དེར་མི་རབས་གསར་པའི་གཞོན་སྐྱེས་རྣམས་ཀྱིས་སློང་སྦྱོང་དང་མིག་དཔེར་འོས་ཤིང་། འདི་ལྟར་རང་གི་ཁེ་གྲགས་ལ་མ་ལྟོས་པར་མི་ཚེ་ཧྲིལ་པོ་མི་རིགས་རིག་རྩལ་གྱི་བྱ་གཞག་ལ་ལེགས་སྐྱེས་འབུལ་བའི་སྙིང་སྟོབས་འདི་དར་སྤེལ་གཏོང་བའི་དཔེ་མཚོན་གྱི་ནུས་པ་ཐོན་ལ། གཉིས་ནས་བོད་

① ཕུན་ཚོགས་བཀྲ་ཤིས། 《གངས་ལྗོངས་རིག་རྩལ་གྱི་བདག་ཉིད་》 བོད་ལྗོངས་བོད་ཡིག་དཔེ་རྙིང་དཔེ་སྐྲུན་ཁང་། ཕྱི་ལོ་༢༠༡༡ ཤ་༡༦༨

ཀྱི་དེང་རབས་མི་སྣའི་རྩོགས་བརྗོད་འབྲི་བར་ཡང་དཔེ་མཚོན་གྱི་ནུས་པ་ངེས་ཅན་ཞིག་ལྡན་ཡོད་པར་སེམས།

དེ་བཞིན་བཅྭམས་ཆོས་འདིའི་ཐུན་མིན་གྱི་རིན་ཐང་གཞན་ཞིག་ནི་བཅྭམས་ཆོས་དེ་ནི་གཞས་མ་གཏམ་མཁས་ཅན་ཐན་ཐུབ་བསྟན་ལགས་ཀྱི་མི་ཚེའི་བརྒྱུད་རིམ་ཙམ་མ་ཡིན་པར། དོན་དུ་འདི་ནི་བོད་ཀྱི་གཞས་མ་གཏམ་གྱི་བྱུང་འཕེལ་གྱི་ལོ་རྒྱུས་ཤིག་ཀྱང་ཡིན་པས། ཕྱིས་སུ་དེ་ཕྱོགས་ལ་ཞིབ་འཇུག་དང་ཉམས་ཞིབ་བྱེད་པར་དཔྱད་གཞིའི་རིན་ཐང་ངེས་ཅན་ཞིག་ལྡན་ཡོད་པར་སེམས། ལྷག་པར་དུ་བོད་ཀྱི་གཞས་མ་གཏམ་གྱི་ནང་གསེས་དགོད་བྲོའི་གཏམ་གླིང་དང་གཏམ་བརྗོད་ཟློས་གར་ཐུང་ཀྲས། བླ་མ་མ་ཎི་ལ་སོགས་པའི་སྒྱུ་རྩལ་གྱི་རྣམ་པ་དེ་རིགས་དང་། གླིང་གེ་སར་གྱི་སྒྲུང་འཆད་བྱེར་གྱི་ཞིབ་འཇུག དེ་བཞིན་བོད་ཀྱི་ཆོས་ལུགས་རོལ་དབྱངས་དང་རྒྱན་གོས་སོགས་ཞིབ་འཇུག་བྱེད་པར་ཡང་དཔྱད་གཞིའི་རིན་ཐང་ངེས་ཅན་ཞིག་ཡོད་པ་ནི་བཅྭམས་ཆོས་འདི་ཉིད་གསར་རྩོམ་གྱི་ཐུན་མིན་རིན་ཐང་ཞིག་ཏུ་འགྱུར་རོ། །

ལེའུ་གསུམ་པ། རྩོམ་རིག་གསར་རྩོམ་ཐད་ཀྱི་མཐའ་བསྡོམས་དང་བསམ་གཞིག་ཕྲན་བུ།

ས་བཅད་དང་པོ། བོད་ཀྱི་དེང་རབས་རྩོམ་རིག་ལ་ཕྱུལ་བའི་ལེགས་སྐྱེས།

དང་པོ། སྐྱོག་མཁན་གྱི་ལྟ་སྐྱོག་དགོས་མགོ་སྙིང་བར་ཕན་ནུས་ངེས་ཅན་ཐོན་ཡོད།

དུས་རབས་གོང་མའི་ལོ་རབས་བརྒྱད་ཅུའི་སྟོད་ནས་བརྩིས་པའི་ད་ལྟ་ཐུག་གི་བར་དུ་བོད་ཀྱི་དེང་རབས་རྩོམ་རིག་གི་ནང་དོན་དང་རྣམ་པ། སྒྱུ་རྩལ་གྱི་མཚོན་ཐབས་བསམ་བློའི་ཟབ་ཚད། དེ་བཞིན་གྲངས་ཚད་དང་སྤུས་ཚད་སོགས་གང་གི་ཆ་ནས་བལྟས་ཀྱང་དབྱར་གྱི་མཚོ་མོ་རྒྱས་པ་བཞིན་དུ་གོང་ནས་གོང་དུ་འཕེལ་ཡོད་པ་ནི་བསྙོན་དུ་མེད་པ་ཞིག་ཡིན། སྤྱིར་ཙ་ཅག་བོད་ཀྱི་དེང་རབས་རྩོམ་རིག་ལ་ལྟོས་བཅས་ཀྱི་དགའ་འོས་པའི་གྲུབ་འབྲས་འདི་ལྟར་ཐོབ་པ་ནི་སྤྱིར་བཏང་གི་བྱ་དངོས་འཕེལ་འགྱུར་གྱི་ཆོས་ཉིད་དང་འདྲ་བར་དེར་ངེས་པར་རྒྱུ་རྐྱེན་སྣ་ཚོགས་ཤིག་མཆིས་ངེས། དེ་ཡང་ཆེ་ས་ནས་བརྗོད་ན་བོད་ཀྱི་སྤྱི་ཚོགས་ཁྱོན་ཡོངས་ཀྱི་དཔལ་འབྱོར་དང་ཆབ་སྲིད། རིག་གནས། སློབ་གསོ་བཅས་ལ་གོང་འཕེལ་ཤུགས་ཆེན་བྱུང་བ་དང་ སྒྲུགས་རྩོམ་རིག་འདི་ཉིད་ཀྱང་འཕེལ་རྒྱས་བྱུང་བ་ནི་རྩ་བའི་ཆ་རྐྱེན་ཞིག་གམ་སྤྱི་ཚོགས་དང་དུས་སྐབས་ཀྱི་ཆ་རྐྱེན་ཚང་བ་ཞིག་ཡིན། རྨང་གཞིའི་ཆ་རྐྱེན་འདི་འདྲའི་ཐོག་གསར་གཏོད་ཀྱི་སྙིང་སྟོབས་མངའ་ཞིང་འཚོལ་སྙེག་ལ་ཞེན་པའི་རྣམ་དང་ར་གཞན་གསུམ་གྱི་ཆོས་པ་པོའི་དཔུང་ཁག་ཅིག་དང་། ཁ་ཆེའི་རྣམ་དཔྱོད་ཀྱི་རྩལ་ལས་ཐོན་

པའི་བརྩམས་འབྲས། དེར་ལྷ་སློག་དང་སྦྱོང་རོལ་བྱེད་པའི་རྒྱ་ཁྱབ་སློག་པ་པོའི་སྟེ། རྩོམ་པ་པོའི་བརྩམས་འབྲས་དང་སློག་པ་པོའི་ལྷ་སློག་སྦྱོང་རོལ་གཉིས་ཕན་ཚུན་མཚམས་སྦྱོར་བའི་དཔེ་སྐྲུན་གྱི་ཚན་པ་སོགས་ཀྱི་མཐུན་རྐྱེན་སྣ་ཚོགས་པ་ཞིག་འཛོམས་པས་ད་གཟོད་གྲུབ་འབྲས་འདི་འདྲ་ཞིག་ཐོབ་པ་རེད།

དུས་སྐབས་གསར་པའི་བོད་ཀྱི་རྩོམ་རིག་འཕེལ་རྒྱས་ཀྱི་བརྒྱུད་རིམ་ཁྲོད་དུ་ཕྱུལ་དུ་བྱུང་བའི་རྩོམ་པ་པོ་མང་དག་ཅིག་ཐོན་ཡོད་ལ། ཁོ་ཚོས་གསར་རྩོམ་གྱི་ངལ་བ་དང་དུ་བླངས་ནས་གཡུར་དུ་ཟ་བའི་བརྩམས་འབྲས་འབོར་ཆེན་ཞིག་བོད་ཀྱི་རྒྱ་ཁྱབ་སློག་པ་པོའི་སེམས་ཀྱི་རྒྱུགས་ཕྱིར་ཕུལ་ཡོད་པ་ནི། བོད་ཀྱི་རྩོམ་རིག་ལ་དོ་ཁུར་དང་ལྷ་སློག་སྦྱོང་རོལ་ལ་ཞེན་པའི་སྐྱེ་བོ་ཀུན་གྱིས་རྟོགས་པར་ནུས། སྐབས་བབ་ཀྱི་བརྗོད་དོན་དངོས་ཏེ། རྩོམ་པ་པོ་ཕུན་ཚོགས་བཀྲ་ཤིས་ལགས་ཀྱི་ལོ་ངོ་བཞི་བཅུ་ལ་ཉེ་བའི་གསར་རྩོམ་གྱི་དུས་ཡུན་ནང་དུ་བོད་ཀྱི་དེང་རབས་རྩོམ་རིག་དང་། ཡང་སྔོས་རྒྱ་ཆེའི་སློག་པ་པོ་རྣམས་ལ་བརྩམས་འབྲས་ཀྱི་ལེགས་སྐྱེས་ཇི་ཙམ་ཕུལ་ཡོད་མེད། དེར་ལྷ་སློག་དང་སྦྱོང་རོལ་བྱེད་མཁན་གྱི་སློག་པ་པོ་ཇི་ཙམ་ཡོད་མེད་ནི་དཔེ་སྐྲུན་ཚན་པས་མིག་སྔའི་བར་ཁོང་གི་བརྩམས་ཆོས་ཁག་དཔར་ཐེངས་དང་དཔར་གྲངས་ཇི་ཙམ་པར་བསྐྲུན་བྱས་ཡོད་མེད་ཀྱི་གྲངས་ཚད་ཀྱི་ལམ་ནས་གསལ་བར་བྱེད་དོ། །

༡ བརྩམས་སྒྲུང་《སྲིད་ཆོས་དང་མོའི་ཕྲུ་གུ་ལྔའི་ཕ་རྣམས་》མིག་སྔའི་བར་གྱི་དཔར་ཐེངས་དང་དཔར་གྲངས།

དཔེ་སྐྲུན་ཁང་།	དཔེ་སྐྲུན་དུས་ཚོད།	དཔར་ཐེངས།	དཔར་གྲངས།	སྤྱིའི་དཔར་གྲངས
བོད་ལྗོངས་མི་དམངས་དཔེ་སྐྲུན་ཁང་།	༡༩༩༧ལོའི་ཟླ་༢	དང་པོ།	༣༥༠༠	༢༣༡༠༠
བོད་ལྗོངས་མི་དམངས་དཔེ་སྐྲུན་ཁང་།	༢༠༠༨ལོའི་ཟླ་༦	གཉིས་པ།	༣༠༠༠	

བོད་ལྗོངས་མི་དམངས་དཔེ་སྐྲུན་ཁང་།	༢༠༠༨ལོའི་ཟླ༩	གསུམ་པ།	༦༥༠༠	
བོད་ལྗོངས་མི་དམངས་དཔེ་སྐྲུན་ཁང་།	༢༠༡༠ལོའི་ཟླ༨	བཞི་པ།	༣༠༠༠	
བོད་ལྗོངས་མི་དམངས་དཔེ་སྐྲུན་ཁང་།	༢༠༡༡ལོའི་ཟླ༥	ལྔ་པ།	༩༡༠༠	

༢ འགྲེལ་གཞུང་《འགྲེལ་གཞུང་འཇུམ་ཤོར་དོན་ལྡན་》མིག་སྔའི་བར་གྱི་དཔར་ཐེངས་དང་དཔར་གྲངས།

དཔེ་སྐྲུན་ཁང་།	དཔེ་སྐྲུན་དུས་ཚོད།	དཔར་ཐེངས།	དཔར་གྲངས།	སྤྱིའི་དཔར་གྲངས
བོད་ལྗོངས་མི་དམངས་དཔེ་སྐྲུན་ཁང་།	༡༩༩༩ལོའི་ཟླ༢	དང་པོ།	༢༠༠༠	༣༣༥༠༠
བོད་ལྗོངས་མི་དམངས་དཔེ་སྐྲུན་ཁང་།	༢༠༠༧ལོའི་ཟླ༨	གཉིས་པ།	༣༠༠༠	
བོད་ལྗོངས་མི་དམངས་དཔེ་སྐྲུན་ཁང་།	༢༠༠༨ལོའི་ཟླ༦	གསུམ་པ།	༥༠༠༠	
བོད་ལྗོངས་མི་དམངས་དཔེ་སྐྲུན་ཁང་།	༢༠༡༠ལོའི་ཟླ༧	བཞི་པ།	༣༥༠༠	
བོད་ལྗོངས་མི་དམངས་དཔེ་སྐྲུན་ཁང་།	༢༠༡༡ལོའི་ཟླ༦	ལྔ་པ།	༡༥༠༠༠	
བོད་ལྗོངས་མི་དམངས་དཔེ་སྐྲུན་ཁང་།	༢༠༡༥ལོའི་ཟླ༡༠	དྲུག་པ།	༥༠༠༠	

༣ འགྲེལ་གཞུང་《འགྲེལ་གཞུང་བཤད་གད་ཧ་ཧ་ཧ་》མིག་སྔའི་བར་གྱི་དཔར་ཐེངས་དང་དཔར་གྲངས།

དཔེ་སྐྲུན་ཁང་།	དཔེ་སྐྲུན་དུས་ཚོད།	དཔར་ཐེངས།	དཔར་གྲངས།	སྤྱིའི་དཔར་གྲངས
བོད་ལྗོངས་མི་དམངས་དཔེ་སྐྲུན་ཁང་།	༢༠༠༧ལོའི་ཟླ༧	དང་པོ།	༧༠༠༠	༣༣༩༠༠
བོད་ལྗོངས་མི་དམངས་དཔེ་སྐྲུན་ཁང་།	༢༠༠༨ལོའི་ཟླ༧	གཉིས་པ།	༦༠༠༠	
བོད་ལྗོངས་མི་དམངས་དཔེ་སྐྲུན་ཁང་།	༢༠༡༠ལོའི་ཟླ༧	གསུམ་པ།	༣༥༠༠	
བོད་ལྗོངས་མི་དམངས་དཔེ་སྐྲུན་ཁང་།	༢༠༡༡ལོའི་ཟླ༦	བཞི་པ།	༡༥༦༠༠	
བོད་ལྗོངས་མི་དམངས་དཔེ་སྐྲུན་ཁང་།	༢༠༡༥ལོའི་ཟླ༡༠	ལྔ་པ།	༥༠༠༠	

༤ ལྷུག་རྩོམ་《ཁྲིམ་པ་བའི་བོད་ལྗོངས་》（རྒྱ་ཡིག་）མིག་སྔའི་བར་གྱི་དཔར་ཐེངས་དང་དཔར་གྲངས།

དཔེ་སྐྲུན་ཁང་།	དཔེ་སྐྲུན་དུས་ཚོད།	དཔར་ཐེངས།	དཔར་གྲངས།	སྤྱིའི་དཔརགྲངས
རྩོམ་པ་པོའི་དཔེ་སྐྲུན་ཁང་།	༢༠༠༥ལོའི་ཟླ་༡༡	དང་པོ།	༡༠༠༠༠	༡༣༥༠༠
རྩོམ་པ་པོའི་དཔེ་སྐྲུན་ཁང་།	༢༠༠༦ལོའི་ཟླ་༡༠	གཉིས་པ།	༣༥༠༠	

༥ ལྷུག་རྩོམ་《བོད་ཡུལ་གྱི་གནའ་གཏམ་》（བོད་ཡིག་）མིག་སྔའི་བར་གྱི་དཔར་ཐེངས་དང་དཔར་གྲངས།

དཔེ་སྐྲུན་ཁང་།	དཔེ་སྐྲུན་དུས་ཚོད།	དཔར་ཐེངས།	དཔར་གྲངས།	སྤྱིའི་དཔར་གྲངས
བོད་ལྗོངས་བོད་ཡིག་དཔེ་རྙིང་དཔེ་སྐྲུན་ཁང་།	༢༠༡༠ལོའི་ཟླ་༡༠	དང་པོ།	༨༥༠༠	༨༥༠༠

༦ མི་སྣའི་རྟོགས་བརྗོད་《གངས་ལྗོངས་རིག་རྩལ་གྱི་བདག་ཉིད་》མིག་སྔའི་བར་གྱི་དཔར་ཐེངས་དང་དཔར་གྲངས།

དཔེ་སྐྲུན་ཁང་།	ཡིག་རིགས།	དཔེ་སྐྲུན་དུས་ཚོད།	དཔར་ཐེངས།	དཔར་གྲངས།	སྤྱིའི་དཔར་གྲངས
བོད་ལྗོངས་བོད་ཡིག་དཔེ་རྙིང་དཔེ་སྐྲུན་ཁང་།	བོད་ཡིག	༢༠༡༡ལོའི་ཟླ་༥	དང་པོ།	༨༠༠༠	༡༣༠༠༠
བོད་ལྗོངས་བོད་ཡིག་དཔེ་རྙིང་དཔེ་སྐྲུན་ཁང་།	རྒྱ་ཡིག	༢༠༡༡ལོའིཟླ་༣	དང་པོ།	༥༠༠༠	

༧ རིག་གནས་ལྷུག་རྩོམ་《ཤུལ་འཚོལ་》མིག་སྔའི་བར་གྱི་དཔར་ཐེངས་དང་དཔར་གྲངས།

དཔེ་སྐྲུན་ཁང་།	ཡིག་རིགས།	དཔེ་སྐྲུན་དུས་ཚོད།	དཔར་ཐེངས།	དཔར་གྲངས།	སྤྱིའི་དཔར་གྲངས
བོད་ལྗོངས་བོད་ཡིག་དཔེ་རྙིང་དཔེ་སྐྲུན་ཁང་།	བོད་ཡིག	༢༠༡༨ལོའི་ཟླ་༡༡	དང་པོ།	༨༠༠༠	༡༣༠༠༠
བོད་ལྗོངས་བོད་ཡིག་དཔེ་རྙིང་དཔེ་སྐྲུན་ཁང་།	རྒྱ་ཡིག	༢༠༡༨ལོའིཟླ་༣	དང་པོ།	༥༠༠༠	

གོང་གསལ་རེའུ་མིག་ལས་གསལ་བ་ལྟར་མིག་སྔའི་བར་དུ་ཕུན་ཚོགས་བཀྲ་ཤིས་ཀྱིས་དངོས་སུ་པར་བསྐྲུན་བྱས་པའི་བརྩམས་ཆོས་ལ། བརྩམས་སྒྲུང་དེབ་གཅིག་ཁྱོན་པར་གྲངས་དེབ་༢༣༡༠༠ འཁྲབ་གཞུང་དེབ་གཉིས་ཁྱོན་པར་གྲངས་དེབ་༤༧༨༠༠ ལྷུག་རྩོམ་དེབ་གཉིས་ཁྱོན་པར་གྲངས་དེབ་༢༢༠༠༠ བོད་རྒྱ་ཡིག་རིགས་གཉིས་ཀྱི་ལམ་ནས་མི་སྣའི་རྙོགས་བརྗོད་དེབ་གཅིག་ཁྱོན་པར་གྲངས་དེབ་༡༣༠༠༠ རིག་གནས་ལྷུག་རྩོམ་《ཤུལ་འཚོལ་》ཞེས་པ་བོད་རྒྱ་ཡིག་རིགས་གཉིས་བསྒོམས་ཏེ་ཁྱོན་དཔར་གྲངས་དེབ་༡༣༠༠༠ བཅས་ད་བར་རྩོམ་ལུས་མི་འདྲ་བའི་བརྩམས་ཆོས་ཐམས་ཅད་བསྒོམས་ན་དེབ་གྲངས་ཁྲི་༡༣༤༥༠༠ ཙམ་པར་བསྐྲུན་བྱས་ཡོད་པ་ནི། མིག་སྔའི་བོད་ཀྱི་དེང་རབས་རྩོམ་པ་པོའི་ཁྲོད་དུ་ཧ་ལམ་མཐོང་དཀའ་བའི་གཡུར་ཟའི་བརྩམས་འབྲས་ལྡན་པའི་རྩོམ་པ་པོ་ཞིག་ཡིན། དེས་ཅི་ཞིག་ར་སྤྲོད་དང་གང་ཞིག་གསལ་བཤད་བྱས་ཡོད་དམ་ཟེར་ན། “བརྩམས་འབྲས་ཀྱི་གྲངས་འབོར་ཇི་མང་ནས་ཇི་མང་དང་། སྤུས་ཚད་ཇི་མཐོ་ནས་ཇི་མཐོ། ལྟ་ཚུལ་གཏིང་ཇི་ཟབ་ནས་ཇི་ཟབ་འབྲི་སྟངས་མཆོག་ཐབས་ཕུན་སུམ་ཇི་ཚོགས་ནས་ཇི་ཚོགས་སུ་འགྲོ་བའི་ཐོག་ནས་རྒྱ་ཁྱབ་མི་དམངས་མང་ཚོགས་ལ་བསམ་པའི་རྒྱུགས་ཕྱི་དང་ཡིད་ཀྱི་ལོངས་སྤྱོད་ཕུན་སུམ་ཚོགས་པོ་ཞིག་བསྐྱེར་ཐུབ་པ་བྱ་རྒྱུ་ནི་རྩོམ་རིག་འཕེལ་རྒྱས་སུ་འགྲོ་བའི་ཆ་རྐྱེན་ནམ་ནང་དོན་ཨང་དང་པོ་དེ་རེད་”[1]ཅེས་གསུངས་པ་ལྟར་ཕུན་ཚོགས་བཀྲ་ཤིས་ཀྱིས་གཡུར་དུ་ཟ་བའི་བརྩམས་འབྲས་དེ་ཁོ་ནས་བོད་ཀྱི་དེང་རབས་རྩོམ་རིག་འཕེལ་རྒྱས་གཏོང་རྒྱུར་ཕན་ནུས་ངེས་ཅན་ཞིག་འདོན་སྤེལ་བྱས་ཡོད། རྩོམ་པ་པོ་ཞིག་གིས་བརྩམས་ཆོས་གསར་རྩོམ་བྱས་པ་ཙམ་གྱིས་དེའི་རིན་ཐང་ཡོད་ཚད་མངོན་དུ་གྱུར་བ་ཞིག་མ་ཡིན་པར་དེར་ངེས་པར་དུ་ལྟ་ཀློག་དང་སྤྱོད་རོལ་བྱེད་པའི་རྒྱ་ཁྱབ་ཀློག་པ་པོ་ཞིག་ཡོད་དགོས། དེ་ལྟར་བྱུང་ཚེ་ད་གཟོད་རྩོམ་རིག་གི་རིན་ཐང་དེ་མངོན་ཐུབ་ཀྱི་ཡོད། རྩོམ་པ་པོ་ཕུན་ཚོགས་བཀྲ་ཤིས་ཀྱི་བརྩམས་ཆོས་ཁག་ ཡང་ནས་བསྐྱར་དུ་པར་བསྐྲུན་བྱས་པའི་

---

① ནོར་བུ་བསམ་འཕེལ། 《པོ་ཏ་ལའི་ལམ་ཡིག་》མི་རིགས་དཔེ་སྐྲུན་ཁང་། སྤྱི་ལོ་༢༠༠༧ ཤ་༡༧༨

གྲངས་ཚད་དེས། ཁོང་གི་བརྩམས་ཆོས་ལ་རྒྱ་ཁྱབ་གློག་པ་པོའི་ཡིད་ཀྱི་སོས་པ་དང་མཐུན་ཞིང་ལྟ་གློག་སྤྱོང་རོལ་གྱི་དགོས་མཁོ་སྐོང་ཐུབ་ཀྱིན་ཡོད་པ་དེ་ར་སྤྱོད་བྱས་ཡོད་ལ། ཕུན་ཚོགས་བཀྲ་ཤིས་ཀྱིས་ནམ་ཡང་སྒྱུ་རྩལ་གྱི་ཕུག་འདུན་ལ་སྙེག་བཞིན་གསར་རྩོམ་གྱི་ངལ་བ་དང་དུ་བླངས་ནས། རྒྱུན་ཆད་མེད་པར་བོད་ཀྱི་དེང་རབས་རྩོམ་རིག་དང་ཡང་སྔོས་བོད་ཀྱི་རྒྱ་ཁྱབ་གློག་པ་པོ་རྣམས་ལ་ཕུལ་བའི་སེམས་ཀྱི་རྒྱགས་ཕྱེ་དང་ཡིད་ཀྱི་གསོས་སྨན་དུ་གྱུར་བའི་ལེགས་སྐྱེས་རེ་རེ་ཡིན་ནོ། །

གཉིས་པ། རིག་གནས་ལྷུག་རྩོམ་གསར་རྩོམ་ལ་སྐྱུལ་འདེད་ཀྱི་ནུས་པ་ཐོན་ཡོད།

སྤྱིར་“རིག་གནས་ལྷུག་རྩོམ”ཟེར་བའི་ཐ་སྙད་འདི་ཉིད་རྒྱལ་ནང་དུ་ཐོག་མར་དུས་རབས་གོང་མའི་ལོ་རབས་དགུ་བཅུའི་འགོར་ཐོན་པ་ཞིག་ཡིན་ཞིང་། དེ་ཡང་རྒྱའི་རྩོམ་པ་པོ་ཡུ་ཆེའུ་ཡུའུ་（余秋雨）ཧྲི་དེའི་ཧྲང་（史铁生）ཀྲང་དྲང་ཀྲི་（张承志）སོགས་དཔེ་མཚོན་དུ་གྱུར་བའི་རྩོམ་པ་པོ་འགའ་ཞིག་གིས་མི་རིགས་ཀྱི་རིག་གནས་དང་། ལོ་རྒྱུས། ཆོས་ལུགས། ཡུལ་གོམས་གཞིས་ལུགས་སོགས་ཀྱི་ཁྲོད་དུ་དགེ་སྐྱོན་འཚོལ་ཞིབ་དང་ཕྱིར་རྟོག་དགག་བཞག་སོགས་ཀྱི་ཐབས་ལ་བརྟེན་ནས། མི་རིགས་རིག་གནས་ཀྱི་བསམ་བློའི་ཁྱད་ཡོན་དང་མཛེས་དཔྱོད་ཀྱི་ལྟ་བ་རྩད་འཚོལ་བྱེད་ཅིང་རིག་གནས་ཀྱི་མཐོང་སྣེའི་ལམ་ནས་བྲིས་པའི་ལྷུག་རྩོམ་གྱི་རྣམ་པ་ཞིག་ཡིན་པར་བརྗོད་འདུག

བོད་ཀྱི་དེང་རབས་རྩོམ་རིག་ཁྲོད་དུ་རིག་གནས་ལྷུག་རྩོམ་ཞེས་པའི་ཐ་སྙད་འདི་ཉིད་ད་ལམ་སྟོང་ལོ་གཉིས་པ་ཤར་ཙམ་ཆད་དུ་དར་བ་ཡིན་མོད་ཀྱང་། དོན་དུ་རང་རེར་རིག་གནས་ལྷུག་རྩོམ་གྱི་འབྲི་སྲོལ་དེ་ད་ལམ་དུས་རབས་གོང་མའི་ལོ་རབས་སུམ་ཅུའི་དཀྱིལ་ཙམ་ནས་དར་འདུག་སྟེ། དེ་ཡང་མཁས་དབང་དགེ་འདུན་ཆོས་འཕེལ་གྱིས་བརྩམས་གནང་བའི་《རྒྱལ་ཁམས་རིག་པས་བསྐོར་བའི་གཏམ་རྒྱུད་གསེར་གྱི་ཐང་མ་》ལྟ་བུར་ཆ་མཚོན་ན། ཁོ་བོའི་བསམ་པར་དུས་སྐབས་དེར་རྩོམ་ལུས་ཀྱི་མིང་གི་ཐ་སྙད་དུ་རིག་གནས་ལྷུག་

རྩོམ་ཞེས་སྤྱིར་བ་མ་མཆིས་ནའང་། དོན་དུ་བརྩམས་ཆོས་འདི་ཉིད་ནི་ཕྱུལ་དུ་བྱུང་བའི་རིག་གནས་ལྷུག་རྩོམ་ཞིག་རང་དུ་ཡིན་པར་སེམས། དེ་ནས་མར་ལ་དེད་ན་ལོ་རབས་བརྒྱད་ཅུའི་དཀྱིལ་ཙམ་དུ་དཔལ་དོན་གྲུབ་རྒྱལ་དང་ཁྲིན་ཆེན་དབྱིན་རྣམ་གཉིས་ཀྱིས་བརྩམས་པའི《གནའ་རབས་ཀྱི་རིག་གནས་སྒྱུ་རྩལ་གྱི་བང་མཛོད་ - ཧུང་ཏོང་》དང་འཕྲིན་ལས་ཆོས་གྲགས་ཀྱིས་བརྩམས་པའི《མངའ་རིས་ལ་བསྐྱོད་པའི་ཟིན་ཐོ་》སོགས་ཡོད། དུས་རབས་གསར་པ་ཤར་ཚུན་ཆད་དུ་བྲ་མདོ་དོན་གྲུབ་ཚེ་རིང་གིས《གནས་སྙིང་རྒྱང་མཛལ་》ཞེས་པའི་ འབྲེལ་རིག་གནས་ལྷུག་རྩོམ་ཇི་སྙེད་ཅིག་བརྩམས་ཡོད། ད་དུང་ཉེ་བའི་ལོ་འགའི་ནང་། བོད་ཀྱི་གཞོན་སྐྱེས་རྩོམ་པ་པོ་སོག་ཏུ་གཙྭ་ཀུན་ཁྱབ་དང་ཁང་སྐྱིད་བསོད་བསྟན་སོགས་ཀྱིས་ཀྱང་རིག་གནས་ལྷུག་རྩོམ་ཐར་ཐོར་རེ་བྲིས་ཡོད། མ་གཞི་ལོ་རབས་སོ་སོའི་ནང་དུ་རིག་གནས་ལྷུག་རྩོམ་ཐར་ཐོར་རེ་ཐོན་ཡོད་ཀྱང་། ཁོ་བོའི་ལྟ་ཚུལ་ལྟར་ན་འདི་དག་གི་ནང་དོན་རྒྱ་ཆེ་ཆུང་དང་གཏིང་ཟབ་མིན་སོགས་རེ་ཞིག་མ་གླེང་བར། བརྩམས་འབྲས་ཀྱི་གྲངས་འབོར་ཁོ་ནའི་དབང་དུ་བྱས་ཀྱང་ཕུན་ཚོགས་བཀྲ་ཤིས་ཀྱི་རིག་གནས་ལྷུག་རྩོམ་དང་བསྡུར་ཐབས་མེད་དེ། ཕུན་ཚོགས་བཀྲ་ཤིས་ཀྱིས་དུས་ཡུན་ལོ་ཉི་ཤུ་ཙམ་བེད་སྤྱད་ནས་རྒྱ་ཡིག་གི་ལམ་ནས་གཙོ་ཆེར་བོད་ཀྱི་དམངས་སྲོལ་དང་ཡུལ་གོམས་གཤིས་ལུགས་འཚོལ་ཞིབ་དང་རྟོག་འདོན་བྱེད་པའི་རིག་གནས་ལྷུག་རྩོམ་ཕྱོགས་བསྒྲིགས《ཁྱིམ་པ་བའི་བོད་ལྗོངས་》ཞེས་པ་༢༠༠༥ལོར་དཔེ་སྐྲུན་བྱས་ཡོད་ཅིང་། བརྩམས་ཆོས་དེར་ཁྲོན་རིང་ཐུང་མི་གཅིག་པའི་རིག་གནས་ལྷུག་རྩོམ་༢༨བཏུས་ཡོད། དེ་ནི་བོད་ཀྱི་དེང་རབས་རྩོམ་རིག་ཁྲོད་དུ་མི་སྒེར་གྱིས་གསར་རྩོམ་བྱས་པའི་རིག་གནས་ལྷུག་རྩོམ་ཕྱོགས་བསྒྲིགས་ཀྱི་ཐོག་མའི་གྲས་སུ་བརྩི་ཆོག་ལ། སྔོས་སུ་ཕུན་ཚོགས་བཀྲ་ཤིས་ཀྱིས་སྤྱི་ལོ་༢༠༡༠ལོར་གོང་སྨོས་ཀྱི་བརྩམས་ཆོས་དེའི་ནང་དོན་ལ་འཕྲི་སྣོན་དང་བཟོ་བཅོས་གང་འཚམས་ཤིག་བྱས་ཏེ་བོད་ཡིག་ཐོག་ནས་གསར་རྩོམ་བསྒྱུར་མ་ཞིག་གནང་ནས《བོད་ཡུལ་གྱི་གནའ་གཏམ་》ཞེས་པ་དཔེ་སྐྲུན་བྱས་ཡོད།

ཁོ་བོའི་བསམ་པར་བརྩམས་ཆོས་དེ་དཔེ་སྐྲུན་བྱས་རྗེས་དངོས་ཤུགས་བརྒྱད་གསུམ་

གང་ཙུང་ནས་བོད་ཀྱི་དེང་རབས་ལྷུག་རྩོམ་འཕེལ་རྒྱས་ཐད་སྐུལ་འདེད་ཀྱི་ནུས་པ་ངེས་ཅན་ཞིག་ཐོན་ཡོད་དེ། ཕུན་ཚོགས་བཀྲ་ཤིས་ཀྱིས་གཙོ་ཆེར་བོད་ཀྱི་དམངས་སྲོལ་རིག་གནས་དང་བོད་ཀྱི་ཐུན་མིན་གྱི་ཡུལ་གོམས་གཤིས་ལུགས། དེ་བཞིན་ལོ་རྒྱུས་འཕེལ་འགྱུར་ཁྲོད་ཀྱི་གནས་རྙིང་དག་ལ་བསམ་གཞིག་དང་འཚོལ་ཞིབ་བྱས་ནས་བོད་ཀྱི་སྒྱུ་རྩལ་ལྷུག་རྩོམ་གྱི་བརྗོད་གཞི་དེ་གཏིང་ཟབ་དང་རྒྱ་ཆེར་བཏང་ཡོད་ལ། གསར་རྩོམ་གྱི་རྣམ་པའི་ཐད་སྤྱིར་བཏང་གི་ལྷུག་རྩོམ་གྱི་སྐད་ཆའི་མཛེས་པ་དང་སྒྱུ་རྩལ་གྱི་ཕྱི་གོས་ཙམ་གྱིས་རྩོམ་གྱི་བརྗོད་སྙིང་བཏུམས་པའི་རྣམ་པ་ལས་བརྒལ་ཏེ། གཙོ་ཆེར་ལོ་རྒྱུས་ཀྱི་མཐོང་སྣེ་ཞིག་དང་རིག་གནས་ཀྱི་རང་བཞིན་ལྡན་པའི་སྒོ་ནས། ལོ་རྒྱུས་དང་དོན་དངོས་ཀྱི་གནས་སྟངས་གཉིས་གཞི་གཅིག་ཏུ་བཏུས་ནས་བྲིས་པ་དེས། སྤྱིར་སྒྱུ་རྩལ་ལྷུག་རྩོམ་དེ་རིམ་བཞིན་རིག་གནས་ལྷུག་རྩོམ་གྱི་རྣམ་པའི་ཕྱོགས་སུ་འཕེལ་འགྱུར་འགྲོ་བར་སྐུལ་འདེད་ཀྱི་ནུས་པ་ངེས་ཅན་ཞིག་ཐོན་ཡོད། དེ་ནི་མི་སྒེར་གྱི་གསར་རྩོམ་འཕེལ་འགྱུར་གྱི་སྣང་ཚུལ་ཙམ་ཞིག་མ་ཡིན་པར། བོད་ཀྱི་དེང་རབས་ལྷུག་རྩོམ་གྱི་འཕེལ་འགྱུར་སྣང་ཚུལ་ཞིག་ཀྱང་ཡིན་པར་འདོད།

དེ་ལྟ་བུའི་རིག་གནས་ལྷུག་རྩོམ་ལ་སྤྱིར་བཏང་གི་ལྷུག་རྩོམ་མམ་སྒྱུ་རྩལ་ལྷུག་རྩོམ་ལས་ལོགས་སུ་གྱུར་བའི་དགེ་མཚན་གང་འཚམས་ཤིག་མཆིས་ཏེ། ཤེས་བྱའི་རང་བཞིན་དང་རིག་གཞུང་ཞིབ་འཇུག་རང་བཞིན་ངེས་ཅན་ཞིག་ལྡན་ཡོད་དེ་རྩོམ་ཡིག་རེ་རེའི་ལྟ་ཀློག་གི་བརྒྱུད་རིམ་ནང་བོད་ཀྱི་ལོ་རྒྱུས་ཀྱི་ཤེས་བྱ་དང་། དམངས་སྲོལ་རིག་གནས་སྐོར་གྱི་ཤེས་བྱ་དེ་བཞིན་ཡུལ་གོམས་གཤིས་ལུགས། བསམ་བློའི་འཁྱེར་སོ། རིན་ཐང་བཅེ་ལུགས། མཛེས་དཔྱོད་ཀྱི་ལྟ་བ་སོགས་ལ་ཤེས་རྟོགས་དང་ཞིབ་འཇུག་རང་བཞིན་ལྡན་ཡོད་ལ། གཉིས་ནས་འབྲི་ཐབས་ལ་བཀག་རྒྱ་གང་ཡང་མེད་པར་དོན་བརྗོད་དང་བརྩེ་གདུང་གི་ཉམས་འགྱུར་སྤེལ་མར་འབྲི་ཆོག་པ་མ་ཟད་རང་གི་ལྟ་བ་དང་བསམ་ཚུལ་ཡང་གང་བདེར་བརྗོད་ཆོག

གསུམ་པ། བོད་ཀྱི་འཁྲབ་གཞུང་གསར་རྩོམ་ཐད་དཔེ་མཚོན་རང་བཞིན་གྱི་ནུས་པ་ཐོན་ཡོད།

བོད་ཀྱི་དགོད་བྲོའི་གཏམ་སྙིང་གི་འཁྲབ་གཞུང་སྐོར་སྙིང་སྐབས་ཉེ་བའི་ལོ་ཤས་གོང་དགོངས་པ་རྫོགས་ཟིན་པའི་འདས་པོ་རྣན་བསོད་ཚེ་ལགས་ཀྱི་མཚན་མི་འབོད་ཐབས་མེད་དུ་གྱུར། གང་ལགས་ཤེ་ན་"སྒྱུ་རྩལ་གྱི་ཐབས་ལམ་འདི་ལྟ་བུ་སྤྱད་ནས་དགོད་བྲོའི་གཏམ་སྙིང་གསར་རྩོམ་གནང་མཁན་བོད་དུ་དེ་སྔའི་ལྗོངས་རིག་གནས་ཐིང་གི་སྒྱུ་རྩལ་ཞིབ་འཇུག་ཁང་གི་ཞིབ་འཇུག་པ་ཆེན་མོ་སྐུ་ཞབས་འདས་པོ་བློ་རྗེར་ལགས་ཕུད། སྐུ་ཞབས་བསོད་ཚེ་ལགས་ཀྱང་ཨང་དང་པོའི་གྲས་སུ་རྩིས་ཆོག"①ཅེས་གསུངས་པ་ལྟར་བོད་ཀྱི་དགོད་བྲོའི་གཏམ་སྙིང་གི་བྱུང་འཕེལ་ལོ་རྒྱུས་ལ་ཕྱིར་བལྟས་ཤིག་བྱེད་སྐབས། འཁྲབ་གཞུང་རྩོམ་པ་པོ་རྣན་བསོད་ཚེ་ལགས་ནི་བོད་ཀྱི་དགོད་བྲོའི་གཏམ་སྙིང་གི་འཁྲབ་གཞུང་གསར་རྩོམ་ཐད་རྨང་གཞི་འདིང་མཁན་དེ་ཡིན་ཞེས་བརྗོད་ན་མི་ཆོག་པ་གང་ཡང་མེད་པར་སྣང་།

གོང་དུ་བརྗོད་པ་ཇི་བཞིན་རྣན་བསོད་ཚེ་ལགས་ནི་བོད་ཀྱི་འཁྲབ་གཞུང་གསར་རྩོམ་གྱི་རྨང་གཞི་འདིང་མཁན་གྱི་རྩོམ་པ་པོར་བཞག་ན། ཕུན་ཚོགས་བཀྲ་ཤིས་ལགས་ནི་མུ་མཐུད་འདི་ཉིད་དར་སྤེལ་གོང་འཕེལ་གཏོང་བར་བྱས་རྗེས་ཆེ་ཤོས་ཀྱི་འཁྲབ་གཞུང་རྩོམ་པ་པོ་ཞིག་ཡིན་ཞེས་བརྗོད་ཀྱང་མི་འཚམས་པ་གང་ཡང་མེད་དེ། ཁོང་གིས་བོད་ཀྱི་དགོད་གཏམ་གྱི་ནང་དོན་ཚ་ནས་དེ་བས་གཏིང་ཟབ་དང་རྒྱ་ཆེར་བཏང་ཡོད་ལ། རྣམ་པའི་ཐད་ནས་ཕུན་སུམ་ཚོགས་དང་ག་རེ་རྒྱས་སུ་བཏང་ཡོད་པ་ནི《བར་སྐོར་ནང་གི་སྙིང་མོ་》དང《རིག་དངོས་ཀྱི་རེ་འབོད་》ཅེས་པ་གཉིས་ཀྱིས་ར་སྤྲོད་བྱ་ཐུབ། ཕོ་བོའི་བསམ་ཚུལ་ལྟར་ན། སྔོ་མ་རྣན་བསོད་ཚེ་ལགས་ཀྱི་དགོད་གཏམ་ཡིན་ནའང་འདྲ་ཕྱི་མ་འཁྲབ་གཞུང་རྩོམ་པ་པོ་ཉི་མ་དོན་གྲུབ་ཀྱིས་གསར་རྩོམ་བྱས་པའི་དགོད་གཏམ་ཡིན་ཀྱང་ཆོག གང་ལྟར་དུ་མིག

① བསོད་ཚེ། 《བཞད་གད་དཔྱིད་ཀྱི་ཕོ་ཉ་》བོད་ལྗོངས་མི་དམངས་དཔེ་སྐྲུན་ཁང་། སྤྱི་ལོ་༢༠༠༨ ཤ ༥༥༣

སྟེའི་བོད་ཀྱི་དགོད་བྲོའི་གཏམ་གླེང་གི་ནང་དོན་དང་རྣམ་པ། སྤྱི་ཚོགས་ལ་ཐོན་པའི་ནུས་པ་སོགས་གང་ནས་བལྟས་ཀྱང་། ཕུན་ཚོགས་བཀྲ་ཤིས་ཀྱི་གསར་རྩོམ་ཐད་ཐུན་མིན་གྱི་ཁྱད་ཆོས་སྣ་ཚོགས་མཆིས་ཤིང་དཔེ་མཚོན་གྱི་ནུས་པའང་ངེས་ཅན་ཞིག་ལྡན་ཡོད།

ད་དུང་ཕུན་ཚོགས་བཀྲ་ཤིས་ཀྱིས་གསོན་ཉམས་དོད་པའི་མི་སྣའི་སྣང་བརྙན་དང་བཞད་གད་ཉམས་འགྱུར་གྱིས་ཕྱུག་པའི་སྐད་ཆ། འཆར་སྒོ་ཡངས་བའི་བློས་བསླངས་སོགས་ལ་བརྟེན་པའི་གཏམ་བརྗོད་བློས་གར་མང་དག་ཅིག་གསར་རྩོམ་གནང་ནས། རྒྱ་ཆེའི་གཟིགས་མོ་བའི་ཁྲོད་དུ་བག་ཆགས་གཏིང་ཟབ་བཞག་ཡོད་པ་ནི་བོད་ཀྱི་གཏམ་བརྗོད་བློས་གར་ཐུང་གྲས་བྱུང་འཕེལ་ཁྲོད་དུ་གལ་ཆེའི་གནས་བབ་བཟུང་ཡོད། དེ་ཡང་ཅུང་ཞིབ་པར་བརྗོད་ན་བོད་ཀྱི་དགོད་བྲོའི་གཏམ་གླེང་གི་རྒྱང་གཞི་འདིང་མཁན་འདི་ཆན་བསོད་ཚེ་ལགས་ཡིན་པར་བརྗོད་ན། ཕུན་ཚོགས་བཀྲ་ཤིས་ཀྱིས་བོད་ཀྱི་གཏམ་བརྗོད་བློས་གར་ཐུང་གྲས་ཀྱི་སྒྱུ་རྩལ་རྣམ་པ་དེ་མི་དམངས་མང་ཚོགས་ཀྱི་ཡོངས་སུ་དང་ལེན་བྱེད་པའི་སྒྱུ་རྩལ་གྱི་རྣམ་པ་གསར་པ་ཞིག་ཏུ་འགྱུར་རྒྱུར་སྐུལ་འདེད་ཀྱི་ནུས་པ་དང་། རྒྱང་འདིང་ཁྲབ་གདལ་གྱི་ནུས་པ་ངེས་ཅན་ཞིག་ཐོན་ཡོད། མ་གཞི་བོད་ཀྱི་དེང་རབས་རྩོམ་པ་པོའི་ཁྲོད་ཕུན་ཚོགས་བཀྲ་ཤིས་ཕུད་པའི་གཏམ་བརྗོད་བློས་གར་ཐུང་གྲས་རྩོམ་མཁན་ཐ་ཐོར་རེ་ཡོད་ཀྱང་དེ་དག་ཁྲོད་ནས་གྲགས་ཆེ་བ་དང་གྲུབ་འབྲས་བཟང་ཤོས་གྲས་སུ་ཏ་ལམ་བོད་ལྗོངས་གཏམ་བརྗོད་བློས་གར་ཚོགས་པའི་འཕྲུལ་གཞུང་རྩོམ་པ་པོ་འཛོམ་རྩེ་ཉི་མ་དོན་གྲུབ་ཡིན་ཟེར་ན་མ་འགྲིག་པ་མེད་དེ། ཁོང་གིས་ཀྱང་ཕུལ་དུ་བྱུང་བའི་གཏམ་བརྗོད་བློས་གར་ཐུང་གྲས་གང་མང་ཞིག་བརྩམས་ཡོད་ལ་དེ་དག་ལའང་གདེང་འཇོག་དང་དགའ་བསུ་ཡང་ཆེན་པོ་ཐོབ་ཡོད། འོན་ཏེ་རང་ཉིད་ཀྱི་ལྟ་ཚུལ་ལྟར་ན། རྩོམ་མཁན་འདི་ཉིད་དང་ཕུན་ཚོགས་བཀྲ་ཤིས་ཀྱི་བརྩམས་ཆོས་གཉིས་ཕན་ཚུན་གཤིབ་བསྡུར་རེ་བྱས་ཚེ། མ་གཞི་རྩོམ་མཁན་སོ་སོར་ཐུན་མིན་གྱི་ཁྱད་ཆོས་རེ་མཆིས་ནའང་། སྤྱིའི་ཆ་ནས་ནང་དོན་རྣམ་པ། བསམ་བློའི་ཟབ་ཚད། སྒྱུ་རྩལ་གྱི་མཚོན་ཐབས་ལྷག་པར་གསར་གཏོད་ཀྱི་རང་བཞིན་བཅས་ནས

བལྟས་ན་ཕུན་ཚོགས་བཀྲ་ཤིས་ཀྱི་བརྩམས་ཆོས་ལ་དེ་བས་དཔེ་མཚོན་རང་བཞིན་གྱི་ནུས་པ་ལྡན་པར་སེམས། དེའི་སྒྲུབ་བྱེད་ནམ་རྒྱ་མཚན་དུ་མིག་སྔར་བར་དུ་བོད་དུ་གཏམ་བརྗོད་གླེང་གཞི་སྐྱེད་བྱེད་ཐོན་ཡོད་ཀྱང་། ཕུན་ཚོགས་བཀྲ་ཤིས་ཀྱིས་སྤྱི་ལོ་༡༨༨༣ལོ་ནས་གསར་རྩོམ་བྱས་པའི་མྱུ་འབྲེལ་གཏམ་བརྗོད་གླེང་གཞི་ཕྱང་གྲུས《ར་བཟི་ལྷག་པ་ལགས་》ཀྱིས་རྒྱ་ཆེའི་གཟིགས་མོ་བའི་ཁྲོད་དུ་བཞག་པའི་བག་ཆགས་དང་། དེར་ཐོབ་པའི་དགའ་བསུ་དེ་ལྟ་བུ་གཞན་ལ་ཏ་ལམ་མེད་པར་སེམས་ལ། ཕྱོགས་གཞན་ཞིག་ནས་ཕུན་ཚོགས་བཀྲ་ཤིས་ཀྱི་གཏམ་བརྗོད་གླེར་གཞི་ཕྱང་གྲུས་དང་དགོད་གཏམ་གང་ཡིན་ཡང་། དགོད་བྲོ་བ་དང་སྤྲོ་བ་འཕེལ་རྒྱུ་ཁོ་ནའི་ཆེད་དུ་དགོད་སློང་ཞིག་མ་ཡིན་པར། མི་རྣམས་ལ་ལྟ་སྒྲོང་གི་རྗེས་སུ་གནས་ལུགས་ཤིག་དང་བསམ་གཞིག་ཅིག་བསྐྱུན་གྱི་ཡོད་ལ། བརྩམས་ཆོས་ཕལ་མོར་ཆེར་གད་མོའི་རྗེས་སུ་ཕངས་སེམས་དང་སྐྱོ་སྣང་། ཁོང་ཁྲོ་དང་ངོ་གནོང་སོགས་ལྟ་མཁན་གྱི་ཡིད་ལ་དགའ་སྐྱོ་ཆགས་སྡང་སྣ་ཚོགས་ཤིག་སྤྲིན་པ་སོགས་ཀྱི་ཁྱད་ཡོན་མངའ་བ་བཅས་གང་ལྟར་དུ་ཕུན་ཚོགས་བཀྲ་ཤིས་ཀྱི་འཁྲབ་གཞུང་ལ་དཔེ་མཚོན་རང་བཞིན་གྱི་ནུས་པ་ལྷག་ཏུ་ཆེའོ། །

ས་བཅད་གཉིས་པ། གསར་རྩོམ་གྱི་བརྒྱུད་རིམ་དང་ཕྱོགས་བསྡོམས་ལས་ཐོབ་པའི་བསམ་གཞིག

དང་པོ། བོད་སྐད་ཀྱི་འཁྲབ་གཞུང་རྩོམ་པ་པོ་སྐྱེད་སྲིང་བྱེད་དགོས་པའི་གལ་ཆེའི་རང་བཞིན།

དེ་ཡང་དུས་སྐབས་གསར་པའི་བོད་ཀྱི་རྩོམ་རིག་བྱ་གཞག་ལ་ཐོབ་པའི་གྲུབ་འབྲས་ཀྱི་གྲས་སུ་རྩོམ་པ་པོའི་དཔུང་ཁག་སྐྱེད་སྲིང་ཐད་གྲུབ་འབྲས་ཀྱང་མི་དམན་པ་ཞིག་ཐོབ་

ཡོད་ལ། ལྷག་དོན་དུ་དུས་སྐབས་གསར་པའི་བོད་ཀྱི་སྒྲུང་གཏམ་དང་སྙན་རྩོམ། ལྷུག་རྩོམ་བཅས་ཀྱི་གསར་རྩོམ་ཐད་དེ་བས་མངོན་གསལ་དོད་པའི་གྲུབ་འབྲས་ཐོབ་ཡོད་ལ། རྒྱན་དར་གཞོན་གསུམ་གྱི་རྩོམ་པ་པོའི་དཔུང་ཁག་ཅིག་རྩ་བའི་ཆ་ནས་གྲུབ་ཟིན་ནའང་། ད་དུང་གནད་དོན་འགའ་ཞིག་ཐད་རང་ངོ་རང་གིས་མི་བསྟོད་པར་བློ་ནང་དུ་ཕྱོགས་ནས་བསམ་གཞིག་རེ་བྱས་ཆོག། མུ་མཐུད་འབད་འབུངས་དང་ཤུགས་སྣོན་རྒྱག་དགོས་པའི་གནད་དོན་མང་དག་ཅིག་ཡོད་འདུག་ཀྱང་འདིར་གཙོ་ཆེར་བོད་ཀྱི་འབྲིབ་གཞུང་རྩོམ་པ་པོ་སྐྱེད་སྲིང་བྱེད་དགོས་རྒྱུའི་སྐོར་གྱི་རང་གི་ལྟ་ཚུལ་འགའ་སྤྲོད་བར་བྱེད།

དུས་སྐབས་གསར་པའི་བོད་ཀྱི་རྩོམ་རིག་གསར་རྩོམ་ཁྲོད་དུ་རྩོམ་ལུས་ཆ་ནས་རྩོམ་པ་པོའི་གྲངས་ཀྱི་བསྡུར་གྲངས་ཏ་ཅང་ཆ་མི་སྙོམས་པའི་སྣང་ཚུལ་ཞིག་ཡོད་དེ། སྤྱིར་སྙན་ངག་དང་སྒྲུང་གཏམ་གསར་རྩོམ་ལ་མོས་པའི་རྩོམ་མཁན་གྱི་གྲངས་ཚད་དེ་ལྷུག་རྩོམ་དང་འབྲིབ་གཞུང་གསར་རྩོམ་བྱེད་མཁན་གྱི་རྩོམ་པ་པོའི་གྲངས་ལས་ལྷབ་མང་པོས་མང་བ་ཡོད། ལྷག་པར་དཔལ་དོན་གྲུབ་རྒྱལ་གྱི《ལང་ཚོའི་རྦབ་རྩ》སྤེལ་བའི་རྗེས། བོད་ཀྱི་ཡུལ་ཕྱོགས་གང་སར་རང་མོས་སྙན་རྩོམ་འབྲི་བའི་ཚ་རླབས་ཤིག་འཕྱུར་ཡོད་པ་ནི། སློབ་གྲྭ་ཆེ་འབྲིང་ཆུང་གསུམ་གྱི་སློབ་མས་འབྲི་ཡི་ཡོད་ལ། གྲྭ་ས་ཁག་གི་དགེ་འདུན་པ། བོད་ཀྱི་རིག་གནས་པའི་སྡེ་དང་དེ་བཞིན་སྤྱི་ཚོགས་ལས་རིགས་ཁག་གི་ཁྲོད་དུའང་རང་མོས་སྙན་རྩོམ་ལ་དགའ་ཞིང་མོས་པའི་རྩོམ་པ་པོ་མང་དག་ཅིག་ཡོད། དེ་ནི་གཅིག་ནས་བསམ་ན་རྩོམ་ལུས་འདིའི་ཐུན་མིན་གྱི་ཁྱད་ཆོས་དང་དགེ་མཚན་ཞིག་མངོན་གྱི་ཡོད་ལ། གསར་རྩོམ་གྱི་འཕེལ་ཁ་རྒྱས་པའི་རྟགས་དང་སྣང་ཚུལ་ལེགས་པོ་ཞིག་རེད། གཉིས་ནས་བསམ་ན་རྩོམ་ལུས་གཞན་ལྷུག་རྩོམ་དང་འབྲིབ་གཞུང་གཉིས་ཀྱི་ཐད་འདི་འདྲའི་སྐལ་བ་བཟང་པོ་ཞིག་མེད་ཅིང་། ལྷག་པར་བོད་སྐད་འབྲིབ་གཞུང་གསར་རྩོམ་གྱི་རྩོམ་པ་པོའི་གནས་སྟངས་ནི་ཧ་ལམ་སྐྱ་ཟད་སྟོ་གཏུགས་ཀྱི་མཚམས་སུ་སླེབས་ཡོད་པ་ནི་ང་ཚོས་ད་ལྟའི་བོད་ཀྱི་རྩོམ་རིག་སྤྱིའི་གནས་སྟངས་ལས་མཐོང་ཐུབ།

མ་གཞི་མིག་སྔར་དབུས་གཙང་ཁུལ་དུ་འཁྲབ་གཞུང་གསར་རྩོམ་བྱེད་མཁན་རྩོམ་པ་པོ་ཐ་ཐོར་རེ་ཡོད་ཀྱང་། གྲུབ་འབྲས་ངེས་ཅན་ཞིག་དང་གསར་རྩོམ་གྱི་ཆུ་ཚད་གང་འཚམས་ཤིག་ཏུ་སླེབས་པའི་རྩོམ་པ་པོ་ནི་ཏ་ལམ་མཛུབ་མོའི་གྲངས་ཀྱིས་ངེས་པར་ནུས། འཁྲབ་གཞུང་རྩོམ་པ་པོ་རྒན་བསོད་ཚེ་སྐྱ་གཤེགས་པའི་རྗེས་སུ། ཕུན་ཚོགས་བཀྲ་ཤིས་དང་ཉི་མ་དོན་གྲུབ་གཉིས་ནི་ད་ལྟའི་བར་དུ་ཤུགས་རྐྱེན་ཆེ་ཤོས་དང་བརྩམས་འབྲས་བཟང་ཤོས་ཀྱི་དབུས་གཙང་ཁུལ་གྱི་འཐུས་འཚབ་རང་བཞིན་དུ་གྱུར་བའི་འཁྲབ་གཞུང་རྩོམ་པ་པོ་གཉིས་པོ་དེ་རང་ཡིན། "རྩོམ་པ་པོའི་དཔུང་ཁག་ལ་བལྟ་དུས་རྒན་དར་གཞོན་གསུམ་གྱི་དཔུང་གདང་དེ་ཙམ་འགྲིག་པོ་མེད་པ་དང་། ལྷག་པར་དུ་རྒན་གཞོན་གྱི་སྐས་རིམ་མཐུད་ཐུབ་པའི་གཞོན་སྐྱེས་རེ་བ་ཅན་མང་པོ་ཐོན་ཐུབ་མེད"[1]ཅེས་པ་ནི་བོད་ཀྱི་དེང་རབས་རྩོམ་རིག་གི་རྩོམ་པ་པོའི་དཔུང་ཁག་སྤྱིའི་གནས་སྟངས་ལ་དམིགས་ནས་གསུངས་པ་ཡིན་པས། བྱེ་བྲག་འཁྲབ་གཞུང་རྩོམ་པོའི་གནས་སྟངས་ཐད་དེ་བས་སྣང་ཚུལ་དེ་མངོན་གསལ་དོད་ཅིང་ཚབས་ཆེ་བ་ཡོད། འཁྲབ་གཞུང་རྩོམ་པ་པོ་ཏ་ཅང་དཀོན་པའི་སྣང་ཚུལ་དེ་ནི་དབུས་གཙང་ཙམ་མ་ཟད་མདོ་སྨད་དུའང་ཡོད་དེ། ད་ལྟའི་སྣང་ཚུལ་ལ་བལྟས་ན་མདོ་སྨད་ཁུལ་དུ་ཡང་འཁྲབ་གཞུང་གསར་རྩོམ་ཐད་གྲུབ་འབྲས་ཅུང་མངོན་གསལ་དོད་པའམ་འཐུས་འཚབ་ཏུ་གྱུར་བའི་རྩོམ་པ་པོའི་ཁ་གྲངས་མང་པོ་མེད་དེ། སྨན་བླ་སྐྱབས་དང་ཞི་བདེ་ཉི་མ། དེ་བཞིན་པད་མ་ཚེ་བརྟན་བཅས་པ་ཙམ་དུ་སྣང་ལ་རྩོམ་མཁན་འདི་དག་ལའང་ཕུན་ཚོགས་བཀྲ་ཤིས་དང་ཉི་མ་དོན་གྲུབ་དང་འདྲ་བར་འཁྲབ་གཞུང་ཕྱོགས་བསྒྲིགས་ཀྱི་བརྩམས་ཆོས་པར་བསྐྲུན་བྱས་པའང་ཏ་ལམ་མཐོང་ཆོས་སུ་མ་གྱུར།

དེས་ན་དུས་སྐབས་གསར་པའི་བོད་ཀྱི་རྩོམ་རིག་གསར་རྩོམ་གྱི་བྱ་གཞག་ཁྲོད་དུ་འཁྲབ་གཞུང་རྩོམ་པ་པོ་ཤིན་ཏུ་དཀོན་པའི་གནད་དོན་འདི་དབུས་གཙང་ཙམ་དུ་མ་ཟད་

[1] ནོར་བུ་བསམ་འཕེལ། 《པོ་ཏ་ལའི་ལམ་ཡིག་》མི་རིགས་དཔེ་སྐྲུན་ཁང་། སྤྱི་ལོ་༢༠༠༧ ཤ ༡༡༧

བོད་ཁམས་སྤྱིའི་རྩོམ་རིག་གི་སྣང་ཚུལ་ཞིག་ཡིན་པས། ང་ཚོས་ཐབས་བརྒྱ་ཇུས་སྟོང་གིས་བོད་ཀྱི་འབྲུབ་གཞུང་རྩོམ་པ་པོ་སྐྱེད་སྲིང་བྱེད་དགོས་པ་ནི་བོད་ཀྱི་དེང་རབས་རྩོམ་རིག་ཁྲོད་དུ་ཁ་ཚ་དགོས་གཏུགས་ཀྱི་གནད་དོན་འགངས་ཆེན་ཞིག་ཡིན། གང་ཡིན་ཟེར་ན་འབྲུབ་གཞུང་གསར་རྩོམ་ལ་གཞོལ་བའི་རྩོམ་པ་པོ་ཏ་ཙང་དཀོན་པའི་གནས་སྟངས་འདི་དང་། བོད་ཀྱི་རྒྱ་ཆེའི་མི་དམངས་མང་ཚོགས་ཚོས་དགོད་གཏམ་དང་གཏམ་བརྗོད་ཇློས་གར་ཐུང་གྲས་གཉིས་ཀྱི་སྒྱུ་རྩལ་གྱི་རྣམ་པ་འདིར། དགའ་བསུ་ཆེ་ཤོས་དང་ལྟ་ཀློག་རོལ་མྱོང་གི་རེ་འདོད་མང་ཤོས་འཆང་གིན་ཡོད་པ་གཉིས་ཀྱི་བར་དུ་འགལ་བ་ཤུགས་ཆེན་ཞིག་གྲུབ་ཡོད། མདོར་ན་རྩོམ་རིག་གསར་རྩོམ་གྱིས་ད་དུང་ཡང་རྒྱ་ཁྱབ་ཀློག་པ་པོའི་ལྟ་ཀློག་གི་དགོས་མཁོ་སྐོང་ཐུབ་ཀྱི་མེད་པའི་དོན་དངོས་དེ་ར་སྤྲོད་བྱས་ཡོད།

བོད་ཀྱི་རྩོམ་རིག་བྱ་གཞག་གོང་སྤེལ་ཐད་འགན་ཁུར་ཡོད་པ་དང་དོ་སྣང་གནང་མཁན་ཞིག་ཡིན་ཚེ། ངེས་པར་དེ་དོན་ལ་བསམ་གཞིག་ཞིགས་པར་བྱས་ནས། བྱ་ཐབས་སྣ་ཚོགས་ཀྱི་སྒོ་ནས་བོད་ཀྱི་འབྲུབ་གཞུང་རྩོམ་པ་པོ་གསོ་སྐྱོང་བྱེད་དགོས་འདུག་ལ། ལྷག་པར་གཞོན་སྐྱེས་རྩོམ་པ་པོའི་ཁྲོད་ནས་འབྲུབ་གཞུང་གསར་རྩོམ་ཐད་དགའ་མོས་དང་ནུས་རྩལ་ཡོད་པའི་མི་སྣ་སྟོབ་འདོན་དང་སྐྱེད་སྲིང་བྱེད་དགོས་པར་སེམས་ལ། སྔོས་སུ་བོད་ཀྱི་སློབ་ཆེན་ཁག་གི་ནང་དུ་དེ་འབྲེལ་གྱི་ཆེད་ལས་གསར་གཉེར་དང་འབྲུབ་གཞུང་རྩོམ་རིག་གི་ངེས་སྦྱོང་དང་འདེམས་སྦྱོང་སློབ་ཚན་ཡང་ཡོད་དགོས་རྒྱུ་ནི་གལ་འགངས་ཆེ་བའི་གནད་ཅིག་ཏུ་མཐོང་ངོ་།།

གཉིས་པ། ཕུན་ཚོགས་བཀྲ་ཤིས་ཀྱི་གསར་རྩོམ་འཕེལ་འགྱུར་ལས་བོད་ཀྱི་དེང་རབས་རྩོམ་རིག་གི་འཕེལ་ཕྱོགས་ཁྲོད་ཀྱི་སྣང་ཚུལ་འགའ་ཞིག་ལ་བལྟ་བ།

མ་གཞི་ཕུན་ཚོགས་བཀྲ་ཤིས་ཀྱི་གསར་རྩོམ་འཕེལ་འགྱུར་ཙམ་ལས་བོད་ཀྱི་དེང་རབས་རྩོམ་རིག་གི་སྤྱིའི་འཕེལ་ཕྱོགས་ལ་ཡོངས་སུ་གསལ་བཤད་དང་ངོས་འཛིན་ཞིག་བྱེད་

དཀའ་ནའང་། ཕུན་ཚོགས་བཀྲ་ཤིས་ཀྱི་མི་ལོ་བཞི་བཅུ་ལ་ཉེ་བའི་གསར་རྩོམ་གྱི་བརྒྱུད་རིམ་དང་ཉམས་མྱོང་། གསར་རྩོམ་ལ་ཐོབ་པའི་གྲུབ་འབྲས་སོགས་ཀྱི་ཆ་ནས་ཕོང་གིས་བོད་ཀྱི་དེང་རབས་རྩོམ་རིག་ཁྲོད་དུ་གནས་བབ་ངེས་ཅན་ཞིག་བཟུང་ཡོད་སྐབས། བོད་ཀྱི་དེང་རྩོམ་འཕེལ་ཕྱོགས་ཀྱི་སྣང་ཚུལ་འགའ་ཞིག་ཐད་ནས་འབྲེལ་བ་ངེས་ཅན་ཞིག་ཀྱང་ཡོད་སྲིད། སྤྱིར་བོད་ཀྱི་དེང་རབས་རྩོམ་རིག་གི་འཕེལ་ཕྱོགས་ཀྱིས་བྱེ་བྲག་རྩོམ་པ་པོའི་གསར་རྩོམ་ལ་ཐེབས་པའི་ཤུགས་རྐྱེན་ཞིག་ཡོད་ལ། ཡང་བྱེ་བྲག་ཕུན་ཚོགས་བཀྲ་ཤིས་ལྟ་བུའི་རྩོམ་མཁན་མང་པོ་ཞིག་གི་གསར་རྩོམ་འཕེལ་འགྱུར་འདུས་ནས། སྤྱི་བོད་ཀྱི་དེང་རབས་རྩོམ་རིག་གི་འཕེལ་ཕྱོགས་ཀྱང་གྲུབ་པ་ཞིག་ཡིན་པས་ན། དེ་གཉིས་བར་དུ་འབྲེལ་བ་ངེས་ཅན་ཞིག་གྲུབ་ཡོད།

དེ་ཡང་ཕུན་ཚོགས་བཀྲ་ཤིས་ཀྱི་ལྷུག་རྩོམ་གྱི་ནང་དོན་དང་རྣམ་པའི་འཕེལ་འགྱུར་ལས། བོད་ཀྱི་དེང་རབས་ལྷུག་རྩོམ་གྱི་འཕེལ་ཕྱོགས་ཀྱི་སྣང་ཚུལ་ཆ་ཤས་འགའ་ཞིག་རགས་ཙམ་རྟོགས་ནུས་ཏེ། ཕུན་ཚོགས་བཀྲ་ཤིས་ཀྱིས་སྤྱི་ལོ་༢༠༠༨ཡན་བརྩམས་པའི་ལྷུག་རྩོམ་གྱི་ནང་དོན་དང་རྣམ་པའི་ཆ་ནས་བལྟས་ན་མ་གཞི་རིག་གནས་ལྷུག་རྩོམ་གྱི་རོ་བཅུད་དང་ལྡན་ནའང་རྩོམ་གྱི་བསམ་བློའི་ཟབ་ཚད་ཐད་དེ་ཙམ་གྱི་གཏིང་ཟབ་པོ་དང་རྒྱ་ཆེན་པོ་མེད་པར། སྤྱིར་གཏམ་རྒྱུད་ཀྱི་རྣམ་པའི་ཆ་དེ་མང་ལ། ལྗོངས་དངོས་ཀྱི་བཀོད་པ་ལས་འཕྲོས་པའི་མི་སྙིར་གྱི་ཡིད་ཀྱི་དགའ་སྐྱོ་ཆགས་སྡང་མངོན་པ་ཤས་ཆེ་བ་སོགས་ཀྱི་སྣང་ཚུལ་དེ་དང་། ཉེ་བའི་ལོ་ཤས་ནང་བྲིས་པའི་རིག་གནས་ལྷུག་རྩོམ་གཉིས་པན་ཚུན་གཤིབ་བསྡུར་རེ་བགྱིས་ཚེ། ནང་དོན་དང་རྣམ་པ་གང་གི་ཆ་ནས་ཙུང་མངོན་གསལ་དོད་པའི་གོང་འཕེལ་ཡར་རྒྱས་ཤིག་སོང་ཡོད་པ་ན། གཙོ་ཆེར་རིག་གནས་དང་ལོ་རྒྱུས་ཀྱི་མཐོང་སྣེ་ཞིག་ནས་བྲིས་ཡོད་ལ། རྩོམ་གྱི་ནང་དུ་རིག་གནས་ལོ་རྒྱུས་དང་འབྲེལ་བའི་དོན་གནད་གང་འཚམས་ཤིག་ལ་སྟོན་གྱི་གསུང་རབ་ཁྲོད་ནས་ལུང་འདྲེན་བྱས་པ་མང་ལ། རང་གི་ལྟ་བ་འདོད་ཚུལ་གླེང་བའི་ཆའང་ཡོད་པས་རྩོམ་རྩིལ་པོར་དེ་བས་རིག་གནས་ལྷུག་རྩོམ་གྱི་

རོ་བཅུད་ལྡན་པའི་སྣང་བ་འཆར་འོང་། འདི་ལྟའི་འཕེལ་འགྱུར་ལས་བོད་ཀྱི་དེང་རབས་ལྷུག་རྩོམ་གྱི་འཕེལ་ཕྱོགས་ཀྱི་སྣང་ཚུལ་འགའ་ཡང་རྟོགས་ནུས་ཏེ། གཅིག་ནས་བོད་ཀྱི་དེང་རབས་ལྷུག་རྩོམ་གྱི་རྣམ་པའི་ཆ་ནས་སྒྱུ་རྩལ་གྱི་ལྷུག་རྩོམ་དེ་རིམ་བཞིན་རིག་གནས་ལྷུག་རྩོམ་གྱི་རྣམ་པའི་ཆར་འཕེལ་འགྱུར་འགྲོ་གིན་ཡོད་པར་སེམས་ལ། ལྷུག་རྩོམ་གྱི་ནང་དུ་མི་རིགས་ཀྱི་རིག་གནས་དང་ལོ་རྒྱུས་ཀྱི་ཤེས་བྱ། དེ་བཞིན་ལོ་རྒྱུས་ཀྱི་གནའ་ཤུལ་དང་ཡུལ་གོམས་གཤིས་ལུགས་སོགས་ཁྲིས་ནས། ལྷུག་རྩོམ་དང་རིག་གནས་ཀྱི་འབྲེལ་བའང་ཐག་ཇེ་ཉེར་སོང་བའི་སྣང་ཚུལ་ཞིག་མངོན་ལ། ལྷུག་རྩོམ་གྱི་ལམ་ནས་ལོ་རྒྱུས་གནད་དོན་དང་དངོས་ཡོད་ཀྱི་གནས་སྟངས་བར་དུའང་འགྲེལ་བརྗོད་བྱེད་པ་སོགས་བོད་ཀྱི་དེང་རབས་ལྷུག་རྩོམ་གྱི་ནང་དོན་དང་རྣམ་པའི་ཆར། གཏིང་ཇེ་ཟབ་དང་ཕུན་སུམ་ཇེ་ཚོགས་སུ་འགྲོ་བཞིན་པ་རྟོགས་པར་ནུས།

ད་དུང་ཕུན་ཚོགས་བཀྲ་ཤིས་ཀྱིས་གསར་རྩོམ་ཐད་བཀོལ་བའི་ཡིག་རིགས་ཀྱི་འཕེལ་འགྱུར་ལས། བོད་ཀྱི་དེང་རབས་རྩོམ་པ་པོའི་ཡིག་རིགས་འཕེལ་འགྱུར་གྱི་སྣང་ཚུལ་ཅུང་ཟད་ཅིག་ཀྱང་མངོན་ཏེ། དུས་སྐབས་ཤིག་གི་ནང་དུ་རྒྱུ་རྐྱེན་དང་དམིགས་ཡུལ་སྣ་ཚོགས་ཀྱི་རྐྱེན་པས། བོད་རིགས་རྩོམ་པ་པོ་མང་པོ་ཞིག་གིས་ཐོག་མར་བོད་ཡིག་གི་ལམ་ནས་གསར་རྩོམ་བྱེད་པའི་རྣམ་པ་ལས། རིམ་བཞིན་རྒྱ་ཡིག་གི་ཐོག་ནས་གསར་རྩོམ་བྱེད་པའི་འཕེལ་འགྱུར་ཞིག་ཀྱང་མངོན་ཞིང་། དེ་འང་གོང་དུ་བརྗོད་པ་ལྟར་དེ་ནི་བོད་ཀྱི་དེང་རབས་རྩོམ་རིག་གི་བྱེ་བྲག་སྣང་ཚུལ་ཙམ་ལས། བོད་ཀྱི་དེང་རབས་རྩོམ་པ་པོའི་སྤྱི་ལ་མངའ་བའི་སྣང་ཚུལ་ཞིག་གཏན་ནས་མིན་ནོ།།

ས་བཅད་གསུམ་པ། གསར་རྩོམ་གྱི་ཞན་ཆའི་ཐད་རང་གི་བསམ་ཚུལ་ཅུང་ཟད་ཞུ་བ།

དང་པོ། བརྩམས་ཆོས་ཀྱི་སྐད་ཆར་ཞུན་བཟར་བྱེད་དགོས་ཚུལ།

རྩོམ་རིག་མཁན་པོ་ཧྲུ་མའི་ཞལ་ནས"རྩོམ་རིག་ནི་སྐད་ཆའི་སྒྱུ་རྩལ་ཞིག་ཡིན"ཞེས་པ་དང་། "རྩོམ་རིག་འགྲུབ་བྱེད་ཀྱི་རྒྱུ་ཆ་དང་པོ་དེ་ནི་སྐད་ཆ་ཡིན"ཞེས་གསུངས་པ་ལྟར། རྩོམ་རིག་གི་སྐད་ཆའམ་རྫོད་བྱེད་ཚིག་གི་སྦྱོར་བ་སྤེལ་སྟངས་ཐད་སྐྱོན་ཡོན་ཅི་འདྲ་ཞིག་མཆིས་ཀྱང་། དེས་བརྗོད་བྱའི་དོན་སྟོན་པར་དེ་མཐུན་གྱི་ནུས་པ་ཞིག་ཐོན་གྱི་ཡོད་ལ། ཐ་ན་བརྩམས་བྱ་རྩིལ་པོའི་སྲུས་ཚད་ལའང་ནུས་པ་ངེས་ཅན་ཞིག་ཐོན་གྱི་ཡོད་པ་ནི་སྨོས་ཅི་ལ་དགོས། དེས་ན་བརྩམས་ཆོས་ཤིག་ལ་བརྗོད་བྱའི་ནང་དོན་བཟང་བ་ཙམ་གྱིས་མ་ཆོག་པར། དེ་མཚོན་བྱེད་ཀྱི་སྐད་བརྡར་ཡང་ངེས་པར་བཞུ་སྦྱང་ལན་མང་བྱས་ནས་སྐད་ཆའི་གོང་འོག་འབྲེལ་ཆགས་ཤིང་ཚིགས་དམ་ལ་གཏན་ཚིགས་ཀྱི་རང་བཞིན་ལྡན་པ་དང་། སྣོས་སུ་ཡིད་འགྱུར་དང་གཟུགས་སྣང་གི་རང་བཞིན་འབུར་དུ་ཐོན་པ་སོགས་ཀྱི་རྩོམ་རིག་གི་སྐད་ཆའི་རྩ་བའི་ཤླང་བྱ་དག་ལ་ངེས་པར་ཡིད་གཟབ་དང་སློབ་སྦྱོང་བྱ་རྒྱུ་ནི་གསར་རྩོམ་གྱི་ལག་ལེན་ཁྲོད་དུ་གལ་འགངས་ཤིན་ཏུ་ཆེ་བའི་གནད་ཅིག་ཏུ་འགྱུམས་སོ། །

དེས་ན་རྩོམ་པ་པོ་ཕུན་ཚོགས་བཀྲ་ཤིས་ཀྱི་བརྩམས་ཆོས་སྤྱིའི་སྐད་ཆའམ་རྫོད་བྱེད་ཚིག་སྦྱོར་སྤེལ་སྟངས་ཐད་རྩོམ་མཁན་གཞན་ལས་ལོགས་སུ་གྱུར་པའི་ཐུན་མིན་གྱི་ཁྱད་ཡོན་གང་ཙམ་ཞིག་མཆིས་ཤིང་། དེ་དག་ལ་དཔྱད་པའང་མདོ་ཙམ་ཞིག་ས་བཅད་གོང་མ་དག་ཏུ་བྱུང་ཟིན་པས། འདིར་འཇིག་རྟེན་གྱི་བྱ་དངོས་ཡོད་དོ་ཅོག་ལ་སྐྱོན་ཡོན་མཉམ་གནས་ཀྱི་ཆོས་ཉིད་ལྡན་པ་ལྟར་དུ། ཁོང་གི་བརྩམས་ཆོས་ཀྱི་སྐད་ཆའི་ཞན་ཆ་མདོ་ཙམ་ཞིག་གླེང་

བར་བྱའོ། །

སྤྱིར་ཕྱུན་ཚོགས་བཀྲ་ཤིས་ཀྱི་རྩོམ་རིག་གསར་རྩོམ་ལ་འཕེལ་འགྱུར་གྱི་བརྒྱུད་རིམ་གསུམ་དུ་ཕྱེས་པས། འདིར་གླེང་བའི་བརྩམས་ཆོས་ཀྱི་སྐད་ཆར་ཞུན་བཏར་བྱེད་དགོས་ཚུལ་ནི། ཤས་ཆེ་བ་ཐོག་མའི་དུས་རིམ་མམ་བརྩམས་སྒྲུང་གསར་རྩོམ་གྱི་དུས་རིམ་ལ་གོ་དགོས་པ་ཡིན། གང་ལགས་ཤེ་ན་དུས་རིམ་དེའི་ནང་གི་བརྩམས་ཆོས་ཀྱི་སྐད་ཆའམ་རྗོད་བྱེད་ཚིག་སྦྱོར་ཐད་ལྟོས་བཅས་ཀྱི་དུས་རིམ་ཕྱི་མ་གཉིས་དང་ནང་ཕན་ཚུན་གཤིབ་བསྡུར་རེ་བྱས་ཚེ། ཅུང་མངོན་གསལ་དོད་པའི་ཞན་ཆའམ་མི་འདད་པའི་ཆ་འགའ་ཞིག་མཐོང་འོང་སྟེ། "ཕྱུན་ཚོགས་བཀྲ་ཤིས་ཀྱི་བརྩམས་སྒྲུང་ནང་མི་སྣའི་སྐད་ཆ་ཙམ་མ་ཟད་རྩོམ་པ་པོ་རང་ཉིད་ཀྱི་བརྗོད་ངག་ཀྱང་གཙང་སྐད་དུ་བྲིས་པ་མང་"[1]ཞེས་གསུངས་པ་ལྟར་དཔེར་ན《ཨ་ཇོ་གྲུང་ཧྲོག》དང《བདག་གི་རྩོ་བོ་ལགས》《སྐོ་རས་སྤྲ་རྣའི་སྐྱོ་གླུ་ལྷང་ལྷང》ལྟ་བུའི་ནང་གཙང་གི་ཡུལ་སྐད་བཀོལ་བ་ཤས་ཆེ་བས་སྐྱོན་དུ་གྱུར་བར་སེམས། མ་གཞི་བརྩམས་སྒྲུང་འདི་དག་གི་བརྗོད་གཞི་ནི་རྩོམ་མཁན་རང་ཉིད་འཚར་ལོངས་ཀྱི་ཁོར་ཡུག་སྟེ་གཞིས་རྩེ་གྲོང་བརྡལ་གྱི་གཞི་རིམ་གྲོང་མིའི་འཚོ་བ་མཚོན་པ་འབའ་ཞིག་ཡིན་པས། གཙང་གི་འཚོ་བའི་ཉམས་འགྱུར་མཚོན་ཆེད་དང་བརྩམས་ཆོས་ཀྱི་བདེན་སྣང་རང་བཞིན་ཤུགས་ཇེ་ཆེར་གཏོང་ཆེད་རྩོམ་པ་པོས་དམིགས་པ་ཡོད་པའི་སྒོ་ནས་མི་སྣའི་གཏམ་གླེང་ལ་གཙང་སྐད་བཀོལ་བ་ཞིག་ཡིན་ཡང་སྲིད། འོན་ཀྱང་ཁོ་བོའི་སྣང་ངོར་ཡུལ་སྐད་བཀོལ་སྤྱོད་ཐད་ཅུང་ཤས་ཆེ་དྲགས་པས། དེས་གཅིག་ནས་གཙང་སྐད་ལ་གོམས་འདྲིས་མེད་པའི་ཀློག་པ་པོས་བརྩམས་བྱའི་དོན་རྟོགས་པར་གེགས་སུ་གྱུར་བར་སེམས། གཉིས་ནས་རྩོམ་རིག་རང་དོས་ཀྱི་སྐད་ཆའི་དབང་དུ་བྱས་ནའང་དགེ་ལས་སྐྱོན་ཆེ་བར་སེམས་སོ།།

ད་དུང་ཕྱུན་ཚོགས་བཀྲ་ཤིས་ཀྱི་བརྩམས་སྒྲུང་ནང་གི་མི་སྣའི་སྐད་ཆ་དང་གནས་བབ་

[1] 《བོད་ཀྱི་རྩོམ་རིག་སྒྱུ་རྩལ》༡༩༩༨ ལོའི་དེབ་དྲུག་པ། སྤྱིའི་འདོན་ཐེངས་༡༡༠ ཤ་༥༠

གཉིས་ཅུང་མི་འཚམས་པའི་སྐྱོན་ཆའང་རེ་གཉིས་མཐོང་རྒྱུ་ཡོད་དེ། དེ་ཡང་འབྲོག་པའི་འཚོ་བ་མཚོན་པའི་བརྩམས་སྒྲུང་ནང་གི་མི་སྣའི་སྐད་ཆར་གཙང་གི་ཡུལ་སྐད་ཤུང་ཤས་རེ་བཀོལ་བའི་སྣང་ཚུལ་མཆིས་པ་དེ་དང་རྩོམ་གྱི་བརྗོད་གཞི་གཉིས་མི་འཚམས་པའི་ཞན་ཆའང་ཅུང་ཟད་ཡོད་པར་སེམས་ཏེ། དཔེར་ན《རྒྱུན་ལྡན་གྱི་ཉིན་མཚན་》ཞེས་པའི་ནང་འབྲོག་པ་ཨ་ཁྱུ་དངོས་གྲུབ་ཀྱིས“བུ་མོ་དེར་དགའ་རིན་ག་རེ་ཡོག་རས”ལྷ་བུ་ནི་གཅིག་ནས་མི་སྣའི་གནས་བབ་དང་མི་འཚམས་ལ་གཉིས་ནས་ཡིག་སྐད་ལའང་མི་འཚམས་པས་དེ་ལྟ་བུ་ཡོངས་སུ“བུ་མོ་དེར་དགའ་རིན་ཅི་ཞིག་ཡོད”ཅེས་པ་ལྟར་བྲིས་ཆོག་པར་སེམས། དེ་བཞིན་དུ《སྲིད་ཆོས་དང་མོའི་ཕྲུ་གུ་ལྔའི་ཕ་རྣམས》ཞེས་པར“མོའི་སློག་པ་རལ་པའི་ནང་དུ་གྱོན་པའི་འོག་འཇུག་རལ་པ་དང་། ཧང་པར་གྱོན་པའི་མི་རྟན་གྱི་འགྱིག་འཇུག་ལྷན་པ་བརྒྱབ་པ་དེ་མཐོང་དུས”[1]ཞེས་སོགས་གང་ལྟར་ཁོང་གི་བརྩམས་ཆོས་ནང་དུ་གཙང་གི་ཡུལ་སྐད་ཅུང་མང་བ་དང་གཅིག གཉིས་ནས་ཐ་སྙད་འགའ་ཞིག་གི་བཀོལ་སྤྱོད་ཐད་གདམ་གསེས་དང་ཞུན་བཏར་ཞིབ་ཚགས་མེད་པས་སྐབས་བབ་ཀྱི་དོན་མཚོན་པར་ནུས་པ་ཞན་ལ། ལྷ་ཀློག་གི་བརྒྱུད་རིམ་ཁྲོད་དུ་སྐད་ཆ་ཉག་ཉོག་དང་རྫབ་རྫོབ་ཀྱི་སྣང་བའང་ཅུང་ཟད་འཆར་འོང་བས། དེས་རྩོམ་རིག་གི་སྐད་ཆ་དེ་འཚོ་བའི་ཁྲོད་ཀྱི་སྐད་ཆ་ལས་ཚད་མཐོ་བའི་ཁྱད་ཡོན་མངོན་པར་སྐྱོན་དུ་གྱུར་བར་སྣམ།

གཉིས་པ། རིག་གནས་ལྷུག་རྩོམ་གྱི་བསམ་བློའི་ནང་དོན་གཏིང་ཟབ་ཏུ་གཏོང་དགོས་ཚུལ།

ཕུལ་དུ་བྱུང་བའི་རིག་གནས་ལྷུག་རྩོམ་ཞིག་གི་ནང་དུ། རིག་གནས་ཀྱི་ཆ་དང་ལྷུག་རྩོམ་གྱི་ཆ་གཉིས་ཀྱི་འབྲེལ་བ་དེ་ཐག་གཅོད་ཡང་དག་ཅིག་གམ་འོས་འཚམས་ཤིག་ངེས་

[1] ཕུན་ཚོགས་བཀྲ་ཤིས། 《སྲིད་ཆོས་དང་མོའི་ཕྲུ་གུ་ལྔའི་ཕ་རྣམས་》བོད་ལྗོངས་མི་དམངས་དཔེ་སྐྲུན་ཁང་། སྤྱི་ལོ་༡༩༩༧ ཤ ༤༨

པར་བྱེད་དགོས་ཏེ། རིག་གནས་ཀྱི་མཐོང་སྣེ་ཞིག་ནས་རྩོམ་འབྲི་ལ་འཇུག་པ་དང་། ལོ་རྒྱུས་ལ་ཕྱིར་རྟོག་གི་ནང་དོན་ཞིག་ནས་བསམ་གཞིག་དང་བློ་བསྐྱེད་སྤྲིན་རྒྱུ་ནི་རིག་གནས་ཀྱི་ཆ་དེ་ཡིན་ཞིང་། དེ་དག་ཕྱིར་མཚོན་པར་གསོན་ཉམས་དོད་ལ་ཡིད་སེམས་འགུག་པའི་སྐད་ཆའི་སྒྱུ་རྩལ་ཐུན་མིན་ཞིག་ལ་བརྟེན་དགོས་པ་ནི་ལྷུག་རྩོམ་གྱི་ཆ་དེ་ཡིན་པར་སེམས། དེས་ན་སྤྱིར་ཕུན་ཚོགས་བཀྲ་ཤིས་ཀྱི་རིག་གནས་ལྷུག་རྩོམ་ནང་ལྷུག་རྩོམ་གྱི་ཆའམ་རྩོམ་རིག་གི་རང་བཞིན་མངོན་པར་དོད་ཀྱང་། རིག་གནས་ཀྱི་ཆ་དེ་ཅུང་ཙུང་དྲགས་པའམ་རྒྱ་ཆུང་བའི་སྣང་བ་ཞིག་འཆར།

མ་གཞི་ཕུན་ཚོགས་བཀྲ་ཤིས་ཀྱི་རིག་གནས་ལྷུག་རྩོམ་གྱི་བར་གསེང་ནས་རྩོམ་པ་པོས་མི་རིགས་ཀྱི་རིག་གནས་རྒྱུད་འཛིན་དང་དར་སྤེལ་གཏོང་བའི་བསམ་བློའི་ལ་རྒྱ་ཞིག་དང་འགན་འཁྲིའི་འདུ་ཤེས་ཤིག་ཤུགས་ཀྱིས་མངོན་གྱིན་ཡོད་ཀྱང་ཁོ་བོའི་བསམ་པར་བསམ་བློའི་བརྩེ་དུང་འདི་ཉིད་ཕྱིར་མཚོན་བྱེད་ཐབས་ཆ་ནས། རྩོམ་པ་པོས་མི་སྣེར་གྱི་མཐོང་ཐོས་གཉིས་ལས་བྱུང་བའི་ཕྱིར་དྲན་དང་སེམས་ཀྱི་སྨྱོང་བ་གཏམ་རྒྱུད་ཀྱི་རྣམ་པའི་ཆར་བྲིས་པ་ཅུང་ཤས་ཆེ་བའི་སྐྱོན་དུ་སྣང་། གང་ལགས་ཤེ་ན་སྤྱིར་རིག་གནས་ལྷུག་རྩོམ་གྱི་བྱེད་ནུས་ཆ་ནས་གཙོ་ཆེར་ལོ་རྒྱུས་ཀྱི་ཕྱིར་འདང་ཁྲིད་ནས་རིག་གནས་རྩད་འཚོལ་དང་ཕྱིར་རྟོག་བྱ་རྒྱུ་དེ་ཡིན་ལ། གཏམ་རྒྱུད་ཀྱི་རྣམ་པ་ཞིག་ཉམས་འགྱུར་དོད་པའི་སྐད་ཆར་བརྟེན་ནས་དེས་མི་རྣམས་ལ་བློ་སྐྱེད་ཅིག་གམ་བསམ་གཞིག་གི་རིན་ཐང་ཞིག་ངེས་པར་སྐྲུན་དགོས་ཀྱི་ཡོད། ཕུན་ཚོགས་བཀྲ་ཤིས་ཀྱི་རིག་གནས་ལྷུག་རྩོམ་ལ་ཉམས་འགྱུར་དོད་པའི་སྐད་ཆའི་མཛེས་པ་ཞིག་མཆིས་ཀྱང་ཤས་ཆེ་བ་གཏམ་རྒྱུད་ཀྱི་བར་དུ་འཐིམ་པ་ལས། སྐད་ཆའི་མཛེས་པ་དེས་རིག་གནས་དང་ལོ་རྒྱུས་ལ་ཕྱིར་རྟོག་དང་རྩད་འཚོལ། ཡང་ན་བསམ་གཞིག་དང་བློ་སྐྱེད་ཀྱི་བར་སྣང་བསྐྲུན་པ་ཙུང་ཙུང་དྲགས་པའམ་ཡུལ་གོམས་གཤིས་ལུགས་དང་རིག་དངོས་ཪོ་སྙོད་ཀྱི་ཆ་དེ་ཤས་ཆེ་བ་ལས། བསམ་བློའི་ཐད་ཀྱི་ཟབ་ཚད་དེ་མུ་མཐུད་གཏིང་ཟབ་དང་རྒྱ་ཆེ་ཆེར་གཏོང་དགོས་པར་སེམས་སོ།།

ཟུར་བཀོད།

གཅིག ཕྱུན་ཚོགས་བཀྲ་ཤིས་དང་ཁོང་གི་རྩོམ་རིག་གསར་རྩོམ་དང་འབྲེལ་བའི་དོན་གནད་ལོ་ཚིགས།

ལོ་ཚིགས།	དོན་གནད།
༡༩༥༥ལོར།	བོད་ལྗོངས་གཙང་གཞིས་ཀ་རྩེ་རུ་སྐྱེས།
༡༩༦༡ལོར།	གཞིས་རྩེ་ས་ཁུལ་དགེ་འོས་སློབ་གྲྭ་ནས་མཐར་ཕྱིན།
༡༩༦༡ལོར།	གཞིས་རྩེ་ས་ཁུལ་གྱི་སློབ་འབྲིང་དུ་དགེ་རྒན་གྱི་ཕྱག་ལས་གནང་།
༡༩༦༨ལོར།	བོད་ལྗོངས་སློབ་ཆེན་རྒྱ་ཡིག་ཚན་ཁག་ཏུ་རྒྱ་ཡིག་ཆེད་ལས་སློབ་སྦྱོང་གནང་།
༡༩༦༧ལོར།	བོད་ལྗོངས་སློབ་ཆེན་རྒྱ་ཡིག་ཚན་ཁག་ནས་སློབ་མཐར་ཕྱིན།
༡༩༦༦ལོར།	པེ་ཅིན་གྱི་བོད་རིག་པའི་ཞིབ་འཇུག་ལྟེ་གནས་ཁང་དུ《ཀྲུང་གོའི་བོད་ཀྱི་ཤེས་རིག》གི་རྩོམ་སྒྲིག་པའི་ཕྱག་ལས་གནང་། ཁོང་གི་བརྩམས་སྒྲུང་ཐོག་མ《ཚེ་རྡོར་དང་ཁོ་མོ་ཚོ》ཞེས་པ་ལོ་དེའི《བོད་ཀྱི་རྩོམ་རིག་སྒྱུ་རྩལ》དེབ་ལྔ་པའི་ཐོག་ཏུ་བཀོད།
༡༩༩༠ལོར།	བོད་ལྗོངས་རིག་རྩལ་ལྷན་ཚོགས་སུ་ལས་གནས་བསྒྱུར་ཏེ་བོད་ཀྱི་དམངས་སྲོལ་རིག་གནས་དུས་དེབ《སྤང་རྒྱན་མེ་ཏོག》གི་རྩོམ་སྒྲིག་པའི་འགན་བཞེས།
༡༩༩༡ལོར།	ཁོང་གི་གཏམ་བརྗོད་ཟློས་གར་ཐུང་གྲས་ཀྱི་ཐོག་མ《སློབ་གྲྭ་ཆེན་མོ་ཐོན་པའི་མག་པ》ཞེས་པ་བརྩམས་ཤིང་སྐབས་དང་པོའི་ལྗོངས་ཡོངས་ཀྱི་འཁྲབ་ཚན་ཐུང་གྲས་འགྲན་བསྡུར་གྱི་བྱ་དགའ་ཨང་དང་པོ་ཐོབ།
༡༩༩༢ལོར།	《སྙི་རས་སྤུ་རའི་སྐྱོ་སྒྲུ་ལྷང་ལྷང》ཞེས་པ་ལོ་དེའི《བོད་ཀྱི་རྩོམ་རིག་སྒྱུ་རྩལ》དེབ་གསུམ་པའི་ཐོག་ཏུ་བཀོད། དེ་ནི་ཁོང་གི་སྒྲུང་འབྲིང་གྲས་ཐོག་མ་དེ་ཡིན།

༡༩༩༣ལོར།	《འདི་བསྟན་བཤིག་སློང་བ་མ་རེད་》ཅེས་པ་བརྩམས་ཤིང་།ལོ་དེའི་བོད་ཀྱི་གཏམ་བརྗོད་ཟློས་གར་ཐུང་གྲས་ཀྱི་གསར་རྩོམ་བྱ་དགའ་ཨང་གཉིས་པ་ཐོབ།
༡༩༩༣ནས ༡༩༩༤བར།	ཁོང་གི་འབྲུས་ཚབ་རང་བཞིན་དུ་གྱུར་བའི་བརྩམས་སྒྲུང་འབྲིང་གྲས་《སྲིད་ཆོས་དང་མོའི་ཕྲུ་གུ་ལྔའི་ཕ་རྣམས་》བརྩམས།
༡༩༩༤ལོར	《གཙང་འགྲམ་》ཞེས་པར་བོད་ལྗོངས་རིག་གནས་ཚགས་པར་གྱི་ཕྱུལ་བྱུང་བརྩམས་སྒྲུང་གི་བྱ་དགའ་ཐོབ།
༡༩༩༥ལོར	"བོད་ཀྱི་ལོ་བཅུའི་རྩོམ་རིག་གྲུབ་འབྲས་གཟེངས་བསྟོད་བྱ་དགའ"ཐོབ།
༡༩༩༦ལོ།	ཁོང་གི་དགོད་བྲོའི་གཏམ་སྒྲིང་ཐོག་མ《བར་སྐོར་ནང་གི་སྒྲིང་མོ་》བརྩམས།
༡༩༩༧ལོར།	བོད་ལྗོངས་མི་དམངས་དཔེ་སྐྲུན་ཁང་གིས་ཁོང་གི་སྒྲུང་གཏམ་ཕྱོགས་བསྒྲིགས《སྲིད་ཆོས་དང་མོའི་ཕྲུ་གུ་ལྔའི་ཕ་རྣམས་》ཞེས་པ་པར་བསྐྲུན་འགྲེམས་སྤེལ་བྱས། བརྩམས་བྱ་དེར"བོད་ཀྱི་དུས་རབས་གསར་པའི་རྩོམ་རིག་བྱ་དགའ"དང"ཇོ་མོ་གླང་མའི་རྩོམ་རིག་སྒྲུ་རྩལ་གྱི་བྱ་དགའ"སོགས་ཐོབ།
༡༩༩༧ལོར།	《དངུལ་ཁང་གི་ལས་བྱའི་ཁྱིམ་ཚང་》ཞེས་པར་ལོ་དེའི་བོད་ཀྱི་གཏམ་བརྗོད་ཟློས་གར་ཐུང་གྲས་ཀྱི་གསར་རྩོམ་བྱ་དགའ་ཨང་གཉིས་པ་ཐོབ།
༡༩༩༨ལོར།	ཀྲུང་གོའི་རྩོམ་པ་པོའི་མཐུན་ཚོགས་ནང་དུ་ཞུགས།
༡༩༩༩ལོར།	བོད་ལྗོངས་མི་དམངས་དཔེ་སྐྲུན་ཁང་གིས་ཁོང་གི་འཁྲབ་གཞུང་ཕྱོགས་བསྒྲིགས《འཁྲབ་གཞུང་འཛུམ་ཤོར་དོན་ལྡན་》ཞེས་པ་པར་བསྐྲུན་འགྲེམས་སྤེལ་བྱས།
༢༠༠༥ལོར།	རྩོམ་པ་པོའི་དཔེ་སྐྲུན་ཁང་གིས་ཁོང་གི་རིག་གནས་ལྷུག་རྩོམ་ཕྱོགས་བསྒྲིགས《ཁྱིམ་པ་བའི་བོད་ལྗོངས་》（རྒྱ་ཡིག་）ཞེས་པ་པར་བསྐྲུན་འགྲེམས་སྤེལ་བྱས།
༢༠༠༦ལོར།	བོད་ལྗོངས་མི་དམངས་དཔེ་སྐྲུན་ཁང་གིས་ཁོང་གི་འཁྲབ་གཞུང་ཕྱོགས་བསྒྲིགས《འཁྲབ་གཞུང་བཞད་གད་ཧ་ཧ་ཧ་》ཞེས་པ་པར་བསྐྲུན་འགྲེམས་སྤེལ་བྱས།

༢༠༡༠ལོར།	བོད་ལྗོངས་བོད་ཡིག་དཔེ་སྐྲུན་ཁང་གིས་ཁོང་གི་རིག་གནས་ལྷུག་རྩོམ་ཕྱོགས་བསྒྲིགས་《བོད་ཡུལ་གྱི་གནའ་གཏམ་》（བོད་ཡིག་）ཞེས་པ་པར་བསྐྲུན་འགྲེམས་སྤེལ་བྱས། དེར་སྐབས་བཅུ་པའི་རྒྱལ་ཡོངས་"གྲངས་ཉུང་མི་རིགས་ཀྱི་རྩོམ་རིག་གསར་རྩོམ་གྱི་རྟ་མཆོག་བྱ་དགའ་"ཐོབ།
༢༠༡༡ལོར།	བོད་ལྗོངས་བོད་ཡིག་དཔེ་སྐྲུན་ཁང་གིས་ཁོང་གི་མི་སྣའི་རྟོགས་བརྗོད་《གངས་ལྗོངས་རིག་རྩལ་གྱི་བདག་ཉིད། —ཐུབ་བསྟན་གྱི་མི་ཚེའི་ལམ་བུ་》（བོད་ཡིག་）ཞེས་པ་པར་བསྐྲུན་འགྲེམས་སྤེལ་བྱས་པ་དང་དུས་མཉམ་དུ་རྒྱ་ཡིག་གི་དཔར་མ་《藏地追梦人——土登的传奇人生》ཞེས་པ་པར་བསྐྲུན་འགྲེམས་སྤེལ་བྱས་པར། ༢༠༡༢ལོའི་བོད་རང་སྐྱོང་ལྗོངས་"ལེགས་པོ་ལྔའི་ལས་གཞིའི་བྱ་དགའ་"ཐོབ།
༢༠༡༢ལོར།	《དེབ་ཁང་ནང་གི་དགོད་གཏམ་》ཞེས་པ་བརྩམས།
༢༠༡༣ལོར།	《ལོ་རྗེ་སུམ་ཅུའི་འགྱུར་ལྡོག་》ཅེས་པ་བརྩམས།
༢༠༡༥ལོར།	《སྐྱིད་གྲོང་དུ་བསྐྱོད་པའི་ཟིན་ཐོ་》དང་《གཞུང་ཅུ་རྩྭ་ཐང་སྟེང་གི་བཟང་པོ་》ཞེས་པ་ལོ་དེའི་《བོད་ཀྱི་རྩོམ་རིག་སྒྱུ་རྩལ་》དེབ་ལྔ་པའི་ཐོག་ཏུ་བཀོད།
༢༠༡༦ལོར།	བོད་ལྗོངས་བོད་ཡིག་དཔེ་སྐྲུན་ཁང་གིས་ཁོང་གིས་《ཇོ་མོ་གླང་མའི་འདབས་རོལ་དུ། ཤུལ་འཚོལ་》ཞེས་པ་པར་བསྐྲུན་འགྲེམས་སྤེལ་བྱས་པ་དང་དུས་མཉམ་དུ་རྒྱ་ཡིག་གི་དཔར་མ་《寻迹—在珠穆朗玛峰脚下》ཞེས་པ་པར་བསྐྲུན་འགྲེམས་སྤེལ་བྱས་པར།

གཉིས། ཕུན་ཚོགས་བཀྲ་ཤིས་ལགས་ལ་བཅར་འདྲི་བྱས་པའི་ཟིན་བྲིས་སྙིང་བསྡུས།

༡ བཅར་འདྲི་མཁན། ཀུན་ལགས་ཁྱེད་རང་ལ་ཆ་མཚོན་ན། མི་ལོ་བཞི་བཅུ་ལ་ཉེ་བའི་གསར་རྩོམ་ཉམས་མྱོང་ལྡན་པ་ཞིག་ཡིན་ལ། དུས་ཡུན་དེ་དག་ནང་ཁྱེད་རང་གིས་རྩོམ་ལུས་དང་ཡིག་རིགས་མི་གཅིག་པའི་བརྩམས་བྱ་འབོར་ཆེན་ཞིག་པར་བསྐྲུན་འགྲེམས་སྤེལ་བྱས་ཡོད། དེས་ན་ཁྱེད་རང་གིས་གསར་རྩོམ་ཉམས་མྱོང་དང་སྦྱར་ནས་རྩོམ་པ་པོ་ཞིག་ལ་

ངེས་པར་ལྡན་དགོས་པའི་རྩ་བའི་ཆ་རྐྱེན་གང་དག་ཡོད་མེད་དང་། སློས་སུ་འབྲབ་གཞུང་རྩོམ་པ་པོ་ཞིག་ཡིན་ན། དེར་རྩ་བའི་ཆ་རྐྱེན་གང་དག་འཛོམས་དགོས་སམ།

ཕུན་ཚོགས་བཀྲ་ཤིས་ལགས། ང་རང་གི་བསམ་ཚུལ་བྱས་ན། རྩོམ་རིག་འདི་ཉིད་སྐད་ཆའི་སྒྱུ་རྩལ་ཞིག་ཡིན་པའི་ཆ་ནས། དང་ཐོག་སྐད་ཡིག་གི་ཚད་ངེས་ཅན་ཞིག་ལྡན་དགོས་པ་དེ་གལ་ཆེན་པོ་རེད། འོན་ཀྱང་སྐད་ཡིག་དང་རིག་གནས་ཚད་མཐོ་པོ་ལྡན་པ་ཙམ་གྱིས་རྩོམ་རིག་གསར་རྩོམ་ལ་མཁས་པའི་ཁྱབ་པ་མེད། དེས་ན་གཉིས་ནས་འཚོ་བའི་སྦྱོང་གོམས་ཕུན་སུམ་ཚོགས་པོ་ཞིག་དང་སྒྱུ་རྩལ་གསར་རྩོམ་གྱི་རྟོག་པ་ངེས་ཅན་ཞིག་ཀྱང་ལྡན་དགོས། གསུམ་ནས་ཡང་དག་པའི་འཛིག་རྟེན་གྱི་ལྟ་ཚུལ་ཞིག་ལྡན་དགོས་པར་སེམས། འབྲབ་གཞུང་རྩོམ་པ་པོ་ཞིག་གིས་ཐོག་མར་ངེས་པར་དུ་གར་སྟེགས་སྒྱུ་རྩལ་ལ་ཤེས་རྟོགས་གཏིང་ཟབ་ཅིག་ཡོད་དགོས། གང་ལགས་ཤེ་ན། འབྲབ་གཞུང་ནི་གར་སྟེགས་ཐོག་ཏུ་འབྲབ་བྱེད་ལ་མཁོ་བའམ་དམིགས་པ་ཞིག་ཡིན་སྐབས་དེའི་ནང་དོན་དང་འཁོར་རྒྱུ་དེ། གར་སྟེགས་ལས་གྲོལ་དུ་མེད་པས་ན། གར་སྟེགས་ཐོག་ཏུ་མི་སྣའི་གཟུགས་བརྙན་ཇི་ལྟར་གསར་སྐྲུན་བྱེད་དགོས་མིན་དེ་གཅིག་རེད། གཉིས་ནས་གོང་དང་འདྲ་བར་འཚོ་བའི་ཉམས་སྦྱོང་དེ་ཕུན་སུམ་ཚོགས་པོ་ཞིག་ལྡན་དགོས། གསུམ་ནས་འབྲབ་གཞུང་གི་སྐད་ཆ་དེ་གསོན་ཉམས་དོད་པ་དང་འཚོ་བ་དངོས་དང་ཐག་ཉེ་བ། སྙན་ཆ་དོད་པ་སོགས་དགོས་རྒྱུ་གལ་ཆེན་པོ་རེད།

༢ བཅར་འདྲི་མཁན། ཀུན་ལགས་ཁྱེད་རང་གི་བརྩམས་ཆོས་ལྟ་སློག་དང་དབྱེ་ཞིབ་བྱེད་པའི་བརྒྱུད་རིམ་ལས། ང་རང་གི་བསམ་ཚུལ་ལྟར་ན། ཁྱེད་རང་གི་གསར་རྩོམ་འཕེལ་འགྱུར་འདི། རྩོམ་ལུས་ཆ་ནས་ཐོག་མར་བརྩམས་སྒྲུང་། བར་དུ་འབྲབ་གཞུང་། དེ་ནས་རིམ་བཞིན་ལྷུག་རྩོམ་གསར་རྩོམ་བཅས་ཀྱི་འཕེལ་འགྱུར་ཞིག་མངོན་པར་སེམས། དེ་ལྟར་ཨེ་ཡིན། ཁྱེད་རང་ངོས་ནས་གསར་རྩོམ་འཕེལ་འགྱུར་ཐད་དགོངས་ཚུལ་ཅི་འདྲ་ཡོད།

ཕུན་ཚོགས་བཀྲ་ཤིས་ལགས། སྤྱིར་ཁྱོད་ཀྱིས་བཤད་པ་དེ་འདྲ་རེད། ངས་ད་ལྟའི་

བར་དུ་རྩོམ་ལུས་མི་འདྲ་བ་རྣམ་པ་བཞིའི་སྟེང་ནས་གསར་རྩོམ་བྱས་ཡོད་ཅིང་། ཐོག་མར་བརྩམས་སྒྲུང་གསར་རྩོམ་བྱས་པ་ཡིན། གང་ཡིན་ཟེར་ན། རྩོམ་པ་པོ་སྤྱིའི་འགྲོ་ཕྱོགས་ལྟར་གཞོན་ནུའི་དུས་ནི་ཕུགས་བསམ་དང་བརྩེ་སེམས་ཀྱི་མེ་ལྕེ་སྦར་བའི་དུས་ཤིག་ཡིན་ལ། གསར་རྩོམ་གྱི་རྟོག་པ་འཕེལ་བའི་དུས་ཤིག་ཡིན་དུས། ཐོག་མར་བརྩམས་སྒྲུང་གསར་རྩོམ་ལ་འཇུག་པ་རེད། བར་དུ་འཁྲབ་གཞུང་གསར་རྩོམ་བྱས་པ་ནི་སྤྱི་ཚོགས་འཕེལ་རྒྱས་དང་དུས་བབ་ཀྱིས་བསྐུལ་བའི་སྐབས་དབང་ཞིག་ཡིན་པ་ལས། བརྩམས་སྒྲུང་གསར་རྩོམ་ལ་འཇུག་ལྟར་དགའ་ཞེན་དང་དམིགས་ཡུལ་ཞིག་མེད། ཡིན་ཡང་རེ་གཉིས་བྲིས་པར་གྲུབ་འབྲས་མི་དམན་ཙམ་ཞིག་ཐོབ་ཡོད་པས་མུ་མཐུད་ལམ་དེར་ཞུགས་པ་ཡིན། ཕྱིས་སུ་ལྷུག་རྩོམ་ལྷག་པར་དུ་རིག་གནས་ལྷུག་རྩོམ་གསར་རྩོམ་ལ་འཇུག་རྐྱེན་ནི། རྩོམ་པ་པོ་མང་ཆེ་བ་དང་འདྲ་བར། མི་ཞིག་ན་ཚོད་གང་འཚམས་ཤིག་ལ་སླེབས་དུས། རང་གི་བསམ་བློ་མཚོན་པར་ལྷུག་རྩོམ་གསར་རྩོམ་ལ་ཞུགས་ཀྱི་ཡོད། གང་ཡིན་ཟེར་ན་དེའི་དུས་སུ་འཚོ་བའི་ཉམས་མྱོང་ཕུན་སུམ་ཚོགས་ལ། རྩོམ་རྩལ་ཆ་ནས་ཀྱང་ཚད་གང་འཚམས་ལྡན་པ། རིག་གནས་ཀྱི་གོ་བ་དེ་གཏིང་ཟབ་ཏུ་ཕྱིན་པ་སོགས་མཚོན་པར་ལྷུག་རྩོམ་གྱི་ལུས་འདི་འཚམས་ཤོས་ཡིན་པར་སྣང་།

༣ བཅར་འདྲི་མཁན། རྒྱན་ལགས་ཁྱེད་རང་གི་རྩོམ་རིག་གསར་རྩོམ་ཐད། ང་ཚོ་བོད་ཀྱི་དེང་རབས་རྩོམ་པ་པོ་གཞན་དང་མི་འདྲ་བའི་ཐུན་མིན་གྱི་ཁྱད་ཆོས་ཤིག་ནི། ད་ལྟའི་བར་དུ་རྩོམ་ལུས་སྣ་ཚོགས་ཀྱི་ལམ་ནས་གསར་རྩོམ་དང་འཚོལ་སྒྲིག་བྱེད་ཀྱིན་ཡོད་པ་རེད། དེས་ན། ཁྱེད་རང་གི་བསམ་ཚུལ་ལྟར་ན། རྩོམ་ལུས་སྣ་ཚོགས་ཀྱི་ལམ་ནས་གསར་རྩོམ་བྱེད་པར་དགེ་མཚན་གང་ཞིག་ཡོད། གལ་ཏེ་རྩོམ་པ་པོ་ཞིག་གིས་རྩོམ་ལུས་གཅིག་པོ་ནའི་ལམ་ནས་གསར་རྩོམ་བྱས་ཚེ། དེར་སྐྱོན་འདྲ་གང་ཡོད།

ཕུན་ཚོགས་བཀྲ་ཤིས་ལགས། ང་རང་གིས་བལྟས་ན། སྔ་རབས་ཀྱི་རྩོམ་པ་པོ་མང་ཆེ་བས་ཕྱོགས་ཡོངས་ནས་གསར་རྩོམ་བྱེད་པ་ཤས་ཆེ་ལ། ཕྱིས་སུའི་འགྲོ་ཕྱོགས་བྱས་ན་རྩོམ་ལུས་

རྒྱང་པའི་ལམ་ནས་གསར་རྩོམ་བྱེད་མཁན་ཅུང་མང་བར་མཐོང་། དེ་ལྟར་བྱས་པར་དགེ་མཚན་གཅིག་ཡོད་དེ། གསར་རྩོམ་ལ་གྲུབ་འབྲས་ཐོབ་སླ་བ་ཡོད་ཀྱི་རེད། གང་ཡིན་ཟེར་ན་སེམས་ནུས་ཡོད་ཚད་ཀྱིས་བྱ་བ་སྣེ་གཅིག་བསྒྲུབ་པ་དང་འདྲ་པོ་རེད། འོན་ཀྱང་ཕྱོགས་གཞན་ཞིག་ནས་བསམ་བློ་བཏང་ན་དེར་སྐྱོན་གཅིག་ཡོད་དེ། གལ་ཏེ་ཕྱོགས་དེའི་ཐོག་འབྲས་བུ་མ་ཐོན་ཚེ། ཕྱོགས་གཞན་པའི་སྟེང་ནས་འབད་བརྩོན་བྱེད་རྒྱུར་དཀའ་ལས་ཁག་པོ་རེད། སྔོས་སུ་ང་ཚོ་བོད་ལ་ད་ལྟའི་དུས་སུ་རིག་གནས་གསར་པ་སྣ་ཚོགས་བརྒྱུ་ལེན་བྱེད་པའི་དུས་སྐབས་ཤིག་ཡིན་པས། རྩོམ་ལུས་སྣ་ཚོགས་ཀྱི་ལམ་ནས་གསར་རྩོམ་བྱས་ན་གཅིག་ནས་ཀློག་པ་པོའི་དགོས་མཁོ་དང་མཐུན་ལ། གཉིས་ནས་རྩོམ་ལུས་མི་གཅིག་པའི་གསར་རྩོམ་གྱི་ཐབས་ལམ་དེ་དག་ཕན་ཚུན་འོས་འཚམས་ཀྱིས་སྤྱི་སྤྱོར་བྱེད་ཆོག་པར་སེམས།

༤ བཅར་འདྲི་མཁན། སྤྱིར་གཏམ་བརྗོད་ཟློས་གར་ཐུང་གྲས་དང་དགོད་བྲོའི་གཏམ་སྒྲིང་གཉིས་ཀ་འབྲབ་གཞུང་ཡིན་པས་དེ་གཉིས་ལ་འདྲ་བའི་ཆ་དང་མི་འདྲ་བའི་ཆ་གང་ཡོད་མེད་ཐད། ཁྱེད་རང་གི་ལྟ་ཚུལ་ཞིག་གསུངས་རོགས།

ཕུན་ཚོགས་བཀྲ་ཤིས་ལགས། གཏམ་བརྗོད་ཟློས་གར་ཐུང་གྲས་དང་དགོད་བྲོའི་གཏམ་སྒྲིང་གཉིས་ཀ་སྐད་བརྡའི་སྒྱུ་རྩལ་དང་གར་སྟེགས་ཀྱི་སྒྱུ་རྩལ་ཞིག་ཡིན་པ་ནི་མཐུན་ཕྱོགས་དང་། མི་འདྲ་བའི་ཆ་ནི་གཙོ་ཆེར་ནང་དོན་རྒྱ་ཆེ་ཆུང་དང་སྒྱུ་རྩལ་གྱི་མཚོན་ཐབས་ཆ་དེ་རེད། གཏམ་བརྗོད་ཟློར་གར་ནི་འཚོ་བའི་ཆ་ཤས་སམ་ཟུར་གཅིག་གར་སྟེགས་ཐོག་ཏུ་སྤོས་ནས་དེར་ངེས་པར་མི་དང་ཁོར་ཡུག དོན་དག་བཅས་ཆ་ཚང་ཞིག་ཚང་དགོས་ལ། འཁྲབ་སྟོན་བྱེད་སྐབས་གར་སྟེག་ལས་གྲོལ་དུ་མེད་པ་ཞིག་ཡིན། འོན་ཀྱང་དགོད་བྲོའི་གཏམ་སྒྲིང་ལ་ལྷོས་བཅས་ཀྱི་རང་དབང་ཆེ་བ་ཡོད་དེ། གར་སྟེགས་ཀྱི་ཚད་བཀག་མེད་པར། ད་ལྟའི་དུས་ནས་འདས་དང་མ་འོངས་ཀྱི་དོན་ཅི་རིགས་བཤད་ཆོག་ལ། ནང་དོན་ཐད་རྒྱ་ཆེ་ཆུང་གང་ཡང་བཤད་ཆོག མདོར་ན་གཏམ་བརྗོད་ཟློས་གར་ནི་འཁྲབ་པ་གཙོ་ཆེ་ཞིང་དགོད་བྲོའི་གཏམ་སྒྲིང་ནི་བཤད་པ་གལ་ཆེ་བར་ཞིག་ཡིན།

༥ བཅར་འདྲི་མཁན། ཁྱེད་རང་གིས་ད་ལྟའི་བར་དུ་གཏམ་བརྗོད་ཟློས་གར་ཐུང་གྲས་དང་དགོད་བྲོའི་གཏམ་སྙིང་གི་འབྲབ་གཞུང་གང་མང་ཞིག་གསར་རྩོམ་གནང་ཡོད་ཅིང་། ཁྱེད་རང་གི་དགོངས་ཚུལ་ལྟར་ན་བརྩམས་ཆོས་དེ་དག་ནང་ནས་གང་ཞིག་དཔེ་མཚོན་རང་བཞིན་དུ་འཛོག་གིན་ཡོད། རྒྱུ་མཚན་ཅི།

ཕུན་ཚོགས་བཀྲ་ཤིས་ལགས། ངས་ད་ལྟའི་བར་དུ་གཏམ་བརྗོད་ཟློས་གར་ཐུང་གྲས་དང་དགོད་གཏམ་མང་པོ་ཞིག་བྲིས་ཡོད་པ་རེད། འོན་ཀྱང་དེ་དག་ནང་ནས་སྤྱི་ཚོགས་ཐོག་བག་ཆགས་ཟབ་ཤོས་དང་ཤུགས་རྐྱེན་ཆེ་ཤོས་དེ་གཏམ་བརྗོད་ཟློས་གར་ཐུང་གྲས་ནས་བྱས་ན《ར་བཟི་ལྷག་པ་ལགས》བཞག་གི་ཡོད། གང་ཡིན་ཟེར་ན་གཅིག་ནས་བརྩམས་ཆོས་དེ། བོད་སྐད་ཀྱི་གཏམ་བརྗོད་ཟློས་གར་ཐུང་གྲས་ཀྱི་ལམ་ཚད་རྗེ་རིང་ལྟ་བུ་ཞིག་ཏུ་གྱུར་བའི་གདེང་འཛོག་བྱེད་ཀྱི་ཡོད། དེ་ལྟར་བྱེད་དགོས་པའི་རྒྱུ་མཚན་ནི་བརྩམས་ཆོས་འདིའི་ནང་དོན་དང་སྒྱུ་རྩལ་མཚོན་ཐབས་ཆ་ནས་ཚུ་ཚད་གང་འཚམས་ཤིག་ཏུ་སླེབས་ཡོད། ལྷག་པར་མི་སྣའི་གཟུགས་བརྙན་གསར་སྐྲུན་ཐད་གྲུབ་འབྲས་ངེས་ཅན་ཞིག་ཐོབ་ཡོད་དེ། “ར་བཟི་ལྷག་པ་ལགས་དང་ཨེམ་ཆེ་ལྷག་པ”ཅེས་བརྗོད་ན། ད་ལམ་ཕལ་ཆེ་བས་ཆ་རྒྱུས་ཡོད་པ་ཞིག་ཏུ་གྱུར་ཡོད་པ་མ་ཟད་མུ་འབྲེལ་གཏམ་བརྗོད་ཟློས་གར་གསུམ་པོ་དེའི་སྤྱི་མིང་དུ“ར་བཟི་ལྷག་པ་ལགས”ཞེས་བཏགས་ཡོད། མདོར་ན་བརྩམས་ཆོས་འདི་ཉིད་བོད་ཀྱི་གཏམ་བརྗོད་ཟློས་གར་ཐུང་གྲས་ཀྱི་འབྱུང་འཕེལ་ལོ་རྒྱུས་ཁྲོད་དུ་གནས་བབ་མཐོ་པོ་ཞིག་བཟུང་ཡོད།

དགོད་བྲོའི་གཏམ་སྙིང་ངོས་ནས་བཤད་ན《རིག་དངོས་ཀྱི་རེ་འབོད》ཅེས་པ་འདི་གལ་ཆེན་པོ་ཞིག་ཏུ་བརྩིས་ཀྱིན་ཡོད། གང་ཡིན་ཟེར་ན་གཅིག་ནས་དེའི་སྒྱུ་རྩལ་མཚོན་ཐབས་ཐད། ལྷ་མི་ཕན་ཚུན་སྐད་ཆ་ཤོད་པ་སོགས་ཡིན་པ་མིན་སྲིད་པ་ཞིག་འཆར་ཡན་རིང་ལུགས་ཀྱི་མཚོན་ཐབས་སྤྱད་ཡོད་ལ། གཉིས་ནས་ནང་དོན་ཐད་ནས་སྤྱི་ཚོགས་ལ་ནུས་པ་ངེས་ཅན་ཞིག་ཐོན་ཡོད་པ་ནི་དགོན་སྡེ་ཁག་གིས་རིག་དངོས་སྲུང་སྐྱོབ་ཀྱི་འདུ

ཤེས་མཐོང་འདེགས་སུ་ཕྱིན་ནས། རིག་དངོས་པོར་བརྟག་གི་དོན་རྐྱེན་ཡང་ཇེ་ཉུང་དུ་སོང་ཡོད། དགོད་གཏམ་འདི་ཉིད་ཀྱི་ནང་དོན་ཐད་དུས་ཚོད་ཀྱིས་ཚོད་བགམ་ཐུབ་པ་ཞིག་ཡིན་ཏེ། རིག་དངོས་སྲུང་སྐྱོབ་ལྟ་བུ་ནི་ནམ་ཡང་ཡལ་དུ་མེད་པའི་བརྗོད་གཞི་ཞིག་ཡིན།

༨ བཅར་འདྲི་མཁན། 《སྲིད་ཆོས་དང་མོའི་ཕྲུ་གུ་ལྔའི་ཕ་རྣམས་》ཞེས་པ་ནི་ཁྱེད་རང་གི་དཔེ་མཚོན་རང་བཞིན་དུ་གྱུར་བའི་བརྩམས་སྒྲུང་གི་གྲས་ཤིག་ཡིན་པས། དེ་རྩོམ་པའི་ཐོག་མའི་ཀུན་སློང་ངམ་རྩོམ་གྱི་ས་བོན་ཅི་ཞིག ཡང་ན་སྐབས་དེའི་གསར་རྩོམ་གྱི་རྒྱབ་ལྗོངས་མདོ་ཙམ་ཞིག་གསུངས་རོགས་གནང་།

ཕུན་ཚོགས་བཀྲ་ཤིས་ལགས། རྩོམ་འདིའི་གསར་རྩོམ་གྱི་ལོ་རྒྱུས་མདོར་བསྡུས་ཤིག་བཤད་ན་འདི་འདྲ་རེད། ༡༩༩༢ལོར་ང་རང་མངའ་རིས་ས་ཁུལ་མཚོ་ཆེན་རྫོང་ཚྭ་བྱང་ཤང་དུ་སྤྱི་ཚོགས་རིང་ལུགས་ཀྱི་སློབ་གསོའི་ལས་དོན་སྤེལ་བར་ཕྱིན་པ་ཡིན། ང་རང་འགྲོ་སའི་ས་ཆ་དེ་ཡོངས་སུ་འབྲོག་ལས་ལ་བརྟེན་ནས་འཚོ་བའི་ས་ཆ་ཞིག་རེད། ང་རང་ལ་མཚོན་ན་ཆུང་དུས་གྲོང་བརྡལ་དང་གྲོང་ཁྱེར་ནས་འཚར་ལོངས་བྱུང་བ་ཞིག་ཡིན་ཙང་། འབྲོག་པའི་འཚོ་བ་དང་རིག་གནས་ལ་དེ་ཙམ་གྱི་རྒྱུས་མངའ་མེད། དེར་བརྟེན་ངས་དུས་སྐབས་དེ་འབྲོག་པའི་འཚོ་བར་རྒྱུས་ལོན་བྱེད་པའི་གོ་སྐབས་ཤིག་ཏུ་བཟུང་ནས། ཡུལ་དེ་གའི་འབྲོག་པ་མང་ཚོགས་ཚོ་དང་མཉམ་ཟ་མཉམ་འཁྱུང་གིས་ཉེ་བར་བཅར་ནས། ཕོ་ཚོའི་འཚོ་བར་གཏིང་ཟབ་པའི་ཉམས་ཞིབ་ཅིག་བྱས་པ་ཡིན།

སྐབས་དེ་དུས་དཔལ་འབྱོར་དང་འཕྲིམ་འགྲུལ་སོགས་གང་ས་ཅི་ཐད་ཏ་ཙང་རྗེས་ལུས་ཀྱི་རྣམ་པ་ཞིག་རེད། གློག་དང་གཞུང་ལམ་མེད་ལ། གང་ཅིའི་ཐད་ད་ལྟ་ནང་བཞིན་སྟབས་བདེ་དེ་འདྲ་མེད། ང་ཚོས་བཞོན་རྟ་ལ་བརྟེན་ནས་གྲོང་ཚོ་གཅིག་ནས་གཅིག་ཏུ་ལས་དོན་སྤེལ་བར་བསྐྱོད་དགོས་ཀྱི་ཡོད། འབྲོག་ཁུལ་གྱི་གྲོང་ཚོ་མང་པོ་ཞིག་ལ་བུད་མེད་གཅིག་ལ་ཕ་མི་གཅིག་པའི་ཕྲུ་གུ་མང་པོ་ཡོད་པ་ནི་ཆེས་རྒྱུན་གཏན་གྱི་གནས་ཚུལ་ལྟ་བུ་ཞིག་རེད་འདུག ངས་དོན་དེ་ས་བོན་དུ་བྱས་ནས《སྲིད་ཆོས་དང་མོའི་ཕྲུ་གུ་ལྔའི་ཕ་རྣམས་》ཞེས་

གསར་རྩོམ་བྱས་པ་ཡིན། འོན་ཏེ་“སྲིད་ཆོས”་ཅེས་པའི་མི་སྣ་ནི་འཚོ་བའི་རྒྱང་གཞི་ངེས་ཅན་ཞིག་ཡོད་པ་གང་ཞིག་དེར་རྟོག་བཟོ་བྱས་ནས་བྲིས་པ་ཞིག་ལས། ཡོངས་སུ་དངོས་བྲིས་བྱས་པ་ཞིག་མ་རེད།

༼༦༽ བཅར་འདྲི་མཁན། མིག་སྔའི་བོད་སྐད་འབྲུབ་གཞུང་གསར་རྩོམ་གྱི་གནས་སྟངས་ལ་གདེང་འཇོག་དང་དེའི་མ་འོངས་འཕེལ་རྒྱས་གཏོང་ཚུལ་ཐད་ཁྱེད་རང་གི་དགོངས་འཆར་ཅི་འདྲ་ཡོད།

ཕུན་ཚོགས་བཀྲ་ཤིས་ལགས། གཏམ་བརྗོད་ཟློས་གར་ཐུང་གྲས་དང་དགོད་བྲོའི་གཏམ་སྙིང་གཉིས་ནི་བོད་ཀྱི་མི་དམངས་མང་ཚོགས་ཆོས་ཏ་ཅང་དགའ་པོ་བྱེད་པའི་སྒྱུ་རྩལ་གྱི་རྣམ་པ་ཞིག་རེད། གང་ཡིན་ཟེར་ན་གཅིག་ནས་སྒྱུལ་རྩལ་རྣམ་པ་དེ་རིགས་ལ་རོལ་སྤྱོད་བྱེད་པར་ཡི་གེ་ཤེས་མ་ཤེས་ཀྱི་ཚད་བཀག་མེད་ལ། གཉིས་ནས་ལོ་གསར་གསོལ་བའི་དུས་ཆེན་ཁག་གི་བརྙན་འཕྲིན་དགོངས་ཚོགས་ཐོག་ལེ་མཚན་དེ་གཉིས་ནི་མེད་དུ་མི་རུང་ལྟ་བུ་ཞིག་ཏུ་གྱུར་ཡོད། འདི་ལྟར་མི་དམངས་མང་ཚོགས་ཀྱིས་དགའ་བསུ་ཆེན་པོ་ཐོབ་པ་དེ་དང་འཁྲབ་གཞུང་གསར་རྩོམ་བྱེད་མཁན་དང་འཁྲབ་མཁན་དཀོན་པ་གཉིས་ནི་འགལ་བ་ཞིག་ཆགས་འདུག མིག་སྔའི་བོད་སྐད་འཁྲབ་གཞུང་གསར་རྩོམ་གྱི་གནས་སྟངས་དེ་ཏ་ཅང་ཉག་ཕྲ་བའི་གནས་སྐབས་ཤིག་ཏུ་ལྷུང་ཡོད། གང་ཡིན་ཟེར་ན་གཙོ་ཆེར་འཁྲབ་གཞུང་གསར་རྩོམ་བྱེད་མཁན་ཏ་ཅང་ཉུང་ལ། ལྷག་པར་དུ་ཚུ་ཚད་ངེས་ཅན་ལྡན་པའི་འཁྲབ་གཞུང་རྩོམ་མཁན་ནི་མཛུབ་མོ་ལྔ་ཡིས་བགྲང་བར་ནུས། དེས་ནས་ང་ཚོས་གཅིག་ནས་ན་གཞོན་འཁྲབ་གཞུང་རྩོམ་པ་པོ་གསོ་སྐྱོང་བྱེད་དགོས་ལ། གཉིས་ནས་གཏམ་བརྗོད་ཟློས་གར་དང་དགོད་བྲོའི་གཏམ་སྙིང་འཁྲབ་རྒྱུར་དགའ་ཞེན་ཡོད་པའི་མི་སྣར་དགོས་ངེས་ཀྱི་སྒྲོང་བརྡར་སྤྲད་རྒྱུ་དེ་ཡང་གལ་ཆེན་པོ་རེད། ད་དུང་མིག་སྔའི་བོད་སྐད་གཏམ་བརྗོད་ཟློས་གར་ཐུང་གྲས་དང་དགོད་བྲོའི་གཏམ་སྙིང་གཉིས་ཀྱི་འཁྲབ་སྟོན་བྱེད་མཁན་ལ་སྐྱོན་འདི་འདྲ་ཞིག་འདུག་སྟེ། ལ་ལ་ནི་འཁྲབ་རྩལ་ངེས་ཅན་ཞིག་ཡོད་ནའང་རིག་གནས་ཚུ་ཚད

ཅུང་དམའ་དྲགས་པས་འཕྲུལ་གཞུང་གི་བརྗོད་སྙིང་ལ་གོ་བ་གཏིང་ཟབ་པོ་ཞིག་ལེན་མི་ཐུབ་ལ། ལྷག་པར་འཕྲུལ་ཚིག་ངེས་རྒྱུར་དཀའ་ངལ་ཆེན་པོ་འདུག ཡང་འགའ་ཞིག་གོ་ལེན་ནུས་པ་དང་འཕྲུལ་ཚིག་ངེས་རྒྱུར་དཀའ་ངལ་མེད་ཀྱང་འཕྲུལ་རྩལ་ཐད་ཞན་ཆ་ཆེ་ཙམ་འདུག དེས་ན་དགེ་སྐྱོན་དེ་གཉིས་ཀྱི་ཕྱོགས་སུ་མ་ལྷུང་བར་ཕྱོགས་ཡོངས་ཀྱི་ནུས་རྩལ་ངེས་ཅན་ལྡན་པའི་འཕྲུལ་མི་གསོ་སྐྱོང་བྱ་རྒྱུ་དེའང་གལ་འགངས་ཤིན་ཏུ་ཆེན་པོ་རེད་འདུག

༤ བཅར་འདྲི་མཁན། རྒན་ལགས་ཁྱེད་རང་གི་མ་འོངས་པའི་གསར་རྩོམ་གྱི་ཁ་ཕྱོགས་གང་འདྲ་ཡིན།

ཕུན་ཚོགས་བཀྲ་ཤིས། དེར་ངས་འདི་དང་དེ་ཞིག་ཡིན་ཞེས་གནད་ལ་འཁེལ་བའི་ལན་གདབ་རྒྱུ་མེད། ཡིན་ནའི་རྩ་བའི་ཁ་ཕྱོགས་ནི་རྩོམ་ལུས་ཆ་ནས། སྒྱུ་མཐུད་འཕྲུལ་གཞུང་གསར་རྩོམ་དང་སྣོས་སུ་རིག་གནས་ལྷུག་རྩོམ་ཐད་གཙོ་ཆེར་བཞག་རྒྱུ་ཡིན།

༥ བཅར་འདྲི་མཁན། ཁྱེད་རང་གི་བརྒྱུད་འོང་བའི་མི་ལོ་བཞི་བཅུ་ལ་ཉེ་བའི་གསར་རྩོམ་གྱི་ལམ་བུ་དེར་ད་ལྟ་ཕྱིར་བལྟས་རེ་བྱེད་དུས། ཁྱེད་རང་ལ་དགའ་འོས་པ་དང་སྤོབས་པ་སྐྱེ་འོས་པའི་དོན་དང་། དེ་བཞིན་ཁྱེད་རང་ངོས་ནས་གསར་རྩོམ་ཐད་ཅུང་བློ་ཡིད་མི་ཚིམ་པའམ། ཡང་ན་བློ་ཕངས་སྐྱེ་དགོས་པའི་དོན་དག་འདྲ་ཨེ་ཡོད་ཕྱོགས་བསྡོམས་ཀྱི་ཚུལ་དུ་གསུངས་རོགས་གནང་།

ཕུན་ཚོགས་བཀྲ་ཤིས་ལགས། ངས་ད་ལྟའི་བར་དུ་བརྩམས་སྒྲུང་དང་འཕྲུལ་གཞུང་། ལྷུག་རྩོམ་སོགས་རྩོམ་ལུས་མི་འདྲ་བའི་བརྩམས་ཆོས་གྲངས་ཚད་ངེས་ཅན་ཞིག་གསར་རྩོམ་བྱས་ཡོག་རེད། ད་ལྟ་རང་གིས་བརྒྱུད་ཡོང་བའི་གསར་རྩོམ་གྱི་ལམ་བུ་དེར་ཕྱིར་བལྟས་ཤིག་སློག་སྐབས། བྱས་པའི་ལས་ལ་རྗེས་དང་དྲུད་པའི་རྗེས་ལ་ཤུལ་ཏོག་ཙམ་བྱུང་ཡོད་པ་དེར་དགའ་བ་སྐྱེ་དགོས་པ་ཞིག་རེད། འོན་ཀྱང་རྩོམ་པ་པོ་སྤྱིའི་སྦྱོང་བརྒྱུད་དང་འདྲ་བར། དུས་རིམ་སོ་སོའི་ནང་རང་གི་ནུས་རྩལ་ཡོད་ཚད་བཏོན་གསར་རྩོམ་བྱས་ཡོད་ནའང་། ལོ་བཅུ་གྲངས་ཕྱིན་པའི་རྗེས་ཐ་ན་དེ་ལས་རིང་བའི་རྗེས་ལ་ལྟ་དུས་ཞན་ཆའམ་སྐྱོན་མང་པོ་ཞིག

ཐོན་ཡོང་གི་འདུག དེས་གཅིག་ནས་རང་ཉིད་ཀྱི་བསམ་བློ་དང་ཤེས་ཚད་དེ་གོང་མཐོར་ཕྱིན་པའི་རྟགས་ཡིན་ལ། གཉིས་ནས་གསར་རྩོམ་གྱི་རེ་བ་དང་དམིགས་ཡུལ་ཡང་ཇེ་མཐོར་འགྲོ་གིན་ཡོད་པ་ར་སྤྲོད་བྱེད་ཐུབ།

བཅར་འདྲི་མཁན། རྣམ་ལགས་ཀྱིས་མཛད་བྲེལ་གྱི་ཁྲོད་ནས། ཆེད་དུ་དུས་ཀྱི་ཁོམ་པ་བཅལ་ཏེ། ཁོ་བོའི་བཅར་འདྲི་དང་ལེན་དང་དེར་ཚད་མཐོའི་རྒྱབ་སྐྱོར་གནང་བར་གུས་པས་ཐུགས་རྗེ་ཆེ་ཞུ་རྒྱུ་ཡིན་ལ། སྐད་རྣམ་ལགས་སྐུ་གཟུགས་གསལ་ཐང་དང་བྱ་བ་མཐའ་དག་ལམ་ལྷོང་ཡོང་བའི་བཀྲ་ཤིས་སྨོན་འདུན་ཞུ་རྒྱུ་ཡིན།

གསུམ། མིག་སྔའི་བར་དུ་པར་བསྐྲུན་བྱས་པའི་བརྩམས་ཆོས།

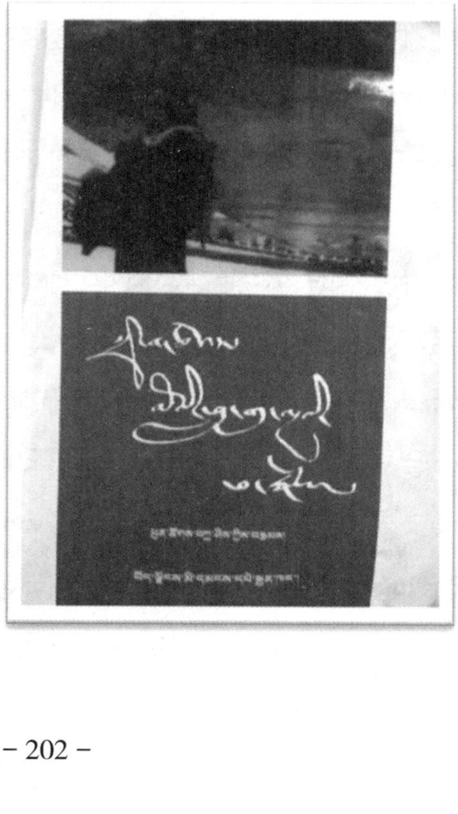

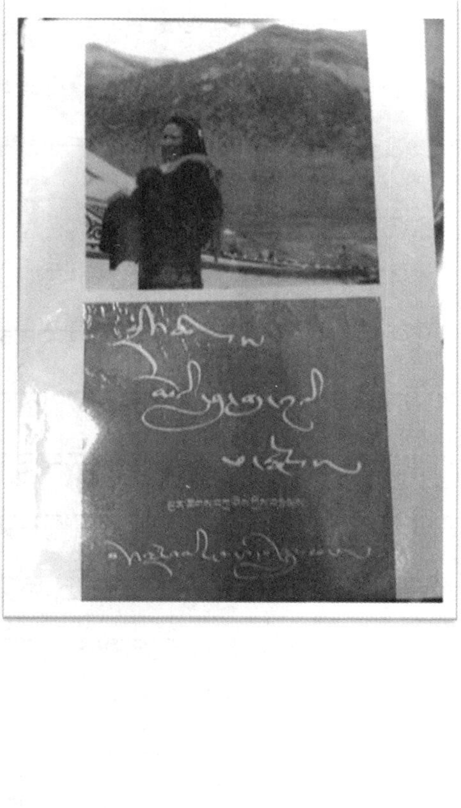

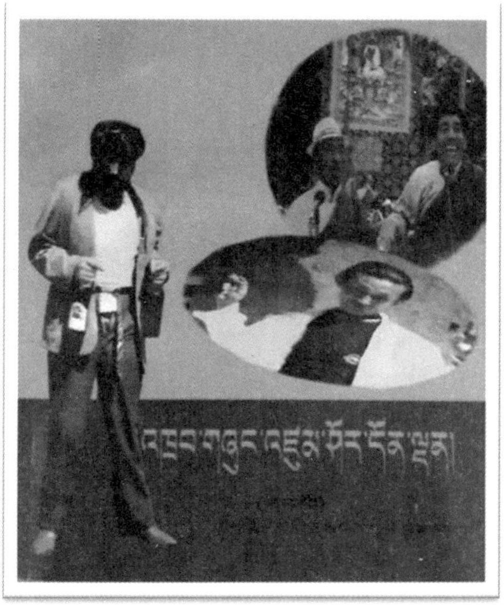

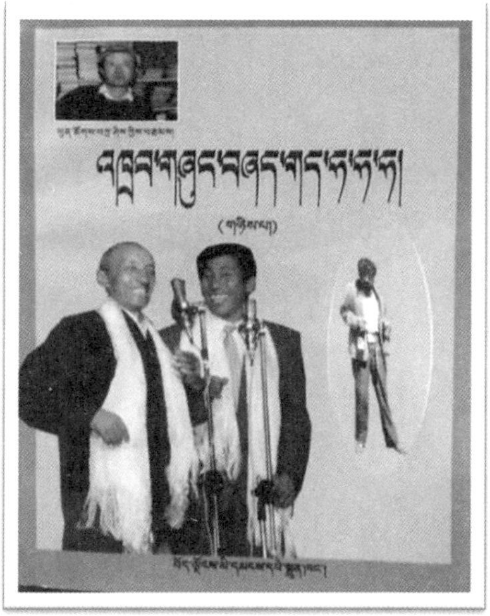

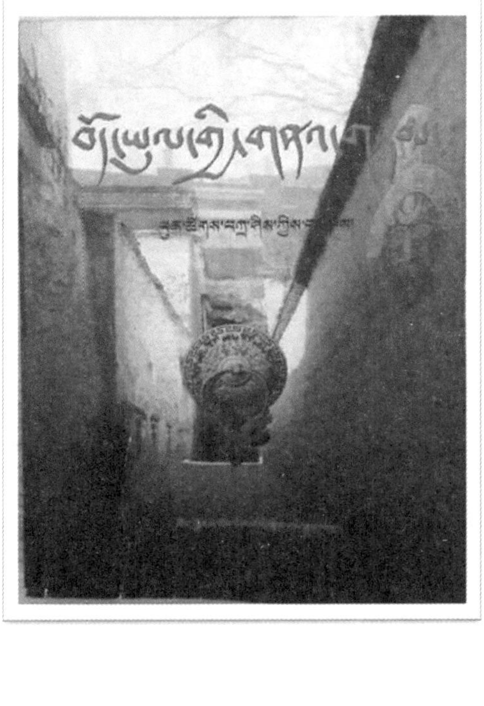

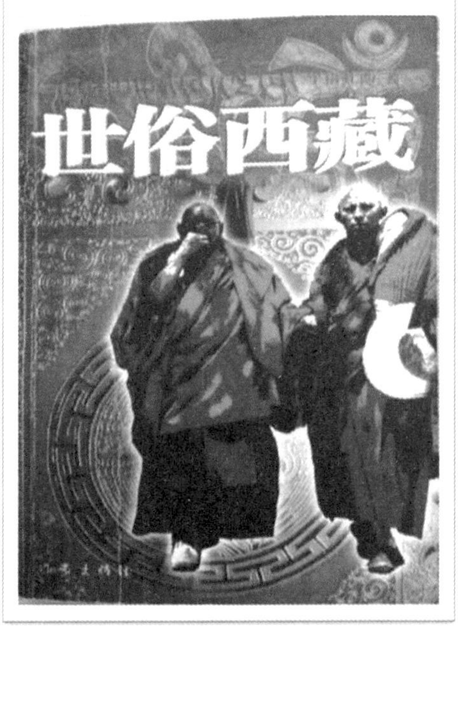
世俗西藏

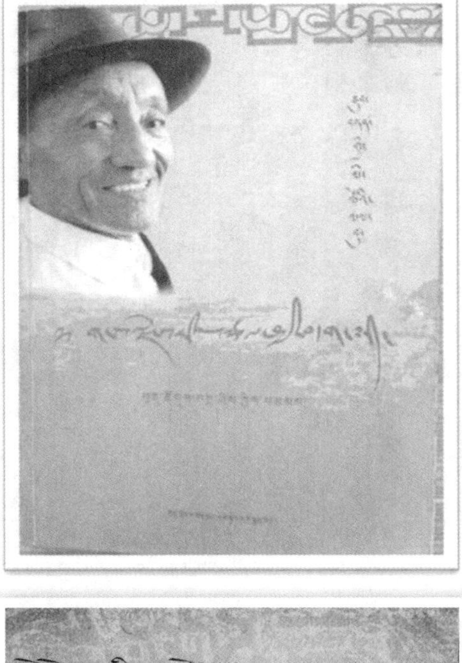

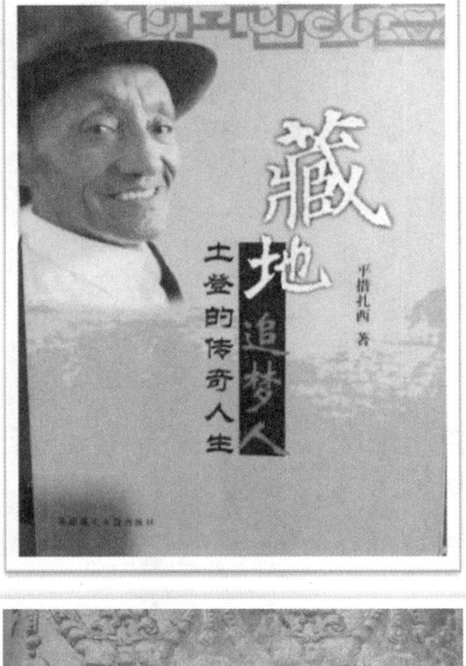
藏地追梦人
土登的传奇人生
平措扎西 著

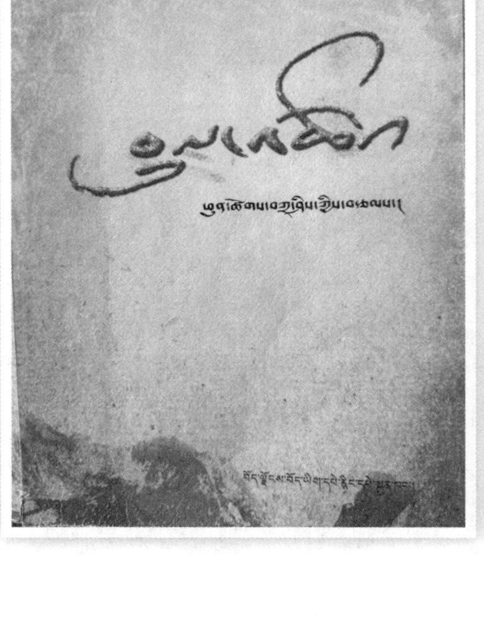

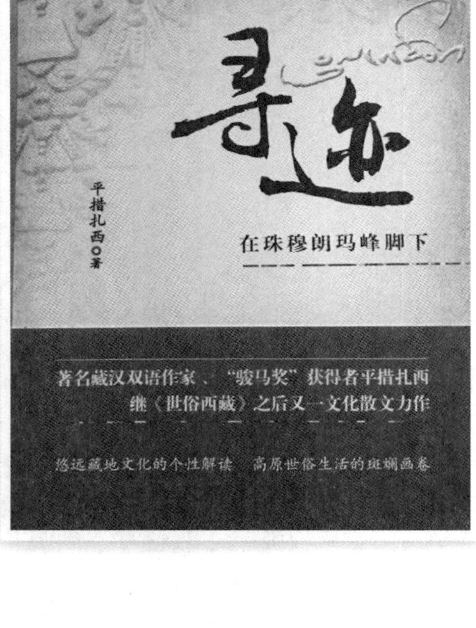
寻迹
在珠穆朗玛峰脚下
平措扎西◎著
著名藏汉双语作家、“骏马奖”获得者平措扎西
继《世俗西藏》之后又一文化散文力作
悠远藏地文化的个性解读 高原世俗生活的斑斓画卷

དཔྱད་གཞིའི་ཡིག་ཆ།

གཅིག བོད་ཡིག་གི་དཔྱད་གཞིའི་ཡིག་ཆ།

1. ཕུན་ཚོགས་བཀྲ་ཤིས། 《སྲིད་ཆོས་དང་མོའི་ཕྱུ་གུ་ལྡེའི་ཕ་རྣམས།》 [M] བོད་ལྗོངས་མི་དམངས་དཔེ་སྐྲུན་ཁང་། 1997.2
2. ཕུན་ཚོགས་བཀྲ་ཤིས། 《འཁྲབ་གཞུང་འཛུམ་ཤོར་དོན་ལྡན།》 [M] བོད་ལྗོངས་མི་དམངས་དཔེ་སྐྲུན་ཁང་། 1999.2
3. ཕུན་ཚོགས་བཀྲ་ཤིས། 《འཁྲབ་གཞུང་བཞད་གད་ཏ་ཏ་ཏ།》 [M] བོད་ལྗོངས་མི་དམངས་དཔེ་སྐྲུན་ཁང་། 2006.8
4. ཕུན་ཚོགས་བཀྲ་ཤིས། 《བོད་ཡུལ་གྱི་གནའ་གཏམ།》 [M] བོད་ལྗོངས་བོད་ཡིག་དཔེ་རྙིང་དཔེ་སྐྲུན་ཁང་། 2010.10
5. ཕུན་ཚོགས་བཀྲ་ཤིས། 《གངས་ལྗོངས་རིག་རྩལ་གྱི་བདག་ཉིད།》 [M] བོད་ལྗོངས་བོད་ཡིག་དཔེ་རྙིང་དཔེ་སྐྲུན་ཁང་། 2011.5
6. ཕུན་ཚོགས་བཀྲ་ཤིས། 《གངས་ལྗོངས་རིག་རྩལ་གྱི་བདག་ཉིད།》 [M] བོད་ལྗོངས་བོད་ཡིག་དཔེ་རྙིང་དཔེ་སྐྲུན་ཁང་། 2011.5
7. དོར་ཞི་གདོང་དྲུག་སྙེམས་སྒྲོ། 《དཔྱད་རྩོམ་ཀུན་འཛོམས་ནོར་བུའི་ཕྲེང་བ།》[M] ཀན་སུའུ་མི་རིགས་དཔེ་བསྐྲུན་ཁང་། 2004.11

8. 《དཔལ་དོན་གྲུབ་རྒྱལ་གྱི་གསུང་འབུམ།》[M] མི་རིགས་དཔེ་སྐྲུན་ཁང་ནས། 1997.11

9. 《ནགས་སྐྱོང་ཁུ་བྱུག་འདུག་གནས།》[G] མི་རིགས་དཔེ་སྐྲུན་ཁང་། 2006.8

10. ཆབ་འགག་རྟ་མགྲིན། 《བོད་ཀྱི་དེང་རབས་རྩོམ་རིག་ལོ་རྒྱུས།》[M] མི་རིགས་དཔེ་སྐྲུན་ཁང་། 2001.3

11. ནོར་བུ་བསམ་འཕེལ། 《པོ་ཏ་ལའི་ལམ་ཡིག》[M] མི་རིགས་དཔེ་སྐྲུན་ཁང་།2007.7

12. 《དེང་རབས་བོད་ལྗོངས་ཀྱི་ཨང་དང་པོའི་སྐོར་གྱི་ངག་བརྗོད།》[G] ཀྲུང་གོའི་བོད་རིག་པ་དཔེ་སྐྲུན་ཁང་། 2012.8

13. བུ་བཞི་བསམ་པའི་དོན་གྲུབ། 《བོད་ཀྱི་རྩོམ་རིག་གི་དྲང་དོན་བརྗོད་པ།》[M] མཚོ་སྔོན་མི་རིགས་དཔེ་སྐྲུན་ཁང་། 2013.9

14. རྣམ་སྲས། 《རྩོམ་འཇུག་རྣམ་བཤད།》[M] མཚོ་སྔོན་མི་རིགས་དཔེ་སྐྲུན་ཁང་། 2005.10

15. བསོད་ནམས་དབང་ལྡན་དང་བུ་བཞི། 《རྩོམ་རིག་རྣམ་བཤད།》[M] ཀྲུང་གོའི་བོད་རིག་པའི་དཔེ་སྐྲུན་ཁང་། 1996.8

16. རྡོ་རྗེ་རིན་ཆེན། 《རྩོམ་རིག་གཞུང་ལུགས་གནད་བསྡུས།》[M] རིགས་དཔེ་སྐྲུན་ཁང་། 1998.8

17. བྱམས་པ་ཚུལ་ཁྲིམས། 《རྩོམ་འབྲི་རིག་པའི་རྨང་གཞིའི་གཞུང་ལུགས་གསར་མ།》[M] བོད་ལྗོངས་མི་དམངས་དཔེ་སྐྲུན་ཁང་། 1997.4

18. སྟོབས་རྒྱལ། 《རྩོམ་རིག་རྣམ་བཤད།》[M] མི་རིགས་དཔེ་སྐྲུན་ཁང་ནས། 2005.10

19. ལྷག་པ་ཚེས་འཕེལ། 《བོད་ཀྱི་རྩོམ་རིག་ལོ་རྒྱུས།》[M] སྟོད་སྨད། མི་རིགས་དཔེ་སྐྲུན་ཁང་ནས། 2006.10

20. ལྷག་པ་ཚེས་འཕེལ། 《ལྷག་པ་ཚེས་འཕེལ་གྱི་དཔྱད་རྩོམ་ཕྱོགས་སྒྲིགས།》[G] མི་རིགས་དཔེ་སྐྲུན་ཁང་ནས། 2012.3

21. དགའ་བ་པ་སངས། 《དགའ་བ་པ་སངས་ཀྱི་གཤིབ་བསྡུར་དཔྱད་རྩོམ་ཕྱོགས་བསྒྲིགས།》[G] མི་རིགས་དཔེ་སྐྲུན་ཁང་། 2012.10

22. ནོར་བུ་བསམ་འཕེལ། 《བལྟ་ཕྱོགས་དང་འགྲེལ་ལུགས།》[M] བོད་ལྗོངས་མི་དམངས་དཔེ་སྐྲུན་ཁང་ནས། 2011.11

23. རྣམ་སྲས། 《དུས་སྐབས་གསར་པའི་བོད་ཀྱི་སྙུང་གཏམ་གསར་པ་ལ་དཔྱད་པ་བློ་གསར་དགྱེས་པའི་དགའ་སྟོན།》[M] མི་རིགས་དཔེ་སྐྲུན་ཁང་། 2005.3

24. 《འཚོལ་ཞིབ་དང་མཐའ་དཔྱོད།》[G] བོད་ལྗོངས་མི་དམངས་དཔེ་སྐྲུན་ཁང་། 2012.12

25. ཚེ་གྲུབ། 《སོ་ལྟ་དང་གཟབ་ཉན།》[M] མཚོ་སྔོན་མི་རིགས་དཔེ་སྐྲུན་ཁང་། 2005.6

26. 《མནོ་བསམ་དང་བརྒལ་བརྟག》[G] བོད་ལྗོངས་མི་དམངས་དཔེ་སྐྲུན་ཁང་། 2012.12

27. བདུད་ལྷ་རྒྱལ། 《འཚོལ་རྟོག་སྙིང་སྟོབས།》[M] ཡུན་ནན་མི་རིགས་དཔེ་སྐྲུན་ཁང་། 2004.5

28. མེ་ལྷོ། 《མི་གཞིའི་སྙིང་སྟོབས།》[M] ཡུན་ནན་མི་རིགས་དཔེ་སྐྲུན་ཁང་། 2003.4

29. བསོད་ནམས། 《ས་མཐོའི་ཞུལ་བྱུང་མི་སྣ།》[M] བོད་ལྗོངས་མི་དམངས་དཔེ་སྐྲུན་ཁང་། 2014.11

30. 《མུ་ཏིག་གླིང་གི་དགའ་སྟོན།》[G] མི་རིགས་དཔེ་སྐྲུན་ཁང་། 2006.6

31. ཆབ་བྲག་མགོན་པོ་སྐྱབས། 《ཚེ་རིང་དོན་གྲུབ་ཀྱི་བརྩམས་སྒྲུང་ཞིབ་འཇུག》[G] ཀན་སུའུ་མི་རིགས་དཔེ་སྐྲུན་ཁང་། 2011.6

32. ཆོས་སྒྲོན་། 《རང་གྲོལ་ཞིབ་འཇུག》[M] ཀན་སུའུ་མི་རིགས་དཔེ་སྐྲུན་ཁང་། 2006.5

33. ཁྲིན་ཡུས་ཀྲུའུ། 《སྒྲུང་གཏམ་གསར་རྩོམ་གྱི་ཞིབ་བྱ་མུན་སེལ་སྒྲོན་མེ།》 [M] མཚོ་སྔོན་མི་རིགས་དཔེ་སྐྲུན་ཁང་། 1987.8

34. པན་དེ་མཁར། 《སྟག་འབུམ་རྒྱལ་གྱི་སྒྲུང་གཏམ་ལ་དཔྱད་པ།》 [G] མཚོ་སྔོན་མི་རིགས་དཔེ་སྐྲུན་ཁང་། 2014.3

35. གངས་རྒྱན་མེ་ཏོག 《ཕྱིར་རྟོགས་དང་འཚོལ་སྙེག 》 [G] མཚོ་སྔོན་མི་རིགས་དཔེ་སྐྲུན་ཁང་། 2014.7

36. 《བོད་ལྗོངས་སློབ་གྲྭ་ཆེན་མོའི་ཤུལ་བྱུང་དཔྱད་རྩོམ་བདམས་བསྒྲིགས།》 [G] བོད་ལྗོངས་མི་དམངས་དཔེ་སྐྲུན་ཁང་། 2007.7

37. བསོད་ཚེ། 《བཞད་གད་དཔྱིད་ཀྱི་ཕོ་ཉ།》 [M] བོད་ལྗོངས་མི་དམངས་དཔེ་སྐྲུན་ཁང་། 2006.7

38. 《གངས་ལྗོངས་རིག་གནས།》རྩོམ་སྒྲིག་ཁང་། 《དགོད་བྲོའི་གཏམ་སྙིང་ཐུང་གྲས་ཕྱོགས་བསྒྲིགས།》 [G] བོད་ལྗོངས་བོད་ཡིག་དཔེ་རྙིང་དཔེ་སྐྲུན་ཁང་། 2014

གཉིས། རྒྱ་ཡིག་གི་དཔྱད་གཞིའི་ཡིག་ཆ།

1. 平措扎西 .《世俗西藏》[M]. 北京：作家出版社，2005 年 .

2. 平措扎西 .《藏地追梦人》[M]. 拉萨：西藏藏文古籍出版社，2011 年 .

3. 平措扎西 .《寻迹》[M]. 拉萨：西藏藏文古籍出版社，2019 年 .

4.《西藏文艺》[J]2006 年，第 4 期 .

5. 傅道彬，于茀 .《文学是什么》[M]. 北京：北京大学出版社，2007 年 .

6. [美] 勒内 · 韦勒克，[美] 奥斯订 · 沃伦著 . 刘象愚，邢培明等译 . 文学理论 [M] 江苏教育出版社，2017 年 .

7. 李菀．《文化散文的特征及探源》《四川教育学院学报》[J] 第 12 期，2009 年．

8. 谢旭慧．《戏剧小品语言幽默艺术研究》[D]．2005 年．

9. 黄修己．《中国现代文学发展史》[M] 北京：中国青年出版社，2008 年．

10. [俄] 高尔基．《论文学》[M] 广西人民出版社，1980 年．

11. 余秋雨．《艺术创造学》[M] 武汉：长江文艺出版社，2013 年．

12. 余秋雨．《千年一叹》[M] 武汉：长江文艺出版社，2012 年．

13. 曹文轩．《小说门》[M] 北京：人民出版社，2010 年．

14. 德吉草．《中国当代文学简介与批判》[M] 成都：四川民族出版社，2007 年．

15. [美] 莱斯利·菲德勒，陆扬译《文学是什么》[M] 南京：译林出版社，2011 年．

མཇུག་བསྡུའི་གཏམ།

 རྩོམ་མཁན་ཕུན་ཚོགས་བཀྲ་ཤིས་ལགས་ནི་འཚོ་བ་དངོས་ལ་ཁ་ཕྱོགས་ཤིང་རྒྱ་ཆེའི་མང་ཚོགས་ལ་ཞབས་འདེགས་ཞུ་བའི་གསར་རྩོམ་གྱི་ཀུན་སློང་། མི་རིགས་ཀྱི་ལོ་རྒྱུས་དང་རིག་གནས་ལ་འཚོལ་ཞིབ་དང་སྟོག་འདོན་བྱེད་པའི་འདུན་པ། ནམ་ཡང་གསར་གཏོད་དང་འཚོལ་སྙེག་ལ་ཞེན་པའི་རྩོམ་རིག་གསར་རྩོམ་གྱི་ཕུགས་འདུན་བཅས་དམ་དུ་བཟུང་ནས། རྒྱ་ཆེའི་ཀློག་པ་པོ་རྣམས་ལ་བསམ་བློའི་རྒྱུགས་ཕྲུ་གང་མང་ཞིག་བསྐྱུན་ཡོད་པ་ནི། ལོ་རབས་དགུ་བཅུའི་ནང་གི་བརྩམས་སྒྲུང་《སྲིད་ཆོས་དང་མོའི་ཕྲུ་གུ་ལྷའི་པ་རྣམས་》ལ་འདྲི་ཚིག་ལ། 《སྔོ་རས་སྤྲ་རྣའི་སྐྱོ་གླུ་ལྷང་ལྷང་》ཉན་པས་ཀྱང་རྟོགས་ནུས། སྟོང་ཕོ་གསར་པའི་ནང་དུ《ར་བཟི་ལྷག་པའི་》མི་ཚེའི་ཐློས་གར་གྱིས་བོད་ཀྱི་རྒྱ་ཆེའི་མང་ཚོགས་རྣམས་ལ་དགོད་སྒྲའི་ཆར་པ་ཕབ་ཅིང་སྙིང་གསོའི་མེ་ཏོག་བཞད་དུ་བཅུག་ཡོད། དེ་བཞིན《རིག་དངོས་ཀྱི་རེ་འབོད་》དང《བར་སྐོར་ནང་གི་གླིང་མོལ་》ཉན་པས་མི་རྣམས་དུ་མ་དགོད་ཀྱི་སྣང་བའི་གློང་ནས་བསམ་གཞིག་གི་འདང་དུ་ཚུད། 《བོད་ཡུལ་གྱི་གནའ་གཏམ་》གླིང་བའི་ལྷུག་རྩོམ་གྱི་གོས་ལ་རིག་གནས་ཀྱི་ཞག་ཚི་འཐིམ་པའི་བོད་ཀྱི་སྔ་རྒྱུས་ད་རྒྱུས་རྣམས་གསལ་བར་བཤད་ཡོད་ཅིང་། 《གངས་ལྗོངས་རིག་རྩལ་བདག་ཉིད་》ལས། ནམ་ཡང་སྒྱུ་རྩལ་གློང་ནས་མི་ཚེའི་རིན་ཐང་འཚོལ་བའི་བོད་ཀྱི་སྒྱུ་རྩལ་པ་གྲགས་ཅན་ཏག་པོ་ཐུབ་བསྟན་ལགས་ཀྱི་མི་ཚེའི་མཛད་འཕྲིན་དག་རྟོགས་བརྗོད་རྩོམ་གྱི་སྲད་བུར་བརྒྱུས་ཡོད། རིག་གནས་དང་ལོ་རྒྱུས་ཀྱི་ཚ་རྒྱུན་རིང་མོའི་ཁྲིད་དུ་མེས་པོའི་ཞབས་རྗེས་འཚོལ་བའི《རྗེ་མོ་སླང་མའི་འདབས་རོལ་དུ། ཤུལ་འཚོལ་》ཞེས་པ་སོགས་ཀྱིས་ར་སྤྲོད་བྱེད་ནུས་

པར་སེམས།

མཚམས་འདིར་སླེབས་དུས། བདག་གི་དེབ་ཆུང་འདིའི་པར་བསྐྲུན་གྱི་བྱ་བར་ཞོགས་ཤད་ཅིག་འགོད་རན་སོང་། འདིར་བཀའ་དྲིན་ཞུ་མཆིད་ཀྱི་ཐོག་མར། ཕ་བོར་སྔ་ཚོགས་ཤེས་བྱའི་ཐོས་པ་བསྒྱལ་སྐྱོང་བའི་དགེ་རྒན་སྤྱི་དང་ཁྱེ་ཁྱག་བདག་གི་བཀའ་དྲིན་བླ་ན་མ་མཆིས་པའི་སློབ་དཔོན་བྱ་མདོ་དོན་གྲུབ་ཚེ་རིང་མཆོག་ནས། དུས་དང་རྣམ་པ་པ་ཀུན་ཏུ་མི་ཚེའི་ཕྱོགས་འདྲེན་ལ་གནད་དུ་སྨིན་པའི་ཐོས་པའི་ནོར་བུ་མང་དུ་བསྒྱལ་བར་ཕ་བོས་སེམས་ཀྱི་གཏིང་ཟུམ་ནས་བཀའ་དྲིན་ཚོར་ཞིང་། ལྷག་པར་དུ་དེབ་ཆུང་འདི་ཉིད་ཀྱི་ཐོག་མའི་མ་ཟིན་ཏེ། སློབ་གནས་དཔྱད་རྩོམ་འབྲི་བའི་སྔ་ཕྱི་བར་གསུམ་དུ། ཁོང་གི་ལྷག་བསམ་དག་པའི་ཐུགས་རྒྱུད་དང་མཁྱེན་རྒྱ་ཡངས་བའི་བློ་གྲོས། བླ་ན་འཕགས་པའི་འགན་འཁུར་གྱི་འདུ་ཤེས་བཅས་ཀྱིས་བདག་ལ་སྐུལ་ལྕག་དང་སློབ་སྟོན། སེམས་ཤུགས་སོགས་སྦྱིན་པར་ཐུགས་རྗེ་ལན་བརྒྱར་ཞུའོ། ད་དུང་འདིར་དཔྱད་ཡུལ་དུ་གྱུར་བའི་རྩོམ་པ་པོ་ཕུན་ཚོགས་བཀྲ་ཤིས་ལགས་ནས། ལས་བྲེལ་གྱི་ཐུར་དུ་དཔྱད་རྩོམ་འདི་ཉིད་འབྲི་བའི་དུས་ཀྱི་སྔ་ཕྱི་བར་གསུམ་དུ། དཔྱད་ཡིག་མཁོ་འདོན་དང་བཅར་འདྲི་དང་ལེན་སོགས་དཔྱད་རྩོམ་ལེགས་འགྲུབ་ལ་སྨིན་པའི་མཐུན་རྐྱེན་སྣ་ཚོགས་བསྐྲུན་པར་སྙིང་དབུས་ནས་ཐུགས་རྗེ་ཆེ་ཞུ་རྒྱུ་ཡིན།

ཐུགས་རྗེ་ཞུ་དགོས་པ་དེ་ཙམ་གྱིས་ག་ལ་ཚོག དེབ་ཆུང་འདི་ཉིད་དཔེ་སྐྲུན་བྱེད་པར་མཐུན་རྐྱེན་སྐྲུན་མཁན་གྱི་ཚན་པ། ལྗོངས་དྲིལ་བསྒྲགས་སྤུའུ་དང་། བོད་ལྗོངས་མི་དམངས་དཔེ་སྐྲུན་ཁང་། རྩོམ་སྒྲིག་འགན་འཁུར་བ་སྒྲོལ་མ་འཚོ། དེ་བཞིན་བདག་གི་མི་ཚེའི་སྟོང་གྲོགས་སྙིང་སྟོད་རིན་ཆེན་རྒྱལ་པོ་དང་། བདག་གི་ལས་རོགས་དང་གྲོགས་པོར་གྱུར་བའི་གཡུ་གྲ་བསོད་ཚེ། ཕུར་བུ། བློ་བཟང་ཚེ་རིང་། གཙང་ཚ་བསོད་བཀྲ། བཀྲ་ཤིས་རྡོ་རྗེ། ཤངས་པ་འཛིགས་མེད། འཇུ་སྐྱིད་དམ་བདེ་ལྡན་དབང་པོ་བཅས་ཀྱིས་ཞུ་དག་གི་ལས་ལ་ལྷག་བསམ་རྣམ་པར་དག་པའི་རོགས་རམ་དང་རྒྱབ་སྐྱོར་གནང་བར་ཀུན་ལ་ཐུགས་རྗེ་ཆེ་ཞུའོ།།

བོད་ཀྱི་གནའ་གཏམ་དུ"སྟོ་ཕོ་བས་འཇུ་ཚོད་དང་། ལས་ཤེད་མོས་ལྟོགས་ཚོད"

ཅེས་པ་ལྟར་དེབ་ཆུང་འདི་ནི་ཁོ་བོའི་སྤྱི་ལོ་༢༠༡༨ལོའི་ཤེས་རམས་ཞིབ་འཇུག་སློབ་མའི་སློབ་གནས་དཔྱད་རྩོམ་ལ་འཕྲི་སྣོན་དང་བཟོ་བཅོས་བྱས་ནས་གྲུབ་པ་ཞིག་ཡིན་ཡང་ཁོ་བོ་ནི་ཐོས་པའི་བློ་མིག་དོག་ཅིང་བརྩོན་པའི་སྟོབས་དང་བྲལ་བས་ད་དུང་དཔྱད་པ་གནད་དུ་མི་འཁེལ་བ་དང་། དོན་དུ་མི་གནས་པ། འབྲུས་སྐྱོ་མི་ཚང་བ་ལ་སོགས་པའི་སྐྱོན་དང་ནོར་འཁྲུལ་ཇི་སྙེད་ཅིག་ངེས་པར་ཡོད་སྲིད་པས། བློ་གྲོས་རྩལ་གྱིས་ཕྱུག་པའི་གཟུར་གནས་མཁས་པ་རྣམས་ཀྱིས་ལམ་སྟོན་བཀའ་སློབ་གང་མང་ལྷུག་སྩོལ་གནང་བར་མཁྱེན།།།།

སྲུ་རྩལ་དང་འཚོལ་སྙེག

རྩོམ་པ་པོ།	ཉི་མ་དངོས་གྲུབ།
རྩོམ་སྒྲིག་འགན་འཁུར་བ།	སྒྲོལ་མ་འཚོ།
ཁ་ཤོག་རྣམ་འགོད།	ཉི་མ་དངོས་གྲུབ།
པར་འདེབས་འགན་འཁུར་བ།	ལེའོ་ཆིང་།
དཔེ་སྐྲུན་འགྲེམས་སྤེལ་ཚན་པ།	བོད་ལྗོངས་མི་དམངས་དཔེ་སྐྲུན་ཁང་། (ལྷ་ས་གླིང་སྐོར་བྱང་ལམ་སྡོ་ཨང་20པ)
པར་འདེབས་ཚན་པ།	བོད་ལྗོངས་ཕན་བདེ་པར་འདེབས་བཟོ་གྲྭ།
རེབ་ཚད།	787×960 1/16
དཔར་ཤོག	14
ཡིག་གྲངས།	ཁྲི་14
པར་གཞི་སྒྲིག་ཐེངས།	2023ལོའི་ཟླ་11པར་པར་གཞི་1བསྒྲིགས།
དཔར་ཐེངས།	2023ལོའི་ཟླ་11པར་དཔར་ཐེངས་1བཏབ།
དཔར་གྲངས།	01-1,000
དཔེ་རྟགས།	ISBN 978-7-223-07514-5
བཅད་གོང་།	སྒོར་38.00